*Das
Haus am
Strand*

Susan Wiggs

Das Haus am Strand

Deutsch von Katharina Volk

Weltbild

Originaltitel: *Passing through Paradise*
Originalverlag: Warner Books, New York
Copyright © 2002 by Susan Wiggs

Besuchen Sie uns im Internet:
www.weltbild.de

Die Autorin

Susan Wiggs hat in Harvard studiert und als Lehrerin gearbeitet. Sie hat in den USA zahlreiche historische Romane veröffentlicht, bevor sie zu ihrem eigentlichen Genre fand, und stand immer wieder auf der Bestsellerliste. Susan Wiggs lebt mit ihrer Familie an der Pazifikküste.

Für Jay, der alles in Ordnung bringt, was ich kaputt mache.

Leben und Tod warten nicht auf die Gerichtsbarkeit.
Daphne du Maurier

1

Tagebucheintrag – Freitag, 4. Januar

Zehn Methoden, Courtney Procter zu quälen:
1. *Ihr sagen, dass sie endlich in ihr Gesicht hineinwächst.*
2. *Die Sponsoren ihrer Show zum Boykott aufhetzen.*
3. *Ihr einen gefälschten Rückruf-Aktionsbrief für Silikonimplantate schicken.*
4. *Einen Verbrecher dazu bringen, ihr Fanpost aus dem Knast zu schreiben.*
5. *Jedem erzählen, mit wem sie früher ausgegangen ist – und warum er sie hat sitzen lassen.*

»...wurde nun offiziell als Unfall eingestuft, doch das friedliche Küstenstädtchen Paradise macht noch immer eine Frau für die Tragödie verantwortlich, bei der der prominente Politiker Victor Winslow ums Leben kam – seine schöne junge Ehefrau Sandra.

Obwohl die Gerichtsmedizin gestern Abend ihren Abschlussbericht vorlegte, bleiben zu viele quälende Fragen offen.«

Das bläulich beleuchtete Bild wackelte ein wenig, als die Kamera näher an die blonde Fernsehreporterin heranzoomte. »Zeugen, die Senator Winslow am Abend des neunten Februar zuletzt lebend gesehen hatten, haben in ihren Aussagen betont, er habe sich heftig mit seiner Frau gestritten. Ein anonymer Anrufer hatte berichtet, das Auto der Winslows sei mit sehr hoher Geschwindigkeit auf die Sequonset Bridge gefahren, wo es dann ins Schleudern geriet und von der Brücke in die Bucht hinabstürzte.

Bei einer Untersuchung des Wagens entdeckten die Ermittler eine Kugel im Armaturenbrett. Blutspuren, die von dem Opfer stammen, wurden an Mrs Winslows Kleidung gefunden.

All diese Hinweise reichten für eine Anklage wegen Mordes nicht aus. Doch ich für meinen Teil versichere Ihnen, dass ich weiterhin jede Spur zu Senator Winslows Witwe verfolgen werde, die übrigens einzige Begünstigte einer großzügigen Lebensversicherung ist...

So muss Sandra Winslow, hier im Ort bekannt als die Schwarze Witwe vom Blue Moon Beach, nun allein mit ihrem Gewissen leben. Es berichtete Courtney Procter, WRIQ News.«

Sandra Winslow legte ihr Notizbuch und den Stift beiseite. Dann nahm sie die Fernbedienung und zielte damit auf das unnatürlich straff geliftete Gesicht in den Morgennachrichten. »Peng«, sagte sie und drückte auf den »Aus«-Knopf. »Du bist tot. Was genau hast du an dem Satz ›offiziell als Unfall eingestuft‹ nicht verstanden, Courtney Proktologin?«

Sie stand auf und ging zu dem breiten Erkerfenster, die Arme um die Leere in ihrem Inneren geschlungen. Ihren kleinen Sieg konnte sie kaum genießen – endlich waren die Ermittlungen zu dem Unfall abgeschlossen, doch dieser Bericht im Lokalfernsehen ließ nichts Gutes ahnen. Egal, was die Gerichtsmedizin dazu sagte, es würde immer Leute geben, die sie dafür verantwortlich machten.

Ein scharfer Wind, Vorbote eines nahenden Sturms, drückte die Gräser auf den Dünen nieder und peitschte das schäumende Wasser der Bucht. Ein selbst gemachtes Fensterbild in Form eines Vogels klapperte leise gegen die Fensterscheibe und weckte Erinnerungen, denen sie sich nicht entziehen konnte.

Sandra fühlte sich so fern von der Frau, die sie einmal gewesen war, und nicht nur, weil sie nach der Entlassung aus dem Krankenhaus in das alte Haus am Strand gezogen war. Erst ein Jahr war vergangen, seit sie im Ballsaal des Yachtclubs von Newport an der Ehrentafel gesessen hatte, in einem rosafarbenen Strickkostüm mit schwarz abgesetzten Säumen und passenden Schuhen, die behandschuhten Hände im Schoß gefaltet. Vom Podium herab hielt ihr Mann eine seiner typischen schwungvollen Ansprachen; mit bezwingender Beredsamkeit schilderte er sein Engagement für die Bürger, die ihn soeben zum zweiten Mal gewählt hatten. Damals hatte er von Gemeinschaft, Dankbarkeit und Familie gesprochen. Und von Liebe. Wenn Victor von Liebe sprach, konnte er selbst das abgestumpfteste Herz für sich gewinnen.

Er hatte Sandra dazu ausersehen, im stürmischen Meer der Politik sein sicherer Hafen zu werden. Seine Familie und seine Freunde hatten Sandra mit ihrer Zuneigung umhüllt wie ein warmer Kokon, als sei sie tatsächlich eine von ihnen. Nach der Rede hatte sie Kaffee getrunken, Smalltalk gemacht, gelächelt, fremde Babys im Arm gehalten und stolz an der Seite ihres berühmten Mannes gestanden.

Der Mann, der lange als vermisst gegolten hatte und nun für mutmaßlich tot erklärt worden war.

Sie starrte aus dem Fenster und schob die mit Tinte bekleckste Hände in die hinteren Taschen ihrer Jeans.

Für Sandra gab es an Victors Tod kein »mutmaßlich«. Sie wusste es.

Der Morgenhimmel, so trübselig wie der tiefste Winter, wurde eher noch düsterer, als der Tag langsam heraufzog. Sie blickte über den grau beschatteten Strand hinaus und spürte einen Stich der Einsamkeit, so scharf und kalt, dass sie zusammenzuckte und den viel zu großen Pulli enger um sich zog.

Victors Pullover.

Sie schloss die Augen, atmete tief ein und erschauerte. Der Pulli roch immer noch nach ihm. Leicht würzig und sauber und nach... ihm. Einfach nach ihm.

Sie verfluchte Victor. Wie konnte er ihr das antun, ihr solche Sachen sagen und ihr dann einfach wegsterben? Sie dachte: In einem Moment liebt man jemanden, man glaubt, man sei auf ewig mit ihm verbunden, und im nächsten Moment lässt das Schicksal einen aufs offene Meer treiben. Sie wusste nicht wohin mit ihrer bitteren Enttäuschung und all den zerstörten Hoffnungen.

Sie nahm wieder ihr Notizbuch zur Hand und blätterte zu ihren Aufzeichnungen für das Buch, an dem sie gerade arbeitete. Der Verlag hatte ihr bereits zwei Monate Aufschub gewährt, und sie näherte sich dem Ende dieser zweiten Frist. Wenn sie das Manuskript nicht bald abgab, würde sie den Vorschuss zurückzahlen müssen, den sie für diesen Roman bereits bekommen hatte.

Das Geld – ohnehin nur eine bescheidene Summe – hatte sie längst für solchen Luxus wie Essen und Anwaltsrechnungen ausgegeben. Obwohl gar keine Anklage gegen sie erhoben worden war, hatten sich erstaunlich hohe Anwaltskosten angehäuft. Jetzt würde sie wenigstens die Lebensversicherung ausgezahlt bekommen.

Der Gedanke, von Victors Tod zu profitieren, war ihr unangenehm. Aber sie musste etwas tun, sie musste ihr Leben in Ordnung bringen und irgendwie weitermachen. Das Leben in Paradise, unter all diesen Menschen, die ihren Mann so verehrt hatten, war für sie zur Qual geworden. Manchmal fuhr sie sogar den weiten Weg bis Wakefield, um Besorgungen zu machen, nur weil sie niemandem begegnen wollte, der Victor gekannt hatte.

Das Problem war, jeder kannte Victor. Dank seiner berühmten Familie und seiner steilen politischen Karriere, gefolgt von seinem spektakulären Ableben, kannte ihn mittlerweile der gesamte Bundesstaat. Sandra würde sehr weit wegziehen müssen, um seinen Schatten hinter sich zu lassen.

Und nun hatte sie endlich die Chance dazu. Etwas Unerwartetes geschah mit ihr. Sie war frei, ungebunden. Nichts hielt sie hier – nicht mehr Victors politischer Terminkalender, und ganz gewiss keine sozialen Verpflichtungen. Ein grandioses Gefühl der Freiheit stieg in ihr auf wie eine Schar Vögel, die aus einem Sumpf aufflog.

Nun, da die Ermittlungen endlich abgeschlossen waren, steuerte sie auf eine Entscheidung zu, die ihr schon seit Monaten durch den Kopf spukte. Sie konnte dieses Haus in Ordnung bringen, es verkaufen und sich auf und davon machen. Das Ziel erschien ihr längst nicht so wichtig wie der Drang, hier wegzukommen.

Sie nahm einen Zettel zur Hand, den sie am Schwarzen Brett im Postamt gefunden hatte. »Paradise Construction – Renovierungen und Umbauten. Meisterbetrieb mit Versicherungsgarantie. Zahlreiche Referenzen.« Sie griff zum Telefon, bevor sie es sich anders überlegen konnte, wählte die angegebene Nummer und landete – wie zu erwarten – bei einem Anrufbeantworter.

Sandra zögerte, denn sie wusste nicht recht, was sie sagen sollte. Ihr Haus war wirklich in einem schlechten Zustand. Sie brauchte einen Spezialisten. Also hinterließ sie nur ihre Adresse und Telefonnummer.

Draußen zerrten Sturmböen an den wilden Rosen unter dem Fenster. Dornen kratzten über die leicht gewellte, regennasse Fensterscheibe. Kein Wunder, dass in diesen Gewässern viele Schiffe vom Kurs abkamen; das langsam blinkende Licht des Leuchtturms auf Point Judith war in der Ferne kaum mehr auszumachen.

Die bittere, eisige Kälte des Wintersturms streckte ihre unsichtbaren Finger durch die Risse und Ritzen des alten Hauses. Zitternd holte sie ein Holzscheit für den alten Ofen. Es war das letzte Stück im Holzkorb. Die Ofentür öffnete sich mit rostigem Gähnen, und sie legte das Scheit auf die Glut. Dann setzte sie den Blasebalg an und pumpte, bis die verlöschenden Kohlen rot erglühten und kleine Flammen an dem Scheit zu züngeln begannen. Vor nicht allzu langer Zeit hatte sie keine Ahnung gehabt, wie man einen Holzofen anheizte. Jetzt war es ihr in Fleisch und Blut übergegangen wie das tägliche Zähneputzen.

Als das Feuer zu knistern begann, schob sie die Lüftungsschlitze auf und griff wieder zu ihrem Tagebuch.

Zehn Vorteile, arm zu sein:
1. *Man lernt, Feuer zu machen, um es warm zu haben.*
2. *Man kann Telefonmarketing-Leuten sagen, wohin sie sich –*

Wem wollte sie etwas vormachen? Sie würde es nie auf zehn bringen. Sie legte das chaotisch bekritzelte Notizbuch weg und starrte in das kleine, fauchende Feuer.

Sie fühlte sich wie das Mädchen mit den Streichhölzern, das seinen gesamten Vorrat abgebrannt hatte. Hans Christian Andersens Märchenheldin hatte nicht gewusst, wie es weitergehen, wie sie überleben sollte. Sandra sah sich selbst in diesem Haus ohne Wärme, das letzte Feuerholz aufgebraucht, wie sie vor dem Ofen zusammengerollt auf dem Boden lag. Wer würde sie dort finden? Sie stellte sich vor, wie man Jahre später ihre ausgebleichten Knochen entdecken würde, wenn die Erinnerung an sie zu einem skandalösen Schmutzfleck in der Geschichte des Ortes verblasst war und irgendein Bauunternehmer das historische Gebäude abreißen ließ, um hier eine Reihe schicker Eigentumswohnungen mit Meeresblick zu errichten.

Sie fragte sich, ob auch anderen Leuten solche Gedanken kamen, wenn ihnen das Feuerholz ausging.

Ein paar Teenager aus dem Ort besserten ihr Taschengeld mit Holzhacken für die Sommerfrischler auf, die gern Lagerfeuer am Strand machten. Aber trotz des Urteils der Gerichtsmedizin war Sandra ziemlich sicher, dass niemand bereit wäre, für sie Feuerholz zu hacken, nicht in dieser Gegend.

Der eisige Wind heulte auf, fauchte um die Simse des alten Daches, zischte durch die Ritzen herein und schien sich über das bisschen Wärme von dem letzten Scheit im Ofen lustig zu machen.

Das große Haus war schon seit Generationen im Besitz der Familie ihres Vaters; vor über hundert Jahren war es als Ferienhaus errichtet worden und stand seit Langem leer und vernachlässigt da wie ein ausgebleichtes Skelett im Nirgendwo. Es war ein Sommerhaus und nicht für Wintergäste gedacht, doch Sandra blieb nichts anderes übrig, als jetzt hier zu wohnen.

Zumindest hatte sie ein Dach über dem Kopf. Aber ihr Mann war tot, und alle hielten sie für die Schuldige, egal, wie die Wahrheit aussehen mochte. In ihrem Herzen hütete sie Geheimnisse, die sie mit ins Grab nehmen würde.

Wieder starrte sie aus dem regennassen Fenster und versuchte, die Kälte zu ignorieren, die ihr bis in die Knochen drang. Der Sturm hatte die wilden Rosen neben dem Haus niedergerungen. Am Strand hatten die Wellen einen schmalen Streifen Strandgut angeschwemmt. Leichter Frost überzog alles mit einem silbrigen Schimmer – die Dünen, die Felsen, die Fenster des Hauses, das sie nicht heizen konnte.

Heizen.

Das wurde allmählich lächerlich. Sie würde ihr verdammtes Feuerholz selbst hacken, und wenn sie sich dabei das Rückgrat brach.

Sie zog eine dicke, karierte Jacke an, schlüpfte in ihre Gummistiefel und ging hinaus. Der Regen hatte nachgelassen, doch der Wind pfiff immer noch schneidend ums Haus. Als sie über die Auffahrt zur Garage und zum Schuppen hinüberging, fiel ihr flatterndes Papier am Straßenrand auf.

Als die Gerüchte aufgekommen waren, hatte sie hin und wieder rollenweise Toilettenpapier gefunden, das aus vorbeifahrenden Autos auf die wuchernde Hecke hinter ihrem Briefkasten geschleudert worden war. An solche Demütigungen sollte sie sich mittlerweile gewöhnt haben, doch es traf sie immer noch.

Ihr Briefkasten war typisch für diese ländliche Gegend. Er ragte aus den ungeschnittenen Heckenrosen hervor – nichts Besonderes, nicht einmal mit ihrem Namen versehen. Nur die Hausnummer stand darauf.

Der kleine metallene Briefkasten lag im Straßengraben. Das verbogene rote Metallfähnchen war mitten auf der Straße gelandet und wies nach Süden. Das verzinkte Gehäuse war nur noch ein verbeultes Wrack – wie ein Modell von einem Flugzeugabsturz.

»Du lieber Himmel«, seufzte Sandra. »Was soll denn das?«

Feuerwerksknaller; vermutlich irgendwelche Teenager aus dem Ort mit Chinaböllern oder Kanonenschlägen. Warum hatte sie das nicht gehört? Vielleicht hatte der Sturm vergangene Nacht den Knall übertönt, oder sie hatte ihn doch gehört, aber für die Fehlzündung eines vorbeifahrenden Autos gehalten.

Der bitterkalte Wind hatte ihre Post in den Straßengraben geweht und über den Randstreifen verteilt. Sie erkannte den Umschlag eines Wäschekatalogs, aus dem sie nie etwas bestellte, Gutscheine für einen Ölwechsel, die sie vergessen würde, bis sie abgelaufen waren, und die täglich eintrudelnde Kreditkartenwerbung. Mochte man auch die ganze Welt zum Feind haben, die Kreditkarten-Unternehmen wollten immer noch, dass man Geld ausgab.

Sie schob die aufgeweichten Überreste mit der Stiefelspitze auseinander, sah plötzlich einen Fetzen typisches blaues Papier und hob ihn auf. Genau diese Farbe hatten die Schecks, die sie von ihrer Literatur-Agentin bekam. Es war doch tatsächlich ein Scheck im Briefkasten gewesen.

Als Victor noch gelebt hatte, waren ihre bescheidenen Honorare ein netter Zusatzverdienst gewesen. Nun, da er fort war, brauchte sie dieses Geld zum Überleben.

Diese Vandalen kümmerte es natürlich kein bisschen, wie

dringend sie den Scheck brauchte. Für die Leute hier war sie immer noch die Schwarze Witwe.

Sandra zerknüllte das Stückchen Papier in der Hand. Das war's. Sie hatte genug. Irgendetwas in ihr bekam einen Sprung und brach dann langsam auseinander wie ein Eisberg, der an einer Klippe zerschellte.

Genug.

Im Schuppen neben der Garage funkelte sie wütend den großen Haufen dicker, gut abgelagerter Holzklötze an. Sie schleuderte die Reste des Schecks in eine Ecke, nahm die Axt vom Haken an der Wand, schob mit dem Fuß einen runden Klotz auf das braune Gras und stellte ihn aufrecht hin. Dann ließ sie die Axt herabsausen, mitten hinein, und spaltete den Klotz in zwei Hälften. Innen war das Holz sehr hell, nur ein wenig feucht, und es verströmte einen sauberen Duft. Sie stellte die beiden Hälften aufrecht hin und spaltete sie nacheinander, ein wenig überrascht von ihrem mörderischen Geschick mit der Axt. Schließlich hob sie die Viertel auf und warf sie in die rostige Schubkarre, um sie später ins Haus zu bringen.

Sie machte sich an den nächsten Klotz und den nächsten; sie zerhackte sie mit Feuereifer und merkte gar nicht, wie die Zeit verging, obwohl der Haufen geviertelter Scheite in der Schubkarre immer höher wurde. Späne flogen, und die hohlen Axthiebe hallten rhythmisch durch den Garten. Sie arbeitete wie ein Roboter, zog einen Klotz heran, spaltete ihn einmal und dann noch einmal, dasselbe beim nächsten und beim übernächsten, bis sich Schweiß mit den Tränen vermischte, die ihr übers Gesicht rannen.

2

Mike Malloy hielt am Straßenrand, ein paar Meter vor der Hausnummer, die die Frau auf seiner Mailbox hinterlassen hatte. Er sah den typischen Pfahl eines Briefkastens – nur ohne den Briefkasten darauf. Die Hausnummer war zwar mitsamt dem Briefkasten zerstört worden, doch die Freiwillige Feuerwehr pinselte sie immer zusätzlich vor dem jeweiligen Grundstück auf die Straße.

Das alte Babcock-Haus? Das musste ein Irrtum sein. Er drückte ein paar Tasten auf seinem Handy und hörte sich die Nachricht noch einmal an: *Hallo, mein Name ist Sandra, und ich bräuchte jemanden für einige Reparaturarbeiten an meinem Haus, 18707 Curlew Drive. Bitte rufen Sie mich zurück unter (041) 555-4006.*

Verdammt. Es war *diese* Sandra. Victors Witwe. Mike legte die Arme aufs Lenkrad und betrachtete das alte, abgelegene Anwesen. Er kannte das Haus seit Jahren, doch er hatte nicht gewusst, dass es der Frau gehörte, die ganz Paradise so genüsslich hasste. Jetzt konnte er sich denken, was mit dem Briefkasten passiert war. Die Teenager aus dem Ort machten gern Spritztouren über die holprigen Küstenstraßen und vertrieben sich so manche langweilige Nacht damit, Briefkästen einzuschlagen. Mike hatte in seiner Jugend selbst oft genug solchen Unsinn angestellt. Victor hatte sich ihnen bei solchen Unternehmungen selten angeschlossen – schon damals schien er stets auf eine reine Weste bedacht gewesen zu sein.

Meistens wurden Briefkästen völlig willkürlich aus fahrenden Autos heraus attackiert, doch Mike hatte das Gefühl, dass man diesem hier mit besonderer Bosheit zu Leibe gerückt war.

Mike ließ den alten, Öl fressenden Motor laufen, während er daran dachte, wie die Gerüchteküche in Paradise geradezu überkochte. Obwohl er erst seit ein paar Wochen wieder hier war, hatte er schon ein Dutzend verschiedener Versionen über die Tragödie des vergangenen Jahres gehört. Und alle stellten Victors geheimnisvolle Witwe als Schuldige hin.

Er warf einen Blick auf die Landkarte, die auf dem Beifahrersitz ausgebreitet lag. Blue Moon Beach war ein abgelegenes Fleckchen, ein grüner Punkt am Rande des riesigen blauen Atlantik, doch anscheinend nicht abgelegen genug, um Sandra Winslow aus dem Licht der Öffentlichkeit herauszuhalten.

Seit Jahren wohnte niemand mehr in dem alten, viktorianischen Gebäude hinter den hohen Hecken. Als Kinder waren Mike und Victor oft hierhergekommen und hatten mit der Steinschleuder auf das alte Babcock-Haus geschossen, das nur im Sommer bewohnt war. Die beiden Jungen waren damals unzertrennlich gewesen, hatten ihre Sommer gemeinsam am Strand verbracht und waren im Winter zusammen auf dem Froschteich Schlittschuh gelaufen. Mit zwölf Jahren hatten sie einander Blutsbruderschaft geschworen, in einem feierlichen Ritual mit einem stumpfen Pfadfindermesser, einem Lagerfeuer bei der Horseneck-Höhle und ein paar lateinischen Beschwörungen, die sie von einer Dollarnote abgelesen hatten.

Seit jener sternenklaren Nacht war ein ganzes Leben vergangen, doch er erinnerte sich sehr gut daran, wie sich die Wellen im Mondschein mit gespenstisch leuchtenden Schaumkronen aus dem Meer erhoben und dann über den Sand glitten mit dem säuselnden Rhythmus, der ihrer beider Kindheit stets begleitet hatte.

Als das Erwachsenwerden wie eine unheilbare Krankheit in ihrem Leben ausgebrochen war, hatten sie einander aus den Augen verloren, wie so viele beste Freunde aus Kindertagen.

Und nun dies.

Victor war tot, und Mike versuchte mühsam, wieder auf die Beine zu kommen, nachdem er durch eine hässliche Scheidung alles verloren hatte.

Verglichen mit Victors Schicksal war das wohl nicht so schlimm.

Vermutlich war es kein Zufall, dass Sandra Winslow nur einen Tag nach Abschluss der Ermittlungen Geld ausgeben wollte. Wie er Victor kannte, hatte der sicher eine dicke Lebensversicherung abgeschlossen.

»Also, was soll ich jetzt tun, Vic?«, fragte Mike laut, sodass sein Atem die Windschutzscheibe des Pick-up beschlug. Doch er kannte die Antwort bereits. Er brauchte diesen Auftrag.

Mike Malloy war einmal richtig gut im Geschäft gewesen. In Newport hatte er eine Baufirma gehabt, die auf historische Renovierungen spezialisiert war. Doch die war bei der Scheidung den Bach runtergegangen, wie alles andere auch. Jetzt musste er sich etwas Neues aufbauen, indem er wieder ganz klein anfing, mit An- und Umbauten, Reparaturen, was es eben so zu tun gab. Er hätte nie damit gerechnet, so spät im Leben noch einmal von vorn anfangen zu müssen.

Zu dieser Jahreszeit waren größere Aufträge rar. Ein paar Sommerfrischler ließen vielleicht kleinere Reparaturen an ihren leeren Ferienhäusern machen; das Wetter tat hier ein Übriges, denn die Winterstürme rissen Schindeln ab, zerbrachen Fensterscheiben oder ließen ein paar Keller volllaufen. Ein langfristiges Projekt käme ihm gerade jetzt sehr gelegen.

Er trommelte mit den Fingern auf das Lenkrad, legte dann den Gang ein und lenkte den alten Dodge in Sandra Winslows Einfahrt.

Das Anwesen wirkte so verloren wie ein Spielzeug, das im Regen liegen geblieben war. Es war ein Holzhaus im typischen »Carpenter Gothic«-Stil der 1880er-Jahre, hoch und schmal mit einem steilen Giebeldach und breiten, geschnitzten Winddielen. Spitzbogen rahmten die Fenster ein, und auf drei Seiten des Hauses zog sich eine hölzerne Veranda um das Erdgeschoss.

Selbst in diesem zerfallenen Zustand strahlte das Gebäude eine zarte Eleganz aus. Es war unübersehbar ein Sommerhaus, ideal gelegen und konstruiert, um die sommerliche Meeresbrise bestens zu nutzen. Die einzige Vorkehrung für winterliche Kälte schien der gemauerte Kamin zu sein.

Die grauen Außenwände hatten seit Jahrzehnten keine frische Farbe mehr gesehen, schätzte er, und auf dem Dach hatten sich Moos, Flechten und Giftsumach breitgemacht. Das durchhängende Verandadach vor dem Eingang entbot einen verdrießlichen Gruß, und um das ganze Dach herum zog sich ein schmaler Balkon mit klaffenden Lücken im Geländer.

Dennoch erkannte Mike einen subtilen, ungekünstelten Charme in den verschalten Wänden, den verspielten Erkerfenstern und den steilen Holzgiebeln, die vor über hundert Jahren von Hand behauen worden waren. Doch wie das Haus selbst, so war auch sein Charme alt und verwittert. Fensterläden, die vermutlich vor einem halben Jahrhundert zuletzt bewegt worden waren, hingen schief in rostigen Angeln. Mindestens einer war in einen wild wuchernden Fliederbusch gestürzt.

Das Haus war eine Katastrophe. Die Leute, die Sandra Winslow so gern hinter Gitter bringen wollten, sollten es sich einmal ansehen. Wenn es eine Art Fegefeuer für Mörder gab, die ungestraft davongekommen waren, dann müsste es in etwa so aussehen.

Sein erfahrenes Auge jedoch kehrte immer wieder zu den eleganten Linien des Hauses zurück, zur natürlichen Anmut der schneckenförmigen Zierleisten und dem spektakulären Gesamteindruck des Anwesens – das gut zweitausend Quadratmeter große Grundstück am Strand bot rundum die beste Aussicht weit und breit.

Der Garten war verwildert, der Rasen war teilweise nur noch ein Matschfleck, der das Haus umgab wie ein zerfledderter Rock. Uralte Heckenrosen reichten teilweise bis zum ersten Stock hinauf. Wind und Kälte hatten schon längst die Blätter von den wuchernden Büschen gepflückt und nur blanke Hagebutten hängen lassen.

Mike stellte den Motor ab. Als er ausstieg, hörte er ein rhythmisches Krachen vom Schuppen neben der Garage, einer umgebauten Remise.

Da hackte jemand Holz. Er ging um die Garage herum, um nachzusehen, wer das war.

Dem Rhythmus des Hackens nach erwartete er eine große Person. Geübt im Holzhacken. Er hatte selbst schon oft genug Holz gehackt und wusste, dass das harte Arbeit war.

Zuerst erkannte er Sandra Winslow gar nicht. Er hatte sie bisher nur auf Fotos gesehen und war ziemlich sicher, dass sie sich für die Presse niemals so gekleidet hätte. Verwaschene Jeans und eine viel zu große Jacke, wie Jäger sie trugen. Ihr braunes Haar steckte nur noch teilweise in einem zerzausten Pferdeschwanz; an den Füßen trug sie uralte Gummistiefel. Ihr Gesicht war von Wind und Kälte gerötet.

Gespaltene Holzklötze lagen um sie herum verstreut wie kleine Leichen. Sie bemerkte ihn nicht, sondern hackte wild entschlossen drauflos, hob die Axt hoch über den Kopf, ließ sie ins Holz hinabsausen und zog sie dann mit einer gekonnten kleinen Drehbewegung heraus, um erneut auszuholen. Plötzlich hielt sie inne und stieß einen leisen Laut der Überraschung aus. Dann beugte sie sich vor, um eine winzige braune Feldmaus zu beobachten, die hastig unter dem aufgestapelten Holz Schutz suchte.

Sie nahm den nächsten Klotz vom anderen Ende des Stapels an der Wand, möglichst weit weg von der Maus, und legte ihn sich zurecht.

»Entschuldigen Sie«, sagte er.

Sie erstarrte mit erhobener Axt, drehte sich zu ihm um und

hielt die Axt quer vor der Brust. Sie sah gefährlich aus – mit flammenden Wangen und blitzenden Augen voller Wut.

»Wer sind Sie?«, fragte sie.

»Ich heiße Mike Malloy.« Er wartete ab, ob ihr der Name etwas sagte. Hatte Victor ihn vielleicht irgendwann einmal erwähnt?

Anscheinend nicht, wenn er ihre leicht misstrauische Miene und ihre nächste Frage richtig deutete: »W-was wollen Sie von mir?«

Das klang wie eine Fangfrage, und sie musste es auch bemerkt haben. Er war hergekommen, weil er Arbeit suchte, und stand auf einmal vor der Frau, die angeblich Victor Winslow ermordet hatte.

Er hielt ihr eine Visitenkarte hin. »Ich bin wegen der Renovierung hier. Sie haben mir vor ein paar Tagen eine Nachricht hinterlassen.«

»Ich habe nicht damit gerechnet, dass Sie gleich persönlich vorbeikommen.« Ihr Blick schweifte kurz zum Haus hinüber. »Also dann. Ich hätte einiges zu reparieren.«

»Zum Beispiel Ihren Briefkasten«, bemerkte er.

Sie senkte den Blick – offenbar hatte er etwas Falsches gesagt.

»Das Haus ist total heruntergekommen.« Sie lehnte die Axt an die Wand. »Das ist mir klar. Ich brauche keinen zufällig vorbeifahrenden Handwerker, der mir das erklärt.«

Handwerker. Mike war nicht beleidigt. Er wünschte, es wäre tatsächlich so einfach.

»Ich habe Ihnen noch gar nichts erklärt, Ma'am.« Er mochte sie nicht. Schon nach wenigen Augenblicken wusste er genau, dass sie schwierig und reizbar war; sie hielt Wut und Misstrauen vor sich hoch wie einen Schutzschild.

Das hier war eine verdammte Zeitverschwendung, entschied Mike. Er schob die Visitenkarte zwischen zwei gespaltene Scheite auf der Schubkarre. »Na ja, wenn Sie meinen, Sie bräuchten doch jemanden, da steht meine Nummer drauf.«

Ohne sie eines weiteren Blickes zu würdigen, drehte er sich um und ging zurück zu seinem Pick-up.

Er wollte gerade einsteigen und wegfahren – ein wenig erleichtert und in Gedanken schon bei seinem nächsten Termin –, als sie plötzlich rief: »Warten Sie!«

Er wandte sich um und sah sie mit seiner Karte in der Hand dastehen. »Was genau machen Sie denn?«

»Reparaturen.«

»Was für Reparaturen?«

»Sagen Sie mir, was kaputt ist, und ich repariere es.«

Aus irgendeinem Grund schien sie das komisch zu finden, aber keineswegs erheiternd. Ein barsches, abgehacktes Lachen brach aus ihrer Kehle hervor und erstarb sofort. »Es ist so: Ich habe beschlossen, das Haus zu verkaufen.«

Mike bemühte sich, seine Überraschung zu verbergen. Häuser wie dieses standen sehr selten zum Verkauf. Trotz des kaum bewohnbaren Zustands war ein solches Haus am Blue Moon Beach eine potenzielle Goldmine.

»Wenn das so ist, dann brauchen Sie mich wirklich. In diesem Zustand bekommen Sie nicht mal ein ordentliches Gutachten dafür. Wann haben Sie sich denn zum Verkauf entschlossen?«

Sie starrte finster auf das Wrack ihres Briefkastens. »Vor etwa zwanzig Minuten.«

Sie verbreitete nicht unbedingt gute Laune.

Mike schlug die Wagentür wieder zu und sagte: »Ich mach Ihnen einen Vorschlag. Ich sehe mir das Haus erst mal an, wenn es Ihnen recht ist, Miss –?« Es war riskant, so zu tun, als wisse er nicht, wer sie war, doch wenn er sich dumm stellte, verlor sie vielleicht etwas von ihrer nervösen Befangenheit.

»Sandra Babcock Winslow«, sagte sie und steckte die Visitenkarte in die Hosentasche. Sie beobachtete ihn mit forschendem Blick, doch Mike ließ sich nicht anmerken, dass er diesen Namen kannte. Er würde ihr überhaupt nur das Nötigste von sich erzählen. Im Laufe der Jahre hatte er mit Dutzenden Kunden zusammengearbeitet und sich nie verpflichtet gefühlt, ihnen von seiner Vergangenheit oder seinem Privatleben zu erzählen. Wenn er durchblicken ließ, dass er Victor gekannt hatte, schickte sie ihn vielleicht sofort wieder weg.

Sie ging durch den Garten bis zum Ende, wo ein Gebüsch aus Farn und Heckenrosen das Anwesen zu den Dünen hin abgrenzte. Unter der winterlichen Kälte lag der sanft abfallende Garten glatt und gefroren da.

Ein starker Wind zerzauste Sandra Winslows Haar, sodass es teilweise auch ihr Gesicht verbarg, das ungeduldig und gequält zugleich wirkte. »Das Haus stammt aus dem Jahr achtzehnhundertsechsundachtzig«, erklärte sie. »Mein Urgroßvater Harold Babcock hat es als Sommerhaus gebaut. Es gab schon früher Pläne, es zu restaurieren.«

Das überraschte Mike nicht – das Haus war ein ungeschliffener Diamant, und er sah sehr wohl, was man daraus machen konnte. Sein Unternehmen in Newport war deshalb so erfolgreich gewesen, weil er wusste, wie man historische Häuser anpackte. Er hatte ein Händchen dafür, die vielen Schichten verflossener Jahre abzuschälen, misslungene Modernisierungsmaßnahmen rückgängig zu machen und die Absicht des ursprünglichen Erbauers wieder zum Vorschein zu bringen.

Wie manche alte Häuser, so weckte auch dieses am Blue Moon Beach ein Gefühl der Nostalgie, das Zynismus, Enttäuschung und die Bürde vieler Jahrzehnte überwand. Einen Augenblick lang konnte er sich das Babcock-Haus vorstellen, wie es nach einer Renovierung aussehen könnte, elegant wie ein Hochseesegler, der Garten in voller Blüte, eine Schaukel an dem knorrigen alten Hickorybaum, spielende Kinder.

Mike ermahnte sich, das Haus so zu sehen, wie es war – heruntergekommen, vernachlässigt, verfallen und mit dem schlechten Karma seiner reizbaren Bewohnerin durchsetzt.

Und doch...

»Also?«, fragte sie.

»Genau das richtige Objekt für eine Restaurierung«, sagte er voller Überzeugung. »Im Augenblick ist es zwar in einem erbärmlichen Zustand, aber die Bausubstanz ist gut, und es ist ein handwerkliches Juwel.«

Sie lachte, wieder dieser bittere Laut. »Sie haben eine lebhafte Fantasie, Malloy.«

»Ein gutes Auge«, widersprach er, verärgert über ihren Sarkasmus. »Ich will Ihnen nichts vormachen – hier muss viel getan werden, aber ich vermute, das Haus ist grundsolide gebaut. Vielleicht ist sogar das Dach noch in Ordnung, unter all der Vegetation.«

»Glauben Sie mir, es ist nicht in Ordnung.« Sie ging voraus zum Wintergarten, von dem aus man auf den endlosen Ozean blickte.

Automatisch sammelte er einen Arm voll Holzscheite auf.

»Das brauchen Sie nicht zu machen«, sagte sie.

»Geht aufs Haus«, erwiderte er und folgte Victor Winslows Witwe. Die Schwarze Witwe vom Blue Moon Beach – hatte die Lokalzeitung sie nicht so getauft?

Sie stand an der Tür und hielt sie ihm auf. »Komm nur herein«, sagte sie mit leiser Ironie.

»Sagte die Spinne zur Fliege«, beendete er ihren Satz und trat ein.

Sie schob sich das Haar aus dem Gesicht. »Ach, Sie kennen diesen Reim?« Sie wirkte überrascht. Das kannte er gut; die Leute nahmen immer an, Handwerker könnten nicht lesen und würden nicht einmal Kinderreime kennen.

»Den bekomme ich gerade noch zusammen«, erwiderte er.

Sie zog sich die Gummistiefel aus und stellte sie bei der Tür ab. »Dann haben Sie wohl Kinder.«

Er nickte. Diese Tatsache entschied heutzutage über sein ganzes Leben. »Einen Sohn und eine Tochter.«

»Wie schön.« Ihre Miene entspannte sich ein wenig. Zum ersten Mal sah er einen Anflug von Wärme in ihrem Gesicht. Sie fand es wohl wirklich schön, dass er Kinder hatte.

Mike fragte sich, warum nirgendwo kleine Winslows herumliefen. Victor hatte Kinder sehr gemocht, daran erinnerte er sich. Er hatte beim YMCA in Newport Kindern Schwimmunterricht gegeben, als sie noch zur Highschool gegangen waren. Und jeden Sommer hatte er am First Beach Segelkurse abgehalten.

Doch dann dachte Mike, es sei wohl besser, dass sie keine Kinder hatten. Was wäre das für eine Kindheit, wenn man ständig zu hören bekam, die eigene Mutter hätte den Vater ermordet?

Er stapelte das Holz hinter der Tür auf.

Sie dankte ihm nicht, sondern deutete stattdessen an die Decke in der Ecke des Raumes. »Deswegen macht mir das Dach solche Sorgen«, erklärte sie.

Große Schimmelflecken breiteten sich über Wand und Decke aus. »Das kriegt man wieder hin«, sagte er. »Ich müsste es mir mal näher ansehen.«

Sie verschränkte die Arme vor der Brust. »Ich habe doch gar nicht gesagt, dass Sie –«

»Ich auch nicht«, unterbrach er sie. »Ich will es mir ja nur mal ansehen.«

»Sie haben wohl gerade nicht viel zu tun.«

»Na ja, zu dieser Jahreszeit ist nicht viel los.« Er ging ins nächste Zimmer, eine hohe, schmale Küche mit uraltem Linoleumboden, der stellenweise schon durchgewetzt war, einem alten, oft geschrubbten Holztisch und einer großen, gusseisernen Spüle. An einem Saugfuß am Fenster hing ein Vogel aus buntem Glas. Auf dem summenden Kühlschrank klebte eine ganze Sammlung bunter Magnete in Form diverser Zeichentrick-Figuren mit Notizen und Listen. Es roch leicht nach Gewürzen und Spülmittel. »Das sind ja noch die originalen Einbauschränke«, bemerkte er. »Sehr schön, aber das ist der hässlichste Anstrich, den ich je gesehen habe.«

Sie strich mit der Hand über die Tür eines Hängeschranks, der in hochglänzendem Seetang-Grün lackiert war. »Eine meiner Großtanten, glaube ich.« Sie zuckte zusammen, ließ die Hand sinken und betrachtete ihre Handfläche. Eine Reihe praller Blasen, von denen manche schon aufgeplatzt waren, zog sich über die untersten Fingerglieder.

»Sie sollten Handschuhe tragen, wenn Sie Holz hacken«, riet er.

»Hm.«

Ohne weiter darüber nachzudenken, nahm er ihr Handgelenk. Sie wich augenblicklich zurück.

»Sie müssen das gründlich säubern«, sagte er, führte sie zum Spülbecken und drehte den Kaltwasserhahn auf. Er war sich seltsam bewusst, wie zerbrechlich sich ihr Handgelenk anfühlte, wie glatt und zart die Haut an seiner Hand war. Sie hatte bläuliche Tintenflecke an den Fingern.

Er hielt ihre Hand unter den kalten Wasserstrahl. Das brannte bestimmt, doch sie zuckte nicht mit der Wimper.

»Zeigen Sie mir mal die andere Hand.«

Noch mehr Blasen. Er ließ sie auch die andere Hand gründlich waschen und holte inzwischen ein paar Papiertücher, um sie trockenzutupfen. Er hielt sacht ihre Hand in beiden Händen, die verletzte Handfläche nach oben. »Haben Sie irgendwo einen Verbandskasten?«

»Das ist nun wirklich kein medizinischer Notfall«, widersprach sie.

»Wenn Sie diese offenen Blasen nicht verbinden, können sie sich entzünden.«

»Na schön.« Sie wühlte im Schrank unter der Spüle herum und brachte einen uralten Erste-Hilfe-Kasten der Pfadfinder zum Vorschein. Er suchte eine Mullbinde, Klebeband und ein Fläschchen Desinfektionsmittel heraus, so uralt, dass der Verschluss eingerostet war.

»Kommen Sie mir damit bloß nicht zu nahe. Das Zeug brennt so bestialisch, davon habe ich schon als Kind Albträume bekommen.«

Er warf das Fläschchen in den Mülleimer. »Das ist inzwischen wohl sowieso giftig.« Er nahm wieder ihre Hand, wickelte Mullbinde darum und klebte sie fest.

Während er sich um die andere Hand kümmerte, hielt sie die verbundene hoch und betrachtete sie von allen Seiten.

»Man merkt wirklich, dass Sie Vater sind. Gute Erstversorgung«, sagte sie und bewegte die Hand ein wenig. »Ich sehe aus wie ein Preisboxer.«

Das hörte sich von jemandem mit Ihrer Statur ziemlich witzig an, und er lächelte beinahe. »Und nächstes Mal, wenn Sie Holz hacken, tragen Sie Handschuhe.«

»Gute Idee.«

»Seit wann wohnen Sie denn hier?«

Sie lehnte sich an die Arbeitsfläche. »Nicht einmal ein Jahr. Aber das Haus ist schon ewig im Familienbesitz. Es wurde nur schon lange nichts mehr daran gemacht.« Sie stieß sich von der Arbeitsfläche ab und führte ihn in den nächsten Raum, ein großes Wohnzimmer mit einem durchhängenden Sofa vor dem Holzofen, der in einen gemauerten Kamin eingebaut war. Ein großes Erkerfenster mit Kissen auf dem breiten Fensterbrett bot eine fantastische Aussicht. Auf den Regalen links und rechts vom Kamin standen mehr Bücher, als er je außerhalb einer Bibliothek gesehen hatte, und noch mehr reihten sich in einem kleinen Nebenraum.

»Die Dielen knarzen überall«, bemerkte sie, während sie auf Strümpfen weiterging und die nächste Tür öffnete. »In den Keller läuft Wasser rein. Alle Fenster klappern, und das Treppengeländer wackelt. Ich möchte gar nicht erst wissen, wie es auf dem Dachboden aussieht. Beim Einzug habe ich dort alle möglichen Kisten abgestellt, und seitdem war ich nicht mehr oben.«

Sie ging die Treppe hinauf, und das Treppengeländer wackelte tatsächlich wie ein loser Zahn. Im ersten Stock zog sich ein schmaler Flur schnurgerade über die ganze Länge des Hauses, mit einem Wäscheschacht, einem Bad und drei Schlafzimmern, von denen zwei vollkommen leer waren, bis auf ein paar Spinnweben. Das dritte Zimmer hatte eine Reihe Fenster, die aufs Meer hinausgingen, und ein altes Himmelbett aus dunklem, verkratztem Walnussholz; die Bettpfosten waren mit traditionellen Schnitzereien in Form von Reisgarben verziert. Das Bett war nicht gemacht, aber das schien ihr nicht unangenehm zu sein. Ein schlapper Teddybär von der scheußlichen Sorte, die man auf dem Jahrmarkt gewinnen konnte, lag zwischen den zerwühlten Laken. Auf dem Nachttisch stapelten sich Taschenbücher neben einem Medikamentenfläschchen, einem Notizblock und einem Stift. Ein leichter, blumiger Duft – ein Duft nach Frau – hing in der Luft. Das hätte er lieber nicht bemerkt.

Der Raum vermittelte die Atmosphäre eines schäbigen Hotelzimmers. Doch wie schon draußen vor dem Haus, so blickte er auch hier tiefer, durch abblätternde Tapete und ungepflegtes Holz hindurch, und sah das Zimmer wie verwandelt: Das Bett so aufgestellt, dass man die Sonne über dem Meer aufgehen sah, kleine Prismen in den Bleiglasfenstern, die Regenbogen an die Wände zauberten.

»So, das war schon fast alles«, sagte sie und schob sich dicht an ihm vorbei hinaus.

Sie roch nach Shampoo, Seeluft und noch etwas anderem, Einsamkeit vielleicht. Draußen im Flur deutete sie auf zwei weitere Türen. »Hier ist der Wäscheschrank, und da geht es zum Dachboden.«

Den wollte er sich ansehen, also stieg er hinauf und umging vorsichtig zerschrammte Koffer und Umzugskartons, unordentlich abgestellt und nur manchmal beschriftet.

»Schieben Sie die Kisten einfach weg, wenn sie Ihnen im Weg sind«, rief sie ihm nach. »Und, ist das Dach leck?«

»Ich glaube nicht.« Die Mansardenfenster waren so schmutzig, dass sie kaum Licht hereinließen. An den Fensterrahmen zeigte sich deutlich staubig braune Fäulnis. Er streckte die Hand aus und zog an der Schnur, um die nackte Glühbirne an der Decke einzuschalten. Die Dach- und Stützbalken, vor über hundert Jahren von Hand behauen, waren so solide wie Schiffsbalken. Er bückte sich unter Spinnweben hindurch, schaltete das Licht wieder aus und ging hinunter.

Sie stand in dem höhlenartigen, spartanisch eingerichteten Wohnzimmer, mit dem Rücken zum Ofen, und streckte die verbundenen Hände unwillkürlich nach hinten in die Wärme. »Und?«, fragte sie.

»Was möchten Sie denn mit dem Haus anfangen?«, fragte er zurück.

»Wie gesagt, ich will es verkaufen«, erwiderte sie. »Das heißt, dass ich es zunächst einmal herrichten lassen muss. In diesem Zustand finde ich dafür natürlich keinen Käufer.«

Wenn er das Geld gehabt hätte, Mike hätte es ihr auf der Stelle abgekauft, so wie es war. Das Anwesen gefiel ihm sehr gut – ein altes viktorianisches Sommerhaus am Strand. Doch die meisten Leute wollten ihr gutes Geld nicht in ein derartiges Projekt stecken, ein Fass ohne Boden. Und Mike hatte kein Geld – weder gutes noch sonstiges.

»Machen Sie mir einen Preis«, sagte sie.

Die Frau redete nicht um den heißen Brei herum, das musste er ihr lassen. »Kommt drauf an, was Sie wollen.«

Sie lachte wieder freudlos. »Was habe ich denn für Möglichkeiten?«

»Wollen Sie eine komplette historische Restaurierung oder nur die nötigsten Reparaturen?«

»Was auch immer mir den besten Käufer beschert.« Sie klang erschöpft und ein wenig verärgert, doch anscheinend nicht seinetwegen.

»Das wäre dann Plan A – die komplette Restaurierung nach den Denkmalschutz-Richtlinien des *National Register of Historic Residences*.«

»Ist das so wichtig?«, fragte sie.

»Das bedeutet bares Geld für Sie. Für ein fachmännisch restauriertes und zertifiziertes historisches Wohnhaus würden Sie einen phantastischen Preis erzielen, und Sie würden auch sofort einen Käufer finden. Anwesen wie dieses sind selten – allein schon die Lage, und das Haus ebenfalls. Wenn Sie es nur neu streichen lassen, die Leitungen und so weiter reparieren, die Hecken schneiden, das Dach abdichten und die Böden neu verlegen lassen, kriegen Sie es schon irgendwie los, aber Sie hätten keine Chance auf ein Zertifikat vom Denkmalschutz.«

»Und *das* ist so wichtig?«, wiederholte sie mit schneidendem Sarkasmus.

»Sonst müssen Sie viel länger warten, bis sich ein Käufer findet, und Sie bekämen viel weniger Geld dafür.«

»Ich bin daran gewöhnt, weniger zu bekommen, als ich erwartet hatte«, murmelte sie.

»Das Kriegsbeil, das Sie da vor sich hertragen, könnte ganz nützlich sein, falls wir irgendwelche Wände einreißen müssen.«

»Gut«, gab sie zurück. »Dann behalte ich es erst mal.«

Sie starrte ihn an, und vielleicht war es nur eine Täuschung, doch er hatte das seltsame Gefühl, sie wiederzuerkennen. Er konnte die Sanftheit sehen, die sich hinter all der Bitterkeit verbarg. Er sah die Frau, die beim Holzhacken eine Maus gerettet hatte, die Kühlschrank-Magneten sammelte und vor dem Einschlafen Taschenbuch-Romane las. Sie war nicht mehr die skandalumwitterte Gestalt aus den Lokalnachrichten, schmal und düster hinter einer dunklen Sonnenbrille, die von ihrem Anwalt schützend in ein wartendes Auto gedrängt wurde. Sie war ganz anders. Sie hatte riesengroße Augen, ein wenig braun, ein wenig golden, die im Gegensatz zu ihrem kratzbürstigen Auftreten eine gewisse Weichheit ausstrahlten.

Ab und zu hatte er Fotos von ihr und Victor in Zeitschriften gesehen. Die Winslows waren so etwas wie die Royals in diesem Bundesstaat, und die Berichterstattung über sie erstreckte sich bis hin zu ihren Frisuren. Die Society-Spalten hatten Sandra stets gezeigt, wie sie lächelnd zu Victor aufblickte, manchmal auch lachend. Aus irgendeinem Grund fand Mike es traurig, wie sie jetzt vor ihm stand.

»Was können Sie für mich tun, Mr Malloy?«, fragte sie leise und ohne eine Spur von Sarkasmus.

Es lag sehr viel in dieser Frage.

Er zögerte und überlegte sich, was er sich von dieser Sache erwartete – außer einem guten Auftrag. Vielleicht wollte er die Leere, die sie ausstrahlte, mit ein wenig Leben erfüllen, obwohl er wusste, dass das unsinnig war. Er hatte soeben die Schwarze Witwe vom Blue Moon Beach in Nahaufnahme gesehen.

Der erste Eindruck war nicht sehr einladend, doch nach ihrer kurzen Begegnung war sich Mike in zwei Punkten ganz sicher. Erstens: In dieser Frau steckte viel mehr, als man auf den ersten Blick vermuten könnte. Und zweitens: Wie schlecht ihr Ruf auch sein mochte, sie wäre die beste Kundin in dieser schleppend laufenden Saison.

Wenn er an ihrem Haus arbeitete, würden die Winslows – Victors Eltern, für die Mike einmal so etwas wie ein zweiter Sohn gewesen war – ihn vermutlich als Verräter ansehen. Vielleicht auch nicht. Geschäft war schließlich Geschäft, und vielleicht waren sie ganz froh darüber, dass ihre Schwiegertochter die Gegend verlassen wollte. Wenn er ihr Haus instand setzte, würde sie umso schneller verschwinden.

»Ich arbeite ein paar Angebote für Sie aus«, sagte er. »Einen Kostenvoranschlag für die komplette Restaurierung und einen für die Schönheitsreparaturen.«

»Klingt beides ziemlich teuer.«

»Die Ausgaben werden vom Verkaufspreis abgezogen, das heißt, Sie zahlen weniger Steuern.«

»Also schön.« Sie zupfte an einem Verband herum und funkelte ihn mit diesen cognacfarbenen Augen an. »Das klingt gut. Ich würde gern ein Angebot sehen.«

»Sie bekommen es in ein paar Tagen«, versprach er.

»Gut.« Sie ging zu einem Schreibtisch mit einem Laptop,

einem Drucker und Stapeln von Papier. Mike griff nach einem gerahmten Foto von ihr als kleinem Mädchen, mit braun gebrannten Beinen, das barfuß mit einem Mann und einer Frau auf einer Hollywood-Schaukel saß. Die Dünen im Hintergrund sagten ihm, dass das Bild am Blue Moon Beach aufgenommen worden war.

»Ihre Eltern?«, fragte er.

»Ja.« Sie kommentierte das Bild nicht weiter.

Sie sahen ganz normal aus, durchschnittlich und freundlich. Man wusste nie, wie die eigenen Kinder sich mal entwickelten, dachte er.

»Sie können mir das Angebot jederzeit vorbeibringen«, sagte sie. »Ich bin meistens... zu Hause.«

Sie stand nah genug, dass er wieder diesen Frauenduft riechen konnte, teils Parfüm, teils rätselhafte Anziehungskraft. Es flimmerte zwischen ihnen wie heiße Luft, und Mike versuchte, dieses Gefühl mit einem Stirnrunzeln zu verscheuchen. Nicht sie, sagte er sich. Nicht diese Frau.

Durch seine Arbeit hatten ihm oft genug junge Ehefrauen reicher Newporter Bauherren, die sich allein in ihren prächtigen alten Häusern langweilten, Avancen gemacht. Doch dieses Interesse war immer einseitig gewesen, denn er hatte sich strikt auf rein geschäftliche Beziehungen beschränkt.

Und doch konnte er die Erinnerung an das zerwühlte Bett oben nicht ganz abschütteln, und er war sich nur allzu bewusst, dass Sandra Winslow ganz allein hier lebte, eher einsam denn gelangweilt. Ungeachtet ihrer Vergangenheit war sie jetzt auch niemandes Ehefrau mehr.

3

Tagebucheintrag – Samstag, 5. Januar

Zehn Dinge, die ich noch tun will, bevor ich das Haus verkaufe:
49. *Grandpa Babcocks Überseekoffer zu meinen Eltern bringen.*
50. *Mich erinnern, wo ich 1972 meine Münzsammlung im Garten vergraben habe.*
51. *Malloys Referenzen überprüfen.*

Malloy. Michael Patrick Malloy stand auf seiner Visitenkarte. Sandra überflog noch einmal ihre überlange Liste und bemerkte, dass sein Name ein gutes Dutzend Mal auftauchte, obwohl sie ihm den Auftrag noch gar nicht gegeben hatte. Er drängte sich immer wieder in ihre Gedanken, und sie begriff nicht, warum.

Zwischen ihnen war nichts Persönliches, doch er rief ihr allzu scharf ins Bewusstsein, wie sehr ihr ganz gewöhnliche menschliche Kontakte fehlten. Er war Handwerker, und sie brauchte jemanden, der ihr Haus reparierte, so einfach war das. Nichts weiter dabei. Sie hatte schon früher Handwerker beauftragt und noch nie Fantasien über den Klempner oder den Swimmingpool-Mann gehabt.

Doch da war irgendetwas an der Art, wie Malloy hier aufgetaucht war, in einem verrückten Augenblick. Ein Ritter im rostigen Pick-up, ein Metermaß im Halfter an der Hüfte. Sie wollte gar nicht daran denken, was sie vielleicht getan hätte, wenn er nicht in genau diesem Moment erschienen wäre; doch sie konnte ohne theatralische Übertreibung davon ausgehen, dass er sie davor bewahrt hatte, eine verzweifelte Dummheit zu begehen.

Nicht, dass ihn das interessiert hätte. Er war ganz geschäftsmäßig aufgetreten, war von Raum zu Raum gegangen und hatte sich auf einem Klemmbrett Notizen gemacht. Nur, dass er nicht aussah wie die Geschäftsleute, die sie sonst kannte, mit seiner Baseball-Kappe, den schweren Stiefeln und verwaschenen Jeans. Sein Haar war ein bisschen zu lang, seine Art zu –

Ein plötzliches Hämmern an der Tür ließ sie aufspringen, sodass Stift und Notizbuch zu Boden fielen.

Sie blickte zur Tür. Es war helllichter Tag, sagte sie sich, nicht mitten in der Nacht. Dennoch konnte sie sich nicht davon abhalten, nach dem Schürhaken neben dem Ofen zu greifen. Sie ging langsam zur Tür und wünschte, sie könnte durch das kleine Fenster daneben erst einen Blick hinauswerfen, doch vor einer Weile war ein Stein durch die Scheibe geflogen, und jetzt war ein Brett vors Fenster genagelt.

Sie packte den Messinggriff des Schürhakens fester und atmete so schnell, dass ihr einen Moment ganz schwindlig wurde. Die Drohungen und Gemeinheiten, die sie seit Victors Tod ertragen musste, hatten sie gelehrt, jedes laute Geräusch in der Nacht zu fürchten. Selbst bei Tag.

Jetzt ist es doch vorbei, wollte sie schreien. Es war ein Unfall, verdammt noch mal. Doch ihr Anwalt hatte sie gewarnt, dass der Ärger mit diesem Urteil noch längst nicht ausgestanden sein würde. Sie hatte auch gelernt, auf seine Meinung zu vertrauen.

Es klopfte wieder. Lauter, drängender. Sandra holte tief Luft und öffnete die Tür einen spaltbreit. Die Türkette spannte sich straff über die schmale Öffnung. Als sie sah, wer draußen stand, bekam sie weiche Knie vor Erleichterung. Sie schob hastig den Schürhaken in den Schirmständer, schloss die Tür, hakte die Kette aus und machte die Tür weit auf.

Der Wind fuhr schneidend kalt durch das zugige alte Haus. Schwindlig vor Erleichterung trat Sandra beiseite, um ihren Besuch einzulassen, und schloss dann rasch die Tür.

Sie hatte nicht erwartet, dass ihre Mutter den weiten Weg von Providence hierherfahren würde, doch irgendwie überraschte es sie auch nicht, sie zu sehen. »Komm rein, Mom«, sagte sie. »Komm ans Feuer, da ist es wärmer.«

»Hallo, mein Schatz. Ich habe dir eine warme Decke mitgebracht.« Sie hielt eine knisternde Plastiktüte hoch.

Sandra drückte sie kurz an sich. »Noch ein original Dorrie-Babcock-Kunstwerk. Du verwöhnst mich so.«

»Nein, ich stricke nun wie eine Wilde.« Afghanen-Decken waren ihre Spezialität. Sie hatte bei einem ihrer vielen Versuche, das Rauchen aufzugeben, mit dem Stricken angefangen, um dann einer dieser seltenen Menschen zu werden, die beim Stricken rauchen können. »Wo warst du denn gestern? Du solltest dir endlich mal einen Anrufbeantworter zulegen. Ich glaube, du bist der einzige Mensch auf diesem Planeten, der noch keinen hat.«

Eigentlich besaß Sandra einen Anrufbeantworter. Sie hatte ihn kurz nach dem Unfall weggepackt – als das mit den anonymen Anrufen angefangen hatte. »Tut mir leid, Mom. Wahrscheinlich war ich gerade draußen, als du angerufen hast. Ich habe Holz gehackt.« Sie streckte die verbundenen Hände aus.

»Du meine Güte.« Dorrie lächelte knapp, nahm ihren Hut ab und bückte sich dann, um die Gummi-Überschuhe auszuziehen, die sie schon seit mindestens dreißig Jahren besaß. Wie immer trug sie das Haar in glänzend schwarzen Dauerwellen – dank Clairol hatte sich auch hier seit dreißig Jahren nichts verändert; nur die Fältchen, die sich immer deutlicher auf ihrem ausdrucksvollen Gesicht abzeichneten, verrieten ihr Alter.

»Und«, fragte ihre Mutter, als sie ihren Mantel im Hausflur aufhängte. »Ist es jetzt besser?«

»Viel besser«, antwortete Sandra. Abgesehen davon, dass jemand ihren Briefkasten in die Luft gesprengt hatte und ihr Haus praktisch auseinander fiel, war alles bestens. Doch sie verbot sich jegliches Jammern vor ihrer Mutter. Während des letzten schrecklichen Jahres hatte sie sich bemüht, ihren Eltern das Schlimmste zu verheimlichen – die ständigen Belästigungen, die Anrufe, das Geflüster und die Zweifel.

Dorrie und Lou Babcock hatten mit ihr weiß Gott schon genug durchgemacht, als sie noch klein war.

Auf ihrem Schreibtisch stand ein gerahmtes Foto von ihnen, alle drei zusammen. Da war Sandra etwa elf Jahre alt gewesen. Ihre Mutter lehnte sich an ihren Vater und umfasste seinen Arm, während er zu ihr hinabgrinste. Sandra hielt sich an der Hand ihres Vaters fest und lächelte nicht. Sie hatte als Kind nie viel gelächelt.

»Ich mache uns erst mal Tee«, sagte Sandra. Sie war ein Gewohnheitstier. Wenn sie Besuch bekam, sei es ihre Mutter oder ein Parteifreund ihres Mannes, machte sie Tee, wenn es kühl war, und frische Limonade im Sommer. Sie gab einen Löffel lose Teeblätter in eine ramponierte Steingutkanne und dachte dabei, wie seltsam es ihr schon vorkam, etwas so Normales zu tun, wie Tee aufzusetzen, obgleich nichts mehr war wie sonst. Doch so war das nun mal; das Leben blieb nicht einfach mitten in der Luft hängen, während man versuchte, seine Probleme in den Griff zu bekommen.

»Wie war die Fahrt?«, rief sie aus der Küche hinüber.

»Die Straßen waren glatt. Aber es war nicht viel Verkehr.«

»Mom, du weißt, dass ich mich immer freue, dich zu sehen. Aber es wäre wirklich nicht nötig gewesen, dass du gleich herkommst«, sagte sie und brachte die Teekanne ins Wohnzimmer. Sandra stellte sich vor, wie ihre Mutter den schweren Wagen von Providence bis hierher über eisglatte Straßen fuhr. »Ich freue mich sehr, dass du da bist, aber du kannst mich doch nicht jedes Mal besuchen kommen, wenn die hiesigen Klatschreporter einen weiteren Nagel in meinen Sarg schlagen. Seit Victors Tod habe ich gelernt, allein zurechtzukommen.«

»Aber sicher, mein Schatz.«

»Zumindest hättest du Dad bitten sollen, dich zu fahren.« Sie nahm den großen Kupferkessel vom Herd, goss kochendes Wasser in die Teekanne und schloss den Deckel, um den Tee ziehen zu lassen.

»Ich kann sehr gut selbst fahren, kein Problem.«

Sandra holte die Zuckerdose aus dem Schrank und goss Sahne in ein Kännchen. Dann stellte sie alles auf ein Tablett und brachte es ins Wohnzimmer.

»Wunderbar«, sagte ihre Mutter und klopfte auf den freien Platz neben sich. Sie lächelte Sandra liebevoll an.

Sandra ließ sich neben ihrer Mutter aufs Sofa sinken, lehnte den Kopf an Dorries Schulter und atmete den leichten, tröstlichen Duft von Ken-Lotion, Aqua Net und Zigaretten ein. »Mom, ich entschuldige mich für meine Predigt von eben. Danke, dass du gekommen bist.«

Dorrie tätschelte ihr Knie und beugte sich dann vor, um durch ein Sieb zwei Tassen Tee einzuschenken. »Wie geht es dir?«, fragte sie und beantwortete sich die Frage wie üblich selbst. »Du bist viel zu dünn.«

»Mir geht's gut, Mom.« Mit ritualisierter Genauigkeit gab Sandra Zucker und Milch in ihre Tasse. Das Nebelhorn des Leuchtturms stieß ein langes, traurig klingendes Heulen aus, das die Fensterscheiben zittern ließ.

Sandra erschauerte bei diesem Klang. Sie drehte sich auf dem Sofa zur Seite, zog die Beine unter sich, nippte an ihrem Tee und bemerkte: »Du hast also auch die Nachrichten gesehen.«

Ihre Mutter fixierte das Fenster aus Sicherheitsglas in der Ofentür; die tanzenden Flammen drinnen spiegelten sich auf ihren Brillengläsern.

»Was sagst du denn zu diesem Bericht?«, bohrte Sandra weiter.

Dorrie wandte ihr den Kopf zu und blinzelte, als sei sie eben aufgewacht. »Entschuldige«, sagte sie. »Was hast du gesagt?«

Sandra zögerte. Ihre Mutter wirkte in letzter Zeit öfter so abwesend. Lag das an der schlimmen Sache mit Victor, oder gab es einen anderen Grund? Vielleicht wurde ihre Mutter allmählich schwerhörig, oder sie war womöglich ernsthaft krank. Bei diesem Gedanken wurde Sandra eiskalt, doch sie wagte es nicht, ihre Mutter direkt darauf anzusprechen. Dorrie sprach nicht gern über gesundheitliche Probleme.

»Ich wollte nur wissen, wie du diesen Bericht in den Nachrichten fandest«, erklärte Sandra. »Du hast doch heute die Morgennachrichten gesehen, oder nicht? Courtney Procter. Ich sage dir, die hat das so richtig genossen. Das war kaum zu überhören.« Sandra zog die Knie an die Brust und stülpte den Pullover darüber. »Wie fühlt man sich denn so als Mutter der Schwarzen Witwe vom Blue Moon Beach?«

Dorrie faltete die Hände und knetete die Finger. Vermutlich, weil sie eine Zigarette wollte. »Diese Frau ist doch nur lächerlich. Ihre ganze Sendung besteht aus nichts als Sensationsschrott.«

»Deswegen hat sie ja so gute Einschaltquoten. Was mich daran ärgert, ist, dass die Leute hier in der Gegend ihr jedes Wort glauben.«

Dorrie nippte nachdenklich an ihrem Tee und stellte die Tasse wieder ab. »Wenn so etwas Schlimmes passiert, brauchen die Leute eben jemanden, dem sie die Schuld zuschieben können. Sonst müssten sie akzeptieren, dass Gott manchmal grausam sein kann. Und du müsstest doch wissen, dass kein Winslow so etwas auch nur denken könnte.«

Sandra sah Victors Eltern vor sich, die mit herzzerreißender Würde den Ausführungen des Gerichtsmediziners lauschten. Ihr Sohn war nun amtlich und ganz offiziell tot, obgleich es keine Leiche gab, die dieses Ermittlungsergebnis real gemacht hätte. Er war bei einem Unfall ums Leben gekommen – das war der Teil, den sie nicht akzeptierten. Menschen wie Victor fielen nicht einfach einem Unfall zum Opfer.

»Du hast bei den Winslows schon immer viel besser durchgeblickt als ich«, sagte Sandra.

»Kann sein.« Dorrie strich mit einer alten, vertrauten Geste Sandra über den Kopf. »Ist schon gut, Schatz. Die Untersuchung ist abgeschlossen. Es war ein schrecklicher Unfall. Jetzt bist du endlich frei und kannst ruhig um deinen Mann trauern.«

Sandra ließ den Kopf auf die angezogenen Knie sinken. In Ruhe zu trauern war nicht das, was sie gerade brauchte. Sie biss die Zähne zusammen, um nicht mit der jüngsten Schandtat hiesiger Vandalen herauszuplatzen. Jemand hatte die Buchstaben O.J. an ihre Garagenwand gesprüht. Sie fühlte sich zwar nicht körperlich bedroht, doch die niederträchtige Anspielung entsetzte sie. Allerdings war sie nun eher wütend als verängstigt. Diese Wut hatte ihr zusätzliche Kraft verliehen, das Graffiti von der Wand zu schrubben, so kräftig, dass sie die Farbe gleich mit entfernt hatte. Wenn das Trauerarbeit war, wurde sie allmählich richtig gut darin.

Sie goss sich noch eine Tasse Tee ein und versuchte, ihre Nerven zu beruhigen. Früher hatte sie geglaubt, kein Problem sei so gewaltig, dass eine schöne Tasse Tee mit ihrer Mutter es nicht schon halb aus der Welt schaffen könnte. Nun hatte sie ein solches Problem gefunden, und es war weiß Gott gewaltig. Dennoch fiel ihr in diesen wenigen Augenblicken, in der Vertrautheit des gemeinsamen Teerituals, das Atmen schon ein wenig leichter.

»Sag mal, Mom«, begann sie, »wie fändest du es, wenn ich das Haus verkaufe?«

Die Augenbrauen ihrer Mutter hoben sich hinter den Brillengläsern. »Du willst hier wegziehen?«

»Ich muss die Sache realistisch sehen. Victor ist tot, und es wird Zeit, dass ich die Scherben aufsammle und mir so etwas wie ein eigenes Leben aufbaue. Irgendwo anders. Weit weg von hier.«

Ihre Mutter betrachtete sie aufmerksam. Vielleicht täuschte sich Sandra, doch sie meinte, in ihrer Miene mehr zu sehen als Weisheit und Mitgefühl. Da war auch eine Traurigkeit. Eine Art Kapitulation.

»Vielleicht hast du recht, Liebes. Deine Großeltern haben dir das Haus hinterlassen, ohne Schulden oder Bedingungen. Es ist deine Entscheidung.«

»Aber es ist schon seit Ewigkeiten im Familienbesitz. Meinst du, es würde Dad sehr schwer treffen?«

»Das Einzige, was ihn heutzutage noch trifft, ist, wenn er das Par machen könnte, aber nur mit einem Bogey vom Grün geht. Er hat an dieses Haus seit Jahren keinen Gedanken mehr verschwendet.« Sie blickte sich um. »Du wirst ein paar Sachen richten lassen müssen, bevor du es in die Zeitung setzt. Such dir jemanden dafür.«

»Ich glaube, ich habe schon jemanden gefunden.« Sandra spürte eine seltsame Unruhe in sich, als sie an Malloy dachte. Sie hatte den vagen Verdacht, dass sie sich mit diesem Mann mehr ins Haus holte als nur einen bezahlten Handwerker. »Gestern hat ein... Mann hier vorbeigeschaut und sich mal umgesehen. Er wird mir einen Kostenvoranschlag machen. Ich konnte ihm nicht sagen, dass ich pleite bin.«

»Das ist doch nur vorübergehend. Das Geld aus Victors Lebensversicherung steht dir zu, und es wird höchste Zeit, dass du es auch bekommst.« Dorrie strich über die abgewetzte Lehne des uralten Sofas.

»Darum kümmert sich mein Anwalt.« Sie fügte nicht hinzu, dass nach Abzug der Anwaltskosten und der Schulden von Victors letzter Wahlkampagne kaum genug übrig bleiben würde, um die Renovierung zu bezahlen, aber sie war fest entschlossen. Sie konnte hier nicht bleiben, so abgeschnitten von der Welt, egal, wie sehr sie die wilde Küste am Blue

Moon Beach liebte. Was in jener Nacht geschehen war, was er ihr im Wagen gesagt hatte, das hatte ihr Leben verändert. Doch sie durfte nicht zulassen, dass es sie zerstörte. Die Untersuchungen hatten sich schmerzlich lange hingezogen, und sie hatte währenddessen den Ort nicht verlassen dürfen. Doch da sie nun abgeschlossen waren, konnte sie gehen, wohin sie wollte.

»Du willst also Paradise verlassen.« Ihre Mutter blickte aus dem Fenster auf das weite winterliche Panorama. »Ich dachte immer, du fühlst dich hier heimisch. Dies war der Ort, wo ich dachte, du hättest hier gefunden, was du gesucht hattest.«

»Das stimmt schon, aber meine einzige Verbindung zu Paradise war Victor. Das ist seit dem Unfall mehr als deutlich geworden. Außer meiner Friseurin – die aus Texas stammt – waren diese Leute alle Victors Freunde, Victors Wähler. Ich habe dieses Haus immer als mein Refugium angesehen, aber das ist es nicht mehr.«

»Willst du dann zurück nach Providence kommen?«, fragte ihre Mutter.

Nach Providence, nicht *nach Hause*. Sandra fand diese Formulierung merkwürdig. Sie schüttelte den Kopf. »Ich glaube, das ist mir nicht weit genug weg.« Sie konnte sich nicht vorstellen, am State House vorbeizufahren, dessen Alabaster-Kuppel vorwurfsvoll auf sie herabstarrte. Nie wieder würde sie einfach durch die gepflasterten Straßen der Hauptstadt dieses Staates spazieren können, ohne ständig vor Augen zu haben, wie sie beide einmal gewesen waren… welche Lüge sie gelebt hatten.

»Um ehrlich zu sein, so weit habe ich noch gar nicht vorausgedacht«, erklärte sie. »Ich habe noch nie ausprobiert, wie es ist, ganz allein zu leben. Ich habe Victor schließlich direkt nach dem College geheiratet. Jetzt muss ich herausfinden, wer ich eigentlich bin, wenn ich ganz auf mich gestellt bin.«

»Glaub mir, es ist nie zu spät, um zu lernen, ohne einen Mann zu leben.«

Dorries Worte klangen so bedeutungsschwer, dass Sandra sie staunend ansah. Sie wartete ab, doch ihre Mutter sprach nicht weiter.

»Du schaffst das schon, Sandra. Da bin ich ganz sicher. Das Wichtigste hast du doch noch – deine Gesundheit, deine Jugend, deine Arbeit.«

Sandra wurde es warm ums Herz. »Du und Dad, ihr habt immer an mich geglaubt, selbst als ich ein hoffnungsloser Fall war.«

»Du warst nie ein hoffnungsloser Fall.«

»Ach, Mom. Das war ich allerdings, und das weißt du auch.«

»Sandra, das ist schon so lange her. Du denkst doch nicht immer noch daran, oder?«

Jedes Mal, wenn ich den Mund aufmache, dachte sie. Doch das würde sie ihrer Mutter nie eingestehen. Dorrie hatte unter diesem Problem weiß Gott genauso gelitten wie Sandra selbst. Sie hatte nicht nur ihr Leid geteilt, sondern auch noch den Schmerz, die Frustration und Hilflosigkeit einer Mutter ertragen. Jahrelang hatte sie nachts wach gelegen und ihre Tochter hinter verschlossenen Türen weinen hören.

Lou und Dorrie Babcock hatten eine Tochter großziehen müssen, die stotterte – die nicht nur manchmal zögerte oder sich versprach, sondern an jedem Wort fast erstickte; dieses furchtbare Leiden hatte Sandra unter Schweigen begraben.

Voll Dankbarkeit erinnerte sie sich an die vielen Jahre geduldiger Wiederholung, während derer ihre Mutter stundenlang bei ihr saß und mit ihr Wörter übte und ihr Vater extra lange aufblieb, um Atem- und Stimmübungen mit ihr zu machen. Erst in der Highschool hatte Sandra sich allmählich getraut, mehr als ein paar Worte mit anderen Leuten zu wechseln, und auch dann nur, wenn es unvermeidlich war.

Sie hatte immer geglaubt, sie müsste das einzige Mädchen

gewesen sein, das je die St. Cloud Highschool durchlaufen hatte, ohne eine einzige Freundin zu finden. Sie war das Mädchen, das nie jemand sah, so wenig bemerkenswert wie ein Aktendeckel. Seltsam war nur, dass ihr dieses isolierte Dasein nicht viel ausgemacht hatte. Sie interessierte sich für Bücher, nicht für Jungs und Autos. Die Abenteuer, die sie beim Lesen erlebte, waren unendlich lebendiger und aufregender als jeder Abschlussball.

Zumindest hatte sie sich das eingeredet, sehr bestimmt und so lange, bis sie es selbst glaubte.

»Jetzt geht es mir gut«, versicherte sie ihrer Mutter, »und so wird es auch bleiben.« Sie beugte sich vor und drückte sie kurz an sich, dankbar für die vertraute, weiche Schulter.

Dorrie tätschelte Sandras Knie. Die Haut auf ihrer Hand war dünn, beinahe durchscheinend, und mit kleinen Altersflecken übersät, die sie beinahe fremd wirken ließen. Sandra brachte es einfach nicht fertig, ihre Mutter als alt zu betrachten. Wenn sie die Augen schloss, konnte sie immer noch spüren, wie diese Hand ihr zärtlich das Haar aus dem Gesicht strich, konnte sehen, wie sie mit einer Handvoll Sonnenblumenkerne im Winter die Vögel fütterte oder geschickt eine Reihe nach der anderen strickte.

»Vielleicht sollten wir alle zusammen nach Florida übersiedeln«, sagte sie laut, um den pfeifenden Wind zu übertönen. »Die Winter in New England sind einfach zu scheußlich.«

Dorrie bückte sich und griff in ihre Tasche. »Ach, weißt du, Liebes, ich habe schon andere Pläne.« Sie reichte Sandra einen bunt bedruckten Umschlag.

»Was ist denn das?« Sie zog ein Schiffsticket hervor. »›Kreuzfahrt zu einem neuen Ich‹?«

Sandra hatte ihre Mutter lange nicht mehr so strahlen sehen. »Drei Monate Karibik und Südamerika auf der *Artemisia*.«

»Klingt fantastisch.« Sandra überflog die Reiseroute –

Nassau, Coco Cay, Montego Bay und ein Dutzend weitere Namen; jedes Erlebnis-Ziel war mit überbordenden Lobreden beschrieben. Sandra blätterte sich durch eine Hochglanzbroschüre voll weißer Sandstrände, Palmen, die sich sanft in einer tropischen Brise neigten, Sonne... *Freiheit*. Sie sah nach dem Abflugdatum. »Der Flug nach Fort Lauderdale geht ja schon morgen Abend!«

Dorrie nickte. »Ich wollte nicht abreisen, bevor... na ja, du weißt schon.«

»Bevor nicht sicher ist, ob ich wegen Mordes angeklagt werde.«

»Ich habe nie daran gezweifelt, wie diese Untersuchung ausgehen würde. Was wäre ich denn für eine Mutter, wenn ich davon ausginge, dass sie genug Beweise für eine Anklage finden würden? Aber ich wollte trotzdem für dich da sein. Ich finde, du solltest mitkommen. Was sagst du dazu?«

Sandra verspürte zwar große Lust dazu, doch die erstickte sie rasch. »Du weißt doch, dass ich noch hierbleiben muss, Mom. Schon wegen des Hauses.« Mit gezwungenem Lächeln wandte sie sich wieder den Broschüren zu. »Was für ein tolles Abenteuer.«

»Reisepass, Bikini und Zyban-Tabletten, ich habe schon alles gepackt.«

»Zyban?«

»Ein neues Medikament, mit dem man das Rauchen leichter aufgeben kann. Ich werde wohl wirklich zu einem neuen Ich reisen«, erklärte ihre Mutter und steckte das Ticket wieder in ihre Handtasche. »Mit dem Rauchen aufhören. Das wäre wirklich mal was Neues.«

»Zwölf Wochen. Das ist ganz schön lange. Und sicher ziemlich teuer«, sagte Sandra.

Ihre sonst so sparsame Mutter zuckte mit den Schultern. »Das ist eine Investition in mich selbst. Ich werde Spanischunterricht nehmen, Black Jack lernen, Macarena tanzen, mir eine neue Frisur zulegen, neues Make-up... einfach alles wird neu.« Dorrie hob ihre Teetasse. »Auf das Abenteuer«, sagte sie und stieß mit Sandra an.

»Auf das Abenteuer.«

Dorrie stand auf. »Möchtest du ein bisschen spazieren gehen?«

Sandra warf einen wissenden Blick auf die verräterische Beule in der Handtasche ihrer Mutter. »Du hast wohl mit den Tabletten noch nicht angefangen.«

»So ist es.«

Während ihre Mutter schon hinausging und sich eine Zigarette anzündete, holte sich Sandra eine Jacke vom Haken im Flur, dazu eine Mütze und Handschuhe, und eilte hinaus. Dorrie ging nach Norden über den einsamen grauen Strand, direkt an dem unregelmäßigen Strich entlang, wo der Nordatlantik einen breiten, unordentlichen Streifen Seetang und Treibgut hinterlassen hatte. Im Sommer kamen Touristen extra früh hier heraus, um nach heil gebliebenen Muscheln und anderen Schätzen zu suchen, die die Wellen hier angeschwemmt hatten. Im Winter kam niemand, um sie zu rauben, und so blieben sie liegen, bis die See sie wieder mitnahm.

Kleine, reglose Wellen aus Sand liefen über den Strand. Der feuchte, weiche Untergrund machte Sandra das Gehen schwer. Dorrie hielt den Blick starr auf die große, zerklüftete Landzunge gerichtet, auf der der Leuchtturm thronte. Der eisige Wind ließ Sandras Augen tränen; die kleinen Tropfen wurden auf ihre Schläfen geweht und trockneten dort ein, sodass sie eine feine weiße Salzkruste hinterließen.

»Der Winter wird mir bestimmt nicht fehlen«, bemerkte Dorrie und zog den Mantel enger um sich.

»Aber *du* wirst mir fehlen«, erwiderte Sandra, doch sie fügte rasch hinzu: »Es wird sicher fantastisch. Ihr beide müsst sehr aufgeregt sein.«

»Dein Vater kommt nicht mit.«

Sandra runzelte die Stirn; sie war sicher, dass sie sich bei dem heulenden Wind verhört hatte. »Hast du gerade gesagt, dass Dad nicht –«

Ihre Mutter nickte.

Sandra stolperte beinahe über einen Klumpen Seetang. »Wie soll ich mir das vorstellen, dass du ganz allein eine Kreuzfahrt machst?«

Dorrie lachte verzerrt. »Ich kann es auch kaum glauben.«

»Und Dad wollte wirklich nicht mit?«

Ihre Mutter zögerte. »Nach fünfunddreißig Jahren Geschäftsreisen hat er einfach keine Lust. Ebenso gut könnte man versuchen, eine Schnecke von ihrem Haus zu trennen.«

»Aber du warst doch noch nie von ihm fort.«

»Er war fort von mir.«

»Das war doch etwas anderes. Das war geschäftlich. Rede noch mal mit ihm, Mom. Bring ihn dazu, die Kreuzfahrt mitzumachen. Ihr zwei hättet bestimmt so viel Spaß zusammen.«

»Er kommt nicht mit.« Dorries Stimme klang fest, aber tonlos.

»Wie kannst du so sicher sein, dass er nicht will? Ich weiß, er reist nicht gern, aber ich glaube schon, dass er liebend gern –«

»Sandra, ich muss dir etwas sagen.« Dorrie blieb stehen und ließ sich dann auf einem ausgebleichten Stamm Treibholz nieder. Vor dem Baumstamm zeugte eine schwarze Narbe im Sand von einem längst erloschenen Lagerfeuer, und in den Grasbüscheln ringsumher lagen leere Bierflaschen. »Setz dich.« Sie klopfte mit der Hand neben sich auf den Stamm. »Ich überlege schon seit einer Ewigkeit, wie ich dir das sagen soll, und ich weiß es immer noch nicht.«

Sandra fühlte, wie sich etwas Kaltes um ihr Herz schloss, ihr die Kehle zudrückte. Sie spürte irgendeine Veränderung an ihrer Mutter – eine Kleinigkeit, aber irgendwie wirkten ihre Augen leuchtender; sie rang nervös die Hände. Es sah ihrer praktischen, stets weit vorausplanenden Mutter so gar nicht ähnlich, eine lange Kreuzfahrt zu buchen, einen Traumurlaub zu machen oder sonst etwas Spontanes zu tun. Dorrie gab nie Geld nur zum Vergnügen aus. So etwas taten Menschen, wenn sie im Lotto gewannen... oder nur noch sechs Monate zu leben hatten. »Mom?« Sandras Stimme brach, und sie sank neben ihre Mutter auf den Stamm. »Mom, bist du krank?«

Dorrie schüttelte mit einem Anflug von Ungeduld den Kopf. Sie ließ ihre Zigarettenkippe in den Sand fallen und begrub sie mit dem Absatz. »Ach was, Unsinn. Ich bin fit wie ein Turnschuh. Wenn ich im Moment ein bisschen abgespannt wirke, dann liegt das an der schlimmen Zeit, die wir hinter uns haben.«

Das letzte Jahr war für ihre Eltern recht hart gewesen, dachte Sandra schuldbewusst. »Dann ist diese Kreuzfahrt doch genau das Richtige. Aber Dad hat einen Urlaub wahrscheinlich genauso nötig wie du.« Sie zwang sich, fröhlich und zuversichtlich zu klingen. »Soll ich vielleicht mal mit ihm darüber sprechen?«

Dorrie stützte sich mit beiden Händen auf den Stamm, lehnte sich zurück und blickte übers Meer hinaus. »Ich fahre allein, Liebes. Ich habe deinen Vater verlassen, verstehst du? Ich wohne schon seit ein paar Wochen bei Tante Wanda in Woonsocket.«

Ein dumpfes Brausen dröhnte in Sandras Kopf. »Wie meinst du das?«

»Wir lassen uns scheiden.«

Sandra schüttelte den Kopf, als habe sie Wasser in den Ohren. *Scheidung.* Das Wort klang seltsam, fremdartig, als hätte sie es noch nie gehört, wie der Name eines exotischen Gerichtes, das sie sich nicht zu probieren traute. Das war völlig absurd. Sie konnte es nicht begreifen. So etwas wie Scheidungen kam in ihrer Familie einfach nicht vor, und in Victors Verwandtschaft auch nicht. Doch vor allem war das etwas, das nicht ihre Eltern betreffen konnte, die seit sechsunddreißig Jahren verheiratet waren.

Erregt sprang sie auf. »Mom, nein –« »Diese Entscheidung hat sich schon lange abgezeichnet.« Ihre Mutter sprach mit nüchterner Stimme weiter. »Das ist mir nicht gerade leichtgefallen, aber ich sehe keine andere Lösung. Du sollst wissen, dass wir dich beide sehr lieb haben...«

»Ach, hör schon auf, Mom.« Sandra bückte sich nach einem Stein und warf ihn, so weit sie konnte; sie sah ihm gar nicht nach, es war ihr egal, wo er landete. »Das klingt so... *einstudiert*. So etwas sagen Leute zu siebenjährigen Kindern. Ehepaare, die sich scheiden lassen, wollen immer so tun, als beträfe das ihre Kinder gar nicht. Aber weißt du was? Selbst Siebenjährige wissen Bescheid. Es tut trotzdem weh. Es tut immer weh.«

»Das Leben tut eben manchmal weh«, erwiderte Dorrie. »Bis jetzt hat noch niemand ein Mittel dagegen gefunden. Wir müssen alle auf unsere Weise damit zurechtkommen.«

»So wie du? Indem du Dad sitzen lässt?«

»Nur, weil ich diejenige bin, die tatsächlich geht, heißt das noch lange nicht, dass ich diejenige bin, die deinen Vater sitzen lässt.« Dorrie stand auf und ging weiter.

Mit panisch klopfendem Herzen schloss Sandra zu ihr auf. »Bitte sag mir doch, was schief gelaufen ist. Und warum du glaubst, es könnte nicht wieder in Ordnung gebracht werden.«

Dorrie schob die Hände in die Taschen ihres uralten Mantels. Dieses Stück aus Kamelhaar kehrte so regelmäßig wieder wie der Winter selbst, wurde jeden November aus der mottensicheren Verpackung der Reinigung geholt und jeden März wieder im Keller verwahrt. Sandras Mutter kaufte sich nicht einmal einen neuen Mantel, und nun wollte sie ihr ganzes Leben neu beginnen.

»Sandra«, sagte sie, »nach sechsunddreißig Jahren geht eine Ehe nicht kaputt, weil irgendetwas schiefgelaufen ist. Es liegt an zu vielen Jahren, in denen nichts richtig gelaufen ist. Der Unterschied zwischen all diesen Jahren und heute ist der, dass ich endlich beschlossen habe, etwas daran zu ändern.« Dorrie wich einer schäumenden Welle aus, die auf sie zurollte. »Weißt du, dein Vater und ich hatten immer diese Vorstellung davon, wie unser Leben aussehen würde, wenn er sich erst zur Ruhe gesetzt hätte. Das Problem war nur, dass wir nie darüber gesprochen haben. Ich bin davon ausgegangen, dass wir dann viel gemeinsam unternehmen würden – eine neue Sprache lernen, uns die Welt ansehen, Tanzen lernen, einen Töpferkurs machen, neue Dinge ausprobieren. Das war für mich so selbstverständlich, dass ich einfach angenommen habe, dein Vater sähe das genauso.«

»Und was hat Dad sich vorgestellt?«

Dorrie schnaubte leise und verächtlich. »Jeden Tag mit seinen Freunden Golf spielen oder angeln, während ich weiterhin die ganze Hausarbeit mache, alles erledige, einkaufe, koche und mich um den Papierkram kümmere. Genauso wie immer. Er setzt sich also zur Ruhe, und ich darf weitermachen bis an mein Lebensende.«

»Aber ihr könnt doch bestimmt irgendeine Lösung finden.«

Sandra konnte kaum glauben, wie sehr sie das ängstigte. Es war wie ein Schlag aus der Dunkelheit, ein weiterer Verlust, ein weiterer Tod. Etwas Lebenswichtiges war im Begriff, aus ihrem Leben zu verschwinden, und sie würde es nie zurückholen können. »Du bringst ihn schon dazu, dass er dir im Haushalt ein bisschen hilft.«

»Ich habe es ja versucht. Er ist ein hoffnungsloser Fall.«

»Dann lernst du eben Golf spielen.«

»Das habe ich auch versucht. Da bin *ich* der hoffnungslose Fall.«

»Golf ist doch nicht so furchtbar schwer, Mom. Menschen, die einander lieben, müssten –«

»Vielleicht ist das das Problem«, unterbrach Dorrie und zog sich die Kapuze ihres Mantels über den Kopf. »Vielleicht ist uns irgendwann im Laufe dieser vielen Jahre die Liebe abhanden gekommen.«

Bei diesen Worten empfand Sandra eine tiefe, schmerzliche Traurigkeit. So konnte die Liebe doch nicht sein, dachte sie. Sie konnte nicht einfach so verschwinden. Dann erinnerte sie sich an Victor, und ihre Überzeugung schwankte. Vielleicht wurde auch die Ehe ihrer Eltern von Geheimnissen überschattet. Wer konnte schon in eine so intime Beziehung hineinschauen?

Sandra starrte auf die rastlose See, die unter dem düstern Himmel grau schillerte. Die ganze Welt wurde ihr unter den Füßen weggerissen, und sie hatte keine Ahnung, wie sie sie wieder an ihren angestammten Platz rücken sollte. Sie fragte sich, ob sie vielleicht grundsätzlich alles ganz falsch einschätzte. Das Fundament ihrer Familie bröckelte. Was sie für unverbrüchliche Wahrheit gehalten hatte, entpuppte sich als Lüge.

»Du darfst das nicht zulassen, Mom«, sagte sie laut, um den Wind zu übertönen. »Ihr müsst euch einfach mehr anstrengen, zu einer Eheberatung gehen, dieses Problem überwinden –«

»Wir sind keine Figuren aus einem deiner Bücher, Liebes«, sagte Dorrie sanft und legte einen Arm um Sandra. »Es tut mir so leid. Aber es geht um mein Leben, oder das, was davon noch übrig ist. Ich muss diesen Schritt tun. Es wird so kommen, und nichts, was du sagst, kann das verhindern.«

Sandra sah Bruchstücke ihres Lebens wie Glasscherben in einem Kaleidoskop – zerborsten und zersplittert, in unsteter Bewegung. »Wie lange planst du das schon?«, fragte sie.

»Wie gesagt, das stand schon lange im Raum, aber wir wollten warten, bis diese Sache mit Victor abgeschlossen ist, ehe wir es dir sagen. Jetzt müssen wir alle drei neu anfangen.«

Der Wind ließ kleine Sandteufel über den Strand tanzen und drückte die Gräser auf den Dünen nieder. Ein weiterer Sturm zog herauf. Sandra roch ihn mit jedem Atemzug und spürte schon seinen Druck auf sich lasten.

Dorrie machte kehrt. »Es ist kalt, und ich habe noch viel zu erledigen.« Sie legte eine behandschuhte Hand auf Sandras Arm. »Ich muss morgen ein Flugzeug erwischen.«

Sandra wandte sich dem Haus zu, dem zerfallenden Haus, das sie so dringend verkaufen wollte, und ging schweigend neben ihrer Mutter her. Über den Dünen duckte sich das große viktorianische Gebäude wie ein Seevogel vor dem herannahenden Sturm. Wild wuchernde Kletterrosen und Fliederbüsche verbargen von hier aus das große Panoramafenster, und die graue verwitterte Holzfassade wirkte ebenso trübselig wie die Gewitterwolken, die von Norden heranbrausten, um einen weiteren winterlichen Angriff auf die Küste zu unternehmen.

Das Haus hatte seit über hundert Jahren hier gestanden. Nun drohte es zu verfallen. Mike Malloy – ein ganz normaler Typ, der einen Pick-up fuhr und alles Mögliche reparierte – behauptete, er könne es restaurieren, und plötzlich bedeutete ihr dieses Versprechen ungeheuer viel.

4

Der Sturm brach herein, als Mike sich gut fünfzehn Meter über dem Boden auf dem Steg des Point-Judith-Leuchtturms ans Geländer klammerte. Der tosende Wind donnerte wie eine Lokomotive heran und warf sich mit geballter Wucht gegen das alte Gemäuer. Eisregen prasselte auf seine Schultern und seinen Rücken, während er mit einer Sperrholzplatte rang. Sie fing den Wind auf wie ein Drachen, warf sich herum und zerrte ihn beinahe von dem schmalen Sims.

Archie Glover hatte ihn von der Küstenwache aus angerufen und gemeldet, eines der Fenster sei zu Bruch gegangen, sodass die riesige, antike Leuchtturm-Lampe nun dem Sturm ausgesetzt sei. Er brauchte sofort Hilfe.

Mike stemmte sich mit dem Bein gegen das eiserne Geländer, um nicht heruntergeweht zu werden. Archie rief ihm von drinnen etwas zu, doch Mike hörte ihn nicht. Hätte er sich doch nur die Zeit genommen, einen Sicherheitsgurt anzulegen. Er schob die Sperrholzplatte vor das geborstene Fenster, wobei Glassplitter unter seinen Stiefeln knirschten.

Mit tauben, nassen Händen schraubte er ein paar solide Eisenspangen fest und hoffte, diese provisorische Reparatur würde halten, bis sich das Wetter besserte.

Archie hielt ihm die Tür auf, und Mike schob sich in die relative Ruhe der Leuchtturm-Kabine. Mit einem klatschnassen Ärmel wischte er sich über das gerötete Gesicht. »Ich habe zwar gesagt, dass ich Renovierungsaufträge suche, aber so hatte ich mir das nicht vorgestellt.«

»Ich dachte schon, Sie würden uns da draußen verloren gehen.« Archie ging die Wendeltreppe hinunter. »Ich habe Kaffee aufgesetzt.«

»Nein, danke«, sagte Mike zähneklappernd. »Ich mache lieber, dass ich wieder in den Ort komme.«

Archie reichte ihm einen Scheck. »Gut drauf aufpassen, damit er nicht weggeweht wird.«

Mike verließ den Leuchtturm und fuhr über die Straße, auf der der Sturm schon die ersten Trümmer hinterlassen hatte, zum Jachthafen. Der Sturm drehte nach Süden ab und ließ eine aufgewühlte See zurück. Ein einsames Licht brannte im Büro der Hafenmeisterei, und ein paar weitere auf den größeren Fischerbooten, doch der Kai war menschenleer.

Mike betrachtete das Boot immer noch nicht als sein »zu Hause«, doch seit er wieder in Paradise war, wohnte er in der Kajüte eines Fischkutters; die *Fat Chance* lag zwischen der Fischereiflotte des Ortes in dem winzigen Hafen.

Das Boot war etwas eng, aber gut ausgestattet, und als Mikes Vater sich in Florida zur Ruhe gesetzt hatte, hatte er es Mike geschenkt. Es war lange her, dass Mike und Angela im Sommer beinahe jedes Wochenende an Bord verbracht hatten; sie machten gemütliche Ausfahrten nach Block Island, ankerten in versteckten Buchten, aßen Suppe und Cracker zum Abendessen und liebten sich zum gedämpften Rhythmus der Wellen. Angela hatte seit langer, langer Zeit keinen Fuß mehr auf dieses Boot gesetzt.

Zeke sprang ihm entgegen, als er an Bord ging und die Kajüte betrat. Er bückte sich, um den Hund hinter den Ohren zu kraulen, und gönnte sich dann eine heiße Dusche im Bad, das so winzig war, dass er darin kaum aufrecht stehen oder sich umdrehen konnte.

Als Mike in trockener Kleidung aus der Kojenecke kam, wedelte Zeke eifrig mit dem Schwanz und wollte endlich seine allabendliche Runde durch den Hafen von Paradise drehen. »Schon gut, schon gut«, brummte Mike und zog eine Jacke an.

Sein Blick fiel auf den Stapel von Notizen und Skizzen auf dem Kartentisch, auf dem nun neben den Seekarten seines

Vaters ein Computer und ein Drucker standen. Ganz oben auf dem Stapel lag einer der unzähligen Briefe von Loretta Schott, seiner Scheidungsanwältin. Der Familienrichter hatte gewisse Zweifel bezüglich eines Mannes, der auf einem Boot hauste.

Manche Leute meinten, er »verwirkliche seinen Traum« – er hatte das fast fünfzehn Meter lange Schiff zu einem fantastischen Hausboot ausgebaut, mit einem kleinen Büro, einer gemütlichen Kombüse, zwei Kabinen und zwei Bädern. Doch ohne die Kinder war es ein Geisterschiff, das auf vergessenen Träumen dahintrieb – nun war ihm nur noch der Traum geblieben, seine Kinder nicht ganz zu verlieren.

Die Sorgerechtsgutachterin, die für diesen Fall zuständig war, hielt auch nicht viel von »verwirklichten Träumen«. Obwohl die Kinder ganz wild auf das Boot waren, hatte die vom Gericht eingesetzte Dame die *Fat Chance* nur widerwillig als vorübergehende Unterbringung akzeptiert. Bis das neue Schuljahr anfing, sollte Mike sich einen ordentlichen festen Wohnsitz suchen. Loretta hatte ihm auch erklärt, das Gericht würde ihn besser beurteilen, wenn er sich in einem richtigen Haus niederließ.

Frustriert war er gestern Nacht noch lange aufgeblieben und hatte sich Gedanken über das Babcock-Haus gemacht. Heute hatte er einen neuen Briefkasten montiert. Dafür hatte er kaum fünf Minuten gebraucht, und er hatte nicht einmal gehupt, um sich bemerkbar zu machen. Sie würde schon wissen, wer das für sie gemacht hatte.

Ein Teil von ihm wünschte, er könnte dieser Winslow einfach sagen, er sei nicht an dem Haus interessiert, doch ein anderer Teil wollte sich unbedingt der Herausforderung stellen, die ihm diese einmalige historische Restaurierung bot. Außerdem war dies seine einzige Aussicht auf einen längerfristigen Auftrag. Er betrachtete die Seekarte neben dem Computer, und sein Blick folgte den dünnen, krakeligen Strichen, die die Küstenlinie markierten.

Er fuhr mit dem Finger vom Hafen von Paradise zum Blue Moon Beach. Sechs Seemeilen. Nord-Nordost. Vielleicht drehte sich der Wind nun doch zu seinen Gunsten.

»Los, Zeke, gehen wir.«

Der Hund sauste zu der gläsernen Schiebetür und schoss hinaus, sobald Mike sie nur einen spaltbreit geöffnet hatte. Zeke preschte ihm voraus, sprang über das Deck, hinunter auf das knarrende Dock, und schnüffelte wie verrückt herum. Als hoffe er stets, etwas Neues an einem Ort zu finden, wo sich nie etwas veränderte.

Mike folgte ihm gemächlich, stand dann in der Stille, die der Sturm hinterlassen hatte, lauschte den Wellen und dem ruhelosen Kreischen der Möwen und sah, wie das letzte Tageslicht auf dem aufgewühlten Wasser glitzerte.

Wieder dachte er an Sandra Winslow.

Wer, zum Kuckuck, war sie eigentlich, und warum hatte Victor sie geheiratet? Er hatte in seinem ganzen Leben nie eine unüberlegte Wahl getroffen und dabei sehr selten einen Fehler gemacht. Dumme Entscheidungen waren eigentlich Mikes Spezialität gewesen. Doch vor einem Jahr war Victor zu Tode gekommen, während Mike sein Leben nur noch mit einem schlecht frisierten Pudel teilte.

In der Luft lag diese besondere Kälte, die es nur an diesem spröden Küstenstrich Neuenglands gab. Mike schlug den Kragen seines Parkas hoch und steckte die Hände in die Taschen.

»Hallo, Mike.«

Er drehte sich um und sah Lenny Carmichael über den Steg auf sich zukommen. Mit seiner platten Fischermütze sah Lenny noch kleiner und gedrungener aus, als er ohnehin schon war, sodass er beinahe aussah wie ein Schienennagel, den jemand mit dem Hammer bearbeitet hatte. Er hatte den leicht schwankenden Gang eines Mannes, der sich nie weit vom Meer entfernte. Und das tat Lenny auch nicht. Sein Vater fing Hummer; Lenny war in den Familienbetrieb eingestiegen, sobald er alt genug war, um von der Schule abgehen zu dürfen.

»Hallo.« Mike nickte. »Was gibt's?«

»Ich habe gehört, du warst droben beim Leuchtturm und hast ein Fenster abgedichtet.«

In Paradise, dachte Mike, wusste eben jeder über jeden gleich Bescheid.

»Ja«, erwiderte er. »Traumhafte Art, seinen Nachmittag zu verbringen.«

»Wir haben dich im Schillers vermisst. Archie hat dir zu Ehren eine Runde ausgegeben. Das hättest du sehen sollen. Du hast einen guten Anfang gemacht, Mikey. Daran hab ich auch nie gezweifelt.«

Mike fand es seltsam, dass die Leute hier nach so vielen Jahren immer noch eine so hohe Meinung von ihm hatten.

»Gloria schickt mich.« Lenny stellte eine Pappschachtel auf den Bootsrand. »Sie hat zu viel gekocht, wie immer.« Er sprach mit dem typischen flachen, gedehnten Rhode-Island-Akzent, den die Einheimischen abzulegen versuchten, wenn sie es im Leben zu etwas bringen wollten. Lenny hatte natürlich nichts dergleichen vor, und Gloria ebenso wenig. Sie fütterte einfach gern Leute. Vor allem Männer, denen die Frau davongelaufen war.

Mike wusste, was er in der Schachtel finden würde. Einen riesigen, gekochten Hummer, der in einem Restaurant in Manhattan fünfundsiebzig Dollar kosten würde, dazu ein paar selbst gebackene Brötchen und Kartoffeln, die in Butter schwammen.

Anfangs waren Glorias Wohltaten Mike eher peinlich gewesen. Sie waren ihm sogar ziemlich auf die Nerven gegangen. Doch von genervten Männern hatte Gloria Carmichael sich noch nie beeindrucken lassen. Schließlich war sie mit Lenny verheiratet.

»Richte ihr aus, ich danke herzlich«, sagte Mike. »Aber sie muss mich wirklich nicht weiter durchfüttern.«

»Das Dankeschön geb ich gern weiter, den Rest lieber nicht«, erwiderte Lenny. »Erst heute hat sie gesagt, dass sie das vergammelte Geländer an der vorderen Veranda nicht mehr sehen kann. Ich wette, du wirst bald von ihr hören.«

»Dann sag ihr, dass ich weder Bargeld noch Schecks oder Kreditkarten akzeptiere. Nur Essen.«

»Das wird sie gern hören. Was soll ich dazu sagen? Meiner alten Dame macht das Kochen eben mehr Spaß als Sex.«

»Vielleicht läuft ihr Restaurant deshalb so gut«, erklärte Mike. Vor einigen Jahren hatte Gloria oben bei Point Judith mit einem Kiosk angefangen, wo sie im Sommer den Touristen aus Boston und New York Hummerbrötchen und Sandwiches mit hausgemachtem Eiersalat verkaufte.

»Der Sex wär mir lieber«, brummte Lenny.

»Kann ich gut verstehen, Mann.«

»Und«, fuhr Lenny fort, »bei dir läuft so weit alles ganz gut?«

Mike dachte an die Lichtgeschwindigkeit, mit der sich in dieser Gegend Klatsch verbreitete, und beschloss, seinem alten Freund lieber gleich zu sagen, was er vorhatte. »Ich habe einen großen Auftrag in der Nähe der Ocean Road in Aussicht. Am Curlew Drive.« Er tat, als füge er ganz beiläufig hinzu: »Ich arbeite schon an einem Kostenvoranschlag für das alte Babcock-Haus.«

»Das Haus von dieser Winslow, meinst du das?« Lenny stieß einen leisen Pfiff aus. »Die hat's aber eilig, das Geld ihres toten Mannes auszugeben.«

»Ich habe noch gar keinen Vertrag«, besänftigte ihn Mike.

»Gloria würde dir raten, ihr so viel wie möglich aus der Tasche zu ziehen.«

»Was hat Gloria denn gegen Sandra Winslow?«

»Die Frau ist jung, hübsch, und sie ist ungestraft mit einem Mord davongekommen. Was soll man an der nicht hassen?«

Lenny hob fragend die Hände. »Meine Frau verfolgt diesen Skandal wie eine Seifenoper, weil es hier im Ort passiert ist. Sag mal, warst du früher nicht sehr gut mit Victor Winslow befreundet?«

»Als wir Kinder waren. Wir haben uns längst aus den Augen verloren.« Mike erinnerte sich gut an damals, wie stolz er darauf gewesen war, dass er tatsächlich aufs College gehen würde, als Erster in seiner ganzen Familie. Es war ihm vorgekommen, als habe endlich jemand den Deckel abgenommen, der seinen Ehrgeiz stets gebremst hatte. Zwei Jahre lang hatte er alles gehabt – er hatte Football gespielt, sein Studium vorangebracht und war mit der ersten Cheerleaderin ausgegangen; er hatte das Leben verschlungen wie ein riesiges, köstliches Sandwich, das für ihn allein auf dem Tisch stand.

Dann kam das Spiel, das sein rechtes Knie in seine Einzelteile zerlegte, der dadurch erzwungene Abschied von der Footballmannschaft, drei Operationen … und schließlich Angela. Die erste Cheerleaderin war an seinem Krankenhausbett erschienen und hatte triumphierend mit einem kleinen weißen Stab gewedelt, der an einem Ende ein rosarotes Pluszeichen trug. Schwanger. Er musste von der Uni abgehen, sich Arbeit suchen und sie heiraten.

»Und, wie ist die Schwarze Witwe vom Blue Moon Beach denn so, wenn man sie persönlich kennt?«, fragte Lenny.

Mike betrachtete die Reihe sanft schaukelnder Fischerboote, die ihre Skelettarme in den Abendhimmel streckten. »Ich weiß nicht, und ich will es auch nicht wissen. Ihr Haus braucht eine Renovierung, und ich brauche Arbeit.« Er würde Lenny niemals erzählen, dass sie geweint hatte, als er sie zum ersten Mal sah, dass sie in Jeans und Gummistiefeln umwerfend aussah, dass ihre Stimme weich und leicht rauchig war und dass er sie kein einziges Mal hatte lächeln sehen.

»Gloria glaubt ja immer noch, dass die Frau eine eiskalte Mörderin ist.« Lenny stieß mit der Stiefelspitze an eine eiserne Klampe. »Ich meine, das Auto ist von einer Brücke gestürzt, Herrgott. Und die Gute kommt ohne einen Kratzer davon, während ihr Mann jetzt die Fische füttert.«

»Als das Auto untergegangen ist, konnte sie vielleicht nur sich selbst retten.«

»Sie behauptet, sie könnte sich an den Unfall überhaupt nicht erinnern. Ziemlich komischer Gedächtnisverlust, wenn du mich fragst.«

»Du glaubst ihr nicht?«

»Himmel, der glaubt doch kein Mensch.«

»Warum wurde dann offiziell erklärt, dass es ein Unfall war? Warum wurde sie nicht vor Gericht gestellt?«

»Ich schätze mal, dieser Winkeladvokat aus Newport hat dafür gesorgt.« Er holte eine alte Wurzelholzpfeife hervor und stopfte sie. »Mir tut's nur leid für seine Familie. Wirklich nette Leute, die Winslows. So was haben sie nicht verdient.«

Mike zwickte das Gewissen, als er an Victors Eltern dachte. Ronald Winslow war mit einem Orden und gebrochener Wirbelsäule aus Vietnam zurückgekehrt. Doch er hatte seine Behinderung als Herausforderung betrachtet, anstatt sich aufzugeben, hatte sein Theologiestudium in Harvard mit Auszeichnung abgeschlossen und war Pastor der größten protestantischen Kirche von Rhode Island geworden.

Er hatte Winifred van Deusen aus Liebe geheiratet, doch es kam ihm auch nicht ungelegen, dass sie ein großes Vermögen geerbt hatte. Sie hatten ihr einziges Kind vergöttert und all ihre Hoffnung auf Victor gesetzt.

Bei dem Gedanken daran, ein Kind zu verlieren, lief es Mike eiskalt über den Rücken.

Er sollte die Winslows besuchen und ihnen erklären, dass er vorhatte, an Sandras Haus zu arbeiten. Er wollte diesen Auftrag, doch er war es der Familie schuldig, ihnen selbst davon zu erzählen.

Lenny zündete seine Pfeife an, wobei er das Feuerzeug mit der Hand abschirmte. Zeke kam das Dock entlanggesaust; er trug irgendetwas im Maul, das auf seinen ungestutzten Hundebart troff. Er ließ es Mike vor die Füße fallen. Der große

Fang war ein Klumpen aus schwarzen Muscheln und verworrenem Seetang. Mike stieß ihn mit dem Fuß ins Wasser.

Lenny paffte an seiner Pfeife. »Wann besorgst du dir endlich einen richtigen Hund, Mike?«

»Ich habe mir Zeke nicht ausgesucht. Ich bin nur das arme Schwein, bei dem er schließlich gelandet ist. Aber die Kinder lieben ihn nun mal.«

»Dann wirst du dich wohl mit ihm abfinden müssen.«

»Ja.« Mike gab gern zu, dass Mary Margaret und Kevin ihm das Wichtigste auf der Welt waren, der Grund, weshalb er morgens aufstand und den nächsten Atemzug tat.

Als es zur Scheidung kam, hatte er sich als Erstes bemüht, sich seine Rechte als Vater zu sichern.

Er hatte fast sein ganzes Geld hingelegt, um sich mehr Zeit mit den Kindern zu erstreiten.

Aber schließlich hatte Angela doch die Besuchszeiten diktiert. Ihr neuer Mann war ein wohlhabender Gastronom aus Newport, und mit seinem Geld und der besten Familienrechtskanzlei, die dafür zu haben war, hatte sie alles bekommen, was sie wollte – das Haus, die Kinder, den Anteil ihres Vaters an der Baufirma.

Mike bekam stark eingeschränkte Besuchszeiten mit den Kindern und wohnte in dem alten Fischkutter seines Vaters.

Angelas Geld und der richtige Anwalt erreichten vor Gericht, dass ihre Affäre als unbedeutend unter den Tisch fiel und der Umgang mit ihr als weniger schädlich für seine Kinder galt, als in den engen Kojen auf seinem Boot zu schlafen.

»Mit dem Babcock-Haus wirst du wohl gut zu tun haben, was?«, fragte Lenny.

»Hoffentlich«, erwiderte Mike, »wenn ihr mein Angebot gefällt.«

»Die sollte froh und dankbar sein, dass du ihr überhaupt helfen willst.«

»Ich kann mir im Moment nicht allzu viele Gedanken darüber machen, von wem ich die Arbeit bekomme, die ich brauche.«

Lenny klopfte die Pfeife an seinem Absatz aus. »Ich geh mal lieber wieder. Muss morgen früh raus. Bis dann, Mikey.«

»Bis dann.« Mike pfiff, und Zeke kam angelaufen. Es war warm in der Kabine; zumindest redete Mike sich das ein. Er versuchte, nicht allzu viel Propan zum Heizen zu verbrauchen. Außer, wenn die Kinder bei ihm waren. Er würde sich sogar die Haare auf dem Kopf anzünden, damit seine Kinder es warm hatten.

5

Tagebucheintrag – Samstagnachmittag, 5. Januar

Zehn Dinge, die man essen kann, ohne zu kochen:
1. *Karotten und Selleriestangen mit fettfreiem Ranch-Dressing.*
2. *Einen Macintosh-Apfel.*
3. *Eine Scheibe Toast Melba.*
4. *Eine Tasse fettarmen Hüttenkäse.*
5. *Eine Handvoll ölfrei gerösteter Erdnüsse.*
6. *Popcorn ohne Butter und Salz.*
7. *Popcorn mit tonnenweise Butter und Salz.*
8. *Eine Packung gefrorener Schweineschwarte.*
9. *Eine Packung Kirschsahneeis.*
10. *Ein Pfund Godiva-Schokolade.*

Die Blasen heilten. Bei Sonnenuntergang stand Sandra an der Küchenspüle; abgewickelte Mullbinden baumelten von ihren Handgelenken, während sie ihre Handflächen inspizierte. Sie wusch sich gerade die Hände, als sie einen Lieferwagen vorfahren hörte.

Ein Kurier. Der es ziemlich eilig hatte. Das konnte alles Mögliche bedeuten. Doch die Qualen des vergangenen Jahres hatten sie gelehrt, immer mit dem Schlimmsten zu rechnen.

Sie eilte zur Haustür, unterschrieb, bekam einen flachen, leichten Umschlag ausgehändigt und dankte dem gelangweilt wirkenden Kurierfahrer, der offensichtlich erleichtert war, seine Tour für heute hinter sich zu haben.

Sie riss das Siegel auf und öffnete die Sendung. Darin lag ein langer, maschinell erstellter Scheck von Claggett, Banks, Saunders & Lefkowitz, der Kanzlei, die sie nach Victors Tod engagiert hatte. Die beiliegende Notiz informierte sie knapp, dies sei die erste Zahlung aus der Abwicklung der Lebensversicherung, abzüglich der Anwaltskosten, die nötig gewesen waren, um an das Geld zu kommen. Die Versicherungsgesellschaft hatte Sandras Anspruch natürlich für nichtig erklärt, mit der Begründung, Victors Leiche sei nicht gefunden worden. Doch die Behörden hatten ihn aufgrund sehr aussagekräftiger Indizien für tot erklärt, sodass diese Situation sich nun auf grauenvolle Weise geklärt hatte.

Sie blickte starr auf den Scheck in ihrer Hand hinab. Das war es also. Victors Leben in Dollar.

Sie fühlte sich seltsam aufgewühlt und beunruhigt. Den Scheck legte sie erst einmal auf das Tischchen im Flur und trat dann auf die Veranda, in den kalten Abend hinaus. Sie ging ein paar Schritte in den Garten, gefolgt von tiefblauen Schatten und einer Brise, in der immer noch die Kraft des Sturmes von heute Nachmittag zu spüren war.

Sie hatte die wilde, abgelegene Küste lieben gelernt, die klaren Farben und die frische, saubere Luft nach einem Sturm. Würde sie je wieder so einen Ort finden? Sie fuhr mit dem Daumen über die abblätternde Farbe des hinteren Verandageländers und versuchte zu ignorieren, wie weh ihr der Gedanke tat, von hier fortzugehen. Doch die Sorgen drangen auf sie ein, unablässig wie die Wellen am Strand. Sie hatte das ganze letzte Jahr lang versucht, nichts zu fühlen, und diese Anstrengung erschöpfte sie allmählich. Das ist nur ein dummes, vergammeltes altes Haus, sagte sie sich. Sie sollte froh sein, dass sie es bald loswerden würde.

»Ach, Victor«, sagte sie zu dem fragenden Wind. »Ich wünschte, du könntest mir ein Zeichen geben. Mir sagen, was ich tun soll.« Das war für sie das Schlimmste am Alleinsein: Dass niemand da war, mit dem sie sich austauschen, den sie um Rat fragen konnte. Sie ruderte ganz allein durch unbekannte Gewässer und hatte keine Ahnung, ob sie überhaupt den richtigen Kurs steuerte.

Sie ging zum Schuppen, um Feuerholz zu holen, und als sie dabei zufällig einen Blick zur Straße hin warf, blieb sie wie angewurzelt stehen.

Auf dem Holzpfosten am Straßengraben saß ein neuer Briefkasten aus verzinktem Stahl. Darauf klebte in Leuchtbuchstaben ihre Adresse.

Malloy, dachte sie. Wann hatte er das in Ordnung gebracht? Er war wirklich ein fahrender Ritter.

Sie fror in der kühlen Nachtluft, also eilte sie zurück ins Haus und legte einen großen Holzscheit nach. Dann ließ sie sich auf dem Sofa nieder, um ihre Post durchzusehen. Es war die übliche Mischung aus Werbung und Rechnungen. Und schon wieder eine Broschüre von der National Rifle Association. Warum waren die bloß so hinter ihr her? Vermutlich lag es daran, dass Victor stets für schärfere Waffengesetze eingetreten war. Sie legte die Post beiseite und griff zum Telefon, um ihrem Anwalt Bescheid zu geben, dass der Scheck eingetroffen war. Milton Banks war ihr zwar nicht sonderlich sympathisch, doch er hatte sich während der langen Untersuchung immer gut um sie gekümmert, und als am Donnerstag das abschließende Urteil verkündet worden war, hatte er gejubelt.

Sie hatte eben seinem Anrufbeantworter die ersten Worte gesagt, als Milton persönlich sie unterbrach.

»Sie haben ihn also schon. Ha! Sind wir nicht sagenhaft schnell?«, fragte er mit einem Akzent, der nach Bostoner Unterschicht klang. »Jetzt können Sie sich erst mal entspannt zurücklehnen.«

Und Sie auch, dachte sie, wenn man die Summe bedachte, die die Kanzlei schon für sich abgezweigt hatte.

»Ich werde mich keineswegs zurücklehnen«, erklärte sie. »Ich habe schon Pläne.«

Er zögerte. »Was denn für Pläne?«

»Ich werde dieses Haus instand setzen, es verkaufen und zusehen, dass ich hier wegkomme.«

»Herrgott, Sandra, Sie müssten es wirklich besser wissen.«

»Wie meinen Sie das?«

»Wenn Sie jetzt wegziehen, wird das aussehen, als wollten Sie schleunigst abhauen.«

»Will ich ja auch.« Sie wickelte sich das Telefonkabel um den Zeigefinger.

Er schwieg einen Moment lang. »Sandra, ich habe Ihnen doch gesagt, dieser Beschluss war nur die erste Runde. Nur, weil die Untersuchungen kein Beweismaterial gegen Sie erbracht haben, ist der Kampf noch lange nicht vorbei.«

Ihr lief ein kalter Schauer über den Rücken. »Aber es ist vorbei. Ich bin frei.«

»Ja, sicher«, stimmte er rasch zu. »Aber warum haben Sie es denn so eilig? Bleiben Sie erst mal, wo Sie sind. Und zwar von sich aus, ohne dass ein Gericht es anordnet.«

»Ich bin schon ein Jahr lang hier geblieben, Milton.« Ihr wurde ganz kalt vor Angst, und ihr Magen zog sich zusammen.

»Ich habe Sie schon vor Monaten gewarnt. Egal, was bei dieser Untersuchung herausgekommen ist, es wird ziemlich sicher zu einem Zivilprozess kommen. Die Anwälte der Winslows sammeln schon seit Monaten Munition dafür.«

Wut schob ihre Angst beiseite. Milton hatte sie gewarnt, sie müsse damit rechnen, dass die Winslows ihr Schwierigkeiten machten, doch sie hatte das weit weggeschoben. Die Vorstellung, ihre Schwiegereltern könnten sie verklagen, sollte sie also nicht überraschen – nichts sollte sie mehr überraschen. Das Unfasslichste war längst geschehen. »Woher wollen Sie wissen, ob es überhaupt soweit kommt?«

Sie hörte Milton in der längeren Pause scharf einatmen, als er sich eine Zigarette anzündete, und dann in den Hörer blasen, als er tief ausatmete. »Weil ich ein guter Anwalt bin. Die sitzen schon ewig an den Vorbereitungen für eine Klage und suchen überall nach Beweisen. Ich gehe jede Wette ein, dass sie in den nächsten Tagen Klage einreichen werden. Denken Sie immer daran, Sandra – die wollen jemanden dafür büßen lassen, und das sind Sie. Sie saßen in jener Nacht am Steuer. Und ich gebe es nur ungern zu, aber sie haben durchaus Möglichkeiten – Leichtsinn, Fahrlässigkeit – und sie könnten sogar versuchen, Ihnen einen Vorsatz anzuhängen. Also wappnen Sie sich.«

Sie biss die Zähne zusammen, bis ihr der Kiefer wehtat, um nicht laut zu schreien. Sie trommelte mit den Fingern auf den Hörer. Ihr altes Leiden drückte ihr die Kehle zu, und sie musste mehrere Sekunden lang Atemübungen machen, bevor sie die nächsten Worte herausbringen konnte. »Am Haus muss ziemlich viel gemacht werden, also bleibt mir noch etwas Zeit hier«, erklärte sie Milton. »Aber glauben Sie mir, sobald es fertig ist, bin ich weg, Zivilklage oder nicht.«

»Immer mit der Ruhe, Kleine. Kein Richter wird eine Klage aufgrund derart schwacher Indizien zulassen. Da werden sie schon etwas wesentlich Überzeugenderes finden müssen als das, was sie bisher ausgebuddelt haben.«

Sandra umklammerte den Hörer so fest, dass ihre heilenden Blasen schmerzten. Es gab jede Menge Beweise, die sie finden könnten, und wenn das passierte, war sie dran.

6

Tagebucheintrag – Sonntag, 6. Januar

Zehn Dinge, die man am Sonntagmorgen tun kann:
1. Das Kreuzworträtsel in der New York Times lösen.
2. Pfannkuchen in Anwalt-Form backen.
3. Zur Kirche gehen.

Sandra starrte auf Punkt Nummer drei, und ihr Herz schlug ein wenig schneller. Konnte sie das tatsächlich tun? Wagte sie es?

Bis sie die Worte tatsächlich niederschrieb, hatte sie gar nicht gemerkt, dass diese ungeheuerliche Idee ihr schon eine Weile im Kopf herumspukte und sie auf sich aufmerksam machen wollte, während sie versuchte, sie wegzuschieben.

Als Victor noch gelebt hatte, hatten ihre Sonntagvormittage eine Art rituellen Charakter gehabt. Als Sohn des Pastors und prominenter Politiker war der Gottesdienst für ihn viel mehr gewesen als ein spiritueller Termin. Jeden Sonntag stand er früh auf und zog sich besonders sorgfältig an. Er sah immer makellos aus, schlank und edel wie eine Heiligenstatue, wenn er sie zu dem Chorstuhl führte, an dem eine Messingtafel an die ersten Winslows von Rhode Island erinnerte.

Jetzt war sie allein und immer noch ein wenig geschockt über die Verkündung ihrer Mutter und Miltons Warnung vor einem Zivilprozess.

Sie hatte das Gefühl, am Rand eines Abgrunds zu schwanken und gleich in die Tiefe zu stürzen. Sie hatte viel zu lange so abgeschieden gelebt, allein mit sich, während der ganze Ort über sie tratschte. Sandra war nie eine Kämpfernatur gewesen, doch nun war da eine leise, beharrliche Stimme in ihrem Kopf, die sie nicht in Ruhe ließ und sie dazu drängte, sich furchtlos das Leben zu erobern, das sie sich wünschte. Sie hatte nichts Böses getan, sie hatte gar nichts getan, außer ihren Mann unter tragischen Umständen zu verlieren, und doch wurde sie das Gefühl nicht los, sie müsse sich bei der ganzen Welt dafür entschuldigen.

Mit dem Fluch seid ihr verflucht, mich aber beraubt ihr weiterhin, und die ganze Nation.

Schluss damit, dachte sie, plötzlich belebt von reinigendem, heißem Trotz. Sie durfte nicht länger so tun, als sei sie an irgendetwas schuld.

Verflucht sei, wer das Recht des Fremden, der Waise und der Witwe beugt.

Sie ging erregt auf und ab, während sich dieser Entschluss in ihren Gedanken festigte. Sie musste aufhören, sich selbst mit Ungewissheiten zu quälen. Sie musste wieder hinausgehen, etwas tun.

Sie nahm den Scheck von der Versicherung und stellte ihn auf die Old Somerset Church aus. Eine Leichtigkeit erfasste sie, als habe ihr jemand einen Felsbrocken von der Schulter genommen. Immer noch voll neuem, trotzigem Schwung, probierte und verwarf sie mehrere Kostüme und entschied sich schließlich für eines aus marineblauer Wolle mit passenden Schuhen – dezent, aber elegant. Winifred Winslow, deren Freundinnen aus Internatstagen sie immer noch »Winky« nannten, hatte dieses Outfit einmal für einen Lunch des patriotischen Frauenvereins *Daughters of the American Revolution* als angemessen erachtet – eine der vielen Lektionen, die aus Sandra die Ehefrau eines Politikers machen sollten.

Sandra schminkte und frisierte sich mit aufgeregter Sorgfalt und wünschte, sie könnte ihre bleichen Wangen überschminken und das ausgezehrte Aussehen eines Menschen, der zu schnell zu viel Gewicht verloren hatte.

Die Fahrt in die Stadt hätte sie beruhigen sollen, doch mit jedem Kilometer wuchs das scheußliche Gefühl in ihrem Magen. Die Straße bildete entlang der Küste einen schmalen Grat aus Schiefer und Granit, der einen Bogen um das Zentrum des Ortes beschrieb. Winterlich kahle Bäume dominierten die öde Landschaft, dünn und gerade, als hätte jemand ihre Umrisse mit einem Skalpell aus einer Leinwand mit braunen Wiesen herausgeschnitten. Der Frost hielt sich noch in schattigen Falten in den Feldern und auf der Unterseite der Felsen am Straßenrand. Draußen auf dem Wasser pflügten Fischerboote durch den metallisch grauen Ozean, und Möwen kreisten gierig über den Skelettarmen gehobener Fangnetze.

Sandra streckte und beugte die behandschuhten Hände am Lenkrad. Nach dem Unfall hatte sie wochenlang schlimme Angst beim Autofahren gehabt. Dann schnürte ihr Panik die Brust ein, bis sie kaum mehr atmen konnte. Sie zwang sich, ins Auto zu steigen, die gewohnten Bewegungen zu vollführen, sich auf ihr Ziel zu konzentrieren. Doch es blieb ein Albtraum.

Selbst jetzt quälten sie Fetzen ihrer Erinnerung; sie konnte immer noch das spiegelglatte schwarze Eis auf der Fahrbahn sehen und die blendenden Scheinwerfer eines anderen Wagens im Rückspiegel. Sie hörte das Surren von Reifen, die haltlos über die Brücke schlitterten. In ihren Ohren dröhnte die Explosion des Aufpralls, gefolgt von einem bösartigen Zischen, als der Airbag ausgelöst wurde.

Mit schierer Willenskraft schob sie die Vergangenheit beiseite und zwang sich, ihren Griff um das Lenkrad zu lockern. Hinweisschilder aus Holz, die von den unablässigen Stürmen und dem peitschenden Regen vom Meer her verwittert waren, markierten die Stadtgrenze. Paradise war ein friedliches Städtchen mit Bürgersteigen und Bäumen an den Straßen, gemütlichen Häusern mit gepflegten Veranden; im Zentrum lagen die ordentlichen Geschäftsstraßen mit schmucken Schaufenstern, die sich um das Gemeindezentrum im nachgeahmten Kolonialstil gruppierten. Ein Drive-In-Café, Glorias *Shrimp Shack* und das Friseurgeschäft namens *Twisted Scissors* bildeten eine Art kleine Promenade am Wasser.

Sie fuhr langsam und vorsichtig am Stadtpark vorbei, einem länglichen grünen Fleckchen mit einem Teich in der Mitte. Nach der nächsten Kreuzung... Sie ermahnte sich, nicht hinzusehen, doch sie konnte nicht anders. Sie betrachtete das Anwesen der Winslows, eine Villa aus dem achtzehnten Jahrhundert inmitten eines makellos gepflegten Rasens. Kaum einen Kilometer entfernt lag das hübsche, aber weniger prunkvolle Haus, eine ausgebaute ehemalige Remise, das die Winslows ihr und Victor zur Hochzeit geschenkt hatten.

Ihr ganzes Leben lang hatte Sandra den Platz gesucht, wo sie hingehörte, und in Paradise, an Victors Seite, hatte sie ihn endlich gefunden. Als sie ihn dann verlor, verlor sie nicht nur einen Ehemann. Sie verlor ihr Zuhause, ihre Heimat, ihren Platz in der Welt. Und den musste sie wiederfinden. Die Frage war nur, wie sollte sie das ohne Victor schaffen?

Sie hatten im Licht der vollen Aufmerksamkeit ihrer Umgebung gelebt, ein Senator mit großer Zukunft und seine stille junge Ehefrau. Nun wohnte in ihrem alten Haus eine kleine Familie, die unübersehbare Veränderungen vorgenommen hatte – neue Stores aus Spitze, die, wie Sandra fand, nicht zu den klaren Linien der Gaubenfenster im Obergeschoss passten. Sie sah ein kleines rotes Dreirad vor dem Haus liegen, und in ihrer Brust regte sich die vertraute, schmerzliche Sehnsucht. Sie hatte sich Kinder gewünscht, doch Victor hatte es immer wieder aufgeschoben.

Wenn sie an diese angespannten nächtlichen Gespräche zurückdachte, fiel ihr auf, wie geschickt er stets einen guten Grund gefunden hatte, warum sie noch warten sollten, wenn sie das Thema ansprach. Zuerst musste er das Budget für die

Kampagne unter Dach und Fach bringen. Sich um seine Mutter kümmern, die an Brustkrebs erkrankt war – und überlebt hatte. Die Wahl gewinnen, Mittel für die nächste Wahl auftreiben. Sich in eine Position bringen, von der aus er die politische Leiter auf landesweiter Ebene erklimmen konnte.

Alles außer der Wahrheit.

Sie stellte den alten Plymouth Arrow auf den Parkplatz vor der Kirche. Die Turmuhr schlug zur halben Stunde, und sie seufzte erleichtert. Sie hatte unbedingt früh kommen wollen, um allein mit den Winslows sprechen zu können. Die Vorstellung, ihre große Geste vor versammelter Gemeinde zu machen, war zwar verlockend, doch sie brachte es nicht über sich, jemanden so schäbig zu manipulieren.

Victor hingegen hätte genau das getan. Doch bei ihm hätte es auch funktioniert.

Sie hängte sich die Handtasche über die Schulter und schloss die Wagentür ab. Ihr war nur allzu bewusst, wie lange sie nicht mehr hier gewesen war, und sie erinnerte sich gut an ihren ersten Besuch, als sie noch die Fremde gewesen war, eine unbekannte Größe, ein Objekt zahlloser prüfender Blicke. In mancherlei Hinsicht hatte sich daran nie etwas geändert, doch im Lauf der Zeit hatte sie sich in das kompliziert verwobene Muster von Kirche und Stadt eingefügt; sie hatte sich hier wohlgefühlt, so wie sie sich bei Victor wohlgefühlt hatte.

Doch selbst in den Augenblicken, wenn sie sich hier am heimischsten fühlte, kam sie sich manchmal vor wie eine Betrügerin – sie war nie sonderlich religiös gewesen, und einem Menschen mit ihrer düsteren Fantasie erschienen einige Aspekte der Kirche falsch und verlogen. Aber zu ihren Pflichten als Victors Ehefrau hatte es auch gehört, freiwillig die Sonntagsschule zu leiten, und insgeheim empfand sie die Gnade Gottes eher, wenn ein Chor piepsender Stimmchen unter ihrer Anleitung »This little light of mine« sang, als wenn ihr Schwiegervater mit Donnerstimme predigte.

Sie zog den Mantel enger um sich und ging auf den hinteren Teil der Kirche zu, wo eine breite Tür verkündete: »Pfarramt«. Sie brauchte nicht lange zu warten. Gleich darauf bog der Kombi der Winslows auf den Parkplatz hinter der Kirche ein und rollte zu dem Platz, der für den Pastor reserviert war. Anscheinend bemerkten sie Sandra nicht, als sie aus dem Wagen stiegen.

Nach dreißig Jahren als Querschnittsgelähmter bewältigte Ronald Winslow das mit lockerer Sicherheit. Seine Frau begegnete ihm weder mit Mitleid noch mit übertriebener Fürsorge; soweit Sandra wusste, hatte sie das auch nie getan. Die beiden wirkten immer völlig natürlich, mit der typischen Würde jedes Ehepaares aus den besseren Kreisen von Neuengland, das ein gewisses Alter erreicht hatte. Das Band ihrer Liebe war subtil, aber deutlich spürbar – mühelos passte er seinen elektrisch betriebenen Rollstuhl ihren Schritten an, als sie den Parkplatz überquerten. Der Anblick dieses Paares hatte für Sandra nun eine ganz neue Bedeutung. Der Gedanke, dass ihre Eltern nie wieder so zusammen irgendwo hingehen würden, brannte in ihrem Herzen.

Der Druck in ihrem Magen wurde schlimmer, doch sie zwang sich, auf die Rampe zuzugehen, die ins Büro des Pastors führte.

»Was hast du hier zu suchen?« Die grobe Frage ihres Schwiegervaters ließ sie innehalten.

Sie stand ihm tapfer gegenüber, während der Wind beißend über ihre Wangen fuhr. *Zehn ganz schlechte Ideen, wie man einen Sonntagvormittag verbringen kann...*

Die Idee, hierherzukommen, die sie noch vor einer Stunde mit Hoffnung erfüllt hatte, erschien ihr jetzt als Gipfel der Dummheit.

»Hallo, Ronald«, sagte sie und fühlte seinen starren Blick wie spitze Meißel. »Hallo, Winifred.«

Victors Mutter sah sie nicht einmal an. Das Profil ihres abgewandten Gesichts war beredter als viele Worte. Ihre schmalen, zierlichen Nasenlöcher stießen doppelte Atemwölkchen aus. Winifred, die ihr beigebracht hatte, wie man ein Wohltätigkeitsdinner organisierte und vor dem Wählerinnenverband eine Rede hielt, verhielt sich ihr gegenüber wie eine Fremde.

Sandra hörte das ferne Heulen eines Signalhorns vom Hafen her, den klagenden Ruf eines Brachvogels über ihnen. Irgendwie brachte sie die Worte heraus. »Ich bin hier, weil ich die Sache endlich beilegen möchte«, sagte sie. »Es war ein Unfall. Ihr wart doch auch dabei, als die Entscheidung verlesen wurde. Ihr habt es gehört.«

Es war eine Qual gewesen, dort auf der anderen Seite des Saales zu sitzen – ihre Trauer ein totes Gewicht, ihre Vorwürfe das reinste Gift.

»Wir haben die Entscheidung gehört.« Ronald manövrierte seinen Rollstuhl ein Stückchen weiter vor seine Frau, als wolle er sie beschützen. »Das bedeutet nicht, dass wir die Wahrheit gehört haben. Du bist gefahren. Du hast überlebt, und Victor ist tot.«

Trauer hatte die edlen Gesichtszüge dieses Mannes schwer gezeichnet; sein einziger Sohn hatte ihm sehr ähnlich gesehen. Tiefe Schatten der Schlaflosigkeit lagen unter seinen Augen; seine Wangen waren gerötet, genau wie früher, wenn er an Thanksgiving während der Football-Spiele zu viel gegessen hatte. Ein wesentlicher Teil dieses Mannes fehlte, und Sandra wusste, dass er ihn niemals zurückbekommen würde.

Victor war ihr Wunder gewesen, ihr einziges Kind – sie hatten darum gebetet, es sich verzweifelt gewünscht; medizinisch schien es ausgeschlossen, dass ein Mann mit Ronalds Behinderung überhaupt ein Kind zeugen konnte, und doch war Victor geboren worden. Seine Erziehung war ihr größtes Projekt, ihrem Wunderknaben wurde das perfekte Leben vorgezeichnet. Er erfüllte ihre Erwartungen in allen Punkten bis auf einen – die Frau, die er sich ausgesucht hatte.

Als Victor sie nur drei Wochen nach ihrer ersten Verabredung – sofern man das überhaupt als Verabredung bezeichnen konnte – seinen Eltern vorgestellt hatte, waren die Winslows freundlich und ausgesprochen höflich gewesen, doch sie hatten ihre Enttäuschung nicht ganz verbergen können. Die Worte, die sie niemals laut aussprechen würden, hingen seither wie Nebel in der Luft: *Warum sie? Sie ist ein Niemand und viel zu jung. Wir hatten so große Pläne für dich ...*

Später gestand Victor ihr, dass seine Eltern ihn jahrelang sanft in Richtung der Tochter ihrer besten Freunde geschubst hatten; sie war schön, ehrgeizig, stammte aus einem der besten Häuser, und sie hatte hervorragende Verbindungen. Diese Frau verehrte Victor, seit die beiden sich als Teenager bei einem Kirchenpicknick kennengelernt hatten. Ihr Name war Courtney Procter.

Nachdem Sandra ihre Berichterstattung gesehen hatte, war sie davon überzeugt, dass Courtney ihr nie verziehen hatte.

»Ihr wisst doch, dass ich Victor niemals etwas antun könnte.« Sie schob die Hand in die Manteltasche und ballte sie um den Scheck. »Du kennst mich, Ronald«, fuhr sie fort und kämpfte darum, ruhig zu klingen und ihre Stimme nicht ins Stocken geraten zu lassen. »Ich habe nichts Falsches getan.«

»Niemand hat dich je wirklich gekannt, Sandra«, sagte Winifred, die nun endlich voll kalter Wut das Wort ergriff. »Das hast du stets verhindert.«

Sandra hielt Ronald den Scheck hin. »Das ist die erste Teilzahlung aus der Lebensversicherung. Ich spende sie der Kirche.« Das hellgrüne Stückchen Papier fiel sacht in seinen Schoß.

Er wischte es hastig fort wie ein Stück glühender Kohle, und es flatterte auf den kahlen Gehweg. »Du kannst dir keine Absolution erkaufen mit deinem Profit aus Victors Tod.«

»Ich will gar nichts kaufen. Ich brauche keine Absolution, weil ich nichts Falsches getan habe – außer, wie du vorhin sagtest, zu überleben.« Sie hielt seinem Blick stand und erkannte den Schmerz, der aus seinen Augen sprach. »Ich vermisse ihn auch. Er fehlt mir jeden Tag, genau wie euch. Deshalb bin ich hier.«

»Du versuchst dich von deiner Schuld freizukaufen, aber damit kommst du nicht durch.«

»Aufhören.« Winifred legte eine Hand auf den Arm ihres Mannes. »Wir brauchen uns das nicht länger anzuhören.« Damit wandte sie sich um und ging die Rampe hinauf. Mit versteinerter Miene wendete Reverend Winslow seinen elektrischen Rollstuhl und folgte seiner Frau.

Offenbar waren die Winslows weder für Trost noch für Vernunft empfänglich.

Sandra griff nach dem Geländer und wollte ihnen nacheilen, doch dann blieb sie stehen. Sie starrte auf den Scheck hinab, der wie ein welkes Blatt den Bürgersteig entlangwehte. Wut glühte in ihr auf. Ihre Hand glitt an dem eisernen Geländer abwärts, als sie zurücktrat, einen Schritt, dann noch einen. Dann hob sie mit gestrafften Schultern und hochgerecktem Kinn den Scheck auf, wandte sich von der Kirche ab und eilte zu ihrem Auto.

Die vordere Flügeltür der alten Backsteinkirche stand nun offen. Drinnen konnte sie weiches Kerzenlicht sehen, und der Duft von frischem Blumenschmuck wehte aus dem Altarraum herüber. Die gedämpften, murmelnden Töne, mit denen der Organist sich für die Prozessionshymne warmspielte, trieben auf der morgendlichen Brise dahin.

Doch dieses freundliche Willkommen war falsch, das wusste sie jetzt. Sie hätte sich in den Hintern treten mögen für ihre Dummheit. Hätte sie doch auf Milton gehört. Selbstverständlich sahen sie nicht alles ganz anders, weil das Gericht entschieden hatte, dass es ein Unfall war.

Jetzt reicht's, dachte sie und schlug die Wagentür zu, während die ersten tiefen Glockenschläge ertönten. Es würde niemals vorbei sein, es fing erst richtig an. Ihre Hand schloss sich um den Scheck in ihrer Manteltasche. Indem sie ihr das Geld vor die Füße warfen, machten sie ihr die Entscheidung über das Haus viel leichter.

Doch es fühlte sich nicht leichter an. Diese Leute wollten sie gedemütigt sehen, verbannt, ruiniert. Vermutlich wollten sie sie in der Hölle schmoren sehen. Hunderte Male war Sandra versucht gewesen, die ganze Wahrheit über jene Nacht zu enthüllen, doch sie hatte sich immer zurückgehalten. Die Wahrheit würde der Trauer seiner Eltern noch bittere Enttäuschung hinzufügen; und eine Erklärung konnte Victor auch nicht wieder lebendig machen.

Obwohl sie so wütend auf sie waren, wollte Sandra Victors trauernde Eltern beschützen. Sie waren so stolz auf ihn gewesen. Sie vermissten ihn so sehr. Seit seinem Tod hatte Sandra sie vor etwas bewahrt, das außer ihr niemand wusste. Sie redete sich ein, sie schweige aus taktvoller Achtung vor ihrer Trauer – doch vielleicht hoffte sie auch ganz tief drinnen auf einen stummen Tauschhandel: Ich erspare euch die Wahrheit über euren Sohn, wenn ihr mir vergebt, dass ich an dem Unfall beteiligt war.

Sie versuchte zu ergründen, ob sie nun anders empfand. Die Winslows waren gegen sie ins Feld gezogen, und nun rührte sich ein düsteres Verlangen in ihr. Ihr ganzes Wesen drängte danach, es laut herauszuschreien, wie falsch sie in allem dachten, wie wenig sie ihren eigenen Sohn wirklich gekannt hatten. Doch sie wollte nicht diejenige sein, die ihre Träume zerstörte und liebevoll gehegte Erinnerungen in bitterste Enttäuschung verwandelte.

Ihr Schweigen sah sie nicht als Märtyrertum oder besonderen Edelmut an. Sie dachte einfach ganz pragmatisch. Ihr Schweigen ausgerechnet jetzt zu brechen, würde eher schaden als nützen. Denn die Wahrheit war nicht zu leugnen: In seinen letzten Augenblicken hatte ihr Mann ihr einen Grund gegeben, weshalb sie ihm den Tod hätte wünschen können.

7

Für abgefallene Katholiken und geschiedene Väter war nichts so einsam wie ein Sonntagmorgen. Mike fuhr durch die Straßen, in denen er seine Kindheit verbracht hatte, und ein dumpfer Schmerz lastete auf seiner Brust. Man bekommt im Leben keine zweite Chance, dachte er. Wenn man es beim ersten Mal nicht richtig hinkriegt, kann man nicht einfach wieder von vorn anfangen. Aber genau das versuchte er gerade.

Auf dem Beifahrersitz saß Zeke, gespannt wie ein Jagdhund, hechelnd und mit aufgestellten Ohren. Alle paar Sekunden gab der Hund seinem Drang zum Bellen nach.

Vor der Scheidung war Mike immer mit den Kindern zum Gottesdienst in St. John's gewesen, und nach der Sonntagsschule waren sie dann an den Strand gefahren, hatten zu Hause ein paar Körbe geworfen oder einen kleinen Fahrradausflug unternommen. Es war ihm so leichtgefallen zu glauben, dass diese Tage nie enden würden; es war ihm und Angela leichtgefallen, so zu tun, als sähen sie das Ende nicht kommen.

Sein Kopf und sein Herz steckten voller Erinnerungen, doch das waren lauter Fragmente – Mary Margarets erster eigenständiger Schritt. Kevins Erstkommunion. Gemeinsame Reisen nach Florida zu seinen Eltern. Die alltäglichen Erinnerungen hingegen waren ganz verschwommen wie eine Landschaft, die man nur im Vorbeirasen von der Autobahn aus sieht. Er hatte sich in seiner Arbeit vergraben, immer neue Aufträge gesucht und sich mit blinder, verzweifelter Energie einen beeindruckenden Kundenstamm aufgebaut.

Und wozu? Damit Angela jedes Jahr ein neues Auto bekam. Damit er sein Boot aufrüsten konnte. Einem Country Club beitreten. Die Kinder auf Privatschulen schicken.

Er wusste wohl, wozu. Er wollte das Beste für seine Kinder, doch er hatte nie ganz begriffen, was das war. Er war sich immer wie ein Versager vorgekommen, der aus dem Team geworfen wurde und sein Stipendium verlor, sodass er das Studium hinschmiss und sich eine Firma aufbaute. Alle bewunderten ihn; er war einer der größten Bauunternehmer in Newport geworden und hatte sich jahrelang auf diese Rolle konzentriert. Die Zeit war nur so verflogen. Und dann, eines Morgens, wachte er auf, schaute seine Frau an und sah eine Fremde.

Eine Fremde, die die Scheidung wollte.

Sie hatte »jemanden kennengelernt«.

Mike schüttelte den Gedanken an seine Exfrau ab. Heute musste er an etwas anderes denken – einen längst überfälligen Kondolenzbesuch bei Victor Winslows Eltern.

Er fuhr noch langsamer und war wütend auf sich selbst, weil er das vor sich herschob. Er und Victor waren einmal die besten Freunde gewesen, und egal, wie viele Jahre seither vergangen waren, er war es seiner Familie schuldig, sie aufzusuchen, um ihnen sein Entsetzen, seine Trauer und sein aufrichtiges Beileid auszusprechen. Nun musste er ihnen obendrein noch ein Geständnis machen. Er bemühte sich um den Auftrag, Sandra Winslows altes Haus am Blue Moon Beach zu restaurieren.

Auf dem Parkplatz vor der Old Somerset Church eilte eine Frau von der Kirche fort, so hastig, als fürchte sie, sich gleich übergeben zu müssen.

Mike hielt am Straßenrand und beobachtete sie. Der dunkle Mantel flatterte im Wind. Das braune Haar glänzte. *Sandra Winslow*. Was, zum Teufel, wollte sie hier?

Sie stieg in ihren Wagen und knallte die Tür zu. Einen Moment lang saß sie da, die Hände auf dem Lenkrad, den Kopf gesenkt. Das Morgenlicht beleuchtete ihr verletzliches, ungeschütztes Profil.

Mike versuchte, dieses verwirrende Bild abzuschütteln. Ihn

ging nur das Haus etwas an, nicht die Frau, tadelte er sich und löste die Bremse. Zeke beschloss, ausgerechnet in diesem Augenblick zu bellen. Der verflixte Hund hatte eine kräftige Stimme.

Sie hob den Kopf und sah Mike direkt in die Augen.
Erwischt.
Verdammt, dachte er. Verdammt, verdammt. Es wäre sehr unhöflich, sich jetzt einfach davonzumachen. Er konnte es sich nicht leisten, unhöflich zu einer potenziellen Kundin zu sein, nicht einmal zu Sandra Winslow.

Er hob eine Hand zu einem schwachen Gruß. Sie kurbelte das Fenster herunter. Mike wusste nicht, was er sonst tun sollte, also stellte er die Automatik auf Parken, stieg aus und befahl Zeke, sitzen zu bleiben. Er ging quer über den Parkplatz. »Macht der Wagen Ärger?«, fragte er.

»Nein.«

Er blickte zur Kirche hinüber. »Hat man Sie wegen guter Führung frühzeitig entlassen?«

»So ähnlich.« Sie verzog das Gesicht. »Ich habe es mir anders überlegt.«

Sie war heute wieder ungeheuer charmant, dachte er. Doch etwas an ihrer Haltung vermittelte ihm den Eindruck, sie könnte beim leisesten Druck zerbrechen. Sie war den Tränen nahe, bemerkte er voll Unbehagen, und beobachtete ihre gefährlich feuchten Augen. Es sollte ihm egal sein – es war ihm auch egal; trotzdem hörte er sich sagen: »Ich wollte gerade einen Kaffee trinken. Möchten Sie mitkommen?«

Sie schloss die Hände ums Lenkrad. »Von mir aus. Wo?«

»Fahren Sie mir einfach nach.« Mike verfluchte sich den ganzen Weg zu seinem Pick-up. Er fuhr voran zum Doughnut-Drive-In, und sie wartete in ihrem Wagen, während er Kaffee und zwei Doughnuts kaufte. Keine große Sache, redete er sich ein. Er würde sie auf einen Kaffee einladen und nach dem Gottesdienst auf die Winslows warten.

Am Ende der Straße hielt er an und stieg aus. Hier ragte ein kleines Dock aus der Kaimauer, an dem eine kleine Flotte Ruderboote schaukelte. Neben der Mauer zog sich ein Streifen Sand zum Wasser hinab. Zeke schoss aus dem Truck wie aus einer Kanone abgefeuert. Der Hund rannte über den Sand und durchs flache Wasser, bevor er über ein paar verwitterte Felsen verschwand.

Mike balancierte den Kaffee auf einem Papptablett und winkte Sandra zu. Sie folgte ihm durch die leere Passage verlassener Imbissbuden. Im Sommer wimmelte es hier von Familien und Studenten, die ihre Ferien genossen, doch jetzt heulte nur der Wind durch den beschatteten Gang und spuckte sie auf der anderen Seite wieder aus, wo sie nichts erwartete als See, Sand und Himmel.

Er stellte das Tablett auf einen Picknicktisch aus Beton. »In der Tüte mit den Doughnuts sind Milch und Zucker.«

Sandra warf ihm einen seltsamen Blick zu. »Danke«, sagte sie und nahm den Deckel von ihrem Kaffeebecher. Sie fügte Kaffeesahne hinzu und mindestens drei Tütchen Zucker. Sie erschien ihm schon ein wenig gefasster. Ein anständiger Kerl hätte sie vermutlich gefragt, was passiert sei, warum sie es eilig gehabt habe, die Kirche zu verlassen... aber Mike wollte es gar nicht wissen. Er hatte während seiner gesamten Ehe versucht, eine Frau zu verstehen, und es nicht geschafft. Bei Sandra würde er es nicht einmal versuchen. Obwohl er sie kaum kannte, hatte er den Verdacht, dass sie noch wesentlich komplizierter war, als seine Exfrau jemals sein könnte. Doch der Gedanke ließ ihm keine Ruhe. Bei Angela hatte nichts, was er tat, die Leere in ihrem Inneren füllen können. Bei Sandra hingegen könnte genau das seine Schlüsselrolle sein – das hatte er instinktiv gespürt, als er sie zum ersten Mal gesehen hatte, und mit jedem Augenblick in ihrer Nähe wurde das Gefühl stärker. Diese seltsame Vorstellung war ihm nicht geheuer, und er hoffte, sie würde bald verschwinden.

Er bückte sich nach einem Stück Treibholz und warf es für Zeke, der sofort hinterhersprintete.

Sie blies auf ihren Kaffee und nippte dann daran. »Ist das irgendeine bestimmte Rasse?«

»Ein Pudel, aber sagen Sie ihm das bloß nicht.«

»Wie heißt er denn?«

»Zeke.

»Natürlich. Wie sonst sollte man einen Pudel nennen?« Ihr Lächeln war echt, diesmal strahlte es sogar aus ihren Augen. Große braune Augen mit langen Wimpern. Das war ein umwerfendes Lächeln, noch toller, als er es sich vorgestellt hatte. »Ihre Kinder haben ihn bestimmt sehr gern.«

»Ja.« Er war froh, dass er Zeke hatte, obwohl der Hund auch ohne bestimmte Frisur einfach lächerlich wirkte. Mike vermisste seine Kinder so sehr, dass er beinahe Sandra Winslow davon erzählt hätte.

Die Trennung und anschließende Scheidung hatten ihm nach und nach alles genommen. Eines Tages hatte er sich umgesehen und gemerkt, dass ihm nichts geblieben war außer seinem Boot, seinem Pick-up, den Werkzeugen und Geräten, von denen er sich einfach nicht trennen konnte, und ein Handy mit überfälliger Rechnung. Er kroch eben erst langsam aus seinem Loch hervor und baute sein Geschäft wieder auf, doch an manchen Tagen hatte er das Gefühl, überhaupt nicht voranzukommen.

Zeke hatte sich in Mikes Leben eingeschlichen, durch eine Hintertür, die er noch nicht gegen jegliches Gefühl verbarrikadiert hatte. Mike war im Steinbruch in Waverley gewesen, um Platten für eine Terrasse auszusuchen, für ein Projekt in Point Judith. Im Büro des Steinbruchs war er auf einen Vorarbeiter gestoßen, der finster in einen vergammelten Pappkarton starrte. Der Kerl erklärte ihm, der französische Pudel seiner Frau habe geworfen, alle Welpen seien gut verkauft bis auf einen, den er auf Teufel komm raus nicht loswurde. Der Wuchs, die Färbung, eine ganze Litanei von Mängeln. Der hier würde im städtischen Zwinger landen.

Mike hatte in die Kiste geschaut, das kleine weiße Fellknäuel gesehen, und diese emotionale Hintertür war gerade weit genug aufgegangen, um das Fellknäuel mitsamt seinen Würmern hereinzulassen. Er weigerte sich, die Rasse zur Kenntnis zu nehmen, obwohl sie schwarz auf weiß in den Papieren vom Zuchtverband stand. Er dachte sich, wenn er Zekes Fell nie trimmte, würde er irgendwann vergessen, dass das ein Pudel war.

»Ich bin froh, dass ich Sie getroffen habe«, sagte Sandra Winslow. »Ich muss Ihnen etwas erklären.«

Na toll, dachte er. Schon klar. Sie hatte es sich mit dem Auftrag anders überlegt. »Ja?«

»Es geht um meinen verstorbenen Mann, Victor Winslow. Sie haben doch sicher schon von ihm gehört, oder?«

»Klar. Wie jeder hier.« Mike beließ es dabei.

Sie blickte aufs Meer hinaus, und die Brise ließ ein paar dünne Strähnen um ihr Gesicht flattern. »Letzten Februar hatten wir einen Unfall.« Ihre Hand zitterte, und sie stellte den Pappbecher ab. »Die Ermittlungen haben ergeben, dass er durch einen Unfall ums Leben kam. Aber es gibt immer noch Leute, die das Schlimmste von mir denken.« Sie holte tief Luft und schob die Hände in die Manteltaschen. »Ich wollte nur, dass Sie das wissen, bevor Sie sich entscheiden, für mich zu arbeiten.«

»Dachten Sie, ich würde es mir deswegen anders überlegen?«

»Ich weiß nicht, Malloy. Ich kenne Sie nicht.«

Er nahm sich einen Doughnut und bot ihr den anderen an. »Sie sind die Kundin, ich bin der Auftragnehmer. Ihr Haus geht mich was an, nicht Ihr Ruf.«

Sie zögerte und nahm dann den Doughnut an. »Danke. Ich habe heute nicht gefrühstückt.« Sie aßen schweigend und sahen zu, wie die Wellen ans Ufer brandeten. Sandra kaute langsam, während ihre Nase und ihre Wangen sich im kalten Wind röteten. Sie sah völlig anders aus als die Frau mit dem wilden Funkeln in den Augen, die er beim Holzhacken angetroffen hatte. Sie übte eine eigenartige Wirkung auf ihn aus – er war emotional völlig ausgebrannt und hatte nichts zu geben. Doch irgendetwas an ihr brachte ihm all die Dinge zu Bewusstsein, die ihm fehlten, weil er keine tiefe Bindung, keine Familie hatte. Das nahm er ihr übel, doch zugleich zog es ihn genau deshalb zu ihr hin.

»Was machen Ihre Hände?«, erkundigte er sich.

»Die verheilen gut«, antwortete sie und zeigte sie ihm.

»Danke. Und vielen Dank für den Briefkasten. Ich nehme doch an, dass das Ihr Werk ist.«

»Ja. Kein Problem. Und den Kostenvoranschlag bekommen Sie auch bald.«

»Gut. Na, dann.« Sie wischte sich Krümel von den Händen. »Das freut mich. Jetzt sollte ich aber los.«

Sie gingen zusammen zu den Autos zurück, und Mike fand, ihr Gang wirke schon etwas unbeschwerter. Er hatte ein schlechtes Gewissen, sich ihr gegenüber dumm zu stellen, obwohl Gloria Carmichael ihm stets den neuesten Klatsch über die Winslow-Witwe erzählte. Doch er dachte sich, je weniger persönlich seine Beziehung zu dieser Frau wurde, desto besser.

Automatisch hielt er ihr die Autotür auf und trat zurück, als sie losfuhr. Er pfiff nach Zeke, und wenige Sekunden später jagte der Hund auf den Wagen zu und hüpfte mit einem perfekt gezielten Satz hinein.

Mike fuhr zurück zur Kirche und blieb in seinem Pick-up sitzen, in dessen Fahrerhaus es immer kälter wurde, bis die letzten Gottesdienstbesucher gegangen waren. Dann stieg er aus und ermahnte Zeke, brav sitzen zu bleiben.

Die Winslows waren unterwegs zu ihrem Wagen, als er sie einholte. »Mr und Mrs Winslow?«

Sie blieben stehen und blickten ihm neugierig entgegen. Aus der Nähe konnte er nicht übersehen, wie sehr sie sich verändert hatten. Beide sahen irgendwie kleiner aus, als drücke sich ihr Verlust auch körperlich aus. Ronalds dichtes Haar war schneeweiß geworden; Winifreds marineblauer Mantel hing zu locker um ihre schmale Gestalt.

»Ich bin Michael Malloy«, sagte er. »Mike. Ich war vor vielen Jahren mit Ihrem Sohn Victor befreundet, als wir noch Kinder waren.«

Ronald Winslow runzelte die Stirn, doch die Miene seiner Frau wurde sofort weicher. »Michael. Ja, natürlich«, sagte sie und streckte ihm beide Hände in Handschuhen entgegen. Mike ergriff sie verlegen und drückte sie kurz. Vor seinem geistigen Auge konnte er immer noch die liebende Mutter in kariertem Faltenrock und dunkelblauer Strickjacke sehen, die nach der Schule Kekse gebacken hatte und zu jeder Theatervorführung, jedem Schwimmwettkampf und jedem Chorsingen erschienen war, an denen Victor teilnahm.

»Ich erinnere mich sehr gut an Sie, Michael«, sagte Winifred. »Ihr beide habt euch damals bei der Auswahl für die Schwimm-Mannschaft der Schule kennengelernt, nicht wahr? War das nicht in der dritten Klasse?«

»Sie haben ein ausgezeichnetes Gedächtnis«, bestätigte Mike. Er konnte sie beide vor sich sehen, dünn und blass in ihren Badehosen, wie sie einander über die abgetrennten Bahnen hinweg musterten. Er und Victor waren ein ungleiches Gespann gewesen. Victor war als privilegiertes Kind aufgewachsen, der Sohn eines überaus geachteten Pastors und einer reichen Erbin aus den besten Kreisen. Mikes Vater war Fischer, seine Mutter Arbeiterin in einer Druckerei. Für zwei Kleinstadt-Schuljungen waren solche Unterschiede in der Herkunft unbedeutend gewesen. Doch draußen im richtigen Leben war das ganz anders geworden.

»Michael hat in der Footballmannschaft der Highschool als Quaterback gespielt«, erzählte Winifred ihrem Mann und legte eine schmale Hand auf seine Schulter. »Daran erinnerst du dich bestimmt.«

Der alte Herr lächelte breit, als er Michael erkannte. »Da hast du recht. Lange nicht gesehen.«

»Allerdings.« Mike fiel kein taktvoller Weg ein, das heikle Thema anzusprechen, also rückte er gleich mit der Sprache heraus. »Hören Sie, ich hätte Sie schon viel früher besuchen sollen, aber ich bin erst seit Kurzem wieder hier.« Keine weiteren Erklärungen; er wollte das hier hinter sich bringen. »Ich kann Ihnen gar nicht sagen, wie leid es mir tut.«

Ronald Winslows Lächeln erlosch, wie Mike befürchtet hatte. Dem älteren Herrn zitterten die Hände, und er faltete sie. Verzweiflung und Verwirrung sprachen aus seinem Blick, und Mike erkannte – dies war nicht mehr der selbstsichere Kriegsheld, der Stützpfeiler der Gemeinde. Ronald hatte Vietnam überlebt, doch Victors Verlust erwies sich als eine Verletzung, mit der er nicht fertig wurde.

»Danke.« Winifred holte eine dunkle Sonnenbrille aus ihrer Tasche und setzte sie hastig auf. »Er war für uns das Kostbarste im Leben. Es ist für alle ein schwerer Verlust.«

»Natürlich. Als ich gehört habe, dass er ins Landesparlament gewählt wurde, war ich kein bisschen überrascht.«

Winifred lächelte mit herzzerreißendem Stolz, obwohl sie sich immer noch auf Ronalds Schulter stützte. »Kommen Sie doch zum Kaffee mit zu uns, Michael. Wir würden gern hören, wie es Ihnen seit damals ergangen ist.«

Na toll, dachte er. Erst Sandra, und jetzt das. Er hätte heute Morgen lieber zum Fischen rausfahren sollen. »Danke. Das ist sehr freundlich von Ihnen.«

Er fuhr ihnen nach; sein Pick-up keuchte hinter ihrem behindertengerecht ausgestatteten Kombi her, der mit gemächlicher Würde durch den Ort rollte. Die Winslows wohnten in einem großen Haus aus der Kolonialzeit mit einem Garten so groß wie ein Golfplatz. Die breite vordere Veranda war blendend weiß gestrichen und wirkte wie von einem Zahnarzt kosmetisch korrigiert. Er erkannte den Hickorybaum, an dem Victor und er einmal eine Schaukel aufgehängt hatten. Das schmiedeeiserne Tor, das zu dem Salzsumpf hinter dem Anwesen führte, schimmerte grün vor Alter. Hinter dem Sumpfgras erstreckte sich das weite Meer; Mike und Victor hatten früher gern behauptet, sie konnten von hier aus bis nach Block Island sehen, und sie hatten sich geschworen, einmal dort hinauszuschwimmen, nur um zu beweisen, dass das möglich war.

Der Kombi kam unter einem seitlich angebauten Säulenvordach zum Stehen, und Mike parkte seinen Pick-up dahinter. Die Tür des Kombi ging auf, und mit elektrischem Surren senkte sich die Rollstuhlbühne.

»Kommt Ihnen hier irgendetwas bekannt vor?«, fragte Winifred.

»Alles. Ich habe viele schöne Erinnerungen an dieses Haus.«

Als er die aufrichtige Freude in ihrem Gesicht sah, war er froh, dass er doch mitgekommen war. Allerdings hatte er seine neue Auftraggeberin immer noch nicht erwähnt.

Als er sich von seinem Wagen entfernte, stieß Zeke ein wütendes Heulen aus und drückte sein pelziges Gesicht an die Windschutzscheibe.

»Ich muss mich für meinen Hund entschuldigen. Wenn der Lärm Sie stört –«

»Er stört überhaupt nicht«, unterbrach ihn Ronald. »Er wird sich schon wieder beruhigen, wenn er erst einmal merkt, dass wir Sie nicht entführen wollen.«

Als Mike in die große, helle Küche trat, stiegen noch mehr Erinnerungen in ihm auf. Unerwartet deutlich erinnerte er sich an die anheimelnde Wärme dieses Raumes, wenn er und Victor nach stundenlangem Schlittenfahren hier heiße Schokolade tranken. Wenn sie im Sommer hereinkamen, verteilten sie Sand über die polierten Bodenfliesen und durchforsteten den Kühlschrank nach Eis und Schokoriegeln.

Mit genau abgezirkelten Bewegungen schenkte Winifred Kaffee aus, und die drei saßen in dem großen Wohnzimmer zusammen, dessen Mobiliar seit Generationen im Familienbesitz war. Obwohl die Antiquitäten unbezahlbar waren, liebten die Winslows sie nicht als Statussymbole, sondern als ständige Erinnerung: *Das sind wir*. Winifreds handbesticktes Brillenetui lag auf einem Beistelltischchen, an genau derselben Stelle wie schon vor Jahrzehnten, neben einer in Leder gebundenen Proust-Ausgabe. Doch trotz der Eleganz, die die signierten Originalgemälde, irisches Kristall und prächtige Antiquitäten aus der Kolonialzeit vermittelten, strahlte der wunderschöne Raum eine gewisse Leere aus.

»Sie sehen wirklich großartig aus«, sagte Winifred, deren Augen vor mütterlichem Ehrgeiz strahlten. In ihrem grauen Flanellrock, der makellosen weißen Bluse und den flachen Schuhen wirkte sie kaum verändert – nur dass ihr Gesicht einen unerträglichen Verlust spiegelte. »So... so erwachsen.«

»Tja, ich schätze, das bringt das Älterwerden so mit sich.«

Ronald gab einen Schuss Sahne in seinen Kaffee. »Wie schade, dass Sie und Victor sich aus den Augen verloren haben. Ihr wart dicke Freunde, wenn ich mich recht erinnere.«

»Ich wünschte auch, wir wären in Verbindung geblieben.« Mike starrte auf seine großen Hände hinab, die in seinem Schoß lagen. »Ich habe immer gedacht, wir würden uns eines Tages wieder über den Weg laufen. Ich hätte es nicht dem Zufall überlassen sollen.«

Winifred betrachtete eine Reihe Fotografien, die in silbernen Rahmen auf dem Tischchen neben ihr standen. Victor war auf jedem davon zu sehen – beim Skifahren, beim Segeln, mit triumphierendem Lächeln und irgendeiner seiner zahlreichen Trophäen in der Hand. Sie schloss die Augen und rang sichtlich mit einer Trauer, die Mike sich kaum vorstellen konnte. »Ich wünschte, Victor wäre noch hier. Er hat immer so große Stücke auf Sie gehalten, Michael. Ihr beide wart beinahe wie Brüder.«

»Mrs Winslow«, hob Mike an, »ich wollte Sie mit meinem Besuch nicht traurig machen –«

Ronald räusperte sich. »Dieses Wiedersehen ist für uns ein Segen«, erklärte er. »Erzählen Sie uns doch, was aus Ihnen geworden ist. Das Letzte, was wir von Ihnen gehört haben, war, dass Sie ein Football-Stipendium an der URI bekommen hatten.«

»Das stimmt.«

»Ich weiß noch, wie stolz Ihre Familie auf Sie war. Und ihr Jungs habt zur Feier des Tages ein gigantisches Grillfest veranstaltet.«

Mike konnte sich jeden Augenblick dieser Sommernacht ins Gedächtnis rufen. Er und ein paar von den Jungs hatten einen Kasten Bier aus dem Keller seiner Eltern stibitzt und am Scarborough Beach ein riesiges Lagerfeuer gemacht. Mit kalten braunen Flaschen Narragansett, die in ihren warmen Händen beschlugen und tropften, hatten sie sich an Treibholz-Stämme gelehnt und in die Sterne hinaufgestarrt. Das Bier hatte dafür gesorgt, dass der Nachthimmel sich sanft zu drehen schien, als sähen sie ihn von einem Bootsdeck aus.

Er konnte das Lagerfeuer vor sich sehen, die lachenden Gesichter seiner Freunde, die verrückten Versprechen, dass sie für immer Freunde bleiben würden, das Gefühl, die ganze Welt warte nur auf ihn. Alles war ihm strahlend neu erschienen, eine goldene Zukunft lag vor ihm, das Leben begann, sich eben zu öffnen wie eine gigantische Sonnenblume. Mike, dessen Eltern Mühe hatten, ihn durchzufüttern, bekam die Chance auf ein College-Studium. Victor sollte auf die Brown gehen, das Kronjuwel der Universitäten von Rhode Island, und dann in Harvard an der Kennedy School of Government in Politikwissenschaften promovieren. Große Träume, große Pläne. Keiner von ihnen beiden hätte sich damals träumen lassen, wie das einmal enden würde.

»Ich wurde in meiner zweiten Saison verletzt«, erklärte er, um weiteren Fragen zuvorzukommen. »Ich musste von der Uni abgehen.« Das war schon so lange her, dass Mike sich gar nicht mehr darüber aufregte. Trotzdem sprach er nicht gerade gern darüber.

»Und was führt Sie hierher zurück?«

»Eine Scheidung.«

»Ach, Michael.« Winifred tätschelte seine Hand. »Das tut mir leid.«

»Danke.« Er fischte eine Visitenkarte aus der Hosentasche und legte sie auf den Tisch. »Ich fange gerade im Baugeschäft neu an, aber nur noch hier am Ort.«

»Nun«, sagte Winifred, »es ist mir jedenfalls eine Freude, Sie wieder hier zu begrüßen.«

Na los, dachte Mike. Raus damit. Er schaute auf ein Fenster, vor dem eines von Victors bunten Glasornamenten hing, und sagte: »Ich hoffe gerade auf meinen ersten Großauftrag. Eine historische Restaurierung hier in der Gegend.«

Winifred schlug die Hände zusammen. »Das ist ja wunderbar, Michael.«

»Ich wollte Ihnen davon erzählen, weil das Haus Victors Witwe Sandra gehört.«

Über Winifreds schmales, hübsches Gesicht huschte ein Schatten. »Dieses heruntergekommene Haus am Blue Moon Beach.«

»Anscheinend hat sie vor, das Haus fachgerecht restaurieren zu lassen und es dann zu verkaufen. Ich dachte nur, ich sollte es Ihnen selbst sagen. Das ist eine rein geschäftliche Entscheidung«, fügte Mike hinzu. »Ich brauche diesen Auftrag.«

Ronald Winslows Augen blitzten. »Wenn Sie sich entschließen, für diese Frau zu arbeiten, werden wir Sie nicht davon abhalten, aber Sie sind es Ihrem Ruf schuldig, alle Tatsachen zu bedenken –«

»Ich bitte um Verzeihung, Sir. Die Tatsachen sind für mich, dass sie einen Fachmann braucht und ich Arbeit. Ich habe nicht die Absicht, mit der Frau persönlich in Kontakt zu kommen. Es geht nur um ihr Haus.«

Winifred legte eine Hand auf die ihres Mannes. »Nun, wir sehen es wohl lieber, wenn Sie etwas von Victors Geld haben, als dass diese Frau... Gott weiß, was sie sonst damit anstellen würde.«

»Wir haben sie nie verstanden«, bemerkte Ronald, und die Glut in seinen Augen erlosch.

»Sie war die einzige schlechte Entscheidung, die Victor je getroffen hat«, erklärte Winifred.

Mike wurde es immer unbehaglicher, und er suchte nach einer höflichen Ausrede, um gehen zu können. Er hatte seinen Text angebracht, sein Beileid ausgedrückt und ihnen seine Situation erklärt. Doch bevor er sich entschuldigen konnte, schenkte Winifred ihm Kaffee nach.

»Er hat seine erste Wahl verloren«, erzählte Ronald, dessen Miene bei der Erinnerung an alte Zeiten sanfter wurde. »Damals beschloss er, an seinem Image zu feilen, und das bedeutete auch, dass er heiraten wollte. Winky und ich waren natürlich überglücklich, aber wir hatten immer angenommen, er würde eine Frau wählen, mit der er schon länger befreundet war, jemanden, den wir kannten.«

»Als er mit dieser Frau nach Hause kam, war sie bereits seine Verlobte«, erklärte Winifred, deren Mund sich zu einem schmalen Strich der Missbilligung verzog. »Wir hatten noch nie von ihr gehört, kannten die Familie nicht, wussten überhaupt nichts über sie. Aber Victor schien mit ihr zufrieden zu sein. Sie hat an seinem Arm weiß Gott recht hübsch ausgesehen. Und die nächste Wahl hat er tatsächlich gewonnen.«

Mike nickte und tat so, als bemerke er nicht, wie wenig sie ihre Schwiegertochter mochte. »Ich wusste schon immer, dass Vic mal eine wunderschöne Frau haben würde.« Er wusste nicht recht, warum er das gesagt hatte. Eigentlich hatte er nie darüber nachgedacht, was Victor einmal haben würde, doch es erschien ihm passend, seinen Eltern etwas in der Art zu sagen.

»Sie war recht still, aber sie hatte gute Manieren. Mit ein

wenig Nachhilfe hat sie auch gelernt, wie sie sich bei offiziellen Anlässen zu kleiden und zu präsentieren hatte. Sie und Victor schienen recht gut zueinander zu passen – zunächst jedenfalls. Doch sie hatte immer so etwas Merkwürdiges, Heimlichtuerisches an sich.« Winifred strich mit dem Daumen über eines der Fotos auf dem Tisch; Victor schwenkte darauf strahlend ein zusammengerolltes Diplom. »Ich kenne meinen Sohn. Er war nicht glücklich mit ihr, und ich vermute, er hat sich nur aus ehrenhafter Loyalität nicht von ihr getrennt. Kurz vor dem Unfall hat er mir anvertraut, dass sie ihn unter Druck gesetzt hat, weil sie Kinder haben wollte.« Sie hielt Mikes Blick wie gefangen. »Glauben Sie mir, auch ich habe mir so sehr Enkelkinder gewünscht, aber doch nicht auf Kosten von Victors Lebensglück.«

»Er wollte noch warten, bis er politisch eine stabile Position erreicht hätte«, fügte Ronald hinzu.

Mike fand, das klang merkwürdig. Andere Politiker hatten doch auch Kinder – man brauchte sich nur mal die Kennedys anzusehen.

»Winky und ich halten das für den Grund, weshalb sie sich in jener Nacht gestritten haben, als der Unfall passierte«, sagte Ronald und umfasste die Hände seiner Frau.

»Hören Sie«, warf Mike ein, dem die Situation immer unangenehmer wurde. »Sie brauchen mir wirklich nicht –«

»Wir mussten all das schon einem Dutzend ermittelnder Beamter erklären«, wehrte Ronald ab. »Da können wir unsere Geschichte doch gewiss einem alten Freund von Victor erzählen.«

»An jenem Abend haben sie kaum ein Wort miteinander gewechselt«, fuhr Winifred fort. »Wir waren bei einem Wohltätigkeitsempfang, und die Luft zwischen ihnen war förmlich zum Schneiden dick.«

»Zunächst«, fügte Ronald hinzu, »wollten wir auch nicht glauben, dass Sandra für seinen Tod verantwortlich war. Doch als immer mehr Tatsachen ans Licht kamen, waren wir gezwungen, uns mit dem Unvorstellbaren auseinanderzusetzen.«

»Es ergab auf schreckliche Weise alles einen Sinn«, erklärte Winifred. »Es war nicht zu übersehen, dass sie unglücklich war. Sie ist die einzige Begünstigte seiner Lebensversicherung.« Sie und ihr Mann wechselten einen gequälten Blick.

Mike bemühte sich, ihre Verbitterung zu verstehen. Was dachten sich die beiden bloß? Dass Sandra Victor in den Tod gestürzt hatte, weil sie Kinder wollte, er aber nicht? Weil sie an sein Geld kommen wollte? Oder brauchten die Winslows einfach einen Sündenbock, damit dieser Tod nicht gar so sinnlos erschien?

»Wir kennen ihre Motive nicht«, sagte Ronald. »Ich glaube, keiner von uns hat diese Frau je wirklich gekannt.«

»Ich habe mir immer gedacht, dass sie neidisch auf Victors Erfolg war«, erklärte Winifred. »Er war überall so beliebt, aber sie war eine Einzelgängerin. Als Ehefrau eines Politikers nicht besonders geeignet. Sie hatten Probleme, aber wir haben uns da nie eingemischt. Ich glaube, sie wollte sich scheiden lassen, aber nicht auf sein Geld verzichten.«

Das hörte sich für Mike alles ziemlich weit hergeholt an. Die Frau müsste schon verrückt sein, um absichtlich so einen Unfall zu verursachen, bei dem sie genauso ihr eigenes Leben riskierte wie Victors. Doch das sagte er Victors Eltern lieber nicht.

»Sie denken vermutlich, wir sollten die Sache auf sich beruhen lassen«, bemerkte Winifred. »Das sagen alle. Wir sollten ihn gehen lassen und einfach weiterleben.«

»Das können wir nicht«, gestand Ronald. »Wir haben unseren Sohn geliebt, Mike. Gerade Sie müssten wissen, wie sehr.«

»Ich kann den Gedanken nicht ertragen, dass sie ihn mir weggenommen hat und einfach so davonkommt«, sagte Winifred. »Ich kann Sie nur vor ihr warnen, Michael.«

»Um mich brauchen Sie sich keine Sorgen zu machen«, versicherte er ihnen und stellte seine Kaffeetasse ab. Er rief sich Sandra ins Gedächtnis, wie sie die Maus in ihrem Holzschuppen schützte. Dann machte er, dass er wegkam, aus der stillen, prächtigen Villa, die von Traurigkeit erfüllt war. Er hatte Respekt vor den Winslows, aber sie waren in ihrer Trauer gefangen, so gefangen wie Sandra in ihrem zugigen alten Haus am Blue Moon Beach.

Er wünschte, er könnte noch einmal mit Victor reden, ein paar Körbe werfen und mit ihm herumhängen wie früher. Wie sah diese Geschichte aus Victors Blickwinkel aus? Was hatte er gedacht, gefühlt? Hatte er Angst gehabt? Hatte er gelitten?

Diese Fragen würden auf ewig unbeantwortet bleiben. Es gab nur noch einen lebenden Menschen, der wusste, was damals wirklich passiert war.

8

Tagebucheintrag – Sonntag, 6. Januar

Zehn nützliche neue Wörter:
5. *Fungibel – vertretbar; gegen eine andere, gleichartige Sache austauschbar.*
6. *Elegisch – voll Wehmut, Schwermut; voll Trauer um unwiderruflich Vergangenes.*
7. *Semiotisch – das (auch sprachliche) Zeichen betreffend.*
8. *Caduceus – geflügelter Stab, umwunden von zwei Schlangen; Heroldsstab des Hermes.*
9. *Euphonisch – wohllautend, wohlklingend.*
10. *Defenestration – Fenstersturz; jemanden (oder etwas) aus einem Fenster werfen.*

Sandra trommelte mit den Fingern auf ihrem Notizbuch herum und legte es dann genervt beiseite. Es war ein leerer Sonntagnachmittag, der Wind setzte den Wellen im Sund weiße Schaumkronen auf, und sie kam mit der Arbeit nicht voran. Normalerweise schrieb sie bei Sturm am besten. Sie wusste nicht recht, warum, doch für sie lag etwas Magisches, Inspirierendes im düsteren Rütteln und Trommeln von Sturm und Regen an den Fenstern, an der barschen Stimme des Aufruhrs, die vom Himmel herabhallte.

Dann war es, als übertrage sich etwas von der Energie des Sturms, und ihr Lieblingsfüller schien ein Eigenleben zu entwickeln, flog nur so über die Seiten und ließ Zeile um Zeile königsblaue Banner hinter sich herflattern. Sie hörte gar nicht auf ihre eigenen Worte, sondern nahm eher die Rolle eines mittelalterlichen Schreibers ein, der ein Diktat aus höherer Quelle aufnimmt.

Doch nicht heute. Die Begegnung mit Ronald und Winifred hatte sie so erschüttert, dass sie sich kaum mehr erinnern konnte, wie sie nach Hause gekommen war. Die Winslows hatten sie so rasch und glatt von ihren guten Absichten abgeschnitten wie bei einer Amputation in einem Feldlazarett. Die ätzende Verachtung, die Victors Eltern ihr entgegenbrachten, hatte die Wunde dann kauterisiert.

Die Wahrheit war über sie hereingebrochen. Das fehlende Glied war fort. Die Identität, die sie für sich selbst geschaffen hatte – Ehefrau, Schwiegertochter, Stützpfeiler der Gesellschaft –, war herausgeschnitten worden. Wie konnte sie nur so dumm sein, in der Kirche zu erscheinen und sich von ihnen zu erhoffen... was eigentlich? Erlösung? Vergebung? Verständnis? Sie hätte es besser wissen müssen.

Kochend vor Wut zog sie das Kostüm von St. John's aus, das sie letztes Jahr zusammen mit Winifred ausgesucht hatte, und schlüpfte in ihre alte Lieblingsjeans und Victors Pulli – wohl wissend, dass der immer noch nach ihm roch und sie zum Weinen bringen würde – und versuchte, sich sinnvoll zu betätigen.

Der leere Computerbildschirm erschien ihr wie ein graues dämonisches Auge, das sie überallhin verfolgte, um sie daran zu erinnern, dass sie seit einer Woche nicht einmal ihre E-Mails abgerufen hatte, dass auf einer Bücherseite im Web eine Hetzkampagne gegen ihre Bücher lief und dass irgendjemand eine Newsgroup eingerichtet hatte, mit dem Ziel, trotz der Entscheidung des Gerichts zu beweisen, dass Victors Frau an seinem Tod schuld war. Die Verschwörungstheorien überschlugen sich förmlich.

Nun, da obendrein noch die Ehe ihrer Eltern zu scheitern drohte, war ihr nichts geblieben als das Schreiben. Da war zumindest nach dem bizarren Albtraum des Unfalls und der Ermittlungen noch alles in Ordnung. Oder nicht? Stunden, nachdem sie sich an ihr Notizbuch gemacht hatte, überflog sie das Gekritzel und überlegte, ob diese Seiten es wert waren, ins Manuskript übertragen zu werden.

Sie benutzte dann doch die alte Ausrede, dass man während eines Gewitters den Computer nicht einschalten sollte. Auch sie hatte die Legenden von Leuten gehört, die diese Warnung ignoriert und am Computer gearbeitet hatten, während es draußen blitzte und donnerte. Derartiger Leichtsinn nahm oft ein schlimmes Ende – die armen Trottel ereilte doch tatsächlich der Blitzschlag – und verursachte alles Mögliche vom Tod durch Stromschlag bis hin zu Festplatten, die zu Asche verkohlten und das Lebenswerk, die Buchführung oder – der schlimmste aller Albträume – die gesamten E-Mails dieser armen Trottel unwiderruflich in die digitale Unterwelt beförderten.

Leute, die wirklich was von Computern verstanden, machten sich gern über solche modernen Märchen lustig, doch Sandra konnte es sich nicht leisten, die Wahrheit am eigenen Leibe herauszufinden. Wenn also ein Gewitter aufzog – was hier mitten im Winter oft geschah –, ließ sie den Computer ausgeschaltet.

Sie stützte das Kinn auf eine Hand, starrte zum Fenster hinaus aufs Meer und lauschte dem Zischen und Blubbern des Teekessels auf dem Herd. Die hundertjährigen Balken erzitterten; der Wind fand jeden Spalt an den alten Fenstern, rüttelte an den Scheiben und trug eine Kälte ins Haus, der mit noch so viel Heizen nicht beizukommen war. Die Fensterdichtungen bröckelten schon seit Jahren, und niemand hatte sich je die Mühe gemacht, sie auszubessern.

Ihre Gedanken schweiften wieder einmal zu Mike Malloy, ihrem breitschultrigen Ritter im zerbeulten Pick-up. Wenn er heute Morgen nicht plötzlich erschienen wäre, um sie auf einen Kaffee einzuladen – sie wusste nicht, ob sie es überhaupt bis nach Hause geschafft hätte. Er konnte gar nicht wissen, wie froh sie über ein wenig Gesellschaft gewesen war, und über seine lockere »Na und«-Haltung, was den Unfall anging.

Der Unfall. Endlich sah jemand dieses Ereignis als das, was es gewesen war – ein schrecklicher, katastrophaler Unfall, wie man ihn sonst nur in den Abendnachrichten zu sehen bekam.

Vielleicht bildete sie sich das nur ein, doch sie fühlte eine merkwürdige Verbundenheit mit Malloy. Sie wusste, dass sie der gefährlichen Wärme nicht trauen durfte, die er in ihr wachrief, doch sie wünschte es sich sehr. Nach der Katastrophe mit Victor war sie nicht einmal mehr sicher, ob sie wusste, was Liebe, was Leidenschaft überhaupt war. Vielleicht war sie einfach nicht dafür geschaffen. Vielleicht war sie eines dieser seltsamen Lebewesen, die dazu bestimmt sind, ihr Leben allein zu verbringen und sich mit der stillen Zufriedenheit im Kreise einer kleinen Familie und weniger Freunde zu begnügen.

Es wäre klug von ihr, sich darauf einzustellen. Victor zu verlieren – erst an seine Geheimnisse und Lügen, dann an die düstere Strömung, die ihn mit sich fortgetragen hatte – das hatte ihr so unerträglich wehgetan, dass sie nie wieder solchen Schmerz fühlen wollte. Sie wollte überhaupt nie wieder etwas fühlen – weder Liebe noch Freude, Trauer, Wut... Denn selbst Freude hatte ihren Preis. Sie wollte nicht, dass irgendjemand die sorgfältig errichtete Barriere aus Taubheit, die ihr Herz beschützte, ins Wanken brachte.

Nicht einmal Mike Malloy.

Sie gab den Versuch zu arbeiten auf, und fühlte eine Entscheidung näherrücken. Sie brauchte eine Freundin, jemanden, der sie aus ihrer Welt herausriss, und sei es nur für kurze Zeit. Sie fand es demütigend, erkennen zu müssen, wie sehr ihre Kontakte zu anderen Menschen sich auf seine Freunde, seine Familie, seine Pläne bezogen hatten. Nun waren die Partys, die Versammlungen, die geselligen Abendessen und Wohltätigkeitsveranstaltungen weggefallen, und sie stand da mit nur ein paar Getreuen, denen sie mehr bedeutete als der Mann, den sie geheiratet hatte.

Da war zum einen Joyce, die Friseurin, der der *Twisted-Scissors*-Salon im Ort gehörte; sie hörte sich Kaugummi kauend und mit aufrichtigem Mitgefühl Sandras Sorgen an und scherte sich kein bisschen um den ganzen Klatsch. Und dann gab es noch Barbara Dawson, die nicht weit entfernt in Wakefield wohnte.

Sobald der Sturm nachließ, fuhr Sandra nach Wakefield, einer landeinwärts gelegenen Kleinstadt, und landete dort in einer neueren Wohnsiedlung. Sie parkte vor dem Haus ihrer besten Freundin und dachte, sie hätte vielleicht doch erst anrufen sollen. Zu spät. Sandra nahm ihre geräumige Schultertasche und stieg aus. Trotz der Eintönigkeit dieser Vorstadtstraße, in der alle Häuser gleich waren, hob sich das Haus der Dawsons ein wenig ab – ein riesiges, nur halb fertiges Denkmal der Mittelmäßigkeit. Doch an der Frau, die darin wohnte, war gewiss nichts Mittelmäßiges.

Sandra ging über den Bürgersteig, der von kläglichem Unkraut gesäumt wurde, über einen betonierten Weg durch den Vorgarten, den ein Dreirad, ein Roller, zwei Fußbälle und eine Warnung in verschmierter Kreide zierten: *Mädchen ferboten*. Ein Minivan mit staubigen Katzenspuren darauf stand in der Einfahrt.

Als Sandra an der Tür klingelte, erhob sich drinnen ein Chor von »Ich mach auf«, gefolgt vom Getrampel rennender Füße. Die Tür schwang weit auf und knallte an die schon recht mitgenommene Wand des Hausflurs. Vier identische braune Augenpaare richteten sich auf Sandra. Vier verschmierte Münder lächelten freudig und zeigten je nach Alter mal mehr, mal weniger Zahnlücken.

»Hallo, Aaron, Bart, Caleb und David«, sagte sie und begrüßte sie der Größe nach. »Darf ich reinkommen, obwohl ich ein Mädchen bin?«

»Klar.« Sie rückten beiseite, um sie vorbeizulassen. Sie betrat das bunte Chaos des Dawsonschen Haushalts. Das Haus war von den Schrammen und Schmierfingern des Stammes gezeichnet, der es als sein Revier betrachtete, und es roch zu gleichen Teilen nach frisch gebackenen Keksen und Hamsterkäfig. Aaron schrie: »Mo-om! Sandy ist da!«

»Na, so was.« Barb kam in den Flur, ein rundliches, braunäugiges Kleinkind mit tropfender Nase auf einer Hüfte. »Komm rein, liebe Freundin.«

»Dürfen wir jetzt raus, Mom?«, fragte Bart. »Der Regen hat aufgehört, und wir müssen noch die Gräben fertig buddeln.«

Seine Mutter wedelte ergeben mit der Hand. »Grabenkämpfe in meinem Garten, davon habe ich schon immer geträumt.«

Die Horde brach spontan in Maschinengewehr-Geräusche aus und stürmte in Richtung Hintertür.

Barb trat beiseite, um sie durchzulassen. »Und nicht die Tür zu-«

Krachend fiel die Tür zu.

»-knallen.«

Der kleine Ethan quengelte und wand sich, bis seine Mutter ihn absetzte, und tapste hinter seinen Brüdern her; sein Protestgeheul verstummte erst, als Barb ihn vor den Fernseher setzte, ihm ein paar Cheerios in die Hand drückte und einen Zeichentrickfilm einschaltete.

»Nenn mich ruhig Mutter des Jahres«, bemerkte sie grinsend.

»Hallo, Mutter des Jahres«, sagte Sandra. »Komme ich ungelegen?«

»Mal sehen. Ralph ist mit seinen Kumpeln zu einem Gotcha-Manöver in die Wildnis gezogen, Ethan hat eine Mittelohrentzündung, ich habe gerade mit einer halben Packung Chips meine Diät sabotiert, und meine Söhne sind dabei, die gesamte Nachbarschaft zu untertunneln. Also würde ich sagen, du kommst genau richtig.« Sie war so fröhlich, offen und freundlich wie ihre Jungs; rasch drückte sie Sandra an sich. »Ich freue mich, dass du vorbeikommst. Ich habe bei dir angerufen, nachdem das Ermittlungsergebnis raus war, aber du bist nicht ans Telefon gegangen. Trinken wir erst mal einen Kaffee.«

Sandra setzte sich an den riesigen Küchentisch, während Barb um sie herumwerkelte. Barb war mit ihrer Taschenbuch-Reihe *Jessica und Stephanie*, die besonders bei Mädchen sehr beliebt war, eine der erfolgreichsten Autorinnen im ganzen Land. In ihren Jeans, Segeltuchschuhen und einem mit Marmelade beschmierten Pulli wirkte sie ebenso unkompliziert wie der Becher Instant-Kaffee, den sie mit heißem Wasser aus dem Wasserhahn aufgoss. Es war anscheinend egal, dass dieser Becher schön bedruckt war, als Erinnerung an ihren ersten *New-York-Times*-Bestseller; am Rand war ein Stück abgesprungen, und die Blattgold-Buchstaben lösten sich allmählich auf.

Die beiden Frauen hatten sich auf einer Tagung der Vereinigung der Kinderbuch-Autoren und -Illustratoren kennengelernt, die viermal jährlich in der Redwood Library in Newport stattfand. Oberflächlich betrachtet, hatten sie kaum etwas gemeinsam – Sandra, die stille Einzelgängerin, und Barb, die Fußball-Mutter –, doch eine gemeinsame Leidenschaft hatte sie zusammengeschweißt: Kinderbücher schreiben. Vor ein paar Jahren hatten sie damit begonnen, einander ihre ersten Entwürfe vorzulesen und zu fachsimpeln. Barb war ein echter Profi und erwies sich in der verwirrenden, unberechenbaren Verlagswelt als unschätzbare Hilfe. Und ihr Leben voll brüllender Kinder und häuslichem Chaos stand in krassem Gegensatz zu Sandras allzu stiller Welt.

Sandra stellte ihre Tasche auf den Tisch, eine stumme Andeutung, dass sie auch über Berufliches reden wollte. Obwohl Barb ihr stets Mitgefühl und Unterstützung geboten hatte, seit diese Schwierigkeiten angefangen hatten, sprach Sandra das Thema Victor kaum an, weder bei Barb noch bei sonst jemandem. »Ich habe dein Manuskript mitgebracht«, sagte sie und holte es hervor. »Gute Frau, Sie erstaunen mich immer wieder. Am Schluss hätte ich am liebsten stehend applaudiert, als Jessica und Stephanie auf diesem pinkfarbenen Parade-Wagen durch die Stadt rollen.«

»Genau wie im richtigen Leben, was?« Barb wies vage auf ihren unordentlichen, sehr männlich geprägten Haushalt und fügte hinzu: »Kannst du mir denn verdenken, dass ich verklärte Mädchen-Fantasien schreibe? Ich bin mit deinem Manuskript auch fertig. Warte einen Moment – ich hol's gleich.«

Sie eilte hinaus, und Sandra blieb sitzen, hörte dem Zeichentrickfilm zu und blickte fast zärtlich zu Ethan hinüber, der erst die Cheerios über den Couchtisch verteilt hatte, um dann mit einer Uzi aus schwarzem Plastik im Arm auf dem Sofa einzuschlafen. Andere Frauen würden beim Gedanken an Barbs Leben mit fünf unbändigen Söhnen, ihrem hünenhaften Feuerwehrmann und Dutzenden halbfertiger Projekte irritiert zusammenzucken, doch als Sandra so darüber nachdachte, überfiel sie eine starke Sehnsucht. Wie wäre es wohl, so viele Menschen zu haben, die sie brauchten, sie liebten, die ihr das Herz brachen und immer wieder kitteten?

Sie war froh, dass sie sich für diesen Besuch entschieden hatte. Sie musste einmal raus und sich mit dem einzigen Aspekt ihres Lebens beschäftigen, der sie nicht im Stich gelassen hatte – dem Schreiben.

In der Literaturwelt war sie als Sandy Babcock bekannt, Autorin von Kinderbüchern, die stets beste Kritiken bekamen. Sie fühlte sich sicher in dieser Rolle. Nach der Heirat hatte sie ihre Schriftstellerei aus ihrem sonstigen Leben, ihrer Identität als Ehefrau herausgehalten. Sie wollte auf keinen Fall, dass jemand ihre Bücher nur kaufte, weil sie mit einer bekannten Persönlichkeit verheiratet war. Wozu sollte das gut sein? Außerdem würden die Themen, die sie in ihren Büchern behandelte, sie seinen Wählern nicht unbedingt sympathisch machen. Es war kein großes Geheimnis, dass sie unter ihrem Mädchennamen schrieb, sie hängte es nur nie an die große Glocke.

Bis zu dem Unfall war ihr Leben mit Victor erfüllt gewesen. Sie hatte einen Ehemann gehabt, Erfolg als Schriftstellerin und all die kleinen, dezenten Annehmlichkeiten, die der Reichtum der Winslows bieten konnte. Das hatte ihr vorgegaukelt, sie wäre selbst eine Winslow. Victor und seine Eltern hatten ihr das Gefühl gegeben, ein Teil der Familie zu sein. Doch als die Katastrophe über sie hereinbrach, verschwanden all die Unterstützung und Zugehörigkeit wie eine versehentlich gelöschte Computer-Datei.

»Da ist es«, sagte Barb, die mit Sandras Manuskript in die Küche kam; die Seiten wirkten blutig rot von den zahlreichen – und vermutlich absolut richtigen – Korrekturen und Anmerkungen. »Gratuliere zu der Kritik in der *New York Times*. Ich habe sie für dich ausgeschnitten.« Sie setzte sich eine lilafarbene Lesebrille auf die Nase und erklärte: »Das ist die beste Stelle – eine wunderbar finstere Bereicherung des Kinderbuch-Genres.«

»Das ist doch nur eine nette Formulierung dafür, dass sie mich als die Sylvia Plath des Kinderbuchs betrachten. Dieses Buch hat sich nicht besonders gut verkauft.«

»Dann schreib was Leichteres«, riet Barb. »Denk komisch. Denk kommerziell. Etwas mit einem Hund. Oder einem zahmen Drachen. So was wollen die Kinder heutzutage.«

Sandra spielte mit ihrem Lieblingsfüller. Komisch. Kommerziell. Ein Hund. Vielleicht könnte Charlotte, die sich mit der zunehmenden Senilität ihrer Großmutter konfrontiert sah, ein ulkiges Abenteuer mit einem Basset erleben.

»Solche Geschichten liegen mir einfach nicht im Blut«, erwiderte sie. »Meine Bücher handeln immer vom Umgang mit Schwierigkeiten.«

In jedem ihrer Bücher führte sie ihre Leser an dunkle Orte, wo sie sich Ängsten, Geheimnissen, Vorurteilen oder Ungerechtigkeiten stellen mussten. Ihre Geschichten drehten sich um einsame Kinder mit großen Schwierigkeiten und nur wenigen Möglichkeiten. Sie erforschte gern die düsteren Wege, die diese Kinder beschritten – stets allein –, um irgendeine Art von Erlösung zu finden. Das war das Schöne an fiktiver Literatur. Wenn man das Buch zuklappte, war das Problem verschwunden.

»Ich weiß, Süße. Nur so ein Gedanke. Um ehrlich zu sein, am Ende musste ich sogar weinen, als Charlotte ihre Großmutter zudeckt und ihr einen Gutenachtkuss gibt. Darauf bist du bestimmt sehr stolz.«

Sandra hätte sich beinahe an ihrem Kaffee verschluckt. »Ich glaube, stolz ist nicht ganz das richtige Wort. Ehrlich gesagt, bin ich immer noch heilfroh, dass meine Bücher überhaupt veröffentlicht werden. Und neuerdings überlege ich mir, ob ich vielleicht Horrorgeschichten schreiben sollte. Dann wäre mein schlechter Ruf ein echter Vorteil.«

»Find ich nicht komisch.«

»Aber es stimmt. Habe ich dir schon erzählt, dass Victors Familie eine Zivilklage wegen fahrlässiger Tötung gegen mich vorbereitet?«

»Nein. Du lieber Himmel, was versprechen sie sich denn davon?«

»Ich glaube, sie wollen jemanden, dem sie die Schuld geben können.«

»Du wirst dich doch dagegen wehren, oder?«

»Ja. Und dann verkaufe ich mein Haus und ziehe weg.«

Barbs blassblaue Augen weiteten sich. »Oh nein. Das Haus am Blue Moon Beach liebst du doch so sehr. Es ist einfach perfekt – die perfekte Insel der Ruhe zum Schreiben. Ich träume von so einem Ort – ein Platz ganz für mich allein, wo ich mich endlich mal denken hören kann.« Sie blickte sich frustriert in der chaotischen Küche um. »Ich hinke meinem

Abgabetermin um Wochen hinterher, und Frank und den Jungs ist das völlig egal. Ich sage dir, manchmal hängt mir mein Leben zum Hals raus. Ich würde über Leichen gehen, um so zu leben wie du – oh Gott, entschuldige.«

Sandra winkte ab. »Glaub mir, mein Leben willst du bestimmt nicht haben. Manchmal würde ich über Leichen gehen, um ein bisschen was von deinem Lärm und Durcheinander zu bekommen.«

Barb schob ihren Becher beiseite und legte eine Hand auf Sandras. Die Berührung fühlte sich warm an, gut. »Ich mache mir Sorgen um dich, Sandy. Du bist viel zu viel allein.« Barb sah ihr in die Augen. »Das sage ich dir als deine Freundin. Schon vor dieser schrecklichen Sache mit Victor hat mir das gar nicht gefallen. Ich habe dich oft bei politischen Veranstaltungen und gesellschaftlichen Auftritten gesehen – du hast inmitten dieser vielen Leute immer so allein gewirkt wie eine freundliche, aber unbeteiligte Fremde, die nur zufällig dabei ist.«

Schmerzlich berührt entzog Sandra ihr ihre Hand. »Du hast leicht reden. Du hast ja auch ein Haus voller Männer, die dich vergöttern, deine Bücher werden von Millionen Kindern gelesen–«

»So kann man das sehen. Man kann es aber auch so sehen, dass ich in einem Haus wohne, das schon auseinanderfällt, bevor es überhaupt ganz fertig ist, dass die Jungs sich wie ein Rudel Hyänen aufführen und Frank lieber das nächste Männlichkeitswahn-Wochenende mit seinen Kumpels plant, als sich darum zu kümmern, dass die Gemeinde uns schon dreimal wegen des verwahrlosten Zustands unseres Grundstücks verwarnt hat. Glaubst du vielleicht, für mich war es in den letzten Jahren immer einfach?«

Ihre Probleme hörten sich so alltäglich und verlockend an, doch Sandra begriff sehr wohl, dass das für Barb echte Probleme waren. Und wie wunderbar ihre Freundschaft auch sein mochte, es gab Dinge in ihrer beider Leben, die die jeweils andere nie ganz verstehen würde. »Hast du vielleicht Tequila im Haus?«, fragte sie nur halb zum Spaß.

»Ich hab was Besseres.«

Barb stand auf. Sie kramte in ihrer vollgestopften Speisekammer herum, stellte Cornflakes-Schachteln beiseite und Tüten voller Süßigkeiten, die mit Büroklammern verschlossen waren.

Gleich darauf kehrte sie zurück, mit einem triumphierenden Grinsen und einer goldenen Schachtel mit einem zerdrückten Weihnachtsschleifchen darauf. »Godiva.«

9

»Das«, sagte Mike, rückte von dem großen Küchentisch ab und grinste Gloria Carmichael an, »war das Beste, was mir die ganze Woche über passiert ist.«

Lennys Frau in einer Küchenschürze mit einem Fisch und dem Slogan ihres Restaurants darauf begann, den Tisch abzuräumen. Sie war so rund und weich wie ein reifer Pfirsich, hatte schiefe Zähne und ein ehrliches Lächeln. »Ja? Ich finde, die Soße hätte mehr Anchovis vertragen können.«

»Sie war ausgezeichnet«, erklärte Mike aufrichtig. Lenny und Gloria luden ihn jeden zweiten Sonntag, wenn die Kinder nicht bei ihm waren, zum Abendessen ein. Sie machten keine große Sache daraus, doch sie wussten, wie sehr diese freundschaftliche Geste ihm half, die Einsamkeit zu besänftigen, die in ihm tobte.

Gloria blieb hinter seinem Stuhl stehen und gab ihm einen lauten Schmatz auf den Kopf. »Deine Mama hat dir gute Manieren beigebracht.«

»Sag ihm so was bloß nicht«, warnte Lenny. »Am Ende steigt es ihm noch zu Kopf.«

»Ach ja?« Gloria schob Reste von einem Teller in den Abfall. »Warum versuchst du's nicht ab und zu mal bei mir mit einem Kompliment, Dummkopf?«

»Sie will dich doch nur aufziehen, Lenny«, sagte Mike. »Sie ist verrückt nach dir.« Die ein wenig derbe Zuneigung zwischen den beiden konnte man nicht übersehen. Genau so sollte eine Ehe sein – Liebe und lachen und sich miteinander wohlfühlen.

»Außerdem ist sie schon vergeben«, erwiderte Lenny. »Nur Geduld, Mann. Du findest schon eine andere.«

»Ich würd nicht darauf warten.« Gloria tätschelte ihm die Schulter. »Angela hat dich ganz schön fertig gemacht, was?«

Das war noch zurückhaltend formuliert. Seine Exfrau hatte das Haus und die Kinder bekommen, und ihr Vater hatte die Firma übernommen. Angelas Vater hatte anfangs bei der Finanzierung des Geschäfts geholfen, und als die Ehe gescheitert war, hatte ein zutiefst erzürnter Rocky Meola die Firma an sich gerissen. Mike war nun ein Berg Schulden geblieben. Zu Beginn der Verhandlungen hatte seine Anwältin vorgeschlagen, Angelas Affäre gegen sie zu verwenden, doch Mike hatte sich geweigert. Sie war die Mutter seiner Kinder, und solche schmutzigen Kämpfe wollte er Kevin und Mary Margaret ersparen.

Lenny hob eine Flasche Chianti in einem Korbflakon. »Noch ein Glas, Mike?«

»Nein, danke. Ich muss morgen früh raus – ich will morgen die Voranschläge von den Subunternehmern unter Dach und Fach bringen.«

Gloria hielt auf dem Weg zur Küchentheke inne. »Lenny hat mir erzählt, du willst für die Schwarze Witwe arbeiten.«

Mike stand auf, um ihr beim Abräumen zu helfen. »Ich mache einen Voranschlag für die Renovierung.«

»Ich finde, das solltest du lieber lassen, Mikey. Diese Frau ist eine Hexe, wenn du mich fragst.« Sie spülte kurz die Teller und Gläser ab und stellte sie dann in die Spülmaschine.

»Wie gut kennst du sie denn?«

»Gut genug. Wir gehen zur selben Friseurin, und sie war sich immer zu gut, auch nur zwei Worte mit mir zu wechseln. Und als sie ihren Mann von diesen Brücke gestürzt hat, da hat sie endlich ihr wahres Gesicht gezeigt.«

»Eines verstehe ich da nicht ganz.« Mike trat zurück, während Gloria die Arbeitsplatte abwischte. »Wenn sie wirklich so durchtrieben ist, warum, zum Kuckuck, saß sie dann selber in dem Auto?«

»Eine Theorie ist, dass sie schon rausgesprungen ist, bevor das Auto abgestürzt ist«, erklärte Gloria.

»Fang bloß nicht davon an«, warnte ihn Lenny. »Sonst hörst du den ganzen Abend nichts anderes mehr von ihr.«

»Na ja, nicht den ganzen Abend.« Gloria zog ihre Schürze aus und warf sie über eine Stuhllehne. »Ich will dir mal was zeigen.«

»Ach herrje.« Lenny verdrehte die Augen. »Meine Frau ist eine heimliche Sensationsreporterin, hab ich dir das schon erzählt?«

Sie gab ihm einen Klaps auf den Hinterkopf, führte Mike ins Wohnzimmer und nahm eine handbeschriftete Videokassette aus einer ganzen Sammlung im Regal. »Das ist die Sondersendung von *Evening Journal* vom letzten Frühjahr. Setz dich, Mike. Soll ich dir ein bisschen Popcorn machen?«

»Nein, danke.« Mike war schrecklich neugierig, doch der Gedanke, Popcorn zu essen, während er sich eine Reportage über einen Todesfall ansah – vor allem von einem Mann, den er kannte –, erschien ihm irgendwie unpassend. Der Unfall war letztes Jahr die Schlagzeile gewesen, und er erinnerte sich daran, wie er entsetzt auf die Titelseite gestarrt hatte. Doch damals hatte er noch zu viel mit seiner Scheidung und seinen eigenen Problemen zu tun gehabt, um sich groß dafür zu interessieren.

Auf dem Bildschirm erschien eine blonde Reporterin, die ihm irgendwie bekannt vorkam; sie blickte in die Kamera und fasste den lokalen Skandal für ihre Zuschauer zusammen. Ihre rauchige, drängend klingende Stimme ging Mike auf die Nerven. Mit absurd feierlichem Ernst erzählte sie sämtliche schmutzigen Einzelheiten vom schrecklichen Ende einer märchenhaften Ehe.

Victor Winslow.

Selbst nach so vielen Jahren überlief Mike ein Schauer des Wiedererkennens. Es war seltsam, den Namen seines Freundes in einer Nachrichtensendung zu hören, und noch seltsamer, Victors angenehmes, makelloses Gesicht von der Titelseite des *Rhode Island Monthly* lächeln zu sehen, nachdem er zum begehrtesten Junggesellen des Staates gekürt worden war.

Er fragte sich, wie Victor seine Frau kennengelernt haben mochte. Sandra schien gut zehn Jahre jünger zu sein als Vic, vielleicht Mitte zwanzig. Die Klatschreporterin präsentierte sie als junge Frau mit langweiliger Vergangenheit und mäßigem Erfolg als Autorin, die sich praktisch nur dadurch auszeichnete, dass Victor sie zu seiner Frau erkoren hatte. Mike konnte sich denken, dass sie inzwischen sehnlich wünschte, von irgendjemand anderem auserkoren worden zu sein. Vermutlich wäre sie im Augenblick sogar lieber irgendwo Putzfrau oder Garderobiere.

Ein Agentur-Hochzeitsfoto erschien auf dem Fernseher. Victor und seine junge Braut standen im Türbogen der Old Somerset Church. Er trug einen Smoking von Brooks Brothers mit makellos gebundener schwarzer Fliege. In ihrem Brautkleid sah Sandra aus wie eine Prinzessin; ihre Hand in einem langen Handschuh lag in seiner Armbeuge. Ihr Mund war zu einem panischen Lächeln erstarrt. Sie war umwerfend schön, wie es sich für die Braut eines Winslows gehörte.

Jetzt sah sie völlig anders aus. Das Haar, die Kleidung. Oh, aber dieses Gesicht. Er dachte an das erste Mal, als er sie gesehen hatte, an einem kalten Wintertag beim Holzhacken, und er wusste, dass er es nie vergessen würde – diese verloren blickenden braunen Augen, den entschlossenen Zug um ihren Mund. Er wusste, dass das unklug war, doch dieses Bild hatte sich in sein Herz gebrannt.

Dem Bericht zufolge waren Victor und Sandra Winslow ganz Jugend und strahlende Zukunft gewesen, das Traumpaar des öffentlichen Interesses. Ihre Hochzeit war ein gesellschaftliches und mediales Ereignis gewesen, geleitet von Victors Vater, dem ehrwürdigen Reverend Ronald Winslow persönlich.

Eine Montage von Filmausschnitten flimmerte über den Bildschirm. Victor und Sandra wirkten so lebhaft und dynamisch wie damals die Kennedys, wie sie winkend in die Flitterwochen aufbrachen, auf dem Ball nach Victors Vereidigung tanzten und bei der feierlichen Eröffnung der neuen Sequonset Bridge, einer von Vics größten Triumphen während seiner Amtszeit, das Band durchschnitten.

»Ist das nicht makaber?«, bemerkte Gloria, die neben Mike auf dem Sofa saß. »Er hat sich für die Finanzierung dieser verdammten Brücke stark gemacht.«

»Hätte er eben noch mehr Geld zusammenkriegen müssen«, sagte Lenny. »Und damit stärkere Geländer bauen.«

Mike fragte sich ständig, was zwischen Victor und seiner Frau so schiefgegangen sein konnte. Doch dann sagte er sich, dass jede Ehe ihre eigenen Geheimnisse hatte. Von außen mochte alles sehr gut aussehen, doch hinter einer makellosen Fassade verbargen sich oft irreparable Risse und Löcher, Trockenfäule und beschädigte Stützbalken. Er wusste, dass sich viele Leute über seine und Angelas Trennung sehr gewundert hatten, vor allem, weil sie beide die Kinder so sehr liebten.

Die Videomontage zeigte nun Bilder von der Brücke; das Geländer war abgerissen, Betonbrocken baumelten an verbogenen Trägern. Auf der Fahrbahn waren keine Bremsspuren zu erkennen.

Mike verzog das Gesicht beim Gedanken an diesen langen Sturz ins trübe Wasser so weit unten. Was hatte Victor gefühlt, während er durch die schwarze Nacht fiel und das Auto kopfüber ins eisige Meer stürzte? Als Kinder waren er und Vic furchtlose Schwimmer gewesen, die als Mutprobe vom hohen Pier am Town Beach sprangen und von Boje zu Boje um die Wette schwammen. Doch das war im Sommer gewesen und am helllichten Tag.

Mike konnte sich den eisigen Klammergriff des Wassers nur vorstellen, das in jener Nacht Victors Auto verschluckt hatte. Gloria neben ihm erschauerte, obwohl Lenny erklärte, sie habe diese Reportage schon ein Dutzend Mal gesehen.

»Und, haben sie je rausgefunden, von wem der Notruf kam?«, fragte Mike, dessen Blick mit morbider Faszination an den Bildern hängen blieb.

»Nein«, erwiderte Gloria. »Der Anruf kam von einer Notrufsäule am östlichen Ende der Brücke. Du weißt doch, wie das ist – jeder hat irgendwas zu verbergen. Niemand will in so was verwickelt werden... Passiert häufiger, als man meinen würde. Jemand sieht was, ruft Hilfe und haut ab, und niemand erfährt je, wer der gute Samariter war.«

»Dann war der vielleicht gar nicht so gut«, schlug Lenny vor.

»Man sollte doch meinen, dass sie mehr aus dieser Pistole machen könnten«, erklärte Gloria, während nun die chaotische Suche vor dem Morgengrauen gezeigt wurde. Polizeifahrzeuge riegelten die Brücke an beiden Enden ab, Hubschrauber kreisten suchend am winterlichen Himmel, Schleppleinen wurden von Rettungsbooten durch die Bucht gezogen, Taucher in Neoprenanzügen stürzten sich in die tödlich kalten Fluten.

»Es wurde nie eine Waffe gefunden«, wandte Mike ein. »Das hat sie doch gerade gesagt.«

»Im Inneren des Wagens wurden mindestens zwei Schüsse abgefeuert«, sagte Gloria. »Die Windschutzscheibe war zerschossen. Da liegt irgendwo eine Pistole herum, und diese Frau tut so, als hätte sie keinen blassen Schimmer.«

Nach der Waffe war gründlich gesucht worden, obwohl es bei dem schlammigen Boden und den starken Strömungen im Sund kaum Hoffnung gab, sie zu finden. Alles, was die Schleppnetze zutage gefördert hatten, waren ein paar Kleidungsfetzen – das Labor bestätigte, dass sie von einem Smoking aus dem Stoff stammten, wie Victor ihn am Abend des Unfalls getragen hatte. Die Polizei hatte nachgeforscht und in Victors Umfeld keine registrierten Waffen gefunden. Ohne die Waffe konnten sie nicht beweisen, dass Sandra Winslow ihren Mann erschossen und seinen Leichnam der kalten Strömung überlassen hatte.

Das überzeugte jedoch hier in der Gegend keinen davon, dass sie es nicht getan hatte. Er dachte an Sandra Winslow, die nun allein und angeblich quasi untergetaucht war, wenn auch nur die Hälfte dieses Berichtes stimmte.

Die Schwarze Witwe vom Blue Moon Beach.

»...nun allein mit ihrem Gewissen zurück«, zwitscherte die Reporterin, und die Kamera zoomte vorbei an der wild wuchernden Heckenrose vor dem Babcock-Haus auf einen schiefen Fensterladen und das durchhängende Garagendach. Vielleicht hoffte Sandra, dass sich nach Abschluss der Ermittlungen etwas ändern würde, doch ein Blick auf Glorias wütende Miene ließ ihn daran zweifeln. Die Leute hier würden sie eiskalt absaufen lassen, selbst wenn sie mit einem Rettungsring in der Hand danebenstünden.

10

Tagebucheintrag – Montag, 7. Januar

Zehn Sachen, die ich als Kind besonders mochte:
1. *Den Duft von Pizza aus dem Ofen.*
2. *Ausländische Währungen, die ich in einer Zigarrenkiste gesammelt habe.*
3. *Die Handschrift meiner Mutter.*
4. *In die Bibliothek gehen.*
5. *Den Gesang meines Vaters aus der Du-*

»Na, arbeitest du an deinem Buch?«, fragte Sandras Vater, als er in die Küche seines Bungalows in East Providence trat. Er war frisch geduscht und roch so, wie es Sandra ihr ganzes Leben lang kannte. Irish-Spring-Seife und Aqua Velva.

Sie klappte das Notizbuch zu und setzte die Kappe auf ihren Stift. »Nur ein paar Notizen, während ich auf dich gewartet habe. Wie war's beim Golfen?« Sie war angekommen, als er gerade von seiner nachmittäglichen Runde Golf zurückkehrte. Seit er sich zur Ruhe gesetzt hatte, spielte er jeden Werktag, bei jedem Wetter.

»Nicht so toll. Es ist einfach zu kalt. Und wie macht sich dein Buch?«

Sie beobachtete ihn, als müsse sie sich vergewissern, dass dies ihr Vater war und kein von Aliens konstruierter Doppelgänger, der hier herumlief, während ihr richtiger Vater, der nie zulassen würde, dass seine Frau ihn verließ, in die Weiten des Weltalls hinausgesaugt wurde. Sie wusste nicht recht, was sie eigentlich hier suchte – eine Entschuldigung, weil er sie ewig nicht zurückgerufen hatte? Eine Erklärung für die Trennung? Hütete er irgendein Geheimnis? Verbarg er etwas vor ihr? Man konnte es nie genau wissen, denn Männer sagten ja nichts. So einfach – und so frustrierend war das.

»Um ehrlich zu sein, Dad«, sagte sie, »ich konnte mich in letzter Zeit kaum auf meine Arbeit konzentrieren.«

Er öffnete den Kühlschrank. Das war derselbe Kühlschrank wie immer, nur jetzt war er... anders. Unordentlich. Die Lebensmittel waren einfach irgendwie hineingeschoben – Käse und Salami und Getränkedosen. Keine Bratenreste in sorgfältig abgedeckten, beschrifteten Behältern, keine der Größe nach aufgereihten Gewürzstreuer, keine Milchprodukte streng nach Verfallsdatum geordnet.

»Hast du Hunger? Durst?«, fragte ihr Vater.

»Nein, danke.« Sie wartete, während er sich eine Dose Bier holte und sie aufriss.

»Warum schaust du mich so an?«, fragte er, direkt wie immer.

»Wie denn?«

»Als wäre ich krank oder so.«

»Entschuldige, Dad, aber als ich dich zuletzt gesehen habe, warst du noch glücklich mit meiner Mutter verheiratet.« Sie wusste, das war dumm von ihr, doch sie hatte irgendwie erwartet, sichtbare Spuren dieser Trennung vorzufinden – eine klaffende Wunde, einen Ausschlag, ein hässliches Geschwür. In den Wochen nach Victors Tod war sie regelrecht abgemagert. Ihre Haut wurde fahl, ihre Nägel brüchig. Doch ihr Vater schien völlig unversehrt. Etwas so Gewaltiges wie das Scheitern einer Ehe nach sechsunddreißig gemeinsamen Jahren sollte doch irgendwelche sichtbaren Verletzungen hinterlassen. Wie konnte er es wagen, so... normal auszusehen?

Er nippte an seinem Bier. »Was hast du denn erwartet, dass eine schwarze Wolke genau über meinem Kopf hängt?«

»So was in der Art.«

»Tut mir leid, dich zu enttäuschen.« Er setzte sich an den Küchentisch und schob einen Stapel ungeöffneter Post beiseite.

»Das ist es nicht, was mich enttäuscht, Dad. Es ist nur irgendwie beängstigend, dass du einfach so – so... ich weiß auch nicht. Weitermachst, als wäre gar nichts passiert, außer, dass Mom eben weg ist.«

Er blickte sich in der Küche um. Auf dem Sideboard lagen einzelne Batterien, ein Ölwechsel-Trichter, ein Reifendruckprüfer und ein paar Lottoscheine herum. Alte Zeitungen stapelten sich auf der Arbeitsplatte neben seinen Golfhandschuhen und einem Hut. Sandras Mutter sorgte sonst dafür, dass er seinen Kram in die Garage räumte.

»Sie ist doch nicht weg. Sie ist überall in diesem Haus«, erwiderte er. »Sie hat die Vorhänge genäht. Diesen ganzen Nippes in die Regale gestellt. Die Vorräte in der Speisekammer eingeräumt.« Ein kleiner Riss erschien in seiner glatten Fassade. »Also behaupte nicht, ich würde einfach so weitermachen. Ich denke die ganze Zeit an sie.«

»Warum überlegst du dir dann nicht eine Lösung?«

»Das haben wir getan. Eine Trennung. Und später vermutlich die Scheidung.«

»Willst du das wirklich?«

»Himmel, Liebes, du weißt, dass es hier nicht darum geht.«

»Worum geht es denn dann?«

Er zögerte, rieb sich den Nasenrücken und verzog schmerzlich das Gesicht. »Es geht darum, was wir nicht wollen. Zum Beispiel will sie nicht Golf spielen oder angeln. Ich will keine Tanzstunden nehmen oder verreisen. Oder italienisch reden und chinesisch kochen lernen.«

»Könntet ihr nicht ein bisschen von allem machen?«, schlug sie vor.

Er winkte ungeduldig ab. »Das steht schon in den ganzen ›So retten Sie Ihre Ehe‹-Büchern.«

»Ihr habt Bücher darüber gelesen, wie man seine Ehe rettet?«

»Das ist alles ein Haufen Schwachsinn. Wie lange würde es deine Mutter wohl aushalten, so zu tun, als hätte sie Spaß am Golf spielen? Ungefähr so lange wie ich im British Museum.«

»Dann unternehmt doch etwas, das euch beiden gefällt«, versuchte Sandra es weiter.

»Schätzchen, deine Mutter und ich haben uns lange darüber unterhalten. Immer wieder. Tatsache ist nun einmal, dass ich mein ganzes Berufsleben lang herumreisen musste, in Hotels logieren und neue Leute kennenlernen. Dabei wollte ich nichts anderes, als in Ruhe zu Hause bleiben.«

»Und Mom wollte nichts anderes, als endlich einmal etwas Neues erleben.« Ruhelos stand Sandra auf und ging zum Fenster, um auf den winzigen Garten mit einem einsamen Apfelbaum und einer Pfingstrosenhecke hinauszustarren, die in der Kälte die Zweige hängen ließ. Früher hatte sie dort draußen einen Sandkasten gehabt und eine Schaukel.

Wenn sie an ihre Kindheit dachte, erinnerte sie sich an Schweigen. Ihren schweigenden Kampf gegen das Stottern. Die schweigende Verzweiflung ihrer Eltern wegen ihrer Schwierigkeiten. Das Schweigen von Lehrern, Kinderärzten, Sprachtherapeuten, Psychologen – die alle nur darauf warteten, dass sie endlich ein Wort herausbekam. Ihre Kindheit war sehr still gewesen, doch niemand konnte etwas dafür. Sie hatte keine Geschwister, mit denen sie raufen konnte, keine zahllose Verwandtschaft, die am Wochenende zu Besuch kam. Und sie hatte weiß Gott keinen Haufen Freundinnen gehabt, die nur darauf warteten, mit ihr zu spielen.

Sie zwang sich, objektiv über die Ehe ihrer Eltern nachzudenken, wie ein Außenstehender sie betrachten würde. War sie alles gewesen, was die beiden zusammenhielt? Nein. Ganz sicher nicht. Da war etwas zwischen ihnen, ein kleines, ewig glühendes Feuer, das nie verlosch, wie Kohlen, die schon gegen die morgendliche Kälte aufgeschichtet sind. Es war nie offensichtlich, schon gar nicht für Sandra, die sich ihre Eltern auf keinen Fall als Liebespaar vorstellen wollte, doch manchmal hatte sie sich dabei erwischt, wie sie darüber nachdachte.

»Ich wünschte nur, du und Mom würdet euch noch mehr Mühe geben, eine Lösung zu finden«, sagte sie. Wut kochte in ihr hoch, und sie hätte am liebsten jemandem bei lebendigem Leib das Herz herausgerissen und auf den Tisch geklatscht. Ihre Familie brach in Stücke – sie würden nie wieder zu dritt zusammengehören. Sie würden nicht mehr als eine Einheit existieren; ihre Kindheit wäre endgültig vorüber. Victor hatte sie im Stich gelassen, und nun ließ ihr Vater sie auch im Stich. Und plötzlich musste sie an Malloy denken, der verwirrende Gefühle in ihr weckte. Sie schob den Gedanken rasch beiseite. »Ihr macht euch doch nur unglücklich.«

»Wir waren auch schon verdammt unglücklich, bevor sie gegangen ist.«

»Warum denn?« Mit einer vagen Geste wies sie frustriert auf die Küche. »Ihr hattet doch hier ein schönes Leben.«

»Wir hatten hier ein Leben. Was daran schön war, hat sich einfach ... irgendwie aufgelöst, glaube ich.«

Sie betrachtete ihren Vater forschend und versuchte zu ergründen, was sich verändert hatte. Er war Anfang sechzig, ein gut aussehender Mann mit strahlenden Augen, der gern lächelte. Er war groß genug, dass seine Begleiterin hohe Absätze tragen konnte, worüber die Bridge-Damen ihrer Mutter immer ins Schwärmen gerieten. Er war kräftig gebaut, aber nicht übergewichtig. Besonders auffällig war sein volles Haar, das in den letzten Jahren weiß geworden war, rein und dramatisch.

Das Gesicht ihres Vaters spiegelte sowohl Charakter als auch Güte. Und es wirkte distanziert – irgendetwas an seinem Blick, ein Zug um seinen Mund. Sie fragte sich, ob das neu sei oder ob sie es früher schlicht übersehen hatte. Und zum ersten Mal fragte sie sich, ob sie genau dasselbe tat – sich distanzierte, sich schützend abkapselte.

»Habt ihr überhaupt versucht, euch helfen zu lassen, Dad?

Ich meine, nicht nur ein Buch zu lesen. Seid ihr zu einer Eheberatung oder einem –« Der Gedanke an Impotenz schoss ihr durch den Kopf, doch keine zehn Pferde würden sie dahin bringen, dieses Thema ihrem Vater gegenüber anzusprechen. »Ich finde, ihr solltet es mal mit einer Eheberatung versuchen.«

»Haben wir.«

Sie zog überrascht die Brauen hoch. »Ach ja? Und?«

»Das war vielleicht ein Quatsch. Wir sollten Listen schreiben, was wir an unserem Partner mögen, uns ein Kompliment pro Tag einfallen lassen, jede Woche zusammen ausgehen, lauter solchen Unsinn.«

Trotz allem musste sie lachen. »Ausgehen und Komplimente machen. Klingt wirklich schwierig.«

»Das hätte ich ja alles sofort gemacht, aber das sind doch nur oberflächliche Korrekturen. Pflästerchen. Menschen leben sich auseinander – das weißt du selbst. Und deine Mutter –« Er unterbrach sich, um sein Bier auszutrinken. »Ich habe manches an ihr nie verstehen können – Sachen, die sie wollte, Erwartungen, Träume. Ich schätze, diese Wünsche haben sich im Lauf der Jahre angesammelt, und jetzt ist es zu spät, das in Ordnung zu bringen.«

Sandra versuchte, ihre Mutter als Frau zu sehen, doch sie konnte sich Dorrie außerhalb der Ehefrauen- und Mutterrolle kaum vorstellen. In dieser Rolle sah sie sie deutlich vor sich. Adrett und gepflegt, das Haus makellos. Ihr Lieblingsaschenbecher stand auf der hinteren Veranda – seit ihr Mann vor Jahren mit dem Rauchen aufgehört hatte, hatte sie ihr einsames Laster aus dem Haus verbannt. Ein Strickkorb stand immer noch neben ihrem Sessel in der Nische; die verschiedenen Garne waren sorgfältig aufgewickelt und mit kleinen Metallklemmen mit der genauen Bezeichnung versehen.

Ihre Lieblingsbücher waren auf dem Couchtisch ordentlich übereinandergestapelt. Oh, wie sie diese Bücher liebte. Riesige Wälzer, Bildbände mit Hochglanz-Fotografien von exotischen Orten – Cadiz, Nepal, die Toskana, Tintagel. Sandra versuchte, sich vorzustellen, dass ihre Mutter so eine Art Doppelleben geführt haben könnte, dass sie von fernen Ländern und gefährlichen Fremden geträumt hatte, doch allein der Gedanke war absurd.

Na ja, vielleicht auch nicht, überlegte sie dann und dachte an Victor. Manche Probleme waren zu tief vergraben, als dass man an sie herankommen könnte. Das hatte sie in der Nacht erfahren müssen, als Victor starb.

»Es ist deine Pensionierung«, sagte sie schließlich. »Irgendwie ist aus dieser Zeit nicht das geworden, was ihr euch vorgestellt hattet.«

»Genau.«

»Mom sagt, du willst ihr nicht mal ein bisschen Arbeit abnehmen. Sie wollte nämlich auch in den Ruhestand gehen.«

»Ich habe ja versucht, ihr zu helfen, aber wenn ich die Spülmaschine eingeräumt habe, hat sie alles gleich wieder umgeräumt. Wenn ich Staub gewischt habe, hat sie mir hintergeputzt, damit auch alles auf ihre Art getan wird. Vom Staubsaugen will ich gar nicht erst anfangen.«

Sie schloss schuldbewusst die Augen. Vielleicht hatte sie ihnen mit ihren eigenen Problemen unwissentlich die letzten Reste von Geduld und Verständnis abgefordert, die die beiden füreinander gebraucht hätten. »Meine Schwierigkeiten haben alles noch viel schlimmer gemacht. Victors Tod, die Suche nach seiner Leiche, die Ermittlungen – ich bin seit Monaten zu nichts zu gebrauchen. Kein Wunder, dass Mom mal eine Auszeit braucht.«

»Nicht doch.« Ihr Vater stand auf und legte ihr einen Arm um die Schulter. »Davon will ich kein Wort mehr hören. Was dir und Victor zugestoßen ist, ist schon schlimm genug, du brauchst dir nicht auch noch vorzuwerfen, deine Mutter und ich hätten uns deshalb getrennt.«

Getrennt. Oh, tat das Wort weh. In ihren Büchern hatte sie schon von Kindern erzählt, deren Eltern sich scheiden ließen.

Sie glaubte damals, sie könnte sich ihre Angst und Verwirrung vorstellen, als werde man im Dunkeln von einer Klippe gestoßen, doch jetzt wusste sie, dass ihre Vorstellung nicht einmal annähernd richtig gewesen war. Ein freier Fall im Dunkeln war kein Vergleich für die Gefühle, die eine Trennung der eigenen Eltern auslöste.

»Wollen wir nicht lieber über etwas anderes reden?« Ihr Vater zog die buschigen Brauen zusammen und sah ihr forschend ins Gesicht.

Sie holte tief Luft. »Ich wollte sowieso noch etwas mit dir besprechen, das nichts mit Mom zu tun hat.«

»Und das wäre?«

»Die Besitzurkunde für das Haus am Blue Moon Beach. Weißt du, wo die ist?«

»Im Keller, glaube ich.« Er kramte in einer Schublade, holte eine Taschenlampe heraus und ging in den Flur. »Wozu brauchst du sie denn?«

Sandra räusperte sich. »Ich denke darüber nach, das Haus zu verkaufen, Dad.«

Er blieb am Kopf der Kellertreppe stehen. »Tatsächlich?«

»Ja. Ich hätte das auch nie für möglich gehalten, aber...«

»Brauchst du Geld? Ist das der Grund?«

Ihre Eltern waren nicht wohlhabend, aber sie nagten auch nicht gerade am Hungertuch. Doch sie hatten sicher keine Mittel dafür eingeplant, ihrer erwachsenen Tochter aus der Klemme zu helfen.

»Nein, das ist nicht der Grund, warum ich es verkaufen will. Ich will weg von dort, irgendwo anders neu anfangen.«

»Ich dachte immer, es gefällt dir.«

Sie hatte ihren Eltern nie von den kleinen Gemeinheiten, dem Vandalismus und den Anrufen mitten in der Nacht erzählt. Die Geschichten um die »Schwarze Witwe« machten ihnen schon genug zu schaffen.

»Das ist egal«, sagte sie. »Ich habe reichlich Zeit, um mir zu überlegen, wie es weitergehen soll«, fuhr sie fort, als sie sich an Miltons Ratschlag erinnerte. »Das Haus muss sowieso renoviert werden. Aber ich habe vor, es zu verkaufen und wegzuziehen.«

»Und du hast bestimmt keine Geldsorgen?«

»Nein, Dad. Ich habe genug Geld.«

»Pfadfinder-Ehrenwort?«, fragte er.

»Pfadfinder-Ehrenwort. Ein neuer Tantiemen-Scheck ist schon unterwegs.« Sie hatte ihre Agentin angerufen und ihr erklärt, was mit dem letzten passiert war. Ihre Agentin war fassungslos gewesen – *Die haben Ihren Briefkasten in die Luft gesprengt? Aber Sie wohnen doch in Rhode Island und nicht im tiefsten Idaho.* »Findest du das sehr schlimm, Dad?«

»Deine Großeltern haben dir das Haus vererbt. Es ist dein gutes Recht, es zu verkaufen.«

»Aber du findest es nicht richtig.«

»Ich habe gar keine Meinung dazu. Mir liegt das Haus nicht besonders am Herzen. Meine Eltern haben jeden Sommer die gesamte Familie da rausgeschleift. Ich habe mich immer zu Tode gelangweilt. Gab ja nicht mal die Liga-Spiele im Radio.«

Die Stufen knarzten unter seinem Gewicht, als er im finsteren Rachen des Kellers verschwand. Sie hörte ihn herumkramen und fluchen, als er sich den Kopf an einem Sparren stieß. Nach ein paar Minuten kam er mit einer feuerfesten Kassette wieder herauf.

»Hab diesen Kram seit Jahren nicht mehr durchgesehen«, erklärte er. Sie setzten sich zusammen aufs Sofa; er stellte die Kassette auf den Couchtisch, wobei er überall Spinnweben verteilte. Er klappte den Deckel auf und brachte ein Durcheinander von Aktenmappen, Papieren und kleinen Schachteln zum Vorschein.

Er holte alte Fotografien und Wertpapiere heraus, Schulzeugnisse, alles Mögliche, das früher einmal wichtig erschienen war und jetzt kaum mehr Bedeutung hatte – eine Bedienungsanleitung für ein Kurzwellen-Radio, die Garantiekarte einer Schreibmaschine, ein Plastikring aus einer Cornflakes-Packung, ein Zeitungsausschnitt über den Sohn eines Nachbarn, der es bei den Pfadfindern zum Eagle Scout gebracht hatte.

Andere Dinge darin waren so wichtig, dass sie viel zu zerbrechlich wirkten, schwer zu bewahren – eine Locke vom Schopf eines Babys, mit einem weißen Band zusammengehalten und in einem Briefumschlag verwahrt. Sandras Geburtsurkunde. Eine Kinderzeichnung von einem Vogel in seinem Nest, unter die jemand in die rechte Ecke sorgfältig den Namen Sandra B. notiert hatte. Eine Fotografie ihrer Urgroßeltern, circa 1900. Ein Einwanderungsdokument von Ellis Island für jemanden namens Nathaniel Babcock.

Sie hob ein vergilbtes, geprägtes Dokument auf. »Euer Trauschein.«

»Ja.

»Was wird aus dem, wenn ihr euch scheiden lasst?«

»Nichts. Ich schätze, man kriegt einfach ein neues Papier, das die Ehe aufhebt und dieses hier sticht.« Er faltete den Trauschein auf und fand darin ein kleines Hochzeitsfoto, das an das Dokument geklammert war.

Sandra betrachtete das Foto und erschrak ein wenig bei dem Gedanken, dass ihre Eltern auf diesem Foto jünger waren als Sandra jetzt. Mit Anfang zwanzig war ihr Vater noch nicht ihr Vater gewesen. Er war nur Louis Babcock, und er hatte so umwerfend gut ausgesehen wie Stewart Granger oder Gary Cooper.

Ihre Mutter strahlte mit der leuchtenden, ein wenig unsicheren Schönheit aller Bräute.

Sandra wusste, dass auch sie bei ihrer Hochzeit mit Victor so ausgesehen hatte. Sie wusste das, weil die Bilder oft in der Zeitung erschienen waren.

Sie versuchte, in den lächelnden Gesichtern ihrer Eltern auf dem alten Hochzeitsfoto etwas zu erkennen. Gab es da einen versteckten Hinweis, wie einen Schatten, der über ihnen hing und ihre Ehe zum Scheitern verurteilte? Deutete damals, 1966, schon irgendetwas darauf hin, dass diese Verbindung nur sechsunddreißig Jahre halten würde? Sie fragte sich, ob das Glück dieser jungen, naiven Menschen den Schmerz wert war, den sie jetzt durchmachen mussten. Manchmal, wenn sie nachts wach lag, fragte sie sich, ob es besser gewesen wäre, wenn sie Victor nie kennengelernt hätte. Er hatte ihr Leben in so vielerlei Hinsicht verändert.

Ihr Vater strich mit dem Daumen über die Unterschrift seiner Braut in gerundeter Mädchenschrift: »Dorothy Heloise Slocum.« Seine Miene wirkte zärtlich berührt von Erinnerungen, die er gewiss nicht mit ihr teilen würde.

»Dad«, sagte sie leise, »es tut mir so leid. Ich glaube wirklich, dass du und Mom das wieder hinbekommt.« Sie deutete auf das Foto. »Sieh euch doch nur an. Da ist so viel Liebe. Sie steht euch deutlich ins Gesicht geschrieben. Du darfst nicht zulassen, dass alles auseinanderfällt, nur weil ihr Schwierigkeiten habt, euch an den Ruhestand zu gewöhnen.«

»Das Problem geht viel tiefer, Schätzchen.«

»Dann werdet ihr eben tiefer graben müssen, um es in Ordnung zu bringen.«

Er holte ein zusammengefaltetes Pergament aus der Kassette, das mit Bindfaden verschnürt war. »Da ist es«, sagte er. »Die Original-Besitzurkunde vom Blue Moon Beach, das Testament und die Übertragungsurkunde.«

Sie faltete die alten Papiere auseinander, las die präzise juristische Beschreibung des Grundstücks und strich mit dem Zeigefinger über die rauen Siegel auf dem Dokument. »Fein«, sagte sie. »Ich hoffe, bis Anfang des Sommers habe ich es verkauft.«

»Und was dann?«, fragte ihr Vater.

»Und dann –« Ihr lief ein Schauer über den Rücken. Sie hatte nicht die geringste Ahnung, wie sie den Rest ihres Lebens angehen sollte. »Und dann... mal sehen.«

11

Tagebucheintrag – Dienstag, 8. Januar

Zehn Lügen, die ich meinem Therapeuten erzählt habe:
8. *Ich habe nie zugelassen, dass mein Stottern mich beherrscht.*
9. *Mein Leben als Tochter, Ehefrau, Freundin und Schriftstellerin erfüllt mich.*
10. *Ich genieße Sex, und zwar fast immer.*

Kein Wunder, dass sie es nur durch zwei äußerst unproduktive Sitzungen geschafft hatte, sechs Monate nach der Hochzeit mit Victor. Schon damals hatte sie gespürt, dass etwas nicht stimmte – irgendwo in ihrem Herzen hatte sie es gewusst, sosehr ihr Verstand sich dagegen wehrte. Doch unterbewusst war sie vermutlich ausgewichen, hatte sich geweigert, die dunklen Strömungen in der Tiefe zu erforschen, die sie und Victor auseinandertrieben; deshalb war sie nicht weiter zu dem Therapeuten gegangen.

Ihr Magen verkrampfte sich nervös, als sie Mike Malloys Pick-up in der Auffahrt hörte. Er beunruhigte sie; sie wusste nicht recht, ob sie ihn als Verbündeten oder als Gegner betrachten sollte. Auf jeden Fall wusste sie, dass sie ihm nicht trauen konnte.

Sie ging zur Haustür, fuhr sich dabei geistesabwesend mit der Hand durchs Haar und hielt dann überrascht inne. Sie hatte sich sozusagen für ihn schick gemacht. Statt ihrer üblichen Jeans und einem viel zu großen Pulli trug sie heute eine braune Hose, Clogs und einen Angora-Pullover mit einer silbernen Brosche in Form einer Katze, die Victor ihr einmal zum Valentinstag geschenkt hatte.

Sie sah gut aus. Nicht wie zu politischen Anlässen herausgeputzt gut, sondern alltäglich gut.

Victor hatte ihr beigebracht, sich Gedanken um ihre Erscheinung zu machen. Bevor sie ihn kennenlernte, hatte sie das nie getan, denn sie hielt sich für unsichtbar. Nach den einsamen Jahren an der Highschool hatte sie erwartet, sich nach dem College in völliger Anonymität einzurichten. Ihr kleines, stilles Leben wäre ungestört so weitergegangen, wenn ihre Sprachtherapeutin sie nicht eines herbstlichen Abends zum Treffen einer Selbsthilfegruppe geschickt hätte. Sandra glaubte, niemand würde das Mädchen ganz hinten im Raum bemerken, das in ein gelbes Notizbuch kritzelte. Doch sie ahnte nicht, dass der hiesige Held auf sie aufmerksam werden würde.

Danach war alles, jeder Augenblick eines jeden Tages, nicht mehr wie zuvor.

Sie sah aus dem Fenster und bemerkte, dass Malloy sich um seine Erscheinung offenbar keine großen Gedanken machte. Nicht, dass er das nötig hätte, dachte sie mit einem warmen Erschauern, mit dem sie nicht gerechnet hatte.

Sein dunkles, ein wenig zu langes Haar lugte unter einer Baseball-Kappe hervor. Er hatte ein Gesicht, das belebt wirkte, und vergissmeinnichtblaue Augen. Doch bei Malloy wirkte dieses zarte Blau nicht weibisch, sondern bildete einen faszinierenden Kontrast zu seinem schwarzen Haar. Ein dickes Sweatshirt und eine gefütterte Weste betonten seine breiten Schultern, die Hände steckten in schweren Arbeitshandschuhen. Seine Levis waren an genau den richtigen Stellen ausgebleicht, und die Arbeitsstiefel fügten seinen über ein Meter achtzig noch ein paar Zentimeter hinzu.

Seine raue, aber unleugbar vorhandene Anziehungskraft ging ihr irgendwie durch und durch. Wie konnte das sein? Sie erinnerte sich gut daran, wie attraktiv sie damals Victors gebildete, urbane Kultiviertheit gefunden hatte. Mike Malloy war alles andere als urban und kultiviert. Diese Wirkung, die er auf sie ausübte, gefiel ihr gar nicht. Wahrscheinlich sollte sie ihn nicht einmal bemerken.

Dann sah sie etwas, das sie überraschte. Zwei Kinder hüpften auf der Beifahrerseite aus dem Pick-up. Das größere war ein Mädchen, etwa zwölf oder dreizehn, in einer rosafarbenen Skijacke mit passender Mütze und Handschuhen. Der Junge war kleiner; er stapfte in ausgebeulten Jeans und offenen Stiefeln herum und hielt Malloys Hund in den Armen, der sich wand und strampelte, bis der Junge ihn losließ.

Als Mike nun mit den Kindern sprach, beugte er sich vor, stemmte die Hände auf die Knie und sah ihnen in die Augen. Er zeigte auf den Strand. Der Junge stieß einen Freudenschrei aus und rannte über die Dünen davon, den Hund dicht auf den Fersen. Das Mädchen schob die Hände in die Jackentaschen und folgte ihnen langsam zum Wasser hinunter.

Als Sandra Malloy kennengelernt hatte, hatte sie ihn sich nicht als Vater vorstellen können. Als Ehemann. Nicht, dass das eine Rolle spielte, ermahnte sie sich. Doch während sie ihn dabei beobachtete, wie er die vom Wind geglätteten Dünen überwachte, zwischen denen die Kinder spielten, und den Ausdruck auf seinem Gesicht sah, hatte sie das Gefühl, eine völlig neue Seite an ihm entdeckt zu haben.

In den vergangenen Jahren hatte Sandra sich immer heftiger Kinder gewünscht. Manchmal, wenn sie andere Leute mit Kindern sah, empfand sie einen so gewaltigen Neid, dass er ihr in der Seele brannte. So fühlte sie sich auch jetzt, als sie Mike Malloy beobachtete. Lieber Gott, was würde sie nicht darum geben zu haben, was er hatte – ein paar chaotische, laute, unberechenbare Kinder. Jemanden, mit dem sie kichern konnte, den sie abends an sich drücken und von ganzem Herzen lieben konnte.

Sie erinnerte sich noch an das erste Mal, als sie Victor auf das Thema Kinder angesprochen hatte. Damals waren sie seit einem Jahr verheiratet; er bereitete sich gerade auf die Eröffnungssitzung des Rhode-Island-Parlaments vor. Mit dem großherzigen Charme, der ihn bei seinen Wählern so beliebt machte, zeigte er sich von der Idee begeistert. Er nahm ihr Gesicht in beide Hände und hielt es zärtlich, wie etwas Zerbrechliches und Kostbares. »Oh, Sandra, ja«, sagte er. »Ich will das auch.«

Sie glaubte ihm. Das machte ihn ja zu einem so guten Politiker. Selbst seine eigene Frau, die ihn besser kannte als sonst irgendjemand, glaubte alles, was er sagte.

Sie sammelte sich und öffnete Mike Malloy die Tür. Er holte ein Klemmbrett und eine Ledermappe mit Reißverschluss aus dem Wagen und kam auf sie zu. Sie versuchte, ihn nicht anzustarren, aber – du meine Güte. Dieser Mann machte eine alte, verwaschene Jeans zu einer lebenden Skulptur.

»Danke, dass Sie sich so schnell darum gekümmert haben«, sagte sie und hoffte, die plötzliche Woge der Wärme sei ihr nicht anzusehen.

»Kein Problem«, erwiderte er. Sein Gesicht war ausdruckslos, sein Blick rätselhaft. Er schien gar nicht zu bemerken, wie adrett und sorgfältig sie gekleidet war.

Doch selbst seine Gleichgültigkeit ermutigte sie. Sie hatte gelernt, von allen offene Ablehnung und Misstrauen zu erwarten, daher war das neu für sie. »Und Sie haben noch jemanden mitgebracht«, bemerkte sie.

Sofort wich der neutrale Ausdruck, und er ging in die Defensive. »Ist das ein Problem?«

Sie trat zurück und hob die Handflächen. »Ganz und gar nicht. Ich mag Kinder. Ich wollte nur höflich sein.«

»Verstehe. Entschuldigung. Ich wollte Sie nicht so anfahren. Ich habe sie eben von der Schule abgeholt.«

»Ich nehme Ihre Jacke.«

Er nahm das Klemmbrett in die andere Hand, schlüpfte aus seiner Weste und reichte sie ihr. Ihre Finger versanken tief in dem dicken Futter, in dem noch seine Körperwärme hing. Sie widerstand dem absurden Impuls, das Gesicht in den Stoff zu drücken, bevor sie die Weste an die Garderobe im Flur hängte.

»Wenn Ihren Kindern draußen zu kalt wird, können sie auch gern hereinkommen.«

Er zögerte. Sie fragte sich, ob er den örtlichen Klatsch mitbekommen oder sich über sie erkundigt hatte, nachdem sie ihm von ihren Schwierigkeiten erzählt hatte. Doch er nickte und sagte: »Danke.« Er betrachtete sie genau, und sein offen forschender Blick fiel auf den Angorapulli, die Brosche. Dann nahm er seine Baseball-Kappe ab, faltete den Mützenschirm und schob sie in seine hintere Hosentasche.

»Also... am besten setzen wir uns erst mal.« Sie ging hinüber zu dem antiken Tisch und rückte die Stühle so, dass sie aus dem Panoramafenster schauen konnten. Von hier aus konnten sie die Kinder gut im Auge behalten. »Wie alt sind denn Ihre Kinder?«

»Mary Margaret wird dieses Frühjahr dreizehn, und Kevin ist neun.«

Sandra stützte das Kinn auf die Hand und sah zu, wie die beiden Frisbee spielten, während der Hund wie verrückt zwischen ihnen hin und her raste. »Sie haben bestimmt viel Spaß mit ihnen.«

»Habe ich.« Er legte einige Unterlagen vor ihr auf den Tisch und teilte sie in zwei Stapel. »Also, ich habe zweierlei gemacht. Einmal einen Voranschlag für die nötigsten Reparaturen. Und den anderen für eine komplette Renovierung. Schauen Sie sich das erst mal an, und wenn Sie Fragen haben, nur zu.«

»Danke. Ah, möchten Sie vielleicht Kaffee oder Tee oder etwas zu essen?«, fragte sie und blickte auf seine großen, kräftigen Hände. »Ich habe ein paar Kleinigkeiten in der Küche.« Sie hatte einen Teller mit Plätzchen vorbereitet und eine Schale Cashew-Nüsse. Die simplen Vorbereitungen auf

Besuch waren ihr fremdartig erschienen und hatten sie daran erinnert, wie lange es her war, seit sie in ihrem Haus in der Stadt die Gastgeberin für Victors Freunde, Kollegen und Förderer gespielt hatte. Sie wusste natürlich, dass dies kein privater, sondern ein geschäftlicher Besuch war, doch irgendwie fühlte es sich trotzdem so an. Es fühlte sich gut an. Beinahe ... normal.

»Nein, danke.« Er sagte das rasch, fast barsch. »Ich möchte nichts.«

Sie hätte klüger sein müssen, als sich einzubilden, ein bezahlter Handwerker würde die Leere in ihrem Leben füllen. Sie war wütend auf sich selbst und konzentrierte sich verbissen auf die Kostenvoranschläge. Seine sauber ausgedruckte Aufstellung war klar und verständlich aufgebaut, erklärte genau, was die einzelnen Phasen des Projekts umfassten, und führte die geschätzten Kosten an Arbeitszeit und Material auf. Am Computer erstellte Bilder von Haus und Grundstück ließen das Anwesen wirken wie aus einem Bilderbuch.

Sie blätterte langsam den ersten Kostenvoranschlag durch und wappnete sich für die Zahl unter dem Strich auf der letzten Seite. Sie starrte lange darauf hinab, verzog keine Miene und wandte sich der zweiten Mappe zu. Die war umfangreicher, noch engagierter und detaillierter. Während sie sie durchlas, konnte sie sich vorstellen, wie er sich das dachte. Und der Plan war wunderbar. Das gesamte Anwesen, von den wuchernden Blaubeer- und Rosenhecken bis hin zu der patinierten Wetterfahne auf der Dachspitze, würde in einen prachtvollen Zustand versetzt werden, den das alte Haus nicht einmal erreicht hatte, als es erbaut worden war.

Sie legte die Hände in den Schoß und blickte von einer Kalkulation zur anderen. Sechs Wochen oder sechs Monate. Eine schnelle Reparatur oder eine historische Restaurierung. Einen saftigen Preis zahlen oder sich finanziell ruinieren.

»Na ja«, sagte sie. »Na ja, danke erst mal. Sie haben mir reichlich Stoff zum Nachdenken gegeben.«

»Haben Sie denn gar keine Fragen?« Er legte die Arme auf den Tisch und beugte sich vor. Sein Blick war direkt, beunruhigend, und doch konnte sie ohne Angst in seine ruhigen blauen Augen sehen. Ein seltsames Gefühl überkam sie. Er hörte ihr auf andere Weise zu als etwa ihre Eltern. Solange sie zurückdenken konnte, hatte sie gespürt, wie betroffen sie ihr Stottern machte. Sie wussten nicht, dass man es ihnen anmerkte, doch wenn Sandra sprach, waren sie stets angespannt vor hoffnungsvoller Erwartung, und selbst als Kind hatte sie das gespürt. Malloy hörte ihr einfach zu, locker und selbstbewusst. Dieser Mann hatte etwas absolut Verlässliches an sich. Zum ersten Mal seit Monaten saß ihr jemand gegenüber, der genau wusste, was er tat, der schlicht und aufrichtig sprach, der ihr gegenüber vollkommen offen war.

Zumindest glaubte sie das. Vielleicht konnte sie ihrer Menschenkenntnis gar nicht so weit trauen. Die Ereignisse des vergangenen Jahres hatten ihr gezeigt, wie falsch sie Menschen einschätzte. Wieder einmal ertappte sie sich dabei, wie sie Malloy mit Victor verglich. Ihr Mann war eine überlebensgroße Figur gewesen, während Malloy einfach nur ... groß war. Normal. Vielleicht fand sie ihn deshalb anziehender, als gut für sie war.

»Diese Aufstellungen sind völlig klar. Hier steht genau, was wie gemacht werden soll und was es ungefähr kosten wird. Genau das wollte ich von Ihnen erfahren.«

»Dann sagen Sie mir Bescheid, wenn Sie sich entschieden haben.«

Bei seinem abschließenden Tonfall und der Art, wie er seinen Stuhl zurückschob, fühlte sie Enttäuschung. Sie hatte heute Morgen eine Stunde lang das Haus geputzt, weil er kam.

Er war kein Besuch, ermahnte sie sich immer wieder. Aber trotzdem ...

»Wissen Sie was?«, sagte sie. »Da ich das Haus sowieso

verkaufen will, sollte es mir eigentlich egal sein, ob nur das Nötigste oder eine umfassende Renovierung gemacht wird.«

»Aber?«

»Die Renovierung würde mich schon reizen.«

»Das hier ist ein ganz besonderes Haus«, sagte er. »Einmalig. Es wäre ein Jammer, wenn es jemand abreißen oder ruinieren würde, der keine Ahnung von so was hat.«

»Da haben Sie recht. Aber warum kümmert mich das überhaupt?«

»Sagten Sie nicht, dass dieses Haus schon lange Ihrer Familie gehört?«

»Schon, aber das gilt nicht mehr, wenn ich es verkaufe.« Sie hielt sich eigentlich nicht für sentimental, doch die Vorstellung, das Haus wegzugeben, zerriss ihr fast das Herz. Das war ihr Heim, ihre Zuflucht.

Lächerlich, sagte sie sich. Je schneller sie hier wegkam, umso besser. Es war nicht viel wert, in diesem alten Haus voller Familiengeschichte und schöner Erinnerungen zu leben, wenn einen dort niemand besuchte. Berichtigung. Niemand außer bezahlten Handwerkern.

»Ich sollte wohl lieber bei der billigeren Variante bleiben, nur das Nötigste, damit ich es verkaufen kann.«

»Wissen Sie denn schon, was Sie dafür verlangen wollen?«

»Ah, nein.« Sie hatte sich noch nicht überwinden können. Das Anwesen loswerden zu wollen, kam ihr vor wie ein Verrat.

»Ich habe Ihnen zum Vergleich die Summen herausgesucht, die für ähnliche Häuser hier in der Gegend in letzter Zeit gezahlt wurden.« Er zeigte ihr das Zentralregister von Anwesen in der Umgebung, die zum Verkauf standen. »Sie sehen also, ein fachmännisch restauriertes Haus erzielt im Schnitt fünfundzwanzig Prozent mehr.«

»Aber die Kosten für die Restaurierung werden sehr viel höher als fünfundzwanzig Prozent über denen für die einfachen Reparaturen liegen«, erwiderte sie.

»Ich stecke ja auch wesentlich über fünfundzwanzig Prozent mehr Arbeit in die volle Restaurierung. Sofern ich den Auftrag kriege«, fügte er hinzu.

»Oh, den haben Sie, keine Sorge«, sagte sie. Dann merkte sie, dass das zu vertrauensselig klang, und setzte hinzu: »Das heißt, sofern ich mit Ihren Referenzen zufrieden bin. Sie haben doch Referenzen, oder?«

Sie erwartete, dass er wieder in die Defensive gehen würde. Stattdessen holte er einen Stapel Unterlagen und ein dickes Fotoalbum aus der Reißverschluss-Mappe. »Selbstverständlich«, sagte er. »Sehen Sie sich ruhig alles an. Sie können auch gern jeden meiner bisherigen Kunden anrufen.«

Sie schlug das Album auf, und es verschlug ihr den Atem. Eine Villa in Newport erstrahlte wie in einem Traum. Die Aufnahmen zeigten glänzende Böden, elegante Treppen, stolze Säulen, polierte Holzverkleidungen. Das Album enthielt ein Haus nach dem anderen, Empfehlungsschreiben von Denkmalschutz-Verbänden, sogar Preise, die er gewonnen hatte.

Sie zog eine Braue hoch. In diesem fahrenden Handwerker steckte mehr, als man auf den ersten Blick vermuten würde. »Das ist wirklich beeindruckend.« Dann nahm sie eine der Architektur-Zeitschriften. »Sie sind im *Architectural Digest*?«

»Die haben schon ein paar Artikel über meine Projekte veröffentlicht.

Sie fand einen Artikel mit dem Titel »Der Geist der Vergangenheit«. Die Fotografien waren umwerfend – alte Villen aus der Kolonialzeit und anderen Epochen, prächtige Gärten, Bilderbuch-Panoramen und Strandhäuschen. Sie überflog die Bildunterschriften und las vor: »›Malloy verfügt über eine seherische Gabe, eine mystische Begabung, den zauberhaften Charme einer vergessenen Epoche zum Leben zu erwecken.«

Er errötete und rutschte auf seinem Stuhl herum. »Ich habe das nicht geschrieben.«

Ein Lächeln umspielte ihre Lippen. »Seherische Gabe?«

»Das ist Blödsinn. Ich mache gründlich meine Hausaufgaben und reiße mir dann ein Bein aus. Und ich arbeite nur mit Subunternehmern, die ihr Handwerk verstehen.«

Sandra seufzte und betrachtete ein Foto von einem bunt gestrichenen sogenannten »Saltbox House« mit Frackdach in Skonnet, das ohne weiteres als Gemälde von Andrew Wyeth hätte durchgehen können. »Ich muss Ihnen etwas gestehen. Ich kann es mir wirklich nicht leisten, dieses Haus komplett restaurieren zu lassen. Das sollte ich Ihnen aber wohl lieber nicht sagen.«

»Sagten Sie nicht, es gehört Ihnen ganz und ohne Schulden?«

»Ja.

»Dann können Sie problemlos einen Kredit aufnehmen. Das Haus genügt als Sicherheit.«

Sie stellte sich vor, in die hiesige Bank zu gehen und Leute um einen Kredit zu bitten, die Victor seit vielen Jahren gekannt hatten. »Um meine Kreditwürdigkeit mache ich mir auch keine Gedanken.«

»Worüber denn dann?«

»Sie wissen schon, diese Sache mit meinem Mann.«

»Banken sind dazu da, um Geschäfte zu machen. Und nicht, um sich Klatschgeschichten anzuhören.«

Sie betrachtete sein kantiges Gesicht, seine geduldigen, kräftigen Hände. Er trug keinen Ehering, doch das musste gar nichts bedeuten. Er war Handwerker; vermutlich ließ er seinen Schmuck einfach zu Hause. Vielleicht auf dem Nachtschränkchen, neben seiner schlafenden Frau. Beugte er sich hinab, um sie zu küssen, wenn er morgens aus dem Haus ging? Drückte sie dann das Gesicht in das Kissen, das nach ihm duftete, und spürte seine Wärme, die noch in der Bettdecke hing?

Sandra schluckte schwer und ärgerte sich über ihre abschweifenden Gedanken. »Aber mein Mann ist... Victor war hier in der Gegend ziemlich bekannt.«

»Ich kenne mich ja mit dem Gesetz nicht so gut aus, aber Banken dürfen niemanden diskriminieren.«

Sie erinnerte sich an letzten Sonntag, als die Winslows ihre Spende für die Kirche abgelehnt hatten, und dieser Stich gab ihr neue Gewissheit. Sie wollte das Haus am Blue Moon Beach in die wunderhübsche Villa verwandeln, die ihr Urgroßvater für seine Familie gebaut hatte. Es erschien ihr gar nicht wichtig, dass sie es nicht behalten konnte, wenn es fertig war. Allein die Aussicht auf ein solches Projekt fesselte sie. Das war etwas Konstruktives, etwas, das einen Anfang und ein Ende hatte und vielleicht ein wenig Harmonie in ihr Leben zurückbringen würde, wenn auch nur für eine gewisse Zeit. »Also schön«, sagte sie. »Sehen wir uns mal die Renovierung an.«

Sie arbeiteten einen vorläufigen Plan aus, und er zeigte sich mehr als entgegenkommend; er war sogar bereit, sich für seine Arbeit erst dann bezahlen zu lassen, wenn das Haus verkauft war. Beneidenswert selbstsicher führte Malloy sie durch jeden einzelnen Schritt des komplizierten Vorhabens. Victor hatte auch immer Kontrolle und Verantwortung übernommen, erinnerte sie sich, doch auf eine völlig andere Art. Victor hatte Absichten verfolgt. Mike hatte eine Vision. Das war ein großer Unterschied.

Als sie schon fast mit den Terminplänen und Kosten fertig waren, kamen die Kinder vom Strand durch den Garten gelaufen. Mike stand auf, und seine Miene wurde weich, als er sie sah. »Ich sage ihnen, dass sie im Auto warten sollen.«

»Nein, das kommt nicht infrage«, sagte sie. »Dazu ist es viel zu kalt draußen. Außerdem haben sie bestimmt Hunger.«

Zweifel huschten über sein Gesicht, und ihr drehte sich der Magen um. Vielleicht war ihm der Klatsch doch nicht so gleichgültig. Vielleicht wollte er seine Kinder nicht im Haus einer Mörderin haben.

»Sie werden's überleben«, erwiderte er. »Ich lasse sie nur nicht gern allein, wenn ich arbeiten muss.«

»Sie sind allein mit den Kindern?« Er nickte. »Eigentlich leben sie bei meiner Exfrau in Newport.«

»Ich verstehe.«

Er war also doch nicht verheiratet. Plötzlich sah die Welt ganz anders aus. Ihre Handflächen wurden feucht. Als sie geglaubt hatte, er sei verheiratet, hatte sie sich etwa auf dieselbe Art für ihn interessiert wie für eine Judith-Lieber-Abendtasche – etwas Wunderschönes, aber für sie vollkommen Unerreichbares. Die Tatsache, dass er Single war, nahm ihr mit einem Schlag diesen Sicherheitsabstand.

»Sie sind anscheinend sehr gern mit ihnen zusammen«, bemerkte sie.

»Merkt man das?«

Sie lächelte. »Es ist nicht zu übersehen. Ich würde mich freuen, wenn sie hereinkommen und sich ein bisschen aufwärmen.«

»Sie haben es so gewollt.« Er betrachtete sie forschend, ging dann zur Hintertür und hielt sie auf. »Rein mit euch, ihr zwei«, sagte er. »Lasst die Stiefel vor der Tür. Und den Hund auch.«

»Aber Dad, Zeke friert sich die Eier ab«, widersprach Kevin. »Seine haarigen kleinen Eier.«

»Das war's. Du bleibst auch draußen«, gab Mike zurück.

Kevin senkte den Blick. »Entschuldigung.«

»Zieht die Stiefel aus, ja?«

Auf Strümpfen kamen Kevin und Mary Margaret in die Küche, wobei sie ihre Jacken hinter sich herschleiften. Sie sahen sich um wie Hänsel und Gretel mit roten Wangen und hungrigen Augen.

Plötzlich war Sandra heilfroh, dass sie Kekse gebacken hatte. »Hallo«, sagte sie. »Ich bin Sandra. Möchtet ihr Kekse?«

»Au ja, gerne.« Kevin Malloy hatte runde Wangen mit ein paar Sommersprossen, die strahlend blauen Augen seines Vaters und grinste breit. Sandra musste ebenfalls lächeln. Allein dafür mochte sie das Kind auf der Stelle.

»Und was ist mit dir, Mary Margaret?« Das Mädchen zuckte mit den Schultern.

»Von mir aus. Danke.«

Mary Margaret hatte nichts, was sie auf der Stelle liebenswert machte. Das war für Sandra so klar und eindeutig wie eine Wetterkarte. Sie bemerkte die Zurückhaltung in ihrem vom Wind geröteten Gesicht, den verschlossenen Blick, und sie hatte das Gefühl, durch einen Spiegel in die Vergangenheit zurückzuschauen. Mary Margaret war ein Kind, wie Sandra selbst eines gewesen war – schüchtern, intelligent, sensibel. Ihrem scharfen Blick entging nichts.

»Wie wäre es mit heißem Apfelmost?«, bot Sandra an. »Der ist zwar aus der Tüte, aber davon wird euch gleich wieder warm.«

»Gut«, sagte Kevin.

»Ja, gern«, erklärte Mary Margaret. Ohne erst darauf hingewiesen worden zu sein, ging sie zum Spülbecken, wusch sich die Hände und bedeutete ihrem Bruder, dasselbe zu tun.

Sandra goss heißes Wasser aus dem Kessel auf die Cider-Mischung in dicken Porzellanbechern. Die Kinder setzten sich an den Tisch und aßen Kekse, während sie darauf warteten, dass der Apfelmost abkühlte. Mary Margaret probierte vorsichtig einen Schluck. Kevin schielte fast, so konzentriert blies er in seinen Becher. Sandra bemerkte, wie Mike seinen Sohn mit so offensichtlicher, inniger Liebe beobachtete, dass sie verlegen den Blick abwandte.

Mary Margaret strich ihr feines hellbraunes Haar glatt, das unter der Kapuze ihrer Jacke zerzaust worden war. Ihr Blick schweifte zu den unzähligen Notizen, die mit Magneten in Form von Comic-Figuren am Kühlschrank befestigt waren. Sandras Angewohnheit, Listen zu schreiben, war schon längst über ihre Notizbücher hinausgewuchert. Rasch überflog sie die Zettel, ob auch nichts Peinliches dabei war. *Zehn Dinge, die man zum Frühstück essen kann. Zehn Er-*

innerungen an Opa Babcock. Zehn Dinge, die man einem Telefonmarketing-Fritzen sagen kann.

»Ich schreibe viele Listen«, erklärte sie, obwohl niemand gefragt hatte. Aus irgendeinem Grund kam sie sich dabei auch nicht albern vor – vermutlich deshalb, weil das Kinder waren. In Gegenwart von Kindern fühlte sie sich nie unbehaglich. Das war eines der vielen Dinge, die sie an Kindern mochte.

»Da steht immer ›Zehn Dinge‹«, sagte Mary Margaret. »Warum zehn?«

»Ich weiß nicht genau. Diese Zahl habe ich einfach so ausgesucht, vor langer Zeit, und daraus ist eine Gewohnheit geworden. Ich glaube, wenn man nicht auf zehn Punkte für so eine Liste kommt, dann hat man entweder das falsche Thema ausgesucht, oder man muss gründlicher nachdenken.«

Kevin schlürfte laut seinen Cider und verkündete dann: »Mein Dad ist achtunddreißig.«

»Danke, Kumpel«, sagte Mike mit schiefem Lächeln.

»Idiot«, zischte Mary Margaret leise.

Kevin ignorierte sie. »Wusstest du, dass ein Pferdeherz neun Pfund wiegt?«

»Nein, das wusste ich nicht«, erwiderte Sandra. »Wusstest du, dass ein Biber fünfundvierzig Minuten lang die Luft anhalten kann?«

Er machte große Augen, und sie konnte förmlich sehen, wie er diese Information verarbeitete, während Sandra genau dasselbe tat – die Tatsache einordnen, dass Mike genauso alt war, wie Victor jetzt gewesen wäre, wenn er noch leben würde.

Kevin hob ihr das rechte Handgelenk entgegen, um stolz eine riesige Armbanduhr vorzuführen. »In Italien ist es jetzt ein Uhr nachmittags. Die hier hat drei Zeitzonen.«

Mary Margaret seufzte genervt. Malloy, der gerade mit seinem Taschenmesser an einem der Küchenschränke kratzte, um zu sehen, was unter der grünen Farbe lag, hielt inne und drehte sich zu Kevin um. »Woher hast du die Uhr, mein Sohn?«

»Von Carmine. Das ist mein Stiefvater«, erklärte Kevin Sandra.

Sie spürte eine plötzliche Kälte im Raum und wechselte rasch das Thema. »Mein Vater hat als kleiner Junge immer den Sommer hier verbracht«, erzählte sie. »Er behauptet, er hätte im Garten einen Schatz vergraben, aber er weiß nicht mehr, wo.«

Kevin fragte: »Spukt es in Ihrem Haus?«

»Da bin ich immer noch nicht ganz sicher. Als ich noch klein war, habe ich oft meine Großeltern besucht, und ich habe mir immer gedacht, es könnte hier spuken.«

»Wirklich?« Seine blauen Augen weiteten sich vor Staunen.

»Ja, aber ich erzähle dir wohl lieber nichts davon, sonst kannst du heute Nacht nicht schlafen.«

»Ich hab doch keine Angst vor Gespenstern.«

»Siehst du das hier?« Sie ging zu einer quadratischen, nur schulterhohen Tür in der Wand. »Das ist ein Speisenaufzug. Jetzt ist er kaputt, aber früher ist er vom Vorratskeller in die Küche hochgefahren. Als kleiner Junge hat mein Großvater sich oft da drin versteckt. Eines Tages, da war ich ungefähr so alt wie du, habe ich bemerkt, dass er anscheinend von allein auf und ab fährt.«

Kevin stieß einen Pfiff aus. »Cool. Macht er das immer noch?«

»Ich weiß nicht genau.«

»Aber es könnte schon sein«, beharrte er.

»Es könnte sein. Dieses Haus ist über hundert Jahre alt – das ist reichlich Zeit, damit sich der eine oder andere Geist hier niederlassen könnte.« Beinahe trotzig warf sie einen raschen Seitenblick auf Mike, ob ihm diese Unterhaltung vielleicht missfiel, doch er schien vollauf damit beschäftigt, mit einem metallenen Maßband die Breite der Blende über den Küchenschränken zu messen.

»Warum sagen Sie, es könnte sein?«, fragte nun Mary Margaret. »Haben Sie denn schon einen Beweis dafür gesehen?«

»Ich habe nicht direkt etwas gesehen. Das ist nur so ein Gefühl, das ich manchmal habe. Zum Beispiel, wenn ich ins Feuer im Ofen schaue und etwas Ungewöhnliches in den Flammen sehe.«

»Kriegen Sie dann Angst?«, fragte Kevin.

»Nein. Ich werde höchstens ein bisschen traurig, denn es heißt ja oft, dass Gespenster deshalb herumspuken, weil sie in dem betreffenden Haus etwas Kostbares verloren haben oder sehr traurig waren. Aber meine Großeltern waren sehr nette Leute, also würden sie vermutlich auch nette Gespenster abgeben.«

»Ich glaube nicht an Gespenster«, sagte Mary Margaret.

»Wirst du das Haus hier reparieren, Dad?«, fragte Kevin seinen Vater.

»Darauf kannst du wetten, mein Junge.«

»Gut. Das hat es auch dringend nötig.«

»Kevin –«

»Entschuldigung. Sagst du's mir, wenn du hier mal ein Gespenst siehst?«

Mike ließ das Maßband mit metallischem Zischen in die Hülle zurückgleiten. »Klar.«

»Versprochen?«

»Ganz bestimmt.«

12

»Die Jungs vom Holzlager haben sich echt gefreut, dich zu sehen«, sagte Phil Downing und kletterte auf den Beifahrersitz, während Mike die Materialrechnung unterschrieb.

»Ja, ist schon eine ganze Weile her.« Mike startete den Motor und stellte den Rückspiegel so ein, dass er seine Ladung aus Bauholz, Putz, Beton, Nägeln und Werkzeugen auf der Ladefläche im Auge behalten konnte.

»Ist ein schönes Gefühl, mal was anderes zu machen als lecke Keller abzudichten«, bemerkte Phil; er war Installateur, und die beiden hatten schon öfter zusammengearbeitet. Mike wollte die Malerarbeiten, den Putz und andere Feinarbeiten an Subunternehmer vergeben, aber erst, wenn er mit dem Projekt schon ein gutes Stück vorangekommen war.

»Glaub mir, an dem Haus bekommst du mehr zu tun als ein paar Löcher abzudichten.« Die Aussicht, dieses alte Haus am Strand zu restaurieren, führte ihm wieder vor Augen, was er an seiner Arbeit immer so geliebt hatte: Er durfte die Geheimnisse eines hundert Jahre alten Hauses erforschen, die ursprüngliche Gestaltung zum Vorschein bringen und versuchen, das Gebäude und die Landschaft mit den Augen des Erbauers zu sehen.

Er hatte sich tagelang mit dem Babcock-Haus beschäftigt, im Kopf und am Computer Architektur, Geschichte, Symmetrie und Umgebung miteinander verwoben und virtuell verknüpft. Dieses Stadium seiner Arbeit gefiel ihm sehr, doch es brachte auch stets bittersüße Erinnerungen mit sich. Das war es, was er damals am College am liebsten getan hatte und worin er wirklich gut war. Alle hatten in ihm nur den Sportler gesehen, doch seine Kurse in Architektur und Design hatten ihn wirklich begeistert. Dann war das mit seinem Knie passiert, dann das mit Angela, und er musste mittendrin aufhören. Alle bewunderten ihn dafür, was er aus sich gemacht hatte, wie erfolgreich er mit seiner eigenen Firma geworden war – doch er hatte immer nur zu Ende studieren wollen.

Sein derzeitiges Projekt konnte sich nicht mit den früheren Aufträgen in Newport messen, als er ganze Trupps echter Spezialisten für umfangreiche Renovierungen angeheuert und für die siebenstelligen Budgets wohlhabender Kunden verantwortlich gezeichnet hatte. All das hatte er durch die Scheidung verloren. Fünfzehn Jahre harte Arbeit. Vielleicht würde Mike es eines Tages wieder so weit bringen, vielleicht auch nicht. Für den Augenblick war er mit einem Projekt zufrieden, das er überschauen und dessen Tempo er selbst bestimmen konnte.

Er steckte die Rechnungen in eine Mappe und verließ den Parkplatz. »Diese Bestellung ist lächerlich im Vergleich zu unseren früheren Aufträgen.«

»Immer mit der Ruhe«, sagte Phil und lachte über Mikes wenig begeistertes Gesicht. Phil, ein Kettenraucher mit gestrickter Fischermütze, war ein eher ruhiger Typ, der überlegt und ordentlich arbeitete und auf dessen Zusagen man sich verlassen konnte. Er war nicht nur ein fähiger Handwerker, sondern hatte sich zu Mikes Erstaunen zu einem regelrechten Computerexperten entwickelt. Sein Geschick beim Auffinden verlorener Dateien und beim Konfigurieren von Systemen hatte Mike schon mehr als ein Mal gerettet. Mike kannte ihn nicht sehr gut, doch Phil machte kein Geheimnis daraus, dass er nicht immer so zuverlässig gewesen war. Er hatte schwere Zeiten hinter sich. Vor einigen Jahren hatte man ihm die Schuld an einem Autounfall gegeben, den er nicht verursacht hatte. Er hatte zu trinken begonnen, und seine Frau war schließlich mit den beiden Söhnen davongelaufen. Phil war am Ende wegen Trunkenheit am Steuer verurteilt und zur

Entziehungskur eingewiesen worden; seit gut zehn Jahren war er jetzt nüchtern.

Er saß neben Mike wie ein Geist – ein trauriger Kerl mittleren Alters, der jeden Kontakt zu seinen Kindern und seiner Exfrau verloren hatte, von Kaffee und Zigaretten lebte und von Erinnerungen, die mit jedem Jahr mehr verschwammen.

Phil holte eine Camel hervor und drehte sie zwischen den Fingern herum, ohne sie anzuzünden. »Ich denke, das ist die beste Art, mit Rückschlägen umzugehen.«

Der Highway 1 folgte der Biegung des Pettaquamscutt River, der durch die kahlen Bäume am Straßenrand blinkte. Der Himmel strahlte in winterlichem Blau, so klar, dass Mike die Augen brannten. Wenn das gute Wetter anhielt, würde er an dem alten Schieferdach arbeiten können, eine seltene Chance zu dieser Jahreszeit.

Während der Fahrt ging er noch einmal seinen Plan durch, und Phil betrachtete die am Computer erstellten Diagramme und Aufrisse. Er blätterte in den Unterlagen und stieß einen leisen Pfiff aus. »Da hast du dir ganz schön viel Arbeit für so kurze Zeit vorgenommen.«

»Ich werde pünktlich fertig, und das Budget halte ich auch ein. Ich hab's versprochen.«

»Du wirst praktisch da draußen leben müssen.«

»Wenn ich heutzutage eines reichlich habe, dann ist das Zeit«, erklärte Mike. »Ich habe die Kinder nur einmal unter der Woche und jedes zweite Wochenende.«

»Tut mir leid für dich.«

»Diese Vereinbarung wird nächsten Sommer noch mal verhandelt. Dann werde ich viel mehr Zeit mit ihnen verlangen.« Er trommelte mit den Fingern aufs Lenkrad. »So ein Blödsinn, nachdem ich jahrelang meine Kinder mit großgezogen habe, muss ich plötzlich irgendeiner Sozialarbeiterin beweisen, dass ich ihnen ›angemessene, geordnete Lebensverhältnisse‹ und ein ›kindgerechtes, der Entwicklung förderliches Umfeld‹ bieten kann. Meine Anwältin hat mir geraten, mir ein Haus zu suchen, aber meine Kinder lieben Paradise, verdammt noch mal. Sie sind völlig sicher auf dem Boot – schließlich haben sie fast jeden Sommer dort verbracht.«

»Das ist schon komisch – solange die Eltern zusammenbleiben, können sie ihren Kindern Gott weiß was antun, sie in einer Sekte aufwachsen lassen, ihnen den Hintern tätowieren oder was ihnen sonst gerade einfällt. Aber sobald ein Richter auftaucht, hat man bestimmte Regeln zu befolgen. Ein Kumpel von mir ist Methodist und wird praktisch gezwungen, jeden zweiten Sonntag mit seinen Kindern zum katholischen Gottesdienst zu gehen. Auf Befehl des Richters, versteht sich.«

»Bei mir sind die Anordnungen eigentlich ganz vernünftig«, erklärte Mike, »jedenfalls bisher. Es passt mir nur nicht, dass mir überhaupt etwas angeordnet wird, als wäre ich ein Vollidiot oder ein Penner.« Das System schien eigens dazu geschaffen worden zu sein, in allen Beteiligten die schlimmsten Seiten zum Vorschein zu bringen. Er hatte lernen müssen, etwas loszulassen, auch wenn ihm sein Instinkt riet, um jeden Preis daran festzuhalten. Er hatte sein gesamtes Leben neu ausrichten müssen, und vielleicht war das gar nicht so schlimm, aber es fühlte sich schlimm an. Er hatte auf jede nur erdenkliche Weise zu sparen gelernt und wohnte auf einem Boot, während er nach dem richtigen Haus für seine Kinder suchte; zudem legte er jeden Monat etwas für ihre Ausbildung zurück, so knapp das Geld bei ihm auch gerade war, weil er ja obendrein noch Unterhalt für die beiden bezahlte. Jeder Dollar, den er dann noch erübrigen konnte, wurde gespart – in die Kriegskasse, die er für die Neuverhandlung des Sorgerechts brauchte, und um Kevin und Mary Margaret ein besseres Leben zu ermöglichen.

»Halt die Ohren steif«, sagte Phil. »Das regelt sich alles irgendwie, wirst schon sehen.«

Mike hielt den Blick auf die Straße gerichtet. Er gewöhnte sich für seinen Geschmack zu sehr daran, wie es jetzt lief.

Eigentlich wollte er sich nicht daran gewöhnen, allein zu leben und die Kinder nur nach einem gerichtlich angeordneten Zeitplan zu sehen. Was sollte das für ein Leben sein?

Angelas neuer Ehemann Carmine hatte mehr Geld als Zeit für die Familie und schleppte ungeheure Mengen Designer-Spielzeug an, während er sich um alles drückte, was nach ernsthaften elterlichen Pflichten roch. Die Vorstellung, Kinder zu haben, gefiel ihm besser als die Realität. Mike sollte eigentlich dankbar dafür sein, dass Carmine ein ganz anständiger Kerl war – er hatte eine eigene Firma, war bei der Freiwilligen Feuerwehr und schien stolz auf die Kinder zu sein. Auf Mike war er natürlich gar nicht gut zu sprechen, obwohl er das vor Kevin und Mary Margaret verbarg. Mike wiederum war nicht begeistert davon, dass Carmine mit teuren Geschenken nur so um sich warf, doch er verlor nie ein Wort darüber, obwohl die Kinder jedes Mal, wenn er sie sah, wieder etwas Neues von ihrem Stiefvater bekommen hatten.

Manchmal quälte sich Mike mit Spekulationen darüber, was für schlimme Folgen es für sie haben musste, dabei zuzusehen, wie ihre Familie in zwei getrennte Haushalte zerfiel. Er hatte zugesehen, wie Mary Margaret und Kevin die ganze Skala der Emotionen durchlaufen hatten, von Trauer zu Schuld, von Angst zu Wut. Die Familientherapeutin hatte ihm und Angela geraten, sich auf Loyalitätskonflikte, extreme Launenhaftigkeit und schlechtere Schulnoten einzustellen.

Was tun wir unseren Kindern nur an, Angela?

»He, nicht so schnell, Mann«, warnte ihn Phil. »Wir wollen doch die Ladung nicht von der Straße aufsammeln.«

Mike sah auf den Tacho. Fast hundertdreißig. Himmel.

»Entschuldigung«, sagte er und ging vom Gas. Je näher sie der Küste kamen, desto wilder und dramatischer wurde die Landschaft; die Wälder wirkten urwüchsig, und die Wellen brachen sich donnernd an hohen Klippen. Mike konnte schon die schiefe Wetterfahne auf dem alten Haus erkennen, die über einem Dickicht aus verkrüppelten Bäumen und Gestrüpp aufragte.

»Eines solltest du noch wissen, bevor wir anfangen«, sagte Mike. »Die Kundin ist Sandra Winslow.«

»Victor Winslows Witwe?« Die immer noch nicht angezündete Zigarette in Phils Hand wirbelte herum. »Was du nicht sagst.«

»Das Haus gehört ihrer Familie, und sie will es verkaufen.«

»Überrascht mich nicht. Man kommt eben nicht mit einem Mord davon, bevor man nicht ... weit weg ist.«

»Du glaubst, sie war's?«

»Wahrscheinlich nicht«, erwiderte Phil, »aber das wäre doch langweilig, oder? Und, wie ist sie so?«

Traurig. Still. Nervös. Zerbrechlich. Mike wusste nicht recht, wie er sie beschreiben sollte. Er begriff ja nicht einmal seine eigenen Reaktionen auf diese Frau. Ihre Einsamkeit erinnerte ihn an das, was er selbst verloren hatte, und zwang ihn, einer Wahrheit ins Gesicht zu sehen, der er sich nicht stellen wollte. »Sie kommt mir eigentlich nicht vor wie eine von denen, die ihren Mann beiseite schaffen, um die Versicherung zu kassieren«, sagte er.

»Man kann eben nicht in die Leute reinschauen, was? Aber du hast kein Problem mit ihr als Kundin?«

»Ich kann es mir nicht leisten, wählerisch zu sein.« In der Vergangenheit hatten seine Kunden stets stolz und staunend vor seiner Arbeit gestanden, doch von Sandra Winslow war keine große Begeisterung zu erwarten. Ungeduld und Reizbarkeit schon eher.

Mike bog in die Einfahrt ab und parkte hinter ihrem blauen Wagen. Phil stieg aus und zündete endlich seine Zigarette an, dann schob er seine Mütze zurück und betrachtete das Haus.

»Das ist es also«, sagte Mike. Eine Hecke aus Lorbeerrosen begrenzte den Garten, und an dem wackeligen Holzzaun auf der anderen Seite wuchs wilder Wein, an dessen Reben noch die verschrumpelten Trauben vom letzten Jahr hingen. Unter einer prächtigen Platane stand ein Vogelhäuschen, und er entdeckte zu seiner Überraschung, dass es reichlich mit Vogelfutter versehen war.

»Was für ein Haus«, sagte Phil. »Ich kann dir nicht verdenken, dass du es unbedingt herrichten willst.« Er ließ den Blick über die lange, geschwungene Veranda und die feinen Holzarbeiten am Dachgesims schweifen. Wie die meisten Häuser dieser Art war der Stil eher den fantastischen Vorstellungen des Bauherrn selbst entsprungen als den Plänen eines Architekten. Diese reichen Holzverzierungen waren einzigartig und einer der Faktoren, die den Wert des Anwesens enorm steigern würden.

Jedes Mal, wenn Mike das Haus betrachtete, ergriff ihn ein seltsames Gefühl. Es kam ihm irgendwie vertraut vor – nicht nur, weil er ein Experte für diesen Baustil war; es lag eher am einmaligen Eindruck dieses Hauses. Es fühlte sich richtig an, perfekt zum Meer hin ausgerichtet, jede einzelne Linie ein wenig versponnen, aber harmonisch.

Sandra Winslow begrüßte sie an der Haustür, und Phil trat seine Zigarette auf dem gepflasterten Weg vor dem Haus aus. Sie sah irgendwie abwesend aus, hinter einem Ohr steckte ein Stift, und sie lächelte zaghaft. Heute trug sie eine dunkle Hose und einen Pulli und hatte das Haar zurückgebunden. Kein Make-up. Mike stellte die beiden einander vor und erklärte, Phil werde für die elektrischen und sanitären Installationen zuständig sein.

Sie hielt ihnen die Tür zu dem förmlich wirkenden Vestibül auf. »In der Küche steht Kaffee, bitte bedienen Sie sich.«

»Danke.« Phil trat ein und nahm sofort seine Umgebung vom Dielenboden bis zu den hohen Decken genau in Augenschein. Vom großzügigen Wohnzimmer gingen ein Esszimmer und eine kleine Bibliothek ab, und am Ende des Flurs lag eine große Küche. Phil ging auf die Küche zu, angezogen vom kräftigen Aroma frischen Kaffees.

»Ihre Kopien des Vertrags.« Mike reichte ihr die zusammengehefteten Seiten. »Lassen Sie sich ruhig Zeit, alles in Ruhe durchzulesen.«

»Danke.« Ein zartes Lächeln umspielte ihre Lippen. »Ich habe auch etwas für Sie.«

Sein Mund wurde schlagartig trocken. Verdammt. Was, zum Kuckuck, stellte diese Frau mit ihm an? Nur ein Blick, ein paar höfliche Worte reichten aus, um eine unerwartete Hitze zwischen ihnen aufflackern zu lassen, und diese Reaktion wurde bei jeder Begegnung heftiger. Sie war nicht auf dieselbe Art schön wie Angela; nach Sandra würden sich Männer nicht umdrehen und ihr hinterherpfeifen. Ihre subtile Anziehungskraft lag in den Tiefen ihrer braunen Augen, und aus ihrem Gesicht strahlte etwas Frisches, Ehrliches. Ronald Winslow zufolge hatte sie diesen Eindruck benutzt, um im Laufe der Ermittlungen ihren Kopf aus der Schlinge zu ziehen.

»Soll ich raten?«, fragte er.

»Darauf kommen Sie nie.« Sie führte ihn ins Wohnzimmer, den beeindruckendsten Raum des Hauses mit den breiten Bleiglasfenstern, die eine umwerfende Aussicht boten. Das Blau des Himmels strahlte so frisch, wie man es nur im Winter zu sehen bekam, und ließ den Atlantik saphirblau schimmern. Vom Fensterrahmen hingen zwei Vögel aus buntem Glas herab. Er berührte einen davon mit dem Finger, und farbiges Licht tanzte durch den Raum.

»Die hat Victor gemacht«, erklärte sie leise. »Das war eines seiner Hobbys.«

Mike wandte sich kommentarlos ab. Es schmerzte ihn, diese kleinen Schmuckstücke im Sonnenschein hängen zu sehen und zu wissen, dass Victor sie gemacht hatte. Wie schwer musste es erst für Sandra sein. Er fragte sich, wie sie das ertrug.

Sie ging hinüber zur Bibliothek, in der überall Bücher herumlagen, dazwischen ein Schreibtisch mit Computer und

Drucker und Ablagefächer, aus denen Briefe und Formulare quollen. Er konnte den Text auf dem Bildschirm nicht richtig lesen. Hatte sie gerade im Internet gesurft? Solitär gespielt? Einem heimlichen Liebhaber eine E-Mail geschickt? Lag ihre Welt jetzt in diesem Computer, weil ihr die Leute hier aus dem Weg gingen?

Er wollte sie fragen, doch er wusste, das würde er nicht tun. Ihre unsichtbare, schützende Schale grenzte sie von ihm ab. Doch zugleich rührte sie ihn auf eine Weise, die er nicht erwartet hatte, die ihm nicht ganz geheuer war. Ihre Verletzlichkeit machte ihm allzu deutlich bewusst, dass er sich schon viel zu lange nicht mehr erlaubte, etwas zu fühlen. Er wollte seine Familie wiederhaben, die er schrecklich vermisste, und aus irgendeinem Grund brachte Sandra Winslow diese verscharrte Sehnsucht in ihm wieder ans Licht.

»Hier, bitte«, sagte sie und gab ihm ein zusammengerolltes Dokument, vergilbt und eingerissen. Einen Moment lang leuchteten ihre Augen vor ungekünstelter, reiner Freude. Er fragte sich, ob sie bei Victor auch so gewesen war, unbewusst sexy, ein wenig schüchtern, auf beinahe mädchenhafte Weise anziehend.

Er entrollte das Papier auf dem runden Tisch vor dem Fenster. Sandra beschwerte die Ecken mit einer großen Muschel, einem Aschenbecher voller Knöpfe, einer leeren Limoflasche und einem Untersetzer von Schillers Bar. Mike blickte staunend auf einen gut erhaltenen Plan des Hauses hinab, versehen mit detaillierten Aufrisszeichnungen.

»Toll, was?«, sagte sie; sie stand so nahe, dass er sie hätte berühren können. »Das habe ich bei meinem Vater gefunden, zusammen mit der Besitzurkunde.«

»Sie sind –« Mike brach ab, denn er wollte mit dieser Frau nicht zu persönlich werden. »Solche Dokumente sind sehr selten – kaum zu fassen. Ich lasse Kopien machen, nach denen wir arbeiten können, und das Original sollten wir bei der *Historical Society* registrieren lassen.« Ganz kurz blitzte etwas in ihren Augen auf und gewährte ihm einen Blick auf die andere Frau hinter dieser ernsten Fassade. Ihre Wachsamkeit ließ einen Augenblick lang nach und enthüllte Empfindsamkeit, Verletzlichkeit, all das, was ihn überhaupt nicht zu interessieren hatte. Doch wie eine Flutwelle brauste der Gedanke durch ihn hindurch – *Ich will dich* –, und irgendwie musste sie es gespürt haben, denn sie wich zurück wie von einem allzu heißen Ofen.

»Von mir aus.« Obwohl sie jetzt stillstand, schien sie sich weiter zurückzuziehen.

»Sie haben Glück. Das ist ein großartiger Fund.« Mike merkte, dass er sie nervös machte, doch er wusste nicht, warum. Er dachte daran, wie sie in Gegenwart seiner Kinder gewirkt hatte – viel entspannter und natürlicher als bei ihm. Kevin und Mary Margaret hatten keine Ahnung von ihren Sorgen, und sie akzeptierten Sandra so, wie sie sie sahen. Auf dem Heimweg hatte Kevin sogar erklärt, er fände sie nett. Mary Margaret hatte kaum etwas gesagt – Mike wusste nie so recht, was in seiner Tochter vorging.

»Ich werde als Erstes das Dach mit dem Hochdruckgerät reinigen, solange das Wetter hält«, sagte er und ermahnte sich, nicht weiter über diese Frau nachzudenken, schon gar nicht in Verbindung mit seinen Kindern. Sie war eine Kundin, weiter nichts. »Ich glaube nicht, dass das ganze Dach erneuert werden muss, aber das weiß ich erst sicher, wenn ich es sauber gemacht habe.«

»Ist es nicht zu kalt, um draußen zu arbeiten?«, fragte sie.

»Ich werd's überleben. Gibt es draußen einen Wasserhahn?«

»Ja.«

»Gut. Dann fange ich gleich an.«

»Sagen Sie mir Bescheid, wenn Sie irgendetwas brauchen.«

»Mach ich.« Er betrachtete sie noch einen Moment – die nervösen Hände, den weichen Mund, die großen Augen. Sie sah nicht aus, als könnte sie ihm eine große Hilfe sein. Ein merkwürdiger Drang überkam ihn. Es war seltsam, wieder an eine Frau zu denken, vor allem an diese Frau. Er wollte sie in die Arme nehmen, sie an seine Brust drücken, über ihr glänzendes Haar streichen und –

»Ich muss das Sprühgerät anschließen«, sagte er. Was er wirklich musste, war, hier rauszukommen und mit kaltem Wasser und Hochdruck an der frischen Luft zu arbeiten. Vielleicht bekam er dann wieder einen klaren Kopf. Ohne ein weiteres Wort drehte er sich um und ließ sie stehen. Eine halbe Stunde später stand er auf dem Dachfirst, mit dem Schlauch in der Hand, der weit unter ihm auf dem Boden mit einem dröhnenden Kompressor verbunden war.

Mit Kabeln behängt, marschierte Phil immer wieder zwischen dem Haus und der oberirdisch verlegten Stromleitung hin und her, begutachtete die antike Verkabelung und machte sich Notizen.

Mike zog eine tiefe, ursprüngliche Befriedigung aus dem kraftvollen Wasserstrahl, der die Dachziegel bearbeitete, Moos, Schwämme und Flechten fortspülte und ab und zu ein verdorrtes Unkraut zwischen den alten Schieferziegeln ausriss. Von hier oben konnte er den Verkehr auf der Küstenstraße beobachten. Im Sommer würden sich Wohnmobile, Kombis und offene Jeeps mit plärrenden Radios drängeln. Doch mitten im Winter war die Straße kaum befahren.

In der Ferne konnte er ein dunkles Auto erkennen, das vor einem weißen Kleinbus herfuhr, der irgendetwas auf dem Dach hatte. Er runzelte die Stirn, als das Auto in die Einfahrt einbog und knirschend über den weißen Muschelkies rollte. Auf der fensterlosen Seite des weißen Lieferwagens prangte das Logo des lokalen Nachrichtensenders WRIQ, und obendrauf war eine Satellitenschüssel befestigt. Zwei Männer sprangen heraus und öffneten die Hecktüren, aus denen sie dann dicke Kabelrollen abspulten.

Mike kletterte die Leiter hinunter und drehte den Druckluftschlauch zu, während ein Mann mit einer großen Kamera auf der Schulter aufs Haus zuging. Zwei Männer in dunklen Anzügen stiegen aus dem Auto.

»Hier wohnt doch Sandra Winslow, nicht?«, rief einer von den beiden.

»Ich mach hier nur das Dach«, erwiderte Mike. Was auch immer vor sich ging, er wollte nichts damit zu tun haben. Er bückte sich und überprüfte ein Ventil am Kompressor.

»Und was genau machen Sie mit dem Dach?«, fragte eine Frauenstimme.

Er richtete sich auf und sah eine blonde Frau vor sich stehen. Lackierte Nägel, kirschroter Lippenstift und ein direkter, bohrender, aufdringlicher Blick. Sie kam ihm vage bekannt vor, und nach ein paar Sekunden fiel es ihm ein: Courtney Procter.

Die Reporterin war kleiner, als er sie sich vorgestellt hatte. Ihre Taille war schmaler, das Haar noch voller, die Zähne weißer. Nur die Brüste stachen genauso hervor wie auf dem Fernseher. Sie trug ein eng anliegendes Kostüm mit breiten Schultern, das sie wie die Domina aus der Fantasie eines Bürohengstes wirken ließ. Ein aparter Schal flatterte im kalten Wind, und ihre hohen Absätze versanken in Kies und zerstoßenen Muschelschalen. Sie hatte irgendetwas mit ihrem Haar angestellt, denn es bewegte sich keinen Zentimeter, auch bei kräftigeren Böen.

Er zog ein rotes Halstuch aus der Hosentasche und wischte sich daran die Hände ab. »Bleibt das unter uns?«

Die echte Herzlichkeit ihres Lächelns erstaunte ihn. »Das kommt auf Ihre Antwort an.«

»Ich repariere das Dach.« Er deutete auf seine Geräte. »Mike Malloy, Paradise Construction.«

»Courtney Procter«, erwiderte sie. »WRIQ News.«

»Ich habe Sie sofort erkannt«, sagte er.

»Ja natürlich.« Sie lachte über seine erstaunte Miene. »Mein Ego dankt Ihnen herzlich.« Sie betrachtete ihn aufmerksam und sagte dann: »Sie sind also Bauunternehmer.«

»Ja. Ich bin spezialisiert auf historische Restaurierungen.« – »Wie gut kennen Sie Mrs Winslow?«

»Ich weiß, worauf Sie hinauswollen, aber da muss ich Sie enttäuschen. Ich kenne sie erst, seit sie mich angeheuert hat, ihr Haus zu renovieren.« Er blickte über ihre Schulter auf ihr Kamerateam, das sich gerade bereit machte. »Darf ich fragen, was Sie hier wollen?«

»Wir berichten von einer neuen Entwicklung in einer laufenden Story von großem lokalem Interesse.«

Jeder Nerv in Mikes Körper wurde wach, doch er tat nach außen hin gleichgültig und bückte sich, um eine Dichtung am Schlauch zu überprüfen. »Ach ja?«

»Ihr wird gleich eine Vorladung zugestellt; sie wird beschuldigt, ihren Mann, Victor Winslow, fahrlässig getötet zu haben.«

Mike musste nicht erst fragen, wer diese Klage angestrengt hatte.

»Miss Procter«, rief jemand. »Wir wären soweit.«

Flutlicht fiel aus zwei Strahlern auf die Stelle vor einem kahlen Flieder. Die grelle Beleuchtung hob die schäbige, verwitterte Holzwand des Hauses hervor, die blätternde Farbe des Türrahmens und des Verandageländers, die überwucherten, ungepflegten Forsythien, an denen noch tote Blätter hingen. Auf dem Fernsehschirm würde das Haus aussehen wie eine von diesen Hinterwäldler-Farmen, wo Tierschützer verhungernde Pferde retteten, die seit zehn Jahren in ihrem eigenen Mist vor sich hin vegetierten.

Er fragte sich, was Sandra jetzt denken mochte, was sie wohl fühlte. Sie musste wissen, dass sie in der Falle saß und dass der Gerichtsvollzieher, der die Vorladung überreichen musste, ihr keine Möglichkeit lassen würde, sich aus der Affäre zu ziehen. Und natürlich hatte sie gesehen, dass der lokale Nachrichtensender dabei war, um ihr Entsetzen und ihre Scham live und in Farbe zu dokumentieren.

Er öffnete kurz das Ventil am Kompressor, um mit einem

feuchten Zischen überschüssigen Druck abzulassen. Die Bedienungseinheit lag nur Zentimeter von seinem Fuß entfernt.

Der weiße Lieferwagen stieß laute, surrende Geräusche aus, und die Satellitenschüssel auf dem Dach richtete sich aus. Courtney Procter baute sich vor dem Haus auf wie ein exotisches Gewächs. Eine Frau in einem langen Parka eilte hinzu, drapierte den flatternden Schal und tupfte etwas Puder auf die schmale, gerade Nase der Reporterin.

Der Motor des Kompressors gab ein lautes Klopfen von sich. Einer von den Aufnahmeleuten warf Mike einen finsteren Blick zu. Seine Stiefelspitze schob sich noch ein Stückchen näher an den Schalter heran.

Die beiden Zustellungsbeauftragten in dunklen Anzügen blätterten in ihren Unterlagen, und einer von ihnen holte einen kleinen Stapel Papier mit einem Gummiband darum hervor. Er hatte einen stählernen Blick und von der Kälte gerötete Wangen. Der Wind zerrte an seinem langen schwarzen Mantel. Er zupfte ihn zurecht und bemühte sich offensichtlich, für die Kamera so wichtig und offiziell wie möglich auszusehen. Der Staatsdiener, der gewissenhaft seine Pflicht tat. Sehen Sie, das bekommen Sie für Ihre Steuern.

»...drei...zwei...eins«, sagte Courtney Procter routiniert. »Ich stehe hier vor dem alten Strandhaus, in dem Sandra Winslow sich versteckt, seit ihr Mann, Senator Victor Winslow, unter mysteriösen Umständen ums Leben kam. Der am Donnerstag veröffentlichte Abschlussbericht der Gerichtsmedizin geht zwar von einem Unfall aus, doch es bleiben zu viele ungeklärte Fragen zu den tragischen Ereignissen vom neunten Februar.

Zeugen, die Victor Winslow zuletzt lebend gesehen hatten, haben ausgesagt, dass das bekannte junge Ehepaar gemeinsam eine Abendveranstaltung der Demokraten verließ und dass Mrs Winslow am Steuer des Cadillac saß. Bei einer Blutuntersuchung wurde kein erhöhter Promillegehalt festgestellt, doch Zeugenaussagen zufolge fuhr sie unsicher und mit überhöhter Geschwindigkeit...«

Courtney Procter fasste kurz die bekannten Einzelheiten des Unfalls zusammen, während die Gerichtsbeamten sich über die Motorhaube ihres Wagens hinweg besprachen. Der Aufnahmeleiter suchte anscheinend die günstigste Kameraeinstellung für die Haustür.

»...haben die trauernden Eltern eine Zivilklage gegen Sandra Winslow angestrengt«, erklärte Procter. »Sie werfen ihr vor, am Tod ihres Sohnes schuld zu sein...«

Die Kamera schwenkte nun zu den beiden Gerichtsbeamten, die auf das Haus zugingen. In wenigen Augenblicken würden sie Sandra ihre Vorladung aufzwingen.

Mike sah seine Kinder vor sich, die an Sandras Küchentisch saßen und warmen Apfelmost tranken. Dann erinnerte er sich an den Tag, als ihm die Scheidungsklage mitsamt Vorladung zugestellt worden war. Er hatte gerade geduscht, stand nur mit einem Handtuch um die Hüften auf der Schwelle und starrte tropfend auf das Dokument, als sei es versehentlich bei ihm abgegeben worden. Die Scham und der Schock dieses Augenblicks lagen ihm noch immer wie ein Stein im Magen, aber wenigstens hatte er kein Publikum gehabt.

Ein raubtierhaftes Glitzern trat in Procters Augen. Einer der Männer hämmerte an die Tür.

Dann ging alles blitzschnell. Mike hielt den Schlauch in einer Hand und schaltete mit dem Fuß den Kompressor ein. Die Maschine erwachte dröhnend zum Leben, der Schlauch füllte und wand sich. Der Wasserstrahl traf die Satellitenschüssel auf dem Lieferwagen und riss sie vom Dach. Funken stoben, es knatterte, die Gerichtsvollzieher duckten sich und schrien erschrocken auf. Mit einer kaum merklichen Fußbewegung schaltete er den Kompressor wieder ab, als sich die Haustür einen spaltbreit öffnete. Der Wasserstrahl schwächte sich ab, wobei auch noch einer der Kameramänner nass wurde. Und Courtney Procter.

»*Scheiße*«, fluchte sie und ließ das Mikro fallen. Mike eilte zu ihr. »Oh, Mann, das tut mir schrecklich leid, Miss Procter. Ich weiß gar nicht, wie das passieren konnte.« Er holte sein rotes Tuch hervor und tupfte damit an ihrer Schulter und ihrem Seidenschal herum. Die Hälfte ihrer blonden Mähne hing herab wie zusammengeschmolzen.

»Ich kann nur hoffen, dass Sie versichert sind«, fauchte sie, riss ihm das Tuch aus der Hand und trocknete sich selbst ab. »Sonst ziehe ich Sie aus bis aufs letzte Hemd.«

Aus dem Augenwinkel sah er die Haustür aufgehen, hörte den Gerichtsvollzieher mit gebieterischer Stimme sprechen, und dann Sandras zaghafte Antwort. Der Umschlag wurde überreicht, die Tür ging wieder zu. Schon war der Augenblick vorüber.

»Es war ein Unfall«, sagte Mike.

13

Tagebucheintrag – Donnerstag, 10. Januar

Zehn Synonyme für »verzweifelt«:
7. *hoffnungslos*
8. *niedergeschlagen*
9. *jammervoll*

In den Stunden nach dem Besuch der Gerichtsbeamten erinnerte Sandra sich vor allem daran, wie sie sich gefühlt hatte, als sie nach dem Unfall im Krankenhaus aufgewacht war. Sie wusste, dass sie verletzt war, doch der Schock dämpfte den Schmerz – zumindest für eine Weile. Doch allmählich wich der Schock, bis sie nichts mehr fühlte als grelle, unausweichliche Schmerzen. Milton hatte sie gewarnt, dass diese Zivilklage kommen würde, und sie hatte sich darauf eingestellt; doch egal, wie gut sie sich vorbereitet hatte, nichts konnte sie vor den scharfkantigen Scherben bewahren, mit denen die Enttäuschung über diesen Verrat sie quälte.

Sie fragte sich, ob sie mit dieser Situation anders hätte umgehen sollen – anders damit hätte umgehen können. Alles war so schnell passiert. Sie war von der Tür zurückgewichen und hatte die Arme vor der Brust verschränkt, doch der Umschlag war ihr trotzdem einfach in die Hand gedrückt worden. Sie konnte sich nicht an die Worte des Gerichtsvollziehers erinnern oder an ihre hölzerne Antwort. Sie wusste nur noch, dass die Männer sie ein paar Augenblicke später mit den Unterlagen in der Hand hatten stehen lassen, dass sie die

Stirn an die geschlossene Haustür lehnte, während draußen Courtney Procter Mike Malloy zur Schnecke machte.

Die Vorladung lag nun ungeöffnet auf dem Tischchen im Flur. Sie machte jedes Mal einen großen Bogen um den dicken Umschlag, wenn sie in seine Nähe kam, als handle es sich um einen ekelhaften Kadaver.

Schuldhafte Tötung. Victors Eltern verklagten sie, weil sie ihr die Schuld am Tod ihres Sohnes gaben. *Verlust des einzigen Kindes, Verlust von Zuwendung, Unterstützung... Schuldhaft herbeigeführte seelische Schmerzen...* Die Litanei der Schäden, die sie den Winslows zugefügt haben sollte, las sich wie zweitklassige Lyrik.

Sandra stützte sich auf ihr gut entwickeltes Talent zur Verdrängung, zog sich in ihr Arbeitszimmer zurück, schloss ihr Notizbuch und las wieder einmal das letzte Kapitel ihres neuen Romans durch. Sie flüchtete sich in eine fiktive Welt, die so viel angenehmer war als die Wirklichkeit. Die Geschichte war ihre Zuflucht, ein Ort, an dem sie dafür sorgen konnte, dass alles gut ausging. *Kleine Freuden* handelte von Trauer und Erlösung, und das Buch war endlich fertig. Charlotte, die Hauptperson, konnte zum Schluss die zunehmende Senilität ihrer Großmutter akzeptieren, und die Enkelin wurde zur Hüterin und Beschützerin der alten Dame. Während sie diese Umkehr der Rollen beschrieben hatte, hatte Sandra ununterbrochen geweint. Diese Akzeptanz brachte die Heilung wie ein einzelner Sonnenstrahl an einem trüben Wintertag. Sandra dachte an Barbs Rat und überlegte kurz, ob der armen Charlotte zum Schluss noch ein Hündchen geschenkt werden sollte, vielleicht sogar ein Bassett, doch sie brachte es einfach nicht über sich. Die kleinen Freuden, auf die sich der Titel bezog, waren viel subtiler.

Früher hatte sie den Augenblick, in dem die letzte Überarbeitung eines Romans aus ihrem Drucker kam, mit einem Ritual gefeiert. Sie und Victor hatten zusammen eine Flasche Champagner getrunken, den sie sich nur zu besonderen Gelegenheiten gönnten. Nach anderthalb Gläsern schon beschwipst, hatte sie dann kichernd ihre Dankesrede zur Verleihung eines begehrten Kinderbuchpreises gehalten, die Parodie einer Ansprache von Victor vor dem patriotischen Frauenverein.

Sie wusste nicht recht, was sie jetzt tun sollte. Wie konnte sie einen Roman beenden, wenn sie nicht mit Victor feiern durfte?

»Haben Sie Naval Jelly im Haus?«, rief Phil Downing, der Handwerker, der schon den ganzen Tag lang im Keller herumfuhrwerkte.

Sandra kam alles so unwirklich vor, als sie zum oberen Absatz der Kellertreppe ging. »Ob ich bitte was habe?«

»Na, dieses Reinigungszeug. Eine rosa Paste in einem weißen Töpfchen, mit der man Rost entfernt.«

»Oh. Könnte sein. Sehen Sie doch mal in der Garage nach.«

Als sie noch klein war, hatte ihr Großvater jeden Sommer in der alten Remise herumgebastelt, in der es nach Motoröl und Insektenvernichter roch; seine unerklärliche Leidenschaft war es, kleine Motoren zu zerlegen. Einen Rasenmäher zu reparieren, machte dem alten Herrn das Leben erst lebenswert. Als Sandra aufs College ging, war er so sanft verschieden, dass sie nicht einmal wusste, wie sie um ihn trauern sollte. Er hatte ihr das alte Sommerhaus vermacht – und nun fragte sie sich, ob sie erst jetzt begann, seinen sonderbaren Humor zu verstehen.

»Nehmen Sie da draußen alles, was Sie brauchen können«, sagte sie zu Phil, als er durch die Küche kam. »Aber einiges von dem Zeug in der Garage steht da schon seit fünfzig Jahren herum.«

»Danke. Ich seh mal nach.«

Phil trampelte die Stufen herauf, wobei die Schraubenschlüssel und Spannungsmesser an seiner Weste klapperten. Er schien einer von diesen Menschen zu sein, die möglichst wenig Raum einnehmen wollen – er hielt sich leicht nach innen gekrümmt, betrachtete die Welt mit einem müden, weisen Blick und hatte Sorgenfalten um den Mund. Außerdem hatte er etwas Verschlagenes an sich, das Sandra misstrauisch machte, doch er arbeitete ruhig und zügig, und im Gegensatz zu Mike Malloy brachte er sie auch nicht aus der Fassung.

Malloy war ein ganz anderes Kapitel. Sie sah ihn auf einer Leiter im Entree stehen, wo er das Fächerfenster in der Decke inspizierte. Die späte Nachmittagssonne fiel auf seinen großen Körper, sein dunkles Haar, seine muskulösen Arme. Er hatte den flachen Bauch und die schmalen Hüften eines durchtrainierten Sportlers, obwohl er ihr nicht der Typ zu sein schien, der Stunden im Fitnessstudio verbrachte. Sein Gesicht war weder klassisch noch fein geschnitten; das war ein Gesicht, wie man es in Kriegsfilmen oder Camping-Katalogen sah.

Doch die Anziehung war nicht nur körperlich. Unter dem Äußeren eines harten Kerls hatte sie eine überraschende, herzliche Menschlichkeit entdeckt; sie war nicht zu übersehen gewesen, als er mit seinen Kindern zusammen gewesen war und als er die Originalpläne des Hauses betrachtet hatte. Und vielleicht schon am ersten Tag, als er ihre geschundenen Hände verbunden hatte.

Aber vielleicht interpretierte sie zu viel in einen Mann hinein, der nichts weiter vorhatte, als ihr Haus zu renovieren. Dennoch musste sie immer wieder an die Art denken, wie er seine Kinder beobachtet hatte, voller Liebe, Stolz und Unsicherheit. Oder wie entrückt er gewirkt hatte, als er die alten Pläne studiert hatte. Wie er sie berührte, mit einer Zärtlichkeit, die sie beinahe zum Weinen brachte, weil sie sie daran erinnerte, wie lange es her war, seit ein Mann sie überhaupt berührt hatte.

Sie nahm ihr Manuskript und band einen langen Gummi darum, um die losen Seiten zusammenzuhalten. Mit einem dicken Filzstift adressierte sie einen großen, gefütterten Umschlag an ihre Agentin. Sie war zwar nicht abergläubisch, doch es kam ihr irgendwie komisch vor, die hundertvierundachtzig säuberlich bedruckten Seiten so ohne Weiteres in einen Umschlag zu packen und abzuschicken. Immerhin war das Charlotte. Charlotte, die seit über einem Jahr in ihrer Vorstellung gelebt hatte und schon lange davor ein Teil von Sandra gewesen war.

Charlotte mochte nur eine Romanfigur sein, doch sie verkörperte eine starke Kraft. Sie war mit ihrem dünnen Haar und den großen, fragenden Augen während der Tragödie mit Victor die ganze Zeit über da gewesen. Sie hatte Sandra geholfen, die Verzweiflung selbst in den finstersten Nächten im Zaum zu halten. Sie führte ein wunderbares Leben auf diesen Seiten, das so viel mutiger war als jedes Leben in der Wirklichkeit.

Dafür liebte Sandra sie auf eine seltsam abstrakte Art. Spontan nahm sie den Papierstapel und presste die Lippen darauf.

In diesem Augenblick trat Mike Malloy mit einer Leiter durch die Tür. Er machte ein merkwürdiges Gesicht, als er die Leiter abstellte.

Sie erstarrte. »Ich weiß, wie seltsam das aussehen muss.«

»Ich hab schon Seltsameres gesehen.«

»Ich wollte gerade mein neues Manuskript abschicken«, erklärte sie und kämpfte mit dem Umschlag.

Ruhig und gelassen nahm er ihr den Umschlag ab und hielt ihn auf, damit sie das Manuskript hineinschieben konnte. »Was ist das für ein Buch?«

»Ich schreibe Romane für Kinder und Jugendliche.«

»Ach ja?«

Seine Nähe machte sie nervös, doch gleichzeitig sehnte sie sich danach. Sie wurde sich plötzlich bewusst, welche Wärme sein Körper ausstrahlte, wie gut er roch, wie das abgetragene Jeanshemd an seinen Schultern anlag. Sie konnte ihn sogar atmen hören, was an sich nicht erstaunlich war, aber wie lange war es her, seit sie jemandem so nahe gewesen war, dass sie seinen Atem hören konnte? Und da war noch etwas. Dieses elektrisierende Kribbeln, das eine Frau spürt, wenn sie weiß, dass ein Mann sie berühren will. Obwohl Sandra mit so etwas kaum Erfahrung hatte, spürte sie es jetzt, und sie erkannte es auch.

Verwirrt suchte sie in einer Küchenschublade nach einem Hefter und Klammern. »Ich habe am College Schreibkurse gemacht und vor ein paar Jahren meinen ersten Roman unter meinem Mädchennamen veröffentlicht.«

»Das ist ja toll«, sagte er. »Ich frage mich, ob meine Kinder schon mal eines von Ihren Büchern gelesen haben.«

»Mary Margaret vielleicht. Meine Bücher sind genau für ihre Altersgruppe geschrieben.«

»Sie liest sehr viel. Bringt immer Stapel von Büchern aus der Bibliothek mit nach Hause.« Er reichte ihr den Umschlag, wobei seine Hand ihren Unterarm streifte. Die Berührung war nur zufällig, doch sie ging ihr durch und durch.

Sie warf ihm ein nervöses Lächeln zu und wich zurück. »Genau wie ich früher.« Mit drei schnellen Griffen klammerte sie den Umschlag zu, wobei sie ihn heimlich im Auge behielt. Es war so lange her, seit sie mit irgendjemandem ein ganz normales, persönliches Gespräch geführt hatte. Noch anziehender fand sie jedoch andere Dinge an ihm, sie war geradezu unangemessen fasziniert davon – die lässige Art, wie er den Daumen in den Bund seiner Jeans hakte. Die Hitze in seinem Blick, der einen Herzschlag zu lang auf ihr ruhte.

Er zog nicht absichtlich ihre Aufmerksamkeit auf sich, aber ihre Nerven vibrierten, wann immer er in der Nähe war. Und entgegen jeglicher Vernunft ertappte sie sich dabei, wie sie die Form seiner Lippen studierte, sich vorstellte, wie sie sich auf ihren anfühlen würden, und seine Hände, die sie zärtlicher berührten, als sie es seit... nun, vielleicht so zärtlich, wie sie es noch nie erlebt hatte.

»Sie haben also immer schon geschrieben?«, fragte er.

»Seit ich alt genug war, einen Stift zu halten. Ich wollte nie etwas anderes tun.« Sie zögerte und gab vor, die Adresse auf dem Umschlag zu überprüfen. »Ich wollte mich noch für vorhin bedanken. Die Sache mit dem Fernsehen.«

Er stellte die Leiter unter einer Falltür auf, die zu einem niedrigen Stauraum über der Küche führte, und legte den Kopf in den Nacken, um hineinzuschauen. »Ein reines Versehen.«

Sie stellte sich noch einmal vor, wie der Wasserstrahl die Satellitenschüssel abgeschossen hatte. Dann sah sie sich Malloys Hände an. Sie waren breit und stark, nicht die Hände eines Mannes, dem solche Versehen passierten.

»Jedenfalls haben Sie mich davor bewahrt, die Skandalgeschichte in den Abendnachrichten abgeben zu müssen«, sagte sie. Sie wünschte nur, er hätte sie auch vor der Vorladung bewahren können.

Er stieg die Leiter bis zur halben Höhe hinauf. »Sie werden trotzdem darüber berichten.«

»Aber die Leute kriegen keine Bilder, an denen sie sich sabbernd ergötzen können.«

»Tun sie das denn?« Er hob die Arme über den Kopf, um die Falltür aufzudrücken. »Sich ergötzen?«

»Mir kommt es schon so vor.« Sie schauderte, als sie noch einmal das längliche Päckchen in der schwarz behandschuhten Hand des Gerichtsbeamten vor sich sah. Ihr wurde übel, als wolle ihr Körper die Wahrheit nicht aufnehmen.

»Alles in Ordnung?«, fragte Malloy und blickte stirnrunzelnd zu ihr herunter.

»Ich kann einfach nicht glauben, dass sie das tatsächlich tun. Ich fasse es nicht, dass sie mich verklagen. Diese Leute, deren Sohn ich geheiratet habe.«

Er trat auf der Leiter von einem Fuß auf den anderen. »Tja.«

Was erwartete sie denn von ihm? Er war ein Handwerker, nicht Sir Galahad. »Ich muss das hier zur Post bringen«, erklärte sie.

»Okay.« Er stieg noch höher hinauf und kroch halb durch die Falltür, sodass nur noch seine untere Hälfte zu sehen war.

Sie starrte auf seine ausgebleichten Levi's, seine Arbeitsstiefel mit den dicken Sohlen. Sie dachte an die großen, soliden Hände und das struppige dunkle Haar, das einen neuen Schnitt vertragen könnte, ihn aber wohl nicht so bald bekommen würde. Und sie errötete wegen der enormen Hitze, die in ihr brannte.

Jedes Mal, wenn sie sich bei solchen verbotenen Gedanken erwischte, versuchte sie sich zu bremsen – sich auf praktische Fragen zu konzentrieren, anstatt Unmögliches zu träumen. Doch sie konnte es nicht leugnen – sie brauchte Wärme, Verbundenheit, sooft sie das Leben auch gelehrt hatte, dass sie ohne diese Dinge auskommen musste. Normalerweise schaffte sie es auch, ihre verschwommenen Sehnsüchte im Zaum zu halten, den beständigen dumpfen Schmerz zu ignorieren. Aber neuerdings ertappte sie sich immer öfter dabei – in Augenblicken, wenn sie sich eigentlich mit etwas ganz anderem beschäftigen sollte –, dass sie nur daran dachte: Haut an Haut, Lippen an Lippen, Hände, die Gedichte ohne Worte auf ihre nackte Haut schrieben. Es war äußerst ironisch und schmerzlich, sich etwas so lebhaft vorzustellen und zugleich zu wissen, dass es für sie unerreichbar war.

Sie packte die Vorladung, eilte aus dem Haus und beschloss, den weiten Weg nach Newport zu fahren, um ihr Manuskript aufzugeben. Sie redete sich ein, dass sie schließlich ihren Anwalt aufsuchen müsse; aber der wahre Grund war, dass der Mann, der das hiesige Postamt führte, eines von Ronalds Schäfchen war und Victor schon als kleinen Jungen gekannt hatte.

Paradise wimmelte nur so von denen – von Leuten, die Victor kannten. Alle hatten sie ihn als begabten, blonden, kleinen Jungen in Erinnerung, der geschniegelt und gebügelt in seiner Pfadfinder-Uniform die jährliche Altpapiersammlung organisierte, voller Stolz auf dem Podium stand und eine Auszeichnung vom Rotary Club entgegennahm oder vor dem Ortsschild in die Kamera strahlte, das verkündete: »Willkommen in Paradise! Wohnort von Victor Winslow, Ringer-Champion von Rhode Island 1982.«

Ein Teil seines Ruhms hatte immer der ganzen Stadt gehört. Die Leute hatten das Gefühl, eine besondere Verbindung mit ihm zu haben. Da schien es nur natürlich, dass Victor nach seinen herausragenden Abschlüssen in Harvard nach Hause zurückkehrte, um von hier aus seine Karriere in der Politik zu starten.

Wo er von Menschen gewählt wurde, die behaupteten, ihn zu kennen, die ihn geliebt hatten und um ihn trauerten.

Alle, selbst jene, die Victor nicht persönlich gekannt hatten, fühlten sich durch seinen Tod betroffen und nahmen Anstoß daran, dass sie überlebt hatte.

Sandras Handflächen wurden feucht, als sie auf die hohe, geschwungene Brücke hinausfuhr, die Conanicut Island mit dem Festland verband. Die Brücke erschien ihr endlos, quälend lang, und die höchste Stelle in der Mitte hing schwindelerregend weit über den grauen Wassern der Narragansett Bay. Ihr drehte sich der Magen um. Sie schaute starr geradeaus, biss die Zähne zusammen, zählte langsam vor sich hin und sagte sich, dass sie es bis ans andere Ende schaffen würde. Und endlich hatte sie es hinter sich, verfolgt von albtraumhaften Erinnerungen. Die blendenden Scheinwerfer im Rückspiegel – sie wurden verfolgt. *Achtung, Gegenstände können Ihnen näher sein, als sie im Spiegel erscheinen…*

Victors Schreie und dann ihre eigenen. Der Geruch von regennassem Asphalt. Schneeregen auf der pechschwarzen Windschutzscheibe. Das Kreischen der Reifen, als sie mit aller Kraft auf die Bremse trat. Das matte Schimmern von Metall in seiner Hand. Sie erinnerte sich noch, wie sie gedacht hatte, das könne keine Pistole sein. Victor selbst hatte das neueste Gesetz dieses Bundesstaates zur Kontrolle von Handfeuerwaffen verfasst. Er würde niemals eine Waffe besitzen.

Sie konnte immer noch spüren, wie der Wagen an das Brückengeländer prallte und hindurchbrach, und dann die erstickende Explosion des Airbags, der sie in den Fahrersitz presste.

Atme, sagte sie sich und hörte auf zu zählen, als sie das Ende der Brücke erreichte. Atme weiter. Doch auf der anderen Seite von Conanicut erwartete sie eine weitere Brücke hinüber zu Aquidneck Island, und dann waren es noch ein paar Kilometer bis Newport.

Es gab immer eine weitere Brücke, die sie überqueren musste. Sie begann das scheußliche Ritual von vorn, zwang sich, an nichts zu denken, zwang ihre Lippen zu zählen und ignorierte das entsetzte Kreischen ihrer Nerven, bis der stahlgraue Marinehafen an der Westküste den Insel in Sicht kam. Vorsichtig bog sie rechts ab, auf die Stadt zu, die selbst mitten im kahlen Winter aussah wie auf einer malerischen Postkarte. Jahrhundertealte, gepflasterte Gehwege und Backsteinhäuser drängten sich um den historischen Hafen, der im Sommer von Menschen wimmelte.

Sie gab ihr Päckchen auf und fand auch gleich einen Parkplatz vor dem Bürohaus ihres Anwalts in der Thames Street, während ihr die Erinnerungen an Victor nicht aus dem Kopf gingen. Sie hatten Newport so gern besucht, mit seinem verwitterten Marktplatz, den gemütlichen Restaurants, dem umtriebigen Nachtleben und den unzähligen Geschäften. Die kleine Kunstgewerbe-Galerie an der Bannister Wharf hatte sogar seine Fensterbilder aus buntem Glas verkauft – natürlich kamen die Einnahmen wohltätigen Zwecken zugute. Der Besitzer der Galerie hatte erklärt, sie verkauften sich sehr gut – anscheinend wollte jeder ein kleines Stück von Victor Winslow besitzen, und seien es ein paar eingefasste Glasscherben.

Sandra nahm die Vorladung und die anderen Dokumente vom Beifahrersitz und ging hastig ins Haus. Das schmale Gebäude war 1741 errichtet worden und typisch für die Kolonialzeit mit seinen sauberen roten Backsteinmauern, den weißen Fensterrahmen und dem schmiedeeisernen Zaun, der eine äußerst disziplinierte Gruppe von Zierstauden umgab.

Sie atmete tief durch und betrat den Empfangsbereich. Natürlich war sie inzwischen allen Angestellten hier bekannt.

»Guten Tag, Mrs Winslow«, sagte die Empfangsdame. »Sie können gleich raufgehen. Ich sage Mr Banks, dass Sie da sind.«

»Danke.« Sie stieg die Treppe hinauf, vorbei an mittelmäßigen Porträts, die die Gründer der Kanzlei Claggett, Banks, Saunders & Lefkowitz zeigten. Sandra hatte sie natürlich über Victor kennengelernt. Sie hatte viele Anwälte über Victor kennengelernt. Und recht bald nach dem Unfall hatte einer der ermittelnden Beamten aus der Gerichtsmedizin ihr geraten, sich einen Anwalt zu nehmen.

Sie hatte sich zunächst dagegen gesträubt, weil das für sie einem Schuldbekenntnis gleichkam. Sie war so naiv gewesen, dass sie es nicht für nötig gehalten hatte, bei der Untersuchung eines Mordes einen Anwalt hinzuzuziehen. Sie erinnerte sich noch daran, wie sie in ihrem Bett im Krankenhaus gesessen hatte und ihr vom Schock verwirrter Verstand die Bilder auf dem Fernsehschirm kaum begreifen konnte – Hubschrauber und Rettungsboote, die in der Bucht ausschwärmten, Schleppnetze und Taucher in Spezialanzügen, die verzweifelt nach Victor suchten. Das Auto, das sie aus der schlammigen Tiefe bargen, war kaum zu erkennen – es sah obszön aus, eine Todesfalle. Während Sandra alldem zusah, konnte sie kaum atmen oder sprechen, nicht wegen ihrer schweren Verletzungen, sondern weil Hoffnung und Entsetzen zugleich ihr die Kehle zuschnürten.

Nach einem langen Tag der Suche wurde Sandras Hoffnung allmählich erstickt. Aus »Rettung« wurde »Bergung«. Bei einer Wassertemperatur von etwa null Grad konnte ein Mensch maximal dreizehn Minuten im Wasser überleben, eher weniger.

Dann wurde im Fernsehen darüber berichtet, dass die Spurensicherung an der Brücke auf etwas Unerwartetes gestoßen war – in einer Stahlverkleidung an einem der Brückenpfeiler steckte eine Kugel. Das war nicht weiter ungewöhnlich, wenn man bedachte, was Jugendliche und Vandalen heutzutage so anstellten. Sehr ungewöhnlich jedoch war das Einschussloch im Wagen eines bedeutenden Politikers, der sich besonders für die Verschärfung der Waffengesetze eingesetzt hatte.

Sobald sie von dieser Entdeckung erfuhr, ging Sandra schnurstracks zum Schrank in ihrem Einbettzimmer, zog die Sachen an, die ihre Mutter ihr gebracht hatte, und verließ unter lautstarkem Protest der Schwestern und Ärzte das Krankenhaus. Ein Taxi brachte sie zur Kanzlei. Sie bestand darauf, mit Banks selbst zu sprechen, weil er, wie Victor ihr einmal anvertraut hatte, ein schmieriger Mistkerl war. Er hatte ein Talent dafür, auch noch so offensichtlich kriminellen Mandanten aus der Patsche zu helfen, und interessierte sich keinen Deut für die Schuld oder Unschuld der Angeklagten. Milton Banks ging es dabei nicht einmal nur ums Geld, obwohl er ein ansehnliches Honorar verlangte. Nein, er genoss einfach das Spiel, das Verbiegen der Regeln, die spitzfindigen Formulierungen und logischen Sprünge, die die Beweisführung des Staatsanwalts den Bach runtergehen ließen.

Das Erste, was er zu ihr sagte, war: »Erzählen Sie mir nichts, aber auch gar nichts, wenn ich Sie nicht danach frage. Erzählen Sie mir nicht, dass Sie unschuldig sind – das sind sie alle. Geben Sie mir nur die Antworten, die ich haben will, machen Sie's kurz, und ich kümmere mich um den Rest.«

Und das hatte er, wofür Sandra ihm dankbar war. Auf gar keinen Fall wollte sie so unter Druck gesetzt werden, dass sie Dinge preisgab, die sie gar nicht wissen dürfte, Dinge, die sie nur wieder vergessen wollte, auch jetzt noch. Sie war unzählige Male befragt worden, und nach dem abschließenden Lügendetektortest waren die Ermittler zu dem Schluss gekommen, dass Victor bei einem schrecklichen Unfall ums Leben gekommen sei. Sie hatte doch keinen Verteidiger gebraucht. Aber jetzt brauchte sie einen.

Sie klopfte an und trat in Banks' Büro. Er saß an seinem peinlich ordentlichen Schreibtisch und wartete auf sie. Milton Banks wirkte nie, absolut niemals, zu beschäftigt oder gehetzt. Er erinnerte sie an eine Eidechse, die sich auf einem Stein sonnt. Und dann, mit einer so schnellen, tödlichen Bewegung, dass man nur einmal blinzeln musste, um sie zu verpassen, griff sie an – die Eidechsenzunge schnellte hervor und schnappte sich die unglückselige Fliege.

Das war Milton. Eine kahlköpfige, dickliche, schlitzäugige Eidechse im mittleren Alter.

Sandras Friseurin Joyce hatte ihn kennengelernt und erklärt, sie fände ihn unglaublich sexy. Zuerst hatte Sandra gedacht, das sei ein Scherz. Doch als sie Milton besser kennenlernte, erkannte sie, dass es gerade seine eiskalte Ruhe, seine Selbstsicherheit und seine Ausstrahlung von Macht waren, die eine magische Wirkung auf bestimmte Frauen ausübten.

Nicht so auf Sandra. Sie fand ihn bestenfalls abstoßend wie ein teures Kunstwerk, das ihr überhaupt nicht gefiel. Im schlimmsten Fall jagte er ihr Angst ein.

Er erhob sich von seinem Sessel und gab ihr die Hand, denn er kannte sie gut genug, um sie nicht mit einer Umarmung zu begrüßen. Das war auch eine von Miltons Besonderheiten. Er begriff Menschen, er konnte sie nach einer einzigen Begegnung einschätzen. Manchmal glaubte Sandra, er kenne sogar die Geheimnisse, die sie in sich verschlossen hatte, doch er war schließlich Milton Banks. Er wusste es besser, als dass er allzu tief gebohrt hätte.

Sie ließ den dicken Umschlag auf seinen Schreibtisch fallen. »Da haben Sie's, persönlich zugestellt.«

Er grinste ironisch. »Damit haben wir doch gerechnet.«

Sie erzählte ihm kurz von dem Übertragungswagen, der

das Ganze auch noch hatte filmen wollen, und wie ein Handwerker ihn sabotiert hatte.

Er kicherte anerkennend. Milton bevorzugte meist subtile Methoden, zeigte sich jedoch manchmal auch beeindruckt von so direkten Vorgehensweisen. Dann sah er sich die Unterlagen an, wobei seine bleichen, manikürten Hände an den Seiten entlangglitten, als wolle er so den Inhalt erfassen. »Nichts Besonderes«, schloss er. »Eine Zivilklage. Sie beschuldigen Sie, durch Ihre gefährliche Fahrweise den Tod ihres Sohnes Victor schuldhaft herbeigeführt zu haben.«

»Das ist doch verrückt.«

»Das ist ja das Schöne daran. Eine Zivilklage braucht nicht sinnvoll zu sein. Nicht mal die Beweislast ist dieselbe wie bei einem Strafprozess – das Gesetz verlangt ein ›Überwiegen der belastenden Beweise‹, da reichen schon einundfünfzig Prozent, im Gegensatz zu ›ohne berechtigten Zweifel‹ in einem Strafprozess.«

»Es war ein Unfall. Warum wollen sie das nicht einsehen? Warum lassen sie es nicht einfach dabei? Ich bin für Victors Tod so wenig verantwortlich wie für das Wetter.«

Milton sagte nichts.

»Also, was passiert jetzt?«

»Sie wollen eine Entschädigung.«

»Geld.«

»Ja. Es ist immer derselbe Mist: ›Nichts kann uns für den Verlust unseres kostbaren Sohnes entschädigen, also werden wir uns mit einem fetten Scheck abfinden müssen.‹«

»Himmel. Ich sollte mich inzwischen an Sie gewöhnt haben, aber Sie erschrecken mich immer wieder.«

Er war nicht einmal beleidigt. »Okay, hören Sie. Im Augenblick müssen Sie nur Folgendes wissen: Das ist eine zivilrechtliche Klage. Sie können nicht ins Gefängnis kommen, egal, wie das Urteil aussieht – nicht, dass ich es überhaupt zu einem Urteil kommen lassen werde. Aber falls doch, wird eine bestimmte Summe für Victors Leben ermittelt, entweder per Einigung oder von der göttlichen Erleuchtung einiger unparteiischer Geschworener.«

Sie schloss die Augen, in denen Tränen brannten. Wie viel war ein Menschenleben wert? Ein Leben wie das von Victor Winslow? Was war sein ganz besonderes Lächeln wert, wie viel kosteten seine heimlichen Qualen, welche Summe konnte man für sein verwirrtes Herz ansetzen?

»Alles klar?«

Sie öffnete die Augen und zwang sich, sich zu konzentrieren.

»Sie verlangen sein gesamtes Vermögen und alles, was er zum Zeitpunkt seines Todes besaß –«

»Inklusive seiner Wahlkampfschulden?«, fragte sie. »Die können sie gerne haben.«

»– sowie eine Entschädigung für die immateriellen Verluste – sein Lebensglück, seine großartigen Leistungen für die Gesellschaft, den ganzen Quatsch. Außerdem sollen Sie Ihren Anspruch auf die Lebensversicherung abtreten. Alles Käse, Schätzchen. Denn die brauchen diesmal zwar nicht so viele Beweise wie in einer Strafsache, aber sie werden überhaupt nichts beweisen können.«

Sie konnte es nicht ausstehen, wenn er sie Schätzchen nannte. »Wie lange?«, fragte sie.

Er zuckte mit den Schultern und blätterte mit dem Daumen in den Unterlagen. »Wir haben zwanzig Tage Zeit, auf die Klageschrift zu antworten. Die Kläger werden viel Zeit brauchen, um Beweise aufzutreiben – aber sie werden einen feuchten Dreck finden, richtig?« Er ließ sie gar nicht erst antworten. Er wollte es nicht wissen. »Die Sache kommt nicht mal zur Verhandlung – das werde ich verhindern. Aber da unsere Gegner keine Geringeren als die Winslows sind, werden sie wohl ziemlich bald einen Termin für eine Anhörung bekommen. Mein Rat? Bleiben Sie, wo Sie sind. Kümmern Sie sich um Ihren Alltagskram. Lassen Sie sich nicht provozieren. Ich kümmere mich um den Rest, und ich melde mich bei Ihnen.«

Sie nickte, während er Anweisungen für seine Assistenten in ein Diktiergerät auf dem Tisch sprach. Als er fertig war, legte sie die Hände auf die Armlehnen, um aufzustehen. »Meine Eltern lassen sich scheiden«, entfuhr es ihr plötzlich, was sie ebenso überraschte wie Milton.

»Wie bitte?«

»Sie waren sechsunddreißig Jahre verheiratet, und jetzt lassen sie sich scheiden.«

»Was Sie nicht sagen.«

Sie rang die Hände im Schoß und sagte: »Das ist nicht Ihr Problem, ich weiß. Ich musste es nur jemandem erzählen, weil es mir so zu schaffen macht.«

»Sehe ich aus wie eine Kummertante?«, fragte er.

»Nein, ich wollte nur –«

»Besorgen Sie sich einen Therapeuten, Süße, aber lassen Sie mich damit in Ruhe. Sie wollen meine Meinung dazu bestimmt nicht hören.« Er kannte ihre Eltern nur flüchtig. Einer seiner Assistenten hatte sie im Verlauf der Ermittlungen befragt. »Sie wollen doch nicht von mir hören, dass so was öfter passiert, als man meint. Ein Paar ist schon zusammen, solange man denken kann, und eines Tages war's das einfach. Na und? Der Kerl hat vermutlich nicht mal an eine Trennung gedacht, während er noch gearbeitet hat, und dann geht er in Rente, und seine Frau darf immer noch die ganze Hausarbeit machen, also sagt sie irgendwann: He, und was ist mit mir? Wo bleibt mein Lebensabend? Und der Idiot kapiert es nicht, also haut sie ab.«

»Sie sind so unglaublich einfühlsam«, bemerkte Sandra.

»Sie bezahlen mich nicht dafür, einfühlsam zu sein.«

Sie schwieg einen Moment. »Ich lasse mein Haus renovieren.«

»Um es zu verkaufen.«

»Ja.«

»Sie müssen sich überlegen, wie das aussehen wird.«

»Sie meinen, es wird aussehen, als wäre ich schuldig, weil

ich nicht unter Menschen leben will, die glauben, ich hätte meinen Mann ermordet?«

»Wird es denn so aussehen?«

»Ich weiß nicht.«

»Haben Sie schon einen Käufer?«

»Nein. An dem Haus muss noch viel getan werden, bevor ich es überhaupt zum Verkauf ausschreiben kann.«

»Aha, der Handwerker«, sagte er und zählte eins und eins zusammen. »Der Typ, der die Satellitenschüssel abgeschossen hat.«

»Ich habe ihn beauftragt, alles in Ordnung zu bringen.«

Milton grinste. »Nein, Süße, das ist mein Job.«

14

Mary Margarets Dad wartete am Bordstein vor dem Haus auf sie, als sei er bloß ein Taxifahrer. Obwohl das jetzt immer so lief, kam sie sich komisch vor, wenn sie aus der Haustür trat, die Bänder ihres Rucksacks hinter ihr herschleiften und ihre Mutter sie mit so wachsamen Blicken beobachtete, dass Mary Margaret sie auf den Schultern spüren konnte.

Als das erste Mal von Scheidung die Rede gewesen war, hatte sie sich noch keine großen Sorgen gemacht. Sie hatte geglaubt, das würde einfach wieder weggehen, wie eine schlimme Erkältung oder eine schlechte Note im Diktat. So war es immer gewesen, als sie noch klein war, ungefähr in Kevins Alter. Mom und Dad stritten sich – nicht, dass sie sich anbrüllten oder Sachen durch die Gegend warfen. Es war eher so, als ob man in Carmines Restaurant in den Kühlraum ging – eine Kälte, von der man innerlich und äußerlich zitterte. Aber die Kälte ging wieder weg, es kamen die ruhigen Gespräche, und dann war alles in Ordnung. Für eine Weile.

Dann, eines Tages, gebrauchten sie das Wort, das alle Kinder auf der Welt mehr fürchteten als Gespenster, mehr als Impfungen, mehr als Erwachsene das Wort *Krebs* fürchteten.

Scheidung.

Das Wort hörte sich an, als würde jemandem die Luft aus der Lunge gepresst, weil er einen Schlag in den Magen bekommen hatte. Am Anfang tat es so schlimm weh, dass sie keine Luft bekam und sich nicht rühren konnte. Und als sie wieder anfing zu atmen, wurde es zu einem dumpfen Schmerz, der sie den ganzen Tag lang begleitete, jeden Tag und die ganze Nacht lang, jede Nacht, und sie wusste, dieser Schmerz würde nie wieder weggehen.

Ihr Dad stieg aus dem Pick-up und drückte sie an sich. Sie atmete seinen Geruch nach Holz und Motoren und Rasierzeug ein – der beste Geruch auf der ganzen Welt.

»Na, Prinzessin?«, sagte er und nahm ihr den Rucksack ab.

»Hallo, Daddy.«

Er legte den Rucksack ins Auto und hielt ihr die Tür auf, und sie sah, wie er dabei aus den Augenwinkeln zum Haus hinüberschaute. Es war eines der schönsten Häuser hier – auf jeden Fall schöner als das von Kandy Procter, die Mary Margaret wahnsinnig machte, weil ihre Tante im Fernsehen war. Der große Vorgarten stieg leicht an bis zu der weißen Veranda, und in der Haustür waren bunte Glasscheiben. Die vorspringenden Dachfenster im oberen Stock ließen das Haus gemütlich und freundlich wirken.

Ihr Dad hatte das Haus restauriert; er hatte dafür sogar einen Preis von der Historical Society bekommen. Jetzt durfte er keinen Fuß hineinsetzen ohne die Erlaubnis ihrer Mutter und brauchte praktisch eine richterliche Anordnung dafür. Nachdem ihre Mom Carmine geheiratet hatte, hatten sie einen Wintergarten angebaut, mit ganz neuen Möbeln und allem, was sie wollten, praktisch über Nacht.

Als Dad noch hier gewesen war, waren Veränderungen langsam vor sich gegangen – man gewöhnte sich an jede Kleinigkeit, bevor die nächste dran war. Jetzt ging alles so schnell, als hätte jemand auf der Fernbedienung »Vorspulen« gedrückt.

Mary Margaret seufzte, als ihr Vater die Tür zuschlug, und schnallte sich an. Es war schon komisch, sie gewöhnte sich immer mehr daran, wie jetzt alles war. Ihr Stiefvater Carmine war ganz okay, obwohl er schmierige Haare hatte und immer so breit lächelte, dass man sofort wusste, das war nicht echt. Aber er verdiente sehr viel Geld, kaufte Mary Margaret so ziemlich alles, was sie wollte, behandelte ihre Mom wie eine Königin und machte sie die meiste Zeit über glücklich.

Sich an die Scheidung zu gewöhnen, war auch irgendwie unheimlich. Was für ein Mensch war sie denn, wenn sie sich an so etwas Schreckliches gewöhnte? Das war so, als ob man lernte, rohe Austern zu essen – wozu sollte das gut sein?

Manchmal wünschte sie, sie könnte mehr wie Kevin sein, der irgendwie alles mögen konnte.

Die ganze Sache verwirrte Mary Margaret. Als ihr Vater ausgezogen war, hatte ihre Mutter sie zu einer Therapeutin gebracht, die ihr sagte, sie solle ihre Wut auf einer Skala einordnen. War es heute eine Zehn? Eine Sieben? Vier Komma fünf? Mary Margaret fand das wirklich doof. Sie wollte ja das Durcheinander von Gefühlen in Ordnung bringen, aber doch nicht so, mit einer Frau, die Birkenstock-Sandalen und bunte Strümpfe trug und im Hintergrund komische Musik laufen ließ.

»Wie war's heute in der Schule?«, fragte Dad und fuhr los. Er legte ein Handgelenk locker oben aufs Lenkrad. Autofahren war für ihn das Leichteste auf der Welt. Carmine schimpfte ständig auf die anderen Fahrer, drohte ihnen mit der Faust und trat hektisch aufs Gaspedal, aber Dad war immer ganz locker.

»Ganz gut. Mrs Geiger hatte schlechte Laune, aber ich habe eine Eins in Mathe bekommen.« Während des Sportunterrichts hatte Mary Margaret sich zur Schulkrankenschwester geflüchtet; das tat sie so oft wie möglich, aber sie wollte ihrem Vater lieber nichts davon erzählen. Er und ihre Mom machten sich immer Sorgen, wenn sie ihnen sagte, dass sie Sport hasste wie die Pest.

Eigentlich hasste sie gar nicht den Sport selbst oder die Lehrerin. Es war die verdammte Umkleide. Sie war praktisch die Einzige in der ganzen Klasse, die ihre Periode noch nicht hatte, die Einzige, deren Brust immer noch so flach war wie ein Surfbrett. Kandy Procter war schon dreizehn; sie gab mit ihrer Oberweite an und tanzte in diesen feinen BHs herum, die sie sich beim Shoppen mit ihrer berühmten Tante Courtney aussuchen durfte. Außerdem trug sie diese Unterhosen, die aussahen wie Zahnseide für den Hintern. Mary Margaret fand ja, dass Kandys Reize mindestens zur Hälfte aus Fett bestanden – das Mädchen fraß wie ein Scheunendrescher –, aber bei ihr schien es sich an den richtigen Stellen bemerkbar zu machen. Sogar Jungen aus der achten Klasse wollten schon mit ihr ausgehen, und einmal hatte sie sich sogar bei einem Highschool-Ball eingeschlichen.

»Gratuliere zu der guten Note«, sagte Dad. »Du bist großartig.«

»Mathe ist doch kinderleicht. Man kriegt die ganzen Angaben, und dann muss man sie nur noch so ordnen, dass die Zahlen alle zusammenpassen.« Es gefiel ihr, dass es nur eine richtige Antwort gab und man nachschauen konnte, ob man Recht hatte, indem man einfach die Lösung in die Gleichung einsetzte. Entweder es stimmte oder eben nicht.

Ihr Vater sah auf die Uhr. »Wann fängt das YMCA-Treffen an?«

»Um halb fünf. Und Kevins Basketball-Training geht bis halb sechs.«

»Dann haben wir ja noch eine halbe Stunde. Ich würde dich gern auf ein Eis einladen, aber ich will nicht, dass du dir den Appetit aufs Abendessen verdirbst.«

»Du meine Güte, das wäre schrecklich, Dad.«

»Frechdachs.« Er grinste sie an und sah sie plötzlich genauer an. »Na, so was, wann hast du dir denn Ohrlöcher stechen lassen?«

Ihre Hand stahl sich zum Ohr und drehte an dem goldenen Stecker. »Am Montag.«

Er starrte geradeaus auf die Straße. »Du bekommst bestimmt eine Entzündung.«

Sie verdrehte die Augen. »Mom ist extra mit mir zum Arzt gefahren, damit er das macht. Das sind echt goldene Stecker.«

»Das hat dir gerade noch gefehlt. Zwei Extralöcher in deinem Kopf.«

»Da-ad.« Dann schwig Mary Margaret. Sie wusste, sie brauchte kein schlechtes Gewissen zu haben, aber sie hatte es trotzdem.

Er bog in die Bellevue Avenue ab und hielt vor der alten Redwood Library. Die Bibliothek hatte einen großen Vorbau mit Säulen und einer Inschrift mit römischen Ziffern über dem Eingang. Große Blumenkästen und ein Garten mit Bäumen wie aus dem Bilderbuch säumten den Weg. Es war das älteste Gebäude in der Straße, mit kahlen Kastanienbäumen, die darüber aufragten wie riesige Krallen. Zwei schwarze Krähen saßen auf einem hohen Ast. Vor dem Haus war eine Tafel mit beweglichen Buchstaben, und manchmal steckten Kinder sie um, sodass Schimpfwörter entstanden. Heute stand auf dem Schild: *Ich kann ohne Bücher nicht leben. – Thomas Jefferson.*

»Hast du deinen Bibliotheksausweis dabei?«, fragte Dad.

»Na klar.« Mary Margaret wusste, dass das streberhaft war, aber sie trug die kleine Plastikkarte gern in der Tasche, zusammen mit ihrem Essensgeld und ihrem Schülerausweis. Denn die Bibliothek war praktisch ihr liebster Ort auf der ganzen Welt. Sie liebte Bücher und hatte schon immer gern gelesen. Als sie noch klein war, war sie immer mit einem Buch in der Hand hinter den Leuten hergelaufen und hatte sie schweigend verfolgt, bis sie aufgaben und ihr eine Geschichte vorlasen.

Ihren Dad hatte sie nie lange überreden müssen. Obwohl das schon lange her war, erinnerte sie sich noch gut daran, wie schnell er den Lokomotiven-Rhythmus von *Mike Mulligan* gefunden oder sich über *Babar* kaputtgelacht hatte, bis er nicht mehr vorlesen konnte.

Manchmal wünschte sie, sie hätte nie lesen gelernt, damit ihr Dad ihr immer etwas vorlesen würde.

Sie gingen zusammen hinein. Er nahm seine Mütze ab, faltete den Schirm zusammen und schob sie in die hintere Hosentasche. Miss Cavanaugh, die an der Ausleihe arbeitete, blickte auf, als sie hereinkamen, und ein Lächeln erhellte ihr breites, unattraktives Gesicht. Na ja, praktisch alle Frauen liebten Mary Margarets Dad. Es war echt peinlich, wenn sie sofort zu flirten anfingen, sobald sie ihn sahen – Kassiererinnen im Supermarkt, die Kinderärztin, sogar das junge Mädchen, das in der Videothek arbeitete und nur ein paar Jahre älter war als Mary Margaret selbst. Soweit sie das beurteilen konnte, ermutigte er sie nicht absichtlich. Er war einfach ein toller Kerl. Dafür konnte er nichts.

Er nickte der Bibliothekarin zu und sagte dann flüsternd zu Mary Margaret: »Ich muss etwas im Computer nachsehen.« Sie folgte ihm zu einem der PCs und sah zu, wie er das Nachrichtenarchiv anklickte und unter »Suchen« einen Namen eintippte – Victor Irgendwas. Das interessierte sie nicht so – Dad suchte ständig nach irgendwelchen verstorbenen Architekten und alten Häusern und solchem Zeug.

Sie schlenderte zu den Bereichen »10-12« und »Jugendliteratur« hinüber. Sie war gut genug im Lesen, um so ziemlich jedes Buch in der Bibliothek zu lesen, aber Bücher für Erwachsene waren merkwürdig, langweilig oder traurig. Die konnte Oprah behalten, besten Dank. Mary Margaret mochte am liebsten Geschichten über Mädchen in ihrem Alter, vielleicht ein bisschen älter, die genauso dachten wie Mary Margaret und die gleichen Probleme hatten und die am Ende damit fertig wurden. Jo in *Betty und ihre Schwestern. Die Zeitfalte* mit Meg, die so eine seltsame Familie hatte. *Anne auf Green Gables,* der alle möglichen schlimmen Dinge passierten und die dann doch ihr Glück als Lehrerin auf einer wunderhübschen Insel fand.

Sie blätterte ein paar Bücher durch und suchte etwas, das ihr Interesse weckte. Ein paar Minuten später kam ihr Dad herüber und stellte sich vor die Regale, die Daumen in die hinteren Hosentaschen gehakt.

Sie runzelte die Stirn. Was sollte denn das? Hatte der dämliche Familienrichter sich wieder eine neue Vorschrift für ihn ausgedacht? Musste er jetzt Kinderbücher lesen, um zu beweisen, dass er ein guter Vater war?

»Suchst du was Bestimmtes?«, fragte sie.

»Vielleicht.« Er fuhr mit dem Finger über die Autoren mit A, dann B. »Ich muss kurz die Bibliothekarin etwas fragen.«

Sie war neugierig, also folgte sie ihm hinüber zur Ausleihe. Miss Cavanaugh blickte auf und wurde rot. »Kann ich Ihnen helfen?«, fragte sie.

»Ich suche nach Büchern von Sandy Babcock«, sagte Dad.

Sandy Babcock? Mary Margaret hatte noch nie von ihr gehört.

Miss Cavanaugh beeilte sich sehr, ihre Finger klapperten auf der Tastatur herum. »Hm«, sagte sie dann. »Wir haben einige Bücher von ihr da. Romane für Jugendliche. Ist es das, was Sie suchen?«

»Ja, ich glaube schon. Aber ich habe sie im Regal nicht gefunden.«

»Die Bücher werden nur auf besondere Anfrage ausgegeben.«

»Was soll das heißen?«

Miss Cavanaugh schob ihm ein Formular hin. »Das müssen Sie ausfüllen und unterschreiben, dann kann ich Ihnen das Buch gern holen.«

»Warum so umständlich?«, fragte er.

Sie wurde noch röter. »Nun ja, anscheinend sind diese Titel beanstandet worden. Das bedeutet, dass einer unserer Benutzer Anstoß an einem Buch genommen hat, weil es seiner Meinung nach fragwürdige oder unpassende Stellen enthält. Deshalb ist eine besondere Anfrage und die Unterschrift eines Erziehungsberechtigten erforderlich, das Buch darf nicht einfach im Regal stehen.«

»Ich dachte, die Zensur sei hierzulande seit der McCarthy-Ära ausgestorben.«

»Ich mache diese Vorschriften nicht, Mr Malloy. Um ehrlich zu sein, finde ich so etwas auch schrecklich. Aber wir sind eine öffentliche Einrichtung, finanziert mit öffentlichen Mitteln, und wir unterstehen einem Verwaltungsrat, der dem Steuerzahler gegenüber gewisse Verpflichtungen hat.«

»Wissen Sie was?«, sagte er und stützte die Ellbogen auf ihren Tisch. »Wie wär's, wenn Sie uns diese Bücher heraussuchen, und dann schauen wir mal, was daran so obszön sein soll.«

Mary Margaret tat die arme Miss Cavanaugh allmählich leid, die nun zu den Regalen hinter ihrem Tresen eilte; ihre Gummisohlen quietschten leise auf dem alten Parkettboden.

»Was soll denn das, Dad?«, fragte Mary Margaret.

»Ich bin nur neugierig auf diese Bücher.«

»Wo hast du denn davon gehört?«

Bevor er antworten konnte, kam Miss Cavanaugh mit zwei Büchern zu ihnen zurück. Mary Margaret gefielen sie auf den ersten Blick – sie waren dick. Sie mochte dicke Bücher. Ihr Dad nahm eines mit dem Titel *Stille Wasser* und las den Text, der innen im Umschlag stand. »Können Sie irgendwie feststellen, warum dieses Buch beanstandet wurde?«

Miss Cavanaugh gab die Mediennummer in den Computer ein und las, was auf dem Bildschirm erschien. »Schilderung alternativer religiöser Praktiken und des Verfalls familiärer Werte, äußert sich positiv zum Zerfall der Kernfamilie, und dann gibt es noch eine fragwürdige Szene mit einem Mungo.«

Dad schaute Miss Cavanaugh an. Miss Cavanaugh schaute Dad an. Und dann fingen beide im selben Augenblick an zu lachen. Mary Margaret fühlte sich ein bisschen komisch, als sie die beiden zusammen lachen sah; es war nicht direkt unangenehm, aber es fühlte sich auch nicht gut an. Einfach... komisch. Die Bibliothekarin hatte ein irgendwie dümmliches Lächeln, obwohl sie eigentlich ganz nett war. Aber Mary Margaret machte sich trotzdem Sorgen. Es war schon schlimm genug, dass ihre Mom Carmine geheiratet hatte, nur sechs Monate, nachdem ihr Dad ausgezogen war. Aber wenn Dad nun mit der Bibliothekarin flirtete?

Wenn er auch eine Freundin fand, hatte Margaret überhaupt keine Zuflucht mehr. Keinen Elternteil, der nur ihr allein gehörte. Sie wusste nicht, ob sie das ertragen könnte.

»Und das andere?«, fragte Dad.

»*An manchen Tagen*. Eine Geschichte über ein Mädchen, das in alternativen Familienverhältnissen aufwächst.«

»Und die Beanstandung?«

»Die Hauptfigur, ah, wächst bei zwei Frauen auf.« Jetzt war Miss Cavanaugh nicht mehr rot, sondern schon eher lila.

»Sie meinen, Ihre Mutter ist lesbisch.« Mary Margaret konnte nicht anders. Es war einfach aus ihr herausgeplatzt.

Die Bibliothekarin nickte. »Anscheinend.«

»Cool«, entgegnete Mary Margaret und kam sich auch so vor. Sie bemerkte den Gesichtsausdruck ihres Vater und sagte: »Ich glaube nicht, dass diese Bücher mir irgendwie schaden würden.«

Er grinste die Bibliothekarin an. »Kindermund…« Dann wandte er sich Mary Margaret zu. »Was meinst du, Prinzessin? Möchtest du eines davon lesen, oder hört sich das für dich zu gewagt an?«

Machte er Witze? Allein die Tatsache, dass jemand sie aus dem Regal verbannt hatte, dass ein Erwachsener extra unterschreiben musste, damit sie sie bekam, machte sie interessanter als das nächste Abenteuer von Harry Potter.

»Klar.« Sie holte ihren Ausweis hervor.

Miss Cavanaugh strahlte ihren Dad an, während sie die Bücher einscannte und ihn den rosa Zettel unterschreiben ließ.

Sie stiegen wieder ins Auto und fuhren zur Clubanlage des YMCA in der Bushnell Street. Unterwegs sah sich Mary Margaret eines der Bücher an. Auf dem Umschlag von *Stille Wasser* war ein Bild von einem Jungen und wirbelnden feuerroten Strudeln und ein wenig bedrohlich wirkenden Tentakeln, die nach ihm zu greifen schienen. Es sah nicht aus wie die Bücher, die sie sich sonst immer aussuchte, aber sie würde es mal damit probieren. Als Nächstes las sie den Text hinten auf dem

Umschlag, und dann suchte sie innen nach dem Foto und der Biographie der Autorin. Zu ihrer Überraschung gab es kein Foto von Sandy Babcock. Da stand nur: »Die erfolgreiche Jugendbuchautorin Sandy Babcock lebt mit ihrem Mann in New England.« Das war alles, mehr stand nicht da. Entweder hatte sie etwas zu verbergen, oder sie war potthässlich.

»Warum hast du dich nach diesen Büchern erkundigt, Dad?«, fragte sie.

»Reine Neugier.«

Sie runzelte die Stirn. »Aber wie bist du überhaupt darauf gekommen?«

»Na ja, ich habe die Autorin kennengelernt. Du übrigens auch.«

»Ich wüsste nicht, wo ich – oh. *Die.*« Sie dachte an die Frau mit dem seidigen braunen Haar, die in ihrem uralten Strandhaus am Ende der Welt lebte. Eine echte Schriftstellerin. Mary Margaret hatte sich Schriftsteller immer als magische Wesen vorgestellt, ganz anders als normale Leute, die an fernen, nebelhaften Orten wohnten und von Luft und Träumen lebten. Die Frau in dem alten Haus wirkte so... gewöhnlich. Seltsam und vielleicht ein bisschen traurig. Sie war hübsch, mit großen braunen Augen und einem Gesicht wie eine Frau aus einer Seifenwerbung, deshalb konnte Mary Margaret sich nicht erklären, warum ihr Bild nicht in den Büchern war. Vielleicht weil das Bücher waren, die beanstandet wurden.

»Sie hat also diese Bücher geschrieben?«

»Ja.«

Mary Margaret starrte darauf hinab. Irgendwie fühlten sie sich jetzt schwerer an als vorher. Sie packte sie in ihren Rucksack, als sie gerade rechtzeitig vor dem YMCA ankamen.

Sie und ihr Dad hatten bei den »Indian Princesses«, der Väter-Töchter-Gruppe beim YMCA, angefangen, als sie fünf war. Nach der vierten Klasse waren sie in die »Fathers and Daughters«-Gruppe aufgestiegen. Es war schon irgendwie albern, aber ihrem Dad gefiel es anscheinend sehr. Sie machten

Camping-Touren, es gab Sportveranstaltungen und gemeinsame Abendessen, zu denen jeder etwas mitbrachte, und sie leisteten freiwillige soziale Dienste in der Gemeinde. Es war eigentlich ganz lustig, mit den anderen Mädchen und ihren Vätern zu lernen, wie man einen Football warf oder Feuer machte. Am besten gefiel ihr das Zelten. Sie liebte die Stille in den Wäldern, und das Gesicht ihres Vaters wurde immer ganz pieksig, weil er fand, nur Weicheier nahmen zum Camping ihr Rasierzeug mit.

Auf dem Weg zum großen Saal schauten sie kurz in der Turnhalle vorbei, wo gerade Kevins Basketball-Training stattfand. Wie immer war er mittendrin und rannte mit flatternden Schnürsenkeln auf dem Spielfeld herum.

Mary Margaret betrachtete ihren Dad, während er Kevin zusah. Dad hatte ein starkes Gesicht und knallblaue Augen, und wenn er Kevin so ansah, spürte sie, wie viel Liebe und Stolz er ausstrahlte. Plötzlich wünschte sie sich sehnlichst, sie könnten wie eine Familie aus dem Fernsehen sein, die in einem Haus mit handgestickten Sprichwörtern an der Wand wohnte, wo alle einander zum Lachen brachten und sogar die schlimmsten Probleme lösen konnten, indem sie sich zusammensetzten und redeten und sich am Schluss in den Arm nahmen.

Im richtigen Leben lief es nun mal leider nicht so.

Sie zupfte an seinem Ärmel. »Komm, wir müssen zur Versammlung.«

Er nickte. »Heute geht es um diesen Ball, oder?«

»Um den Valentinsball.« Das war eigentlich auch eine ziemlich alberne Sache. Aber ihr gefiel die Vorstellung, sich so richtig fein zu machen, und ihre Mom hatte versprochen, ihr für diesen Ball ein neues Kleid zu kaufen.

»Ich kann aber nicht tanzen«, sagte Dad.

»Das habe ich mir schon gedacht. Ich meine, wenn du nicht willst –«

»Machst du Witze? Natürlich will ich mit dir tanzen, Prinzessin.«

15

Tagebucheintrag – Freitag, 1. Februar

Zehn Orte, wo ich jetzt lieber wäre:
1. *Im Rodin-Museum vor dem »Kuss«*
2. *Mit meiner Mutter auf einer Kreuzfahrt*
3. *In Mike Malloys Armen –*

Hastig strich Sandra Nummer drei durch, noch einmal, kräftiger, und dann so oft, bis die Tinte durch das Papier sickerte. Also wirklich, sie sollte doch ihren Roman überarbeiten, und die Renovierung ihres Hauses war keine Entschuldigung. Normalerweise hätte sie die völlige Einsamkeit gesucht, um die revidierte Fassung fertig zu stellen. Seit Victors Tod empfand sie das einsame Tosen und Rauschen der See und das gespenstische Heulen des Winterwindes als tröstlich. Die Urgewalt der Elemente schirmte sie gegen den Rest der Welt ab, gab ihr das Gefühl, weit weg und nicht am Lauf der Dinge beteiligt zu sein, sodass sie sich ganz auf das Schreiben konzentrieren konnte.

Doch in letzter Zeit war die Einsamkeit hier ein knappes Gut geworden; stattdessen verbreiteten Mike und seine Leute überall Lärm und Durcheinander. Zusätzlich zu Phil Downing hatte er noch zwei weitere Männer angeheuert, groß, breitschultrig und einander so ähnlich, dass sie sich nie ihre Namen merken konnte und sie für sich Tweedledee und Tweedledum nannte. Downing hatte sich sogar sehr nützlich gemacht, indem er ihren alten Laptop reparierte, den sie schon längst aufgegeben hatte. Sie hatte ihn Phil geschenkt – umsonst in gute Hände abzugeben –, doch nun fragte sie sich, ob sie ihn nicht lieber hätte behalten sollen; dann könnte sie sich jetzt irgendwohin zurückziehen, wo sie sich wenigstens denken hören konnte.

Neuerdings war die Atmosphäre in dem alten Haus energiegeladen – geschäftig, lebhaft, produktiv. In ihren Ohren hallte der fleißige Rhythmus von Sägen und Schlagbohrmaschinen. Das Haus roch nach frisch gesägtem Holz, Ölfarben und feuchtem Putz – wie wieder zum Leben erwacht. Malloys struppiger, übermäßig anhänglicher Hund hatte sich seinen Platz auf einem alten Flickenteppich vor dem Ofen gesucht, und obwohl er nicht sehr groß war, machte er sich doch im Raum bemerkbar.

Der Lärm diverser Elektrowerkzeuge machte es ihr unmöglich, klar zu denken, und spottete ihren Bemühungen, sich in einen Kokon von Taubheit einzuhüllen. Aber sie brauchte diese Gefühllosigkeit, denn sie schützte sie vor Trauer, Reue und Verwirrung.

Malloys Anwesenheit veränderte einfach alles. Sie war so durcheinander von dem Lärm und dem Betrieb im Haus, dass sie sich nicht gegen die Sorgen wehren konnte, Sorgen um den drohenden Zivilprozess, den Umzug weit weg vom Blue Moon Beach, die Trennung ihrer Eltern. Sie ertappte sich dabei, wie sie immer wieder in ihrer Vergangenheit mit Victor herumwühlte. Dann kam die Wut – wie konnte sie nur so dumm gewesen sein?, und schließlich kehrten ihre Gedanken wieder zur Klage seiner Eltern zurück, und die nächsten Wogen von Sorgen überrollten sie.

Allmählich ging ihr Malloys Eindringen auf die Nerven. Es war nicht nur seine Angewohnheit, morgens am Strand zu stehen und geduldig Stöckchen für Zeke zu werfen. Es war auch nicht dieser durchdringende Blick seiner saphirblauen Augen oder die Art, wie er sich über einen Tisch beugte, um die alten Pläne zu studieren, während sein gebeugter Körper ihrem so nahe war, dass es sich wie ein langes, ruhiges Streicheln anfühlte.

Umgeben von Betriebsamkeit versuchte sie, sich in die seltsame Musik der Bauarbeiten einzufühlen und endlich in ihr Buch abzutauchen. Sie las die erste Seite, doch mitten im ersten Absatz ließ eine Reihe lauter Hammerschläge von oben sie erschrocken zusammenzucken. Entnervt schob sie den Stuhl vom Tisch zurück und stapfte die Treppe hinauf.

Malloy stand mitten in ihrem Schlafzimmer, und seine imposante Gestalt wirkte zwischen ihren Puppenhaus-Möbeln, dem vielen Leinen und den Spitzen seltsam deplatziert. Eine dünne Schicht Putz hatte seine Baseball-Kappe und das dunkle Haar bestäubt, das sich darunter hervorkringelte, und einen Augenblick lang konnte sie ihn sich haargenau vorstellen, alt und immer noch unverschämt gut aussehend, wie der ältere Sean Connery. Diese Vorstellung fachte ihren Ärger noch weiter an – sie wollte nicht daran denken, wie er sein würde, wenn er älter war; sie wollte überhaupt nicht an ihn denken.

Er stand auf einer Leiter, einen Hammer in der einen und eine lange Brechstange in der anderen Hand, mit der er den alten Putz herausbrach, um an ein leckes Wasserrohr zu kommen. Er bemerkte sie, steckte den Hammer in den Werkzeuggürtel und nahm seine Schutzbrille ab. »Brauchen Sie etwas?«

Sie kam sich dumm vor, wie sie da wütend vor ihm stand, und das machte sie nur noch wütender. »Es wäre schön, wenn das auch etwas leiser ginge«, sagte sie.

Er lachte völlig ungerührt. »Eine leise Renovierung. He, ich bin gut, aber so gut auch wieder nicht.«

»Ich versuche zu arbeiten, aber ich kann mich ja kaum denken hören.«

Er zuckte unbeeindruckt mit den Schultern. »Um sechs sind wir weg.«

»Das ist in sechs Stunden.« Eine brillante Bemerkung. Was

war nur mit ihr los? Verursachte der Anblick wohlgeformter Brustmuskeln neuerdings Hirnschäden bei ihr?

Er stieg von der Leiter herunter. Sein Körper bewegte sich wie eine gut geölte Maschine – nichts an ihm war irgendwie unbeholfen. »Beruhigen Sie sich. Vielleicht gewöhnen Sie sich noch an den Krach. Aber wo Sie gerade da sind, schauen Sie sich doch mal die Farben für hier oben an.« Er schlug einen Ordner voller Rechnungen, Aufträge und Produktinformationen auf und blätterte zu einer Mustertafel mit historischen Milchfarben von Wedgewood-Blau bis Cremeweiß. »Ich dachte, wir nehmen das Grün für den Flur und –«

Auf dem Muster stand Tavernengrün. »Ich hasse Grün.«

»Das war die bevorzugte Farbe um achtzehnhundertachtzig, als das Haus gebaut wurde.«

»Aber es ist nicht meine bevorzugte Farbe. Wie wär's denn mit Buttermilch?«

»Das ist fade. Außerdem, was interessiert es Sie? Sie wollen das Haus doch sowieso verkaufen.«

»Und was interessiert es Sie?«, schoss sie zurück.

»Sie bezahlen mich für eine historisch korrekte Restaurierung.«

»Bis ich es verkaufe, ist das immer noch mein Haus.«

»Hören Sie mal, Sie streiten mit mir um solche Kleinigkeiten, seit ich hier angefangen habe. Es interessiert mich nur, warum Ihnen diese Sachen so viel bedeuten. Sie investieren da eine Menge Energie in ein Haus, das Sie dann doch verkaufen wollen.«

Das tat er ständig – dauernd erinnerte er sie daran, dass ihr der ganze Rest ihres Lebens drohend entgegenstarrte. Was sollte sie denn tun? Die Freiheit wartete um die nächste Ecke auf sie, und vielleicht wollte ein Teil von ihr nie wieder in ein normales Leben zurückfinden, denn dann würde sie wieder lernen müssen, zu fühlen ... Schmerzen zu ertragen.

Sie sträubte sich gegen diesen Gedanken und versuchte zu leugnen, dass ihr dieses Projekt etwas bedeutete. Lag es vielleicht daran, dass das Haus seit Generationen ihrer Familie gehörte? Sie funkelte Malloy böse an – er verstand das einfach nicht. Ihnen beiden schien dieses Haus allzu viel zu bedeuten, obwohl das eigentlich unangemessen war. »Das Haus gehört nicht Ihnen«, erklärte sie bestimmt. Aber sie konnte ihn sich sehr gut in einem Haus wie diesem vorstellen, ihn und seine Kinder und seinen Hund ...

Sie schob die Hände in die Hosentaschen und ging auf und ab, wobei sie spürte, wie sein Blick sie verfolgte. Genau das war es, was sie so ärgerte. Er und sein Hund und seine Leute drangen hier ein und störten ihre stille Melancholie. Sie tauten allmählich die eisige Betäubung auf, die sie seit Victors Tod vor dem Zerbrechen bewahrt hatte, und das machte ihr Angst. Diese Taubheit war ihre Zuflucht, ihr sicheres Versteck, und Malloy bearbeitete es mit Hammer und Meißel. Er riss Mauern ein, veränderte den Grundriss und die Farben der Vergangenheit.

»Auch egal«, sagte sie schließlich. »Von mir aus, nehmen Sie das Grün.«

Er stellte sich in die Tür und versperrte ihr mit einem langen, bloßen Arm den Ausweg. »Wirklich?«

Sie roch ihn, Schweiß und Putz und Mann. »Sie sind schließlich der Experte.«

Er grinste, als sei er sich seiner Wirkung auf sie bewusst. »Das bin ich.«

Sie duckte sich unter seinem Arm hindurch, ging wieder an die Arbeit und kam sogar ein bisschen weiter. Um zwölf Uhr mittags verstummten die Sägen, Bohrer und Hämmer. Himmlische Ruhe. Die Männer machten vermutlich Pause. In der Stille nach dem vielen Lärm hörte Sandra Musik aus Malloys farbverklecksem Radio vor dem Haus. Nach der Auseinandersetzung im Schlafzimmer kam sie sich kleinlich und gemein vor, also beschloss sie, ihm ein Friedensangebot zu machen.

Malloy hatte einen Rocksender eingestellt, der auch ab und

zu Oldies spielte. Obwohl sie die Fünfziger nicht selbst miterlebt hatte, wurde sie ganz wehmütig, wenn sie einen Song wie »Unchained Melody« hörte, als sei er Teil ihrer eigenen Vergangenheit. Dank Victors Sitz im Landesparlament waren die meisten ihrer Freunde und Bekannten älter, viele sogar zehn oder zwanzig Jahre älter als sie. Vielleicht überkam sie deshalb solche Nostalgie, als sie den traurigen alten Song hörte.

Zeke stand auf, streckte sich und trottete dann durch die Küche, um an der Hintertür zu kratzen. Sie sicherte rasch ihre Datei und ließ ihn hinaus. Es war wohl gerade Mittagspause, wenn die geöffnete Kühlbox und die Papiertüten im offenen Lieferwagen der Maler sie nicht täuschten. Doch Malloy aß nicht zu Mittag. Mitten in ihrem windigen Garten hielt er einen langen Spaten in Händen und schien damit zu der klagenden Melodie zu tanzen.

Mit der Baseball-Kappe, dem dicken Sweatshirt und dem Werkzeuggürtel vollführte er ungeschickt und mit ernster Miene seltsame Bewegungen. Er sah lächerlich aus – und merkwürdig anziehend. Ein ungebetenes, sehr seltenes Lachen entschlüpfte ihr. Sie schnappte sich ihre Jacke und ging hinaus. Er bemerkte sie zunächst nicht, und sie sah ihm weiter zu, erstaunt und fasziniert. Es fühlte sich gut an, wieder einmal zu lächeln.

Als die Musik gerade etwas leiser spielte, räusperte sie sich.

Er wirbelte mit hochrotem Gesicht zu ihr herum.

Sie verschränkte die Arme vor der Brust. »Ich hätte Sie nie für einen Mann gehalten, der keine Frau zum Tanzen findet, Malloy.«

Er grinste sie verlegen an. »Zumindest beschwert sich diese Partnerin nicht.«

»Verbringen Sie Ihre Mittagspause immer so?«

»Wenn ich das täte, könnte ich es bestimmt besser.« Er lehnte den Spaten an seinen Wagen. »Ich habe einer ganz besonderen Dame versprochen, sie am Valentinstag zum Tanz zu führen.«

»Oh, d-« Der Rest blieb Sandra in der Kehle stecken. Sie stand wie festgenagelt da, während er sie erst ein wenig neugierig, dann immer besorgter musterte. Das Stottern beherrschte sie völlig, seine Kraft war ihrem Willen bei Weitem überlegen. Jahre der Übung und Therapie waren wie weggeblasen; der Druck wurde immer schlimmer, und sie spürte, wie die Sehnen an ihrem Hals sich spannten, bis sie hervorstanden und ihre Hilflosigkeit preisgaben. Und all das nur, weil er ganz beiläufig erwähnt hatte, dass es eine Frau in seinem Leben gab. Als ginge sie das etwas an. Als hätte das irgendeine Bedeutung für sie. Sie winkte mit einer lahmen Handbewegung ab und ging zum Haus zurück.

»Sandra.«

Sie erstarrte; das war das erste Mal, dass er sie beim Vornamen nannte.

»Ich habe von Mary Margaret gesprochen.«

Ihre Kehle und ihr Zwerchfell entspannten sich, das Stottern war vorbei, und sie wandte sich zu ihm um. »Wie bitte?«

»Ich gehe mit Mary Margaret auf einen Ball. Das ist so eine Vater-Tochter-Veranstaltung vom YMCA. Deswegen wollte ich ein paar Schritte ausprobieren, aber – na ja, Sie haben's ja gesehen. Ich kann das einfach nicht.« Er ärgerte sich ein wenig über sich selbst, und das zeigte sowohl seine tiefe Liebe zu seiner Tochter als auch eine rührende Verletzlichkeit. Interessant. Sie hatte Malloy bisher nur als Fachmann erlebt, bei allem, was er tat. Diese Unsicherheit war neu, und sie fand beinahe perversen Gefallen daran.

»Ihre Tochter freut sich bestimmt schon sehr darauf«, sagte sie und betete darum, dass ihr die Erleichterung nicht allzu deutlich ins Gesicht geschrieben stand.

»Na ja, sie hat mich ja auch noch nie tanzen gesehen.«

Tanzen, das rief alle möglichen Erinnerungen wach, an Angst, Scham und Sehnsucht. Oh, wie gern wäre sie zu einem Ball gegangen, als sie in Mary Margarets Alter gewesen war. Aber nie hatte sie jemand dazu eingeladen, und keine zehn

Pferde hätten sie dazu bringen können, allein hinzugehen. Sie hätte sich riesig gefreut, wenn ihr Vater mit ihr tanzen gegangen wäre. Auf die Idee wäre er natürlich nie gekommen. Er war einfach kein Tänzer.

Aber Victor – ja, Victor war ein Tänzer gewesen. Er hatte mehr als wettgemacht, was sie in früheren Jahren versäumt hatte. Er hatte ihr alles beigebracht, was zu gesellschaftlichen Umgangsformen gehörte, und das Tanzen hatte ganz oben auf der Liste gestanden.

Sandra zögerte. Die Musik aus dem Radio schwoll zu einem dramatischen Crescendo an und verhallte dann langsam. »Hätten Sie vielleicht gern ein paar Tipps?«

»Haben Sie denn welche für mich?«

Sie zögerte wieder. Dann fragte sie sich: Was soll schon passieren? »Allerdings«, sagte sie.

»Sie sind wohl eine tolle Tänzerin?«

»Ich hatte viel Gelegenheit zum Üben«, erwiderte sie. »Ich war mit einem Politiker verheiratet.« Victor hatte oft gescherzt, der klügste Schritt seiner bisherigen Laufbahn sei der Seitenschritt gewesen. Alle seine Schritte waren klug gewesen. Sie trat ein wenig näher an Malloy heran. Ihr Magen verkrampfte sich, doch sie lächelte zu ihm auf. »Bereit für eine Tanzstunde?«

Langsam nahm er den Werkzeuggürtel ab. Er wandte den Blick nicht von ihrem Gesicht, während er den Gürtel auf die Ladefläche seines Wagens fallen ließ. »Kann losgehen.«

Der Nachrichtensprecher verlas gerade den Wetterbericht: wolkig, in Küstennähe stürmisch auffrischender Wind, kalt.

»Musik ist noch nicht so wichtig«, sagte sie. »Ich zeige Ihnen erst mal die Schritte. Es ist ganz einfach. Sie zeichnen mit Ihren Füßen ein Viereck, der rechte Fuß fängt an.« Sie stellte sich neben ihn und machte es vor.

Er trat einen Schritt vor.

»Gut. Jetzt holen Sie den linken Fuß nach.« Wieder machte sie es ihm vor. »Und jetzt einen halben Schritt zur Seite – wieder zusammen. Und zur anderen Seite. Schritt – zusammen. Und zurück. Sehen Sie? So zählen Sie bis acht.«

Seite an Seite übten sie die Schrittfolge. Aus dem Radio plärrte nun ein Song, der vom Rhythmus her dazu passte. Seine Füße in den arg zerschrammten Arbeitsstiefeln wirkten riesig. Seine Hände waren riesig. Alles an ihm ließ ihr Herz schneller schlagen.

»Schon fast richtig«, sagte sie. »Immer weiter so. Denken Sie gar nicht darüber nach, was Ihre Füße tun.«

»Sie hören sich an wie mein alter Football-Coach.«

»Ich hätte mir ja denken können, dass Sie mal Football-Spieler waren. Welche Position?«

»Das ist schon so lange her, dass ich mich kaum noch daran erinnern kann.«

»Ich wette, Sie waren Quaterback.«

Als er nichts darauf sagte, wusste sie, dass sie recht hatte. Irgendetwas an ihm, etwas Bescheidenes, Umsichtiges, brachte sie dazu, ihm alle möglichen Fragen zu stellen. »Wo haben Sie denn studiert?«

»University of Rhode Island. Jedenfalls eine Zeit lang. Ich habe nicht zu Ende studiert.«

Aha, dachte sie, als sie das leise Bedauern in seiner Stimme hörte. »Warum nicht?«

»Ich kann nicht gleichzeitig tanzen lernen und Ihnen meine Lebensgeschichte erzählen.« Er lachte, doch Sandra hatte sehr wohl verstanden. Er wollte ihr in diesen Teil seines Lebens keinen Einblick gewähren – in Träume, Bedauern und verpasste Gelegenheiten.

»Okay«, sagte sie. »Wenn der nächste Song zum Tanzen taugt, probieren wir es mal als Paar. Die Schritte bleiben gleich, nur haben Sie mich jetzt gegenüber.« Sie stellte sich vor ihn.

»Wo soll ich mit meinen Händen hin?«

Sie nahm seine linke Hand und legte sie an ihre Taille. »Hier. So.«

Bei der Berührung spürte sie einen unerwarteten, beinahe elektrischen Schock. Ihre Haut unter seiner Hand wurde so warm, dass sie sich fragte, ob er es auch merkte. Es fühlte sich sündhaft gut an, wie seine Hand ihre Taille umfasste. Verwirrt nahm sie seine andere Hand und legte die kalten Finger um seine. »Ungefähr so. Ganz locker – die Haltung soll natürlich wirken.«

»Fühlt sich das für Sie natürlich an?« Seine Frage löste eine Unmenge von Antworten aus, die wie Blitze durch ihren Körper zuckten. Er war groß und breitschultrig, wie eine solide Mauer, die ihr ganzes Gesichtsfeld ausfüllte.

»F-für Sie nicht?«, fragte sie und biss sich auf die Lippe, erschrocken über dieses beunruhigende Zögern ihrer Stimme.

»Oh doch«, sagte er und zog sie ein wenig näher zu sich heran. »Fühlt sich gut an.«

»Ah, vielleicht nicht ganz so eng. Wir brauchen ein bisschen Bewegungsfreiheit.«

»So?« Sein Bein streifte ihren Schenkel, und sein Grinsen wirkte leicht anzüglich. »Schaff ich mit links.« Die Musik änderte sich wieder, und ein alter Blues erklang.

»So weit, so gut«, sagte sie. Seine Hand war erstaunlich rau. Eine Arbeiterhand. »Also, jetzt hören Sie auf den Rhythmus. Dann legen wir los, Sie gehen als Erstes mit dem linken Fuß vor.«

Er schaute auf seine Füße hinab.

»Nicht nach unten sehen«, sagte sie.

»Aber –«

»Sie wissen doch, wo Ihre Füße sind, Malloy.«

»Wo soll ich denn dann hinschauen?«

Sie zögerte wieder. »Sehen Sie Ihre Partnerin an.«

Sein Blick richtete sich auf ihr Gesicht, und in diesen ozeanblauen Augen standen viele stumme Fragen. Die Luft zwischen ihnen fühlte sich auf einmal warm an, wie eine angenehm träge, tropische Brise aus exotischer Ferne. Sie hatte keine Ahnung, wie er das anstellte, doch er schaffte es, dass sie seinen Blick bis in die Zehenspitzen fühlte.

»So?«, fragte er wieder.

Aufgewühlt wich sie einen halben Schritt zurück. »Sie sollten Ihre Partnerin so halten, dass Sie mit ihr reden können. Tanzen ist als gesellige Unterhaltung gedacht.«

»Entschuldigung. So was haben sie uns in Berufskunde nicht beigebracht.«

Sie biss sich auf die Lippe. Nun, da er sein abgebrochenes Studium erwähnt hatte, verstand sie, warum er in diesem Punkt so empfindlich war. »Ich wollte nicht überheblich klingen.«

»Dabei können Sie das doch so gut.«

»Wollen Sie jetzt tanzen lernen oder nicht, Malloy?«

»Ja, ich will.«

Aus irgendeinem Grund fand sie diese Antwort komisch. »Dann versuchen wir's jetzt mal. Einen Fuß vor.«

Sein langer Schritt warf sie beinahe hintenüber.

»Vielleicht nur einen halben Schritt«, korrigierte sie sich und hielt sich an ihm fest. Sein Oberarm war hart wie Stahl.

Er versuchte es erneut. Beim nächsten Takt stampfte er mit dem linken Fuß schwer auf ihren rechten.

Sandra jaulte auf und machte einen Satz zurück. »Vorsichtig, Malloy. Sie wollen Ihre Partnerin doch nicht zum Krüppel tanzen.«

»Vielleicht hören wir lieber auf, solange Sie noch halbwegs heil sind.«

Sie schüttelte den schmerzenden Fuß aus. »Ich hätte Sie nicht für jemanden gehalten, der so leicht aufgibt. Außerdem ist es wohl besser, Sie machen Ihre Fehler bei mir und nicht bei Mary Margaret. Also, warten Sie auf den nächsten Takt…«

Sie legten los, und diesmal lief es besser. Zur Melodie von »Night and Day« tanzten sie durch den kahlen, zugigen Garten. In diesen wenigen Augenblicken fühlte sich die Welt völlig anders an. Die dunklen Schatten hoben sich von ihren Gedanken, bis sie gar nicht mehr richtig dachte. Sie fühlte ihr Herz beinahe überfließen vor lang verdrängter Sehnsucht. Oh, wie sehr ihr das gefehlt hatte. Nähe. Menschliche Wärme. Die schlichte Erfahrung, in den Armen eines Mannes zu tanzen, fühlte sich so gut an, so richtig, doch zugleich stach und brannte es wie eiskalte Finger, die langsam wieder warm wurden. Es war ewig her, seit sie jemandem nah gewesen war.

Sie starrte auf einen Punkt über seiner Schulter und hoffte, dass ihre Gefühle ihr nicht allzu deutlich anzusehen waren.

»Ich dachte, man soll seinen Tanzpartner ansehen«, mahnte er. Seine Stimme war zärtlich, vertraulich. Ganz nah an ihrem Ohr.

Das Lied war zu Ende. Sie ließ die Hände sinken und wich zurück, vermutlich allzu hastig. »Das ist das ganze Geheimnis«, erklärte sie nervös. »Immer schön bis acht zählen, und schon sind Sie Fred Astaire.«

»Davon habe ich immer schon geträumt.«

»Sie brauchen Übung. Viel Übung.«

»Danke. Ich will Mary Margaret auf keinen Fall in Verlegenheit bringen.«

»Ich glaube, das kommt erst im Teenageralter«, erwiderte sie. »Jetzt betet sie Sie noch an.«

Er schnallte seinen Werkzeuggürtel wieder um und öffnete eine große Metallkiste auf der Ladefläche. Darin glitzerte eine Sammlung kreisrunder, scharfzähniger Sägeblätter. »Ach ja?«

»Die meisten zwölfjährigen Mädchen vergöttern ihre Väter.«

»Sie ist schon fast dreizehn. Ich sollte mich vorsehen.« Er wählte ein Sägeblatt aus und legte es in die große Kreissäge ein, die seine Leute hinter dem Haus aufgestellt hatten.

Sandra war erleichtert darüber, dass er sich wieder an die Arbeit machte – aber auch ein wenig enttäuscht.

»Übrigens«, sagte er über die Schulter, »ich habe ihr zwei Ihrer Bücher zu lesen gegeben.«

In Sandras Innerem gab es einen kleinen Ruck. »Tatsächlich?«

»Ich habe sie in der Bibliothek ausgeliehen. *Tiefe Wasser* und *An manchen Tagen*. Ich musste die Bibliothekarin extra danach suchen lassen. Sie standen nicht im Regal.«

Sandra errötete. »In öffentlichen Bibliotheken gibt es oft Beschwerden über Jugendbücher.« Sie schüttelte den Kopf. »Und das hier in New England, der Wiege amerikanischer Freiheit.« Ihre Verlegerin wollte sie damit trösten, dass sie sich in guter Gesellschaft befand, weil auch Mark Twain, Maya Angelou und Judy Blume schon aus den Regalen entfernt worden waren, aber Sandra fand es schrecklich, dass ihre Bücher den Lesern, für die sie sie schrieb, nicht frei zugänglich waren.

»Sie haben doch bestimmt ein ganz schönes Gezeter gemacht, als Sie erfahren haben, dass Ihr Buch praktisch verbannt wurde.« Mike schraubte eine Flügelmutter an der Säge zu.

Sie starrte auf seine Hände, seine Finger. Groß und zupackend, und doch hatten sie sich so zärtlich angefühlt, als er sie in den Armen gehalten hatte. »Ich bin ... war die Ehefrau eines Politikers. Ich sollte Konflikte beschwichtigen, nicht selbst große Wellen schlagen.«

»Moment mal. Ihr Mann war doch Demokrat. Die Amerikanische Bürgerrechtsvereinigung hat ihn unterstützt. Aber er hat es zugelassen, dass die Bücher seiner eigenen Ehefrau zensiert wunden?«

Sie seufzte und senkte den Blick. »Victor hat früh gelernt, dass er nicht an allen Fronten zugleich kämpfen kann. Er musste auf vieles verzichten, um gewählt zu werden.«

»Auch auf den ersten Zusatzartikel unserer Verfassung?«

»Sie brauchen nicht gleich sarkastisch zu werden.« Sie spürte, mit welcher Bitterkeit sie Victor in Schutz nahm, und erkannte, dass sie noch lange, lange nicht über seinen Tod hinweg war.

»Also, ich bin zwar kein Politiker«, sagte Malloy, »aber ich kann trotzdem nicht glauben, dass Sie irgendwelche faschistischen Randgruppen mit so etwas durchkommen lassen. Macht es Sie nicht wahnsinnig, wenn solche Leute Ihre Arbeit zensieren?«

Sie schob die Hände in die Jackentaschen. »Zur Zeit macht mich so ziemlich alles in meinem Leben wahnsinnig, und ich habe ebenfalls gelernt, mich auf die wichtigen Fronten zu beschränken. Und die Zensur meiner Bücher gehört im Moment nicht dazu. Außerdem wurden sie von braven, gesetzestreuen Bürgern beanstandet, und nicht von Faschisten.«

Wähnend sie sprach, vermaß und markierte er Holzbretter, wobei er immer wieder auf ein Computerdiagramm schaute.

»Ich hätte erwartet, dass eine Autorin freie Meinungsäußerung und Pressefreiheit sehr wichtig nimmt.«

»Verstehen Sie mich nicht falsch, Malloy. Ich liebe meinen Beruf. Ich bin mit ganzem Herzen Autorin. Das bedeutet auch, dass ich mich schützen muss. Ich will nicht, dass meine privaten Probleme meine Schriftstellerkarriere überschatten. Falls Sie es vergessen haben, ich stecke in ziemlichen Schwierigkeiten. Das Letzte, was ich jetzt brauchen kann, ist, dass WRIQ einen Bericht über meine umstrittenen Bücher bringt. Mussten Sie denn noch nie gegen Ihre Prinzipien verstoßen, einfach aus praktischen Gründen?«

»Doch«, sagte er und griff nach einer Schutzbrille. »Ich denke schon.«

»Als Victor noch da war, habe ich meine Arbeit aus ganz anderen Gründen nicht an die große Glocke gehängt. Das Schreiben war meine Zuflucht, mein sicheres, privates Reich in einem sehr öffentlichen Dasein. Es war gut für uns, dass ich zum Ausgleich für die ständigen Anforderungen seiner Karriere etwas hatte, das mir allein gehörte.« Sie hob einen verlorenen Nagel auf. »Am Anfang hatte ich auch Angst, dass seine Familie ein Problem mit meinen Büchern haben könnte. Sie sind – Ronald und Winifred Winslow – sie sind ziemlich konservativ.«

»Und, hatten sie ein Problem damit?«

Sie ließ in der dicken Jacke die Schultern hängen. »Nein. Aber nur, weil sie nie etwas von mir gelesen haben. Für sie war meine Schriftstellerei nur ein Hobby wie Sticken oder Dessertteller sammeln. Ich glaube, wenn sie sich damit beschäftigt hatten, dann hatten sie –« Sie brachte sich gerade noch rechtzeitig zum Schweigen. »Na ja, sie waren eben sehr stolz auf Victor und haben mich nur als sein Anhängsel gesehen. Eine Ehefrau, keine Autorin.«

Sie warf den Nagel in den Müllcontainer, der neben dem Haus aufgestellt war. »Ich wollte, dass meine Bücher nur nach den Maßstäben der Leser beurteilt werden und mich nicht immer fragen müssen, ob meine Geschichten nur deshalb veröffentlich wurden, weil die Leute neugierig auf Victor Winslows Ehefrau waren. Ich wollte nicht als die Marilyn Quayle der Jugendliteratur gelten.« Sie starrte hinaus auf die Dünen und war selbst überrascht, wie offen sie sprach. »Ich war Schriftstellerin, bevor ich Victors Frau wurde. Jetzt bin ich nicht mehr seine Frau, aber immer noch Schriftstellerin. Um ehrlich zu sein, ist das im Moment das Einzige in meinem Leben, das für mich noch einen Sinn hat.«

»Ich schätze, das kann ich verstehen.«

»Und, wie fand Mary Margaret die Bücher?«

»Ich glaube, sie gefallen ihr sehr. Ich frage sie, wenn ich sie heute Abend anrufe.«

Vermutlich telefonierte er ständig mit seinen Kindern. Wie war es wohl, Kinder zu haben, aber nicht bei ihnen sein zu dürfen, um sie abends zu Bett zu bringen? Sie wollte ihn gern fragen, doch der Eiertanz der Unsicherheiten zwischen ihnen hielt sie davon ab. Sie waren nicht unbedingt Freunde. Sie waren nur freundlich zueinander, weil sie einen Vertrag abgeschlossen hatten.

»Sie war ziemlich beeindruckt, als ich ihr erzählt habe, dass sie die Autorin sogar kennengelernt hat«, bemerkte er.

»Ich war auch von ihr beeindruckt.« Sandra erkannte in Mary Margaret Malloy eine verwandte Seele – die einsame Intelligenz in ihren Augen, der ernsthafte Zug um ihren Mund, das wachsame Schweigen. Eine gewisse Intensität in Mary Margarets prüfendem Blick deutete darauf hin, dass dieses Mädchen hinter allem nach anderen Dingen suchte, die nicht da waren; dass sie nicht sah, wie die Dinge wirklich waren. Oh, Mary Margaret, du musst lernen, die Dinge so zu erkennen, wie sie sind, dachte Sandra. Das wird dir viel Schmerz ersparen.

»Wenn sie irgendwelche Fragen zu den Büchern hat oder mir einfach sagen will, wie sie sie fand, können Sie sie gern noch mal mitbringen. Oder sie könnte Ihnen einen Brief mitgeben.«

»Das könnte gut sein.« Er stapelte die Bretter zum Zuschneiden neben der Säge auf. Im Vorgarten beendeten die anderen Männer ihre Mittagspause und nahmen ihre laute Arbeit wieder auf. Aus dem Radio ertönte »Stairway to Heaven«.

»Also, ich gehe dann mal wieder an die Arbeit«, sagte Sandra. »Wenn Sie irgendetwas brauchen, sagen Sie Bescheid.«

Er schob die Schutzbrille vor die Augen, beugte sich vor, legte ein Brett vor der Säge zurecht und richtete es aus, als zielte er mit einem Billardstock. »Mach ich. Und vielen Dank für die Tanzstunde.«

»Vergessen Sie nicht, heute Abend fleißig zu üben.« Sie trat einen Schritt zurück und wandte sich eigenartig zögerlich dem Haus zu. »Jeden Abend.«

»Wird gemacht.« Er grinste sie verwegen an, legte einen Schalter um, und, begleitet von ohrenbetäubendem Krach und dem Gestank nach heißem Holz, sägte er das Brett in zwei Hälften, als wäre es aus Butter.

16

»Nach allem, was ich so gesehen habe, bist du unserer Kundin ein gutes Stück näher gekommen«, bemerkte Phil, der auf dem Dachboden den Kopf einziehen musste. Er sah Mike dabei nicht an, sondern konzentrierte sich auf ein Kabel.

»Sie hat mir nur gezeigt, wie man tanzt«, erwiderte Mike. Wenn das nur wirklich alles wäre, was zwischen ihnen war. Er versuchte, sie als eine Kundin wie jede andere zu betrachten; wenn man jemandes Haus restaurierte, entstand immer eine gewisse Beziehung, die persönlicher war als unter normalen Umständen. Bis heute war das eine erzwungene Nähe gewesen, eine zufällige Berührung wie von zwei Fremden im Bus. Doch nun war die Chemie zwischen ihm und Sandra eine andere. Indem sie Mike in ihr Haus holte, holte sie ihn zugleich näher zu sich heran, als ihm lieb war. Er sah, wie sie lebte, was sie aß, roch den leichten Duft nach Seife und Parfüm, der in ihrem Schlafzimmer hing. Jeden Tag vertiefte er sich mehr in die Aufgabe, diese viktorianische Schönheit zu restaurieren, und musste sich ständig ermahnen, dass es hier um das Haus ging und nicht um seine Bewohnerin. Doch auch in ihr entdeckte er verborgene Schichten und Geheimnisse.

»Tanzen, so, so.« Phil stocherte hinter einer alten Bücherkiste herum.

Mike entfernte uralte Kittreste von den Dachfenstern, die aufs Meer hinausblickten. »Mary Margaret und ich gehen demnächst auf einen Ball, und ich will sie nicht in Verlegenheit bringen.«

Phil warf ihm einen Blick über die Schulter zu. »Dann brauchst du auf jeden Fall noch viel Übung.«

»Danke für dein Vertrauen in mich, Mann.« Er machte sich wieder an die Arbeit, musste aber dauernd an Sandra denken.

Sie hatte sich in seinen Armen himmlisch angefühlt, weich und warm, und sie hatte nach frischer Luft und reiner Haut geduftet. Sie hatte ihn daran erinnert, wie sehr er eine Frau in seinen Armen liebte. Er hatte sich sogar heimlich ein wenig vorgebeugt und mit den Lippen ihr Haar gestreift.

Nachdem er mit ihr getanzt hatte, war er gereizt und schlecht gelaunt gewesen, und die Arbeit hatte da auch nicht geholfen. Sie hatte ihm unwissentlich zu Bewusstsein gebracht, dass er Bedürfnisse hatte, die er nicht befriedigen konnte, indem er hart arbeitete oder seinen Kindern ein guter Vater war. Sie hatte ihn daran erinnert, dass ein Mensch die Einsamkeit nicht unbegrenzt ertragen konnte. Und es gab nun mal nur einen Weg, ein ganz spezielles Bedürfnis zu befriedigen.

Er zog neue Dichtungsmasse am Fenster entlang. Warum sie?, fragte er sich. Sie war Victors Witwe, um Himmels willen, und sie wurde von Problemen gequält, mit denen er nichts zu tun haben wollte. Sie war die letzte Frau auf der Welt, auf die er scharf sein sollte.

Er war mit dem Fenster fertig, reinigte sein Kittmesser und beschloss, den langen, von Hand bearbeiteten Dachsparren auf eventuelle Fäulnis zu untersuchen. In diesem nicht ausgebauten Raum hing zusammen mit den Spinnweben die Kälte langer Vernachlässigung, und er musste sehr einladend auf Eichhörnchen oder Waschbären wirken, vor allem im Winter. Mike nahm eine Taschenlampe zur Hand und bahnte sich einen Weg durch das angesammelte Gerümpel mehrerer Generationen: Kisten und Kästen mit handgeschriebenen Schildchen daran, kaputte Möbel, abgelegte Spielsachen, ein verrotteter Sonnenschirm, alte Lampen und verstaubte Geräte. In einer Ecke lagen verstreute Zweige, Moos und leere Getreidehülsen, die von einem verlassenen Eichhörnchenkobel stammten.

Am Ende des Dachbodens, nahe der schmalen Treppe, stapelte sich der jüngere Zuwachs zu dieser Sammlung – das erkannte er an den neuen Kartons. Ein paar waren Überraschungskisten unbekannten Inhalts; andere waren mit hastigem Gekritzel beschriftet: »Alte Manuskripte.« »Wahlkampf '98.« »Hochzeitsgeschenke.« »Persönl. Korrespondenz.« »Div.«

Die Kisten und Koffer verbargen eine weitere Reihe von Dachbalken und womöglich eine weitere Wildtier-Wohnung. Er räumte die Kisten eine nach der anderen beiseite und dachte mit einem unangenehmen Gefühl im Magen, dass dies die Andenken an Sandras Leben waren. An ihr Leben mit Victor.

Die meisten Kisten waren mit braunem Paketband verschlossen, doch »Hochzeitsgeschenke« enthielt irgendeine Dekoration in Form eines Zirkuszelts, und der Deckel der Kiste ließ sich darüber nicht ganz schließen. Die Kiste »Div.« war nicht verschlossen; er leuchtete hinein und entdeckte eine Sammlung von Gedenktafeln und gerahmten Zertifikaten. »Für Sandra Winslow, in Anerkennung ihrer Dienste...« Interessant. Sie hatte viele Auszeichnungen erhalten, etwa von einer Organisation für weltweite Alphabetisierung, der nationalen Aids-Stiftung, einer Stiftung für Sprachbehinderte, einem Kinderhilfswerk und einem halben Dutzend weiterer wohltätiger Organisationen. Unwillkürlich erinnerte er sich daran, was die Winslows über Sandra gesagt hatten: *Die hat etwas zu verbergen. Sie hatte schon immer etwas Heimlichtuerisches an sich.*

Mike stapelte die Kisten dort wieder auf, wo sie ihm nicht im Weg waren, und schüttelte den Kopf. »Ich glaube, in der habt ihr euch getäuscht.«

»Wie war das?«, rief Phil vom anderen Ende des Dachbodens.

»Nich- Mist.« Als er eine große Kiste mit der Aufschrift »Altes Bettzeug etc.« hochhob, gab der Boden nach. Der bunt gewürfelte Inhalt fiel unten heraus – eine Zigarrenkiste mit einem Gummiband darum, eine Werkzeugkiste mit bunten Farbspritzern darauf, ein Haufen Kissenbezüge und Spitzendeckchen und ein leerer Trolley in Handgepäckgröße. Die Reißverschlüsse waren offen, und als er den kleinen Koffer aufhob, ging die Klappe auf. Er war leer, doch Mike hörte drinnen etwas herumrutschen. Hoffentlich hatte er nichts kaputt gemacht.

Er schüttelte den Koffer sanft, und ein kleiner Stapel Papiere und Briefumschläge glitt aus dem Innenfutter heraus und verteilte sich über den Boden. Mike fluchte leise und bückte sich danach. Da erst fiel es ihm auf – jemand hatte in diesen Koffer ein selbst gebasteltes Geheimfach eingebaut. Irgendjemand hatte das Futter aufgeschnitten und dann mit ein paar Metallklammern wieder verschlossen.

»Soll ich dir helfen, das Zeug einzusammeln?«, fragte Phil.

»Nein, ich hab's schon.« Mike lief ein Schauer über den Rücken. Er schwenkte den Strahl der Taschenlampe woanders hin und ermahnte sich, nicht herumzuschnüffeln. Doch das fahle Licht, das durch die Fenster drang, fiel wie ein Scheinwerfer ausgerechnet auf die Papiere. Es waren vor allem Briefe. Die Handschrift erkannte er nicht – und selbst jetzt, nach all den Jahren, hätte er Victors deutliche Schrift sofort wiedererkannt.

Phil machte sich wieder an den Leitungen zu schaffen, ohne etwas zu bemerken, und pfiff leise vor sich hin.

Mike sah hinunter. Ein paar der Briefe waren an Victor gerichtet, adressiert an ein Postfach in Hillsgrove in der Nähe des Flughafens. Der Poststempel sagte ihm, dass sie in Florida aufgegeben worden waren, doch es war zu dämmrig, als dass er den Ort oder das Datum hätte lesen können. Andere Briefe waren mit der Maschine geschrieben und an »Senator Victor Winslow« unter seiner Büroadresse gerichtet.

Mike wusste nicht, was er da vor sich hatte. Er wusste nur, dass er nicht mehr davon sehen wollte. Er sammelte die Papiere auf und schob sie zurück ins Futter des Koffers. Dabei fielen ihm noch ein paar Quittungen auf. Und eine Computerdiskette, auf deren Etikett nur ein Buchstabe stand: *M*.

Mike fragte sich, ob Victor diese Sachen versteckt hatte oder ob das Sandras Werk war.

Er legte den Koffer wieder in die kaputte Kiste. Jeder hatte seine Geheimnisse, sagte er sich. Jeder verbarg irgendetwas – vor der Familie, vor Freunden, vor der Welt.

Aber nicht jeder wurde eines Mordes verdächtigt.

Er dachte an Victors Eltern, so voller Schmerz und Wut. Der Inhalt dieses Koffers könnte für sie von größtem Interesse sein.

Er schob die Kiste weg und machte sich wieder an die Arbeit.

17

Tagebucheintrag – Freitag, 8. Februar

Zehn Wege, Malloy ins Bett zu kriegen:
1. *Behaupten, über meinem Schlafzimmer sei das Dach undicht.*
2. *Absichtlich verschlafen. (Nicht vergessen – Haare vorher schon frisieren!)*

Sandra träumte, sie sei als Begleiterin des Präsidenten zu einem Galadinner eingeladen. Doch als sie den Empfangssaal des Weißen Hauses betrat, blickte sie an sich hinab und sah, dass ihre bloßen Füße – die Fußnägel noch dazu nicht lackiert – unter ihrem Kleid hervorschauten. Sie floh und fand sich an dem Ort wieder, zu dem all ihre Albträume sie führten – in einem rasenden Auto auf einer nassen Straße ...

Als sie aufwachte, wimmerte sie noch immer vor Panik; sie schob den Berg warmer Decken beiseite und starrte auf ihre Füße. Kein Nagellack.

Dann sah sie blinzelnd in ihr Notizbuch, schob es ärgerlich beiseite und legte sich eine Decke um die Schulter. Die Wolldecken, die ihre Mutter gestrickt hatte, rochen kaum merklich nach Aqua Net und Kent Lights.

»Du fehlst mir, Mom«, erklärte sie laut dem leeren Haus.

Sie fragte sich, was ihre Mutter wohl gerade tat, was sie dachte.

Fand sie auf ihrer Kreuzfahrt alles, was sie sich erträumt hatte?

Lernte sie eine fremde Sprache, eine neue Sportart, ein neues Ich kennen?

Sandra fuhr sich mit der Hand durch das zerwühlte Haar, gähnte und blinzelte. Du meine Güte, es wurde schon hell. Samstag. Sie streckte die Hand aus und schaltete die kleine Leselampe aus. Das Buch, das sie vor dem Einschlafen gelesen hatte – *Wie Sie in zehn Tagen Ihr Leben in den Griff bekommen* –, lag halb vergraben unter dem Haufen Decken. Sie erinnerte sich nicht daran, dass sie kaum über den ersten Absatz hinausgekommen war, bevor sie das Buch beiseite gelegt hatte, um alberne Fantasien über Malloy in ihr Notizbuch zu kritzeln.

Es hatte etwas besonders Jämmerliches an sich, auf dem Sofa vor dem Ofen einzuschlafen. Denn das bedeutete, dass man nicht ins Bett gehen wollte, weil einen dort niemand erwartete. Dass niemand da war, der einem sanft das Buch aus der Hand nahm und das Licht ausknipste.

Sie ging ins Bad und putzte sich die Zähne, ohne in den Spiegel zu schauen. Sie wollte die dunklen Schatten unter ihren Augen nicht sehen, diese bläulichen Spuren ihrer Albträume, die auch nach unzähligen Stunden Schlaf nicht schwinden würden. Sie litt immer noch viel zu oft darunter, wurde immer noch heimgesucht von diesen Bildern von Victor, der sich plötzlich in einen Fremden verwandelte, einem Auto, das in finsterer Nacht außer Kontrolle geriet. Ein schrecklicher Krach. Wasser, so kalt, dass ihr Verstand sofort abschaltete. Ein unheimliches Gefühl, nicht allein zu sein, als sie nach dem Unfall am Strand lag.

Ein kleiner Kalender von der Bank steckte im Rahmen des Spiegels, und ihr Blick wanderte immer wieder dorthin. Sie wollte nicht wissen, was heute für ein Tag war. Doch selbst ohne diese Erinnerung hätte sie dieses Datum nicht vergessen – es war in ihr Herz eingebrannt.

Heute war der neunte Februar; vor genau einem Jahr war Victor gestorben.

Sie ging zum Fenster und öffnete es, um die frische Luft zu sich hereinströmen zu lassen. Sie schrubbte sich das Gesicht und bürstete ihre Haare, die heute noch unordentlicher aussahen als sonst. Die Bewegung der Bürste wurde langsamer, als ihr ein Gedanke kam. Dieser Tag gehörte ihr, sie konnte damit machen, was sie wollte. Und es gab einen Menschen in Paradise, dem sie immer willkommen war, der nicht eine Sekunde glauben konnte, dass sie Victor etwas antun könnte. Sandra beschloss, diese Person zu besuchen.

Sie schlüpfte in eine wollene Hose und einen weinroten Strickpulli und fuhr in die Stadt; langsam rollte sie durch die vertraute Main Street. Paradise war eines von jenen Städtchen, die ein lebendiges Herz hatten – kein leeres Zentrum, sondern ein Wohnort, von Bäumen gesäumte Straßen, ein Park mit einem Teich, gepflasterte Fahrradwege und kunstvoll von Hand geschriebene Schilder an den Geschäften. Dies war ein Ort, an den die Menschen ihre Hoffnungen und Träume brachten, und manchmal auch ihre Sorgen und Nöte.

Sie parkte vor dem *Twisted Scissors,* dem Frisiersalon und Kosmetikstudio. Eine riesige, seltsam geformte Deko-Schere hing im Schaufenster und daneben ein Schild mit der Aufschrift: »Geöffnet – Herzlich willkommen.« Sandra wurde gleich leichter ums Herz; wie schlimm konnte es schon sein, wenn sie sich gleich frisieren lassen würde?

»Hallo, wen haben wir denn da?« Joyce Carter winkte ihr zur Begrüßung lächelnd zu. »Höchste Zeit, dass du mal wieder vorbeischaust.« Joyce war groß und geizte nicht mit ihren Reizen; ihr Haar war flammend rot, die langen Beine kamen in einem engen Rock gut zur Geltung. Sogar nach dem Unfall hatte ihr Lächeln für Sandra nichts von seiner Wärme verloren.

»Hast du Zeit für mich, auch wenn ich keinen Termin gemacht habe?«, fragte Sandra.

»Na klar. Setz dich.« Joyce legte Sandra einen Umhang über die Schultern.

Robin, die Maniküre, kam herein, doch ihr strahlendes Lächeln erlosch, als sie Sandra entdeckte. Robin war eine Freundin von Gloria Carmichael; der wiederum gehörte der Feinkostladen, und sie war für die meisten Verschwörungstheorien verantwortlich, die sich um Sandra rankten. »Wie sieht's denn heute aus?«, fragte sie Joyce, wobei sie Sandra geflissentlich übersah.

»Du hast noch keine Termine, erst um elf, Maniküre für Linda Lipschitz«, antwortete Joyce. »Wie wär's, wenn du dich hinten mal an die Buchhaltung machst?«

»Gute Idee«, sagte Robin und verschwand im Büro.

»Ich muss mich für sie entschuldigen.« Joyce zog sanft Sandras Kopf zurück, um ihn mit beruhigenden, geübten Griffen zu waschen.

»Schon gut.« Sandra starrte zu den Deckenplatten hinauf. »Ich habe beschlossen, mir keine Gedanken mehr darüber zu machen.«

»Ja? Das höre ich gern.«

»Es hat sowieso keinen Sinn«, erklärte Sandra nüchtern. »Ich will das Haus verkaufen und von hier wegziehen.«

Joyce arbeitete schweigend weiter. Dann fragte sie: »Bist du sicher, dass du das willst?«

»Ich bin mir über gar nichts mehr sicher.« Sandra schloss die Augen. »Ich gehöre hier nicht mehr her. Ich weiß nicht, wo ich hingehöre.«

»Ach, zum Teufel, klar gehörst du hierher, genau wie alle anderen hier. Diese Stadt gehört schließlich nicht den Winslows.«

»Du würdest dich wundern«, erwiderte Sandra.

Joyce drehte das Wasser ab und wickelte Sandra ein Handtuch um den Kopf, dann brachte sie sie zu einem thronartigen Frisierstuhl. »Also, dann wollen wir mal sehen, was wir hier haben. Himmel, Mädchen, deine Haare schießen ja wie Unkraut. Du musst unbedingt öfter zu mir kommen.«

»Ich habe schon überlegt, ob ich sie mir selber schneiden soll. Ich bin gar nicht schlecht für einen Amateur.«

»Probieren Sie das nicht zu Hause.« Joyce verlieh jedem Wort mit einem Schnippen ihrer Schweizer Schere Nachdruck. »Und, wie geht die Renovierung voran?«

»Sehr gut. Malloy – der Bauunternehmer... er ist gut.«

Joyce beobachtete Sandras Gesicht im Spiegel. »Du wirst ja richtig rot. Er ist Single, oder?«

Sandra nickte, und die verräterische Röte wollte nicht aus ihren Wangen weichen.

»Du meine Güte.« Joyce grinste von einem Ohr zum anderen. »Du findest ihn sehr attraktiv, was?«

»Kann sein. Könnte sein, ja. Aber es hat sowieso keinen Sinn.«

»Warum? Du bist jung, er ist ungebunden, und du warst viel zu lang allein.« Sie kämmte und schnitt rasch und gründlich. »Kein Gesetz der Welt verbietet dir, jemand Neues zu finden, Sandra. Ich wette, nach Victor hast du geglaubt, du würdest so etwas nie wieder fühlen, aber –«

»Du verstehst das nicht«, platzte Sandra heraus, »ich habe noch nie so gefühlt. Nie.«

»Oh je.« Joyce hielt inne und verschränkte die Arme vor der Brust. »Dann solltest du es vielleicht einfach zulassen. Diese Sache mit – wie heißt er noch? – Malloy?«

»Mike Malloy. Aber wozu denn? Ich ziehe hier weg, sobald das Haus verkauft ist. Also, was soll das bringen?«

Joyce begann wieder zu schnippeln. »Schätzchen, wenn ich dir das erst erklären muss, dann hast du ein ernsthaftes Problem.«

Mike verbrachte den ganzen Samstag mit seinen Kindern. Er ging mit ihnen zum Bowling, mittags Pizza essen, und dann lud er sie noch in einen unglaublich dämlichen Film ein. Kevin kicherte zwar die ganze Zeit über, doch Mary Margaret stand immer wieder auf, um zum Kiosk zu gehen oder zur Toilette. Auch Mike hatte sich kaum entspannen können. Er hatte seine Kinder schon immer vergöttert, doch seit der Scheidung liebte er sie beinahe verzweifelt.

Die Zeit mit ihnen war nie lang genug. Ganz allmählich wurden sie ihm fremd, entwickelten neue Gewohnheiten, mit denen er nichts zu tun hatte. Und er wurde zu einem wandelnden Klischee – der geschiedene Vater, der sich ein Bein ausriss, um seinen Kindern in den paar Stunden, die er sie jede Woche sehen durfte, etwas Tolles zu bieten. Normalerweise hätten sie heute bei ihm übernachtet, aber Angela wollte, dass er sie nach Newport zurückbrachte, weil Mary Margaret morgen Kommunion feierte.

Mike war nicht eingeladen. Oh, er hätte trotzdem einfach auftauchen können, und wenn Mary Margaret sich das gewünscht hätte, würde er es auch tun. Aber es war nun einmal so, dass Angelas Familie ein Faible für gigantische italienische Feiern anlässlich solcher katholischer Meilensteine hatte. Die Meolas waren bekannt für ihre zweitägigen Partys zur Erstkommunion eines Kindes. Es wäre Mary Margaret sicher unangenehm gewesen, wenn Mike darauf bestanden hätte, zu dieser Zeremonie zu erscheinen, mit der sie auch formell endgültig in die Kirche aufgenommen wurde. Katholiken sollten sich ja eigentlich nicht scheiden lassen, und seine Anwesenheit hätte nur alle daran erinnert. Deshalb verzichtete er darauf und tat so, als habe er die Erleichterung seiner Tochter nicht bemerkt, als er sie bei ihrer Mutter ablieferte.

Nach der einsamen Fahrt zurück nach Paradise parkte er am Hafen und ließ Zeke aus dem Auto. Der Hund blieb dicht bei ihm und sprang immer wieder hoch, um an der Tüte mit Lebensmitteln zu schnüffeln, die Mike auf dem Arm trug. Er hatte sich bei Gloria ein halbes Grillhähnchen geholt, und der Duft hatte den Hund die letzten sechs Kilometer lang halb verrückt gemacht.

In der gelblichen Hafenbeleuchtung erkannte er die schaukelnden Umrisse der Fischereiflotte, Charterboote und Kutter, die gedrungenen Kühlhäuser und Verarbeitungshallen. Bei der verwahrlosten Ansammlung von Briefkästen blieb er stehen und holte eine Handvoll Post ab. Größtenteils Rechnungen.

»Mr Malloy?«, rief eine unbekannte Stimme.

Er hielt inne und wartete auf den Fremden, der ihn vom Parkplatz her einholte. Der Mann war mittelgroß, gedrungen, und trug eine Jeansjacke. Mike ging die verschiedenen Möglichkeiten durch. Inkassobeauftragter, Jugendamt, Anwaltsgehilfe – vor einem Jahr hatte er solche Leute noch gar nicht gekannt. Heutzutage wusste er nie, was ihn erwartete. »Was kann ich für Sie tun?«

Der Mann hielt ihm eine Visitenkarte hin. »Lance Hedges, Redaktionsassistent, WRIQ-Nachrichten.«

Mit einem unguten Gefühl nahm Mike die Karte. »Hören Sie, wenn es um diese Geschichte mit der Satellitenschüssel neulich geht, ich –«

»Nein, darum geht es nicht. Nicht unbedingt.« Die Worte glitten ölig und vielsagend aus Hedges' Mund.

»Also, was kann ich für Sie tun?«

»Sie sind der Bauunternehmer, der Sandra Winslows Haus renoviert«, stellte Hedges fest.

»Hm.«

»Ich will ganz offen zu Ihnen sein. Der Mord an Victor Winslow –«

»Der Unfall, meinen Sie.«

»Der Tod von Senator Winslow ist ein Thema, das wir mit Interesse verfolgen. Unsere Leute sammeln gerade Informationen zu den jüngsten Nachforschungen, und wir dachten uns, dass Sie vielleicht auf etwas gestoßen sein könnten, das diesen Fall betrifft. Ich meine natürlich im Rahmen Ihrer Tätigkeit.«

Mike schwieg und lauschte dem ruhigen Plätschern der Wellen an den Rümpfen der Fischerboote. Dann schob er die Tüte auf seinem Arm zurecht. »Ich habe es eilig«, erklärte er mit erzwungener Leichtigkeit. »Mein Abendessen wird kalt.«

»Wir haben für solche Fragen großzügige Mittel zur Verfügung«, fuhr Hedges fort.

Mike dachte an den Stapel Rechnungen, den er in der Hand hielt. »Sie bieten mir Geld, damit ich für Sie in ihrem Haus herumschnüffle.«

»Das ist ein bedeutender Fall von großem öffentlichem Interesse. Jegliche Tatsache, die ein wenig Licht in diese Sache bringen kann, dient dem Recht der Öffentlichkeit auf umfassende Information. Vielleicht hat ja Ihr Mitarbeiter – Mr Downing, nicht wahr? –, vielleicht ist ihm ja etwas aufgefallen.«

Verdammt, hatte dieser Schleimer etwa auch Phil bearbeitet? »Er weiß auch nicht mehr als ich.«

»Nun, warum überlegen Sie es sich nicht in –«

»Da gibt es nichts zu überlegen.« Mike wünschte, er wäre nie auf diese Unterlagen auf dem Dachboden gestoßen. »Ich bin Bauunternehmer. Ich restauriere alte Häuser. Ich weiß gar nichts, und wenn ich etwas wüsste, würde ich es Ihnen ganz sicher nicht erzählen.«

»Mr Malloy, Sie haben teure technische Ausstattung des Senders schwer beschädigt.« Hedges straffte die Schultern, und sein Tonfall wirkte gleich ein paar Grad kühler. »Wir wären bereit, darüber hinwegzusehen, aber nur, wenn Sie sich kooperativ zeigen.«

»Ich weiß von nichts, merken Sie sich das, und drohen lasse ich mir schon gar nicht«, sagte Mike und schluckte die Kraftausdrücke hinunter, die ihm auf der Zunge brannten.

»Ich möchte Ihnen raten, sich das noch einmal gut zu überlegen. Ist das wirklich Ihr –«

»Letztes Wort«, unterbrach ihn Mike. »Vergessen Sie's.«

18

Irgendetwas war faul. Mike hatte den ganzen Abend ein ungutes Gefühl. Es war nicht nur das schmierige Angebot von dem Nachrichtensender oder die versteckten Papiere, die er auf Sandras Dachboden gefunden hatte. Irgendetwas war hier schief und unvollständig, aber im Moment noch so verschwommen, dass er es nicht näher bestimmen konnte. Sollte er tiefer graben oder die Finger davon lassen? Es Sandra sagen? Ihr was sagen? Dass er etwas gesehen hatte, das nicht für seine Augen bestimmt war? Sie davor warnen, dass die Medien ihr ernsthaft nachschnüffelten? Und was, zum Kuckuck, ging ihn das überhaupt an?

Er schaute auf seinen winzigen Schwarzweißfernseher, der unter einem Regalbrett befestigt war. Die Nachrichten liefen noch, und Courtney Procter starrte ernst in die Kamera. »Zum Schluss unserer Sendung«, erklärte sie, »berichten wir Ihnen noch von einer neuen Entwicklung in einer Tragödie, die sich in unserem Heimatort abgespielt hat. Heute vor genau einem Jahr kam Senator Victor Winslow ums Leben, ein aufgehender Stern –«

Mike fluchte leise, griff hastig nach seinem Handy und wählte Sandras Nummer, doch es war ständig besetzt. Vielleicht war sie gerade online oder hatte das Telefon ausgehängt. Er stellte sich vor, wie sie ganz allein in ihrem Haus mitten im Nirgendwo saß, ein Buch las oder sich die Renovierungspläne ansah, um einen weiteren Punkt zu finden, über den sie mit ihm streiten konnte. Doch er wusste, dass sie nichts dergleichen tat, denn solche Jahrestage kannte er nur zu gut. Sie verwandelten einen ganz gewöhnlichen Tag in ein finsteres Mausoleum von Erinnerungen. Der Gedanke, dass

Sandra damit ganz allein war, machte ihm mehr zu schaffen als gut für ihn war.

Er war nicht für sie verantwortlich. Er hatte ihr nie von seiner alten Freundschaft mit ihrem Mann erzählt. Das jetzt nachzuholen, würde ihn in eine sehr unangenehme Lage bringen. Sie brauchte nichts davon zu wissen, sagte er sich. Es war nicht weiter wichtig. Er war ihr gar nichts schuldig, außer ihr Haus fachmännisch in Ordnung zu bringen. Er war emotional so bankrott, dass er sowieso nicht mehr für sie tun konnte.

Er sah die Unterlagen auf seinem Schreibtisch durch und fand die perfekte Entschuldigung, sie zu besuchen. Die Historical Society des Bezirks, die unter anderem für den Denkmalschutz zuständig war, hatte die Echtheit der Originalpläne bestätigt und in ihren Bestand aufgenommen, sodass das Haus als historisch ausgezeichnet und im entsprechenden Immobilienregister eingetragen werden konnte. Mike dachte gar nicht darüber nach, was er tun sollte, er tat es einfach. Er stieg in den Wagen und fuhr nach Blue Moon Beach. Die Nacht war schwarz, leer und bitterkalt. Unterwegs begegnete er keiner Menschenseele. Er wollte nur mal nach ihr sehen, sagte er sich. Nachsehen, ob auch alles in Ordnung war. Wenn sie ihn fragte, warum er gekommen sei, würde er einfach behaupten, er hätte ihr sofort die gute Nachricht vom Denkmalschutz überbringen wollen.

Er ließ den Motor laufen, klopfte an die Haustür und wartete, doch er hörte von drinnen nur tiefe Bässe aus der Stereoanlage.

Er klopfte erneut und wartete, obwohl er wusste, dass sie ihn wahrscheinlich nicht hören konnte. Murrend stellte er den Motor ab und klopfte ein drittes Mal. Ein Song von Eric Clapton lief so laut, dass die alten Fenster schepperten. Er erkannte das Lied, »Forever Man«. Das war ein altes Lieblingslied von Victor.

Er klopfte noch ein paar Mal, dann holte er den Schlüssel hervor, den sie ihm gegeben hatte, und trat ein.

»Sandra?«, rief er. »Ich bin's... Mike Malloy.« Er ging durchs Entree, das bereits völlig anders aussah als in seinem ursprünglichen, heruntergekommenen Zustand. Das Treppengeländer aus Walnussholz stand wieder gerade; erst gestern hatten sie die Balustrade neu verklebt. »Sandra?«, rief er wieder, doch die Musik war zu laut. Sie konnte ihn gar nicht hören.

Sie stand mitten im Wohnzimmer, hielt ein Glas Wein in der Hand und wiegte sich im Rhythmus der Musik. Sie war ihm zwar zugewandt, doch ihre Augen waren geschlossen, und auf ihrem Gesicht lag ein so weicher, trauriger Ausdruck, dass er den Blick nicht davon losreißen konnte.

Wahrscheinlich dachte sie an den Unfall. Bestimmt vermisste sie Victor schrecklich.

Lauf. Dieser Gedanke schoss ihm durch den Kopf wie ein Adrenalinstoß. Er sollte nicht hier sein, er sollte nicht in einen so offensichtlich privaten Augenblick eindringen. Die Sorgen dieser einsamen Frau konnte er nicht gebrauchen; er hatte selbst genug Probleme. Doch sie hatte irgendetwas an sich, das hatte er vom ersten Moment an gespürt. Sie rief nach ihm, in einer Sprache ohne Worte, sie zog ihn zu den einsamen, weiten Räumen in ihrem Inneren hin. Egal, was sein Verstand ihm sagte, sein Herz räumte ihr einfach einen Platz ein.

Als die Musik aufhörte, rief er leise ihren Namen.

Sie riss die Augen auf und verschüttete etwas Wein. Ihre Wangen wurden noch bleicher. »Ich habe Sie nicht reinkommen hören.« Verstohlen wischte sie sich mit dem Handrücken über die Wangen, ging hastig zur Stereoanlage und stellte sie leiser. Das nächste Stück war nur noch als klagendes Flüstern zu hören.

»Was wollen Sie denn hier?«, fragte sie.

Mike wusste, er sollte ihr einfach die Unterlagen in die Hand drücken und wieder nach Hause fahren. Er wusste auch, dass er das nicht fertigbringen würde. Der Geruch des

Weins stieg ihm in die Nase, und er blickte auf die halb geleerte Flasche auf dem Tisch hinab.

»Sie trinken ganz allein?«, fragte er. »Ich habe mal gehört, das soll gar nicht gut sein.«

»Na schön«, sagte sie. »Dann können Sie mir ja Gesellschaft leisten.«

Mit einer Frau ein Glas Wein zu trinken, kam Mike in dieser Phase seines Lebens so absurd vor, dass es ihm einen Moment lang die Sprache verschlug. Er wollte nicht daran denken, wie lange es her war, seit er mit einer Frau zusammengesessen, Musik gehört und Wein getrunken hatte.

»Danke«, sagte er. »Ich trinke gern ein Glas mit.« Sie blickte so erstaunt drein, dass er beinahe laut gelacht hätte. »Wirklich?«

»Ich habe noch nie gesehen, dass jemand wegen eines schlichten Getränks so außer sich geraten ist.«

»Es ist sehr lange her, seit jemand ein Glas Wein mit mir trinken wollte.«

»Es ist auch lange her, dass mich jemand auf ein Glas eingeladen hat«, gestand er und entspannte sich ein wenig. »Ich habe heute die Urkunde von der Historical Society bekommen. Ihr Haus erfüllt die Bedingungen für eine besondere Denkmalschutz-Auszeichnung.«

»Tatsächlich? Na, dann haben wir ja etwas, worauf wir anstoßen können.« Sie ging ins Esszimmer. Glasscheiben klapperten, als sie die uralte Anrichte öffnete und ein Weinglas herausholte. Sie schenkte Wein ein und reichte ihm das Glas. Es fühlte sich dünn und zerbrechlich an. »Setzen Sie sich doch«, sagte sie und wies auf das alte Sofa vor dem Kamin. Sie stieß mit ihm an. »Worauf trinken wir?«

»Sie sind hier die Kreative«, sagte er. »Lassen Sie sich was einfallen.«

»Auf Hochdruckreiniger«, sagte sie.

»Das können Sie doch sicher besser.«

»Im Moment nicht. Versuchen Sie's doch mal, Malloy.« Sie

ließ ihn nicht aus den Augen und nippte langsam an ihrem Glas.

»Auf Tanzstunden.« Er probierte den Wein, und er schmeckte ihm. Er genoss auch das Gefühl, so neben ihr zu sitzen.

Ein neuer Song beklagte den Verlust eines besten Freundes. Er tat so, als höre er den Text nicht, doch in der Stille war es schwierig, die langsam gleitende Melodie zu ignorieren. Er trank einen großen Schluck Wein. Sandra hatte allerdings einen ziemlichen Vorsprung. Sie hatte schon fast ein Drittel der Flasche geleert.

»Meine Eltern lassen sich scheiden«, sagte sie aus heiterem Himmel.

»Wie bitte?«

»Ich sagte, meine Eltern wollen sich trennen.«

Holla. Mike brach der Schweiß aus. Warum erzählte sie ausgerechnet ihm etwas so Persönliches?

»Das tut mir leid«, sagte er verlegen. Gefühle schienen wie in unsichtbaren Wellen aus ihr hervorzubrechen, und er wusste, dass er nicht der Richtige war, um sie aufzufangen. Also sagte er das einzig Ehrliche, was ihm einfiel: »Ich weiß nicht, was ich dazu sagen soll.«

»Ich wollte das auch nicht bei Ihnen abladen.« Sie wandte sich ihm zu und zog die Beine unter sich aufs Sofa.

»Wie lange sind sie denn schon verheiratet?«

»Seit sechsunddreißig Jahren.« Sie schwenkte ihr Weinglas in der Hand und sah zu, wie die rote Flüssigkeit darin kreiselte. »Für mich ist das schon immer.« Sie seufzte. »Ich frage mich immerzu, wie lange sie schon unglücklich waren, wie lange sie es ertragen haben, Tag für Tag. Und warum habe ich nichts davon gemerkt?«

»Wenn man unglücklich ist, kann man das auf vielerlei Arten verbergen«, bemerkte er.

Sie sah ihn aufmerksam an und sagte dann: »Ich weiß.«

Mike war wohl kaum ein Experte in Sachen Ehe, doch er hatte aus der Erfahrung mehr gelernt, als ihm lieb war. Er hatte nie den exakten Moment bestimmen können, an dem es für ihn vorbei war mit Angela ... Das war ganz allmählich gekommen, hatte sich langsam aufgebaut. Es hatte keinen Moment gegeben, in dem er geschockt und betrogen die Wahrheit erkannt hätte, sondern nur ein dumpfes, langsames Versagen; eine rostige Klinge, die noch mehr wehtat, weil nur einer von ihnen die Kinder bekommen würde.

»Bei meiner Exfrau«, sagte er, »habe ich es wohl schon lange kommen sehen. Aber solange keiner von uns ein Wort darüber verlor, konnten wir alles beim Alten lassen.«

»Sie hätten doch einfach so weiterleben können«, sagte sie.

»Scheidung auf irisch, hätte die alte Großmutter Malloy das genannt. Zwei Fremde, die unter einem Dach leben und den Schein wahren, für die Nachbarn, für die Kinder.« Er ließ alle Vorsicht fahren und trank noch einen Schluck. »Ich wäre dazu bereit gewesen, um meiner Kinder willen, weil ich wusste, dass Angela das Sorgerecht beantragen würde.«

»Sie wären also nur den Kindern zuliebe bei ihr geblieben.«

»Kevin und Mary Margaret wäre das lieber gewesen«, sagte er dumpf. »Ist bei Kindern wohl immer so.«

Sie betrachtete sein Gesicht. »Ich kenne Ihre Situation nicht, aber ich weiß, dass das Leben kurz ist, Malloy. Man bekommt nur einen Versuch, eine Chance auf Glück. Wenn man so weit gekommen ist wie meine Eltern, will man nicht zurückschauen und die letzten zwanzig oder vierzig Jahre bereuen. Ihre Kinder können das vielleicht noch nicht so sehen, aber sie werden es irgendwann verstehen. Das garantiere ich Ihnen.«

Bei ihren Worten spürte er eine seltsame Erleichterung in der Brust, die er schon lange nicht mehr gespürt hatte. »Entweder reden Sie irre, oder Sie sind betrunken«, erwiderte er.

Sandra starrte in ihr Glas hinab. »Ein bisschen von beidem.« Sie griff zur Flasche und schenkte ihm nach.

»Und, was wollen Sie mit Ihrem einen Versuch anstellen?«, fragte er.

»Was?«

»Ihr Versuch, das Glück zu finden.« Mit übertriebener Vorsicht stellte sie die Flasche wieder ab. »Na ja, als Erstes sollte ich mir wohl überlegen, was mich eigentlich glücklich machen würde.«

Er war fasziniert von der Feuchtigkeit auf ihren Lippen, konnte den Blick nicht mehr von ihrem Mund losreißen. »Was würde Sie denn glücklich machen?«

Sie starrte ihn lange an, und das Feuer im Ofen flackerte in den Tiefen ihrer Augen. Da drin lag eine ganze Welt, dachte er. Eine geheime Welt. Als deutlich wurde, dass sie seine Frage nicht beantworten würde, sagte er: »Ich muss Ihnen etwas gestehen. Ich habe in den Abendnachrichten gehört, dass der Unfall heute vor einem Jahr passiert ist.«

»Und da sind Sie vorbeigekommen, um sicherzugehen, dass ich mir nicht die Pulsadern aufschneide.«

»So was in der Art.« Er schwenkte den letzten Schluck Wein in seinem Glas. »Sie standen aber nicht kurz davor... Sie wissen schon...«

»Mich umzubringen.« Sie ersparte es ihm, das aussprechen zu müssen. »Nein, Malloy. Ich habe so meine Eigenheiten, aber selbstmörderische Absichten gehören nicht dazu.«

Er räusperte sich. »Gut zu wissen. Aber ich dachte mir, vielleicht... vermissen Sie ihn.«

»Da haben Sie richtig gedacht.«

Seine Entdeckung auf dem Dachboden fiel ihm wieder ein – die versteckten Briefe und die Diskette. Er wusste nicht, wie es bei den beiden gewesen war, doch er wusste, wie es war, in einer Ehe voller Geheimnisse zu leben. »Sie und Ihr Mann waren also glücklich.«

Sie stellte das Glas beiseite, schlug die Beine übereinander, legte die Füße auf den Couchtisch und verschränkte die Arme hinter dem Kopf. Sie starrte zu einem klaffenden Loch im Putz hinauf, wo Phil Leitungen freigelegt hatte, und sagte: »Habe ich geglaubt, ich sei glücklich? Absolut. Habe ich geglaubt, dass Victor und ich ein gutes Leben zusammen hatten? Oh ja. Habe ich Victor geliebt?« Ihr Ton klang beängstigend, beinahe wie ein Kreuzverhör. Das erinnerte ihn daran, dass sie lange Ermittlungen hatte durchmachen müssen.

Liebte sie Victor noch immer? Mike bedauerte schon, das Thema angesprochen zu haben. Doch er würde sich nicht von der Stelle rühren, bevor sie ihre Frage nicht beantwortet hatte.

Sie ließ die Hände in den Schoß sinken und faltete sie. »Von ganzem Herzen«, sagte sie, und er hörte ein beunruhigendes Zittern in ihrer Stimme. Sie räusperte sich. »Hat Victor mich geliebt? Kann man je wirklich wissen, was ein anderer Mensch fühlt? Ich habe früher geglaubt, das könnte man.«

»Und was denken Sie jetzt?«

»Dass ich gar nichts mehr weiß. Sie sollten wissen, dass es unklug ist, sich mit einer betrunkenen Romanschriftstellerin zu unterhalten.«

Er räumte ihre Gläser und die leere Weinflasche ans andere Ende des Couchtischs. Dann betrachtete er ihr Profil, ihre zarten Gesichtszüge; der Feuerschein ließ ihre Haut bernsteinfarben leuchten und gab ihren Augen einen kaffeebraunen Schimmer. »Sie erzählen mir aber keinen Roman.«

»Egal.« Sie zuckte mit den Schultern und starrte auf die Sicherheitsscheibe in der Ofentür.

Er strich eine verirrte Locke von ihrer Wange zurück. Er dachte nicht darüber nach, sondern tat es einfach, um festzustellen, ob ihr Haar sich so seidig anfühlte, wie es aussah. Ja! »Ihr Haar ist kürzer.«

Sie keuchte leise auf und wich zurück. »Mike –«

»Psst«, sagte er. »Ich werde dir nicht wehtun.«

»Das sagst du so einfach.« Sie musterte ihn nachdenklich. Ihre Haut glühte vom Feuer und vom Wein. »Aber vielleicht ist das gar nicht wichtig.«

Er beugte sich vor und hob sanft ihr Kinn an. Ihre vollen Lippen waren feucht vom Wein und leicht geöffnet. Er beugte sich hinab und küsste sie sacht. Nur kurz. Sie keuchte überrascht auf, und ein Ausdruck reinen Erstaunens breitete sich über ihr Gesicht. Sie neigte sich ihm ganz natürlich entgegen. Er drückte die Lippen fester auf ihren Mund und strich mit dem Daumen über ihren Kiefer, bis ihre Lippen weich wurden und sich ihm öffneten.

Ihr Geschmack machte ihn trunkener als jeder Wein. Erst blieb sie ganz steif, doch nach ein paar Sekunden stemmten sich ihre Hände nicht mehr gegen seine Brust, sondern krallten sich in sein Hemd, zogen ihn näher heran. Ein Laut kam tief aus ihrer Kehle, und er spürte ihr Verlangen, das sein eigenes spiegelte. Sie reagierte so intensiv, als entdecke sie etwas ganz Neues; man könnte denken, sie sei noch nie zuvor geküsst worden. Gleich darauf dachte er gar nichts mehr. Er hielt sie nur in den Armen, küsste sie, schmeckte sie. Sie vertrieb die Spannung und Einsamkeit aus seinen Knochen, und es war ihm egal, dass dieses Gefühl wohl nicht von Dauer sein würde. Jeder Muskel in seinen Armen war halb verhungert nach dem Körper, der Wärme, dem Wesen einer Frau. Dieser Frau.

Sie ließ sich in seine Umarmung sinken, ihre Lippen gaben nach, ihr Mund war warm. Feuer und Begehren flammten in ihm auf, schossen seine Wirbelsäule hinab. Er strich über ihre Schultern abwärts bis zur Kurve ihrer Taille und spürte sie erschauern. Mit ein wenig mehr Druck könnte es ihm gelingen, sie aufs Sofa zu legen. Mit einer zufällig wirkenden Bewegung könnte sich seine Hand unter ihren Pulli verirren. Und jeder Nerv sagte ihm, dass sie ihn nicht zurückweisen würde.

Doch obwohl alles in ihm danach drängte, hielt Mike sich zurück. Er war kein edler Ritter, doch er wusste, dass es schändlich und grausam war, die Verletzlichkeit einer so verwundbaren Frau auszunutzen, und das an einem Tag, da sich der schlimmste Tag ihres Lebens jährte. Er ignorierte das brüllende Feuer in seinem Inneren und riss sich mit einer Kraft zusammen, die er nicht in sich vermutet hätte; er zitterte beinahe vor Anstrengung. Schließlich zwang er sich, den Kuss abzubrechen, sie loszulassen, sich zu beherrschen.

Sie rührte sich nicht. Sie saß nur da, mit geschlossenen Augen, weich geküsstem Mund, leicht angehobenem Gesicht, und sie sah sehnsüchtig und sexy zugleich aus. Er wusste nicht recht, was er tun sollte. Er räusperte sich.

Sie riss die Augen auf. Sofort wurden ihre Wangen flammend rot.

Mike konnte nicht anders. Er grinste. »Schätze, das hätte ich mir nicht rausnehmen dürfen.«

»Vermutlich.«

»Muss ich mich jetzt entschuldigen?«

Sie strich mit den Fingerspitzen über ihre Unterlippe, als wolle sie nachsehen, ob sie blutete. »Wofür?«

»Weil ich dich angemacht habe.«

»Ach, das sollte das sein? Anmache?« Sie lachte. »Wenn das eine Anmache gewesen sein soll, dann war sie nicht sonderlich subtil. Eher ein Frontalangriff.«

Sie hatte ja keine Ahnung. Was er eben getan hatte, war noch gar nichts im Vergleich zu den Dingen, denen er widerstanden hatte. »Es war schließlich nur ein Kuss.«

»Tut es dir etwa leid?«

»Himmel, nein.« Lieber Gott, ja. Er würde heute Nacht kein Auge zutun.

»Dann brauchst du dich auch nicht zu entschuldigen.« Sie rückte von ihm ab, zog die Knie vor die Brust und schlang die Arme darum. In diesem Augenblick sah sie nicht aus wie eine Witwe, geschweige denn wie Victor Winslows Witwe. Die Boulevardpresse irrte sich, das wusste Mike. Diese Frau hatte niemanden umgebracht.

»Nicht nur, dass du keine Entschuldigung von mir kriegst«, neckte er sie, »ich will dich sogar noch mal küssen.«

»Ich weiß nicht, ob das eine gute Idee wäre.«

»Es gibt nur einen Weg, das herauszufinden.«

Sie wich noch ein paar Zentimeter zurück, und ihre Augen

wirkten im Feuerschein riesig. »Ich habe schon oft gehört, dass es ein Fehler ist, sich mit Leuten einzulassen, mit denen man geschäftlich zu tun hat.«

»Ach ja?«

»Das könnte kompliziert werden.«

»Wie meinst du das?«

Sie lachte und errötete wieder. »Was, wenn wir jetzt eine heiße Affäre anfangen und uns dann zerstreiten, bevor du mit dem Haus fertig bist? Dann stünde ich mit einem halb renovierten Haus und einem gebrochenen Herzen da, und du könntest die Arbeit nicht fertig machen, weil es dir unangenehm ist oder du dich schuldig fühlst und nicht mehr herkommen willst.«

Mike konnte nicht anders. Er warf den Kopf zurück und lachte aus voller Kehle. »Kein Wunder, dass du Romane schreibst«, sagte er dann. »Du denkst zu viel.«

»Ich versuche nur, alle Möglichkeiten zu berücksichtigen.«

Sie stützte das Kinn auf die angezogenen Knie und warf einen Blick auf ihr leeres Glas. »Ich glaube, ich brauche mehr Wein.«

»Soll ich dir welchen holen?«

»In der Küche steht noch eine Flasche.«

Er stand vorsichtig und, wie er hoffte, gewandt und natürlich auf. In Wahrheit hatte er eine Erektion, die anscheinend nichts davon wusste, dass er keine siebzehn mehr war. Er hoffte zu Gott, dass sie es nicht gesehen hatte. Er ließ sich Zeit, die Flasche mit dem Korkenzieher an seinem Schweizer Taschenmesser zu öffnen. Dann brachte er sie ins Wohnzimmer, schenkte ihr ein halbes Glas ein und stellte die Flasche ab. »Ich habe einen Vertrag unterschrieben und dir zugesichert, hier meine Arbeit zu machen. Egal, was zwischen uns beiden passiert. Ich werde dieses Haus in Ordnung bringen.«

Sie nippte an ihrem Wein. »Gut. Jetzt geht es mir gleich besser.«

Mike nicht. Sie entfachte ein Feuer in ihm, das sich einfach nicht wieder löschen ließ. »Ich will dir nichts vormachen«, sagte er. »Ich finde dich wahnsinnig anziehend. Ich kann nicht anders, ich will dich.«

Ihr verschlug es den Atem, und sie sah ihn erstaunt an. »Ist das dein Ernst?«

»Findest du es denn so seltsam, dass ich dich will?«

»Ich habe keine Ahnung. Und, was sollen wir jetzt machen? Eine Affäre anfangen?«

Die direkte Frage überraschte ihn, also fragte er zurück: »Möchtest du das denn?«

»Ich weiß nicht genau. Ich hatte noch nie eine Affäre, ich war noch nie in Versuchung.«

Er wusste nicht, warum, aber er glaubte ihr. Sie und Victor waren von vielen schönen Menschen umgeben gewesen, mächtigen Menschen, deren perfekt gepflegte Erscheinung in diversen Zeitschriften sie immer wieder ins Licht der Öffentlichkeit rückte. Er war sicher nicht der Erste, der sie attraktiv fand und etwas mit ihr anfangen wollte. Der Erste, der es bei ihr versuchte.

»Und bist du jetzt in Versuchung?«, fragte er weiter.

Sie musterte ihn mit verstörender Offenheit. »Vielleicht. Kann sein.«

Er versuchte weiter zu denken, als das Drängen seines Körpers zuließ, der sich schlicht weigerte, sich so zu verhalten, wie es einem vernünftigen Erwachsenen angemessen wäre. Er suchte nach einem Rest von gesundem Menschenverstand und fand ihn schließlich am seidenen Faden hängend. Seine Anwältin hatte ihm eine Regel eingehämmert. Sich diskret mit Frauen zu treffen, war in Ordnung, das erwartete man sogar von einem frisch geschiedenen Mann. Doch seine Gefühle waren alles andere als diskret.

Der mächtigste Einwand kam tief aus seinem Inneren. Seit der Scheidung war er ab und zu mit einer Frau ausgegangen, doch Sandra war die Erste, die ihn daran erinnerte, was wirklich zählte. In seinem Leben klaffte ein gewaltiges Loch, und er war noch nicht bereit, sich dem zu stellen. Und er hatte schon gar keine Ahnung, wie er es füllen sollte.

»Du brauchst einen Freund nötiger als eine Affäre«, zwang er sich zu sagen. »Du bist viel zu viel allein. Das kann nicht gut für dich sein.«

Sie trank den Wein aus und stellte das Glas beiseite. Ein verletzter Ausdruck huschte durch ihre Augen; sie hatte gelernt, niemandem zu vertrauen. »Was, zum Teufel, glaubst du eigentlich, warum ich dieses Haus schleunigst verkaufen will? Ich muss irgendwo hingehen, wo die Leute keinen Knoblauch an ihre Türen hängen, wenn sie mich kommen sehen. Wo ich auf der Straße herumspazieren kann, ohne Angst zu haben, dass man mich als Schwarze Witwe beschimpft.« Sie lauschte kurz der Musik und erschauerte. »Es ist so, ich war immer schon sehr einsam. Victor war mein erster wahrer Freund.«

Er versuchte, sich ein Leben ohne Freunde vorzustellen. Was war das für ein trübseliges Dasein? Er war sorglos aufgewachsen, umgeben von vielen Freunden, die für ihn völlig selbstverständlich waren, ebenso wie er jederzeit zum Telefon greifen und jemanden finden konnte, der mit ihm ein Bier trinken oder Billard spielen ging. Er konnte sich überhaupt nicht vorstellen, wie es anders wäre.

»Weißt du, was Victor und ich manchmal in stürmischen Nächten gemacht haben?«, fragte Sandra.

Mike wollte es nicht wissen. Er wüsste jedenfalls genau, was er in einer stürmischen Nacht mit ihr machen würde.

»Wir haben alles aufgezählt, womit wir gesegnet sind«, sagte sie, »und für jeden Segen haben wir ein M&M gegessen. Das stimmt wirklich – wir haben dagesessen und sind eine lange Liste durchgegangen – alles, von meinen Tulpenzwiebeln, die aufgegangen sind, bis hin zu der Tatsache, dass die lokale Gewerkschaft zugesagt hatte, ihn im Wahlkampf zu unterstützen. Das hört sich wahrscheinlich albern an.«

»Ich würde es eher verrückt nennen. Wenn ich in einer

stürmischen Nacht mit einer schönen Frau allein wäre, würde ich vermutlich als Allerletztes darauf kommen, irgendwas zu zählen.«

Sie lachte freudlos, als glaube sie ihm nicht. »Ich weiß gar nicht mehr, wie M&Ms aussehen.«

»Ich bring dir welche mit. Die sind ja nicht gerade schwer zu kriegen.«

»Es geht mir nicht um die M&Ms, Malloy.«

»Das weiß ich.«

»Macht es dir was aus, wenn ich so von meinem Mann erzähle?«

»Nein«, log er. Er wusste, dass sie heute reden musste.

»Wir hatten so viel gemeinsam. Alles, von unseren politischen Ansichten bis zu der Angewohnheit, sonntags immer das Kreuzworträtsel in der *Times* zu machen. Wir mussten zwei Sonntagsausgaben bestellen, damit für jeden von uns ein Rätsel da war.«

Er sah sie vor sich, wie sie in der Morgensonne über dem Kreuzworträtsel saß. Er würde sie nicht über das erste Kästchen hinauskommen lassen.

»Wir haben gern neue Rezepte und Restaurants ausprobiert. Wir sind gern in Museen gegangen, zu Konzerten oder Tennis spielen. Jetzt ist er fort, und ich habe so viel in mir, die Art von Dingen, die man mit jemandem teilt, und das alles weiß jetzt nicht, wohin.«

Ihre Worte zogen dahin wie ein langsamer, dunkler Fluss, als säße Mike gar nicht neben ihr. Dann wandte sie sich ihm zu, und ihre Augen klarten auf, als sei ihr plötzlich eingefallen, dass er bei ihr war.

»Kannst du das verstehen?«

»Ja. Ich glaube schon.« Er hasste Museen. Tennis hielt er für einen schlechten Witz. Und Kreuzworträtsel? Er sollte gar nicht hier sein – er konnte nicht das sein, was sie brauchte.

Sie trank das Glas leer.

»In dieser Nacht vor einem Jahr habe ich zwei Menschen

verloren. Meinen Mann und meinen besten Freund.« Sie hob die Hand und strich sich eine Locke aus dem Gesicht. »Ich glaube nicht, dass ich schon so weit bin, eine Affäre zu haben. Vielleicht nie.«

Sie grinste, schief und angetrunken.

»Ich mag dich zu sehr als einen Freund, um eine Affäre mit dir zu haben.«

»Ich verstehe«, sagte er und bemühte sich, auch so auszusehen.

Aber er wollte immer noch mit ihr ins Bett.

19

Ein nagelneuer, dollargrüner Lexus raste über die Auffahrt aufs Haus zu, dass der Muschelkies nur so spritzte, nahm die Kurve ein wenig zu flott und bremste ein wenig zu scharf.

Aus dem stilvollen Interieur in Wurzelholz und Leder sprang ein menschlicher Dynamo, bewaffnet mit einer kleinen Digitalkamera, Pager und Handy an der Handtasche und einem Klemmbrett voller Immobilienangebote. Ihr Kostüm war von Armani, die Pumps von Prada und der Schmuck zweifellos echt.

Sandra stand an der Haustür und wartete auf die Immobilienmaklerin, doch die kam nicht zur Tür. Stattdessen begutachtete sie das Anwesen. Sie ging vor dem Haus auf und ab, schoss ein paar Fotos und diktierte etwas in einen kleinen Recorder, den sie in der Hand hielt. Dann ging sie über die Auffahrt zur anderen Seite, um sich die Aussicht anzusehen.

Als Sandra schließlich auf die Veranda hinaustrat, schwankte sie zwischen Bewunderung und Ärger. Sie schätzte das entschlossene Auftreten dieser Frau und störte sich zugleich an ihrer brüsken Neugier. »Hallo«, sagte sie. »Sie müssen Miss Witkowski sein.«

»Sparky«, sagte die Frau und ließ rasch den Blick über die Veranda schweifen. »Nennen Sie mich Sparky. Und Sie sind Sandra Winslow.«

»Kommen Sie doch herein.« Sandra fragte sich, warum, um Himmels willen, eine erwachsene Frau wohl Sparky genannt werden wollte.

»Mein richtiger Name ist Gertrude«, erklärte diese, als hätte sie Sandras Gedanken gelesen.

Milton Banks hatte ihr Miss Witkowski empfohlen, die sich auf Häuser und Grundstücke am Meer spezialisiert hatte. Milton zufolge verfügte sie über jahrelange Erfahrung im Verkauf besonders teurer Immobilien. Sparky war als aggressive Verkäuferin bekannt, die sich vor allem für ihre Provision interessierte und nicht für den Bekanntheitsgrad ihrer Kundschaft. Das machte sie so perfekt für Sandra.

Doch heute, so stellte Sandra fest, hatte sie keine Lust, über die Immobilienmaklerin nachzudenken. Sie wollte lieber an Mike Malloy denken, und wie er sie geküsst hatte. Sie schüttelte sich innerlich und fragte: »Kann ich Ihnen eine Tasse Tee anbieten? Ich habe auch Kaffee, oder wenn Sie lieber etwas Kaltes –«

»Nein, danke.« Sparky drehte sich im Entree einmal um sich selbst. »Glauben Sie mir, ich brauche keinen Kaffee.« Sie würdigte Sandra kaum eines Blickes, sondern sah sich weiter ungerührt das Haus an, wobei ihre Augen in ständiger Bewegung blieben. »Also, ich arbeite folgendermaßen. Sehen wir uns erst mal alles an, damit ich ein Gefühl für das Haus bekomme. Dann mache ich eine Aufstellung für den Kaufpreis und einen Marketing-Plan, und dann sehen wir weiter.«

»Klingt vernünftig.« Sandra wies vage auf das Entree. Lautes Hämmern und der Lärm von Elektrowerkzeugen schallte durch das alte Haus. »Wie Sie sehen, lasse ich hier noch einiges machen, bevor ich es zum Verkauf ausschreibe.«

»Gut. Sonst hätte ich darauf bestehen müssen.« Sparky kritzelte etwas auf ihren Notizblock. »Wie viel lassen Sie machen?«

»Ziemlich viel. Der Bauunternehmer sagt, die Substanz sei in Ordnung, aber es ist eben lange nichts mehr gemacht worden. Das Haus ist als historisches Gebäude registriert.«

»Das ist ein riesiger Pluspunkt. *Riesig*. Denken Sie nur daran, jede bauliche Änderung mit mir zu besprechen.«

Sandra lachte auf, doch sie schwieg rasch, als sie merkte,

dass Sparky das sehr ernst meinte. Die Denkmalschützer konnten ihr vielleicht Fenstergrößen und Wandfarben vorschreiben, doch Sparky wusste offensichtlich genau, was ein Haus gut verkäuflich machte. Während die Maklerin durchs Erdgeschoss ging, erklärte sie ununterbrochen, wie was gemacht werden sollte, gab ihre Meinung über die Farbgestaltung und Raumaufteilung von sich, über die strategisch günstigste Platzierung von Topfpflanzen, die Scheußlichkeit der Vorhänge mit überdimensioniertem Rosenmuster im Esszimmer und die absolut unverdorbene Vollkommenheit der Aussicht nach Osten. Sie trampelte hinunter in den Keller, unterhielt sich kurz und erstaunlich sachkundig mit Phil über Leitungen und Elektrik des Hauses und stürmte dann in den ersten Stock.

Dort stießen sie auf Mike Malloy, der gerade eine Wand reparierte. Er hatte den Putz abgeschlagen und uralte Latten aus dunklem Holz freigelegt, die aussahen wie die Rippen eines Fossils. Mit aufgerollten Hemdsärmeln, einer Staubmaske vor Mund und Nase, Hammer und Meißel in den Händen, sah er aus wie ein primitiver Chirurg. Als er sie kommen sah, zog er die Maske herunter, sodass sie um seinen Hals baumelte.

Sparky blieb wie angewurzelt stehen. »Du meine Güte, das ist ja nicht zu glauben. Wir haben uns schon ewig nicht mehr gesehen, Mike.«

Er wischte sich die Hand an einem roten Halstuch ab und streckte sie ihr entgegen. »Hallo, Sparky. Freut mich, dich mal wiederzusehen.«

»Du renovierst also dieses Haus«, sagte sie. »Dann erhöhe ich doch gleich mal den Kaufpreis um weitere vierzigtausend.«

»Lass dich nur zu keinen Dummheiten hinreißen.«

»Von dir lasse ich mich doch immer hinreißen, Mike.« Sie lachte und legte ihm locker und vertraut eine Hand auf den Arm.

Als Sandra die beiden so sah, bekam sie ein kaltes Gefühl im Magen. Sie beneidete sie um ihren lockeren Umgang und fühlte sich von ihrer Freundschaft seltsam bedroht.

Sparky wandte sich zu ihr um und sagte: »Er hat schon die berühmtesten Preise für seine Restaurierungen bekommen, wissen Sie das?«

»Tatsächlich?«

»Es gab auch schon Berichte über ihn in Fachzeitschriften für Architektur.« Wieder legte sie ihm eine Hand auf den Arm, wo ihre rot lackierten Fingernägel einen seltsamen Kontrast zu seiner staubigen Haut bildeten. »Du hast in Newport einen fantastischen Ruf, mein Freund.«

»Hoffentlich wirkt sich das auch weiterhin bei den Baugenehmigungen aus.« Er entzog ihr seinen Arm und sah auf seine mit Farbe bespritzte Armbanduhr. »Ich muss heute Nachmittag ein paar Unterlagen in Newport vorbeibringen«, sagte er in geschäftsmäßigem Ton zu Sandra. »Morgen bin ich gleich in der Früh wieder da.«

Sie war gehemmt, als sei er ihr noch nie begegnet, weshalb sie nur ein Nicken zustande brachte und sagte: »Ist gut.«

»Dann bis bald, Mike«, sagte Sparky, die ihn ein wenig zu lange ansah. »Ruf mich doch mal an.«

»Mach ich.« Er ging die Treppe hinunter.

»Wirst du nicht, aber man kann's ja mal versuchen«, rief Sparky ihm nach und wandte sich dann Sandra zu. »In Newport bezahlen die Leute Spitzenpreise für ein Haus, das von Malloy&Meola-Renovierungen hergerichtet wurde.«

Sandra folgte ihr ins große Schlafzimmer. Mike hatte ihr das nicht erzählt. Nicht, dass er dazu verpflichtet wäre, ermahnte sie sich.

Sie war ihm den ganzen Tag lang aus dem Weg gegangen, schaffte es aber nicht, ihn aus ihren Gedanken zu verjagen. Sie zwang sich, sich zu beschäftigen, rief ihre Agentin an und ihre Freundin Barbara, die immer den neuesten Klatsch aus der Verlagswelt kannte. Sie rief auch ihren Vater an, um sich zu vergewissern, dass er ohne ihre Mutter zurechtkam. Prima, hatte er behauptet.

Lügner, hatte sie gedacht.

Und dann dachte sie doch wieder an Mike – seine starken Arme, die dunkle Locke, die ihm immer in die Stirn fiel, seine Jeans, die an genau den richtigen Stellen ausgeblichen wirkten, wie erstaunlich weich sein Mund sich anfühlte, wenn er sie küsste. Ein feuchter, hemmungsloser Kuss, bei dem sie innerlich dahinschmolz. Ihre eigene plötzliche, hitzige Reaktion hatte sie überrascht, und sie fragte sich, wo all diese Leidenschaft auf einmal herkam, wie lange sie schon in ihr verschlossen ruhte und nur darauf wartete, endlich freizukommen. Sie hatte peinlich intensiv auf ihn reagiert. Nach dem gestrigen Abend wusste sie nicht mehr, wie sie sich ihm gegenüber verhalten sollte. Sollte sie so weitermachen wie bisher und so tun, als sei nichts geschehen? Oder sollte sie eher – na ja, wie verhielt sich denn eine Frau gegenüber einem Mann, der sie so geküsst hatte? Wie verhielt sie sich, wenn sie mit jeder Faser Ja zu ihm sagen wollte, aber wusste, dass das ein Fehler wäre?

»Sie haben Glück, dass Sie ihn bekommen haben«, warf Sparky über die Schulter zurück, als sie die quietschenden Holzstufen zum Dachboden hinaufstiegen. Dort war es düster und kühl, der Geruch von altem Holz und Staub hing schwer in der Luft.

»Wie bitte?« Sandra spürte, wie ihr die Röte in die Wangen stieg. War sie so leicht zu durchschauen?

Natürlich war sie das. Als er sie geküsst hatte, hatte die Erde unter ihr einen Ruck getan, und das konnte sie nicht nur dem Wein zuschreiben.

Sie und Sparky stellten sich an eines der erneuerten Fenster und blickten auf den Garten hinab. Mikes alter Pick-up rollte davon, und trotz der Kälte ruhte sein Ellbogen im offenen Fenster.

»Als er noch in Newport gearbeitet hat, hatte er eine zweijährige Warteliste«, erklärte Sparky. »Seine Firma hat Millionenumsätze gemacht.«

Sandra stieß ein erleichtertes Seufzen aus. Die Maklerin hatte davon gesprochen, ihn als *Handwerker* zu bekommen.

»Damit war Schluss, als seine Frau sich hat scheiden lassen.« Sparky senkte die Stimme. »Das hat ihn so ziemlich alles gekostet, was er hatte. Das Geschäft lief auf seinen Schwiegervater, und der hat sich alles gesichert, als Mike und Angela sich getrennt haben.« Sparky inspizierte das Treppengeländer, das neue Messingbolzen bekommen hatte, und nickte befriedigt. »Also muss er ganz von vorn anfangen. Das Ganze hat nur ein Gutes. Wenigstens ist er jetzt wieder Single.«

»Und das ist etwas Gutes?«, wagte Sandra zu fragen. Sie führte Sparky an turmhoch gestapelten Kisten vorbei.

»Machen Sie Witze? Sie haben den Mann doch gesehen. Ein wandelnder Sexgott.«

Ich bin also nicht die Einzige, dachte Sandra und senkte den Kopf, um ihr Lächeln zu verbergen. Diese Unterhaltung erinnerte sie an College-Zeiten, wenn die Mädchen zur Bekräftigung ihrer Freundschaft Geheimnisse über Jungs austauschten. Sandra hatte natürlich nie mitgeredet, aber sie konnte sich noch an die manchmal urkomischen, manchmal recht brutalen Urteile erinnern, die Frauen über Männer trafen.

»Es überrascht mich nicht, dass er nach Paradise zurückgekehrt ist«, bemerkte Sparky und überprüfte die neuen Gaubenfenster.

Sandra runzelte die Stirn. »Zurückgekehrt? Sie meinen, er hat hier früher schon gelebt?«

»Er ist hier aufgewachsen. Hat er Ihnen das nicht erzählt? Dachboden in Ordnung.« Sparky machte auf dem Absatz kehrt und ging wieder hinunter, um sich die Küche näher anzusehen. Sie ratterte in einem fort ihre Ansichten über die Einbauschränke und den Wintergarten herunter, nahm sich dann den Garten vor, erstellte eine Liste der Gartenarbeiten, die noch gemacht werden sollten, und versprach, sich bald wieder bei Sandra zu melden.

Sandra hörte ihr nicht so aufmerksam zu, wie es vielleicht nötig gewesen wäre. Sie war zu sehr mit Sparkys Bemerkung beschäftigt, dass Mike Malloy hier in Paradise aufgewachsen war. Natürlich war er nicht verpflichtet, ihr das zu erzählen, aber es störte sie, dass er es ihr verschwiegen hatte. Das störte sie sogar sehr.

Als sie Sparky zu deren Auto begleitete, drehte die Maklerin sich noch einmal zu ihr um. »Es gibt da eine Frage, die ich allen meinen Klienten stelle«, sagte sie. »Sie finden das vielleicht albern, aber es ist mir wichtig.«

»Wir haben beide dasselbe Ziel«, erwiderte Sandra. »Also, was kann ich für Sie tun?«

»Ich möchte, dass Sie sich etwas überlegen. Stellen Sie sich Ihren Wunschkäufer vor. Nicht einfach jemanden, der das nötige Kleingeld aufbringen kann. Jemanden, den Sie gern hier leben sehen würden, in dem Haus, das Ihr Zuhause war. Ich weiß nicht genau, warum das funktioniert – tut es natürlich auch nicht immer –, aber wenn der Verkäufer den Käufer sympathisch findet, geht der Verkauf viel reibungsloser über die Bühne.«

»Ich würde jeden sympathisch finden, der mir ein akzeptables Angebot macht.«

»Versuchen Sie's trotzdem mal, okay?«

»Ich werde darüber nachdenken, aber erwarten Sie nicht allzu viel von mir. Sie verstehen sicher, warum ich dieses Haus schnellstmöglich verkaufen will. Ich habe nicht vor, allzu wählerisch zu sein, wenn es darum geht, an wen ich es verkaufe.«

»Sie wären überrascht, was das bringt. Zumindest wird mir Ihre Vorstellung des idealen Käufers helfen, eine gute Marketing-Strategie zu finden. Wenn ich weiß, dass Sie sich ein älteres Ehepaar vorstellen, das hier seinen Ruhestand genießt, werde ich meine Strategie darauf ausrichten. Wenn Sie sich eine lebhafte junge Familie vorstellen, gehe ich ein wenig anders vor. Verstehen Sie, was ich meine?«

»Ich werde darüber nachdenken.« *Zehn potenzielle Käufer für mein Zuhause...* Sandra fand die Vorstellung abscheulich. Sie versuchte, sich innerlich von diesem Haus zu lösen, und nun sollte sie sich ausmalen, wer darin leben würde, wenn es fertig restauriert war. Die Vorstellung, dass andere Leute – Fremde – hier einzogen, war schmerzlicher, als sie erwartet hatte.

Sie blieb in der Auffahrt stehen, als Sparky mit dem Lexus davonraste, und sah ihr nach, bis der Wagen auf der Küstenstraße in einer Kurve verschwand. Doch sie beschäftigte sich nicht mit der Aufgabe, die Sparky ihr gegeben hatte.

Sie dachte über Malloy nach.

Er war also von hier. Sie wusste, dass er genau im selben Alter war wie Victor, wenn er noch gelebt hatte. Besorgt eilte sie ins Haus und sah sich noch einmal auf dem Dachboden um. Die vielen Kisten hatte sie nicht mehr angesehen, seit sie alles hastig zusammengepackt hatte und aus dem Haus ausgezogen war, in dem sie mit Victor gelebt hatte. Es waren nicht viele Kisten zu durchsuchen. Sie und Victor hatten nicht viel gemeinsame Geschichte angehäuft.

Sie knipste das Licht an und inspizierte den Stapel Kisten, das Archiv ihres gemeinsamen Lebens. Sie war frisch vom College gekommen, mit einem Koffer voller Kleider, die der Frau eines Politikers nicht angemessen waren, mit ein paar Kisten Büchern und Manuskripten, die sich im Lauf der Jahre angesammelt hatten, Stapeln von Notizbüchern und einem Ordner voll Absagen von Zeitschriften und Verlagen. Bis sie Victor kennengelernt hatte, war ihr Leben so mittelmäßig gewesen, dass es in ein paar mittelgroße Umzugskisten passte.

Victor war zehn Jahre älter als sie gewesen und hatte wesentlich mehr vorzuweisen gehabt – und noch viel mehr zu verbergen. Er war ungeheuer erfolgreich gewesen, ein wahrer

Supermann, vermutlich von Geburt an. Wie konnte es auch anders sein, mit einem Kriegshelden als Vater, der nun im Rollstuhl saß und Geistlicher war; mit einer Dame der Gesellschaft als Mutter, deren Vermögen es mit dem der Bouviers aufnehmen konnte?

In einer Kiste mit der Aufschrift »1966 bis 1982« hatte er Dinge aus seiner Kindheit aufbewahrt, die seine Mutter liebevoll gesammelt und ihm zur Hochzeit geschenkt hatte. Seine stolzen Eltern hatten jeden Meilenstein seiner Entwicklung dokumentiert: sein erster ausgefallener Milchzahn war in einer kleinen silbernen Dose verwahrt, in die das Datum jenes segensreichen Tages eingraviert war. Zum Abschluss jedes Schuljahrs hatten sie ihn in einem professionellen Porträtstudio fotografieren lassen, denn die gewöhnlichen, ewig gleichen Posen des Schulfotografen erschienen ihnen nicht angemessen. Es gab Erinnerungsstücke an seine Triumphe bei Schwimmwettkämpfen, im Ringen, in Leichtathletik, Tennis und Golf. Belobigungen für herausragende schulische Leistungen. Seine Anstecknadel von den Pfadfindern hing an einem verblassten Band. Da war sogar ein gerahmtes Foto von ihm, auf dem er als Sechzehnjähriger zu sehen war, beim Händedruck mit Präsident Jimmy Carter anlässlich der feierlichen Ehrung besonders herausragender Highschool-Schüler.

Die ganze Kiste drehte sich nur um Victor, fiel ihr nun auf. Keine Freunde oder Schulkameraden, nur Victor und seine Erfolge. Victor und sein Leben im Licht der Öffentlichkeit. Diese Sachen gehörten jetzt eigentlich ihren Schwiegereltern, dachte Sandra. Sie hatte ihn damals noch gar nicht gekannt. Sie würde Milton fragen, wie sie sie den Winslows zurückgeben sollte.

Ihr Sohn, ihre Trophäe. Er hatte ihnen alles bedeutet.

Während Sandra die Vergangenheit entstaubte und alte Dinge ans Licht brachte, überkam sie eine dunkle Vorahnung. Irgendetwas stand kurz davor, entdeckt, enthüllt zu werden. Eine furchtbare Anspannung ergriff sie. Sie spürte ihre Gefühle langsam hochkochen und ignorierte sie. Systematisch arbeitete sie sich durch die beschrifteten Kisten und zwang sich, sich auf ihr Ziel zu konzentrieren – sie wollte herausfinden, ob Mike Victor je begegnet war. Sie erlaubte sich nicht, über irgendetwas anderes nachzudenken. Es war zu schwer, selbst jetzt noch. Als sie auf die Kiste stieß, auf die sie hastig »Altes Bettzeug etc.« geschrieben hatte, schob sie sie beiseite, wobei ihr ein Riss in der Pappe auffiel; hoffentlich hielt der Karton.

Schließlich fand sie die Kiste, die sie gesucht hatte, säuberlich von Victor beschriftet: »Sportpokale, College & Jahrbücher.«

Sie öffnete den Karton und holte eine Sammlung verschiedener Pokale in Stoffhüllen heraus, und dann nahm sie sich die Bücher vor. Wie alle privilegierten Jungen in New England hatte auch Victor eigentlich ein Internat besuchen sollen. Sie erinnerte sich vage daran, dass er ihr einmal davon erzählt hatte. Er war 1977 in der sehr angesehenen Brice Hall eingeschrieben worden, doch nur ein paar Wochen dort geblieben; er war nach Hause gekommen und hatte die lokale Highschool besucht. Nach diesem einen Mal hatte er nie wieder davon gesprochen.

Sie fand ein Jahrbuch von 1982, sein letztes Schuljahr. Ein seidenes Band markierte die Seite, die Victor und seinen Leistungen gewidmet war. Klassensprecher, Pfadfinder, Schulmannschaft Schwimmen, Schulmannschaft Ringen, Schulmannschaft alles Mögliche... die Liste nahm kein Ende. Er hatte praktisch in Schulmannschaften gelebt.

Sie blätterte vom W zurück zum M und brauchte nur Sekunden, um Malloy zu finden.

Sie erschauerte und bekam eine Gänsehaut, als sie das alte Jahrbuch zum Fenster brachte und sich setzte, sodass die Nachmittagssonne auf die Seiten fiel. Michael Patrick Malloy.

Der köchelnde Ärger in ihr brodelte immer höher. Warum hatte er ihr nichts gesagt?

Sie starrte auf das Farbfoto. Wie hatte Sparky ihn noch genannt? Einen wandelnden Sexgott. Das traf zu, und es war auch vor zwanzig Jahren zutreffend gewesen. Er sah aus wie der junge Tom Cruise, mit kräftigem Kinn und ordentlichem Haarschnitt, aber obendrein mit einer glühenden Erotik gesegnet, die den Unterschied ausmachte zwischen »Junge von nebenan« und »Herzensbrecher«. Er grinste in die Kamera, als sei der Fotograf die Erste Cheerleaderin und er hätte gerade die State Championships gewonnen. Er trug eine Lederjacke, bequeme Jeans und ein Lächeln, das ihr Herz schneller schlagen ließ, obwohl sie einen Teenager vor sich hatte.

Seine Highschool-Jahre waren nicht so Erfolg verheißend wie Victors, aber das war nur natürlich. Dennoch hatte Mike ziemlich viel vorzuweisen: Schulmannschaft Football, Schwimmen, Mitglied in diversen Clubs, freiwilliger sozialer Dienst beim Denkmalschutz. Bei seinen Zielen stand, er wolle Architekt werden.

Sie zermarterte sich das Hirn und versuchte, sich genau zu erinnern, ob Victor Mike je erwähnt hatte. Hatte er nicht. Victor hatte nur ausgewählte Dinge aus seiner Vergangenheit erzählt. Nur das, was sie seiner Meinung nach wissen sollte.

Sie las, was Malloy ganz unten auf der Seite in präziser, eckiger Handschrift geschrieben hatte. Sie erkannte sie von all den Unterlagen für die Restaurierung, über denen sie gemeinsam gebrütet hatten. »Na, Vic – ich weiß nicht, was ich schreiben soll – dürfte Dich kaum überraschen. Du bist derjenige, der immer die richtigen Worte findet, nicht ich. Was wir nie vergessen sollten: Scarborough Beach, den blauen Impala, die nationale Regatta, Linda Lipschitz, das alte Bootshaus – Geigenmusik – Du bist der Beste, und Du wirst immer der Beste bleiben ... Ich würde jetzt nicht mal aufs College kommen, wenn Du nicht gewesen wärst, also immer schön cool bleiben und so weiter, Mann. Cowabunga, MM.«

Sie knallte das Buch über dem grinsenden, allzu gut aussehenden Teenager zu.

Sie kam sich vor wie ein Vollidiot. Sie hatte zugelassen, dass er ihre quälende Einsamkeit durchbrach. Sie hatte zugelassen, dass sie sich zu ihm hingezogen fühlte, und der Stachel der Lust hatte ihre Gefühle noch verstärkt, ihre Nerven an manchen Stellen bloß gelegt.

Eigentlich sollte sie Sparky dankbar sein. Die Frau hatte ihr einen Grund geliefert, ihn von sich wegzustoßen, als sie gerade anfing, ihm zu vertrauen.

Sie packte die alten Bücher wieder in die staubige Kiste und stapfte die Treppe hinunter. Malloy war weggefahren, bevor sie ihn zur Rede stellen konnte. Er kam erst morgen wieder.

Zum Teufel damit, dachte sie und ging ins Bad, um sich Staub und Spinnweben von den Händen zu waschen. Diese neuen Erkenntnisse brannten ein immer größeres Loch in ihr Herz. Sie hatte nicht vor, bis morgen zu warten.

20

»Im YMCA war heute so eine Talentshow, weißt du?« Kevins Stimme drang laut aus dem Hörer.

»Nur weiter, mein Junge.« Mike war eben tropfend aus der Dusche gekommen, schlang sich ein Handtuch um die Hüften und quetschte sich aus dem winzigen Bad. Das Telefon hatte geklingelt, bevor er sich hatte abtrocknen können, und er fror. Er hätte Kevin in ein paar Minuten zurückrufen können, doch der plapperte so aufgeregt, dass er ihn nicht unterbrechen wollte.

»Und die meisten Nummern waren ziemlich lahm, Travis Gannon hat seine Entenlockrufe vorgemacht, und Kandy Procter hat so ein Ballett-Stück getanzt, die sah aus wie ein wild gewordener Spatz. Dann setzt sich David Bates an das Klavier auf der Bühne – eines von diesen riesigen, die so eine Kurve im Deckel haben.«

»Du meinst einen Flügel.«

»Genau, also, er setzt sich hin und sieht irgendwie nervös aus, und dann muss er plötzlich kotzen.«

»Du machst Witze.«

»Nein, er hat voll auf die Tasten gereihert. Das war vielleicht cool. Mrs Primosic hat gesagt, sie müssen jemanden von einer speziellen Firma holen, der die Tastatur auseinander nimmt und alles wieder sauber macht. War das scharf.«

»Glaub ich gern.« Mike telefonierte jeden Abend mit seinen Kindern, und er konnte nie wissen, was er zu hören bekommen würde. Es gefiel ihm gar nicht, dass er allmählich richtig gut darin wurde, sich ihre Gesichter vorzustellen, während sie ihm erzählten, was sie erlebt hatten. Aber es war nun einmal so, dass er ein haargenaues Bild von Kevin vor seinem inneren Auge erstehen lassen konnte, wenn der seine vier Körbe in einem Basketballspiel beschrieb, oder von Mary Margarets verträumtem Gesicht, wenn sie ihm von einem Schulausflug in ein Museum oder zum Geburtshaus von Gilbert Stuart erzählte.

Manchmal wollte er sie nur halten und fühlen, ihr Haar riechen, wenn sie beim abendlichen Vorlesen die Köpfe an seine Schultern legten. Manchmal wollte er ihre Wärme spüren, so sehr, dass es wehtat.

»Und, gibt's sonst noch was Neues und Aufregendes in deinem Leben?«, fragte er.

»Glaub nicht. Wenn mir was einfällt, ruf ich noch mal an. Was machst du denn, Dad?«

Mike starrte auf seine nackten Füße hinab und rieb sich mit der Hand über die nasse Brust. »Ich komme gerade aus der Dusche. Jetzt wollte ich mir eine Dose Thunfisch aufmachen und noch ein bisschen Buchhaltung erledigen.«

»Laaangweilig.«

Allerdings, dachte Mike. Er würde alles darum geben, den Abend mit seiner Familie verbringen zu können, selbst wenn sie nur vor dem Fernseher saßen. Mit jedem Tag erkannte er deutlicher, dass er einfach nicht dafür geschaffen war, allein zu leben.

»Und was macht deine Schwester so?«

»Warte, ich hol sie. Mary Margaret, Telefon!«, brüllte er, ohne den Hörer zuzuhalten. Mike verzog das Gesicht, hörte ein Klicken und dann ein Rascheln, als seine Tochter an einem anderen Apparat abhob.

»Hallo, Dad.«

»Hallo, mein Schatz. Hast du diese Talentshow auch gesehen?«

»Ja. War ganz nett, bis dieser Kerl gekotzt hat.«

»Kevin fand das am allerbesten.«

»Kann ich mir denken. Glaub mir, da hast du nichts verpasst.«

»Doch, euch. Ich vermisse dich, Schätzchen.« – »Ich dich auch.« Ein Lächeln ließ ihre Stimme weicher klingen.

»Ich habe das Kleid, Dad. Das für den Valentinsball.«

Im Hintergrund machte Kevin würgende Geräusche.

»Verzieh dich, Idiot!«, schrie Mary Margaret ihn an.

Mike hielt den Hörer kurz vom Ohr weg. Dann hörte er Schritte, als Mary Margaret sich anscheinend mit dem schnurlosen Telefon ein ungestörtes Plätzchen suchte. Er stellte sich vor, wie sie sich in ihre Lieblingsnische auf dem oberen Treppenabsatz kauerte, das Telefon in der einen Hand, während sie sich mit der anderen eine Locke um den Finger wickelte. Seine menschenscheue, hübsche Tochter, die so schnell erwachsen wurde. »Du hast dir bestimmt etwas ganz Tolles ausgesucht«, sagte er.

»Es ist hellgrün und hat so ganz dünne Ärmel. Mom und ich waren bei Filene, und ich durfte mir auch noch passende Schuhe kaufen.«

»Ich kann es kaum erwarten, dich darin zu sehen«, erwiderte er. Angela war schon immer eine Meisterin im Einkaufen gewesen – er bezahlte jetzt noch ihre Kreditkarten-Schulden ab. Er zweifelte nicht daran, dass das Kleid wirklich sehr schön war. »Sag mal, hast du die Bücher schon gelesen, die wir aus der Bibliothek ausgeliehen haben?«

»Eines hab ich fertig und das andere habe ich schon halb gelesen. Sie sind super.«

Das fand Mike auch. Er hatte neulich eines gekauft, weil er neugierig auf Sandras Geschichten war. In dem Buch, das er gelesen hatte, ging es um ein schüchternes Mädchen, das in sehr ungewöhnliche Umstände geriet und mutig und stark sein musste und das sich am Ende gegen diese Umstände auflehnte. Autobiografisch?, fragte er sich.

»Ich muss Schluss machen, Dad. Ich habe versprochen, mit Kevin und Carmine noch ein paar Körbe zu werfen. Er hat in der Einfahrt Flutlichter eingebaut.«

»Toll.« Mike wand sich innerlich, als er sich vorstellte, wie Strahler auf Aluminiummasten die umgebaute Remise aus dem Jahr 1847 verschandelten. »Wir hören uns morgen.«
»Ich hab dich lieb, Dad.«
»Ich dich auch, mein Schatz.«
Er legte auf und versuchte, sich zu beruhigen. Draußen frischte der Wind auf und ließ das Boot schaukeln. Er sagte sich, er sollte sich allmählich daran gewöhnen, dass ein anderer Kerl in seinem Haus wohnte, mit seiner Exfrau schlief, mit seinen Kindern spielte und sie jeden Abend zu Bett brachte. Heutzutage gab es Millionen alleinstehender Väter, ermahnte er sich. Sie lebten alle irgendwie damit.

Doch Mike konnte sich einfach nicht daran gewöhnen, egal, wie viel Zeit verstrich.

Um ein wenig Gesellschaft zu haben, während er sich anzog, schaltete Mike den kleinen Fernseher ein. Courtney Procter saß an ihrem Pult im Studio, kühl und kompetent, so perfekt zurechtgemacht wie eine Puppe. Mike dachte an das Angebot, das ihr Mitarbeiter ihm gemacht hatte, schaltete das Ding wieder aus und stellte stattdessen das Radio an, wo gerade Aimee Mann lief.

Gleich darauf hörte er Schritte oben auf dem Deck. Zeke sprang auf und warf sich gegen die Glastür. Es war schon dunkel, und die Jalousie war zugezogen. Mike schob die Tür auf und spürte den eisigen Wind auf seiner nackten Brust und an den Beinen. Im gelblichen Schimmer der Hafenbeleuchtung stand Sandra Winslow.

Seine Reaktion auf ihren Anblick war spontan und natürlich. Er hielt das Handtuch um seine Hüften sicherheitshalber fest, grinste trotz des bitterkalten Windes, der zur Tür hereinblies, und sagte: »Hallo, schöne Fremde.«

»Du...« Sie hielt inne, ihr Mund verzog sich, und dann hob sie die Stimme. »Das kannst du zweimal sagen.« Sie schien gar nicht zu bemerken, dass er so gut wie nackt war und dass der Hund zu ihren Füßen einen Freudentanz aufführte. Sie wartete nicht auf eine Einladung, sondern hielt sich am Geländer fest und kam an Bord. Sie trug Jeans – Frauen in Jeans gefielen ihm besonders gut –, Handschuhe, die nicht zusammenpassten und einen viel zu großen Parka.

»Was soll ich zweimal sagen?«, fragte er, abgelenkt vom Anblick ihres Schenkels, als sie in die Kabine trat. Er stellte das Radio leiser.

»Fremde. Ich dachte, wir wären mehr als zwei Fremde, aber anscheinend beruht das nicht auf Gegenseitigkeit.« Der Sturm schaukelte das Boot kräftig, und sie musste sich rasch an einem Handlauf festhalten. Zeke gab es auf, ihre Aufmerksamkeit erregen zu wollen, und ließ sich auf seinem Kissen nieder.

»Das musst du mir näher erklären.« Der Wind heulte kalt in den Salon herein. Es war eine scheußliche Nacht, die sehr stürmisch zu werden versprach; der Wind pfiff durch die Flaggleinen, und Mike beeilte sich, die Tür zu schließen. »Warte bitte einen Moment. Ich muss mir schnell was anziehen, bevor ich mir die Ei... – bevor ich erfriere.« Er duckte sich durch die Tür zur Kajüte und schlüpfte in eine graue Jogginghose. Dann zog er sich ein altes Uni-Sweatshirt über und ging zurück in den Salon. Sie war hier. Sandra war hier. Er konnte es kaum fassen.

Was wollte sie?, fragte er sich und rubbelte sich hastig das Haar mit einem Handtuch trocken. Es knirschte laut, als das Boot an den Tauen zerrte. Was, zum Teufel, hatte sie auf seinem Boot zu suchen, in seinem Leben? Keiner von ihnen war im Augenblick in der Lage, irgendetwas anzufangen. Keiner von beiden wollte die Hitze spüren, die die Luft zwischen ihnen entzündete, jedes Mal, wenn sie zusammen waren, doch wie der Sturm, der sich draußen zusammenbraute, konnte man es weder ändern noch ignorieren. Mike kam zu dem Schluss, dass er beides einfach überstehen und hoffen musste, dass es bald vorüberging.

»Willkommen an Bord der *Fat Chance*«, sagte er. »Wie hast du mich hier gefunden?«

»Dein Name und die Nummer der Anlegestelle stehen auf dem Briefkasten, und das Tor zur Pier war nicht abgeschlossen.« Sie stand mitten im Raum und sah sich um. Mike spürte förmlich, wie sie alles abschätzend betrachtete – geschäftliche Unterlagen, die aus sämtlichen Regalen quollen, Navigationsinstrumente, der Computer, schief hängende Bilder von den Kindern, Zeichnungen von Kevin und Mary Margarets Einser-Schulaufgaben an dem kleinen Kühlschrank. Sandra sagte nichts, doch er hatte trotzdem das Gefühl, sich rechtfertigen zu müssen. Das hier ist mein Leben, dachte er und fragte sich, was sie davon hielt, da sie es nun zum ersten Mal sah.

»Kann ich etwas für dich tun?«, fragte er.

»Warum hast du mir nicht erzählt, dass du Victors bester Freund warst?«

Holla. Das hatte er nicht erwartet. »Sparky hat geplaudert.« Eine Feststellung, keine Frage.

»Sie wusste ja nicht, dass du es mir verheimlichst.«

»So ein Unsinn, Sandra, ich habe dir nichts verheimlicht. Dass ich mit Victor befreundet war ... das ist doch schon ewig her. Ich habe es einfach nicht für so wichtig gehalten.«

»Im Moment ist alles wichtig. Tu bloß nicht so, als wüsstest du das nicht.«

»Also gut, ich hätte dir etwas sagen müssen. Aber ich weiß nicht, was. Wir waren als Kinder gute Freunde, aber nach der Highschool haben wir uns aus den Augen verloren. Ich wette, Victor hat auch nie von mir gesprochen.«

»Nein, aber –«

»Das ist doch keine große Sache.«

»Du hast mich belogen. Na schön, du hast nichts erfunden, sondern nur etwas weggelassen, aber warum wolltest du es mir verheimlichen?«

»Weil ich nie weiß, was du als Nächstes tun wirst, verdammt«, fuhr er sie an; beide waren über diesen plötzlichen Temperamentsausbruch erstaunt. »Mal ehrlich, Sandy, du bist nicht gerade berechenbar. In einem Moment gehst du mir wegen einer Wandfarbe an die Gurgel, und im nächsten bringst du mir das Tanzen bei. Ich wusste nicht, was passiert, wenn Victor zur Sprache kommt, ob du dann lachen oder weinen würdest.«

Sie wirkte sehr betroffen und wurde bleich.

»Sandra«, sagte er mit sanfter Stimme. »Setz dich.«

Sie sah ihn mit schmalen Augen misstrauisch an, zog dann ihre Jacke aus und setzte sich. »Also, warum hast du es mir nicht gesagt?«

Seine Gründe waren zahlreich, und im Augenblick erschien ihm nicht ein einziger davon mehr logisch. »Ich tue das nie, persönliche Geschichten mit Leuten austauschen, mit denen ich meine Verträge habe.« Er fuhr sich mit der Hand durch die feuchten Haare. »Ich meine, du erzählst doch deinen Verlagsleuten auch nichts von deinem Privatleben, oder?«

»Aber nachdem wir … was auch immer … etwas an-angefangen haben?« Ihre Stimme zitterte, und er spürte bei ihr dieselbe Wut, die er bei ihrer ersten Begegnung bemerkt hatte. »Nicht, dass das jetzt noch wichtig wäre.«

»Warum nicht?«

»Ich habe gerade angefangen, dir zu vertrauen. Das geht jetzt nicht mehr.«

Ihre Worte trafen ihn wie ein Schlag ins Gesicht. Etwas Kaltes, Hartes fuhr ihm in die Eingeweide, als er erkannte, dass ihr Vertrauen ihm viel bedeutete. »Sieh mal, ich wollte doch nicht – am Anfang habe ich gar nicht daran gedacht. In einer Kleinstadt kennt man sich nun mal. Und als ich nach einer Weile doch daran gedacht habe, kam es mir komisch vor, das so spät erst zur Sprache zu bringen.« Und es verbanden sich damit auch für ihn wichtige Fragen, doch das sagte er ihr lieber nicht.

»Also, jetzt habe ich es zur Sprache gebracht.«

»Was willst du denn von mir hören? Dass es mir leid tut? Dass ich dir meine ganze Lebensgeschichte hätte erzählen sollen, bevor ich dein Haus renoviere?« Er vertiefte sich in das Leuchten ihrer Haut im matten Lichtschein, an die Feuchtigkeit, die auf ihrer Unterlippe schimmerte. Draußen warf sich der Sturm vom Nordatlantik her an die Küste. »Du hast mir auch nicht gerade viel von dir erzählt, weißt du?«

Ihr vorwurfsvoller Blick bohrte sich in sein Gesicht. »Komm mir nicht mit der Tour, Malloy. Das funktioniert bei mir nicht.«

»Na gut«, sagte er. »Was gibt es da zu erzählen? Wir haben uns als kleine Jungs kennengelernt. In der dritten Klasse, glaube ich. Du weißt doch, wie das mit solchen Freundschaften ist. Als Kind schließt man sie leicht, und dann gewöhnt man sich irgendwie daran und hängt dauernd zusammen rum.«

»Ihr habt mehr zusammen erlebt, als nur rumzuhängen. Ich habe gelesen, was du in seinem Abschluss-Jahrbuch geschrieben hast. Du warst sein bester Freund.«

»Hast du denn noch Kontakt mit *deiner* besten Freundin von der Highschool?«

Sie lachte freudlos. »Wie kommst du darauf, dass ich da eine beste Freundin hatte?«

»Das hat doch jeder.«

»Ja, klar. Also, weiter. Du und Victor.«

Er hatte diese Erinnerungen lange nicht mehr wachgerufen, und nun erschienen sie ihm in nostalgisch verklärtem Licht. Er konnte sich an ihr Gelächter erinnern, die Seeluft, den Spaß, das Gefühl, mit der Welt sei alles in bester Ordnung.

»Wie schon gesagt, wir waren Kinder. Wir haben den Kontakt verloren.«

»Ich bin hergekommen, weil ich ein paar Antworten will, Malloy, aber du hast mir noch nichts erzählt.«

»Das ist viele Jahre her, Sandra. Seitdem habe ich ihn nicht ein Mal getroffen oder angerufen. Er hat sich auch nicht bei mir gemeldet.«

Sie presste die Handflächen auf die Tischplatte. Er hatte noch nie einen Ehering an ihrer zarten, tintenfleckigen Hand gesehen, und nun fragte er sich, warum. Eine trauernde Witwe trug ihren Ring und den ihres Mannes noch jahrelang nach seinem Tod, oder nicht? Mit was für Erinnerungsstücken beschäftigte Sandra sich eigentlich in einsamen Nächten – Victors Eric-Clapton-Plattensammlung?

»Ich bin hier aufgewachsen. Ich kenne fast jeden in Paradise. Ich hätte dir ja von Victor und mir erzählt, aber ...« Er verstummte. »Um ehrlich zu sein, interessiere ich mich viel mehr für dich als für Victor. Das sollte inzwischen ziemlich offensichtlich sein.«

»Für mich ist nichts offensichtlich«, erwiderte sie. »Nie.«

Er beobachtete, wie ihre Wut zu verrauchen begann, und war sehr erleichtert über diese gute Aussicht. »Ehrlich gesagt, wollte ich einfach nicht erwähnen, dass ich Victor früher gekannt habe. Ich dachte, jegliche Erinnerung an ihn würde dich traurig machen.«

»Hast du das wirklich geglaubt? Dass deine Vergangenheit mit Victor mich traurig machen würde? Da irrst du dich aber gewaltig. Mir haben nur ein paar Jahre mit ihm gehört. Du hast ihn viel länger gekannt als ich.« Sie schien noch etwas sagen zu wollen. In ihrer Kehle zuckte es; schließlich sagte sie: »Ich wünsche mir sehr, dass du mir mehr erzählst. Alles. Alle deine Erinnerungen an ihn, gute und schlechte.«

Also schön, dachte er. Sie brauchte das. Teile der fehlenden Vergangenheit konnte er ihr geben, wenn auch nicht sehr viel. Doch er fragte sich insgeheim – wollte sie etwas über Victor erfahren oder über ihn selbst? »Er war ein Einzelkind, ich habe drei ältere Schwestern. Also haben wir viel Zeit zusammen verbracht – einer unserer Lehrer hat uns immer Huck Finn und Tom Sawyer genannt. Wir sind hier aufgewachsen, überall herumgerannt oder Fahrrad gefahren, haben den

Sommer zusammen am Strand verbracht, den Winter auf dem Schlittenhügel oder beim Eislaufen.«

»Wie war er als kleiner Junge?«

»Ganz normal, würde ich sagen. Klug, lustig, hübsch. Alle mochten ihn – die anderen Kinder, die Lehrer, andere Erwachsene. Und er mochte auch alle.« Mike drehte sich auf der Sitzbank um, öffnete eine Schiebetür und holte aus dem Schrank eines der wenigen gerahmten Fotos, die er bei seinem Auszug mitgenommen hatte.

»Hier sind wir im Sommer, am First Beach in Newport.« Er reichte es ihr über den Tisch hinweg. »Da haben wir gerade den Junior Cup gewonnen.«

Sie betrachtete das Bild, dessen Farben im Lauf der Jahre etwas verblasst waren. Es zeigte die beiden Jungs auf einem kleinen Segelboot. Mike erinnerte sich an die heiße Sonne, die ihm ins Gesicht schien, und an das schwindelige Triumphgefühl, als ihr Boot an den Zielbojen vorbeischoss. Auf dem Foto trugen er und Victor keine Hemden, nur zwei gleiche Surfshorts, die Mrs Winslow ihnen gekauft hatte. Sie posierten für die Kamera, beide die stolzgeschwellte, magere Brust rausgestreckt, hielten den glänzenden Pokal zwischen sich und hatten die freien Arme angewinkelt, um sehnige Oberarme zu präsentieren. Beide grinsten, typisch Jungs, ohne jede Eitelkeit und strahlten gewaltigen Stolz aus. Mike war größer, und in seinem gebräunten Gesicht wirkten die Augen tiefblau. Victors Haar war sommerlich vergoldet, und auf seinem schmaleren Gesicht leuchteten Sommersprossen.

Dieses Foto brachte eine Woge süßer Erinnerungen mit sich, wie Mike sie schon lange nicht mehr gespürt hatte. Die einfachen Freuden eines Sommernachmittags, ein Siegerpokal und ein bester Freund hatten damals gereicht, um seine ganze Welt zu erfüllen.

»Malloy«, sagte Sandra, die ihn misstrauisch beobachtete. »Woran denkst du gerade?«

»Na ja, an die Jungen auf dem Foto. Schau uns doch nur an – glücklich wie die Muscheln am Fels.«

»Warum behauptet man hier in der Gegend eigentlich, dass Muscheln glücklich seien? Das habe ich noch nie verstanden.«

»Das ist nur so eine Redensart. Wir waren ahnungslos, sicher in unserer kleinen Welt verschlossen. Keiner von uns konnte wissen, was das Leben für ihn bereithielt. War vermutlich besser so. Wenn die Leute wüssten, was sie in der Zukunft erwartet, würden sie gleich aufgeben. Man würde doch einem Kind nicht sagen: ›Dir steht eine lausige Ehe bevor‹ oder ›Du wirst noch vor deinem vierzigsten Geburtstag sterben‹. Was würde uns dieses Wissen nützen?«

Dann fiel ihm ihre betroffene Miene auf. »Entschuldigung. Ich habe einfach drauflosgeredet.«

Sie strich mit dem Daumen über Victor auf dem Bild. »Seine Mutter hat auch einen Abzug davon. Dieses Foto war mal in der Lokalzeitung, nicht?«

»Ja.«

»Ich kenne das Bild, aber ich wusste nicht, dass du der andere Junge bist. Ihr wart beide so... so schön.« Sie gab es ihm zurück, und ihre Augen glänzten verdächtig.

Bitte weine nicht, wollte Malloy sie anflehen.

»Erzähl mir mehr von diesen Jungen«, bat sie.

»Wie viel mehr?«

»Ich will alles wissen.«

Mike trommelte mit den Fingern auf die Tischplatte. »Wie viel Zeit hast du denn?«

Sie zögerte kurz und sagte dann: »Die ganze Nacht.«

»Ich habe keine großartigen Enthüllungen zu bieten. Wir waren einfach... zwei Jungs, die besten Freunde. Ziemlich langweilig.«

»Wie kann das langweilig sein?« Sie lächelte schwach.

»Was ist so komisch?«, fragte er und bemühte sich, seine Erleichterung zu verbergen. Zumindest schien sie jetzt nicht mehr wütend zu sein oder den Tränen nahe.

»Darum geht es oft in meinen Büchern. Zwei Kinder, die Freunde sind. Vielleicht verkaufen sie sich deshalb nicht so gut. Langweilig.«

»Ein guter Schriftsteller kann eine weiße Wand interessant machen. Aber ich bin kein Schriftsteller.«

Nun trommelte sie mit den Fingern herum. »Komm schon, Malloy. Ich brauche das. Ich muss wissen, wie Victor früher war.«

»Du warst doch mit ihm verheiratet.«

»Du warst auch verheiratet. Kannst du sagen, du hättest deine Frau wirklich gekannt?«

Die Wellen platschten in dumpfen Schlägen an den Rumpf. Er dachte an Angela, an das erste Mal, als er sie auf dieses Boot gebracht hatte. Sie hatte die meiste Zeit an Deck verbracht, um schön braun zu werden, und die Yachten bewundert, die den Hafen von Newport ansteuerten. Selbst damals hatte er einiges über sie nicht wissen oder nicht wahrhaben wollen.

»Vermutlich nicht«, gestand er. »Für Kinder ist alles so einfach. Victor und ich – wir passten einfach gut zusammen. Das würde man auf den ersten Blick gar nicht vermuten. Er war reich, ich war arm. Er schrieb gute Noten, ich nicht. Er hatte jemanden, der immer auf ihn aufgepasst und jeden seiner Schritte geplant hat. Niemanden hat es je gekümmert, was ich gemacht habe, und das war mir auch ganz recht. Trotzdem hat es bei uns irgendwie klick gemacht. Wir sind zusammen campen gegangen, wandern, was Kinder halt so machen. Wir haben Forts aus Treibholz gebaut und hatten einen geheimen Treffpunkt in einem alten Bootshaus am Südstrand. Wir hatten auch ein altes Schlauchboot, mit dem wir Piraten gespielt haben – das liegt bestimmt immer noch dort.«

Er fragte sich, ob Victor ihr irgendetwas von Brice Hall erzählt hatte. Als sie beide in die Highschool kamen, schickten Vics Eltern ihn auf das Internat, das jeder männliche Winslow seit Generationen besucht hatte. Sechs Wochen später war Vic bei Mike aufgetaucht – er war abgehauen, hatte sich per Anhalter nach Paradise durchgeschlagen und traute sich nun nicht nach Hause. Verständnisvoll wie selten hatte Mikes Vater Vic geraten, trotzdem nach Hause zu gehen und seine Eltern davon zu überzeugen, dass er an der öffentlichen Schule besser aufgehoben war. Genau das hatte Victor getan, und viel mehr. Um seine Eltern für diese Enttäuschung zu entschädigen, wurde er der Beste und Erste in allem, und Brice Hall war vergessen. Doch aus irgendeinem Grund fiel Mike das jetzt wieder ein – und er beschloss, Sandra lieber nicht darauf anzusprechen.

»In der Highschool hat Victor praktisch überall mitgemacht – Schülerrat, Diskussionsgruppen, Sport, alles Mögliche.«

»Und du?«, fragte sie und beobachtete ihn mit einem Blick, der ihn nervös machte. »Wofür hast du dich interessiert?«

»Mädchen und Autos.«

Er grinste bescheiden, doch sie lächelte nicht zurück. »Victor war der mit den großen Plänen, und ich konnte schon froh sein, wenn ich morgens zwei gleiche Socken gefunden habe. Es war beinahe unheimlich, wie er feststellte, was er machen wollte, und sich dann genau darauf ausrichtete wie ein Pfeil. Schon mit dreizehn hat er beschlossen, in die Politik zu gehen. Ich dachte, er macht nur Spaß, aber wie sich herausstellte, war das sein voller Ernst. Von dem Moment an war alles, was er tat, nur darauf ausgerichtet, ihn diesem Ziel näher zu bringen. Die Fächer, die er sich aussuchte, die Clubs, denen er beitrat, sogar die Freundschaften, die er schloss. Bis auf mich. Ich war nicht gerade das, was man sich unter einem einflussreichen Freund vorstellt. Er behielt mich als Freund, weil er mich mochte. Die Leute haben uns das seltsame Pärchen genannt.«

»Wirklich?«

»Die Sportskanone und das Superhirn. Ich kann mich nicht

erinnern, dass wir uns ein einziges Mal gestritten hätten. Na ja, vielleicht ein Mal.«

»Und warum?«

»Um ein Mädchen. Was denn sonst?«

Sie beugte sich vor, und ihre Augen leuchteten begierig. »Ehrlich? Erzähl mir von ihr.«

»Linda Lipschitz«, sagte er. »Schwarze Locken, riesige Titten und – Entschuldigung. Sie hatte eine fantastische Figur. Wir wollten beide mit ihr zum Abschlussball gehen. Das war eines der wenigen Male, dass ich ihm am liebsten eine reingehauen hätte.«

»Warum?«

»Er hatte immer alles, und jetzt wollte er mir auch noch das Einzige wegnehmen, was ich wirklich wollte.«

Endlich, sie lächelte. Allerdings ziemlich schief. »Hatte Linda Lipschitz denn dabei gar nichts zu sagen?«

»Wir waren siebzehn. Glaubst du, da hätten wir uns darum geschert, was irgendein Mädchen denkt?«

»Ich kann gar nicht glauben, dass ihr euch ausgerechnet um ein Mädchen geprügelt habt.«

»Dazu kam es dann doch nicht. Wir haben eine Lösung gefunden. Wir sind beide mit ihr hingegangen. Sie war einen Abend lang die Ballkönigin, und wir hatten alle unseren Spaß. Ich habe sie später noch überredet, sich mit mir rauszuschleichen und am Strand zu parken, aber Victor hat mir verziehen.«

»Natürlich hat er das«, sagte sie leise.

»Was soll das heißen?«, fragte er.

Sie zögerte. »Victor... war sehr großmütig.«

Seltsame Bemerkung, fand er. Doch während immer mehr Erinnerungen sich zurückmeldeten, erkannte er, dass sie recht hatte. »Ja, er war nur ein einziges Mal wirklich sauer auf mich – als ich nicht versucht habe, mich für die Uni zu bewerben.« Er sah Sandra an. »Kommt dir irgendwas von alldem bekannt vor? Klingt das für dich nach Victor?«

»Absolut. Er... hat gern Menschen geholfen.« – »Er wusste, dass ich studieren wollte und dass meine Eltern sich das nicht leisten konnten. Er und seine Eltern haben einen Weg gefunden, wie ich ein volles Stipendium an der University of Rhode Island bekommen könnte, und er hat mich so lange genervt, bis ich mich beworben habe.«

»Das Football-Stipendium.«

»Ja.« Er trommelte mit den Fingern auf den Tisch und musste sich nun einen Weg durch ein Minenfeld von Erinnerungen suchen. »Es war meine Schuld, dass wir uns aus den Augen verloren haben. Ich wollte es so.«

»Warum?«

»Weil ich von der Uni abgehen musste, bevor ich einen Abschluss hatte. Er wäre sehr enttäuscht von mir gewesen.«

»Du gehörst nicht zu den Männern, die andere enttäuschen. Das ist nicht zu übersehen.«

21

Sandra konnte nicht glauben, dass sie das eben gesagt hatte. Sie hätte wissen müssen, dass sie ihren Besuch hier bereuen würde. Sie hätte zu Hause bleiben und Listen schreiben sollen. *Zehn Methoden, den Tag zu überstehen, ohne mit Malloy zu sprechen...* Doch da war sie nun, ein ungebetener Gast auf diesem Boot, das er sein Zuhause nannte. Sie fand ihr Eindringen hier seltsam intim: Sie entdeckte, was er aß – auf dem Tisch stand eine blaue Schale mit Bananen und Orangen; was er las – Architekturgeschichte, Romane von David Malouf und Patrick O'Brian; was er an seinen winzigen Kühlschrank pinnte – Kevins Bild von einem T-Rex, Mary Margarets fehlerfreies Diktat, die Gezeitentafel für diesen Monat.

»Ich sollte jetzt gehen.« Sie stand auf und griff nach ihrer Jacke.

»Du solltest bleiben.« Er nahm ihr die Jacke wieder ab und warf sie auf den Stuhl hinter ihm. Das Boot schwankte und zerrte an den Tauen. Sie taumelte und stieß gegen Malloy. Er packte sie bei den Schultern und hielt sie fest. Seit er sie geküsst hatte, schlichen sie um den heißen Brei herum, versuchten, einander auf Armeslänge fernzubleiben und zu entscheiden, wie es weitergehen sollte. Sie sah die Glut in seinen Augen und vermutete, er habe sich schon entschieden. Sie hatte Blau noch nie als besonders warme Farbe betrachtet, doch wenn sie in seine Augen blickte, sah sie Flammen.

Eben noch hatte sie geglaubt, ihn nur schwer durchschauen zu können. Jetzt, da sie sah, wie er sich gegen den Sturm stemmte, war es ganz leicht. Ein uralter, tief verankerter Sinn ließ sie spüren, wie die unsichtbare Alchemie zwischen ihnen kochte und dampfte und sie in ihrem Bann hielt.

Du solltest bleiben. Wie viel sie aus diesen drei kurzen Worten heraushörte. Ihr ganzes Leben hatte sich darum gedreht, was sie tun sollte und was nicht, und sie hatte noch nie einen der Wege eingeschlagen, an denen »sollte nicht« stand. Plötzlich wollte sie genau das, jede einzelne ihrer Zellen wollte es.

»Du beeinträchtigst mein Urteilsvermögen, Malloy«, sagte sie und versuchte, etwas von ihrer alten Vorsicht und Zurückhaltung aufzubieten.

»Nicht absichtlich.« Er berührte sie auf diese langsame, achtsame Weise, als könnte er sie nicht *nicht* berühren. Seine Hand strich ihren Brustkorb hinab, schmiegte sich in ihre Taille und zog sie näher heran. Draußen sang der Sturm in den Leinen und Takelagen der Schiffe, mit einer beinahe menschlichen Stimme.

»Ich kann das nicht«, sagte sie beinahe flüsternd, denn sie brachte die Worte kaum heraus. Sie wich zurück, um seiner schmeichelnden Hand zu entkommen.

»Bleib bei mir. Du bist viel zu viel allein, Sandra.«

Sie warf einen nervösen Blick auf Zeke, der zusammengerollt auf einem alten Kissen in der Ecke schlief. »Dann kaufe ich mir eben einen Hund.«

»Das reicht nicht.« Er fuhr mit einem Finger ihren Oberarm entlang. Das sanfte Streicheln wirkte wie beiläufig, doch sie wusste es besser. Das war seine Art, sie daran zu erinnern, dass sich hier mehr abspielte als diese zunehmend absurde Unterhaltung.

»Malloy –«

»Psst.« Er nahm sie bei den Schultern und zog sie an sich, setzte sich einfach über ihre Angst und ihr Zögern hinweg. Ihr Herz raste. Ein Teil von ihr, tiefer als die Angst, wollte ihn, wollte seine Berührung, wollte …

Sie klammerte sich an sein Sweatshirt. Es fühlte sich alt und weich an, duftete nach Waschmittel und nach warmem, frisch geduschtem Mann.

Sie hielt sich vor Augen, dass er ein Lügner war – deshalb war sie schließlich hergekommen. Sie sollte ihn von sich wegstoßen und gehen, solange sie noch klar denken konnte, doch sie blieb, gegen ihren Willen, gehalten von seiner unnachgiebigen Kraft. Sie war wie das vertäute Boot – sie konnte sich ein wenig bewegen, schaukeln und aufbegehren, doch sie konnte nicht weg.

»So habe ich mir das nicht gedacht«, sagte sie und versuchte immer noch, sich aus seinen Armen zu befreien, seinem Boot, seinem Leben.

Seine Hände schlossen sich um ihre Oberarme; allmählich wurde er frustriert und hitzig. »Was, zum Teufel, willst du dann?«

Zerrissen zwischen widerstreitenden Gefühlen, brachte sie keine Antwort zustande. Innerlich zog es sie unerbittlich zu ihm hin, zu dem schlichten Versprechen in seinen Augen.

»Ich will –«

»Ich weiß.« Er sagte nichts weiter, und sie war seltsam dankbar dafür. Es war zu leicht, Worte falsch zu verstehen oder zu bestreiten. Malloy drückte entschlossen seine Lippen auf ihre, als sie gerade ihren verbalen Trumpf ausspielen und die Runde für beendet erklären wollte.

Er schlang die Arme um sie, einen um ihren Rücken und einen um ihre Taille, und drückte sie so fest an sich, dass sie einfach alles fühlen konnte. Die solide Mauer seiner Brust, seinen sengenden Kuss, den Druck seiner Erektion. Er wirkte weder verlegen, noch versuchte er, sich zu entschuldigen, aber warum sollte er auch? Er war Malloy.

Seine Hand glitt tiefer, während seine Zunge sacht in ihren Mund vordrang, und eine heiße Woge durchflutete sie. Gedanken flogen einfach davon, vage und unwichtig. Er drückte sie an den Tisch, und sie drängte sich an ihn, um nicht das Gleichgewicht zu verlieren, klammerte sich an ihm fest, sodass ihre Finger sich in seinen Bizeps gruben. Er flüsterte etwas in ihren Mund; sie hörte die Worte nicht, doch sie verstand ihn tief in ihrem Herzen. Er raubte ihr jeden klaren Gedanken... jeden Widerstand. Sie spürte die seltsame Kraft einer Macht, die stärker war als Vernunft, stärker als Logik. Ein uralter, lang vergrabener Ruf erhob seine gewaltige Stimme, so laut, wie sie es nicht für möglich gehalten hätte. Es machte sie wild – zu wissen, dass er sie begehrte, es in seinen Augen zu sehen.

Er drückte sie noch fester an den Tisch und schob sich zwischen ihre Beine. Er entlockte ihr eine glühende Bereitschaft, ihm zu folgen, ließ sie aus ihrer vorsichtigen Zurückhaltung heraustreten in gespannte Erwartung. Sie fühlte sich wie Wasser, wie Seide, wie irgendein Stoff ohne feste Struktur, der sich in stürmischen Wirbeln auflöste.

Sein nächster Kuss war ganz gelassene, unerbittliche Bedächtigkeit, er gab ihr Zeit, seine Hitze und seinen Geschmack sehnsüchtig zu erwarten, bevor sie sie tatsächlich fühlte. Ihre Lippen berührten sich erst sacht, dann heftiger; er erforschte langsam mit den Lippen ihren Mund und sandte glühende kleine, sanfte Wellen durch ihren Körper. Sie fühlte sich verloren, ihr schwindelte, doch nirgends auf der Welt wäre sie lieber gewesen – und das war ihre Kapitulation.

Sie gab sich einfach der Anspannung und dem Hunger hin, der sich schon viel länger in ihr aufgestaut hatte, als sie zugeben wollte. Sie schob die Hand über seine Schulter nach oben, ihre drängenden Finger verloren sich in den feuchten Strähnen, die über seinen Kragen hingen. Sie fühlte sich frei und mutig; seine erdige Offenheit lud sie ein, sie ganz nach ihrem Wunsch zu erforschen.

Sie wusste nur nicht recht, wie.

Doch ihre Hände wussten es. Ihr Mund wusste es.

Jemand, der nicht Sandra war, schob vorwitzige Hände unter den Bund seines Sweatshirts. Jemand, der mutiger, stärker, intuitiver war als Sandra, drückte die Handflächen in seine Haut und wich einen Moment lang erstaunt zurück, als sie seinen muskulösen Bauch spürte, seine breite Brust, glatt poliert wie alte Eiche.

Jemand, der nicht Sandra war, schob sein Sweatshirt hoch und rückte ab, um es ihm über den Kopf zu ziehen.

Obwohl er so groß war, bewegte er sich sehr anmutig, seine Arme streiften die niedrige Decke der Kajüte. Er ließ den Pulli fallen und betrachtete sie mit einem Blick, der sowohl offene Begierde als auch leise Belustigung verriet. Sie würde sterben, wenn er jetzt über sie lachte, doch sie wusste, das würde er nicht tun. Aus dem Radio kam eine leises, langsames Lied, doch das dumpfe Schlagen und Saugen der Wellen übertönte die Melodie. Das beständige Schaukeln erschuf einen einzigartigen Rhythmus, der diesen Augenblick vorantrieb und einen Schutzwall nach dem anderen überwand, bis sie die nackte Wahrheit nicht einmal mehr vor sich selbst leugnen konnte. Sie wollte ihn, und sie würde ihn heute Nacht nicht verlassen.

Sie drückte die Lippen auf seine Brust, direkt unter seinem Schlüsselbein, und sog tief seinen Duft ein. Ihre Hände glitten über seine Schultern und dann tiefer, entdeckten die faszinierende Landschaft seines Körpers.

Er gab einen Laut von sich, wortlos, aber voller Bedeutung, und diese großen, sicheren Hände bemächtigten sich ihrer, schoben sie ein klein wenig zurück, nicht, um sie abzuweisen, sondern als stumme Einladung, tiefer zu gehen, mehr zu tun. Sie verstand die Frage in seinen Augen; er erkannte die Antwort in ihren.

Er nahm sie bei der Hand und führte sie durch die schmale Kabine zu dem kleinen Raum im Bug des Schiffes. Lamellentüren flankierten die Schwelle, und eine polierte Holzstufe über dem Stauraum führte hinauf zur Kajüte. Sanfte Wärme strömte aus kleinen Lüftungsschlitzen in der Decke.

Das leicht gebogene Bett nahm fast den ganzen Raum ein, die Seitenflügel öffneten sich wie zu einer Umarmung. Wandleuchter an den gegenüberliegenden Wänden warfen Wogen von warmem Licht und Schatten über schlichte Bettwäsche und eine dicke Wolldecke.

Die Realität holte sie wieder ein, sie zögerte und schaute zurück zur Tür. Doch er versperrte ihr den Weg, herausfordernd, aber nicht bedrohlich. Sie biss sich auf die Lippe und betrachtete ihn – die graue Jogginghose hing ihm tief auf den Hüften, darüber seine nackte Brust, der muskulöse Bauch.

»Ah«, brachte sie schließlich trotz zugeschnürter Kehle hervor, »ich bin nicht sicher...« Sie starrte ihn weiter an; dann gab sie ihrem Impuls nach und strich mit gespreizten Fingern über die gespannten Muskeln seiner Arme und an seiner Brust hinab.

»Doch, bist du«, erklärte er mit angespannter, leiser Stimme. Während er sprach, öffnete er den einen Knopf an ihrem Pulli – Victors Pulli – und ließ ihn zu Boden fallen. Eine erfahrene Verführerin hätte an ihrer Stelle vorsichtshalber einen hauchdünnen BH aus Satin und Spitze getragen, in irgendeiner exotischen, unnatürlichen Farbe. Und unter ihren Jeans wäre ein Nichts von Tanga zum Vorschein gekommen, der der leisesten Berührung nachgab.

Doch sie war nicht erfahren, und schließlich war sie hergekommen, um ihn anzuschreien. Unter dem Pulli und den Jeans, die er langsam und zärtlich über ihre Hüften hinabstreifte, trug sie lange, violette Skiunterwäsche.

Sie versuchte, sich zu beruhigen – wenigstens war das feine Damen-Skiunterwäsche aus geripptem Thermo-Material, ein Überbleibsel von einem katastrophalen Skiurlaub in Killington, mit den Winslows. Nur schade, dass sie violett war.

Bis sie sich von der Jeans um ihre Fußknöchel befreit hatte, wünschte sie bereits, sie hätte sich die ganze Sache ausgeredet.

»Was ist denn jetzt?«, fragte er und strich mit der flachen Hand ihren Rücken hinab und über ihre Hüften. Er senkte den Kopf und knabberte an ihrem Hals, und sie gab wider Willen nach, ließ den Kopf zur Seite sinken.

»Ich habe doch gar nichts gesagt.« Der Sturm zerrte erbarmungslos an dem Boot, und sie musste sich an der Bettkante festhalten.

»Das ist auch nicht nötig. Ich sehe es dir doch an. Du denkst einfach zu viel. Was hast du denn gerade eben gedacht?«

Es war schwer, ihm irgendetwas zu verheimlichen, erkannte sie. »An einen Skiurlaub in Vermont«, antwortete sie. »Mit den Winslows. Ich war die menschliche Bowlingkugel auf sämtlichen Pisten.«

»Dein Verstand rast herum«, sagte er mit liebevollem Lachen, »wie eine Ratte im Versuchslabyrinth. Hör auf, an die Winslows zu denken.«

»Aber –«

»Denk einfach an gar nichts mehr.«

»Ich hatte weiß Gott nicht vor, mich vor dir auszuziehen«, gestand sie. »Sonst hätte ich nicht ausgerechnet heute lange Unterwäsche an.«

Er glitt mit den Händen an ihren Seiten hinab, von den Schultern über die Taille bis zu den Hüften und dann wieder hinauf. Er bewegte sich so langsam, und doch erschütterte sie seine Berührung wie ein heftiger Aufprall. Er zog sanft am Gummiband ihrer langen Unterhose. »Du siehst darin wie eine Göttin aus, Sandy. Das meine ich ernst.« Er ließ einen Finger um ihren Nabel kreisen und schob den Gummibund noch einen Zentimeter tiefer. »Trotzdem könnte ich wetten, dass du ohne sie noch besser aussiehst.«

Der Rhythmus in ihrem Inneren antwortete dem peitschenden Sturm. Jedes Wort, jede Liebkosung, jeder Atemzug ging ihr durch und durch. Sie war hilflos, haltlos, rettungslos verloren. Er hatte es nicht eilig, und doch bewegte er sich sehr präzise, zog sie ganz aus und schob dann seine Jogginghose die langen, muskulösen Beine hinab. Man hatte ihr eingebläut, es sei unhöflich, andere anzustarren, doch heute Nacht schien sie ohnehin jede nur erdenkliche Regel zu brechen, und diese ließ sie genüsslich links liegen.

»Komm her«, flüsterte er heiser und nahm sie in die Arme. Er schob die Decken beiseite, und sie fielen zusammen aufs Bett, einander zugewandt, ein Strudel forschender Hände und Lippen. Seine Begierde schmeichelte ihr, und sie zögerte, fragte sich, ob sie seinem unverhohlenen Hunger genügen würde.

»Was?«, fragte er. »Du denkst schon wieder.«

»Ich...« Sie unternahm einen halbherzigen Versuch, sich an die guten Ratschläge in den unzähligen *Cosmopolitan*-Artikeln zu erinnern, die sie stets mit wissenschaftlicher Sorgfalt durchgearbeitet hatte – »So machen Sie IHN wild (und so zahm, dass er den Abwasch macht).« »So erkennen Sie, ob ER Sie betrügt.« »Zehn tolle Tricks aus der Welt der Huren.«

Sie konnte sich an überhaupt nichts erinnern. Und aus seinem keuchenden Atem zu schließen, und der Art, wie sein Körper sich heftig und aggressiv an sie presste, war das wohl auch nicht nötig. In dieser heißen Begegnung fanden sich ihre Hände und ihr Herz besser zurecht als ihr Verstand in seinen besten Momenten.

Sein Mund senkte sich offen Besitz ergreifend auf ihre Brust, und alle Gedanken verflogen. Das Wissen, dass er sie begehrte, war berauschend. Schlichte, unkomplizierte Lust hatte etwas Reines an sich. Sie war freudig, befreiend, ungehemmt, wie ein Lachen tief aus dem Bauch heraus. Sandra fühlte sich weder verlegen noch schuldig, als ihre Körper zusammen einen spontanen, nie geprobten Tanz begannen, der die Nacht in reine Magie verwandelte. Sie wurde von Empfindungen überflutet – der Geruch des Bootes, sein Bett, *er*. Unter ihren Fingern bebte seine Brust von seinem hämmernden Herzschlag.

Ihre Berührung entlockte ihm ein Stöhnen. Er liebkoste sie mit einer Intensität, die zutiefst sexuell und gleichzeitig unglaublich zärtlich war. Er hob sie hoch und drang mit einer einzigen geschickten Bewegung in sie ein, die ihr den Atem verschlug. Völlige Überraschung ergriff sie. Dies war so neu, so anders... Pure Empfindung flammte auf; sie hörte das Brausen des Sturms, das Plätschern der Wellen und spürte, dass ihr Körper prickelte und zu brennen schien, als habe das ganze Schiff Feuer gefangen. Dieser Augenblick trug sie hinauf in ungeahnte Empfindsamkeit.

Mit einem ursprünglichen Gefühl für den perfekten Rhythmus schien er haargenau zu wissen, wann er in sie eindringen und wann er sich zurückziehen musste; an ihrem Atem und ihrem donnernden Herzschlag erkannte er den Augenblick, als die Lust sie vollends überwältigte. Sie bäumte sich ihm entgegen und schrie auf. Seine Arme, die er zu beiden Seiten neben ihr aufstützte, bebten von der Anstrengung, sich zu beherrschen, bis sie unter einem überwältigenden, weiten Bogen der Erlösung erschauerte. Staunend schloss sie die Augen und sah Farben, die sich vermischten, verschmolzen, zerrannen, bevor ein Bild entstehen konnte. Das war die Farbe der Seeligkeit, der Überraschung und Erfüllung. Er kam gleich nach ihr mit heftigen Stößen, ihren Namen auf den Lippen. Und dann lag er über ihr, sie hieß sein Gewicht willkommen und hörte seinen keuchenden Atem an ihrem Ohr.

Sie ließ sich auf diesem Wunder treiben und vertraute sich dem Schaukeln des Bootes und seinem heißen, schnellen Atem an. Als sie blinzelnd die Augen aufschlug, fühlte sie sich wie Dorothy, die aus ihrer trübseligen, schwarzweißen Welt in ein fantastisches Land voll ekstatischer, wilder Farben trat.

»Bist du eine gute Hexe«, flüsterte sie, »oder eine böse?«

Widerstrebend stemmte er sich hoch und legte sich neben sie, um sie zu streicheln. »Wie bitte?«

»Das haben sie Dorothy gefragt, als sie in Oz gelandet ist.«

»Na, wenigstens denkst du jetzt nicht an einen Skiurlaub mit den Winslows.«

Sie sah ihm ernst in die Augen. »Ich war an einem viel schöneren Ort«, sagte sie. *In Oz. Ich war im Wunderland und will nie wieder dort weg. Dorothy war ein Dummkopf, ein Feigling. Sie hätte für immer dort bleiben sollen.*

»Ach ja?« Seine Hand ließ in der verführerischen Bewegung nicht nach, und ihre Glieder wurden schwach, als das Wirbeln und Wogen in ihr wieder begann und rasch stärker wurde. Er ließ seinen Mund der Hand folgen, Zunge und Zähne ließen jeden Nerv in ihr erbeben. Bevor sie recht begriff, was mit ihr geschah, liebten sie sich wieder. Diesmal war es anders – elegisch, genüsslich, als fänden sie erst jetzt richtig zueinander, nach jener ersten heftigen Kollision.

Ihre Freude an der Entdeckung wich einem erotischen Aufblühen aller ihrer Sinne. Sie kannten einander jetzt anders als vorher. Sein Herz war noch immer unerforschtes Gebiet, doch sein Körper stand ihr offen. Mit geheimnisvoller, angeborener Weisheit streichelte sie ihn, sah zu, wie ihre Hand die Konturen seines Körpers nachfuhr, der sie mit augenblicklichen Reaktionen belohnte. Die gemächliche Hitze entbrannte erneut, diesmal langsamer. Sie war von Staunen ergriffen. Konnte das wirklich geschehen? Mit *ihr?*

Sie sah die Lust in seinen Augen funkeln, sein leises Lächeln. Sie spürte, wie seine Muskeln sich unter ihren suchenden Händen spannten, und empfand überraschenden, vermutlich ungerechtfertigten Triumph. Das war eine Offenbarung, die ihre eigene Lust steigerte, bis sie um mehr bettelte. Als er sie küsste und in seinen Armen herumdrehte, als seine Hände an geheime Orte vordrangen und er ihr verbotene Worte ins Ohr flüsterte, vergaß sie ganz, sich zu schämen oder verlegen zu sein. Eine köstliche Spannung türmte sich zwischen ihnen auf, immer höher, erreichte ihren Gipfel und entlud sich über sie, durch sie hindurch, in Feuerspuren von Gefühl, die sie zugleich die überwältigenden Freuden ihrer Initiation noch einmal spüren ließen.

Danach fühlte sie sich offen, schutzlos und verwirrt. Sie weinte, und er hielt sie an seine nackte Brust geschmiegt, die ihre Tränen benetzten. Er sagte kein Wort; wahrscheinlich spürte er, dass sie ihre Gefühle nicht erklären konnte. Vielleicht weinte sie, weil ihre Gefühle so intensiv waren und so tief gingen. Vielleicht weinte sie auch aus schierer Freude, weil sie endlich einen verborgenen Teil ihrer selbst entdeckt hatte. Wahrscheinlich weinte sie einfach vor überwältigender Erleichterung, endlich wieder die Wärme und Vertrautheit von Nähe und Berührung zu spüren.

Als ihre stürmischen Emotionen sich beruhigt hatten, stützte er sich auf einen Ellbogen und wischte ihr mit dem Daumen die Tränen von den Wangen. Er beugte sich hinab und küsste sie auf die Wangen, den Hals, die Brüste, tiefer... Sie klammerte sich an ihn und erwiderte jede seiner Liebkosungen, jeden Kuss, und tat Dinge, von denen sie ziemlich sicher war, dass die *Cosmopolitan* sie niemals drucken würde. Es war unglaublich, aber sie liebten sich ein drittes Mal; sie hatte jegliches Zeitgefühl verloren. Sie kannte nur noch die Nacht und die sturmgepeitschten Wellen, den samtigen Kokon der Kajüte und die warm schimmernden Wandlampen, die sie beide als Schattentheater an die Wand zeichneten.

Viel später schlief sie ein wenig, doch selbst dann noch klammerte sie sich an ihn wie an einen Rettungsring im stürmischen Meer.

22

Im perlgrauen Morgen liebte Mike sie noch einmal, so langsam und zärtlich, dass sie gar nicht ganz wach wurde, bis sie kam. Sie blinzelte zu ihm auf, und ihr niedlicher, verwirrter Blick entlockte ihm ein Lächeln.

»Hallo, Braunauge«, flüsterte er.

»Du meine Güte. Was ist passiert?«

»Jetzt ist es ein bisschen spät, um dir das mit den Blumen und den Bienen zu erklären.«

Sie rutschte von ihm ab, zog den Ellbogen unter die Wange und strich darüber, wie er es eben noch getan hatte. Gestern Abend war sie sozusagen mit dem Kriegsbeil im Anschlag hier erschienen, doch heute Morgen versteckte sie sich wieder hinter vorsichtiger Zurückhaltung.

»Ich kann nicht fassen, dass wir das getan haben.«

Er streckte die Hand nach ihr aus. »Wenn du weitere Beweise brauchst –«

»Ich glaube dir auch so.« Sie legte eine Hand auf seine Brust und hielt ihn von sich fern.

Verdammt, sie roch so gut. Ihre Berührung fühlte sich himmlisch an. Seit Tagen lief er herum wie ein Haufen Feuerholz, der nur auf ein Streichholz wartete; die Scheite waren zwar mit Asche bedeckt, doch der heiße Lufthauch des Begehrens hatte sie rasch entfacht. Sein Drang nach ihr hatte keinen Moment nachgelassen, und Mike hatte eiserne Willenskraft gebraucht, um ihn im Zaum zu halten, doch als er dann endlich mit ihr geschlafen hatte, war er mehr als bereit dazu gewesen.

Er versuchte, sich einzureden, dass sein tiefes, hungriges Verlangen nach ihr nur darauf zurückzuführen sei, dass es in seinem Leben so lange keine Frau mehr gegeben hatte. Doch in Wahrheit empfand er eine besondere Zärtlichkeit für sie, die mit jedem Tag stärker wurde. Und er wusste, dass dieses Gefühl nicht einfach verschwinden würde, wenn sie ihr Haus verkaufte und wegzog.

»Hast du Hunger?«, fragte er.

»Ein bisschen.«

Er kramte in einer Schublade neben dem Bett und brachte ein Pfund M&Ms zum Vorschein. »Die habe ich sowieso für dich gekauft. Ich wollte sie dir mitbringen.«

»Nicht ganz das Richtige zum Frühstück«, wandte sie ein.

»Ich sehe mal nach, was ich sonst so habe.« Er schlüpfte aus dem Bett und in seine Jogginghose.

Sandra setzte sich sehr behutsam auf.

Da wurde es ihm klar. Er wusste ohne jeden Zweifel, dass er der erste Mann war, mit dem sie nach Victor geschlafen hatte. Oh, Mann.

»Geht's dir gut?«, fragte er.

Sie fuhr sich mit den Fingern durchs Haar. »Ich glaub schon.«

Er nickte; sie wäre vermutlich gern ein paar Minuten allein. »Da ist das Bad. Nimm ruhig alles, was du brauchst. Ich setze erst mal Kaffee auf.«

Er ließ Zeke hinaus, schaltete das Radio ein und hörte sich den Wetterbericht an, während er Frühstück machte. Der Sturm war abgezogen, doch für den Rest des Tages gab es eine Böenwarnung. Was, zum Kuckuck, aß sie eigentlich zum Frühstück? Er hatte immer dieses süße Blätterteig-Zeug für die Kinder da, aber welcher Erwachsene aß schon Pop-Tarts? Cornflakes würden reichen müssen. Wer mochte die nicht?

Als er gerade Saft einschenkte, spürte er ihre Anwesenheit, drehte sich um und sah sie im Durchgang stehen; sie hatte sich in seinen Bademantel gewickelt und duftete nach Zahnpasta. In dem Bademantel ging sie fast unter. Kevin und Mary Margaret hatten ihn Mike zum Vatertag geschenkt.

Der Gedanke an seine Kinder machte ihn nervös. Sie waren im Moment so verwundbar. Sie brauchten ihn – ganz und gar.

Dann grinste Mike. Er dachte mal wieder viel zu weit voraus, und Sandra sah in seinem Bademantel verdammt gut aus. »Kaffee?«, fragte er.

»Gern.« Sie setzte sich an den Tisch. Er schob ihr Milch und Zucker hin. Sie goss Milch in ihren Becher und fügte einen Löffel Zucker hinzu. Dann noch einen und noch einen. Sie blickte auf und sah, dass er sie beobachtete.

»Du magst ihn sehr süß«, bemerkte er. »Das ist mir schon damals aufgefallen, als ich dich auf einen Kaffee eingeladen habe.«

Sie nickte und senkte rasch den Blick. »Das weiß ich noch.«

»He.« Er streckte die Hand über den Tisch und hob sanft ihr Kinn. »Ist das die Verschämtheit am Morgen danach, oder stimmt etwas nicht?«

Sie rührte ihren Kaffee um. »Ich bin gestern Abend hergekommen, um über dich und Victor zu sprechen, nicht um – du weißt schon.«

»Aber das war doch viel besser. Du weißt schon.« Er fühlte sich geradezu unanständig wohl. So gut war es ihm schon lange nicht mehr gegangen. Er trank ein Glas Orangensaft in einem Zug aus und schenkte nach.

Sie löffelte ihren Kaffee.

Er schüttete Cornflakes in ein Schüsselchen und bot es ihr an.

Sie verneinte und nahm die Vorräte auf der Anrichte in Augenschein. »Könnte ich Pop-Tarts haben?«

Nicht zu fassen. Sie mochte Pop-Tarts.

Während er die Packung aufriss, griff sie nach dem alten Foto von ihm und Victor. »Hast du noch mehr davon?«

»Ja, aber frag mich bloß nicht, wo. Ich glaube, das habe ich hierher mitgenommen, weil ich diesen Tag nie vergessen will.« Der Toaster schaltete sich aus, und er warf das heiße

Gebäck von einer Hand in die andere und dann auf einen Teller.

»Danke.« Sie pustete auf das Teilchen, um es abzukühlen. Der Anblick ihrer gekräuselten Lippen ließ heiße Erinnerungen an letzte Nacht in ihm wach werden. Durch die Tür zur hinteren Kabine konnte er das zerwühlte Bett sehen.

Er setzte sich ihr gegenüber und trank seinen Kaffee. Sie sah sich wieder das Foto an und strich über das Bild von Mike. Sie schien den Tränen nahe, und er flehte sie stumm an, nicht zu weinen. Gestern Nacht war es schwer genug für ihn gewesen, ihre Tränen auf seiner nackten Haut zu spüren. Diese Tränen hatten nichts mit Victor zu tun gehabt, und Mikes stummer Trost hatte ausgereicht. Heute Morgen war etwas anderes – sie schien wieder an dem alten Foto hängen zu bleiben.

»Wie alt seid ihr auf diesem Bild?«

»Ich weiß nicht genau. Vielleicht zwölf.« Er suchte nach einer Möglichkeit, das Thema zu wechseln. Herrgott noch mal, war eine fantastische Nacht denn nicht genug für diese Frau? Die Unterhaltung am Morgen danach drehte sich üblicherweise nicht um den toten Ehemann, oder? »Und, was hast du in dem Alter so gemacht?«

Sie deutete auf das Bild. »Nicht solche Sachen.« Auf seinen fragenden Blick fügte sie hinzu: »Ich hatte nicht viele Freunde, als ich klein war.«

»Das gibt's nicht.« Er versuchte, sie sich als kleines Mädchen vorzustellen. Große dunkle Augen, langes dunkles Haar, dünne Beinchen. Mit einer Vorliebe für Pop-Tarts.

»Ehrlich nicht. Und ich fand das damals nicht mal seltsam. Ich habe mich in Büchern vergraben und bin nur selten aufgetaucht. Ich hatte nie... was du und Victor hattet.«

»Du solltest da keine besondere Bedeutung reinlesen. Wir haben nur ein bisschen Spaß zusammen gehabt.«

»Während eurer gesamten Schulzeit.« Sie brach das Gebäck in kleine Stücke und bemerkte anscheinend gar nicht, dass sie es dabei zerbröselte.

»Können wir von etwas anderem reden als von der Schule?«, bat er und legte das Foto weg.

»Gern. Was kam danach?«

»Das habe ich dir doch schon erzählt – hab das College nicht geschafft.« Er sah ihr aufmerksam ins Gesicht. Wie, zum Teufel, machte sie das? Etwas an der Art, wie sie ihm zuhörte, gab ihm das Gefühl, er müsste alles erklären. »Ich bin durch einen Unfall eine Zeit lang ausgefallen und habe nur noch Party gemacht. Angela – meine Exfrau – war Cheerleaderin, aber sie ist auch ausgestiegen.« In Wahrheit hatte sie Schwierigkeiten wegen schlechter Noten bekommen und war schließlich abgegangen. »Ich habe das Studium geschmissen, sie geheiratet und alles für das Baby vorbereitet.«

»Oh.« Sandra wurde hellhörig, als sie zwei und zwei zusammenzählte. Doch er wusste, dass er ihr Angelas Vater nie richtig erklären konnte, der mit seinem legendären italienischen Temperament und seinen zutiefst verletzten traditionellen Werten so lange Terror gemacht hatte, bis Mike »sich anständig verhielt«.

»Du hast also noch ein erwachsenes Kind«, schloss Sandra daraus.

Er starrte auf seine Hände hinab. Er schluckte schwer, denn daran hatte er lange nicht mehr gedacht. »Angela hatte eine Fehlgeburt.«

Die bittere Ironie quälte ihn immer noch. Sie hatten eigentlich nur geheiratet, weil das Baby unterwegs war. In der traurigen Zeit nach der Fehlgeburt hatten sie vermutlich beide den verbotenen Gedanken gehabt, dass der Grund, weshalb sie zusammenblieben, nicht länger existierte. Doch sie hielten aus, bemühten sich nach Kräften, und keiner von ihnen wollte sich eingestehen, dass ihre Ehe schon vor der Fehlgeburt begonnen hatte zu zerfallen.

Sie hätten ihren Herzen folgen sollen. Aber dann gäbe es jetzt weder Mary Margaret noch Kevin.

Mike starrte aus dem Kombüsenfenster, das weiße Schaumkronen draußen im Sund einrahmte. »Nachdem ich das Studium abgebrochen hatte, sind wir nach Newport gezogen. Ich habe Victor nicht ein Wort davon gesagt, ihm nicht einmal nach der Hochzeit eine Karte geschickt. Ich wusste, dass mein Versagen ihn härter treffen würde als mich selbst.«

»Welches Versagen denn? Du hast dir ein Zuhause geschaffen und ein paar tolle Kinder bekommen. Sieh dir nur an, was du alles geschafft hast. Sparky hat mir erzählt, dass du geschäftlich sehr erfolgreich warst und für deine Arbeit landesweit ausgezeichnet wurdest.«

»Aber keinen Uni-Abschluss.«

»Das ist doch nur ein Blatt Papier.« Sie steckte sich eine Locke hinters Ohr. »Glaub mir, das ist wirklich nicht der Heilige Gral.«

Leute mit akademischen Graden dachten meistens so. Sie wussten ja nicht, wie viele Türen man Mike schon vor der Nase zugeschlagen hatte, weil ihm diese Qualifikation fehlte. Er wurde dafür bewundert, dass er sich seine eigene Firma aufgebaut hatte; anscheinend war niemandem klar, dass ihm nichts anderes übrig geblieben war. Er war gezwungen gewesen, seinen Schwiegervater um einen Kredit anzubetteln.

Zeke kratzte an der Tür, und Mike ließ ihn rein. »Na ja«, sagte er und setzte sich wieder, »du hast mich nach Victor gefragt, und jetzt erzähle ich dauernd von mir.«

»Schon gut.« Sie stützte mit verträumtem Blick das Kinn auf die Hand. »Er hat nie viel von der Vergangenheit erzählt. Nur, dass er eine glückliche Kindheit hatte, dass seine Eltern ihn sehr verwöhnt haben und dass er versuchte, sich das nicht anmerken zu lassen. Ronald und Winifred hatten mir auch nie viel zu sagen.«

Wir haben sie nie verstanden... Sie war die einzige schlechte Entscheidung, die Victor je getroffen hat. Mikes Gespräch mit den Winslows hallte ihm in den Ohren wider.

»Wie dumm von ihnen«, sagte er. »Du bist wunderschön. Du bist ein Genie, und du hast ein großes Herz.«

Sie sah ihn an, als habe er chinesisch gesprochen. »Wie bitte?«

»Was könnten sie sich bei einer Schwiegertochter denn sonst noch wünschen?«, fragte er.

»Einen Stammbaum.« Sie sprach nüchtern, ohne Überraschung oder Wut, stellte einfach eine Tatsache fest. »Victor hatte versucht, mich zu warnen, bevor er mich ihnen vorgestellt hat. Er hat gesagt, seine Eltern wären ›sehr konservativ‹ und setzten ›unwahrscheinlich hohe Erwartungen‹ in ihn. Das ist Winslow-Code und heißt im Klartext: Der Stall ist entscheidend.«

Er warf einen Blick auf Zeke, der sich auf seinem Lieblingskissen niedergelassen hatte, um sich von seinem Morgenspaziergang auszuruhen. »Aha.«

»Ich glaube, das hatte gar nicht so viel damit zu tun, ob sie mich nun mochten oder nicht. Ich war einfach nicht ihre Wahl.«

»Als Victors Ehefrau.«

»Genau.«

»Und, hatten sie schon jemand Bestimmtes im Auge?«

»Machst du Witze? Ronald und Winifred? Die haben sich vermutlich nach einer passenden Frau umgesehen, als er noch aussah wie eine Kaulquappe.« Sie richtete den Blick auf Mike. »Ich wette, du kennst sie.«

»Wen kenne ich?«

»Die Frau, die Victor heiraten sollte.«

»Wer ist es denn?«

»Courtney Procter.«

Die hiesige Skandalreporterin – blond und sehr ehrgeizig. »Echt? Na ja, kann ich irgendwie nachvollziehen.«

»Sie war eine richtige Debütantin und war zur selben Zeit im Internat wie Victor. Ihre Eltern waren mit den Winslows befreundet. Victor ist ein paar Mal mit Courtney ausgegangen. Sogar, als wir schon verheiratet waren, hat Winifred Wert darauf gelegt, immer ein paar Fotos von ihr herumstehen zu haben; die beiden in großer Abendgarderobe, das glückliche Pärchen, das sich auf einen tollen Abend freut. Aber dieses eine Mal, vielleicht zum ersten Mal in seinem Leben, hat er rebelliert.«

»Kanntet ihr euch da schon?«

»Was? Glaubst du ernsthaft, er hatte sie meinetwegen sitzen lassen?«

»Klar.«

»Träum schön weiter.« Sie weigerte sich hartnäckig, daran zu glauben, dass irgendjemand sie attraktiv finden könnte. »Er hat Courtney abblitzen lassen, lange bevor er mich gefunden hat.«

»Wie habt ihr euch kennengelernt?«

»Das geht niemanden etwas an«, erwiderte sie hastig und verschloss sich.

Mike lehnte sich an die Schiffswand und verschränkte die Arme vor der Brust. »Du bist echt nicht zu fassen«, sagte er.

»Wie soll ich das verstehen?«

Mike war sauer, und er verstand nicht recht, warum. Vielleicht wünschte er sich nach dieser Nacht, dass sie ihm mehr vertraute. Obwohl sie mit ihm geschlafen hatte, blieb sie verschlossen, und das machte ihn rasend. »Du bist hier hereingeplatzt und warst furchtbar wütend, weil ich dir etwas verschwiegen habe. Also erzähle ich dir Sachen, die ich noch nie jemandem erzählt habe, und jetzt kannst du mir nicht mal erzählen, wie du deinen Mann kennengelernt hast?« Er starrte sie durchdringend an, doch sie hielt seinem Blick unnachgiebig stand. »Weißt du, was? Vielleicht war das letzte Nacht ein Fehler. Du bist die Kundin, und ich habe einen Vertrag mit dir geschlossen. Vielleicht sollten wir es lieber dabei belassen.«

»Meinst du?«

Geh nicht, dachte er. Bleib, rede mit mir. Aber wenn sie blieb, sollte das ihre Entscheidung sein.

Zu seiner Erleichterung machte sie keine Anstalten zu gehen. Sie betrachtete Mike lange mit einem forschenden Blick, bei dem er sich unbehaglich fühlte. Dann trank sie ihren Orangensaft aus. »Er hat mein Leben verändert.«

Das war das Letzte, was Mike erwartet hatte. »Wie bitte?«

»Es stimmt. In gewisser Weise.« Sie legte die gespreizten Hände auf den Tisch, und in ihrer Kehle zuckte etwas – das war ihm schon mehrmals aufgefallen. »Um dir das zu erklären, muss ich ziemlich weit ausholen. Als ich klein war, habe ich gestottert.«

Er verbarg seine Überraschung und ließ sich das rasch durch den Kopf gehen. Tatsächlich, er konnte sich erinnern, dass sie ein paar Mal über Worte gestolpert oder hängen geblieben war – aber passierte das nicht jedem? »Soweit ich weiß, stottern viele Kinder phasenweise«, sagte er.

»Nicht so wie ich. Ich meine bei jedem Wort. Eine ernsthafte Sprachbehinderung. Meine Eltern haben jeden denkbaren Sprachtherapeuten und Kinderpsychologen bemüht, den sie auftreiben konnten. Mein Vater hat ständig Überstunden gemacht, um das alles zu bezahlen, und meine Mutter hat mit mir geübt, gesungen und alles getan, was sie nur konnte. Es ... hat mein Leben ziemlich stark beeinflusst.«

Er versuchte, sich die Hänseleien vorzustellen, die sie als Kind hatte ertragen müssen, die ständige Frustration, wenn man so viel zu sagen hatte und es nicht sagen konnte. Kein Wunder, dass sie Schriftstellerin geworden war.

»Na ja«, fuhr sie fort, »ich schrieb Bücher, die niemand veröffentlichen wollte. Keine Agentur wollte mich vertreten, und die beste Stelle, die mir angeboten wurde, war die einer Aushilfssekretärin in der Fischverarbeitung in Narragansett. Meine Logopädin hat mich damals zu einer Selbsthilfegruppe geschickt. Da habe ich Victor kennengelernt. Er hat dort ehrenamtlich gearbeitet.«

Das überraschte ihn nicht. Soziales Engagement, typisch Victor.

»Mit ihm konnte ich reden. Richtig reden. Ich habe so selten jemanden gefunden, der einfach zuhört, nicht versucht,

Sätze für mich zu beenden, mich zu drängeln oder mir Worte in den Mund zu legen. Ich weiß nicht, warum er sich so für mich interessiert hat, aber das tat er. Ich habe dann in seinem Wahlkampf-Team mitgearbeitet und ein paar Reden geschrieben.« Sie sah gespannt in sein Gesicht. »Ich glaube, meine Loyalität hat ihm gefallen. Meine... stille Art.«

»Glaub mir, das war bestimmt nicht alles.« Der viel zu große Bademantel gestattete ihm einen tiefen Blick auf ihr Dekolleté, und Mike konnte sich kaum davon losreißen.

Sie runzelte die Stirn und zog den Bademantel enger um sich. »Du weißt überhaupt nichts von uns.«

»Dann erzähl's mir.« Er schenkte ihnen Kaffee nach.

»Er hat mich zu einem Volksfest eingeladen – an dem Abend hatte er irgendeine offizielle Veranstaltung dort. Unseren ersten großen Krach hatten wir wegen einer Karussellfahrt.« Das Boot schwankte im aufgewühlten Wasser. »Er wollte mit dem Riesenrad fahren, aber ich wollte nicht. Victor hat mich praktisch dazu gezwungen, obwohl er gemerkt hat, dass ich schreckliche Angst hatte. Vielleicht kann ich mich deshalb so gut an diesen Tag erinnern. Es war Sommer, und die Luft kam mir schwül und klebrig vor von den Dieselabgasen und dem Duft von Zuckerwatte. An diesem Abend wollten anscheinend alle mit dem Riesenrad fahren, und ich hoffte schon, die lange Warteschlange würde Victor abschrecken. Aber das war einer von diesen Momenten, wenn sich die ganze Welt gegen einen verschworen hat, wenn alle Planeten sich zusammenschließen und einen auf eine bestimmte Bahn schießen. Die Menge teilte sich, plötzlich war gar keine Schlange mehr da, und ich stand mit einem Pappkärtchen in der Hand am Eingangstor; Victor musste mich die Rampe hochschieben.« Ein entrückter Ausdruck ließ ihren Blick verschwimmen. »Ich erinnere mich sogar noch an den Mann, der meine Karte kontrolliert hat – fettige blonde Haare, Muskel-Shirt, braun gebrannt. Ich hatte entsetzliche Angst vor dieser Fahrt, aber noch mehr davor, eine Szene zu machen.

Ich glaube, das wusste Victor von Anfang an. Dass ich lieber sterben würde, als eine Szene zu machen.«

Ein trauriges Lächeln kräuselte ihre Lippen. »Also habe ich gewartet, bis wir in der Luft hingen, und dann habe ich ihm die Meinung gesagt. Ich war so wütend, dass ich nicht mal gestottert habe. Ich weiß nicht mehr, wie oft wir mit diesem Ding gefahren sind, wie viele Karten er gekauft hatte. Es ging immer nur weiter auf und ab, und ich habe mit ihm geredet wie noch nie in meinem ganzen Leben. Es war wie ...« Sie errötete und grinste ihn an. »Ein bisschen wie jetzt. Einmal sind wir ganz oben hängen geblieben. Da hat er mir einen Heiratsantrag gemacht.«

Sie verschränkte die Arme auf dem Tisch. »Ziemlich romantisch, hm?« Ihre Stimme war tonlos. Er fragte sich, was ihr diese Erinnerung im Nachhinein so bitter machte.

»Und er hat seinen Traum wahr gemacht?«

»Ja, und das im großen Stil. Drei Wochen später haben wir auf einem großen Ball unsere Verlobung verkündet.«

»Victor hat alles im großen Stil gemacht.«

»Ja«, sagte sie und sah ihm in die Augen. »Sogar sterben.«

23

Nach diesen intimen Geständnissen wusste Sandra nicht recht, was sie sagen sollte. Dumpf betonten die Wellen am Rumpf des alten Bootes das Schweigen. Ihre letzten Worte schienen noch in der Luft zu hängen und dann zu verfliegen wie Rauch im Wind. Vielleicht hatte sie zu viel gesagt. Die Menschen wollten selten die ungeschminkte Wahrheit hören, auch wenn sie darum gebeten hatten.

Es erschien ihr seltsam, dass sie ausgerechnet Malloy das anvertraut hatte, wenn sie ihn so dasitzen sah, das schwarze Haar verstrubbelt, die Augen so klar wie der Himmel nach einem Sturm; er hatte eine Hand auf ihre gelegt. Sie versuchte, seine Miene zu deuten – er wirkte verständnislos und bedauerte offenbar, das Thema überhaupt angesprochen zu haben. Doch nach dieser Nacht wollte sie sich ihm mehr öffnen. »Warum komme ich mir jetzt vor wie eine Kellnerin, die dir etwas gebracht hat, das du gar nicht bestellt hattest?«, fragte sie und entzog ihm ihre Hand.

Er lehnte sich zurück und kratzte sich nachdenklich die nackte Brust. Diese Geste, so fremdartig, so *männlich*, zog ihren Blick auf sich. »Ich glaube, ich hatte eine andere Geschichte erwartet, irgendwie –«

»Leichter. Niedlicher. Jedes Paar erzählt eine lustige Geschichte darüber, wie sie sich kennengelernt haben. Sie haben im Waschsalon ihre Unterwäsche vertauscht. Sich im Geometrieunterricht verliebt. Bei Victor und mir war es überhaupt nicht lustig. Er hat mir geholfen, eine schwere Behinderung zu überwinden. Sechs Monate später habe ich vor fünfhundert Hochzeitsgästen ›Ich will‹ gesagt. Genau genommen habe ich gesagt ›Ja, ich will‹, weil ich gemerkt habe, dass ein Stottern kommt.« Sie schüttelte den Kopf. »Ich kann es gar nicht fassen, dass ich dir das erzählt habe. Diese Geschichte habe ich noch nie jemandem erzählt.«

»Warum denn nicht? Die Geschichte ist gut. Klingt doch so, als hätten sich da genau die Richtigen gefunden.«

Er hatte zwar recht, aber nicht in dem Sinne, wie er meinte. Victor hatte sie ebenso sehr gebraucht wie sie ihn; das war ihr erst ganz am Ende klar geworden. Er hatte ihre blinde Loyalität gebraucht, ihre Naivität, ihre Umsichtigkeit.

Malloy griff wieder nach ihrer Hand. »Ich dachte, du fühlst dich vielleicht besser, wenn du darüber redest. Aber du siehst eher aus, als –«

Er brach ab, doch sie beendete den Satz. »Also, hätte ich meinen besten Freund verloren?« Das hatte sie auch geglaubt, doch in der Nacht des Unfalls hatte sich alles geändert. Sie hinterfragte alles, was sie zu wissen glaubte. Worum trauerte sie wirklich? Um das Leben, das sie mit Victor geteilt hatte, oder um Victor selbst?

»Er war also deine große Liebe«, bemerkte Malloy, der ihren Gesichtsausdruck falsch verstand.

»Ich ... warum sagst du so etwas?«

Er zögerte und antwortete dann: »Weil du nicht darüber hinwegkommst. Er ist jetzt seit einem Jahr tot, und ich habe das Gefühl, dass du in fünf Jahren immer noch daran knabbern wirst.«

Das tat weh. »Warum interessiert dich das überhaupt?«

»Das weißt du doch.« Er stand auf, kam um den Tisch herum und zog sie von der Sitzbank hoch in seine Arme. »Vielleicht will ich auch nur herausfinden, ob in deinem Herzen noch Platz für jemand anderen ist.« Er küsste sie auf den Mund und schob sie rückwärts durch die Kabine, um sie dann über die Schwelle zum Bett zu tragen. Er schmeckte nach Orangen, und Sandra dachte nicht einmal an Widerstand. Sein Begehren war berauschend, und sie würde sich ihm nicht verweigern. Zum ersten Mal in ihrem Leben begriff sie, was es bedeutete, unersättlich zu sein.

Viel später erwachte Sandra und sah einen goldenen Lichtstrahl durch die Luke fallen. Du meine Güte, wie spät war es wohl?

Malloy lag noch neben ihr und schlief, tief und unschuldig wie ein Kind – oder ein Mann mit einem reinen Gewissen.

Sie wagte kaum zu atmen. Was hatte sie getan?

Ihr ganzes Leben lang hatte sie sich bemüht, es anderen recht zu machen, selbst wenn das bedeutete, dass sie selbst zurückstecken musste und ihr abenteuerlustiges Wesen nur in ihren Romanfiguren ausleben konnte. Aber das hier war real, Malloy war nur allzu wirklich, so lebendig und kraftvoll wie ein Sturm auf hoher See. Gestern Nacht hatte sie sämtliche Regeln über Bord geworfen. Sie war nicht sie selbst gewesen.

Sie stützte das Kinn auf die Hand und betrachtete ihn. Sie hatte ihn für einen ganz normalen, einfachen Handwerker gehalten, doch das stimmte nicht ganz. In ihm steckten zahlreiche unerwartete Winkel, die sie gerade erst zu erahnen begann.

Der Handwerker. Er reparierte, was kaputt war. In dieser Hinsicht war er genau das, was sie brauchte – jemand, der in ihr Leben trat und sie mit hinaus in die Welt nahm. Bisher war ihr nicht klar gewesen, wie lange sie schon in ihrem eigenen Kopf feststeckte und den Kontakt zu ihren Sinnen verloren hatte.

Wenn er sie liebte, hörte sie auf zu denken. In seinen Armen lernte sie, sinnliche Empfindungen zu erforschen. Manchmal war das unbequem oder schien gar riskant; dennoch war diese Nacht so zutiefst faszinierend gewesen, wie sie es sich nicht hatte vorstellen können.

Sie lauschte dem Wind und den Wellen, sah zu, wie das Licht um die Luke spielte, atmete den leichten, erotischen Duft ihrer Liebesspiele ein. Alle Sinne schienen durch die körperliche Intimität geschärft worden zu sein. Selbst nachdem sie einander von ihren Problemen erzählt hatten, fühlten sie sich zueinander hingezogen.

Aber was jetzt?

Angst rollte sich in ihrem Bauch zusammen. Er bedeutete ihr gefährlich viel. Eine tiefere Bindung kam nicht in Frage, so sehr ihr Herz sich danach sehnte. Sie durfte das nicht zulassen, vor allem im Moment nicht. Sie musste den Kurs beibehalten, den sie gewählt hatte, und Malloy musste sich um seine Scheidungskinder kümmern. Sandra wusste sehr wohl, dass diese körperliche Intimität es ihr schwerer machen würde, ihre Geheimnisse zu hüten. Sie hatte ihm vermutlich schon beim Frühstück viel zu viel erzählt.

Sie gab einen erstickten Laut von sich und versuchte, einen weiteren tränenreichen Gefühlsausbruch zurückzuhalten. Er schlug die Augen auf, und sein Lächeln erstrahlte langsam wie ein Sonnenaufgang. Sie küssten sich nicht, sagten nichts, hielten sich jetzt nicht einmal mit einem Vorspiel auf, sondern gaben sich schlicht und wortlos einander hin; es dauerte nur ein paar Augenblicke.

Das war ihr noch lange nicht genug. Sie kam, doch sie wollte mehr und brummte protestierend, als er sich mit schläfrigem, befriedigtem Lächeln zurückzog. Er nahm eine Wasserflasche vom Regal, trank daraus und bot sie ihr an. Brav trank sie einen Schluck. »Das war nicht ganz das, was ich wollte, Malloy.«

Er lachte. »He, wo ist denn bei dir der Aus-Schalter?«

Sie lehnte sich zurück in die dicken Kissen und genoss das sanfte Schaukeln des Bootes. Wie hatte sie so lange ohne überlebt? Lust und Ekstase waren ihr völlig fremd gewesen, sie hatte so etwas nur als vage, abstrakte Vorstellung gekannt. Sie hatte immer angenommen, Leidenschaft sei etwas Unerreichbares, etwas, das vielleicht in einem Märchen oder einem Country-Song vorkam. Eine Idealvorstellung, nicht etwas, das jemandem wie ihr tatsächlich begegnen könnte.

Jetzt kannte sie Zärtlichkeit, Innigkeit, Hitze und Macht, und ihre ganze Welt hatte sich verändert.

»Du hast gerade so einen seltsamen Gesichtsausdruck«, bemerkte er.

Sie trank noch einen Schluck Wasser. »Ja? Ich bin gestern hergekommen, um dir die Meinung zu sagen, und dann bin ich widerspruchslos in deinem Bett gelandet.«

Er legte die Hand sacht auf das Betttuch, das ihre Brust bedeckte. »Ich habe auch nicht damit gerechnet. Nur gehofft.« Er rieb ihre Brust. »Tue ich immer noch.«

Unwillkürlich erschauerte sie. Victor schien nicht mehr ganz so wichtig zu sein wie noch gestern Abend, als sie wütend das Boot gestürmt hatte. »Ich glaube, meine Sicherungen brennen langsam durch.« Sie steckte das dünne Laken unter ihren Armen fest. »Wie spät ist es eigentlich?«

»Ist doch egal. Heute ist Samstag.« Seine Hand hielt inne, und sie spürte förmlich, wie seine ganze Aufmerksamkeit sich auf sie richtete. »Du warst noch Jungfrau, als du Victor geheiratet hast.«

Sandra erstarrte. »Warum sagst du so etwas?«

»Nur eine begründete Vermutung.«

Sie brannte vor Scham. Er hatte also ihre Unerfahrenheit bemerkt, ihre Unfähigkeit. Sie hatte aus seinen Reaktionen auf sie geschlossen, dass sie dieses eine Mal etwas richtig machte, doch da hatte sie sich anscheinend geirrt. »W...woher weißt du das?«

Er zuckte mit den Schultern und legte unter der Decke eine Hand auf ihr Knie. »Du kommst mir eben nicht vor wie die Party-Queen von Rhode Island.«

»Ich hatte bisher ein sehr behütetes Leben, na und?«, erwiderte sie. »Verklag mich doch. Du musst dich allerdings hinten anstellen.«

Er wich mit hochgezogenen Brauen zurück. »Ich wollte dich damit nicht kritisieren. Himmel, ganz im Gegenteil.«

»Wie soll ich das verstehen?«

Er fuhr sich mit der Hand durch das kräftige Haar. »Ich bin nicht wie du, Sandy. Ich kann mich nicht so gut ausdrücken, also sage ich wahrscheinlich wieder was Falsches. Gestern Nacht warst du... eine Offenbarung. Vollkommene Ehrlichkeit ist irgendwie unglaublich sexy.«

War sie ehrlich gewesen? In gewisser Weise ja, dachte sie. Ihr Körper und ihre Empfindungen konnten sich nicht verstellen. »Oh«, sagte sie.

Er grinste schief. »Jetzt grübelst du schon wieder. Sag mir, was du fühlst. Hör auf, alles zu analysieren.«

»Also gut. Ich wusste gar nicht, dass Sex... na ja...«

»So sein kann?« Seine Hand strich von ihrem Knie aus aufwärts und ließ ihre Nerven erbeben.

Sie keuchte leise und vergaß, was sie gerade dachte. Wieder einmal.

»Du und Victor, ihr habt nicht viel Wert auf Sex gelegt«, bemerkte er. Das klang nicht wie eine Frage, eher wie eine Feststellung.

Unangenehm berührt, rückte Sandra ein wenig ab. »Das kannst du gar nicht beurteilen.«

»Ich beurteile ja auch nichts. Ich versuche nur, dich besser kennenzulernen.«

»Und wenn ich nun dasselbe mit dir machen würde?« Sie zog die Knie an die Brust. »Stell dir vor, ich würde in deiner Vergangenheit mit deiner Exfrau herumstochern.«

Er breitete die Arme aus, sodass das Laken ihm bis auf die Hüften rutschte, doch er schien es gar nicht zu bemerken. »Nur zu. Ich habe nichts zu verbergen. Und wie ist das bei dir?«

Sie wusste, dass Sex zwischen Mike und Angela nicht das Problem gewesen war, da brauchte sie nicht erst zu fragen. Sie brauchte nur daran zu denken, wie er sich vollkommen auf diesen sinnlichen Genuss konzentrierte und nichts anderes mehr gelten ließ.

»Du wirst ziemlich oft rot«, bemerkte er und beobachtete sie weiter. »Das gefällt mir.«

Sie wusste nicht, was sie darauf sagen sollte, also schwieg sie und beschäftigte sich mit ihrer Erinnerung. Sie und Victor hatten zusammen geschlafen. Sie hatten miteinander getanzt, waren Hand in Hand durch die regennassen Straßen von Providence spaziert, hatten einander über die feinen Tischdecken vornehmer Restaurants hinweg in die Augen gesehen, gemeinsame Ausflüge unternommen, viele Feiertage zusammen verbracht.

Da sie keinen Vergleich hatte, hatte sie das immer für das Wesen der Ehe gehalten. In einer einzigen stürmischen Nacht hatte Malloy ihr eine ganz neue Welt gezeigt, eine Welt voller Wunder, die sie zum allerersten Mal sah, voller Gefühle, die völlig neu für sie waren.

Er berührte ihre Schulter, drehte sie herum und sah ihr fragend in die Augen.

Sie räusperte sich. »Victor und ich – ich meine, wir waren nicht... Unsere Ehe drehte – drehte sich nicht ums Schlafzimmer.«

»Hatte er eine andere?«

Sie fuhr zurück und stieß ihn von sich. »Nicht jeder Mann ist sexbesessen.« Sie wollte sich vor seinem forschenden Blick verstecken. Er war zehn Jahre lang, vielleicht sogar länger, der beste Freund ihres Mannes gewesen. Er hatte Victor von einem kleinen Jungen zum Mann heranwachsen sehen, hatte mit ihm Geheimnisse geteilt, die sich nur die besten Freunde anvertrauten. Vielleicht wusste er es. Vielleicht hatte er es all die Jahre gewusst. »Raus damit, Malloy. Was willst du wirklich wissen?«

»Das war doch eine ganz einfache Frage«, sagte er und sah sie immer noch mit diesem merkwürdigen Blick an. »Habe ich etwas Falsches gefragt? Hätte ich lieber fragen sollen, ob mit dir was nicht stimmt?« Er lächelte, und sie war erstaunt darüber, wie ein Mann mit Bartstoppeln und ungekämmtem Haar so hinreißend aussehen konnte. »Nach letzter Nacht«, fuhr er fort, »brauche ich das nicht zu fragen. Also dachte ich, dass Victor vielleicht – ich weiß auch nicht – ob es ein Problem mit... ob er vielleicht im Bett eine schlechte Vorstellung geliefert hat.«

Die Ironie dieser Bemerkung brachte sie beinahe zum Lachen. Seine Vorstellung. Er hatte die perfekte Vorstellung geliefert.

Als unerfahrene junge Ehefrau hatte sie alle möglichen Ratgeber gelesen, die ihr versprachen, sie könne ihr Liebesleben verbessern, indem sie in der Beziehung die Initiative ergriff. Doch jedes Mal, wenn sie versuchte hatte, die Initiative zum Sex mit Victor zu ergreifen, hatte er die klassischen Ausreden vorgebracht. Er war zu müde. Ihm war schlecht, weil er zu viel gegessen hatte. Er hatte sogar Migräne. Abends blieb er so lang auf, dass sie meistens bei angeknipster Leselampe mit einem Buch in der Hand einschlief. Er hatte in all den Jahren ihr gegenüber nur zweimal die Beherrschung verloren – dazu gehörte das eine Mal, als sie ihm vorgeschlagen hatte, deshalb einen Arzt aufzusuchen.

Sie hatte sich immer vorgeworfen, sie sei nicht aufregend genug, nicht geschickt genug, nicht sexy genug. Sicher, manchmal machten andere Männer ihr Avancen; die vielen gesellschaftlichen Verpflichtungen in ihrem Leben mit Victor rückten sie ins Licht der Öffentlichkeit, und sie hatte durchaus öfter eindeutige Angebote zurückweisen müssen.

Natürlich war sie nicht ein einziges Mal in Versuchung geraten. Als Victor sie zu seiner Frau erkoren hatte, hatte er eine kluge Wahl getroffen. Nicht, weil sie so eine tolle Partie gewesen wäre, sondern weil sie eine Eigenschaft hatte, die er mehr brauchte als alles andere – sie würde niemals, unter keinen Umständen, sein Vertrauen in sie enttäuschen.

Nicht einmal nach seinem Tod.

24

Die neue Flutlicht-Beleuchtung sah bescheuert aus, stellte Mike fest, als er vor seinem Haus aus dem Auto stieg. Na ja, nicht sein Haus – wie, zum Kuckuck, sollte er es bezeichnen? Exhaus? Stiefhaus? Normalerweise würde ihm der traurige Beigeschmack dieser Wörter zu schaffen machen, doch im Moment gingen ihm ganz andere Sachen im Kopf herum.

Eine Menge anderer Sachen.

Er hielt inne und überprüfte sein Spiegelbild in der getönten Fensterscheibe des Wagens. Für den Väter-Töchter-Ball hatte er sich den eleganten Cutlass Supreme der Carmichaels geliehen, weil er nicht im Pick-up vorfahren wollte. Verdammt, sein Haar war zu lang; er wusste gar nicht mehr, wann er zuletzt beim Friseur gewesen war. Doch der fünfzehn Jahre alte Smoking passte ihm noch, und Mike hatte sogar ein Paar alte Manschettenknöpfe gefunden, die er bei seiner Hochzeit getragen hatte. Er hoffte, Mary Margaret würde nicht merken, dass die Fliege eine von den fertigen mit Gummiband war. Der einzige Mensch aus Mikes gesamtem Bekanntenkreis, der diese Dinger tatsächlich selbst gebunden hatte, war Victor Winslow gewesen, der diese Kunst bereits mit zehn Jahren meisterlich beherrscht hatte.

Schon wieder Victor. In letzter Zeit wurde Mike ständig an ihn erinnert. Nicht nur, weil Victor mit Sandy verheiratet gewesen war; da war noch irgendetwas anderes, das Mike keine Ruhe ließ, etwas an den Umständen von Victors Tod. Er hatte das nagende Gefühl, dass in den Berichten über diese Nacht etwas fehlte, trotz der Hartnäckigkeit von WRIQ. Mike hatte sich die Berichte immer wieder vorgenommen. Er hatte sogar die Transkripte der gerichtsmedizinischen Untersuchungen gelesen, die im Internet als öffentliche Akten zugänglich waren. Irgendetwas stimmte da nicht. Er überlegte immer wieder, wie er Sandy danach fragen könnte, doch er wollte sie nicht bedrängen. Trotz ihrer neuen Vertrautheit blieben gewisse Grenzen bestehen. Sie war äußerst empfindlich und wurde sehr misstrauisch, sobald die Sprache auf Victor kam. Vermutlich wäre es besser für Mike, einfach die Finger davon zu lassen – allerdings musste er feststellen, dass er das aus vielen verschiedenen Gründen einfach nicht konnte.

Er fuhr mit dem Zeigefinger unter dem steifen Kragenrand entlang und ging dann zur Haustür. Kevins Armee von Action-Figuren stand am Rand des Gartenwegs in Bereitschaft oder lauerte in Schützengräben in den Blumenbeeten, und dieser Anblick versetzte Mike einen Stich. Er vermisste solche Kleinigkeiten – zu sehen, wie sein Sohn in einer Fantasiewelt aufging, sich ganz dem Ernst des Spielens widmete.

Er klingelte und bemerkte ein neues »Keine Vertreter«-Schild an der Tür.

»Komme sofort.« Angelas Absätze klapperten auf dem Parkett, und die Tür ging auf. Sie war gerade dabei, einen Ohrring anzulegen, und hielt den Kopf zur Seite geneigt, sodass ihr das hellblonde Haar über eine Schulter fiel.

»Hallo, Ange.« Mike trat ein.

Sie verlor den Ohrring, der mit leisem »ping« zu Boden fiel und Mike vor die Füße kullerte. Beide bückten sich, um ihn aufzuheben, und stießen versehentlich mit den Schultern aneinander. »Entschuldige.« Mike richtete sich auf und reichte ihr den kleinen goldenen Ring. »Hier, bitte.«

Einen Moment später bemerkte er, dass sie ihn anstarrte. Ihr voller Mund war leicht geöffnet, und sie machte große Augen.

Ihm wurde klar, dass sie ihn seit Jahren nicht mehr im Smoking gesehen hatte. »Danke, Mike«, sagte sie schließlich.

»Ist meine schöne Tänzerin schon fertig?«

Sie blickte sich zur Treppe um. »Fast.«

Er trat von einem Fuß auf den anderen. Er hatte über fünfzehn Jahre lang in diesem Haus gelebt, doch jedes Mal, wenn er es betrat, erkannte er es kaum wieder. Angela dekorierte ständig um. Das Haus roch jetzt auch anders. Nicht schlecht, nur... anders. Sein Exhaus, seine Exfrau. Exleben.

»Wo ist Kevin?«

»Er hat Mary Margaret den ganzen Nachmittag lang wahnsinnig gemacht, also habe ich Carmine gebeten, ihn mit ins Restaurant zu nehmen. Er macht seine Hausaufgaben gern im Personalzimmer.« Sie gab ihm ein rotes Papierherz, das auf dem Tischchen im Flur lag. »Er hat dir eine Valentinskarte gebastelt.«

Mike klappte sie auf und musste lächeln. In seiner besten Schönschrift hatte sein Sohn geschrieben: »Dad: Alles Gute zum V-Tag.«

Er zeigte es Angela und erklärte: »Die muss ich aufheben.«

»Absolut.« Sie lachte und schüttelte den Kopf. Sie war einfach umwerfend, dachte er. Immer schon.

»Also«, sagte er dann. »Ich bringe sie spätestens um neun nach Hause.«

»Gut. Sie hat morgen Schule.« Sie lachte trocken. »Was erzähle ich dir da? Das weißt du natürlich. Sie ist so aufgeregt, zu ihrem ersten Ball zu gehen. Ach, Mike, sie wird so schnell erwachsen.« Angela blickte mit so vertrauten, sehnsüchtigen Augen zu ihm auf, dass er einen Moment lang die Orientierung verlor und vergaß, wo er sich befand. Exhaus, ermahnte er sich.

Er war völlig durcheinander, trat einen Schritt zurück und breitete die Arme aus. »Wie sehe ich aus?«

Sie begutachtete ihn von Kopf bis Fuß. »Nicht schlecht für einen Jungen aus der Provinz. Aber deine Fliege sitzt schief.« Sie trat vor, um die Fliege gerade zu rücken.

Ihre Nähe überwältigte ihn, verschluckte ihn. Sie war ihm so vertraut, wie es nur nach vielen gemeinsamen Jahren möglich ist – er kannte jeden Zentimeter ihres Körpers, ihren Duft, den Klang ihres Atems. Das war etwas, das nicht einfach schwand, wenn die Scheidung rechtsgültig wurde.

Ihre Finger zitterten, während sie seine Fliege richtete, und ihm wurde klar, dass sie vermutlich genau dasselbe dachte wie er – er sah den Schmerz und die Reue in ihren Augen. Als sie fertig war, trat sie nicht zurück, sondern legte ihm die Hände auf die Brust, als wollte sie sich an ihm wärmen.

Sie seufzte leise. »Manchmal wünsche ich mir ... ach, Mike«, flüsterte sie und brach ab, als ihr Tränen in die Augen stiegen.

Er biss die Zähne zusammen, wappnete sich und sagte dann: »Ange. Ich habe mir auch viel für uns gewünscht.«

Sie schob die Finger unter sein Revers und ließ sie dann abwärts gleiten; ihre lackierten Fingernägel glitzerten. »Ich weiß, Michael.« Ihre Stimme brach. »Warum haben wir es nicht geschafft?«

»Du weißt genau, warum«, sagte er, »aber du bist die Mutter meiner Kinder, und um ihretwillen werde ich dir das nicht vorhalten.«

Angelas Gesicht wurde erst blass und nahm dann einen harten Ausdruck an. Er hörte jemanden auf der Treppe, blickte auf und sah Mary Margaret auf dem dunklen Treppenabsatz stehen und sie beobachten. Himmel, wie lange stand sie schon da oben?

Er und Angela wichen hastig voneinander zurück. »Sitzt die Fliege jetzt gerade?«, fragte er.

»Perfekt«, erwiderte sie, blinzelte und schluckte gegen die Tränen an.

»Bist du soweit, Prinzessin?«, fragte er seine Tochter.

Mary Margaret zögerte und kam dann langsam die Treppe herunter. Als sie den hell erleuchteten Hausflur erreichte, schlug Mikes Herz einen Purzelbaum. Sie sah unglaublich aus in einem hübschen grünen Kleid, schick frisiert, mit einem Hauch pinkfarbenem Lippenstift und leuchtenden Augen. Sein kleines Mädchen war gar nicht mehr so klein.

»Entschuldigen Sie bitte«, sagte er und rang sich ein Grinsen ab. »Ich suche eigentlich meine Tochter.«

Sie kicherte. »Lahmer Spruch, Dad.«

»Du siehst ganz wunderhübsch aus«, sagte Angela und hielt ihnen die Tür auf. »Amüsiert euch gut. Und spuck deinen Kaugummi aus, bevor du die Tanzfläche betrittst, junge Dame.«

Mike bot ihr seinen Arm. Mary Margaret sah es erst gar nicht, also stupste er sie mit dem Ellbogen an. Sie kicherte wieder, schob die Hand in seine Armbeuge und ging mit ihm zum Auto.

Während der gesamten Fahrt zum YMCA redete sie wie ein Wasserfall, und Mike sah sie immer wieder verstohlen an. Verschwunden waren die kindlichen Pausbacken, die rundlichen Hände mit kleinen Grübchen. Sie war ein personifizierter Widerspruch, wie sie Kaugummiblasen platzen ließ und gleichzeitig ihre frisch lackierten Fingernägel bewunderte.

Er parkte den Wagen, und sie vergaß abzuwarten, bis er ihr die Tür öffnete. Sie spuckte den Kaugummi auf den Boden und hüpfte beinahe vor Aufregung, als sie den Ballsaal betraten. Er war mit Kerzen erleuchtet und wimmelte von kichernden Mädchen mit ihren Vätern, die heute das Abendessen ausfallen ließen, um mit ihren Mädchen zu tanzen und Spenden für das YMCA zusammenzubringen. Die meisten Männer bedienten sich bei den kleinen, dreieckigen Sandwiches ohne Kruste, herzförmigen Keksen und Punsch in Pappbechern, von dem alle rote Zähne bekamen. Von der Decke hingen Papierherzen, eine Discokugel drehte sich wie ein langsam blinkender Leuchtturm-Strahler und ließ Diamanten aus farbigem Licht über die Gäste huschen. Ein paar besonders mutige Vater-Tochter-Paare tanzten schon zu »Georgia on my mind«.

Mike und Mary Margaret blieben erst am Rand des Saales stehen und sahen sich um. »Da ist Allie Monroe«, sagte sie und zeigte auf ein Mädchen mit dicken Locken. »Sie hat gerade eine Zahnspange gekriegt. Und die da direkt vor dem DJ tanzt, das ist Kandy Procter. Ihr Vater ist mit dieser Frau aus den Fernsehnachrichten verwandt. Der ist ganz schön kahl, findest du nicht?« Mary Margarets Wangen glühten, und sie nahm Mikes Hand. »Und alle bewundern dich. Du bist der Hammer, Dad.«

»Vielleicht änderst du deine Meinung, wenn du mich erst mal tanzen gesehen hast.«

»Wir müssen ja nicht tanzen, wenn du nicht willst.«

Die Musik änderte sich, es kam »My girl«. Perfekt. »Machst du Witze?«, fragte er. »Komm, meine Schöne. Gehen wir tanzen.«

Er führte sie auf die Tanzfläche und rief sich die Schritte ins Gedächtnis, die Sandy ihm gezeigt hatte. Vor-links-zurück-rechts-vor. Er hoffte nur, dass er es nicht verbockte.

Er verbockte es nicht. Er und Mary Margaret tanzten wie alte Hasen und gerieten nicht ein Mal aus dem Takt. Wie sie so staunend zu ihm aufblickte, fühlte er sich mindestens zwei Meter fünfzig groß. Es wurde Zeit, wieder zu leben. Augenblicke wie dieser erinnerten ihn daran, dass manche Dinge stets in seinem Herzen lebendig bleiben würden, was auch passierte.

Der Song ging zu Ende, und er drehte sie unter seinem Arm hindurch, wie Sandy es ihm gezeigt hatte.

»Du hast doch gesagt, du könntest gar nicht tanzen«, bemerkte Mary Margaret grinsend.

»Ach, weißt du, ich habe es mir zeigen lassen.«

»Echt? Von wem denn?«

Er sah an ihrem Gesichtsausdruck, dass sie das lieber nicht gefragt hätte. Hatte sie aber. »Von Sandra Winslow.« Er zögerte. »Hast du damit ein Problem?«

Mary Margaret sagte lieber nichts, doch ihre Miene sprach Bände. »Ich habe Hunger, Dad.« Sie ging zum Büfett.

Na schön, dachte er und folgte ihr. Sie wollte nichts davon hören. Aber eines Tages musste sie es sich vielleicht trotzdem anhören. Seit letztem Wochenende, als er und Sandy beinahe das Boot in Brand gesteckt hätten, hatte er viel darüber nachgedacht, wie es wäre, wenn sie zu seinem Leben gehören würde. Er würde sie mit seinen Kindern zusammenbringen müssen, und nicht nur zufällig. Er fragte sich, ob er das konnte.

25

An einem windigen Samstagnachmittag stiegen Mary Margaret und Kevin am Hafen von Paradise aus dem Auto. Sie vergaß beinahe, sich von ihrer Mutter und Carmine zu verabschieden, so hastig holte sie ihre Sachen aus dem Kofferraum. Heute war ein selten sonniger Tag, ein unerwartetes Geschenk mitten im trüben Winter. Ihr Dad hatte versprochen, sie könnten mit dem Boot einen Ausflug machen, wenn das schöne Wetter hielt. Bootsfahrten liebte sie mehr als die Backstreet Boys, Pepperoni-Pizza und Hockey zusammen.

Dad wartete vor dem Büro des Hafenmeisters auf sie. Zeke und Kevin sausten über den Parkplatz aufeinander zu und überschlugen sich in der Mitte vor Freude. Ihre Mom ging zu ihrem Dad hinüber und sprach mit ihm, während Carmine mit laufendem Motor im Auto wartete.

Mary Margaret hörte, wie ihre Mutter die üblichen Anweisungen herunterratterte. Sorg dafür, dass sie ihre Schwimmwesten tragen. Lass Kevin nichts trinken, das Koffein enthält. Sie müssen morgen früh wieder zu Hause sein, weil sie noch Hausaufgaben machen müssen...

Mary Margaret dachte daran, wie anders ihre Eltern neulich gewesen waren, als ihr Dad sie zum Valentinsball abgeholt hatte. Ihr Herz hatte beinahe ihre Brust gesprengt vor wilder, verzweifelter Hoffnung. Doch dieser Augenblick war vorübergegangen, und jetzt war es wieder wie immer.

Ihr Dad nickte und beruhigte ihre Mom – er würde gut auf sie aufpassen, er würde sie morgen pünktlich zurückbringen, er würde dafür sorgen, dass sie sich die Zähne putzten. Er versuchte immer, alles so zu machen, wie ihre Mom es wollte, weil er keine schlechte Note von der Sozialarbeiterin bekommen wollte, die sie überprüfte und ihre dämlichen Berichte schrieb. Mary Margaret fand es scheußlich, dass irgend so eine Frau vom Familiengericht ihnen nachschnüffelte. Sie taten doch nie etwas Falsches.

Mary Margaret dachte noch gerade rechtzeitig daran, sich umzudrehen und zu winken, als ihre Mutter und Carmine wegfuhren. Dad grinste sie beide an und freute sich anscheinend riesig, sie zu sehen. »Kann's losgehen, ihr zwei?«

»Klar doch«, schrie Kevin und rannte das Dock entlang, wobei seine offenen Schnürsenkel über die Planken hüpften. Zekes Krallen rutschten immer wieder auf dem Holz ab, doch der Hund hielt mit ihm Schritt.

Mary Margaret ging neben ihrem Vater her. »Wo fahren wir denn heute hin?«

»Ich dachte, vielleicht zum Nationalpark nach Wetherill. Was meinst du?«

»Von mir aus gern.« Es war ihr nicht so wichtig, wohin es ging. Ihr kam es auf die Bootsfahrt an.

»Wir haben heute Gesellschaft«, sagte er ganz beiläufig.

»Wie meinst du das?«

»Ich habe heute eine Freundin eingeladen.«

Das war neu. Wenn ihr Dad mit ihnen einen Ausflug machte, fuhren normalerweise nur sie drei, tuckerten durch tiefe Gewässer, erforschten die Inseln und kleinen Buchten an der Küste. Im Sommer fuhren sie sogar manchmal bis nach Block Island hinaus. Aber sie hatten noch nie jemand anderen dabeigehabt. Als ihre Eltern noch zusammen gewesen waren, war ihre Mutter ab und zu mitgekommen, hatte in der Kombüse Eiersalat gemacht und Kevin angeschrien, er solle seine Schwimmweste anbehalten.

»Du meinst, es kommt noch jemand mit?«

»Ja. Nimmst du bitte die Tüte Eis mit, ja?«

Sie runzelte die Stirn und rätselte, wie wichtig das wohl für ihn sein mochte. Er benahm sich ganz cool, aber ihr Dad tat ja immer cool. Sie gingen an Bord. Mary Margaret erstarrte, als sie sah, wer dort auf sie wartete, auf der Schiffsbrücke an eine Aluminiumleiter gelehnt.

»Ihr erinnert euch bestimmt an Sandra Winslow«, sagte Dad.

»Hallo.« Kevin sprang auf das Boot, Zeke gleich hinterher. Kevin grinste Sandra an, und es störte ihn anscheinend überhaupt nicht, dass sie da war. Mary Margaret starrte auf ihre Hände hinab. Der korallenrosa Nagellack vom Valentinstag war hässlich abgeblättert. Sie hätte ihn mit Nagellackentferner lieber ganz abreiben sollen.

»Na, Kevin, wie geht's?«, fragte Sandra. »Das ist das erste Mal, dass ich auf dem Boot von deinem Dad mitfahren darf. Du musst mir zeigen, was ich machen soll.«

»Sie müssen eine Schwimmweste anziehen.« Kevin warf sich wichtig in die Brust. »Und Sie müssen sie immer anbehalten.«

»Ich glaube, das kriege ich hin.« Sie reichte ihm eine gelbe Schwimmweste aus dem Stauraum in der Brücke, einer kleinen Glaskanzel über der Kabine, und wollte selbst die nächste anziehen.

»Das ist meine«, platzte Mary Margaret heraus und kletterte an Bord. »Die trage ich immer.«

»Lüge«, sagte Kevin. Der Verräter. »Die sind doch alle gleich.«

»Was weißt du denn schon«, erwiderte Mary Margaret. »Das ist die, die ich immer trage.« Sie war bereit zum Kampf, doch Sandra Winslow reichte ihr einfach die dicke gelbe Weste, ohne ein Wort zu sagen.

»Die Gurte sind für ihren dicken Hintern eingestellt«, sagte Kevin und krümmte sich kichernd zusammen.

Mary Margaret kochte, doch bevor sie es ihm heimzahlen konnte, packte Sandra Kevin an der Weste und sagte: »Dann ist die hier wohl für deine große Klappe eingestellt?«

Darauf musste er nur noch mehr kichern. Dad hatte kein

Wort gesagt, doch Mary Margaret konnte spüren, wie er sie beobachtete. Sie konnte nur nicht erraten, was er dachte.

Sandra zog eine andere Weste an, die ein paar Stockflecken hatte, und verschloss sie über ihrem grünen Kapuzenpulli. Dad half Sandra, den Nylongurt straff zu ziehen, und dabei beugte er sich vor und flüsterte ihr etwas ins Ohr. Als sie zu ihm aufschaute, war ihr Blick eindeutig. Mary Margaret hatte das schon Hundert Mal gesehen, bei hundert anderen Frauen – bei der Bibliothekarin, der Kassiererin im Supermarkt, ihrer Erdkundelehrerin… Die waren alle scharf auf ihren Dad, und Sandra war jetzt auch eine von ihnen.

Sandra trat zurück und lächelte sie freundlich an. »Es freut mich, dich wiederzusehen, Mary Margaret.«

Mary Margaret wusste nicht, was sie sagen sollte. Jetzt war ihr auch klar, warum Sandra so nett zu ihr war. Das hatte nichts mit ihr und Kevin zu tun, nur mit ihrem Dad. Sie konnte es nicht ausstehen, wenn Frauen nett zu ihr waren, um ihren Dad zu beeindrucken – so ging das ständig. Sie hatte die Nase voll davon.

Sie spürte Abneigung in sich brodeln. Das war ihr Wochenende mit ihrem Dad. Sie wollte ihn mit niemandem teilen, nicht einmal mit einer berühmten Schriftstellerin.

»Willst du mir mit den Maschinen helfen?«, fragte Dad Kevin. Keiner von beiden schien zu bemerken, wie still Mary Margaret war. Sie fühlte, dass Sandra sie beobachtete, und fragte sich, ob sie es gemerkt hatte.

Dad ging zur Brücke und ließ die Motoren an. Sie erwachten hustend zum Leben, und es stank nach Diesel. Er tat so, als wäre es ganz normal, eine Fremde an Bord zu haben. Eine Fremde, die er eine Freundin nannte. »Bereit zum Ablegen«, rief er über das Tuckern der Maschinen hinweg. »Mary Margaret, kannst du die Leinen am Bug übernehmen?«

»Ja.« Sie eilte nach vorn und machte die Leinen von den großen Stollen am Dock los. Darin war sie Expertin und sehr stolz darauf. Sie konnte die Leinen losmachen und wieder an

Bord klettern, ohne dass die Taue sich verhedderten oder nass wurden. Sie fing backbord an, dann kam steuerbord, und schließlich die Heckleinen. Sandra stand auf der Brücke wie nutzloser Ballast.

Ein paar Minuten später fuhren sie durch den schmalen Kanal, der Judith's Pond mit dem weiten blauen Atlantik verband. Die Luft war frisch und kühl. Kevin rannte aus dem kleinen Brückenraum, um dem Fischerdenkmal zuzuwinken – dieses Ritual hielt er schon ein, seit er ganz klein gewesen war. Dad dachte auch daran, mit dem Signalhorn zu tuten, eine weitere Tradition. Zeke stellte die Vorderpfoten auf den Schandeckel und bellte die über ihm kreisenden Möwen an.

Sie ließen den Hafen hinter sich, und die Küste lag bald so weit zurück, dass die niedrigen Häuser von Paradise aussahen wie eine Spielzeugstadt. Als sie das offene Meer erreichten, nahm das Boot Fahrt auf, es flitzte klatschend übers Wasser und hinterließ eine doppelte Wellenspur im Kielwasser. Mit dem kalten Wind und dem hellen Sonnenschein im Gesicht vergaß Mary Margaret ein paar Minuten lang ihren Ärger. Sie war so gern draußen auf dem Wasser und schaute zurück zum Festland, wo die Bäume und winzigen Häuser klein und unwichtig wirkten im Vergleich zum endlosen blauen Atlantik.

Kevin kletterte zum Vordeck, setzte sich aufs Vorschiff, den Wind voll im Gesicht, gab unsinniges Piratengeschrei von sich und verlor sich in einer Traumwelt. Sandra ging mit Dad auf die kleine Brücke. Sie standen nebeneinander und schauten nach vorn, und ihr Dad deutete auf irgendetwas am Horizont. Sie standen so nahe beieinander, dass sich ihre Arme berührten. Dad drehte sich um und beugte den Kopf, um mit Sandra zu sprechen, und Mary Margaret gefiel es gar nicht, wie das aussah – vertraut und ganz für sich, als teilten sie ein Geheimnis.

Sie drehte das Gesicht in den Wind und konzentrierte sich

auf den schönen Blick auf den Leuchtturm neben dem Hafen. Obendrauf ragten Antennen und Radargeräte in den Himmel, doch aus der Ferne sah er altmodisch aus wie auf einer Postkarte, mit Wattewölkchen im Hintergrund und der Sonne, die sich in den Fenstern spiegelte.

Mary Margaret hielt es aber nicht lange aus, die beiden nicht zu beobachten. Als sie das nächste Mal zur Brücke hochschaute, sah sie, wie ihr Dad seine Lieblingsmütze abnahm und sie Sandra aufsetzte, mit dem Schirm nach hinten. Sie lachten, und ihre Hände streiften sich.

Das war zu viel. So laut wie möglich stapfte Mary Margaret über das Deck und platzte in die Kanzel. Kevin wurde es zu kalt, er brachte Zeke durch die Luke unter Deck.

»Wo fahren wir denn heute hin, Dad?«, fragte sie etwas lauter als sonst.

»Lenny Carmichael hat am Purgatory Point ein paar Hummerfallen ausgebracht. Er sagte, wir könnten mal nach ihnen sehen und uns nehmen, was wir darin finden.«

Zu dritt war es eng auf der Brücke. Doch Mary Margaret würde sich nicht vom Fleck rühren. »Gut. In Lennys Fallen sind immer Hummer. Hummer mag ich am liebsten.«

»Wenn wir Glück haben, gibt's Hummer zum Abendessen.«

»Darf ich mal steuern?«, fragte sie.

»Klar doch, Prinzessin.«

Sie trat absichtlich zwischen Dad und Sandra und packte das Ruder. Sandra ging zur Tür. »Ich gehe mal runter und sehe nach, was Kevin so treibt.«

Sie ging mit einem kalten Luftzug. Mary Margaret bekam schreckliche Angst, dass ihr Dad vielleicht auch gehen würde. Sie war ein erfahrener Steuermann, und er ließ sie oft unbeaufsichtigt steuern. Zu ihrer Erleichterung blieb er bei ihr.

Sie sah ihn nicht an, sondern heftete den Blick auf den Horizont. Sorgfältig suchte sie das Wasser vor ihnen nach Treibgut ab. Wenn man einen dicken Ast traf, konnte es eine

Katastrophe geben, und sie musste auch aufpassen, dass die Wellen sie nicht breitseits erwischten.

»Warum so ein langes Gesicht?«, fragte er.

Also hatte er es doch gemerkt. Gut. »Ich habe doch immer dasselbe Gesicht.«

Er kaufte ihr das nicht ab. Das merkte sie daran, wie er den Kopf schüttelte. »Es stört dich, dass Sandra hier ist.«

»Ich dachte, es fahren nur wir drei zusammen.«

»Ich dachte nicht, dass es dir was ausmachen würde.«

Machte er Witze? Natürlich machte es ihr was aus. Aber sie kam sich auf einmal selbstsüchtig und kleinlich vor und wollte es nicht zugeben. »Ist sie deine Freundin?«

Ihr Dad sagte lange nichts. Die Maschinen tuckerten gleichmäßig. Nördlich von ihnen kam James Island in Sicht, noch ziemlich weit entfernt. Der Tag war so klar, dass sie meilenweit sehen konnte.

»Und? Ist sie jetzt deine Freundin?«, bohrte Mary Margaret nach.

»Ja, ich glaube schon. Stört dich das sehr?«

Natürlich störte sie das. Sehr. Es war schon schlimm genug, dass ihre Mutter Carmine hatte; jetzt hatte auch noch ihr Dad jemand anderen. Sie hätte wissen sollen, dass es früher oder später so kommen musste. Alleinstehende Väter fanden eine neue Freundin. Scheußlich, aber so war das nun mal.

»Und? Stört es dich?«, bohrte er.

Mary Margaret blickte starr geradeaus. Sie nickte einmal kräftig.

»Das ist schade, Prinzessin. Zeke und ich sind ziemlich einsam, wenn ihr nicht gerade zu Besuch seid. Ich mag Sandra sehr, und ich glaube, sie mag mich auch.« Er strich ihr mit der Hand über den Hinterkopf, wie er es schon immer getan hatte, solange sie zurückdenken konnte. »Ich bin gern mit ihr zusammen. Du weißt, dass ich auch gern mit euch zusammen bin. Warten wir einfach mal ab und sehen, wie es weitergeht.«

Er klang so vernünftig. Zu vernünftig. Das war typisch Dad – er nahm alles ernst. Sie wusste, dass er Sandra nicht mitgebracht hätte, wenn es ihm nicht ziemlich ernst mit ihr wäre.

Mary Margaret fühlte plötzlich Tränen in den Augen brennen. Sie fand es schrecklich, dass sich alles ständig veränderte. Nichts blieb, wie es war. Bis gestern hatte sie noch darauf zählen können, ihren Dad ganz für sich zu haben. Jetzt war es auch damit vorbei.

Zumindest hielt er ihr keine Vorträge oder sagte ihr, sie solle höflich zu Sandra sein. Als ihre Mutter ihnen Carmine vorgestellt hatte, hatte sie Mary Margaret und Kevin gedroht, sie bestochen und eindringlich ermahnt, nett zu ihm zu sein. Ihr Dad tat nichts von alledem. Er erwartete einfach, dass sie sich gut benehmen würde. Sie spielte mit dem Gedanken an einen kindischen Wutanfall. Oder plötzliche Seekrankheit. Doch das würde er sofort durchschauen, und egal, was sie von Sandra hielt, sie brachte es nicht über sich, ihren Dad zu enttäuschen.

Sie sagten nichts mehr, glitten nur dahin, während die Sonne immer höher stieg. Das Meer war ein lebhafter Spiegel, geheimnisvoll, tiefblau und ungewöhnlich ruhig für diese Jahreszeit. Nach etwa einer halben Stunde entdeckte Dad Lennys gut markierte Hummerfallen. Es waren drei nebeneinander, deren Bojen friedlich auf der Strömung dümpelten.

»Maschinen stopp«, befahl er.

Sie schaltete den Motor aus, und in der plötzlichen Stille konnte sie Kevin unten in der Kabine lachen hören. Die kleine Ratte. Anscheinend mochte er Sandra. Dieser Idiot mochte doch jeden. Er erzählte ihr vermutlich gerade seine doofen Lieblingswitze, und sie zwang sich bestimmt, darüber zu lachen.

»Hol bitte deinen Bruder und Sandra, damit sie uns mit den Fallen helfen«, sagte Dad.

Mary Margaret stapfte zur Kabine hinunter und schob die

Tür auf. »Dad sagt, ihr sollt kommen und mit den Hummern helfen.« Sie wartete die Antwort nicht ab, sondern drehte sich rasch um und ließ die Tür offen. Gleich darauf erschienen die beiden mit erwartungsvollen Gesichtern wie Kinder an Weihnachten.

Dad warf den Anker aus und verteilte dicke Gummihandschuhe. Mary Margaret schnappte sich den Bootshaken. Sie hatte das schon Hundert Mal gemacht, daher fühlte sie sich überlegen, als sie die knallig orangefarbene Boje einfing und die Falle zum Schiff hochzog. Sie schaute so gern in tiefes Wasser hinab. Das Tau schien in ewiger Dunkelheit zu verschwinden. Während sie es langsam mit den Händen einholte, genoss sie die atemlose Spannung, endlich zu sehen, was in der Falle steckte.

Sie arbeitete schnell und geschickt und ließ die nasse Leine neben sich ordentlich aufgerollt aufs Deck hinab. Endlich erschien die iglufömige Falle, behangen mit Seetang und metallenen Genehmigungsplaketten. Mary Margaret hielt den Atem an. Sobald der Käfig aus dem Wasser kam, wurde er schwer, doch sie würde nicht loslassen. Dad kam herüber und half ihr, die Falle über die Reling zu hieven. Begierig klappte sie den Deckel auf. Zeke schnüffelte daran und bellte wie verrückt.

Die Falle war leer, vom Köder waren nur noch Heringsgräten und Bruchstücke der Wirbelsäule einer Kuh übrig. »Nichts.«

»Man kann nicht immer Glück haben.« Ihr Dad öffnete eine zerschrammte alte Kühlbox. »Bestück sie mit neuem Köder, und dann lassen wir sie wieder runter.«

Mary Margaret hasste das. Hühnerkrallen und alte Rinderknochen. Es war total eklig. Sie wandte sich Sandra zu und sprach sie zum ersten Mal direkt an, seit sie abgelegt hatten. »Wollen Sie die Falle beködern?«

»Klar«, sagte Sandra. »Aber ich habe so etwas noch nie gemacht, du musst es mir zeigen.«

»Das ist kinderleicht«, meldete Kevin sich zu Wort. »Sie nehmen einfach was von dem ekligen Zeug aus dem Eimer und stopfen es in den Gang, da oben an der Falle.«

Sandra beäugte misstrauisch den Eimer in der Kühlbox. »Na, dann«, sagte sie und klappte den Eimerdeckel zurück. »Du hast nicht übertrieben, Kevin, das Zeug ist ja wirklich eklig.«

Mary Margaret hoffte, Sandra würde sich zimperlich anstellen. Dad hatte überhaupt keinen Nerv für zimperliche Leute. Sandra führte sich aber nicht auf, sie verzog nur das Gesicht, griff mit der behandschuhten Hand in den Eimer und packte ein paar alte Knochen und Fischköpfe. Sie stopfte sie in den Eingang der Falle und fragte Mary Margaret: »Reicht das?«

»Ein bisschen noch«, konnte sie sich nicht verkneifen.

Sandra füllte weiter die Falle, und Mary Margaret schubste sie anschließend von Bord. Es gab einen großen Platsch, dann stellte sich die Falle auf und sank langsam ins tiefblaue Nichts.

»Das war gar nicht so schlimm«, sagte Sandra. »Danke für deine Hilfe. Du kennst dich ja wirklich gut aus, Mary Margaret.«

»Ja, sicher«, brummte sie.

»Und du hast auch ganz toll gesteuert«, fügte Sandra hinzu. »Ich bin noch nie mit einem Boot rausgefahren.«

»Echt? Das ist ja erbärmlich.«

»Ich hatte einfach keine Gelegenheit dazu. Ich bin kein Wassermensch.«

»Ich schon«, sagte Mary Margaret.

»Ich will dieses Jahr für die Schulmannschaft schwimmen«, erklärte Kevin. »Schwimmen Sie gern?«

»Nein, ich hab's nie gelernt.«

»Das ist nicht Ihr Ernst«, entfuhr es Mary Margaret. Also, das war nun *wirklich* erbärmlich. Sie hatte immer gedacht, jeder könne schwimmen. Ihr Dad schien genauso entsetzt zu sein wie sie. Er starrte Sandra mit schmalen Augen an.

»Ich hole die nächste rauf.« Kevin nahm den Bootshaken. Er brauchte ewig, um die Falle heraufzuziehen.

Auch diese war leer, stellte Mary Margaret enttäuscht fest. Sie beköderten sie und warfen sie über Bord.

»Lass Sandra die nächste machen«, schlug Kevin vor.

Mary Margaret setzte sich hin und sah mit grimmiger Befriedigung zu, wie Sandra ungeschickt mit der Leine kämpfte und sie einfach hinter sich fallen und sich verheddern ließ. Sie brauchte zweimal so lange, um die Falle an Bord zu ziehen, doch als sie sie abstellte, hörten sie das unverwechselbare Klappern eines Hummers darin. Zeke knurrte und wich von der Falle zurück. Kevin hüpfte vor Aufregung. »Das sind zwei«, schrie er und warf die Arme hoch. »Zwei richtig große. Du hast zwei richtig große gefangen, Sandra.«

»Ich habe gar nichts dazu getan«, sagte Sandra, beugte sich hinab und lugte vorsichtig in die Falle. »Die sind wirklich ziemlich groß, wie?«

»Wussten Sie, dass ein Hummer sieben Jahre braucht, bis er ein Pfund schwer ist?«, fragte Kevin, der solche albernen Quizfragen liebte.

»Und wusstest du, dass ein Hummerweibchen bis zu hunderttausend Eier auf einmal legen kann?«, fragte Sandra zurück.

Wie machte sie das nur?, fragte sich Mary Margaret. Die musste ja ein Gehirn wie ein Staubfänger haben.

»Es gibt Hummer zum Abendessen«, erklärte Dad. »Das hatte ich gehofft.«

Kevin spielte schon ein anderes Lieblingsspiel; er hielt die Hummer am Rückenpanzer hoch, stapfte breitbeinig auf dem Deck herum und gab Monster-Gebrüll von sich, während der Hund wie verrückt bellte. Er war so ein Blödmann, aber Sandra und Dad benahmen sich, als sei das furchtbar lustig.

Schließlich band Kevin die Scheren jedes Hummers zusammen, damit sie einander nicht angriffen, und ließ sie in einen großen weißen Plastikeimer fallen.

»Mir ist kalt«, sagte Mary Margaret plötzlich und warf die nassen Gummihandschuhe ins Staufach. »Ich gehe lieber rein.«

»Na, Kumpel, hilfst du mir steuern?«, fragte Dad Kevin und holte den Anker ein.

Schmollend stand Mary Margaret im Durchgang zu der kleinen Kajüte, die sie sich mit Kevin teilte, wenn sie bei ihrem Dad auf dem Boot übernachteten. Auf den Betten lagen Oma Malloys Steppdecken und ein paar Stofftiere, alt und mitgenommen von vielen Jahren des Kuschelns. Traurigkeit überwältigte sie. Seit der Scheidung war sie richtig gut darin geworden, sich aufs Bett zu werfen. Sie konnte sogar einen Sekundenbruchteil lang schwebend in der Luft hängen, bevor sie sich mit dem Gesicht voran als heulendes Häufchen Elend dramatisch in den Kissen vergrub.

Die Versuchung war groß. Aber sie würde sich damit nur lächerlich machen. Mit finsterer Miene kehrte sie in den Salon zurück und ließ sich auf einen der gepolsterten Stühle plumpsen. Dann wühlte sie in ihrem Rucksack herum und holte das Buch heraus, das sie gerade las. Doch zu ihrem Entsetzen wurde ihr klar, dass es ein Buch von Sandy Babcock war. Sie versuchte, es zu verstecken, bevor Sandra es sah, doch es war zu spät. Sandra kam herein, schob die Tür zu und nahm Dads Mütze ab.

»Und, wie findest du es?«

»Weiß nicht.« Mary Margaret hielt das Buch auf Armeslänge von sich. »Ich habe gerade erst angefangen.« Eigentlich war sie schon fast fertig, und sie mochte das Buch sehr. Sie fand es schrecklich, dass sie es mochte. Sie wollte nichts mögen, was mit Sandra Winslow zu tun hatte.

In Wahrheit war das ihr neues Lieblingsbuch, eine Geschichte über ein Mädchen namens Carly, das keinen Vater hatte. Carly wusste nicht einmal, wer ihr Vater war. Ihre Mutter lebte mit einer anderen Frau zusammen. Die beiden waren lesbisch, und die Kinder in der Schule machten Carly das Leben zur Hölle.

Mary Margaret war fasziniert davon, wie Carlys Gefühl in dem Buch beschrieben wurden – wie viel Angst sie manchmal hatte, wie peinlich es ihr war, wenn die Leute über die Sache mit ihrer Mutter redeten; wie wütend sie meistens war. Sie wollte die Mitbewohnerin ihrer Mutter unbedingt hassen, aber zum Schluss mochte sie sie dann doch.

Sandra kochte schweigend Tee in der Kombüse. Mit zwei Bechern in der Hand kam sie wieder heraus. »Dein Dad sagte, du magst deinen mit Milch und Zucker.«

Mary Margaret war gezwungen, den Tee zu probieren, und wünschte insgeheim, er würde nicht so gut schmecken. Sie stellte den Becher weg und zupfte an ihrem Nagellack herum, bis er von ihrem Daumennagel abblätterte. Obwohl sie ja eigentlich nicht mit Sandra reden wollte, sagte sie schließlich: »Ich verstehe nicht, warum das Mädchen in Ihrer Geschichte immer noch jeden Tag in die Schule geht, obwohl die anderen Kinder so gemein sind.«

»Das ist nicht gerade lustig für sie, nicht?«

»Ich verstehe nicht, warum Sie ein Buch über ein Mädchen schreiben, das keiner leiden kann.«

»Wenn alle sie mögen würden, wäre das eine ziemlich langweilige Geschichte, und ich hätte kein Interesse daran, sie zu erzählen.« Sandra legte die Finger um ihren Becher, als wolle sie sich daran wärmen. »Leute mit einem perfekten Leben sind langweilig.«

»Aber ist das nicht deprimierend, über ein Mädchen zu schreiben, das so viel mitmachen muss?«

»Würdest du denn lieber etwas über ein perfektes Mädchen mit einem Leben ganz ohne Probleme lesen?« Sandra lächelte über Mary Margarets verwirrtes Gesicht. »Glaub mir, das wäre noch *viel* deprimierender.«

»Ich hoffe, ihre Mutter verlässt ihre Mitbewohnerin, findet Carlys richtigen Vater und heiratet ihn.«

»Glaubst du denn, dass es so ausgeht?«

»So würde es ausgehen, wenn ich das Buch geschrieben hätte.«

»Das ist ja der Spaß am Schreiben. Alles geht so aus, wie man es haben will. Für meine Geschichten versuche ich immer, ein ehrliches Ende zu finden. Das realistische Ende.«

»Sie meinen das deprimierende.«

»Manchmal. Aber es gibt schließlich immer Hoffnung. Zumindest glaube ich das.«

Mary Margaret schlug willkürlich eine Seite auf. Es brachte sie ganz durcheinander, dass jemand, der hier bei ihr in diesem Raum war, die Worte geschrieben hatte, die sie gedruckt vor sich sah. Sie runzelte die Stirn. »Wie denken Sie sich die ganzen Wörter und Sätze aus?«

Sandra stellte ihren Becher weg, kramte in ihrer großen Schultertasche und holte einen eselsohrigen Notizblock heraus, an dem ein altmodischer Stift steckte. Sie schlug das Notizbuch auf und zeigte ihr Seite auf Seite voll kleinem Gekritzel in türkisfarbener Tinte. Dann zeigte sie Mary Margaret den Stift und drehte ihn in den Fingern. »Das ist eine gute Frage. Manchmal glaube ich, dass die Wörter und Sätze in diesem Füller stecken. Und wenn ich schreibe, kommen sie einfach raus.«

Mary Margaret riss die Augen auf. »Darf ich mir den Stift mal borgen?«

Sandra lachte. Sie hatte ein nettes Lachen, und ihre Stimme klang für Mary Margaret schon etwas entspannter.

»Da drin steht also Ihr neues Buch?«

»Ja. Irgendwann setze ich mich hin und tippe alles ab.«

»Es gibt das Buch also nur hier drin? Was, wenn das Notizbuch verloren geht?« Mary Margaret erschauerte beim Gedanken an die Szene aus *Betty und ihre Schwestern,* in der Amy einfach Jos Manuskript verbrannte. Beths Tod war halb so schlimm; *das* war die Szene, bei der Mary Margaret weinen musste.

»Kannst du ein Geheimnis bewahren?«, fragte Sandra.

»Ich will nämlich nicht, dass die Leute erfahren, wie seltsam ich bin.«

Mary Margaret beugte sich vor. »Was meinen Sie damit?«

»Na ja, jeden Abend, bevor ich ins Bett gehe, lege ich das Notizbuch in den Tiefkühler.«

»In den Tiefkühler?«

»Damit das Buch nicht zerstört wird, falls das Haus abbrennt.«

Das war echt sehr seltsam, fand Mary Margaret. »Kein Wunder, dass ich das niemandem erzählen soll.«

Sandra steckte das Notizbuch und den Stift wieder ein, trank stumm ihren Tee und schaute aus dem Fenster.

»Ich habe meinen Dad gefragt, ob Sie seine Freundin sind«, platzte Mary Margaret heraus, deren Mund mal wieder vergaß, erst ihren Verstand zu fragen.

Sandra gab ein leises Zischen von sich, als brächte sie die Worte nicht ganz heraus. »Wa... wa...« Sie räusperte sich und fing von vorn an. »Und was hat er gesagt?«

Richtig lächerlich. Sie kam Mary Margaret vor wie eine Sechstklässlerin, die herausfinden wollte, ob ein bestimmter Junge sie mochte. Mary Margaret wusste, dass sie jetzt die Chance hatte zu lügen. Sie konnte behaupten, ihr Dad hätte gesagt, dass er Sandra überhaupt nicht mochte. Mary Margaret konnte das auch richtig glaubhaft machen. Sie könnte sagen, dass er nur mit Sandra zusammen war, weil er unbedingt Arbeit brauchte und ihr Haus reparieren wollte. »Was glauben Sie denn, was er gesagt hat?«

Schon wieder machte Sandra dieses komische leise Geräusch, als müsste sie niesen oder so. Ihr Gesicht wurde ganz rot, und die Sehnen in ihrem Hals traten hervor.

»Alles in Ordnung?«, fragte Mary Margaret.

Sandra senkte den Kopf und nickte. Sie hörte auf, dieses komische Geräusch zu machen, und atmete ein paar Mal tief durch. »Entschuldige«, sagte sie und klang wieder normal.

»Haben Sie Asthma oder so was?«

»Oder so was.« Mary Margaret hatte wohl ein besorgtes Gesicht gemacht, denn Sandra sagte rasch: »Ich bin nicht krank. Ich stottere. Weißt du, was das heißt?«
Mary Margaret nickte erstaunt. Stottern. Natürlich wusste sie, was das war. Das war eine ganz schlimme Sprachstörung. Die auffälligste. Die, über die man sich am leichtesten lustig machen konnte. In der dritten Klasse hatte ein Junge namens Peter gestottert. Die anderen Kinder waren ihm immer nachgelaufen und hatten gesungen: »Peter-Peter, s-s-sag's uns s-s-später«, bis Peter zu weinen anfing. Mary Margaret versuchte, sich zu erinnern, ob sie dabei mitgemacht hatte.
»Jetzt ist es nicht mehr so schlimm«, erklärte Sandra. »Aber früher war das ein großes Problem.«
Mary Margaret musste immer wieder an Peter-Peter-sag's-uns-später denken, und sie konnte sich gut vorstellen, wie schlimm das gewesen sein musste. »Jetzt geht es besser, ja?«
»Meistens. Manchmal verhaspele ich mich und muss mich sehr anstrengen, so wie gerade eben. Wenn ich unter Druck gesetzt werde oder nervös bin, habe ich manchmal Schwierigkeiten.«
Mary Margaret hatte ein schlechtes Gewissen, weil sie sie nervös gemacht hatte. Es war komisch, wenn ein Erwachsener offen über etwas so Demütigendes sprach. Die meisten Leute würden einem Kind gegenüber nie zugeben, dass sie nervös waren. »Und wie haben Sie mit dem Stottern aufgehört?«
»Ich habe eigentlich nie damit aufgehört, ich habe es nur besser in den Griff bekommen. Ich habe viele Jahre lang hart daran gearbeitet und viel geübt – meistens mit meiner Mom und später mit meinem – mit verschiedenen Leuten. Ich war bei Logopäden und Therapeuten. Als ich ein bisschen älter und selbstsicherer war, wurde es auch besser. Und ich habe da ein paar Tricks.«
»Was für Tricks?«
»Eine bestimmte Sache mit meinem Zwerchfell. Und ich ersetze viele Wörter. Zum Beispiel kann ich nie ans Telefon

gehen und ›Hallo‹ sagen. Das ist für mich eines der schwierigsten Wörter.«

Vor lauter Faszination krampfte sich Mary Margarets Bauch zusammen, wie wenn sie Tierfilme über Schlangen schaute. »Was sagen Sie denn dann?«

»Meistens ›Ja, hallo‹. Oder ›Sandra Winslow‹. Meine Therapeutin und ich mussten erst mal herausfinden, wo ich die meisten Schwierigkeiten hatte, und wie ich darum herumreden kann.«

Mary Margaret war völlig fasziniert. Das war, als unterhielte man sich mit jemandem, der einen Flugzeugabsturz oder einen Tornado überlebt hatte. Es ließ Sandra einmalig und sehr stark erscheinen. »Sind Sie deshalb Schriftstellerin geworden, weil Sie nicht gern sprechen wollten?«

»Das war sicher ein wichtiger Punkt. Ich hatte viel zu sagen, aber das Stottern hat mich daran gehindert. Also habe ich mir angewöhnt, meine Gedanken und Gefühle aufzuschreiben. Ganz schön klug, dass du diesen Zusammenhang erkannt hast.«

»Ich würde auch gern irgendwann Bücher schreiben«, sagte Mary Margaret. Der Wunsch war ihr einfach so herausgerutscht. Sobald die Worte draußen waren, hätte sie sie am liebsten wieder zurückgezogen und eine Hand vor den Mund gepresst, damit sie auch drinblieben. Das war ihre zweitgeheimste Sehnsucht, und sie hatte eben dieser Frau davon erzählt, die sie nicht einmal mögen wollte. Was war nur mit ihr los?

»Warum nicht gleich heute?«, fragte Sandra.

Mary Margaret zuckte verlegen mit den Schultern. »Ich weiß nie, was ich schreiben soll. Oder warum ich es überhaupt hinschreiben soll.«

»Ich sag dir mal was.« Sandra kramte wieder in ihrer Umhängetasche herum. »Nimm dieses Notizbuch – ich habe immer eines extra einstecken.« Sie reichte es Mary Margaret. »Und du kannst alles reinschreiben, was du willst.«

Das Notizbuch in Mary Margarets Hand kam ihr unerwartet schwer vor. Sie schlug es auf und strich über die leeren weißen Seiten. »Mir fällt nichts ein, was ich schreiben könnte.«

»Glaub mir, das kommt schon. Wenn mir mal nichts einfällt, schreibe ich eine Liste.«

»Eine Liste wie ›Zehn Dinge‹.« Mary Margaret erinnerte sich an die Zettel an Sandras Kühlschrank.

Sandra blätterte in ihren Notizen. »Zehn berühmte Persönlichkeiten, die ich gern mal kennenlernen würde... Zehn Anzeichen für Agoraphobie...« Sie wurde rot.

»Zehn Methoden, den Sportunterricht zu schwänzen«, schlug Mary Margaret vor.

»Genau. Du kannst das, was du geschrieben hast, mit jemandem teilen wie einen Brief, du kannst es aber auch für dich behalten. Wie du willst. Vielleicht macht es dir ja richtig Spaß. Wenn du Glück hast, stellst du fest, dass es dir überhaupt keinen Spaß macht.« Sie grinste und zwinkerte. »Schriftsteller tun immer gern so, als litten sie unter dem Schreiben, aber eigentlich macht es richtig Spaß. Ich glaube, mich hat es sogar davor bewahrt, den Verstand zu verlieren.«

»Wirklich?«

»Na ja, das Schreiben und ziemlich intensive Sprachtherapie.«

Wenn man mit Sandra redete, war das nicht wie sonst mit Erwachsenen, sondern wie mit einem normalen Menschen. Vielleicht war das der Grund, weshalb ihr schon wieder etwas entschlüpfte: »Ich habe immer noch nicht meine Periode bekommen.«

Sie wollte sterben, auf der Stelle.

Doch Sandra lachte nicht oder wurde verlegen oder sonst was. Sie sagte: »Ich wette, die meisten von deinen Freundinnen haben sie schon.«

»Alle, ich schwör's Ihnen. Jede einzelne.«

»Du fühlst dich wahrscheinlich, als gehörten sie alle zu einem geheimen Club, bei dem du nicht mitmachen darfst.«

»*Ja.*« Woher wusste sie das?

»Glaub mir, das Gefühl kenne ich. Mary Margaret, deine Zeit wird kommen. Noch ist kein einziges gesundes Mädchen auf der Welt davon verschont geblieben. Das ist eines von diesen Dingen, die man nicht beschleunigen kann, sondern die einfach zu ihrer Zeit kommen. Natürlich weiß ich, dass dir das nicht hilft.«

Aber das tat es schon, genau wie es anscheinend geholfen hatte, dass Sandra ihr Stottern eingestanden hatte. »Meine Mom sagt, ich soll bloß froh sein, weil es so nervig ist, wenn man seine Tage kriegt.«

»Da hat deine Mom recht.«

»Hm.« Sie gab Sandra den Stift zurück. »Meine Mom und ich streiten uns manchmal ganz schön.« Auch jetzt wünschte sie, sie könnte die Worte zurückholen. Sie sollte nicht hinter dem Rücken ihrer Mom über sie reden.

Sandra nickte nur. »Ich habe mich früher auch mit meiner Mom gestritten. Manchmal streiten wir uns auch jetzt noch, aber wir versöhnen uns auch jedes Mal wieder.« Sie zögerte und sagte dann: »Sie und mein Dad haben sich vor ein paar Wochen getrennt.«

Mary Margaret war verblüfft. »Echt?«

»Hm.«

»Und findest du das ganz schrecklich?«

»Ich finde es absolut, total schrecklich.«

Das Band zwischen ihnen wurde immer stärker. Dann fragte Mary Margaret: »Wie fändest du es, wenn dein Vater eine Freundin hätte?«

»Ich würde ausflippen. Ich weiß, ich sollte jetzt sagen, es ist sein Leben, solange er nur glücklich ist, aber das ist eine Lüge. Ich will, dass sie zusammenbleiben.« Sie seufzte. »Aber das ist nicht meine Entscheidung.«

Sie saßen schweigend zusammen, bis Sandra den Gurt ihrer

Schwimmweste wieder schloss. »Ich gehe mal nach draußen und genieße die Aussicht.«

»Ich auch.«

Die Sonne stand hoch am Himmel, als sie an Deck kamen. Zeke stemmte die Vorderpfoten auf das große Schapp und schnüffelte eifrig im Wind, der durch sein lockiges, schmutziges Fell wehte. Mary Margaret tätschelte ihm den Kopf, sodass er sich umdrehte und mit dem Schwanz wedelte. »Wussten Sie schon, dass er ein echter Pudel ist?«

»Ich habe so ein Gerücht gehört.«

»Er hat sogar Papiere und alles. Aber Dad badet ihn nie. Ich wette, mit einem Pudelschnitt würde er unglaublich aussehen.«

»Vielleicht können wir ihn ja mal baden.«

»Okay. Könnten wir –« Mary Margaret brach ab.

Sandra taumelte rückwärts gegen die Reling am Heck und klammerte sich mit beiden Händen daran fest. Ihr Gesicht wurde schneeweiß, und sie starrte auf eine hohe, geschwungene Brücke direkt vor ihnen.

»Alles in Ordnung?«, fragte Mary Margaret. Als Sandra nicht antwortete, schrie Mary Margaret: »Dad, komm schnell, ich glaube, Sandra ist schlecht!«

Er stellte sofort den Motor ab. Er und Kevin kamen aus der Brücke. Dad stemmte beide Arme gegen die Trittleiter, sprang herab und fragte: »Was ist mit dir?«

Sandra keuchte, nicht so, als müsste sie stottern, sondern anders, panisch. »Diese Brücke«, sagte sie. »Die B-brücke da vorn. Das ist die Sequonset Bridge, oder?«

Dad wollte anscheinend *Scheiße* sagen, bremste sich jedoch mittendrin. »Sandy, es tut mir leid«, sagte er. »Ich habe nicht daran gedacht.«

Mary Margaret war verwirrt. Warum regten sie sich denn über eine Brücke so auf?

Dad legte einen Arm um Sandra.

»Es geht gleich wieder«, sagte sie. »Ich muss ja oft über die

Brücke fahren. Ich habe sie nur noch nie aus dieser Perspektive gesehen.«

»Was ist denn passiert?«, fragte Kevin.

»Sei nicht so neugierig«, entgegnete Dad.

Sandra warf ihm einen seltsamen Blick zu und wandte sich dann an Kevin. »Vor etwa einem Jahr hatte ich auf dieser Brücke einen schlimmen Unfall. Das Auto, in dem ich saß, ist von der Brücke ins Wasser gestürzt. Mein Mann war auch dabei, und er ist bei dem Unfall gestorben.«

»Oh«, keuchte Kevin. Mary Margaret war zwar selten mit ihm einer Meinung, doch jetzt musste sie ihm zustimmen. *Oh.* Dann konnte sie sich nicht mehr beherrschen. Sie nahm Sandras Hand und drückte sie ganz fest.

»Mary Margaret, wie wär's, wenn du für eine Weile das Steuer übernimmst?«, sagte Dad. »Wir sollten sowieso bald umkehren.«

Sie warf den Motor wieder an und steuerte erst nach Westen, dann nach Süden und beobachtete ihre Position auf dem GPS. Ihr Dad hielt einen Arm um Sandra gelegt, und sie lehnte sich an ihn, als sei sie müde. Mary Margaret dachte über den Unfall auf der Brücke nach. Es war eine seltsame Vorstellung, dass Sandra etwas so Schreckliches passiert war.

»He, Dad«, sagte Kevin. »Zeig uns doch, wo du früher gespielt hast, als du so alt warst wie wir.« Er schien so schnell wie möglich von der Brücke wegzuwollen, und Geschichten von früher, als Dad noch klein war, mochte er am liebsten. Seit Dad wieder nach Paradise gezogen war, fielen ihm ständig lustige Geschichten ein, die er ihnen erzählen konnte.

»Seht ihr die kleine Bucht da drüben?« Dad zeigte ans Ufer, wo zwischen den Felsen Farn wucherte. »Meine Freunde und ich hatten da ein geheimes Versteck. Ein verlassenes Bootshaus.«

»Können wir es uns anschauen?«, fragte Kevin und hüpfte aufgeregt vor seinem Vater auf und ab. »Dürfen wir? Bitte, Dad.

Dad blickte zu Sandra hinab, und die nickte. »So viel Zeit haben wir wohl noch«, sagte er. »Aber vielleicht gibt es das Bootshaus gar nicht mehr. Das ist schon ewig her.«

Sie gingen vor Anker und ließen das kleine Ruderboot zu Wasser. Alle vier quetschten sich hinein, und Zeke sprang auch noch auf Sandras Schoß. Mary Margaret und Kevin schnappten sich je ein Ruder und paddelten zum Ufer. Die losen Steinchen dort wurden von den Wellen aneinandergerieben und machten ein Geräusch, als ob man Bohnen aus der Tüte schüttete. Dad zeigte ihnen, wo sie das Boot vertäuen konnten. Das Bootshaus stand noch, mit durchhängendem, moosbewachsenem Dach, verlassen und unheimlich wie ein Geisterhaus.

»Das ist ja cool«, sagte Mary Margaret und versuchte, sich ihren Dad als Jungen vorzustellen, der genau hier mit seinen Freunden spielte.

»Das Haus sieht ja noch ganz gut aus«, sagte ihr Dad. »Diese Bucht ist recht geschützt.«

Der Steg war zusammengebrochen, und das Segeltuch, das vor dem Eingang hing, war löchrig und zerfetzt und voll mit grünem Schleim.

»Dürfen wir uns ein bisschen umsehen?«, fragte Kevin.

»Klar. Wenn es euch nichts ausmacht, nasse Füße zu bekommen.«

Mary Margaret und Kevin zogen Schuhe und Socken aus und rollten die Hosenbeine auf.

»Aah! Ist das kalt!«, jaulte Kevin auf, als er ins flache Wasser trat. Er hatte recht. Mary Margaret spürte förmlich, wie ihre Zehen blau wurden, und beeilte sich, den Strand zu erreichen. Zeke bellte wie verrückt, platschte schließlich ins Wasser und krabbelte an Land. Sofort schüttelte er sich kräftig, hob einmal das Bein und schnüffelte dann überall wie wild herum.

»Komm schon, Dad«, schrie Kevin und zog sich hastig die Schuhe wieder an. »Na los, Sandra!«

Dad schien nicht begeistert von der Aussicht, durch das eisige Wasser zu waten, doch schließlich kamen er und Sandra Händchen haltend herüber.

»Hier hast du dich also mit deinen Freunden herumgetrieben«, sagte sie.

Er bekam einen ganz verträumten Blick, als er das Bootshaus betrachtete. »Manchmal«, antwortete er. »Zuletzt war ich in der Nacht von meinem Abschlussball hier, neunzehnhundertzweiundachtzig.

»Was wolltest du denn hier, wenn doch der Abschlussball lief?«, fragte Kevin.

»Das wirst du schon noch verstehen, wenn du älter bist.«

»Was habt ihr denn hier so gemacht?«, fragte Kevin. »Bestimmt schlimme Sachen!«

Sein Dad grinste. »Dumme Sachen.«

»Hast du Zigaretten geraucht und Bier getrunken?«, wollte Kevin wissen. »Hast du Mädchen hierher gebracht?«

»Das behalte ich lieber für mich.« Dad und Sandra sahen sich mit zusammengepressten Lippen an, als müssten sie sich das Lachen verkneifen.

Zeke ging als Erster hinein, tapste herum und schnüffelte wie ein richtiger Jagdhund. Er bellte ein paar Mal kurz und laut.

Kevin rannte ihm nach und sah sich in dem wackeligen alten Holzhaus um. »Iih«, rief er. »Spinnweben.«

Der mit kleinen Muscheln verkrustete Boden fühlte sich verfault und nachgiebig an, als sie in die leere Düsternis traten. Zeke kratzte knurrend am Boden. Das Fell in seinem Nacken stellte sich auf, und Mary Margaret vermutete, dass er irgendein Tier roch.

Sie versuchte, sich ihren Dad vorzustellen, wie er hier mit seinen Freunden herumhing. Sie hatte Fotos von ihm aus der Highschool gesehen – er war eine Sportskanone mit breiten Schultern und einem herzlichen Lächeln gewesen, einer von denen, die frei und sorglos durch die Schule liefen, während die Luschen und Streber sich fragten, wie sie jemals so werden könnten wie er. Sie wusste das, denn in dieser Hinsicht blieb die Schule immer gleich. Sie wusste das, weil sie eine von diesen Streberinnen war und wünschte, sie könnte auch so sein wie die beliebten Mädchen.

Sie fragte sich, warum sie nie zu den angesagten Leuten gehören konnte, und ob ihr Dad das wusste? Schämte er sich vielleicht für sie, weil sie nicht beliebt und nicht gut im Sport war? Oh, wie sehr sie sich das wünschte. Alle wirklich coolen Mädchen spielten Tennis oder waren bei den Cheerleadern. Die schienen überall zusammen hinzugehen wie eine große, kichernde Wolke. Manchmal stellte sie sich vor, sie gehöre dazu, und das war wie im Kino – herrlich, lustig und im Hintergrund lief eine Titelmelodie.

»Schaut nur, was hier alles in die Wand geritzt ist.« Kevin zeigte auf ein grob geschnittenes Herz mit den Initialen »LC+GV«, und darunter die Botschaft: »Heute Nacht und für immer«. »Was soll das heißen?«

Mary Margaret hatte so eine Ahnung, aber sie tat so, als verstünde sie es auch nicht.

»He, *MPM* – warst du das, Dad?«, fragte Kevin. Er schien gar nicht zu bemerken, dass niemand seine letzte Frage beantwortet hatte.

Dad hatte auf einmal einen ganz verträumten Ausdruck in den Augen. »Ich glaube schon, ist ewig her.« Er rüttelte an einem uralten hölzernen Geländer. »Hier drin war früher mal ein kleines Fischerboot. Niemand wusste, wem es gehörte, also haben meine Freunde und ich es die *Robert Chance* genannt, und manchmal sind wir damit rausgerudert. Einmal wären wir bei einem Sturm beinahe ertrunken.«

»Warum *Robert Chance*?«, fragte Mary Margaret.

»Das war ein Fischer hier aus der Gegend, von Galilee, das war so in den Dreißigern, gleich nach der Weltwirtschaftskrise. Es hieß, er sei eines Tages rausgefahren, um Blaubarsche zu fangen, doch er kam nie zurück, also nahm man an, er sei ertrunken. Der Name wurde ziemlich bekannt, weil Jahre später immer wieder erzählt wurde, Robert Chance sei irgendwo in der Welt wieder aufgetaucht – auf Prince Edward, in Chicago, Kalifornien... aber niemand von hier hat ihn je wiedergesehen.«

Sandra zuckte zusammen, als habe sie jemand gepiekst.

»Ach, was soll's, das ist bloß eine alte Geschichte. Wir legen lieber wieder ab«, sagte Dad nach ein paar Minuten. »Wir müssen noch ein paar Hummer zum Abendessen vorbereiten.«

Sie verließen das alte Bootshaus. Mary Margaret bemerkte, dass ihr Dad kurz zurückblieb und sich die Schnitzereien an der Wand ansah.

Tagebucheintrag – Samstag, 16. Februar

Zehn Dinge, die mir Sorgen machen:

1. *Dass ich meine Arbeit für den Projekttag Geschichte nicht fertig kriege.*
2. *Dass ich von Hummer mit Buttersauce fett werde.*
3. *Der Pickel auf meiner Stirn.*
4. *Dass ich meine Periode mitten im Unterricht kriegen könnte.*
5. *Dass ich meine Periode mitten in der Nacht kriegen könnte.*
6. *Dass ich meine Periode bei Dad kriegen könnte.*
7. *Dass ich meine Periode überhaupt nie –*

»Schon fast Schlafenszeit, Prinzessin«, flüsterte Dad von der Tür her.

Mary Margaret zuckte schuldbewusst zusammen und

schob ihr neues Notizbuch unter die Bettdecke in der oberen Koje. »Es ist doch Wochenende«, flüsterte sie zurück und stützte sich auf den Ellbogen. In der Kabine berührte ihr Kopf fast die Decke. »Da gilt doch keine Licht-Aus-Zeit.«

»Ach ja?« Er lehnte am Türrahmen. »Seit wann?«

Seit Mom und Carmine gesagt haben, ich sei alt genug, um selbst zu bestimmen, wann ich schlafen gehe. Sie biss sich auf die Lippen, um das nicht zu sagen. Die Familientherapeutin sagte, es sei nicht gut, die Spielregeln ihrer Eltern miteinander zu vergleichen, und manchmal hatte Ms Birkenstock-Sandalen sogar recht.

»Seit ich schon fast dreizehn bin«, sagte sie.

Er schüttelte den Kopf. »Wie die Zeit vergeht. Mir kommt es so vor, als hätte ich dir gestern noch Gutenachtgeschichten von Babar vorgelesen.« Er zog den Kopf ein, bückte sich und nahm Kevin sanft Harry Potters neuestes Abenteuer aus den Händen. Ihr Bruder schlief tief und fest, einen Arm um den vollkommen glücklichen Zeke gelegt.

»Also, versuch trotzdem, ein bisschen zu schlafen«, sagte er und legte ihr eine Hand auf den Kopf, und plötzlich war sie sehr traurig. »Eure Mom will euch morgen ziemlich früh zu Hause haben.«

»Na gut. Darf ich nur noch das Buch fertig lesen?«

»Sandys Buch?«

»Hm.«

»Und, was sagst du? Zu ihr, meine ich, nicht zu dem Buch.«

Mary Margaret wickelte eine Strähne um den Zeigefinger. »Sie ist ganz okay.« Sie hätte zwar noch viel mehr Sachen über Sandra sagen können, aber sie hielt den Mund. Doch ihr Vater sah sie weiter stumm an und wartete, also sagte sie schließlich: »Ich kann sie doch nicht mögen, nur weil sie deine Freundin ist, Dad.«

Mary Margaret sah an seinem düsteren Gesicht, dass sie ihn verletzt hatte, und sie hätte weinen mögen. Sie fand es schrecklich, dass ihr Vater verletzt sein konnte. Er sollte doch unbesiegbar sein. Sie holte tief Luft und sagte: »Sie schreibt tolle Bücher, sie ist irgendwie komisch, und ich finde sie eigentlich ganz nett.«

Er beugte sich zu ihr herunter und küsste sie auf die Stirn. »Du bist auch irgendwie komisch«, flüsterte er. »Aber ich finde dich auch ganz nett.«

»Gute Nacht, Daddy.«

»Nacht, Prinzessin. Ich hab dich lieb.«

Sie durfte die schwache Leselampe anlassen, also schlug sie Sandras Buch auf. Sie konnte ihren Vater drüben in der Kabine hören, das Modem an seinem Computer rauschte, als er online ging. Bevor sie einschlief, fragte sie sich, was er wohl im Internet suchte.

26

Am Sonntagabend fuhr Mike hinaus zum Blue Moon Beach. Die Arbeiten am Haus waren nun so weit fortgeschritten, dass sie auch für den Laien nicht zu übersehen waren. Die Mansardenfenster und das durchhängende Verandadach waren nun kerzengerade; ein Trupp von Gärtnern hatte damit begonnen, die Blumenbeete in Ordnung zu bringen. Kaputte Fensterläden waren zum Lackieren gebracht worden; die hässliche, verrostete Metallgarage war verschwunden. Das Haus sah aus wie ein Unfallopfer auf halbem Wege der Besserung.

Als Mike aus dem Pick-up stieg und Zeke herausließ, fragte er sich, wer hier wohnen würde, wenn Sandra wegzog. Eine junge Familie mit Kindern, die im Garten herumrannten und in den Dünen Fangen spielten? Ein älteres Ehepaar, das in dicken, selbst gestrickten Wollschals Arm in Arm am Strand spazieren ging? Ein Yuppie-Pärchen, das eine gewaltige Tiefkühltruhe und einen Profi-Herd einbaute, um Gourmetmahlzeiten für Dinner-Partys zu bereiten?

Er rückte seine Baseball-Kappe zurecht und versuchte, nicht allzu viel nachzudenken. Er konzentrierte sich auf die Grundstücksgrenzen und verglich die kleinen Flaggen, die das Gelände markierten, mit den Plänen auf seinem Klemmbrett. Es stimmte hinten und vorne nicht, aber das überraschte ihn nicht weiter. Die wandernden Dünen und die wild wuchernden Pflanzen hatten ihren eigenen Willen. Seit der letzten Landvermessung in den zwanziger Jahren hatte sich niemand mehr um die Grenzen gekümmert.

Sandra erwartete ihn nicht; sie kannten den Rhythmus, die Muster noch nicht, nach denen der jeweils andere lebte. Er wusste nicht, ob er in ihr Leben passte oder sie in seines. Er wusste nicht einmal, ob »zusammenpassen« das war, was sie wollten. Jedes Mal, wenn einer von ihnen eine Grenze zog, schien der andere sie wieder zu verschieben, bis sie ganz woanders lag.

Anfangs war ihre rein geschäftliche Beziehung völlig klar gewesen – er hatte den Auftrag, das Haus zu renovieren; sie war die Kundin. Doch beide überschritten immer wieder feine Grenzen zwischen ihrer beider Leben, wichen wieder zurück. Sie war mit einem Satz über eine wichtige Grenze gesprungen, als sie auf sein Boot gestürmt war... und dann in seine Arme.

Er hatte jeden einzelnen Augenblick genossen.

Er versuchte, sich einzureden, dass sein Verlangen nach ihr nur deshalb so intensiv und hitzig gewesen war, weil es in seinem Leben so lange keine Frau mehr gegeben hatte. Doch in Wahrheit wurden seine Gefühle für sie mit jedem Tag stärker und tiefer. Und er wusste, dass diese Gefühle nicht einfach verschwinden würden, wenn sie Paradise verließ. Es war ziemlich beängstigend, ausgerechnet zu diesem Zeitpunkt in seinem Leben festzustellen, dass er so rückhaltlos lieben konnte. Er hatte immer Angela für die Scheidung verantwortlich gemacht, aber vielleicht war nicht sie allein das Problem gewesen. Für Angela hatte er nie solche Gefühle gehabt wie jetzt für Sandra, diese überwältigende Leidenschaft, diese unendliche Zärtlichkeit, diese schrankenlose Lust.

Angela mit ihrem untrüglichen Instinkt merkte, dass sich etwas verändert hatte; sie hatte nichts gesagt, als sie die Kinder am Auto begrüßt hatte, doch er hatte es ihr angesehen. Seine Exfrau sah, dass etwas Bedeutendes im Gange war, und er merkte, dass sie das beunruhigte. Sie wollte nicht, dass er jemanden hatte, und sie würde ausflippen, wenn sie wüsste, wie heftig er sich in Sandra verliebt hatte – das machte ihr irgendwie Angst.

Was Ange davon hielt, ließ ihn völlig kalt, doch es hatte ihn sehr nervös gemacht, Sandy mit den Kindern zusammenzubringen. Es machte ihn immer noch nervös. Mary Margaret und Kevin gehörte sein Herz, und er war nicht sicher, ob da noch Platz genug für eine Frau blieb. Er versuchte so zu tun, als sei das nicht so wichtig. Doch das war es. Es würde ihm endgültig das Herz brechen, Sandy jetzt zu verlieren, aber er musste sich den Tatsachen stellen. Sie war entschlossen, hier wegzuziehen, und er musste in der Nähe der Kinder bleiben.

Trotz ihrer neuen Intimität blieben einige Grenzen intakt. Es verstand sich von selbst, dass Sandra nicht auf dem Boot übernachtete, wenn Mikes Kinder da waren. Sie war auch nicht mitgekommen, als er Mary Margaret und Kevin zu ihrer Mutter nach Newport gefahren hatte. Solche Dinge gehorchten ungeschriebenen Regeln. Sogar Carmine hielt sich an diese unsichtbaren Grenzen, wenn es um die Kinder ging. Er wusste, dass Mike ihm die Zähne ausschlagen würde, wenn er versuchte, sich zwischen sie zu stellen.

Mike machte ein paar Notizen für das Vermessungsteam, das morgen früh kommen sollte, und klopfte dann an die Tür. Er war soeben im Begriff, eine weitere Barriere zu überwinden. Sie würde sich natürlich widersetzen. Ihn vielleicht sogar zum Teufel schicken. Aber genauso gut konnte es sein, dass sie ihn noch näher an sich heranließ.

Sie machte nicht auf. Er fluchte leise und suchte in der Hosentasche nach dem Schlüssel. Zeke bellte. Er stellte sich am Rand der Dünen auf wie ein erfahrener Jagdhund, eine Pfote angezogen, Schnauze und Schwanz präzise ausgerichtet wie eine Wetterfahne.

Mike wusste nie, ob er den Instinkten seines Köters trauen konnte. Er mochte einen toten Kabeljau finden oder auch ein vermisstes Kind.

Mike ging um das Haus herum und schirmte die Augen mit der Hand gegen die untergehende Sonne, die sich im Wasser spiegelte. Als er das Licht im Rücken hatte, fiel sein langer Schatten vor ihm über das raschelnde Strandgras.

Er entdeckte Sandra, die in der Ferne am Strand entlangging. Sie sah verloren aus auf dem breiten Streifen Sand voll angeschwemmtem Treibgut, ihre schmale Gestalt hob sich schwarz vor dem farbenprächtigen Himmel ab. Sie konnte es nicht wissen, doch dieses Bild von ihr, so klein vor dem gewaltigen Hintergrund natürlicher Schönheit, brannte sich in seine Seele – Sandy gegen den Rest der Welt. Ganz allein, keine Unterstützung weit und breit. Er fragte sich, wie sie es geschafft hatte, ein ganzes Jahr lang zu überleben, verstoßen an diesem abgelegenen Ort. Was auch immer geschehen mochte, er würde sie immer so in Erinnerung behalten – völlig isoliert, der Weg vor ihr von ihrem Schatten verdunkelt.

Am Strand roch es nach Salz und Moder, die Luft war so kalt, dass sie in der Lunge stach. Sie hörte Zeke bellen und blieb stehen, während Mike im Laufschritt zu ihr aufschloss. Sie lächelte nicht, sagte nichts. Er wusste nicht, warum. Vielleicht spürte sie, dass er zu einem Punkt in ihrem Leben vordringen wollte, wo er nicht willkommen war, an einen Ort, den sie streng abschirmte und ganz für sich behielt.

Sie sah einsam und gequält aus und dabei so schön, dass es ihm einen Stich versetzte, sie nur anzusehen. Er sagte nichts, legte ihr nur die Hände auf die Schultern und küsste sie – heftiger und leidenschaftlicher, als er eigentlich beabsichtigt hatte. Sie ergab sich mit einem Schauer, der ihr über den ganzen Körper lief. Sie schmiegte sich so vollkommen an ihn, als hätte die Natur selbst sie für genau diese Stelle vorgesehen.

Er hob die Hand und strich über ihr kaltes, seidiges Haar. »Hallo«, sagte er. »Ich habe mir Sorgen gemacht, als du nicht an die Tür gegangen bist.«

»Du hast mir gefehlt«, sagte sie.

»Du mir auch.« Seit Donnerstagnacht waren sie höchstens sechzehn Stunden getrennt gewesen, doch es erschien ihm zehnmal so lang. In seinem Bett auf dem Boot hatte sich schon ihre Gestalt eingeprägt, ihr Duft. Das Kissen war eingedrückt, wo ihr Kopf gelegen hatte.

»Ich wusste nicht, ob ich dich anrufen sollte oder lieber nicht«, erklärte sie zitternd. »Also habe ich es gelassen.«

»Du hättest anrufen sollen.« Er bückte sich und sammelte eine Handvoll Treibholz auf, das zu dieser Jahreszeit reichlich vorhanden war, denn die Strände waren menschenleer. Die See hatte die Äste glatt geschmirgelt und ausgebleicht, der ständige Wind sie am Strand getrocknet. Er stapelte das Feuerholz im Windschatten eines alten Baumstamms auf und suchte dann seine Jackentaschen nach Streichhölzern ab. »Nie habe ich Streichhölzer dabei, seit ich nicht mehr rauche«, sagte er.

»Wann hast du denn geraucht, Malloy?«

»Die Wahrheit?«

»Die Wahrheit.«

»Neunzehnhundertachtzig. Im selben Jahr, in dem ich gelernt habe, Bier zu trinken. Aber bei mir ist es nicht zur Gewohnheit geworden.«

»Warum nicht?«

Endlich förderte er ein verbogenes Streichholzbriefchen von Gloria Carmichaels Restaurant zu Tage. »Das verdanke ich einer Frau.«

»Linda Lipschitz.«

Er grinste, überrascht, dass sie sich noch an diese Unterhaltung erinnerte. »Sie konnte den Gestank nicht ausstehen, also habe ich's gelassen.«

Er kniete sich hin, zündete ein Streichholz an, das er mit der Hand gegen den Wind schützte, brannte damit ein Stück Papier an und pustete sacht, bis die Zweige knackend Feuer fingen. Ein paar Minuten später knisterte ein fröhliches Lagerfeuer.

Sandra setzte sich im Schneidersitz in den Sand und wärmte sich die Hände am Feuer. Die orangefarbenen Flammen verliehen ihrem Gesicht eine geheimnisvolle Farbe.

»Beeindruckend, Malloy«, sagte sie. »Ich sollte dir eine Pfadfinder-Nadel anstecken oder so.«

Er setzte sich neben sie und schob eine Hand unter ihre Jacke. Ihre nackte Haut unter dem Pulli fühlte sich warm und lebendig an. »Ich habe eine bessere Idee«, sagte er und flüsterte ihr deutliche Worte ins Ohr.

Sie legte den Kopf an seine Schulter. »Und das soll mich aufheitern?«

»Na, bei mir wirkt es jedenfalls.« Aber er war hier, um mit ihr zu reden, nicht, um sie zu verführen, also küsste er sie auf den Scheitel und zog die Hand aus ihrer Jacke.

Sie ließ ihre Hand in seine Jackentasche gleiten. »Ich fand es sehr nett mit deinen Kindern.«

»Ja? Ich war ein bisschen besorgt wegen Mary Margaret – sie hat sich reichlich empfindlich benommen.«

»Überrascht dich das?«

»Himmel, ja. Sie hat ihre Launen, aber ich habe sie noch nie unhöflich erlebt. Ich wusste nicht, ob ich sie ignorieren oder sie anschreien sollte.«

»Hast du schon jemals eine Frau mit auf das Boot gebracht?«

»Außer Angela, nein.«

»Wie Mary Margaret sagen würde – *uff*. Du bist ihr Held. Sie ist daran gewöhnt, dich ganz für sich allein zu haben. Was soll sie denn denken, wenn du eine Fremde in ihr Revier einlädst?«

»Hört sich fast so an, als würdest du sie besser kennen als ich.«

»Nein, ich sehe sie nur klarer. Sie ist ein tolles Mädchen, aber sie kann nicht immer nur toll sein.«

»Kevin schon. Er ist immer gut gelaunt. Das macht mir Sorgen.«

»Moment mal. Du machst dir Sorgen, weil dein Kind immer gut gelaunt ist?«

»Es ist zu schön, um wahr zu sein. Ich befürchte, dass er seine wahren Gefühle nur nicht rauslässt, und dass irgendwann sein Kopf explodiert.«

»Du bist ein toller Vater, Malloy. Es gefällt mir, wie du dich um deine Kinder sorgst.«

»Du machst seltsame Komplimente.«

Sie hob den Kopf von seiner Schulter. »Ich bin ein seltsamer Mensch.«

»Mary Margaret kam mir am Nachmittag schon viel freundlicher vor. Ich weiß ja nicht, was du zu ihr gesagt hast, aber es hat geholfen.«

»Meinst du?«

»Ja. Also, was hast du denn gesagt?«

Sie zögerte. »Wir haben über meine Bücher gesprochen. Über das Schreiben. Und ein paar andere Sachen.«

»Was für –«

»Frauensachen. Und wenn du weiter nachbohrst, dann erzähle ich dir Wort für Wort und in allen Einzelheiten, was das genau war.«

Mike erkannte eine Warnung, wenn er sie hörte. »Schon gut.« Er legte noch einen Zweig aufs Feuer. Die Abenddämmerung hatte den Himmel dunkelrot gefärbt, und die Flammen warfen ihren warmen Feuerschein auf den Sand. Die Wärme bildete eine Höhle ohne Wände, hüllte sie in Gold und Schatten.

»Sandy, ich muss dich etwas fragen«, sagte er zögernd.

Sie setzte sich auf den Baumstamm und sah ihn an. Ihre Augen wirkten im flackernden Feuerschein groß und misstrauisch. »Warum bekomme ich gerade ein ungutes Gefühl?«

»Vielleicht hast du einfach einen scharfen Instinkt.« Es stimmte. Vom ersten Augenblick stand bei ihnen viel zwischen den Zeilen. Hinter den Worten, die sie aussprachen, verbarg sich ein wahrer Strom weiterer Bedeutungen, die gerade jetzt sehr deutlich zu spüren waren. Sandra war sehr empfindsam dafür, fing sie auf wie ein Funkgerät. Sie rückte weiter von ihm ab und schlang die Arme um die angezogenen Knie.

Er sah ihr direkt ins Gesicht. »Ich will, dass du mir erzählst, was in der Nacht wirklich passiert ist, als Victor ums Leben kam.«

»Nein.« Ihre Antwort kam so rasch und heftig wie ein Schlag ins Gesicht.

Mike hatte schon einige Schläge eingesteckt. Also blieb er einfach sitzen und beobachtete sie. »Sandy«, sagte er schließlich. »Rede mit mir.«

»Herrgott, Malloy, stört es dich vielleicht, wenn ich mal glücklich bin? Ich hatte einen richtig schönen Tag.«

»Bis du die Brücke gesehen und eine Panikattacke bekommen hast.«

Ihr Blick war tödlich. »Anscheinend fühlst du dich dafür verantwortlich, dass ich auf der Traurigkeitsskala nicht allzu tief sinke.«

»Du weißt, dass das nicht stimmt.« Den ganzen Tag lang hatte er überlegt, wie er vorgehen sollte. Er konnte ihr nicht sagen, dass er einfach ein komisches Gefühl hatte – das würde sie ihm nie glauben. Vielleicht glaubte er das nicht einmal selbst. Aber gestern im Bootshaus hatte ihn ein sehr merkwürdiges Gefühl erfasst, so wenig greifbar wie Nebel, und es hatte ihn nicht mehr losgelassen. Dieses Gespräch fiel ihm sehr schwer, aber es musste sein, er musste die Vergangenheit genau kennen und sie überzeugen, dass sie ruhig in Paradise bleiben konnte.

Er ahnte, dass Sandras Schilderung jener Nacht unvollständig war. Sie hatte nicht gelogen, doch ihre einsilbigen Antworten auf die zahllosen Fragen der Ermittler verbargen mehr als sie enthüllten. »Ich weiß, dass du das schon oft genug durchgemacht hast, aber bitte, erzähl mir, was passiert ist«, sagte er.

»Ich will nicht darüber reden, Malloy. Nicht mal mit dir.«
»Warum nicht?«
»Weil das überhaupt nichts ändert.«
»Er war einmal mein bester Freund. Ich will wissen, was passiert ist. Vor allem, seit ich total verrückt nach dir bin –«

»Verrückt nach mir?« Er breitete die Arme aus. »Wie, hast du das noch nicht gemerkt?«

Sie schlang die Arme um seinen Nacken. »Das ist das Netteste, was mir je ein Mensch gesagt hat.«

»Dann kennst du definitiv zu wenig Leute.«

»Verrückt nach mir«, wiederholte sie, lehnte sich zurück und musterte ihn. »Wirklich?«

Er dachte an all das, was sie im Bug seines Schiffes getan hatten, daran, wie er sie berührt hatte, was sie mit seinem Herzen angestellt hatte.

»Ja, verdammt noch mal. Deswegen will ich, dass du mir von dem Unfall erzählst. Diese Nacht hat dein ganzes Leben verändert.«

»Hast du denn überhaupt nicht zugehört? Ich will nicht darüber reden. Mit niemandem. Nie.«

»Vielleicht solltest du das aber tun.« Er nahm ihr Gesicht in beide Hände. »Bitte.«

Sie blinzelte hastig, als hätte sie Sand in die Augen bekommen. »Ich sehe nicht ein, warum.«

Er ließ die Hände sinken, nahm ihre Hände und schob sie tief in ihre Jackentaschen. »Erzähl es mir, Sandy. Erzähl mir von dieser Nacht.«

»Warum ist dir das so wichtig?«

Das hatte er sich auch schon ein Dutzend Mal gefragt. »Weil du mir wichtig bist. Ich will das unbedingt wissen, weil das, was in jener Nacht passiert ist, ein Teil von dir ist.«

Sie holte tief Luft, als wolle sie gleich unter Wasser tauchen. »Wir waren bei einer Gala im Yachtclub von Newport«, sagte sie. »Eine Benefiz-Gala für seinen Wahlkampf, was sonst?«

»Mit Victor warst du auf vielen solchen Veranstaltungen.« Das war nichts Neues, doch er wollte, dass sie langsam erzählte und sich allmählich zum kritischen Teil vorarbeiten konnte.

»Er hat mehr Zeit damit verbracht, Spenden für seine

Kampagnen zu sammeln, als Gesetzentwürfe vorzubereiten. So läuft das eben in der Politik. Derjenige mit der größten Kriegskasse gewinnt. Also, das war eine wichtige Party der Partei. Die Winslows waren natürlich auch da – sie haben einen Tisch für ehemalige Kriegsgefangene gestiftet und einen für Frauen, die Brustkrebs überlebt hatten. Wir konnten uns immer darauf verlassen, dass Victors Eltern zu so etwas erschienen und bedeutende Spender mitbrachten. Sie hatten großen Anteil an Victors Erfolg. Er war ein wunderbarer Politiker, aber ich muss ehrlich sagen, dass sein Charisma allein ihn nicht so weit gebracht hätte.

An diesem Abend trank er mehr als gewöhnlich.« Sie warf Mike einen kurzen Blick zu. »Der Stress in seinem Beruf, der Druck, so viel Geld für den nächsten Wahlkampf beschaffen zu müssen, und dann noch seine kranke Mutter. Er hatte reichlich Gründe, sich Sorgen zu machen.«

»Jeder hat berufliche und familiäre Sorgen. Deswegen greifen wir aber nicht alle zur Flasche. Warum Victor? Und warum ausgerechnet an dem Abend?«

»Es war ihm nicht anzumerken, dass er getrunken hatte. Er hat seine Rede sehr gut hinter sich gebracht.«

Mike fiel auf, dass sie nicht auf seine Frage eingegangen war.

»Danach«, fuhr sie fort, »wirkte er angespannt und reizbar. Ich habe ihn zum Tanzen aufgefordert. Er hat sich etwas entspannt und sogar einen Witz gemacht. Dann habe ich irgendetwas Dummes gesagt und ihn damit zum Explodieren gebracht.«

Interessante Wortwahl, dachte Mike. *Zum Explodieren gebracht.* »Was hast du denn gesagt?«

»Irgendeine nebensächliche Bemerkung. Ich kann mich nicht einmal daran erinnern. Ich hatte ihm immer ziemlich offen gesagt, dass ich mir Kinder wünsche, und er schien damit einverstanden zu sein. Also habe ich etwas in der Richtung gesagt, dass wir uns da mal an die Arbeit machen sollten. Ich habe mir so sehr ein Baby gewünscht, und ich hatte allmählich keine Geduld mehr. Mein Fehler war, dass ich ihn darauf angesprochen habe, als er ganz offensichtlich mit anderen Dingen beschäftigt war. Aber an dem Abend habe ich d-das Thema so direkt wie nie zuvor angesprochen. Ich weiß auch nicht, vielleicht habe ich ihm ein Ultimatum gestellt, ich kann mich wirklich nicht daran erinnern. Er... hat mir sozusagen eine Szene gemacht. Das war seltsam, überhaupt nicht seine Art. Er hat mich auf der Tanzfläche stehen lassen. Ich wäre am liebsten im Erdboden versunken. Nicht gerade unser bester Abend.«

Sie schob einen trockenen Zweig mitten ins Feuer und ließ blaue Flämmchen daran aufzüngeln. »Und das vor aller Augen. Er hat doch immer so auf das äußere Erscheinungsbild geachtet. Aber an diesem Abend war er – ich weiß nicht – irgendwie ist er wild geworden. Alle haben mich angestarrt. Ich wusste nicht, was ich tun sollte. Also bin ich gegangen. Ich wollte einfach nach Hause fahren.« Sie zog den Zweig aus dem Feuer, und die flammende Spitze leuchtete in der Dämmerung. »Er ist mir hinaus auf den Parkplatz gefolgt und...« Sie zögerte.

Mike wartete ab, denn er war nicht sicher, ob sie ihre Gedanken ordnete oder mit einem ihrer »schwierigen Wörter« kämpfte. Vielleicht bildete er sich das nur ein, doch in ihrem kurzen Schweigen glaubte er, etwas anderes zu spüren. Schwere Entscheidungen. Vielleicht auch Berechnung.

»Er ist zu mir ins Auto gestiegen.«

»Und du hast ihn gelassen.«

»Ich war wütend. V-verwirrt. Was hätte ich denn sonst tun sollen? Er war mein Mann, und er musste schließlich auch irgendwie nach Hause kommen.« Sie hielt inne, als wolle sie ihre Gedanken ordnen. »Ich erlebe diesen Unfall ein Dutzend Mal am Tag, jeden Tag und nachts in meinen Albträumen. Es fiel Schneeregen. Es war windig. Der Windmesser an der Brücke hat Böen mit bis zu sechzig Stundenkilometern gemessen. Victor und ich haben… uns im Auto weitergestritten.«

»Worüber habt ihr gestritten?«

Sie schwieg lange, und er drückte sanft ihre Hände. Sie sah ihn an, und ihre Augen ertranken in Verzweiflung. Dann ließ sie den Kopf sinken und starrte ins Feuer. »Der Sturm wurde immer heftiger, aber Victor merkte anscheinend gar nicht – vielleicht war es ihm auch egal –, dass ich ziemlich unsicher fuhr, gefährlich schnell. Auf der Brücke habe ich dann die Kontrolle über das Auto verloren.«

»Warum?«

Sie sah einem Funken nach, der vom Feuer aufflog. »Ich weiß nicht. Die Straße war vereist. Glatteis.«

Er versuchte, sich die Szene vorzustellen – hatten sie sich angeschrien? Hatte Victor sie am Arm gepackt? Himmel, hatte er sie vielleicht geschlagen? »Warst du betrunken?«

»Nein. Ich hatte auf der Party nur ein Glas Champagner getrunken. Mehr nicht. Willst du meinen Bluttest von damals sehen? Es gibt einen, da kannst du ganz sicher sein. Sie haben mich auf alles Mögliche getestet.«

»Du bist eine erfahrene Fahrerin. Du kennst diese Strecke gut. Ich versuche nur zu verstehen, wie es dazu kam, dass du von der Brücke gestürzt bist.«

»Ich war abgelenkt von dem Streit, das Auto ist auf eine vereiste Stelle auf der Straße geraten und durch das Geländer gebrochen.« Mit gequältem Blick sah sie wieder zu ihm auf. »Der Airbag ging auf. Ich erinnere mich noch an das Geräusch, wie von einem Knallfrosch, gefolgt von einem lauten Zischen. Er war riesig, und er hat mich in den Sitz gedrückt. Ich erinnere mich noch daran, dass mir weißes Pulver ins Gesicht flog – und dann nichts mehr. Das Auto stürzte ins Wasser, aber daran habe ich keinerlei Erinnerung. Ich bin erst im Krankenhaus wieder zu mir gekommen.«

»Die Rettungssanitäter haben dich am Strand gefunden.«

Argwohn blitzte in ihren Augen auf. »Du hast dich über den Unfall schlau gemacht.«

»Du weißt nicht mehr, wie du aus dem Auto gekommen bist.«

»Der Arzt, der mich untersucht hat, hat mir erklärt, dass Menschen nach einem schweren Trauma oft Erinnerungslücken haben. Bei manchen kommt die Erinnerung nie, die Lücken bleiben. Den Ermittlungen zufolge bin ich durch die Windschutzscheibe entkommen und habe es irgendwie ans Ufer geschafft.«

»In einem Abendkleid, einem langen Wintermantel und hohen Absätzen.«

»Die Schuhe waren weg. Und nein, ich erinnere mich nicht daran, sie ausgezogen zu haben. Sie haben sie nie gefunden. Aber das weißt du sicher schon, da du ja in meiner Vergangenheit nachgeforscht hast.«

»Was trug Victor?«

»Einen Smoking.«

»Was hatte er in den Taschen?«

»Hör schon auf, Malloy. Das ist ja absurd.«

Er ignorierte ihren Ärger und versuchte einen anderen Weg. »Hast du jemandem erzählt, dass du nicht schwimmen kannst?«

In ihrer Miene regte sich nichts. »Niemand hat danach gefragt.«

»Und du hast nicht daran gedacht, es von dir aus zu erwähnen?«

»Das war eine von diesen extremen Höchstleistungen, in einem Notfall im Adrenalinrausch. Menschen können Unmögliches vollbringen, wenn es um Leben und Tod geht.«

»Selbst in eisigem Wasser überleben.«

»Ja.«

»Erstaunlich.«

»Aber so etwas ist schon vorgekommen. Das haben jedenfalls die Ermittler erklärt. Unter diesen Umständen hätte nicht einmal ein geübter Schwimmer schwimmen können. Wenn du die Untersuchungsberichte gelesen hättest, würdest du es verstehen.«

»An deiner Kleidung wurde Blut von Victor gefunden.«

»Ja, Spuren von seinem Blut. Sie nehmen an, dass er bei dem Aufprall am Geländer verletzt wurde, und Blut wird nicht unbedingt vom Meerwasser abgewaschen.«

»Und die Einschusslöcher?«

»Ein ungelöstes Rätsel. W-weder Victor noch ich besaßen eine Waffe.«

Ihm fiel etwas an ihr auf. Manchmal stotterte sie ein wenig, wenn sie log. Im Lauf dieser Unterhaltung hatte sie zweimal gestottert. Einmal, als es um den Streit ging, und dann gerade eben, bei der Waffe.

27

Tagebucheintrag – Dienstag, 19. März

Zehn Orte, wo ich hinziehen könnte, wenn ich das Haus verkauft habe:
1. *Manhattan*
2. *Big Sur*
3. *Cape Cod*
4. *Die Karibik*

Sandra gab es auf. Sie wollte hier weg, doch sie musste erkennen, dass sie nicht sich selbst entkommen konnte. An manchen Tagen wachte sie auf und wusste kaum, wer sie war, konnte nicht entscheiden, was sie wollte. Aber sie wusste, dass sie und Mike Schwierigkeiten bekommen würden. Überschäumende Hormone reichten eben nur bis zu einem gewissen Punkt, dann würden sie sich auf eine tiefere Ebene einlassen müssen – oder es bleiben lassen.

Doch dazu konnte sie sich nicht überwinden. Zunächst hatte sie die seltsamen Funken zu ignorieren versucht, die zwischen ihnen übersprangen; aber dann hatte sie doch dieser Anziehung nachgegeben. Und sie gab ihr immer weiter nach, seit jener ersten stürmischen Nacht auf seinem Boot. Seine unbewusste, ursprüngliche Anziehungskraft siegte jedes Mal über ihren Willen. Ihr Verlangen nach ihm wurde zu einer Kraft, die stärker war als Vernunft oder Angst, ja sogar stärker als das erbitterte Widerstreben ihrer unsicheren Gefühle.

Je mehr Zeit verging, desto stärker fühlte sie sich mit dem Haus am Blue Moon Beach verbunden, das sie doch eigentlich loslassen sollte. Obwohl sie fest entschlossen war, fortzuziehen, spürte sie den leisen Ruf dieses Hauses, das sie ihr Zuhause nennen wollte. Sie durchquerte das frisch verputzte Wohnzimmer und wand sich vor Ärger. Ob absichtlich oder nicht, Mike Malloy öffnete ihr die Augen für das, was sie wollte – und sie freute sich nicht eben über die Erkenntnis, dass sie eigentlich hier bleiben wollte.

Doch ihre ganze Welt stand auf dem Spiel – ihr Leben, ihre Zukunft. Sosehr sie sich an Mike klammerte, alles schien ihr zu entgleiten oder schon verloren zu sein. Ihre Heimat, Freunde, die Ehe ihrer Eltern, das Leben, das sie mit Victor zu haben glaubte. Scharfe Gewissensbisse warnten sie, dass die heimliche Affäre mit Malloy ein Fehler war und ohne Zweifel auf eine Katastrophe zulief. Er schien sich allzu sehr für die Vergangenheit zu interessieren, während sie sie nur noch hinter sich lassen wollte.

Spontan fuhr sie nach Providence, um ihren Vater zu besuchen. Seit ihre Mutter abgereist war, hatte sie kaum ein Wort von ihm gehört; er hatte nie viel über seine Gefühle gesprochen. Sie konnte unmöglich einschätzen, wie er mit dieser Trennung zurechtkam. Vielleicht war es ähnlich wie die Trauer um einen Verstorbenen. Jemand, der viele Jahre mit ihm gelebt hatte, war plötzlich verschwunden, dorthin, wo er sie nicht sehen, nicht berühren, nicht unter der Dusche singen hören und sie nicht fragen konnte, wo die Kaffeefilter waren.

Würde er mit seiner Tochter darüber sprechen? Er hatte immer schon wenig Gefühle gezeigt, obwohl seine Liebe sich wie ein steter Strom durch Sandras Leben zog. Sie erinnerte sich lebhaft daran, wie er bei ihr gesessen hatte, als sie noch ganz klein war, und mit ihr die Atemübungen machte, die ihr Logopäde verordnet hatte. Er hatte aus den langen, langweiligen Übungen ein Spiel gemacht und ihre Fortschritte mit M&Ms und goldenen Sternchen auf einer Tabelle belohnt. In dem Frühling, als sie fünf Jahre alt gewesen war, hatte er sie auf ein brandneues Fahrrad gesetzt und ihr ängstliches Stottern einfach überhört. Er hielt mit einer Hand den Sattel von hinten fest und lief neben ihr her, während sie lernte, auf zwei Rädern zu fahren. Irgendwann ließ er los, blieb aber direkt neben ihr, damit sie nicht merkte, dass sie ganz allein fuhr.

Als sie von zu Hause fort und aufs College ging, war er sehr traurig gewesen, hatte sie aber stets ermutigt. Und als sie Victor geheiratet hatte, hatte er nicht viel dazu gesagt. »Er wird gut für dich sorgen«, hatte ihr Vater gesagt, doch sie fragte sich, ob das eher eine Hoffnung denn eine Gewissheit war. Nach dem Unfall hatten er und seine Mutter abwechselnd im Krankenhaus an ihrem Bett gesessen. Irgendwie war er immer *da* gewesen, doch nicht immer auf die Art, wie sie ihn gebraucht hätte. Natürlich war das nicht seine Schuld. Sie wusste ja selbst nicht, was sie brauchte; wie sollte er es also wissen?

Sie parkte vor dem Bungalow an der Straße, in der sie bis zu ihrem achtzehnten Lebensjahr gewohnt hatte. Es war ein bescheidenes Stadtviertel mit großen, alten Bäumen, deren Wurzeln die Gehwege aufgeworfen hatten, mit Backsteinhäusern und winzigen Vorgärten und Autos, die nicht mehr in die Einzelgaragen aus den vierziger Jahren passten.

Die Vordertreppe ihres Vaters war länger nicht gefegt worden, der Briefkasten quoll über vor Katalogen, Werbung und ein paar Rechnungen. Sie nahm die Post mit und klopfte an die Haustür. Nichts. Vielleicht hätte sie vorher anrufen sollen. Aber sein Auto stand vor der Garage, und er ging nie zu Fuß irgendwohin.

Was, wenn er einen Unfall gehabt hatte?, dachte sie, plötzlich von Panik erfasst. Wenn er krank geworden war? Mit zitternder Hand holte sie den Hausschlüssel aus der Tasche, den sie mit zehn Jahren bekommen hatte, als ihre Eltern sie für verantwortungsbewusst genug hielten, um einen eigenen

Schlüssel zu haben. Früher hatte sie ihn an einem Stück Schnur um den Hals getragen.

Sie schloss auf und stand gleich darauf im dämmrigen Wohnzimmer. Die Jalousien waren geschlossen, und ein leicht muffiger Geruch nach Vernachlässigung hing in der Luft wie Staub.

»Dad?«, rief sie. »Dad, ich bin's.« Sie legte die Post auf den Tisch und ging nach hinten weiter. Vielleicht war er in der Werkstatt neben der Garage, wo er oft mit seinen Golfschlägern oder Angelsachen herumspielte.

»Dad«, rief sie wieder.

Dann hörte sie seine Stimme von oben, aus dem Arbeitszimmer. Sie seufzte erleichtert und ging hinauf. Die Tür stand offen, und sie sah ihn mit einem Kopfhörer am Computer sitzen, mit dem Rücken zu ihr.

Neugierig beobachtete sie ihn. Auf dem Bildschirm erschien ein Bild von einer Reisetasche, und ihr Vater sagte: »*La maleta.*« Pause. Dann zeigte der Bildschirm einen Regenschirm, und er sagte: »*Un paraguas.*«

Sandra schmolz dahin. Seine Aussprache war schauderhaft, doch er saß so aufmerksam und voll konzentriert da und sprach mit solchem Ernst, dass sie lächeln musste. Ach, Dad, dachte sie. Ich hoffe, es ist noch nicht zu spät.

Als ein Bild von einem Zug erschien, trat sie ein und tippte ihm auf die Schulter. »Hallo, Dad –«

Er zuckte so heftig zusammen, dass er beinahe vom Stuhl gefallen wäre. »Himmel, Sandra.« Er riss sich die Kopfhörer vom Kopf. »Mich hätte beinahe der Schlag getroffen.«

»Entschuldige.« Sie drückte seine Schulter und küsste ihn auf die Wange, die sich rau und tröstlich vertraut anfühlte. »Ich habe geklingelt und nach dir gerufen, aber du hast mich nicht gehört.« Sie hob das reich bebilderte Buch auf, das aufgeschlagen vor ihm lag. »Spanisch für Anfänger?«

Er errötete leicht. »Ein neues Computerprogramm. Ich wollte es nur mal ausprobieren.«

»*Le admiro*«, sagte sie in Erinnerung an ihren Spanischkurs am College.

»*Gracias*«, erwiderte er. »*Puedo conseguirle algo beber?*«

Sie lachte beeindruckt. »Ich hätte gern eine Tasse Tee.« Sie sah ihm an, dass die Vorstellung, Tee kochen zu müssen, ihn einschüchterte, also fügte sie hinzu: »Ach, eigentlich hätte ich lieber etwas Kaltes.«

Sie gingen hinunter in die Küche, und er holte ihr ein Ginger Ale aus dem Kühlschrank, der noch ungesunder bestückt war als bei ihrem letzten Besuch. Ihre Mutter würde einen Anfall bekommen, wenn sie ihn sah. Aber vielleicht würde sie ihn nie zu sehen bekommen. Vielleicht kam sie gar nicht mehr hierher.

Sandra bemerkte eine Visitenkarte, die mit einem Magneten am Kühlschrank befestigt war. »Ein Audiologe?«, fragte sie und drehte sich zu ihrem Vater um.

»Ich habe einen Termin gemacht, um mein Gehör überprüfen zu lassen.« Er trat von einem Fuß auf den anderen, noch verlegener als über den Spanischkurs.

Sie stellte das Ginger Ale weg und drückte ihn an sich. »Oh, Dad. Das ist toll.«

Er zuckte mit den Schultern. »Deine Mutter hat mich immer damit genervt, mal nachsehen zu lassen.«

»Sie wird sich sehr freuen«, sagte Sandra.

»Wer weiß?« Er schob einen Stapel alte Zeitungen beiseite und bedeutete ihr, sich zu setzen.

»Wie geht es dir sonst?«, fragte Sandra.

»Gut.«

»Wie kann es dir gut gehen?«

»Ich gehe Golf spielen und angeln, wann immer ich will, niemand nervt mich, dass ich mir die Schuhe abtreten oder nicht so viel Salz ins Essen streuen soll.«

Sie betrachtete sein gütiges, gerötetes Gesicht und versuchte, hinter die aufgesetzte Gleichgültigkeit zu blicken. »Ich glaube, du bist einsam.«

»Ich bin ständig unterwegs. Ich habe meine Freunde im Golfclub. Und Donnerstagabend spiele ich jetzt immer Poker.«

»Mom fehlt dir«, verbesserte sie sich. Sie strich ihm über die Hand. In ihrer Familie war Zuneigung nie so körperlich ausgedrückt worden, und nun wünschte sie, das wäre anders gewesen. Mike hatte ihr gezeigt, welche Macht Berührungen hatten, wie man damit eine unausgesprochene Vertrautheit schaffen konnte, die sie noch nie erlebt hatte.

»Du kannst ruhig zugeben, dass sie dir fehlt«, sagte sie. »Was nützt es denn, wenn du so tust, als würdest du sie nicht vermissen?«

»Du glaubst, ich tue nur so?«

»Ja. Das glaube ich, und das ist nicht gut, Dad.« Hatte sie bei Victor auch nur so getan, als sei sie glücklich? Und wenn jemand sie darauf aufmerksam gemacht hätte, hätte das etwas geändert?

Ihr Vater starrte auf ihrer beider Hände hinab. »Also gut. Ich glaube, ich hatte viel Zeit zum Nachdenken.«

»Worüber?«

Er runzelte die Stirn. »Ich glaube, ich bin gern mit ihr zusammen. Ich mag ihr Essen. Ich sitze gern abends neben ihr, wenn wir Zeitung lesen oder fernsehen. Verdammt, ich mag es sogar, wenn sie an mir herumnörgelt.« Er schüttelte den Kopf. »Ich glaube, all das habe ich ihr nie gesagt.«

»Es ist noch nicht zu spät dafür«, sagte Sandra eindringlich.

»Wenn sie von ihrer Kreuzfahrt zurückkommt, kannst du sie bitten, wieder nach Hause zu kommen.«

Er zog seine Hand zurück und fuhr sich damit durchs Haar, das etwas zu lang geworden war. »Ich habe mich so viele Jahre lang aufgeführt wie ein Idiot. Ein Hörgerät und ein paar Spanischstunden können das nicht rückgängig machen.«

Er durfte damit nicht recht haben. Sie dachte daran, wie

ihre Eltern miteinander gelebt hatten – ihre Mutter hatte seine Socken paarweise zusammengerollt und dafür gesorgt, dass er regelmäßig zum Friseur ging, ihr Vater hatte den Reifendruck geprüft und zweimal täglich zu Hause angerufen, egal, wo er gerade war. Sie dachten ständig aneinander, auch wenn es ihnen selbst nicht bewusst war.

»Dad, es geht doch nicht um das Hörgerät oder den Spanischkurs an sich. Sondern darum, dass du dir Mühe gibst. Du musst sie davon überzeugen, dass alles anders wird, wenn sie wieder zurückkommt. Und dann auch dafür sorgen, dass sich *wirklich* etwas ändert.«

»Ich gebe mir Mühe.« Er blickte sich düster in der unordentlichen Küche um. »Und ich werde mir noch mehr Mühe geben. Und, hast du was von ihr gehört?«

»Sie schickt mir Postkarten. Sie schreibt, die Kreuzfahrt sei ganz toll, aber die Nichtraucher-Kurse wären langweilig –«

Er richtete sich auf. »Sie will mit dem Rauchen aufhören?«

»Jedenfalls versucht sie's. Das Ganze nennt sich ›Kreuzfahrt zu einem neuen Ich‹. Persönlichkeitsentwicklung in jeder erdenklichen Hinsicht. Wusstest du das etwa nicht?«

Ein rührendes, schiefes Lächeln erhellte sein Gesicht. »Was du nicht sagst.«

»Allerdings. Auf einer anderen Postkarte stand, dass sie in den Tai-Chi-Kurs für Fortgeschrittene aufgestiegen ist. Und sie hat einen rekordverdächtigen Marlin gefangen.«

»Ja? Deine Mutter angelt tatsächlich?«

Sandra trank ihr Ginger Ale aus. »Ich glaube, sie ist auch noch nicht bereit, eure Ehe abzuschreiben, Dad.«

»Warum hat sie mich dann einfach so verlassen?«

»Weil du ihr nicht zugehört hast.«

Ein Strahlen leuchtete plötzlich in seinen Augen auf. *Hoffnung.* Er legte eine Hand an ihre Wange, eine seltene Geste der Zuneigung. »Und wie geht es dir?«

Auf der Fahrt hierher hatte sie beschlossen, ihre Probleme für sich zu behalten, doch sie hatte nicht erwartet, dass ihr

Vater so offen sprechen oder so gut zuhören würde. Sie hatte ihn schon immer vergöttert, aber aus der Ferne und mit der Art von Liebe, die man von einer Tochter erwartete. Jetzt wusste sie, dass ihre Beziehung zu ihrem Vater viel tiefer ging.

»Es ist eine Vorverhandlung angesetzt. Milton meint, der Richter wird die Klage gar nicht zulassen.«

»Das ist gut.«

»Wenn er zu meinen Gunsten entscheidet«, sagte sie.

»Warum sollte er nicht?«

»Die Anwälte der Winslows versuchen mit allen Mitteln, neue Beweise auszubuddeln.«

»Die werden nichts finden.« Er hielt inne. »Oder doch?«

»Ich bin kein Hellseher.«

Er stand auf und lief in der Küche auf und ab. »Was, zum Teufel, denken sich die Winslows eigentlich dabei? Die sind doch weiß Gott nicht auf dein Geld angewiesen.«

»Du weißt doch, dass es ihnen nicht ums Geld geht, Dad. Sie wollen einfach – ich weiß auch nicht – sie wollen glauben, dass ich ihnen Victor weggenommen habe. Sie werden mich immer als diejenige sehen, die am Tod ihres Sohnes schuld ist. Das war ein so sinnloser Tod. Vielleicht versuchen sie auf diese Art, einen Sinn darin zu finden.«

Er blieb stehen und stützte sich auf eine Stuhllehne. »Warum hast du so furchtbar viel Verständnis für diese Leute?«

Wenn er nur wüsste, wie groß die Versuchung war, den Albtraum, der in ihr hauste, in Worte zu fassen. Doch sie tat es nicht. Sie würde es niemals tun. Sie brachte es nicht über sich. Und das war kein edles Verständnis, sondern eine ganz feige Art, sich selbst zu schützen. Sie schützte damit nicht nur die Winslows.

Sie schützte sich selbst.

»Sie sind keine schlechten Menschen«, erklärte sie, »sie sind nur ... tief verletzt.«

»Und wenn sie dich noch mehr verletzen, geht es ihnen dann besser?«

»Ich weiß nicht, Dad. Ich schaffe das schon. Milton glaubt nicht, dass sie eine Chance haben.«

»Ja? Das ist gut.«

»Jemand namens Sparky wird mir helfen, das Haus zu verkaufen.«

»Klingt eher nach einem Gebrauchtwagenverkäufer.«

»Er ist eine sie. Milton sagt, sie sei die beste Immobilienmaklerin in der Gegend. Sie meint, das Haus sei ein Vermögen wert.«

»Gut. Kein Wunder bei der Lage. Warum siehst du dann nicht gerade fröhlich aus bei dem Gedanken, dein Haus teuer zu verkaufen?«

Ihr war nicht klar gewesen, dass ihr das so deutlich anzusehen war. Vor dem Unfall hatten sie und Victor oft davon gesprochen, Blue Moon Beach wieder herrichten zu lassen und es als Ferienhaus zu nutzen. Sie hatten sich vorgestellt, wie sie als zufriedenes altes Ehepaar aufs Meer hinausblickten, wenn sie abends auf der Verandaschaukel saßen. Doch damals musste Victor schon gewusst haben, dass sie es nie bis dahin schaffen würden – doch Sandra hatte mit ganzem Herzen daran geglaubt.

»Ich glaube, das Problem ist die Unsicherheit«, erklärte sie ihrem Vater. »Ich kann mir nicht vorstellen, wo ich dann hingehen soll.«

»Aber sicher kannst du das, mein Schatz. Wenn das Haus verkauft ist, kannst du nach Cape Cod fahren oder vielleicht sogar in den Süden oder so – hat Victor nicht immer von Florida geschwärmt?«

Sie schluckte ihre Panik hinunter. »Wir hatten nie die Chance, dorthin zu fahren.«

»Vielleicht ist das jetzt die Chance, auf die du gewartet hast. Nimm dir Zeit und such dir einen Ort, wo es dir gefällt.«

Florida war Victors Traum gewesen, nicht ihrer. Sie war in Paradise immer glücklich gewesen. Sie wusste, dass es nie wieder einen Ort wie Blue Moon Beach geben würde, egal, wie weit sie reiste oder wie viel Geld sie ausgab. Sie würde nie wieder einen Ort finden, der sie mit beinahe kindlichem Staunen erfüllte, einer vagen Ehrfurcht, die ihr so guttat. An diesem Strand herrschte eine ganz besondere Atmosphäre, Nebelhörner und flüsternde Brandung, ein besonderes Licht, in dem die Luft zu leuchten schien und das Gras und die Hecken strahlen ließ, während das Meer sich unter dem unendlichen Himmel in unendliche Ferne erstreckte. Mit jedem Tag erschien es ihr undenkbarer, das aufzugeben – und unvermeidlicher.

»Außerdem haben die Leute in Paradise dich so mies behandelt. Du willst dir das bestimmt nicht länger antun als –«

»Ich habe jemanden kennengelernt.« Sie hatte nicht vorgehabt, das zu erwähnen, aber es platzte aus ihr heraus und überraschte sie beide.

Ihr Vater zog eine buschige Braue in die Höhe. »Ach ja?«

»Er ist, äh, also, eigentlich renoviert er das Haus.«

Er setzte sich ihr gegenüber und beobachtete sie scharf. »Irgendwas wie Malloy. Du hast ihn schon mal erwähnt.«

»Mike. D-das kam ziemlich unerwartet. Ich habe weiß Gott nicht einmal daran gedacht, wieder jemanden zu finden, aber wir, also Mike und ich –« Wie war es dazu gekommen? Und was genau war eigentlich zwischen ihnen? Sie wusste es einfach nicht. Doch vom ersten Augenblick an, sogar verschwommen durch Tränen der Wut, hatte die Welt ein wenig anders ausgesehen – strahlender, sicherer ... ehrlicher. Sie konnte es sich selbst nicht erklären, geschweige denn ihrem Vater.

»Zuerst haben wir uns nur gut verstanden – unser Verhältnis war herzlich, könnte man sagen. Ich habe ihn engagiert, weil er versprochen hat, dass er alles in Ordnung bringen würde.«

»An deinem Haus.«

»Ja. Habe ich das nicht gesagt?« Sie runzelte die Stirn und

fuhr fort. »Natürlich haben wir uns ständig gesehen, er war ja im Haus, aber in letzter Zeit sind wir uns nähergekommen.« Sie führte das nicht weiter aus und wusste, dass ihr Vater nicht mehr fragen würde, als er an Antworten vertragen konnte.

Ihr Vater lehnte sich vor. »Und was ist das für ein Mann?« Vor ein paar Jahren hatte er ihr genau dieselbe Frage zu Victor gestellt.

Ihre Antwort damals war naiv und ernst gewesen. »Er ist perfekt«, hatte sie gesagt: »Absolut perfekt.«

Das würde sie von Malloy niemals sagen. Sie war jetzt älter, klüger. Trauriger. Erfahren genug, um zu wissen, dass Mike nicht perfekt war. Aber er war... eben alles andere: liebevoll, stark und zärtlich, unanständig sexy und sicher wie ein Anker in stürmischer See. »Er würde dir gefallen, Dad. Er ist ein kumpelhafter Typ. Er ist auf die historische Restaurierung von Häusern spezialisiert und hatte früher seine eigene Firma in Newport. Jetzt macht er einen neuen Anfang in Paradise. Er ist geschieden und hat einen neunjährigen Sohn und eine Tochter, die gerade dreizehn geworden ist.«

»Und, ist das was Ernstes?«

»Ich weiß es nicht.« Sie wusste, dass sie sich vor der Wahrheit drückte. Denn in Wahrheit lief ihr jedes Mal ein herrlicher Schauer über den Rücken, wenn sie an Mike dachte, und ein langer, tiefer Blick von ihm verlieh ihrem Herzen Flügel. Ein Gespräch wie dieses sollte sie eigentlich mit Joyce oder Barb führen, doch hier saß sie nun und erzählte es ihrem Vater. Erstaunlich. Vielleicht hatte er sich wirklich verändert.

»Du solltest nur eines wissen. Er und Victor waren als Kinder gute Freunde.«

»*Was?*«

»Er ist in Paradise aufgewachsen. Er kennt sehr viele Leute dort.«

»Sandra, hast du das deinem Anwalt erzählt?«

»Warum sollte ich?«

»Vielleicht will dich der Kerl nur reinlegen. Ich meine, er nimmt dein Haus auseinander und kann überall rumschnüffeln. Was, wenn er Beweise gegen dich sammelt?«

»Das ist doch absurd, Dad. Außerdem habe ich nichts zu v-verbergen.« Sie erstickte fast an diesen Worten.

»Sei vorsichtig«, warnte ihr Vater. »Mit dieser Klage steckst du in einer heiklen Situation. Lass dich bloß nicht von ihm übers Ohr hauen.«

»Das würde er nie tun«, sagte sie, doch ihr Vertrauen war erschüttert.

Das Misstrauen ihres Vaters verfolgte sie während des ganzen Heimwegs. Sie war zu ihm gefahren in der verzweifelten Hoffnung, dass ihre Eltern sich wieder versöhnen würden – dass ihre Beziehung zu Mike nicht zum Scheitern verurteilt war. Doch anstatt ihre Angst vor einer tieferen Bindung an Mike zu zerstreuen, hatte ihr Vater nur noch mehr Fragen aufgeworfen.

28

Sobald Sandra nach Hause kam, suchte sie Mike. Die anderen hatten schon Feierabend gemacht, aber er arbeitete noch. Bruce Springsteen war im Radio zu hören, und Mike legte letzte Hand an das Deckenfries im Esszimmer.

Es würde ihr nie langweilig werden, ihn bei der Arbeit zu beobachten. Da war irgendetwas an seiner Haltung, der Art, wie er sich bewegte, das eine rätselhafte Faszination auf sie ausübte. Sie konnte nicht genau sagen, was es war, das ihre Aufmerksamkeit so fesselte. Doch jede seiner Bewegungen berührte sie ganz tief drinnen – seine geschickten Hände, der Winkel, in dem seine Hüfte an der obersten Sprosse der Leiter lehnte, dieser Zug um seinen Mund und der völlig konzentrierte Blick, wenn er die Wasserwaage anlegte und mit einem blauen Stift eine bestimmte Stelle markierte. Das waren Routinearbeiten, vermutlich ziemlich langweilig, doch er erledigte sie mit solcher... Kunstfertigkeit. Vielleicht war das das richtige Wort dafür.

Das alles hatte eine bezwingende Wirkung auf sie, die sie sich selbst nicht erklären konnte.

Sie fand alles an ihm erregend. Sie hätte nie damit gerechnet, diese Erfahrung bei ihm zu machen. Vor allem, nachdem sie dem äußeren Anschein nach mit einem Mann verheiratet gewesen war, den alle Welt aufregend fand. Als Victor zum ersten Mal ins Parlament von Rhode Island gewählt worden war, hatte ihn die *Cosmopolitan* – sehr zu seinem Verdruss – zum begehrtesten Junggesellen des Monats gekürt. Fans, die von seinem guten Aussehen und seinem Charisma hingerissen waren, hatten sogar eine Website aufgebaut, die jede Woche alles nur Erdenkliche an Zuschriften hervorbrachte, von erotischen Angeboten, die sich am Rande der Legalität bewegten, bis hin zu Einladungen, er könne das Ferienhaus auf Maui umsonst benutzen. Vielleicht war von dieser Website sogar noch mehr ausgegangen, dachte sie grimmig.

Sie konzentrierte ihre abschweifenden Gedanken wieder auf Mike und versuchte sich vorzustellen, er könnte schäbig genug sein, sie auszuspionieren. Ihr Haus zu durchsuchen und die Anwälte der Winslows mit Informationen zu versorgen. Diese Vorstellung war völlig abwegig, ein Porträt von Mike in schrägen Neonfarben. So etwas würde er niemals tun. Es kam ihr dumm und paranoid vor, dass sie so etwas auch nur dachte.

Zeke erwachte von einem Nickerchen auf der breiten Fensterbank und kam herübergetrottet, um sie zu begrüßen, sodass Mike auf sie aufmerksam wurde. Er schob die Wasserwaage und den Hammer in den Werkzeuggürtel und wandte sich zu ihr um. Das war noch so etwas, was sie an ihm so sexy fand. Innerhalb eines Augenblicks widmete er ihr seine gesamte Aufmerksamkeit, seine ganze Person, und machte sie zum Mittelpunkt seiner Welt.

»Hallo«, sagte er und kam die Leiter herunter. »Ich habe dich gar nicht reinkommen hören.«

Er legte die Hände auf ihre Taille und küsste sie leidenschaftlich. Ihr Körper flammte auf wie ein Streichholz. Jedes Mal, wenn er sie berührte, fühlten sich diese intimen Empfindungen völlig neu an. Sie war unerforschtes Gebiet, und seine unverhohlenen Zärtlichkeiten drangen zum ersten Mal in dieses Gebiet vor und nahmen es in Besitz. Seine Küsse verschlugen ihr den Atem, und als sie schließlich Luft holen musste, hatte sie vergessen, was sie ihm eigentlich hatte sagen wollen. Sie konnte nur flüstern: »Ich habe dich heute vermisst.«

»Oh, Baby«, sagte er und zog sie an sich, »ich habe dich auch vermisst.« Er legte den Werkzeuggürtel ab, küsste sie wieder und schob sie dabei rückwärts durch den Flur, ohne auch nur eine Sekunde aufzuhören, bis sie die Treppe erreicht hatten. Gott, wie sie das liebte – zu spüren, wie sehr er sie begehrte. Wie er alles andere auf der Welt vergaß. Wie er sie alles andere vergessen ließ ...

Oben sanken sie aufs Bett, wobei die alten Federn quietschten. Sie küsste ihn gierig, wollte ihn ganz nah bei sich haben. Da gab es so viel von ihm zu spüren – breite Schultern, große Hände und einen Mund, der unerwartet zärtlich über ihren streifte.

Er roch nach Schweiß und Klebstoff, und er senkte sich auf sie, streichelte, erforschte sie. Sie hatte immer noch ihre Handtasche über der Schulter hängen, und als er ihre Bluse aufknöpfen wollte, verheddterte er sich im Trageriemen.

»Wir müssen hier erst mal aufräumen«, sagte er und rückte ein bisschen ab.

Sie lachte. »Ich hatte nicht damit gerechnet, auf der Stelle verführt zu werden.« Jetzt, ermahnte sie sich. Frag ihn jetzt.

»Ungeplante Verführungen sind die besten.« Er stand auf und half ihr hoch, nahm ihr dann die Handtasche ab und zog ihr die Bluse über den Kopf.

Ihre Zweifel flogen davon wie Ballons, die man dem Himmel übergab. Sie konnte sie nicht zurückholen, wollte es auch gar nicht. Sie knöpfte sein blaues Jeanshemd auf und entblößte seine Brust. Es war noch hell draußen, und das schwache Tageslicht, das durch das Fenster hereinfiel, beleuchtete die Konturen seines Oberkörpers. Es hatte etwas Verbotenes und Köstliches, so etwas am helllichten Tag zu tun.

»Ich muss erst duschen«, sagte er, als sie ihm das Hemd aus der Hose zog.

»Jetzt?«

Er schob ihr den Slip herunter und hielt kurz inne, um sie in die Kniekehle zu küssen, ein paar Mal, ganz zart. »Ja. Jetzt.«

»Aber –«

Er stand auf, hakte ihren BH auf und trat zurück, um sie

zu bewundern. »Jetzt«, wiederholte er und drückte ihr dann den Zeigefinger an die Lippen. Er nahm ihre Hand und führte sie nach nebenan ins Bad.

Das Badezimmer war genauso altmodisch wie das ganze Sommerhaus, mit schwarzweißen, sechseckigen Fliesen und einer riesigen, mit weißem Porzellan verkleideten eisernen Wanne. Der Messing-Duschkopf erwachte zum Leben, als er das Wasser anstellte und warm laufen ließ, während er sich auszog. Heiße Dampfschwaden füllten den Raum, und er grinste sie im weißen Nebel an. Mit einer seltsam förmlichen Geste nahm er ihre Hand und bedeutete ihr, in die Wanne zu steigen. Das Wasser prasselte auf sie herab, während sie sich küssten, und dann drückte er ihr die Seife in die Hand.

Sie ließ sie kräftig schäumen und durch ihre Finger gleiten. Er beugte sich vor und flüsterte ihr ins Ohr: »Nicht so viel nachdenken.«

»Ich denke gar –«

»Ich sehe es dir doch an.«

Sie holte tief Luft, wobei heißer Dampf ihre Lunge füllte, und konzentrierte sich auf Mike – seinen Körper, seine weiche Haut, den Geschmack seiner Lippen auf ihren. Sie hob die Hand, schüchtern, forschend glitt sie über seine Brust zum Schlüsselbein und hinterließ eine Seifenspur. Seine Augen waren halb geschlossen, und der Laut, der aus seiner Kehle drang, sagte ihr, dass sie auf dem richtigen Weg war. Sie stellte sich auf die Zehenspitzen und küsste ihn, dann ließ sie die Hand nach unten gleiten, während sie im warmen Regen und Wasserdampf standen. Er berührte sie überall, mit Händen und Lippen, bis sie endlich an gar nichts mehr dachte. Unter dem warmen Strom der Dusche glitten ihre Körper ineinander, fügten sich zusammen, suchten weiter, bis ihr schwindlig vor Verlangen war. Sie schlang die Arme um seine Taille und flüsterte ihm ins Ohr: »Jetzt. Bitte.«

»Was immer die Dame wünscht.«

Tropfnass und mit verschwommenem Blick drehte sie das

Wasser ab, und sie eilten zum Bett, wo sie ihn seufzend willkommen hieß.

Sie richteten die Bettwäsche schlimm zu, was sie allerdings erst sehr viel später bemerkten. Sandra lieh ihm ihren rosa Bademantel und musste lachen, als er hineinschlüpfte. Sie wickelte sich in ein Badetuch, zog das nasse Bettzeug ab und erteilte ihm genaue Anweisungen, wie er ihr dabei helfen sollte, das Bett mit trockener Bettwäsche neu zu beziehen. Nachdem die Tagesdecke wieder ordentlich aufgelegt war, fing er sie ein und hielt sie an der Taille fest. »Genau das habe ich gebraucht«, sagte er und küsste sie in den Nacken.

»Eine Dusche?«

»Fantastischen Sex.«

»Fantastisch?«, fragte sie. »Ist es fantastisch?«

»Was meinst du denn?«

Ihr Lächeln erlosch. Sie konnte in diesem Punkt nicht lügen oder bluffen. »Es ist wie im Himmel. Ich hätte nie gedacht, dass ich –« Unter diesen Umständen kam es ihr zwar absurd vor, doch auch nachdem sie einander so intim kannten, war sie verlegen. Die widerstreitenden Gefühle ließen sie wieder nüchtern werden, und sie befreite sich aus seiner Umarmung. »Du bist sehr kunstfertig.«

Er lachte, setzte sich auf und band den Bademantel nur halb zu. Der Gürtel reichte kaum um ihn herum. »Schätzchen, Kunstfertigkeit hat damit nichts zu tun.« Seine Augen wurden dunkel und ernst. »Das liegt daran, was ich für dich empfinde.«

»Mike –«

»Verstehst du denn nicht?«

»Was soll ich verstehen?«

Er beugte sich vor und legte eine Hand an ihre Wange. »Ich bin dabei, mich in dich zu verlieben. Schnell. Und heftig.«

Sie starrte ihn völlig entsetzt an.

Aber sie sagte kein Wort.

Sie hatte keine Ahnung, wie sie darauf reagieren sollte. Sie sprang vom Bett und zog sich hastig Leggings und einen übergroßen Pulli an, um sich darin zu verstecken.

Sein Blick folgte ihr und machte sie nervös. »An dieser Stelle solltest du jetzt eigentlich sagen: ›Wirklich? Wie schön. Mir geht es genauso.‹«

»Aber ich bin nicht dabei, mich zu verlieben«, flüsterte sie schließlich und erschrak, als sie spürte, dass Tränen in ihrer Kehle brannten.

»Ich habe mich längst in dich verliebt.«

29

Sie aßen Rühreier zum Abendessen und legten Natalie Cole dazu auf. Danach ließen sie Zeke hinaus. Sandra setzte sich aufs Sofa und schaute in die Dämmerung, in den tiefblauen Abendhimmel, an dem die ersten Sterne blinkten. Sie redeten nicht über das, was sie einander oben eingestanden hatten, doch neue Gefühle umhüllten sie wie feiner Nebel. Mike machte Feuer im Ofen, und Sandra genoss es, sich zurückzulehnen, während einmal ein anderer das Haus für sie heizte.

Der rosa Bademantel – den die meisten Männer als Erniedrigung empfunden hätten – schmälerte keineswegs sein gutes Aussehen. Sie hatte noch nie jemanden gekannt, der sich mit sich selbst so wohlzufühlen schien. Und darum beneidete sie ihn. Dann wurde ihr klar, dass auch sie sich wohlfühlte, wenn sie bei ihm war. Die Zweifel, die sie noch am Nachmittag gequält hatten, waren verschwunden. Nach dem, was sie eben zusammen getan und einander gesagt hatten, erschien ihr solches Misstrauen einfach lächerlich.

Er brachte alles in Ordnung: ihr Haus, ihr Leben, ihr gebrochenes Herz... Er war ihr in ihrer schlimmsten Zeit begegnet, doch Stückchen für Stückchen zeigte er ihr, wie Liebe sein konnte. Eine Woge zärtlicher Zuneigung überkam sie, als sie zusah, wie seine breiten Schultern die Nähte des Bademantels dehnten, während er Feuerholz stapelte und sein dichtes Haar über den Kragen fiel. Was sie fühlte, wenn sie ihn ansah, war so intensiv, dass es wehtat. Er war ein Experte darin, sich um alles Mögliche zu kümmern. Aber wer kümmerte sich um ihn?

»Ich habe eine Idee«, sagte sie, einer plötzlichen Eingebung folgend. Sie nahm ihn bei der Hand und führte ihn in die

Küche. Dann stellte sie einen Hocker unter die Hängelampe und sagte: »Deine Haare müssen dringend geschnitten werden.«

Er griff sich mit der Hand in den Nacken. »Ja? Findest du?«

»Unbedingt.« Sie holte die Haarschere aus einer Schublade.

Mit ergebenem Schulterzucken nahm er auf dem Hocker Platz. »Na gut.«

Sie legte ihm ein Geschirrtuch um die Schultern, holte den Kamm aus ihrer Handtasche und kämmte sein kräftiges, weiches Haar, das immer noch feucht war. »Ich kann es kaum fassen, dass du mich das machen lässt.«

»Ich vertraue dir«, sagte er locker.

»Ich habe schon immer gern Haare geschnitten«, gestand sie. »Natürlich habe ich das nie gelernt, aber ich habe ein Händchen dafür. Findest du das komisch?«

»Jeder nach seiner Fasson«, sagte er. »Wahrscheinlich hat das was mit Freud zu tun. Oder mit der Bibel, Samson und Delila.«

»Als ich noch klein war, habe ich oft an Puppen geübt«, erzählte sie, während sie an seinen dicken schwarzen Locken herumschnippelte und sie in Form brachte. »Jede meiner Puppen hat irgendwann eine neue Friseur verpasst bekommen. Als ich sechs war, habe ich mir selbst einen Irokesen geschnitten, lange bevor die in Mode kamen.«

»Das muss ja heiß ausgesehen haben.«

»Ich habe meine Mutter selten weinen gesehen, aber da hat sie geweint. Ich musste sechs Wochen lang mit einer Mütze oder einem Kopftuch zur Schule gehen.«

»Du warst bestimmt ein tolles Kind.«

»Falsch, Malloy. Ich war eine Katastrophe.« Sie dachte nicht gern an diese verlorenen Jahre zurück. Doch sie erinnerte sich daran, wie die Wörter immer in ihrer Kehle stecken blieben und dann alle auf einmal als unverständliches Geplapper herausplatzten; sie hörte noch heute die geflüsterten Bemerkungen von Erwachsenen, die unverhohlenen Hänseleien der anderen Kinder. Sie war Sandy Bab-bab-babblecock, das Mädchen, das stotterte.

»Aber wenn ich nicht so eine Katastrophe gewesen wäre, hätte ich vielleicht nie mit dem Schreiben angefangen«, fügte sie hinzu. Sie hatte schon früh mit einer Wut und einer Ausdruckskraft geschrieben, die ihren Jahren weit voraus waren. »In meinen Geschichten war ich immer ein großer Star. Die Primaballerina, die Ärztin, die Krebs heilen kann, die Heldin, die eine Stadt vor einer Flutkatastrophe bewahrt. In meiner Fantasie war ich immer ungeheuer mutig. Vielleicht bin ich deshalb in Wirklichkeit so ein Feigling.«

Als sie vor ihn trat, packte er sie und hielt sie fest. »Nicht in meiner Wirklichkeit.« Er küsste sie, kurz und stürmisch.

»Lenk mich nicht dauernd ab, Malloy, ich bin fast fertig.«

Ein paar Minuten später war der neue Fußboden mit dunklen Locken übersät. Sie wischte seinen Nacken mit einem Handtuch aus und trat zurück, um ihr Werk zu bewundern.

»Verdammt, bin ich gut«, sagte sie. »Du siehst aus wie Russell Crowe.«

»Wer ist Russell Crowe?«

»Hast du denn *Gladiator* nicht gesehen?«

»Nein.«

»Dann schau ihn dir an. Du siehst genauso aus wie er. Sparky hatte vollkommen recht.«

»Was hat Sparky denn über mich gesagt?«

»Sie hat dich als wandelnden Sexgott bezeichnet.«

Er lachte laut. »Ja, sicher. Bist du fertig?« Er hob die Hand und fuhr sich damit durchs Haar. »Danke.« Er holte Besen und Schaufel und kehrte den Boden.

»Willst du denn gar nicht in den Spiegel sehen?«, fragte Sandra.

Er ließ die Haare in eine Papiertüte fallen. »Findest du denn, dass es gut aussieht?«

»Wandelnder Sexgott«, erinnerte sie ihn. »Dann ist es ja gut.« Er räumte den Besen weg, stopfte die Tüte in den Mülleimer und öffnete die Hintertür. Zeke kehrte von seinem Ausflug zurück und ließ sich vor den Ofen plumpsen.

Mike zog sie die Treppe hinauf, und sie liebten sich wieder, langsam, mit einer innigen Ekstase, die sie so berührte, dass sie sich völlig verändert fühlte. Sie entdeckte eine neue Seite an sich selbst; es war, als habe sie in dem alten Haus eine Geheimtür gefunden, die in eine andere Welt führte, die sie noch nie betreten und an die sie nie recht geglaubt hatte, wie Nimmerland oder Oz. Die Rückkehr in die Wirklichkeit war sanft und gemächlich; sie wollte nicht gehen.

Es war schon ziemlich spät, als er sie küsste, aus dem Bett stieg und sich seine Jeans angelte. »Ich muss gehen«, flüsterte er.

»Geh nicht«, flüsterte sie zurück. »Bleib bei mir.«

Er zögerte.

»Bitte, Mike.«

»Okay.« Er schlüpfte zurück unter die Decke, und sie kuschelte sich an ihn. »Warum flüstern wir eigentlich?«, fragte er.

Sie antwortete nicht; sie war so erfüllt, dass sie überfließen könnte. Ihr war vollkommen bewusst, was sie mit ihm verband, was sie zu verlieren hatte, und unter ihrer vorsichtigen Freude lauerte schwarze Angst.

30

Es fühlte sich so unglaublich gut an, mit einer Frau in den Armen aufzuwachen, dass Mike sich um sechs Uhr früh nicht rührte und nur ein Auge öffnete. Er hatte noch nie einen Wecker gebraucht – er wachte jeden Tag zur selben Zeit auf.

Hier, in diesem abgelegenen Haus, brauchte man nicht wegen der Nachbarn die Vorhänge zu schließen, und das große Fenster bot einen umwerfenden Ausblick auf das Meer. Die Sonne war noch nicht aufgegangen, doch am Horizont glitzerte schon ein silberner Streifen, der einen Lichtstrahl in das stille Schlafzimmer schickte.

Er stützte sich vorsichtig auf den Ellbogen und beobachtete Sandra, wie sie neben ihm schlief. Allein ihr Anblick rührte ihn. Die zarte Haut und die sorgenfreie Stirn, das seidige Haar, das sich über das Kissen breitete, die vollen, leicht geöffneten Lippen wie Rosenblätter. Er war froh, dass er geblieben war, doch ihm war auch bewusst, dass das erneut etwas zwischen ihnen änderte. Er könnte jetzt gezwungen sein, diese Sache zu benennen, und das hatte er bisher bewusst vermieden.

Es gab alle möglichen nützlichen Wendungen – sie »waren zusammen«, »hatten eine Beziehung«, was immer das heißen mochte. Das Problem war nur, dass nichts davon mehr zutraf.

Er wusste nur, dass sie die Leere in ihm wieder füllte, und er wollte sie nicht wieder gehen lassen. Doch ihre Geheimnisse waren gefährlich, und sie verbarg sie noch immer vor ihm. Er fragte sich, ob Sandra jemals zulassen würde, dass er sie vollständig erfuhr.

Er streifte mit den Lippen ihre Schläfe und fühlte Zärtlichkeit in sich aufsteigen. Sie war wie die facettierten Ränder der antiken Schlafzimmerfenster – fein geschliffen, in ständiger Veränderung, wechselte sie von Sonnenschein zu Finsternis mit dem wechselnden Lichteinfall.

Von Anfang an hatte er gespürt, dass sie einen Teil ihrer selbst zurückhielt, sogar wenn sie sich ihm ganz hingab und ihm schüchtern flüsternd ihre Liebe gestand. Sie hatte ihm nicht alles von sich gegeben; das wusste er. Ein paar ihrer Facetten hielt sie verborgen.

Pünktlich um halb sieben wachte Zeke auf und kratzte an der Tür. Leise brummend stand Mike auf und ignorierte den schläfrigen, klagenden Protest, der aus dem zerwühlten Bett erklang. Er versprach, gleich wiederzukommen, zog seine Jeans an und ging hinunter, um den Hund rauszulassen.

Es war so kalt im Haus, dass er fast seinen Atem sehen konnte. Die Vorstellung, dass Sandra hier Tag für Tag allein erwachte, um sich einer unsicheren Zukunft zu stellen, behagte ihm gar nicht. Er schürte den Ofen und setzte Kaffee auf, und diese morgendliche Routine erschien ihm so natürlich und selbstverständlich wie das Atmen.

Während der Kaffee durchlief, sah er Zeke zu, der über die Dünen zum Strand hinunterflitzte. Der Ozean war ruhig und trüb, graue Wolken verbargen die Morgensonne. Die raue Schönheit der Küste, unverfälscht und urgewaltig, verfehlte nie ihre Wirkung auf ihn.

Er lehnte sich an den Fensterrahmen und starrte hinaus. Er spürte eine seltene, tiefe Verbundenheit mit diesem Ort; dies war die Landschaft seiner Kindheit; hier hatte er die Geheimnisse der Buchten und Sümpfe kennengelernt, die schreienden Möwen und Signalhörner, das Wesen der See. Es war seltsam, doch er hatte sich genauso in das Haus verliebt wie in seine Besitzerin.

Zeke scheuchte einen Schwarm Wasserläufer aus dem nassen Sand auf, und Mike belächelte die Lebhaftigkeit seines Hundes. Die Kaffeemaschine signalisierte zischend, dass der

Kaffee fertig war, und er schlenderte hinüber in die Küche, schenkte zwei Becher ein und nahm sie mit nach oben. Sie saß mit zerzaustem Haar im Bett, und ein Lächeln kräuselte langsam ihre Lippen. »Du bist ein Schatz«, sagte sie und griff nach dem Becher, den er ihr hinhielt. »Als ich den Kaffee gerochen habe, dachte ich, ich träume noch.« Sie trank einen Schluck und betrachtete dann stirnrunzelnd etwas, das auf dem Boden lag. »Was ist denn das?«

Mit Daumen und Zeigefinger hob er einen zerfetzten braunen Klumpen auf. »Oh je«, sagte er. »Das ist der alte Teddybär, der auf deinem Bett lag. Anscheinend hat Zeke ihn sich vorgenommen.« Die uralte Füllung rieselte aus dem Kadaver.

»Victor hat das Ding auf dem Jahrmarkt gewonnen, an dem Abend, als er mir den Antrag gemacht hat.« Sie überlegte kurz und fuhr dann fort: »Wirf ihn in den Abfall.«

»Tut mir leid«, murmelte er und trug das ruinierte Stofftier ins Bad. Als er wiederkam, hielt sie den Becher mit beiden Händen und sah ihm mit so tiefem Blick entgegen, dass er sich abwandte und so tat, als interessiere er sich außerordentlich für das frisch gestrichene Erkerfenster. Zumindest mit ihrem Haus machte er riesige Fortschritte. Der unvergängliche Charme des Hauses und die einmalig schöne Aussicht aus jedem einzelnen Fenster verliehen dem Haus eine einzigartige Ausstrahlung. Je weiter die Renovierung fortschritt, desto mehr näherte sich die Schönheit des Hauses der seiner Umgebung an.

Sein Handy klingelte, und er wühlte sich durch seine Kleider, bis er es in der Gürteltasche an seinen Jeans gefunden hatte. »Mike Malloy.«

»Ich bin's, Angela.«

»Angela.« Aus dem Augenwinkel sah er, wie Sandra erstarrte und dann die Bettdecke höher zog. »Ist was mit den Kindern?«

»Nein, alles in Ordnung. Ich möchte dich um einen Gefallen bitten. Die Schule fällt heute aus – wieder mal irgendein großer Stromausfall. Ich muss heute nach Providence. Könntest du die Kinder nehmen?«

»Natürlich. Ich bin in einer halben Stunde da.«

»Danke, Mike.«

Er erklärte Sandra die Lage, während er sich anzog. »Würdest du Phil ausrichten, er möchte mich anrufen? Heute kommt noch mal jemand, der die elektrischen Anschlüsse kontrolliert. Da wollte ich eigentlich dabei sein, aber ich muss die Kinder nehmen, also wird nichts daraus.«

»Bring sie doch mit hierher«, schlug sie ruhig vor.

Er rieb sich mit der Hand das stoppelige Kinn. Schon wieder eine solche Wegkreuzung. Sie mit seinen Kindern bei einem Bootsausflug zusammenzubringen, war eine Sache. Die beiden den ganzen Tag bei Sandra zu Hause zu lassen, war etwas völlig anderes; das war ihm nicht ganz geheuer. »Ich kann dich doch nicht bitten –«

»Malloy. Ich mag deine Kinder. Ich würde gern den Tag mit ihnen verbringen.« Sie reichte ihm einen rosafarbenen Lady Shaver. »Rasier dich lieber noch schnell.«

Sandra schwebte auf einer Wolke von Glück durch diesen Vormittag. Die Anwesenheit von Malloy und seinen Kindern brachte die Welt wieder ins Gleichgewicht. Alles erschien ihr neu und magisch, wie mit strahlenderen Farben gemalt, schärfer, klarer. Sie machte Blaubeer-Muffins aus einer Fertig-Backmischung und wurde mit einem seligen Strahlen in Kevins Gesicht belohnt, als er in die Küche kam und den Duft aus dem Ofen roch.

Nachdem er und seine Schwester mehrere Muffins verschlungen hatten, spielte Sandra ein halbes Dutzend Runden Dame mit ihm. Er kannte keine Gnade und machte sie fünfmal nieder. Sie schenkte Mary Margaret wie versprochen einen Stift und ein Notizbuch, und das Mädchen verbrachte eine ganze Stunde damit und schrieb, bis ihre Finger schmerzten. Sandra bot Mary Margaret sogar an, *Kleine Freuden* in Manuskriptform zu lesen, und die nahm diese Chance begeistert wahr. Sie setzte sich an Sandras Schreibtisch in der Bibliotheksecke und verlor sich in den weißen, sauber bedruckten Seiten, die sie ehrfürchtig umblätterte.

»Was passiert eigentlich, wenn Sie sich mal verschrieben haben?«, fragte sie.

Sandra gab ihr einen Stapel gelber Klebezettel. »Kleb einen davon an den Rand, und dann korrigiere ich es.«

»Wirklich?«

»Klar. Ich werde dich auch in der Danksagung nennen.«

»Cool.« Sie strich sich eine widerspenstige Locke hinters Ohr und begann, wieder mit voller Konzentration zu lesen; bald bemerkte sie die Handwerker nicht mehr, die immer wieder durchs Wohnzimmer liefen.

Kevin war fasziniert von einer großen Holzlieferung, also gab ihm sein Vater einen Schutzhelm und ließ ihn aus nächster Nähe zusehen, wie die Männer das neue Holz sortierten und aufstapelten.

Mit den Kindern im Haus fühlte sich Sandra, als hätte sie Ferien. Sie fragte sich, was die beiden von ihrer Beziehung zu Mike halten mochten. Mary Margaret wusste inzwischen wahrscheinlich, dass sie mehr als nur Freunde waren; Sandra hoffte nur, dass sie nicht erriet, wie viel mehr. Sie schienen sie zu mögen, doch das konnte sich rasch ändern, wenn sie Sandra als Bedrohung ansahen, als Konkurrenz um die Zuneigung ihres Vaters.

Nach dem Mittagessen – Sandwiches mit gebratenen Würstchen, die Kevin in Entzücken versetzten – ging sie mit ihnen an den Strand. Zeke raste voraus, bellte die hereinrollenden Wellen an und jagte schimpfende Möwen. Kevin war beinahe ebenso lebhaft, er rannte mit offener Jacke und losen Schnürsenkeln herum und gab Düsenjäger-Geräusche von sich, während er im Tiefflug imaginäre Ziele bombardierte.

Mary Margaret wanderte mal hierhin, mal dorthin, sammelte Muschelschalen und vom Meer rund geschliffene Glasstückchen und steckte sie in die Hosentasche. »Charlottes Großmutter wird nicht wieder gesund, oder? In Ihrem Buch, meine ich.«

»Nein.« Sandra würde sich bei diesem Kind nicht zieren und ihr sagen, sie würde das Buch schon lesen müssen, um es herauszufinden. Mary Margaret war ein ehrliches Mädchen und roch Unaufrichtigkeit eine Meile weit. »Nein, die Großmutter wird nicht wieder gesund. Aber Charlotte wird sich verändern.«

»Die hat wirklich viele Probleme. Sie ist schlecht in der Schule, ihre Mom arbeitet die ganze Zeit, und ihrer Großmutter geht es immer schlechter.«

»So ist das eben in Romanen. Jedenfalls in meinen. Manchmal muss die Hauptperson feststellen, dass es keine perfekte Lösung gibt, aber sie bemüht sich trotzdem weiterzumachen, und dadurch geht es ihr auch besser.«

»Boa, wie eklig!«, schrie Kevin und kam auf sie zugerannt, Zeke dicht auf den Fersen.

»Was ist denn?«, fragte Sandra.

»Zeke hat irgendwas Stinkiges gefunden und sich darin gewälzt. Echt super-eklig!« Kevin gab würgende Geräusche von sich, tat so, als müsse er sich übergeben.

Sandra und Mary Margaret wichen vor dem Hund zurück. Irgendetwas Totes, Vergammeltes, fischig und glibberig, klebte in seinem Fell, und er sprang fröhlich um sie herum, in der Meinung, das sei ein tolles neues Spiel.

»Igitt, wie das stinkt«, sagte Mary Margaret.

»Wir werden ihn baden müssen«, sagte Sandra und rümpfte die Nase.

»Auf keinen Fall! Ich werde –«

»Wir helfen alle mit.« Sandra pfiff nach dem Hund und ging zurück zum Haus. In der Garage fand sie eine alte Decke, wickelte Zeke hinein, nahm das widerlich stinkende Paket unter den Arm und marschierte hinauf ins Bad.

»Lass lauwarmes Wasser einlaufen«, bat sie Kevin. »Was ist lauwarm?«

Mary Margaret verdrehte die Augen. »Ich sag dir, wenn's lauwarm ist.«

Sandra sah sich hastig im Bad um und hoffte, dass hier nichts zu sehen war, das auf Mike hinweisen könnte. Der rosafarbene Damenrasierer auf dem Waschbecken würde ihnen hoffentlich nicht verdächtig vorkommen. Sie versuchte, nicht an die unaussprechlichen Freuden zu denken, die sie erst gestern Abend hier genossen hatte, doch ihr Körper erinnerte sich mit einem warmen Schauer daran. Die Kinder sollten nicht wissen, dass er die Nacht bei ihr verbracht hatte. Sie war noch nicht soweit, und die beiden vermutlich auch nicht.

»Haben Sie denn Hundeshampoo?«, fragte Kevin, dessen Frage ihr sofort die lüsternen Erinnerungen austrieb.

»Sie hat doch keinen Hund, du Idiot«, erwiderte seine Schwester, und er streckte ihr die Zunge heraus.

»Ihr könnt das Zeug in der blauen Flasche nehmen.« Das war echt französisches, rein pflanzliches Shampoo von Bergdorf Goldman in New York City.

Mary Margaret kippte die halbe Flasche in die Wanne.

Sandra entfernte den gröbsten Dreck mit der alten Decke und ließ den Hund dann vorsichtig ins Wasser hinab, auf dem hohe weiße Schaumkronen schwammen. Zeke geriet in Panik, strampelte wie verrückt und versuchte, sich zu befreien. Kevin quietschte vor Freude, während er und Mary Margaret abwechselnd den jämmerlich zitternden Hund beruhigten und mit einem Luffa-Schwamm bearbeiteten, den Sandra ganz sicher nie wieder benutzen würde.

»Schau mal, wie dünn er ist«, sagte Kevin und hob den Hund hoch, um ihnen seine magere Gestalt zu zeigen.

Während ihr Bruder noch darüber lachte, schrubbte Mary Margaret fleißig weiter. »He, schaut mal«, sagte sie. »Sein Fell ist ja weiß. Ich dachte immer, er sei grau.«

Schließlich hatte Sandra Erbarmen mit Zeke. Sie ließ das

Wasser ablaufen und duschte ihn ab, wobei er schaurig heulte. Sie stellte das Wasser ab und wickelte den Hund in ein dickes Badetuch aus feinster ägyptischer Baumwolle. Das war ein Hochzeitsgeschenk von Victors Großtante gewesen, die ihnen ein ganzes Dutzend davon in einer glänzenden roten Schachtel von Macy's geschickt hatte.

Zeke zitterte am ganzen Leib und wimmerte wie ein Säugling.

»Und wenn er sich jetzt erkältet?« Mary Margaret biss sich auf die Lippe.

»Gib mir mal den Fön«, sagte Sandra und zeigte darauf. »Und die Bürste«, fügte sie hinzu.

»Aber ist das nicht Ihre Haarbürste?«, fragte Mary Margaret nach.

»Ich kaufe mir eine neue«, sagte Sandra resigniert.

Zeke schien diesen Teil der Prozedur sogar zu genießen – das Fönen und Bürsten. Kevin fand es zum Totlachen, wie der Hund die Schnauze in den warmen Luftstrom hielt, als stünde er in einem Windkanal. Mary Margaret war begeistert. »Er ist richtig hübsch«, staunte sie. »Jetzt sieht er fast aus wie ein echter Pudel. Aber sein Gesicht verschwindet ja unter der ganzen Wolle. Bestimmt kann er kaum noch was sehen. Ich glaube, er muss zum Friseur.«

»Das war das Zauberwort, Mary Margaret.« Sandra war nicht mehr aufzuhalten. Sie schickte Kevin nach unten, um die Schere zu holen – dieselbe, mit der sie am Abend zuvor Mikes Haar geschnitten hatte. Einen Hund zu frisieren war eine neue Herausforderung. Sie stellte Zeke auf die Kommode vor dem Fenster und wies Kevin an, ihn festzuhalten. Die Kinder gaben ständig gute Ratschläge oder taten ihre Meinung kund, während sie drauflosschnitt. »Machen Sie ihm doch einen Bommel am Schwanz, wie bei der Hundeschau im Fernsehen.« »Sollen wir ihm eine Haarspange reinmachen?« »Wie wär's noch mit einer Schleife?« »Lackieren wir ihm doch die Krallen!«

Eine Stunde später sah Zeke so perfekt gestylt aus wie aus der Hundefutter-Werbung. Andächtig bewunderten die drei ihr Werk.

»Er sieht fantastisch aus«, flüsterte Mary Margaret.

Der Hund sprang von der Kommode und wuselte herum, hocherfreut über so viel Aufmerksamkeit.

»Meint ihr, er merkt das?«, fragte sich Kevin.

»Schwer zu sagen.« Sandra blickte sich im Bad um – ein Trümmerfeld, übersät mit nassen Handtüchern und weißen Hundehaaren.

»Das müssen wir Dad zeigen.« Kevin stürmte hinaus in den Flur, Mary Margaret und Zeke dicht auf den Fersen. Sandra folgte ihnen gemächlicher und dachte dabei, wie lustig es mit diesen Kindern war; sie wünschte sich, dieser Tag möge nie zu Ende gehen.

Fasziniert beobachtete sie die Kinder. Sie hatte die vollkommene Liebe nie für möglich gehalten, doch das hier kam dem schon sehr nahe. Sie war selten so zufrieden gewesen. Die Möglichkeit, das Versprechen auf Glück mit Mike und seinen Kindern baumelte verlockend vor ihrer Nase. Heute hatten sie sich wie eine Familie gefühlt und verhalten. Ob sie das nun geplant hatten oder nicht, Mike und sie hatten die Schwelle zu einer neuen Form von Bindung überschritten, tiefer und bedeutender – vielleicht sogar stärker.

Doch als sie die Treppe hinunterging, spürte sie die alte Angst in sich aufsteigen, das seltsame Gefühl der Ruhe vor dem Sturm.

Im Wohnzimmer stand Mike und sprach mit Phil und den anderen Männern. Sie blickten auf, als die Kinder und der Hund die Treppe heruntergepoltert kamen. Mike starrte die weiße Puderquaste, die auf ihn zutrottete, mit offenem Mund an. »Gott im Himmel«, murmelte er und ließ seinen Bleistift fallen.

Die anderen Männer sahen zu und stupsten einander mit den Ellbogen an.

»Zeke«, sagte Mike. »Zeke, alter Kumpel. Oh, Mann, was haben sie denn mit dir gemacht?«

»Sieht er nicht süß aus?«, flötete Mary Margaret. Sie hob den Hund hoch und hielt ihn ihrem Vater hin wie ein Geschenk. »Ist er nicht zum Knuddeln?«

»Hübscher Pudel, Malloy«, sagte Phil. »Wir gehen dann wohl mal.« Die drei verließen den Raum, während Mike fassungslos den Kopf schüttelte.

Er hielt den Hund auf Armeslänge von sich weg. Zeke strampelte freudig und versuchte, ihm das Gesicht zu lecken.

Nur Sandra hörte eine Autotür zuschlagen. Durch das Fenster neben der Haustür sah sie einen weinroten Volvo in der Auffahrt und eine große, attraktive Frau, die auf die Haustür zuging.

Es war unverkennbar, um wen es sich da handelte, denn Mary Margaret sah ihr sehr ähnlich. Sandra schluckte nervös, wappnete sich und öffnete Malloys Exfrau die Tür.

»H-« Das Wort blieb stecken, kam nicht durch ihre Kehle. Oh Gott, nicht jetzt.

Die Frau schien sie zu erkennen – und dann wurde ihr Blick misstrauisch.

»H- ja, hallo«, brachte Sandra schließlich hervor.

»Hallo, Mom.« Kevin sauste durch die Tür. »Schau mal – wir haben Zeke eine neue Frisur verpasst.«

»Wie schön, mein Schatz.« Aus der Nähe betrachtet war Angela mehr als nur attraktiv. Sie war schön, auf sehr gepflegte, honigblonde Art. Sie trug einen dunklen Kaschmirmantel und dünne, buttergelbe Lederhandschuhe.

Sandra versuchte, nicht daran zu denken, wie sie selbst aussah – in einem alten Pulli und Jeans und nach dem Hundebad völlig verdreckt. »Wie geht es Ihnen?«, sagte sie. »Ich bin Sandra Winslow.«

»Angela Falco.« Die Worte klangen knapp, schon beinahe unhöflich. Sie schaute an Sandra vorbei. »Mike?«

»Hallo, Angela. Was machst du denn hier?«

»Ich war früher fertig, also dachte ich, ich hole die Kinder ab, damit du nicht noch mal nach Newport fahren musst. Ich war am Hafen, und da hat man mir gesagt, du wärst hier.« Sie sagte *hier*, als handle es sich dabei um die tieferen Höllen von Dantes Inferno. »Kommt, Kinder. Holt eure Jacken, wir gehen.« Sie wandte sich an Sandra. »Hat mich gefreut.«

Die Kinder bedankten sich bei Sandra, ohne dass sie jemand daran erinnern musste, und winkten zum Abschied. Mike begleitete sie noch zum Auto und gab beiden ein Küsschen. Er und Angela unterhielten sich kurz, während Sandra mit Zeke unter dem Arm von der Tür aus zusah.

Sie beobachtete, wie Angela zu Mike aufblickte, sich leicht vorbeugte und eine Hand auf seinen Arm legte, was besitzergreifend und vertraut zugleich wirkte. Sandra fragte sich, ob sie sich das nur einbildete oder ob tatsächlich eine Art sexueller Funken zwischen den beiden übersprang. Sie waren lange verheiratet gewesen. Selbst nach der Scheidung waren ihnen die Kürzel ihrer Liebe vermutlich noch geläufig, die wortlose Kommunikation, die zwischen lang verheirateten Paaren ablief.

Nachdem der Wagen weggefahren war, kam Mike zu ihr, betrachtete Zeke und schüttelte wieder den Kopf. »Er sieht gar nicht mehr aus wie Zeke.«

Sandra setzte den Hund auf dem Boden ab und schloss die Tür. »Das war unangenehm«, sagte sie.

Er warf einen Blick in ihr Gesicht und nahm sie rasch in den Arm. »Keine Panik.«

»Ich kann nicht anders, Mike. Ich bin nicht gut in so was.« Seine Schulter dämpfte ihre Worte.

Er wich ein wenig zurück. »Worin denn?«

»Ach, ich weiß auch nicht. Was immer *das hier* sein mag. Beziehungen. Ist das eine Beziehung?«

»Oh ja.«

»Du hast noch ein anderes Leben auf einem ganz anderen Planeten, zumindest kommt es mir so vor. Deine Exfrau, die

Kinder, deine Freunde, deine Familie. Ich weiß nicht, wie ich mich in deinem Leben verhalten soll.«

»Wir finden schon einen Weg.«

»Wirklich?« Sie zögerte und strich mit der Hand seinen harten Arm entlang, als wolle sie Angelas Berührung ausradieren. »Sollten wir das überhaupt?«

»Warum nicht?«

»Aus tausend verschiedenen Gründen. Du wohnst auf einem Boot. Ich ziehe weg, sobald das Haus verkauft ist. Du kannst Paradise nicht verlassen, und i-ich kann nicht hier bleiben.«

»Warum denn nicht? Wegen der Zivilklage?«

»Wegen einer Menge Dinge.« Sie drückte die Stirn an seine Brust und lauschte seinem gedämpften Herzschlag.

Er hob ihr Kinn an, sodass sie ihn ansehen musste. »Du liebst dieses Haus, diesen Ort.«

Und dich. Sie sprach es nicht aus. Ihr Liebe war so unscharf und neu wie ein Sonnenstrahl, der von klarem Eis gespiegelt wurde. Vielleicht konnte sie sich deshalb nicht entscheiden, wohin sie gehen sollte, wenn sie hier weg konnte. »Das ist ein Dach über dem Kopf. Ich lebe hier nur vorübergehend.«

»Du könntest dich entscheiden zu bleiben. Oder ist das zu schwer für dich?«

Sie wich zurück. Seine Frage forderte sie heraus, und sie erwiderte: »Möchtest du das denn? Bittest du mich, hierzubleiben?«

Er zögerte. In diesem Zögern spürte sie das drohende Scheitern. Er wusste ebenso gut wie sie, was Sache war.

»Was würdest du tun, wenn ich dich darum bitte?«

»Ich weiß nicht, Malloy. Ich weiß überhaupt nichts mehr.«

31

»Sind Sie wahnsinnig, Malloy?« Loretta Schott kreischte so laut ins Telefon, dass er das Handy ein Stück vom Ohr weghielt. »Haben Sie völlig den Verstand verloren?«

Mike saß auf seinem Boot am Tisch, trommelte mit den Fingern darauf und fragte: »Was haben Sie denn gehört?«

Seine Anwältin atmete tief durch. »Dass Sie Ihre Kinder ins Haus einer Mörderin mitnehmen. Das wird sich in Ihrer nächsten Sorgerechtsverhandlung unglaublich gut machen.«

Angela, verdammt. Sie musste mit den Kindern schnurstracks nach Hause gefahren sein und ihren Anwalt angerufen haben. Dabei war es so ein schöner Tag gewesen. Er hatte seinen Kindern zugesehen, wie sie am Blue Moon Beach herumrannten und mit Sandra spielten. In dem Moment war ihm das völlig richtig erschienen. Es war schön gewesen, wie die Kinder mit dem Hund herumtobten, wie Sandra ihnen Mittagessen machte und ihm dabei ab und zu einen Blick zuwarf, der ihm die Nacht davor in Erinnerung rief. Beim Gedanken daran schnürte ihm die Gewissheit, was er brauchte, vor Sehnsucht die Brust ein.

»Zunächst mal«, sagte er, »hat Angela mich gebeten, die Kinder an einem nicht eingeplanten Tag zu nehmen. Das habe ich natürlich gern gemacht, aber ich stecke mitten in einem wichtigen Projekt. Zweitens ist Sandra Winslow keine Mörderin. Sie ist selbst ein Opfer dieses Unfalls, und ich kann diese Beschuldigungen langsam nicht mehr hören.«

»Das ist unwichtig. Sie ist pures Gift – gegen sie läuft eine Zivilklage wegen fahrlässiger Tötung, und ich kann Ihnen garantieren, dass die Sorgerechtsgutachterin davon nicht begeistert sein wird. Und was ist das für eine Geschichte mit ihren umstrittenen Büchern? Angela hat erzählt, dass Mary Margaret Bücher von ihr gelesen hat, die als so jugendgefährdend gelten, dass die Bibliothek sie nicht ins Regal stellen darf.«

»Das sind Kinderbücher. Selbst der Bibliothekarin war es peinlich, dass so etwas hierzulande beanstandet wird.«

»Herrgott, Malloy, geben Sie dem Kind *Zauberhafte Polyanna* zu lesen. Sie müssen immer auf der sicheren Seite bleiben, sonst werden Ihnen die Besuchsrechte schneller zusammengestrichen, als Sie *familiäre Werte* sagen können.«

»Verdammt noch mal, Loretta –«

»Kommen Sie mir ja nicht so. Also, was ist da los, haben Sie was mit der Frau, vögeln Sie sie?«

»Lassen Sie das, Frau Anwältin.« Er sprach leise, ruhig und todernst.

»Dann lassen Sie das, was Sie da anscheinend vorhaben. Wenn Sie unbedingt was fürs Bett brauchen, dann wenigstens keine mutmaßlichen Mörderinnen. Richter neigen nun mal dazu, solche Leute ein bisschen schief anzusehen.«

Er biss die Zähne zusammen, bis es wehtat. Er verfluchte Angela. Sie konnte ihn einfach nicht gehen lassen und hatte schreckliche Angst davor, dass er jemanden mehr lieben könnte, als er sie geliebt hatte. Er sollte den Spieß umdrehen, ihre Affäre zur Sprache bringen – doch dann dachte er an die Kinder und wusste, dass er das niemals tun würde.

Jede Zelle seines Körpers schrie danach, etwas kaputtzuschlagen – und dieses Miststück am anderen Ende der Leitung zu feuern. Doch er konzentrierte sich auf das Foto, das an seinem Bildschirm lehnte – darauf hatte er die Arme um die Kinder gelegt, und alle drei lachten fröhlich. Um ihretwillen musste er sich beherrschen.

Er holte tief Luft. »Hören Sie, Loretta. Es ist Ihr Job, dafür zu sorgen, dass ich vor dem Familiengericht aussehe wie der Vater des Jahres.«

»Dann hören Sie auf, mir solche Baumstämme vor die

Füße zu werfen. Verhalten Sie sich diskret, wenigstens bis zur nächsten Anhörung. Liefern Sie Angela nicht noch mehr Munition, klar? Sorgen Sie dafür, dass man Sie jeden Sonntag in der Kirche sieht. Besorgen Sie sich ein hübsches Häuschen mit einem schönen Garten, vielleicht sogar mit einem weißen Lattenzaun drum herum. Dann hat Angela wieder einen Einwand weniger, den sie gegen Sie vorbringen kann. Haben Sie schon ein Haus gefunden?«

»Ich bin dabei.«

»Dann geben Sie sich mehr Mühe.«

»Gleichfalls, Loretta.«

Er legte auf und fuhr sich mit der Hand durchs Haar. Er verstand nicht, warum Angela ihm unbedingt Ärger machen wollte.

Oder vielleicht doch. Sie war eine gute Mutter, aber offensichtlich nicht darüber erhaben, sich der Kinder zu bedienen, um ihn herumzuscheuchen. Ihn selbst hatte sie zwar nicht mehr an der Kandare, doch sie hatte einen Weg gefunden, ihn weiterhin zu manipulieren.

Vielleicht.

Angela störte sich an Sandras Ruf; sie wollte nicht, dass die Kinder auch in den Schatten der finsteren Wolke von Verdächtigungen gerieten, die über Sandras Kopf hing. Und Mike kam nicht von dem Gedanken los, dass sie zu Unrecht verdächtigt wurde.

Er erledigte noch ein paar Anrufe und schälte sich dann aus seiner Arbeitskleidung. So hatte er den Abend eigentlich nicht verbringen wollen, doch ein ungutes Gefühl machte ihm immer stärker zu schaffen. Er hatte viele Nachforschungen angestellt und versucht, die fehlenden Bausteine des Unfalls zu ergänzen. Seine ursprüngliche Ahnung erhärtete sich allmählich zu einem konkreten Verdacht, für den harte Fakten sprachen. Sandra würde ihn womöglich dafür hassen, doch er würde keine Ruhe finden, ehe er ihren Geheimnissen nicht auf die Spur gekommen war.

Mike hielt vor der Justizverwaltung, als es schon dunkel wurde. Das enge, verschlafene Amt lag am Ende der Bay Street. Vor dem einzigen Fenster war die Jalousie halb herabgezogen, sodass es wie ein großes, schläfriges Auge wirkte. In einem Ort, wo der Diebstahl von zwei Unterhosen von einer Wäscheleine bereits als besorgniserregender Anstieg der Verbrechensrate galt, gab es für die hiesigen Gesetzeshüter nicht viel zu tun.

Mike zögerte. Dies war der einzige Weg, seine Fragen zu klären – oder die Antworten zu finden, die er brauchte. Er trat ein und stand vor einem Tresen voller Formulare. Dahinter waren zwei Schreibtische einander gegenüber aufgestellt. An einem davon saß eine Frau in einer khakifarbenen Uniform, die telefonierte und dabei am Computer Solitär spielte. An dem anderen saß Stan Shea, dessen Vater das Kühlhaus an den Docks gehört hatte, als er und Mike noch klein gewesen waren.

Stan, stämmig, fast kahl und immer gut gelaunt, stand auf. »Mike Malloy. Lieber Himmel, das ist ja eine Ewigkeit her. Freut mich, dass du angerufen hast. Also, was gibt's? Steckst du in Schwierigkeiten?«

»Ich habe dir ja schon am Telefon gesagt, dass ich nur ein paar Fragen habe. Es geht um Victor Winslows Unfall.«

Sam stützte die massigen Arme auf den Tresen. »Schlimme Sache, was?«

»Ich würde mir gern mal die Akten ansehen.« Er hatte sich bereits sämtliche Nachrichtensendungen, Zeitungsartikel und Dokumente aus dem Internet angesehen, doch die warfen mehr Fragen auf als sie beantworteten.

Stan zuckte mit den Schultern. »Das sind öffentlich zugängliche Akten. Ich habe die Sachen schon rausgesucht, nachdem du angerufen hattest.« Er führte Mike den Gang entlang zu einem Raum voller Akten und Formulare. Er öffnete eine große Schublade und holte einen Packen dicke Hängemappen heraus. Dann ließ er Mike ein Formular zur

Akteneinsicht unterschreiben. »Darf ich fragen, warum dich das so interessiert?«

»Es lässt mir keine Ruhe. Victor und ich waren alte Freunde.«

»Ja, daran erinnere ich mich. Ihr zwei wart unzertrennlich.« Er schüttelte den Kopf. »Schlimme Sache, das«, sagte er noch einmal.

Mike hoffte, dass Stan nicht weiter nachbohren würde. Es war Vorschrift, dass er die Akteneinsicht überwachte, doch er war nicht redselig, sondern setzte sich auf einen Stuhl an der Tür und löste ein Kreuzworträtsel. Mike fühlte sich etwas verloren, als er sich durch Berichte, Zeugenaussagen, Tabellen und Formulare wühlte – in solchen Dingen kannte er sich nicht aus. Die deutlichen Fotos ließen ihm eisige Schauer über den Rücken laufen. Da war die Brücke, deren Geländer an der Unfallstelle abgerissen war. Das Auto mit der völlig zerstörten Motorhaube und der in winzige Stücke gesprungenen Windschutzscheibe war wenige Stunden nach dem Unfall aus der Bucht geborgen worden.

Jeder Gegenstand im Fahrzeug war katalogisiert worden: Der Reservereifen im Kofferraum, Taschentücher, *Das Phantom der Oper* im CD-Player, zwei Sonnenbrillen, Papiere aus dem Handschuhfach, eine Karte von Rhode Island, ein Stadtplan von Boston und eine Karte von Südflorida. Was man eben in jedem Auto fand. Nur hatte dieses hier Victor und Sandra gehört.

Als Nächstes stieß er auf Fotos und Krankenhausberichte von Sandra, und sein Herz setzte einen Schlag aus. Die unbarmherzigen Schwarz-Weiß-Aufnahmen zeigten eine Frau unter Schock mit kalkweißem Gesicht und riesigen dunklen Augen. Medizinische Fachausdrücke und Abkürzungen drängten sich auf diesen Seiten – sie war geröntgt und genauestens untersucht worden.

Es gab Nahaufnahmen von Einzelheiten: ein Loch im Armaturenbrett, die zerschmetterte Windschutzscheibe, der Airbag auf der Fahrerseite nur noch ein schlaffes, schlammverschmiertes Gebilde auf dem Sitz, genauso fleckig wie der Damenmantel.

Er musste unwillkürlich einen Laut von sich gegeben haben, denn Stan blickte zu ihm herüber. »Kaum zu glauben, dass es nicht für einen Mordprozess gereicht hat, was? Ihr Anwalt hat es so aussehen lassen, als sei Victor bei dem Unfall verletzt und dann ins offene Meer getrieben worden. Während sie ans Ufer geschwommen ist.«

Sie kann gar nicht schwimmen. Das hatte sie ihm bei ihrem Ausflug auf der *Fat Chance* anvertraut. Sandra konnte nicht schwimmen. Victor hingegen hatte im Fünfhundert-Meter-Freistil alle geschlagen.

Mike sagte Stan nichts davon. Er musste scharf nachdenken. »Sie war bewusstlos, als sie gefunden wurde«, sagte er und las einen Bericht, den er schon Hundert Mal im Internet angesehen hatte. »Und niemand hat den Zeugen ausfindig gemacht, der den Unfall gemeldet hat.«

»Da gab's nichts ausfindig zu machen. Die Abschrift von dem Anruf ist auch da drin.«

Mike hatte das Transkript des kurzen Gesprächs schon gelesen. *Gerade ist ein Auto von der Brücke gestürzt... Ja, die Sequonset Bridge. In westlicher Richtung... Oh Gott, schicken Sie jemanden, schnell – er wird ertrinken...* Das Gespräch zwischen dem Mitarbeiter der Notruf-Zentrale, der den Notruf an die Polizei weitergeleitet hatte, und einem männlichen Erwachsenen war plötzlich abgebrochen. Der erste Rettungswagen war dreizehn Minuten später am Unfallort eingetroffen.

»Was meinst du, warum hat der Anrufer gesagt: Er wird ertrinken? Warum nicht *sie* wird oder *sie werden*?«

Stan hob die Hände, Handflächen nach oben, und zuckte mit den Schultern. »Wer weiß? Vielleicht hat der Kerl ganz allgemein *den* Fahrer gemeint. Vielleicht war er auch einfach durcheinander. Ein derart schwerer Unfall – so was sieht man schließlich nicht jeden Tag, was?«

»Wo ist der Wagen jetzt?«, fragte Mike.

»Auf dem Lagerplatz drüben.«

»Dürfte ich ihn mir mal ansehen?«

»Von mir aus.« Stan sagte kurz seiner Kollegin Bescheid, und sie gingen zusammen über einen fast leeren Parkplatz zu einem eingezäunten Platz voller Fahrzeuge in verschiedenen Stadien des Zerfalls. Ein feiner, kalter Regen fiel vom düsteren Himmel.

Der Cadillac der Winslows kauerte zwischen anderen rostigen Fahrzeug-Ruinen, ein trauriges, zerbeultes Denkmal dieser Tragödie, an dem neonfarbene Markierungen von der Untersuchung zeugten. Mike stützte einen Arm auf das Dach und schaute hinein auf das zerbrochene Lenkrad, das verbogene Armaturenbrett, den Airbag und die Sicherheitsgurte, die steif und verdreht auf den Sitzen hingen. Von der zerbeulten Decke hing die Auskleidung herab, bedeckt mit salzigem Schlamm.

Er ließ sich viel Zeit damit, sich das Auto gründlich anzusehen, obwohl jede Minute eine Qual war, wenn er sich Sandra am Lenkrad vorstellte, den betrunkenen Victor neben sich, der sie anschrie. Was schrie er? Er versuchte zu sehen, was die beiden in jener Nacht gesehen hatten, versuchte sogar nachzuempfinden, was sie im Moment des Aufpralls gefühlt hatten.

Er setzte sich auf den ruinierten Ledersitz, der mit salzigem Sand und Dreck verkrustet war. Schneeregen drang wie winzige, spitze Pfeile durch das Loch, wo einmal die Windschutzscheibe gewesen war. Die Sprache alter Häuser konnte er verstehen, sie enthüllten ihm die Vergangenheit mit schüchternem Flüstern und vagen Andeutungen. Doch das Auto blieb undurchschaubar; die Geister dieses Wracks hüteten ihre Geheimnisse.

Als er aufstand, fiel sein Blick auf die Innenbeleuchtung,

und er musste zweimal hinsehen. Die Batterie war natürlich längst hinüber, doch der Schalter auf der Beifahrerseite stand auf EIN.

»He, Stan«, sagte er. »Was glaubst du, warum das Licht angeschaltet war?«

Stan schaute zum Fenster hinein. »Keine Ahnung. Könnte bei dem Unfall passiert sein, oder sogar bei der Untersuchung. Das ganze verdammte Team ist durch dieses Auto gekrochen.«

Auf der Rückfahrt nach Paradise spielte Mike das Unfallszenario immer wieder durch; er stellte sich vor, wie das Auto durch das Brückengeländer brach, den Aufprall, als es auf dem Wasser aufschlug. Mitten in einer dunklen Winternacht, in einem rasch untergehenden Auto, hätte er da die Hand ausgestreckt und das Licht angeknipst?

Dieses Detail war unwichtig – die Ermittler hatten es zur Kenntnis genommen und verworfen. Aber Mike war ziemlich sicher, dass die nichts davon wussten, was auf Sandras Dachboden versteckt war.

32

Tagebucheintrag – Sonntag, 7. April

Zehn Anzeichen für den Frühling:
8. *Mom und Carmine lassen sich Sommercamp-Broschüren schicken.*
9. *Kandy Procter macht eine Ananas-Diät, damit sie in ihren Bikini passt.*
10. *Kevin (alias Spatzenhirn) spielt jetzt in der Little League – endlich!*

Kevin wurde es langweilig, seiner Schwester beim Schreiben zuzuschauen, also schnappte er ihr das Tagebuch aus der Hand und hielt es hoch über seinen Kopf. »Das hab ich gesehen«, rief er.

Zeke am anderen Ende des Docks erwachte aus seinem Nickerchen in der Sonne. Der Hund gähnte und legte den Kopf zwischen die Vorderpfoten.

»Gib es wieder her.« Mary Margaret sprang auf und stürzte sich auf Kevin. »Sonst kriegst du was auf die Nase.«

Er hatte keine Angst. Sie war doch nur eine doofe Nuss, die ständig Geheimnisse vor ihm hatte. Es interessierte ihn kein bisschen, was in ihrem dämlichen Notizbuch stand, aber ihr war das Ding wichtig, und damit lohnte es sich, es zu stehlen.

»Ich wette, da stehen lauter Liebesgedichte für Billy Lawton drin«, sagte er und grinste breit, als ihr Gesicht so rot wurde wie eine Tomate.

»Du kleines Wiesel«, schrie sie. »Du Wicht.«

Er hielt das Buch über das dunkle, klare Wasser unter dem Dock, an dem das Boot seines Vaters festgemacht war, und ließ es zwischen zwei Fingern baumeln. Geschah ihr ganz recht, wenn er es fallen ließ. Mary Margaret war in letzter Zeit immer so doof. Vielleicht würde sie ihn jetzt endlich mal beachten.

Das tat sie. Ihre Hand schoss vor, sie packte seinen Kapuzenpulli und verdrehte ihn. Statt ihn zu sich zu zerren, schubste sie ihn. Er schwankte am Rande des Docks, und unter ihm schimmerte das klare Wasser wie Eis.

»He!« Kevin ruderte mit den Armen, um nicht das Gleichgewicht zu verlieren. Zeke witterte ein Spiel und begann zu bellen. Mary Margaret riss Kevin das Buch aus der Hand und ließ ihn los. Er rettete sich, indem er sich an einem geteerten Pfosten festhielt. »Spinnst du, ich wäre beinahe ertrunken.«

»Hätte ich dich bloß reinfallen lassen.« Sie zog ein Gesicht wie der verwundete Märtyrer in seinem Buch aus den Bibelstunden und steckte ihr kostbares Tagebuch in ihren Rucksack.

Es machte nicht mal mehr Spaß, sie zu ärgern. Kevin nahm einen Stock und bohrte damit in einem Büschel Seeanemonen herum, das sich unter Wasser an die scharfkantigen Steine klammerte. »Du schreibst immer irgendwas«, beschwerte er sich. »Nur weil Sandra schreibt, musst du das gleich nachmachen.«

»Das stimmt nicht«, fuhr sie ihn an. »Ich schreibe nur für mich.«

Sie klang so furchtbar ernst. Sie war total in dieses dämliche Notizbuch verknallt, weil es richtig liniert war, nicht wie in der Schule, und weil es einen ätzenden Mädchen-Einband hatte, und weil aus dem Stift flüssige Tinte kam statt normaler Farbe. Na toll, der Wahnsinn.

»Sandra ist dein Idol«, warf er ihr vor.
»Du weißt doch nicht mal, was das heißt, du Idiot.«

»Du betest ihren großen Zeh an. Du willst genauso sein wie sie.«

»Will ich gar nicht.«

»Willst du doch.«

»Will –« Mary Margaret klappte den Mund zu wie ein Frosch, der eine Fliege gefangen hat. Sie schaute über Kevins Schulter und sagte: »Oh. Hallo.«

»Lasst euch nicht stören.« Sandra kam über das Dock, mit einer großen Pizzaschachtel in der Hand. »Ihr habt euch gerade so schön gezankt.«

Kevin wischte sich die teerverschmierten Finger an der Hose ab. »Hallo, Sandra.«

»Ich dachte, ihr hättet vielleicht gern was zum Mittagessen.«

Kevin nahm den Hund beim Halsband, Mary Margaret hob ihren Rucksack auf. »Ich bin am Verhungern«, sagte er.

»Wo ist euer Dad?«

»In der Hafenmeisterei, er redet gerade mit jemandem.« Mary Margaret zeigte mit dem Daumen zurück auf die Gebäude am anderen Ende des Docks. »Wir warten auf unsere Mom, sie kommt uns abholen.«

Dad hatte in letzter Zeit ständig irgendwelche Besprechungen. Vielleicht ging es um einen Auftrag. Dad reparierte ständig Sachen. Als sie noch alle zusammen in Newport gewohnt hatten, hatte er schicke Villen und historische Gebäude hergerichtet. Jetzt war alles anders. Dad war nicht mehr ständig von Sekretärinnen, Assistenten und Auftragnehmern umgeben. Das Telefon klebte nicht dauernd an seinem Ohr, und er hatte nicht mehr morgens, mittags und abends Besprechungen und Termine. Jetzt hatte er viel mehr Zeit für sie und Kevin. Das Problem war nur, dass Kevin anscheinend nicht mehr so viel Zeit für Dad hatte. Er besuchte ihn nur noch an den ausgemachten Tagen, und von denen gab es irgendwie nie genug.

»Dann bleibt mehr Pizza für uns übrig«, sagte Sandra.

»Essen wir draußen. Heute ist das erste Mal in diesem Jahr so schönes Wetter.«

»Ich stelle den Klapptisch auf«, erbot sich Mary Margaret und kletterte an Bord der *Fat Chance*.

»Kevin, wäschst du dir bitte die Hände?«, sagte Sandra. »Den Teer bekommst du wahrscheinlich nur mit Waschbenzin ab.«

Er sprang an Deck. Sandra hörte sich gerade ein bisschen wie eine Mom an, und das war ihm nicht geheuer. Aber meistens war sie ganz nett, freundlich und nie falsch. Sie war lustiger als die meisten Erwachsenen, die Kevin kannte. Anscheinend hatte sie wirklich ihren Spaß mit Kindern, anstatt sie nur zu dulden, weil sie meinte, sie müsste das. Manchmal bekam Kevin dieses Gefühl bei Carmine. Wenn sie zum Beispiel mitten in einem Basketball-Spiel zu zweit steckten und Carmines Handy klingelte, dann war das Spiel gelaufen. Wenn so etwas passierte, steckte er Kevin immer fünf Dollar zu, das war ziemlich cool. Aber manchmal hätte Kevin lieber weiter mit ihm gespielt.

Vermutlich hatte er noch Glück. Wenigstens versuchte Carmine nicht, so zu tun, als sei er ihr Vater, wie das andere Stiefväter oft machten. Kevin kannte kein Kind, das dumm genug wäre, den Unterschied nicht zu kapieren.

Während er sich die Hände schrubbte, fragte er sich, ob Sandra eines Tages seine Stiefmutter werden würde. Sie und Dad machten zwar nie so doofen Liebeskram, wenn er dabei war, aber manchmal sah er, wie sie sich mit einem ganz besonderen Blick anschauten, der ihn nervös machte.

Draußen aßen die drei dampfend heiße, fettige Pizza und warfen die Kruste den Möwen zu, während Zeke sich heiser bellte. Danach wollte Mary Margaret sich unbedingt alberne Zöpfe flechten lassen, also holte Sandra einen Kamm und machte sich an die Arbeit. Kevin langweilte sich, also suchte er sich ein Netz und setzte sich zum Fischen aufs Dock. Er fing sogar eine Krabbe, und Zeke bellte sie wie verrückt an, bis sie vom Dock krabbelte und ins Wasser fiel. Während alle drei zusammen lachten und quatschten, tauchte seine Mom auf.

Als sie sah, dass Sandra Mary Margaret frisierte, wurde ihr Gesicht ganz hart. »Wo ist euer Vater?«, fragte sie.

»Hafenmeisterei«, sagte Kevin.

Sandra machte die Zöpfe fertig und hatte es auf einmal sehr eilig.

»Holt eure Sachen«, sagte Mom. »Wir müssen nach Hause.«

Kevin und Mary Margaret gingen runter in die Kabine und stopften alles in ihre Seesäcke. Es war komisch, jedes Mal zu packen, als würden sie verreisen, wenn sie ihren Dad besuchten. Kevin gewöhnte sich allmählich daran. Aber er war nicht sicher, ob ihm das gefiel.

»He«, sagte er zu seiner Schwester. »Wo ist mein Gameboy?«

»Psst.« Mary Margaret stand ganz still da, legte den Kopf schief und lauschte, was Mom und Sandra an Deck sagten.

»…könnte seine Besuchsrechte verlieren«, sagte Mom gerade.

Eine Pause. Dann fragte Sandra: »Das würden Sie ihm wirklich antun?«

»Das liegt ganz bei der Gutachterin vom Familiengericht. Ich habe die Regeln nicht gemacht. Ich passe nur auf meine Kinder auf. Das ist alles, was zählt.« Das war die Stimme, die ihre Mom sonst hatte, wenn sie in die Schule ging, um sich über einen der Lehrer zu beschweren. Sie versuchte, freundlich zu klingen, aber untendrunter gefährlich.

Sandra sagte noch etwas, aber so leise, dass sie es nicht hören konnten.

»…oder das hier wird im nächsten Gutachten stehen. Das ist Ihre Entscheidung«, sagte Mom.

Kevin runzelte die Stirn. »Worüber re-«

»Psst«, zischte Mary Margaret. Sie nagte an ihrer Unterlippe; das tat sie immer, wenn sie scharf nachdachte.

»...ihn doch nicht zwingen, sich zu entscheiden«, sagte Sandra.

»Hören Sie, dass er für Sie arbeitet, ist die eine Sache«, sagte Mom. »Aber das ist etwas ganz anderes... Tja, im Leben muss man eben manchmal schwere Entscheidungen treffen, nicht?«

»Mom ist wegen irgendwas sauer. Was hat sie denn gegen Sandra?«, flüsterte Kevin.

Mary Margaret zuckte mit den Schultern. »Es passt ihr nicht, dass er eine Freundin hat, glaube ich.«

»Er hat doch keine Freundin«, wandte Kevin ein. »Oder?«

»Gott, bist du *doof*.« Sie warf ihm seinen Gameboy zu.

Sie packten ihre Sachen und brachten alles an Land. Mom wartete am Auto auf sie, der Kofferraum war schon offen. Sandra trug gerade die leere Pizzaschachtel zur Mülltonne. Ihr Gesicht war weiß und sehr ernst, als sie sich von ihnen verabschiedete. Kevin hatte ein komisches Gefühl im Bauch. Abschiede mochte er gar nicht.

33

Sandra fuhr von Newport nach Hause und wusste, dass sie über die Besprechung mit Milton Banks nachdenken sollte. Er hatte sie auf die bevorstehende Anhörung vorbereitet – wie sie sich verhalten, was sie tragen, was sie sagen, und vor allem, was sie *nicht* sagen sollte. Doch sie konnte sich nicht darauf konzentrieren; obwohl diese Klage sich wie eine Wolkenbank vor ihr auftürmte, dachte sie nur an Mike.

Sie hatte mit ihm einen kurzen Blick darauf erhascht, was Glück bedeutete. Das konnte sie sich jetzt eingestehen, aber niemandem sonst, wie groß die Versuchung auch war, es ihm zu sagen. Die Vorstellung, ihn gehen zu lassen, tat furchtbar weh. Das bedeutete, all die Hoffnungen und Träume zu verlieren, die sie sich in so kurzer Zeit aufgebaut hatte. Es bedeutete, dass sie sich zwingen musste, ihn zu vergessen, die Kinder, all die unmöglichen Dinge, die sie sich wünschte, obwohl sie hätte wissen müssen, dass sie sie niemals haben konnte.

Sie versuchte, sich vorzustellen, wie es wäre, nie wieder seine Arme um sie zu spüren, nie wieder sein lockeres Lachen zu hören, nie wieder die himmlische Ekstase zu erleben, wenn er mit ihr schlief. Doch sie musste es beenden. Sie hatte keine andere Wahl. Angela hatte Sandra in deutlichen Worten für pures Gift erklärt und ihr ihre Kinder verboten.

Angela Falco war kein schlechter Mensch. Sie schien sogar eine ziemlich gute Mutter zu sein – und als Mutter machte sie sich ernsthaft Gedanken um den Umgang ihrer Kinder. Sie würde alles tun, was nötig war, um Sandra von Kevin und Mary Margaret fernzuhalten. Und von Mike. Wenn Sandra darauf bestand, mit ihm zusammenzubleiben, würde er gezwungen sein, sich zwischen ihr und seinen Kindern zu entscheiden. Und ein Mann wie Mike hatte da keine Wahl.

Wie sollte sie es ihm sagen? Sie konnte ihm nicht erklären, dass sie befürchtete, er könnte ihretwegen seine Kinder verlieren; das würde er sich von seiner Exfrau nicht bieten lassen.

Die Versuchung, diesen Kampf aufzunehmen, war so stark wie die Sonnenstrahlen, die durch die Wolken brachen. Sandra packte das Lenkrad noch fester und widerstand ihr grimmig. Das könnte sie Kevin und Mary Margaret nie antun.

Sie bremste und lenkte den Wagen neben den Briefkasten – das Erste, was Mike am Blue Moon Beach repariert hatte. Unten an dem Pfosten nickten drei Osterglocken im Wind. Wann waren die wohl erblüht?, fragte sie sich.

Sie schob die Konfrontation noch ein paar Minuten hinaus, indem sie erst einmal die Post durchsah – Kataloge und Gutscheine, Kreditkarten-Werbung und Sonderangebote. Sie legte sie auf den Beifahrersitz und bog in die Auffahrt ein.

Die Männer waren mit der Veranda fertig. Das prächtige, holzgeschnitzte Geländer umgab das Haus wie ein Tortenguss aus Zuckerwatte. Solide, gerade Stufen führten zur Haustür hinauf, und der Eingang wirkte jetzt so adrett und einladend, wie er an jenem Tag vor über hundert Jahren ausgesehen haben musste, als der erste Babcock seine frischgebackene Ehefrau für einen Sommer hierher in die Flitterwochen entführt hatte.

Sie stieg aus dem Auto und blinzelte, als wäre sie gerade aus dem Winterschlaf erwacht. Malloy hatte es geschafft. Er hatte sich der kläglichen Überreste eines vernachlässigten Anwesens angenommen und es in das private Ferienreich verwandelt, das der ursprüngliche Erbauer im Sinn gehabt hatte. Die Verwandlung war allmählich erfolgt, doch bis heute, im strahlenden Sonnenschein, der schon den Frühling versprach, hatte sie nicht bemerkt, wie dramatisch die Veränderungen waren.

Übers Wochenende hatten sie und Mike zusammen mit den Gärtnern Beete umgegraben, Fliederbüsche und Heckenrosen gestutzt, die Hecken an den Wegen ordentlich geschnitten. Der süße, unverkennbare Hauch des Frühlings lockte Krokusse hervor, die ihre violetten Glöckchen der Sonne entgegenreckten; Osterglocken und ein paar frühe Tulpen leuchteten im Garten.

Die Welt war klar und neu, rein und vielversprechend wie ein frisches Blatt Papier. Sie ermahnte sich wie immer, dass der Frühling in Paradise eine unsichere Sache war. Die stürmische Jahreszeit war noch nicht vorüber; auf das Wetter hier an der Küste konnte man sich nie verlassen.

Zwei Arbeiter standen auf Leitern, heute nur im Unterhemd, und befestigten die frisch reparierten und gestrichenen antiken Fensterläden. Einer von ihnen winkte ihr zu. »Ein Kurier war da, die Lieferung liegt vor der Tür«, rief er.

Vor der Haustür erkannte sie einen prächtigen Blumenstrauß neben einem Express-Umschlag. Ihr Herz machte einen Satz. Wer sollte ihr Blumen schicken? Stirnrunzelnd zog sie die Karte heraus und las: »Fantastisch! Viel Glück!« Darunter stand der Name ihrer Lektorin. Verwirrt öffnete sie den Umschlag und fand darin eine Urkunde von der National Library Society mit der offiziellen Verkündung, dass *An manchen Tagen* für den Addie Award nominiert worden war.

Sie schnappte nach Luft. Der Addie war der Oscar der Kinder- und Jugendliteratur. Dieser Preis war Autorinnen verliehen worden, die sie bewunderte – Beverly Cleary, Madeleine L'Engle, Lois Lowry –, und er bedeutete eine Anerkennung des amerikanischen Buchhandels. Wenn sie ihn gewann, würden ihre Bücher dem Verlag bessere Verkaufszahlen und ihr selbst mehr Leser bringen. Und das, dachte sie, war ja schließlich der Grund, weshalb sie schrieb – um die Herzen ihrer jungen Leser zu erreichen.

Sie strich mit dem Daumen über den geprägten Briefkopf des teuren Briefpapiers. Langsam hob sie die große Glasvase hoch. Einen flüchtigen Augenblick lang genoss sie die Schönheit der Blumen und des Hauses und freute sich über die guten Neuigkeiten. Doch etwas fehlte. Jemand, der sich mit ihr freute. Sie wollte ins Haus rennen, sich Mike an den Hals werfen und ihm sofort alles erzählen. Doch das konnte sie nicht, nicht mehr.

Früher wäre sie damit sofort zu Victor gelaufen. Er hätte sie umarmt, geküsst, sie groß zum Essen ausgeführt und eine Flasche Champagner ausgegeben.

Sie ging durch den warmen Wintergarten ins Haus und legte ihre Tasche auf dem Küchentisch ab. »Mike?«, rief sie. »He, Malloy!«

»Im Arbeitszimmer.«

Sie hatte erwartet, dass er dort das Fenster abdichtete, eine Zierleiste anbrachte oder die Regale ausräumte. Stattdessen saß er am Schreibtisch, wo sie normalerweise arbeitete.

Als er sie sah, stand er auf und kam um den Tisch herum. »Sandy –«

»Mike.« Sie unterbrach ihn und überlegte, wie sie ihm ihre Entscheidung beibringen sollte. »Ich muss mit dir reden.«

Er runzelte die Stirn über ihren Tonfall. »Was sind das für Blumen?«

Sie stellte die Vase ab. »Mein Buch ist für den Addie Award nominiert worden – ein wichtiger Kinderbuch-Preis.« Sie zögerte es noch einen Moment hinaus, indem sie fortfuhr: »Natürlich werde ich nicht gewinnen. Unter den Nominierten sind ein paar der besten Autoren, die es zur Zeit überhaupt gibt.« Sie merkte selbst, dass sie hektisch plapperte, doch sie konnte nicht anders. »Aber danke, dass du danach gefragt hast.«

»Meinen Glückwunsch.« Er hielt ihr die kleine Schüssel M&Ms hin, die er auf ihren Schreibtisch gestellt und immer wieder nachgefüllt hatte, seit sie ihm von den M&Ms erzählt hatte.

Sie nahm sich ein paar und wand sich vor Nervosität, die dann unerklärlicherweise in Ärger umschlug. »Mike –«

»Hör mal, Sandy, ich muss mit dir auch etwas besprechen.«

Sie sah ihm ins Gesicht und erschrak, denn er wirkte todernst, schon seit sie ins Arbeitszimmer gestürmt war. Vielleicht hatte seine Exfrau auch ihm ein Ultimatum gestellt. Vielleicht würde er von sich aus mit ihr Schluss machen.

»Was ist denn los?«

»Setz dich.«

Sie beobachtete ihn argwöhnisch und sank auf den Stuhl am Schreibtisch. »Hast du irgendwo Termiten gefunden? Fällt das Haus demnächst auseinander?«

»Es geht um Victor.« Es lehnte sich an den Schreibtisch und sah sie mit einem Blick an, bei dem ihr sehr unbehaglich wurde – als zweifelte er zum ersten Mal, ob er ihr glauben konnte. »Ich will, dass du mir die Wahrheit über dich und Victor erzählst.«

Das war das Letzte, womit sie gerechnet hatte, und die abrupte Forderung warf sie völlig aus der Bahn. Sie war den halben Tag lang von ihrem Anwalt bearbeitet worden; und nun auch noch Mike?

Sie sah in seine besorgten blauen Augen und versuchte dahinterzukommen, was er von ihr wollte. Wonach suchte er? Die Warnung ihres Vaters hallte ihr in den Ohren wider. Das Leben hatte sie gelehrt, jedem zu misstrauen, selbst den Menschen, die sie liebte. Liebte sie Mike genug, um ihm wirklich zu vertrauen?

»Ich will nicht mehr darüber sprechen.«

Er ließ die Faust auf den Tisch donnern. Sie hatte ihn noch nie so erlebt – angespannt, bedrohlich. Ihr fiel auf, dass sie ihn auch noch nie wütend erlebt hatte. Konnte man einen Menschen wirklich kennen, bevor man ihn einmal wütend erlebt hatte?

»Ich lasse mich nicht mehr abwimmeln«, sagte er mit ruhiger, aber dennoch beunruhigender Stimme. »Ich lasse nicht mehr zu, dass du etwas vor mir verheimlichst.«

»Ich verheimliche ni-« – »Du musst mir jetzt die Wahrheit über deine Ehe sagen.«

Ihre Ehe.

»Das habe ich doch schon. Wir waren verheiratet, und dann ist er bei einem Unfall ums Leben gekommen.« Sie dachte an ihr gemeinsames Leben mit Victor. Daran, was er in jener Nacht im Auto gesagt hatte. Was sie zu ihm gesagt hatte. *Victor.* Sie liebte ihn. Sie hasste ihn. Sie wünschte, sie könnte noch einmal mit ihm sprechen, nur fünf Minuten.

»Worauf willst du eigentlich hinaus?«, fragte sie.

Seine Augen wurden so schmal, dass sie eisig glitzerten. »Du warst von Anfang an nicht aufrichtig zu mir. Hattest du vor, mir überhaupt je die Wahrheit zu sagen?« Als sie nicht antwortete, wurde sein Blick noch durchdringender. »Wie lange wusstest du schon, dass er schwul war?«

Alles blieb stehen – ihr Herzschlag, ihr Atem, die Wellen am Strand, die ganze Welt. Als Erstes dachte sie: Er blufft. Er kann es gar nicht wissen. Aber Mike Malloy log nie und bluffte auch nicht. So viel wusste sie auf jeden Fall. Ihre Kehle erstarrte und hielt die Worte festgeklemmt, die es leugnen wollten. Ihr Mund bewegte sich, doch im Raum herrschte Schweigen, als habe eben jemand seinen letzten Atemzug getan.

Das war er also, der Augenblick, vor dem sie sich so gefürchtet hatte, der bitte, bitte niemals kommen sollte. Genau davor hatte sie die ganze Zeit schreckliche Angst gehabt. Genau deshalb war es so dumm und vergeblich, Mike zu lieben. Ähnlich dumm, wie Victor geliebt zu haben.

Sie verschränkte die Arme vor der Brust und krümmte sich zusammen, als müsse sie sich vor einem Schlag schützen. Doch es war zu spät. Sie hätte von Anfang an wissen müssen, dass ein Mann wie Mike immer tiefer in ihr Leben einsteigen und es schließlich schaffen würde, Geheimnisse freizulegen, die sie streng verschlossen hielt. Dieser Augenblick bestätigte nur, was sie schon die ganze Zeit über gewusst hatte – es tat zwar weh, ihre Geheimnisse für sich zu behalten, doch es tat viel mehr weh, sie aufzudecken.

Scham, Schuldgefühle und Vorwürfe drangen aus einer Vergangenheit auf sie ein, die nie ganz verschwinden würde. Sie wollte sich wieder in ihre Erstarrung zurückziehen, ihre Pein für sich behalten, die ebenso sehr ein Teil von ihr war wie ihre Seele. Doch mit einer einfachen Frage hatte er ihr die finstere Wahrheit entrissen. Er hielt sie ihr unter die Nase und zwang sie, sich ihr zu stellen.

Sie stand auf und wandte sich von ihm ab, dem Fenster zu. Einen schrecklichen Augenblick lang empfand sie jubelnde Erleichterung – vielleicht konnte sie sich endlich jemandem anvertrauen. Dann zweifelte sie, als sie eines von Victors Fensterbildern sah, ein Delfin aus blauem und grünem Glas, der das Sonnenlicht tiefblau und geheimnisvoll färbte, und sie empfand Feindseligkeit, nicht Dankbarkeit. »Wie konntest du nur, Malloy«, flüsterte sie gequält.

»Nein«, sagte er, seine Hand schloss sich um ihren Arm, und er drehte sie zu sich herum. »Wie konntest *du* nur, Sandy. Warum, zum Teufel, hast du mir nichts gesagt?«

»Das würde ich niemals tun«, erklärte sie; ihr tiefer Schmerz gab ihr Kraft. Sie riss sich von ihm los. »Das geht dich nichts an – niemanden. Warum sollte ich es dir erzählen? Damit du mich beschuldigen kannst, ich hätte deinen besten Freund umgebracht, weil er schwul war?«

Einen Moment lang blickte er verwirrt drein. Dann lachte er freudlos auf. »Wie, zum Kuckuck, kommst du denn darauf?«

»Jeder, der es herausfindet, wird genau das denken.«

»Also hast du es niemandem erzählt.«

»Kannst du mir das verdenken?«

»Ja. Du hast bei einer gerichtlichen Untersuchung eine wichtige Tatsache verschwiegen –«

»Eine Tatsache, die nur noch mehr Menschen wehgetan

und überhaupt nichts geändert hätte. Sie würde nur noch mehr Schwierigkeiten bringen und noch mehr Leben zerstören.«

»Dein Leben hat sie bereits zerstört.«

»Ich komme schon damit klar.«

»Du läufst doch nur davon. Schon wieder – anscheinend machst du das immer so. Du hast mir immer einen Teil von dir vorenthalten, allen anderen, dem Leben selbst. Du brauchst das als Ausrede.«

Sie rang nach Luft. »Ich glaube, du solltest jetzt gehen, Malloy.«

»Und es dir so leicht machen? Nein, verdammt, das werde ich nicht. Ich gehe erst, wenn ich ein paar Antworten bekommen habe. Hast du es schon gewusst, als du ihn geheiratet hast? Herrgott noch mal, hast du ihn vielleicht sogar deshalb geheiratet, damit dir die Schwierigkeit erspart bleibt, jemanden tatsächlich zu lieben? Damit du ihn auf Armeslänge von dir fernhalten konntest und dein Herz schön verschlossen bleibt?« Seine Miene war hart, unnachgiebig, er war sichtlich bemüht, sich zu beherrschen, und atmete bewusst tief und langsam. »Warum konntest du mir die Wahrheit nicht anvertrauen?«

»Da irrst du dich gewaltig. Es geht nicht darum, ob ich dir etwas anvertraue oder nicht.« *Es geht nicht einmal darum, was die Wahrheit ist.*

»Setz dich wieder hin, Sandy. Mach es dir bequem, denn ich habe nicht die Absicht zu gehen.«

Sie erschauerte und fühlte sich besiegt. Oder ergab sie sich? Sie wusste es nicht. Ihr Magen zog sich schmerzhaft zusammen, und sie setzte sich auf die gepolsterte Fensterbank. Draußen frischte der Wind auf, und ein Forsythienzweig kratzte am antiken Fensterglas. Dicke gelbe Knospen hingen an dem Zweig, dabei waren die Büsche noch vor ein paar Wochen völlig kahl und tot erschienen.

Er setzte sich neben sie, nahm ihre Hände in seine und rieb

sie, um sie zu wärmen. »Sprich mit mir, Sandy. Ich möchte es so gern verstehen.«

»Du könntest das nie verstehen. Wir waren glücklich, Malloy. Wir waren gern zusammen. Wir hatten viel gemeinsam, aber... er hatte auch diese andere Seite.«

»Die Tatsache, dass er schwul war.« Er stützte die Ellbogen auf die Knie und sah sie ungläubig an. »Ich kann es gar nicht fassen, dass ich nicht dahintergekommen bin.«

»Offensichtlich doch«, fuhr sie ihn an. »Du warst sein bester Freund.«

»Du warst seine Ehefrau, und dich hat er anscheinend auch getäuscht. Also, wer ist hier der größere Idiot?« Erregt stand er auf und lief hin und her in diesem Raum, der plötzlich zu klein für ihn zu sein schien. Zum ersten Mal wurde ihr bewusst, dass auch er damit fertig werden musste. Was für eine Erschütterung musste es sein, wenn man erfuhr, dass der beste Freund, die Person, die einem am nächsten gestanden hatte, mit der man aufgewachsen war, nicht der war, für den man ihn hielt? Das musste ein ziemlicher Schock sein, vor allem für jemanden wie Mike, der nie etwas verbarg.

»Er war gut, Malloy. Du weißt gar nicht, wie gut.«

»Ich hätte darauf kommen müssen, aber, mein Gott, das war Victor. An so etwas denkt man einfach nicht.« Er blieb stehen und betrachtete das Foto auf dem Schreibtisch – der lächelnde Victor hatte einen Arm um Sandra gelegt und strahlte in die Kamera. Mike blickte gequält darauf hinab. »Vielleicht hat er versucht, es mir zu sagen, aber ich habe seine Andeutungen nicht kapiert. Und dann hat er es vielleicht irgendwann aufgegeben.«

Sie konnte gut verstehen, dass er sich solche Vorwürfe machte, doch sie war immer noch wütend über seine indiskrete Schnüffelei. Dennoch fühlte auch sie sich schuldig und dumm und blind. Direkt vor ihren Augen hatte ihr Mann damit gerungen, seine Homosexualität zu leugnen, sie sich auszutreiben, sie abzutöten. Und er hatte sie dazu benutzt, sich selbst zu geißeln.

»Er hat getan, was er nur konnte, damit es niemand merkte«, sagte sie und fügte bitter hinzu: »Und dazu hat er mich gebraucht.« Sie spürte einen vertrauten Stich der Wut. Victors Liebe und Freundschaft waren nebensächlich, eigentlich hatte er sie für seine Maskerade gebraucht. »Wie könnte ein schwuler Mann seine Neigung besser verbergen, als dadurch, dass er eine Frau heiratet und diese Ehe märchenhaft glücklich aussehen lässt?«

Sie konzentrierte sich wieder auf das Fensterbild, drehte gedanklich die Zeit zurück, versetzte sich in sommerlich heitere Tage der Unschuld, der Unwissenheit. Von Anfang an, von der ersten Fahrt mit dem Riesenrad an, hatte sie geglaubt, dass Victor sie ebenso sehr liebte wie sie ihn. Bis zu jenem allerletzten Streit hatte sie nicht gewusst, dass es für ihn eine Art Buße war, mit ihr zu schlafen. Sie war die Geißel, mit der Victor sich an jedem einzelnen Tag ihrer Ehe selbst züchtigte.

Sie wandte den Blick von dem glänzenden, durchsichtigen Delfin ab und erschauerte. »Du kennst doch seine Familie – den Stolz, die Erwartungen. Er hat sich sein ganzes Leben lang bemüht, alldem gerecht zu werden. Er hat mit aller Kraft versucht, ein Mensch zu werden, der er niemals sein konnte. Er wusste, wenn das je ans Licht käme, würde er die Liebe und die Wertschätzung seiner Eltern verlieren, seine Freunde, seine politische Karriere, alles, wofür er sein ganzes Leben lang hart gearbeitet hatte. Er dachte wohl, er sei bereit, dieses Opfer zu bringen.«

Sie drückte die Hände im Schoß zusammen und versuchte, wie so oft im vergangenen Jahr, sich vorzustellen, was in ihm vorgegangen sein mochte. All seine großartigen Erfolge hatten den Verzicht auf einen so wesentlichen Teil seiner Persönlichkeit nicht aufwiegen können. »Aber im Lauf der Zeit wurde er immer verschlossener, unglücklicher und... verlorener, denke ich. Er hat behauptet, er wäre mir nicht untreu gewesen, aber inzwischen ist mir klar, dass seine völlige Frustration ihn langsam zerstört hat. Und die Angst«, fügte sie hinzu, als sie an jene letzte Nacht dachte, an die schrecklichen letzten Worte, die sie gewechselt hatten. »Ich habe unwissentlich alles noch schlimmer gemacht, weil ich ihn wegen eines Babys bedrängt habe. Ich habe mir so sehr Kinder gewünscht, dass es manchmal richtig wehgetan hat.«

Sie schloss die Augen, rang um Fassung und zwang sich dann, Mike wieder anzusehen. »Ich habe mich immer gefragt, warum ich nicht viel wütender auf Victor bin, warum ich mich nicht schlimmer betrogen fühle. Na ja, er war vielleicht nicht der Liebhaber meiner Träume, aber er war jemand ganz Besonderes für mich – er war mein Freund. Und damit kostbar und selten in meinem Leben.«

Er sprang so abrupt auf, dass sie zusammenzuckte. »Hör endlich auf, so verdammt viel Verständnis für ihn zu haben«, sagte er. »Siehst du denn nicht, was er dir angetan hat?«

»Er war immer gut zu mir –«

»Ach ja? Wie war denn dein Liebesleben, Sandra? Was sagst du dazu?« Er packte sie grob, zerrte sie auf die Füße und sprach dicht an ihrem Mund: »War der Sex so wie bei uns?«

Sie sagte nichts; er kannte die Antwort auf diese Frage. Er war eine Offenbarung für sie gewesen. Vorher hatte sie gar nicht gewusst, was Leidenschaft ist. Doch in einem Punkt irrte sich Mike – sie war wütend, manchmal so wütend, dass sie kaum noch geradeaus schauen konnte. Während ihrer gesamten Ehe hatte sie sich für unzulänglich, unattraktiv gehalten und geglaubt, es läge an ihr. Und Victor hatte sie in diesem Glauben gelassen, hatte sie leiden lassen. Was sie in Mikes Armen gefunden hatte, all das hatte Victor ihr vorenthalten. Das würde sie ihm vermutlich nie verzeihen können, und das war ein Problem, denn nun war er tot, und sie konnte ihn nie damit konfrontieren.

»Es hat einfach keinen Sinn, jetzt noch deswegen verbittert zu sein«, sagte sie.

»Ich versteh's nicht, Sandy. Was treibt dich dazu, eine Klage vor Gericht, den finanziellen Ruin, vielleicht sogar hohe Schulden in Kauf zu nehmen, wo du doch die Wahrheit in der Hand hast?«

»Glaubst du etwa, wenn ich aller Welt erzähle, dass mein Mann schwul war, werden sie mich für unschuldig halten?« Sie schüttelte den Kopf. »Sei doch nicht naiv. Was würde es denn nützen, wenn ich das jetzt noch ans Licht bringe? Zunächst einmal würde mir niemand glauben, und zweitens hieße es dann, ich hätte ein noch stärkeres Motiv gehabt, ihn ermorden zu wollen, weil ich von seiner Homosexualität erfahren habe. Sie würden mich eine Lügnerin nennen, eine schamlose Heuchlerin, die den Ruf eines geachteten Mannes durch den Schmutz zieht, um ihre eigene Haut zu retten.«

»Du versteckst dich immer noch hinter Victor.«

Sie stand auf und räumte hektisch Bücher in die frisch renovierten Regale. »Wie könnte ich mich hinter einem Geist verstecken?«

»Du bist wirklich kaum zu fassen, weißt du das? Du tust so aufopfernd, als sei es besonders edel, die Wahrheit nicht zu enthüllen, aber du willst dich gar nicht retten. Du würdest dich lieber den Rest deines Lebens vor der ganzen Welt verstecken. Du spielst lieber die Märtyrerin und lässt dich von hier vertreiben. Denn wenn du bleibst, müsstest du ja ein richtiges Leben außerhalb deiner Bücher leben. Du müsstest es riskieren, einen Mann zu lieben, wie du es noch nie gewagt hast. Du hast Angst davor, dieses Risiko einzugehen. Und wahrscheinlich hast du auch Angst, dich zum Narren zu machen – hab ich nicht recht? Immerhin hast du nicht mal gemerkt, dass dein Mann schwul war.«

Sie fühlte sich, als habe er ihr ins Gesicht geschlagen. Schlimmer, er hielt ihr einen Spiegel vor und zeigte ihr, wie selbstsüchtig sie eigentlich war, wenn sie sich wegen Victor so quälte. Malloy zwang sie, der Tatsache ins Gesicht zu sehen, dass sie noch nie in ihrem Leben eine richtige, erfolgreiche Beziehung gehabt hatte. Sie hatte an ihre Beziehung mit Victor geglaubt, doch am letzten Tag seines Lebens hatte sie festgestellt, dass sie sich geirrt hatte. Jetzt fühlte sie sich allein sicherer, eingekapselt in ihre Romanwelt, nicht ständig Menschen ausgesetzt, die bei ihrer Familie und ihren Freunden Liebe und Erfüllung fanden. Sie wollte nicht, dass jemand zu ihr durchdrang, sie berührte, sie wieder etwas fühlen ließ. Und dann kam Mike und vertrieb sie aus ihrer tauben Sicherheit, ließ sie das Feuer, den Kitzel und die süße Qual der Sehnsucht spüren.

»Ich will, dass du jetzt gehst.« Ihre leise Bitte durchbrach die Stille im Raum. »Bitte, geh... geh einfach.«

»Das kann ich nicht, Sandy.« Er ging zum Tisch, öffnete die oberste Schublade und holte eine Handvoll Briefe heraus. Eine Computerdiskette fiel aus dem Stapel. »Erkennst du das hier?«

Auf den ersten Blick sah es aus wie gewöhnliche alte Briefe. Doch jeder einzelne war an Victor gerichtet.

Ihre Kehle verkrampfte sich. Sie bekam keine Luft.

»W...« Das verkrüppelte Wort verflog, und ein würgendes Gefühl hielt ihre Stimmbänder eisern umklammert. Alles, was sie fühlte, blieb in ihr verschlossen, obwohl es danach drängte, ihr zu entkommen. Doch je angestrengter sie zu sprechen versuchte, desto mehr verkrampften sich ihre Muskeln.

Mike wartete, ruhig und geduldig. Die meisten Leute wurden mitleidig, wenn sie mit dem Stottern kämpfte; manche versuchten ihre Gedanken für sie auszusprechen. Er blieb einfach vor dem Schreibtisch stehen. Todernst. Und wartete.

Sie nahm all ihre Willenskraft zusammen und stieß eine Frage hervor: »W-wo hast du das her?«

»Die Sachen waren auf dem Dachboden, in einer Kiste versteckt. In einem alten Koffer, genauer gesagt. Ich bin zufällig darauf gestoßen.«

Glühende Wut schoss durch ihren ganzen Körper. Plötzlich

war der Mann, dem sie ihr Herz, ihren Körper geschenkt hatte, ein Fremder geworden. Das Stottern verflog. »Wie kommst du dazu, private Briefe zu lesen? Versteckte Briefe?« Ihre Stimme klang leise und tief und zitterte leicht.

»Das habe ich auch nicht«, sagte er. »Jedenfalls nicht, als ich sie gefunden habe. Aber je länger ich über den Unfall nachgedacht habe, desto klarer wurde mir, dass ich nicht einfach wegschauen kann.«

»Doch, das kannst du«, erwiderte sie. »Du kannst jetzt verschwinden – aus meinem Leben, meinem Haus, aus allem.«

»Diese Briefe und die Dateien auf der Diskette könnten so viel erklären. Aber sie werfen auch viele neue Fragen auf«

»Verdammt noch mal, Malloy.« Sie sprang auf. »Du hast überhaupt kein Recht, hier irgendwelche Fragen zu stellen.«

»Irgendjemand muss es aber tun. Die Behörden haben Victor ja weiß Gott schnell genug abgeschrieben.«

»Sie haben ihn nicht abgeschrieben. Er wurde für tot erklärt.«

»Meinst du nicht, dass das etwas voreilig war?«

Ihr wurde übel. Sie starrte Malloy an, als habe sie ihn noch nie gesehen. Ihre Wut schrumpelte zusammen wie ein vertrocknetes Blatt im Herbst. »Herrgott noch mal, arbeitest du jetzt für die Boulevardpresse? Ich dachte, ich wäre hier diejenige mit der lebhaften Fantasie. Jeder forensische Experte in Rhode Island hat an diesem Fall mitgearbeitet. Sie haben nichts übersehen.«

»Aber sie kannten Victor nicht so gut wie ich. Oder du.«

Entgegen jeder Vernunft flackerte Hoffnung in ihr auf. *Überlebt. Victor könnte noch leben.* Dann senkte sich die kalte Wirklichkeit auf sie herab, sie sah das zerstörte Auto voller Schlamm und die hoffnungslosen Gesichter der Retter vor sich.

Mikes schockierende Vermutung brachte albtraumhafte Erinnerungen zurück, und sie saß noch einmal in dem Auto und raste durch die eisige Winternacht. Zusammenhanglose Bilder stürmten auf sie ein. Das Auto, das hinter ihnen dicht auffuhr. Victor, der sie hysterisch anschrie. Ihr panisches Flehen. Das Gefühl, jemand hätte ihr das Lenkrad aus der Hand gerissen, und dann ein Taumel wie auf einem Karussell, als der Wagen außer Kontrolle geriet. Der lähmende Aufprall, als er in das Brückengeländer krachte. Das Zischen des Airbags, und dann... nichts. Bis zu den grellen Lichtern im Krankenhaus und der vernichtenden Nachricht, dass Victor noch vermisst wurde und vermutlich nicht mehr lebte.

Nach dem Unfall hatten alle gebetet, er möge doch irgendwie überlebt haben. Seine Mutter klammerte sich noch krankhaft lange an ihre absurden Hoffnungen. Winifred nahm Zuflucht in der Krankenhauskapelle und flehte Gott auf Knien an, bis sie vor Erschöpfung in Ohnmacht fiel. Sie wollte einfach nicht glauben, dass ihr Sohn tot war. Selbst als ihr Mann ihr geduldig erklärte, dass kein Mensch in diesem eisigen Wasser länger als ein paar Minuten überlebt haben konnte. Selbst als die Polizei von dem Einschussloch berichtete. Erst als die bizarren Wendungen in diesem Fall den Verdacht auf Sandra lenkten, begriff Winifred endlich, dass ihr Sohn tot war.

»Ich flehe dich an, Malloy«, sagte Sandra und zwang die Worte, aus den eisigen Tiefen von Entsetzen und Trauer aufzusteigen, »bitte rühr das nicht alles wieder auf.«

»Das muss ich aber.«

»Warum?«

»Weil ich recht habe.«

»Das behaupten Elvis' Fans auch«, sagte sie.

»Die Ermittlungen haben einfach zu kurz gegriffen.« Er nahm das gerahmte Foto von ihr und Victor vom Tisch, das sie vor der weißen Kuppel des Landesparlaments zeigte. Ihr Lächeln strahlte eine Einigkeit, gemeinsame Ziele aus, die ihre Ehe länger zusammengehalten hatten, als sie hätte halten dürfen. »Ich habe ein paar Nachforschungen angestellt.«

Ihr Magen krampfte sich zusammen, als sie sich vorstellte, wie er sich die Akten ansah – Berichte, Aussagen, Fotos, versiegelte Tüten mit den angeschwemmten Stückchen ihrer letzten gemeinsamen Augenblicke. Die Trauer und Verwirrung der Beteiligten war in den Berichten zu schlichten Aussagen erkaltet. »Du bist Zimmermann, Malloy«, fuhr sie ihn an, »und kein Detektiv. Sie haben ganze Arbeit geleistet.«

»Aber sie haben ein paar Zweifel nicht restlos ausgeräumt. Deshalb verklagen dich jetzt die Winslows.«

»Das ist mein Problem.«

»Jetzt ist es auch meines.«

»Warum?«

»Weil du mir etwas bedeutest, verdammt noch mal.« Mit zwei Schritten durchquerte er den Raum, packte sie bei den Oberarmen und zog sie auf die Füße. »Bitte, ich habe mir all die Mutmaßungen genau durchgesehen, die verschiedenen Theorien. Aber ich bin den Leuten von der Gerichtsmedizin einen wesentlichen Schritt voraus. Ich kenne dich. Und ich kenne Victor. Er ist nicht gestorben, Sandy. So etwas würde er einfach nicht tun. Er hat dich aus dem Auto gerettet. Dann ist er verschwunden.«

»Das ist doch verrückt.« Sie wich zurück, doch er hielt sie fest. Obwohl sie ihm nicht glauben wollte, schlug ihr Herz ein wenig schneller. »Sie haben jeden Felsen am Ufer abgesucht, jeden Kubikzentimeter im Sund, jeden Grashalm auf beiden Seiten der Brücke.«

»Er ist abgehauen.«

»Einfach so weggegangen, ja?«

»Oder gerannt. In einen Bus oder einen Zug gestiegen. Hat ein Auto angehalten.«

»Du meinst also, er habe seinem Zuhause, seiner Familie, seiner aussichtsreichen politischen Laufbahn einfach so den Rücken gekehrt.«

»Ja, das hat er.«

»Und wo soll er dann hingegangen sein?«

Er fing ihren Blick auf und zwang sie, ihn weiter anzusehen. Sie wollte nicht, dass er sah, wie sehr er sie ängstigte. Schließlich ließ er sie los. Er nahm die Briefe aus der Schublade und ließ sie neben ihr auf den Tisch fallen. »Vielleicht erklärt das ja einiges.«

Ihr schlug das Herz bis zum Hals. »Du bist hier, um mein Haus zu renovieren, und nicht, um in meinen Privatangelegenheiten herumzuschnüffeln.«

»Das ist für mich auch eine persönliche Sache.« Er streckte die Hand nach ihr aus, und einen Herzschlag lang sehnte sie sich so sehr nach seiner Berührung, dass es körperlich wehtat.

Sie wich ihm aus und ging rückwärts zur Tür. »Ich habe dich angestellt, damit du alles in Ordnung bringst und nicht noch mehr Chaos anrichtest. Himmel, glaubst du denn nicht, dass ich ihn wiederhaben wollte? Glaubst du nicht, dass wir an die Möglichkeit gedacht haben, dass er nach dem Unfall vielleicht irgendwo umherirrte oder das Gedächtnis verloren hatte? Die besten Ermittler im ganzen Bundesstaat haben keine Spur von ihm gefunden. Warum bildest du dir dann ein, du könntest ihn finden?«

Er deutete auf die Briefe. »Ich kann zwischen den Zeilen lesen.«

»Meinst du nicht, dass Victor, wenn er noch am Leben wäre, wenigstens mit mir Kontakt aufgenommen hätte? Er würde mir so etwas nicht antun.«

Er starrte sie ungläubig an. »Er hat dir genau das während deiner gesamten Ehe angetan.«

Sie erwiderte trotzig seinen Blick. »Weißt du, in gewisser Weise ist es sogar ganz gut, dass wir diese Unterhaltung gerade jetzt geführt haben. Sonst hätte ich vielleicht erst viel zu spät erfahren, was für ein Mistkerl du bist.« Sie schlug mit der Hand so fest auf den Türrahmen, dass ihre Finger taub wurden. »Ich will, dass du verschwindest, Malloy. Sofort. Aus meinem Haus und aus meinem Leben. Lass deine Leute die Arbeit fertig machen, schick mir die Rechnung, aber dich will ich nie wieder sehen. Niemals.«

Sie versuchte, in seinem Gesicht nicht all das zu sehen, was sie inzwischen so sehr liebte – die Leidenschaft, die Zärtlichkeit, die Stärke. Sie wollte das jetzt nicht sehen, weil sie diesen Zügen nicht trauen durfte. Sie fragte sich, ob er gewusst hatte, dass sie ihn bis gerade eben noch als ihre Zuflucht angesehen hatte, als den einzig sicheren Platz in dieser Welt, die sie nicht wollte.

Das war jetzt vorbei. All das Schöne aus ihrer gemeinsamen Zeit hing noch verlockend in der Luft, wie der Duft von Zuckerwatte aus einem Wanderzirkus. Sie schmeckte unglaublich gut, wenn man davon kostete, doch dann löste sie sich auf, so dünn wie Nebel.

»Raus hier«, sagte sie und zwang sich, all die albernen Dinge gehen zu lassen, die sie sich gewünscht hatte – für sich selbst, für Mike, für sie. »Sonst rufe ich die Polizei.« Sie erwartete beinahe, dass er es drauf ankommen ließ, um zu sehen, wie viel die hiesige Polizei für die Schwarze Witwe von Blue Moon Beach zu tun bereit war.

Stattdessen sah er sie noch einen Moment lang an und ging dann zur Tür. »Zum Teufel damit.« Es war neu und erschreckend, ihn wütend zu sehen. »Ich hau ab. Wenn du zur Vernunft gekommen bist, ruf mich an.«

Sie biss sich auf die Lippe, um ihn nicht zurückzuhalten, ihn nicht anzuflehen, bei ihr zu bleiben. Eigentlich sollte sie sogar erleichtert sein. Sie hatte sich den ganzen Tag lang den Kopf darüber zerbrochen, wie sie mit Mike Schluss machen sollte, damit er wieder ganz seinen Kindern gehörte und dem neuen Leben, das er für sie aufbauen wollte. Er hatte ihr soeben den perfekten Ausweg geliefert.

34

Dorrie Babcock trommelte mit den Fingern auf die Armlehne in der Wagentür. Sie gierte nach einer Zigarette, und sie saß ganz allein hinten in einem Taxi, wo sie auch niemand am Rauchen hindern würde. Der Fahrer gehörte offensichtlich auch zum Club, denn zwischen seinen nikotinfleckigen Fingern steckte eine Camel. Der bittere Gestank von schalem Zigarettenrauch hing im Wagen, lockte und verspottete sie.

Sie zwang sich, gerade zu sitzen, und ging die Litanei der Übungen durch, die sie im Nichtraucher-Seminar gelernt hatte – Affirmationen, eine Visualisierungsübung, ein Stück Kaugummi. Wenn all das fehlschlug, konnte sie immer noch zu ihren Tabletten greifen.

Der Fahrer schnippte seine halb gerauchte Camel zum Fenster hinaus, schnurstracks an dem »Bitte nicht rauchen«-Aufkleber vorbei. Dorrie wandte sich zum Fenster und sah zu, wie die Landschaft vorbeizog. Nach so langer Abwesenheit fühlte es sich seltsam an, wieder hier zu sein. Sie war mitten im trüben Winter bei bitterer Kälte abgereist; nun kehrte sie im erblühenden Frühling zurück. Die knospenden Fliederbüsche würden bald in duftender Blüte stehen; die letzten Winterstürme hatten die Straßen und Gehwege sauber gefegt. Schulkinder auf dem Heimweg hatten sich die dicken Jacken um die Hüften gebunden und die Gesichter zur Sonne erhoben.

Dorries Reise war weiter gegangen als nur durch Zeit und Raum. Sie war in sich selbst vorgedrungen und hatte die Person ausgegraben, die sie gewesen war, als sie noch Träume gehabt hatte. Irgendwo auf dem Weg durchs Leben war diese Person verloren gegangen, doch in der warmen tropischen

Brise, in Sommerkleidern und unter freundlichen Menschen, mit denen sie noch nie zu tun gehabt hatte, hatte Dorrie sich selbst wiedergefunden. Erleichtert hatte sie festgestellt, dass sie diese Person immer noch mochte.

Sie hatte tanzen gelernt, Black Jack spielen und Tequilas kippen. Sie hatte neben einem großen Fang posiert, den braun gebrannten Arm triumphierend über dem gewaltigen Fisch in die Höhe gestreckt. Sätze in fremden Sprachen kamen ihr leicht von den Lippen. So viele Möglichkeiten zu sagen: Bitte, danke, wo ist die Toilette...

Doch nachts, wenn sie in ihrer kleinen, schlichten Kabine lag, fürchtete sie die schmerzliche Einsamkeit; die Konsequenz ihrer Entscheidung, ihren Mann zu verlassen.

Ja, sie hatte wieder gelernt zu träumen. Doch die erschreckende Wahrheit war, dass alle ihre Träume Lou mit einschlossen.

Sie vermisste ihn. Sie vermisste das Rascheln seiner Zeitung, wenn sie an stillen Abenden beisammen saßen, vermisste seine tröstliche Wärme neben ihr im Bett. Sie vermisste seinen Geruch und seinen Blick voll freudiger Bewunderung, wenn sie aus der Dusche kam. Und nicht nur früher, als sie noch jung und straff gewesen war.

Sie vermisste sogar seine ungeschickten, ernsten Versuche, ihr bei der Hausarbeit zu helfen, und verzog das Gesicht, als sie sich an ihre Reaktion darauf erinnerte – er machte es nie »richtig«.

Als gäbe es eine »richtige« Methode, den Küchenboden zu wischen.

Über die türkisfarbenen Wasser zu gleiten, hatte sie auf besondere Weise beeindruckt. Wenn sie an der Reling der *Artemisia* stand und die Endlosigkeit des Ozeans und des Himmels spürte, rückte das alles – inklusive der Hausarbeit – in eine andere Perspektive.

Das Verlangen nach einer Zigarette verging, wie immer. Jeder Tag war ein bisschen leichter als der vorhergehende.

Wie oft hatte Lou sie angefleht, mit dem Rauchen aufzuhören, weil er sich schreckliche Sorgen um ihre Gesundheit machte? Sie hatte stur daran festgehalten, selbst als alle Welt längst damit aufgehört hatte.

Jetzt endlich war Dorrie Babcock Nichtraucherin. Sie hatte denselben sturen Willen dazu benutzt, nicht mehr zu rauchen. Wünschte er sich immer noch, dass sie aufhörte, oder war es ihm inzwischen egal?

Das Taxi bog in die Sycamore Street ein, und Nostalgie überwältigte sie. Beinahe vierzig Jahre lang war dieses Stadtviertel ihre ganze Welt gewesen – eine ruhige, gewöhnliche Straße mit Bungalows aus vergangenen Zeiten, erfüllt von Kinderlachen und dem Duft nach köchelnder Suppe oder frisch gebackenem Brot. Sie war eine dieser zierlichen jungen Mütter gewesen, die spazieren gingen oder in einem Gartenstuhl saßen und ihren kleinen Töchtern beim Spielen zusahen. Sie hatte die Lieder im Radio mitgesungen, während sie Abendessen machte, und wenn sie Lous Chrysler vorfahren hörte, geschah es jedes Mal: Ihr Herz setzte einen Schlag aus – so wie jetzt.

Irgendwo dort draußen auf dem endlosen azurblauen Meer hatte sie diese junge, weichherzige Frau wiedergefunden. Diese Frau war immer noch ein Teil von ihr, beinahe vergraben unter den kleinen, bedeutungslosen Sorgen, die sich im Lauf vieler Jahre angehäuft hatten. Das nannte man Leben, hatte sie erkannt. Bisher war ihm kein Mensch entronnen, obwohl viele – Dorrie eingeschlossen – es versucht hatten. Während ihrer Reise hatte sie es geschafft, eine Frau freizulegen, die ihren Mann liebte und den Rest ihres Lebens mit ihm verbringen wollte.

Ihr war schwindlig vor Aufregung, als das Taxi vor ihrem Haus hielt. Sie bezahlte den Fahrer, und er trug ihr die Koffer zur Tür. Das Haus sah genauso aus wie jedes Frühjahr. Ein wenig verschlafen, die Hecken und der Garten waren noch nicht ganz aus dem Winterschlaf erwacht, doch die ersten Narzissen drangen schon aus der lehmigen Erde.

Zuhause. Sie stand reglos in der Einfahrt, hin- und hergerissen zwischen Angst und Freude. Sie hatte nicht erwartet, dass ihre Reise sie ausgerechnet hierher führen würde, an den einzigen Ort, nach dem ihr Herz sich sehnte. Nach Hause.

Nur einer Sache war sie sich nicht sicher. Sie wusste nicht, was sie hier erwartete.

Vielleicht war dies auch für Lou eine Zeit der Neuentdeckung gewesen. Und er mochte dabei entdeckt haben, dass er sich scheiden lassen wollte.

Bevor sie der Mut verlassen konnte, ging sie zur Hintertür hinein und durch den Flur. Eine Golftasche lehnte an der Wand, daneben standen Golfschuhe auf Zeitungspapier. Vor der Küchentür zögerte sie einen Moment und ging dann hinein.

Die Küche roch komisch.

Doch sie war kein Trümmerfeld. Sämtliche Flächen waren sauber gewischt und relativ aufgeräumt. Der Deckel der Kaffeedose saß schief; sie widerstand dem Impuls, ihn gerade zu rücken. Das Fenster über der Spüle rahmte das vertraute Bild des knorrigen Apfelbaums mit unzähligen kleinen Knospen, die bald zu hellen Blüten aufbrechen würden.

Oh, wie sehr sie hoffte, noch hier zu sein und den Apfelbaum blühen zu sehen.

Auf einem Regalbrett über dem Spülbecken stand der übliche Kleinkram: ein Zahnstocher-Behälter mit den Niagara-Fällen darauf. Ihre einzige schöne Vase. Ihre Mokkatasse, die Wanda ihr aus Florenz mitgebracht hatte. Dorrie hatte immer im Scherz gesagt, diese winzige Espresso-Tasse mit dem Goldrand sei wohl alles, was sie je von Italien zu sehen bekommen würde.

Und da stand noch etwas Neues – ein Fotorahmen. Mit klopfendem Herzen erkannte sie Lous Lieblingsfoto von ihr und Sandra, das jahrelang auf seinem Schreibtisch gestanden hatte. Sandra, etwa acht Jahre alt, hing kopfüber von einem

Ast des Apfelbaums, und Dorrie stand neben ihr. Mutter und Tochter lächelten – unretuschierte, ganz normale Menschen. Warum Lou dieses Bild wohl besonders mochte?

Im Wohnzimmer auf der anderen Seite des Hauses lief der Fernseher. Hoffnung flackerte in Dorries Brust auf, als sie die Küche verließ. »Lou?«, rief sie. »Lou?«

Er musste etwas gehört haben, denn als sie ins Wohnzimmer trat, war er bereits aufgestanden.

Dorrie sah ihn an und fand alles, was er ihr bedeutete, alles, was ihr Herz begehrte. Sie sah den Bräutigam, der ihr versprochen hatte, sein ganzes Leben mit ihr zu teilen, den stolzen Vater, der zum ersten Mal seine neugeborene Tochter im Arm hielt, den unendlich geduldigen, zuverlässigen Mann, der tagein, tagaus zur Arbeit ging, um seine Familie zu ernähren. Jahrein, jahraus. Der Mann, der ihr vor ein paar Monaten in die Augen gesehen und sie aus tiefstem Herzen gebeten hatte: »Bitte geh nicht.«

»Ich bin zu Hause«, sagte sie, eine alberne, überflüssige Feststellung.

Er stand ganz still. Sie wollte ihre Feststellung schon wiederholen, weil er sie vielleicht nicht gehört hatte, doch er streckte ihr die offene Hand entgegen. »Das... freut mich sehr«, sagte er mit leiserer Stimme, als sie sie in Erinnerung hatte.

Die Handtasche fiel ihr aus der Hand, doch sie sah nicht einmal nach, wo sie gelandet war. »Wirklich?«

»Ja.«

»Du hast den Sessel verrückt«, stellte sie fest, während Angst und Hoffnung in ihr tobten.

»Ich wollte nicht mehr so nah am Fernseher sitzen«, erklärte er. »Wenn du ihn wieder da haben willst, wo er vorher war, schiebe ich –«

»Nein, Lou.« Sie begann zu weinen, Tränen liefen ihr übers Gesicht. »Ich will wieder da sein, wo *ich* vorher war.« Sie trat einen Schritt auf ihn zu. »Darf ich das? Bitte?«

Er brachte offenbar kein Wort hervor. Ihre Hoffnung schwand. Er hatte sie nicht gehört.

»Ich sagte –«

»Ich habe gehört, was du gesagt hast.«

Das Hörgerät fiel ihr wieder ein. Sandra hatte ihr in einem Brief davon berichtet. Dorrie hatte jahrelang deswegen genörgelt, und endlich hatte er sein Gehör untersuchen lassen.

Er kam quer durch den Raum auf sie zu und schloss sie in die Arme. Seine vertraute Nähe hüllte sie ein. Er drückte sie fest an sich und vergrub das Gesicht in ihrem Haar. »Ich habe so lange gewartet, Dor«, murmelte er. »Ich könnte nie aufhören, dich zu lieben.« Er küsste die Tränen von ihren Wangen und ihrem Mund, und als sie die Augen schloss, waren all die Jahre wie ausgelöscht, und sie waren wieder wie am Anfang – voller Hoffnung, voller Liebe, voller Träume. Sie wusste, dass der starke Kern ihrer Liebe unveränderlich war; die Zeit hatte das Band nur gestärkt.

Sie löste sich von ihm und legte ihm die Hände auf die Schultern. »Ich bin fünftausend Meilen übers Meer gereist«, sagte sie. »Dabei wollte ich immer nur hier sein. Hier in deinen Armen.«

Er küsste sie wieder und flüsterte ihr dann etwas ins Ohr.

Sie runzelte die Stirn. »Wie bitte?«

»Das war Spanisch und bedeutet –« Er beugte sich vor und übersetzte sein schamloses Flüstern. Sie lachte ungläubig. Ihre Wangen und ihre Ohren wurden knallrot, und sie blickte verwundert zu ihm auf.

»Ich lerne neuerdings Spanisch. Das ist gar nicht so schwer, wie ich dachte, ich höre ja jetzt gut.« Er küsste sie wieder, nahm sie bei der Hand und zog sie die Treppe hinauf.

35

Tagebucheintrag – Dienstag, 9. April

Zehn Dinge, die meine Mutter mir beigebracht hat:
6. *Das beste Doughnut-Rezept der Welt.*
7. *Ein Doughnut enthält mehr Fett als ein Pfund Schinken.*
8. *Kein Loch und keine Laufmasche in einer Strumpfhose ist jemals unsichtbar.*
9. *Wenn du den wahren Charakter eines Jungen erkennen willst, sieh dir seinen Vater an.*
10. *Niemand hat je behauptet, eine Ehe wäre einfach, aber sie ist einfacher als die Alternative.*

»Sieh dir nur deine Eltern an«, sagte Joyce und stupste Sandra mit dem Ellbogen an. »Wie aus der Viagra-Werbung.«

Sandra blieb mitten auf dem Parkplatz vor dem Gerichtsgebäude stehen. Joyce deutete auf das Auto der Babcocks, das im Schatten eines knospenden Hartriegels stand. Ihr Vater hielt seiner Frau die Tür auf und legte dann einen Arm fürsorglich um ihre Taille. Dorrie drückte sich beim Gehen an ihn, als könnte sie es nicht ertragen, nur Zentimeter von ihm getrennt zu sein. Sie trug einen neuen kirschroten Mantel; alle beide strahlten, und es war nicht nur die Frühlingssonne, die ihnen so viel Farbe und Leben verlieh.

»Siehst du, was ich meine?«, fragte Joyce.

»Das sind meine Eltern, Herrgott noch mal.«

Joyce wandte sich der breiten Treppe des Gebäudes zu. »Wir sehen uns dann drinnen, okay? Viel Glück.«

»Danke. Da drin werde ich alle Unterstützung brauchen, die ich kriegen kann.« Als Joyce gegangen war, eilte Sandra über den Parkplatz. »Mom!«

Gleich darauf lag sie den beiden in den Armen. Einen Augenblick lang fühlte sie sich völlig sicher und umhüllt von ihrer beständigen Liebe. Einen Augenblick lang vergaß sie, dass sie gleich den Winslows gegenübertreten musste.

»Willkommen zu Hause«, sagte sie zu ihrer Mutter, deren Gesicht ein wenig voller war und deren Haut von der tropischen Sonne einen goldenen Schimmer hatte. »Du hast mir so gefehlt.«

»Du mir auch.« Dorries Augen glänzten vor Rührung, während sie ihre Tochter und ihren Mann an sich drückte.

Wärme und Dankbarkeit erfüllten Sandra. Vor zwei Tagen hatte ihre Mutter angerufen, sie sei wieder da, und Sandra konnte die guten Neuigkeiten kaum glauben – ihre Mutter war wieder zu Hause, und an Scheidung war nicht mehr zu denken. Sie drückte die beiden fest an sich und fürchtete schon, sie werde vor Erleichterung in Tränen ausbrechen. Aber eigentlich überraschte es sie nicht, denn selbst ein Blinder konnte sehen, wie tief und stabil ihre Liebe war. Diese Versöhnung war Sandras einziger Lichtblick in diesen traurigen Tagen. Sie hatte Mike nicht mehr gesehen, seit sie ihn hinausgeworfen hatte, und er hatte nicht gegen diese Verbannung aus ihrem Haus und ihrem Leben gekämpft. Er war verschwunden, wie sie es ihm befohlen hatte, und überließ seinen Leuten die letzten Arbeiten am Haus.

»Sieht sie nicht fantastisch aus?«, fragte ihr Vater.

»Ihr seht beide toll aus«, sagte Sandra und errötete, als sie sich an Joyces Worte erinnerte.

»Wir haben uns auf einen Kompromiss geeinigt«, bemerkte ihre Mutter augenzwinkernd. »Ich werde Golf spielen, aber nie auf heimischem Boden. Und dein Vater wird mich in Antiquitätenläden und Museen begleiten.« Sie hakte sich bei ihrem Mann ein. »Tauchen und Fallschirmspringen sind noch in der Verhandlungsphase.«

Sandras Herz hüpfte und brach zugleich. Das Band zwischen ihren Eltern war jetzt noch verlässlicher, gestärkt durch die besonders kräftigen Fasern einer verheilten Narbe. Warum gelang ihnen das, während so viele andere, Sandra eingeschlossen, versagt hatten? Sie erkannte, dass es etwas mit Mut zu tun hatte. Ihre Eltern waren mutig genug, um ihre Liebe zu kämpfen, mutig genug, sich zu verändern, damit sie bestehen konnte.

Sie betrachtete die zierlichen, mit Altersflecken übersäten Hände ihrer Mutter und das sanfte, runde Gesicht ihres Vaters und fragte sich, woher sie diesen Mut nahmen. Sie drängte sich immer wieder, ebenfalls so mutig und so stark zu sein, doch jedes Mal, wenn sie zum Hörer griff oder am Hafen vorbeifuhr, machte sie einen Rückzieher. Doch nichts war mit der Pein zu vergleichen, die sie empfunden hatte, nachdem sie Mike hinausgeworfen hatte. Nichts – außer ihrem Glück, wenn sie bei ihm war. Sie gestand sich ein, dass sie sich von Angst hatte leiten lassen. Solange sie ihm und seinen Kindern und sogar seinem verflixten Pudel nicht ihr Herz schenkte, brauchte sie sich selbst nicht aufs Spiel zu setzen.

»Ich bin stolz auf euch«, sagte sie. »Ich weiß, dass das nicht leicht für euch war.«

»In schweren Zeiten zusammenhalten – das ist die eigentliche Prüfung«, erklärte ihre Mutter ernst. »Es ist wirklich erschreckend, wie idiotisch sich zwei Menschen anstellen können, die einander lieben, nicht? Wir haben den Fehler gemacht zu erwarten, nach der Pensionierung würde alles perfekt sein – dass wir alle unsere Ziele erreicht haben würden. Stattdessen mussten wir erst neue Wege finden, den anderen und unser gemeinsames Leben neu entdecken.«

»Das freut mich sehr«, sagte Sandra. »Ich werde euch beide brauchen.«

Sie betraten das Gerichtsgebäude durch einen Seiteneingang und gingen zu einem Besprechungszimmer mit einem Messingschild an der Tür. Milton und seine beiden Kollegen waren schon da und sprachen ihre Notizen und Vorgehensweise durch. Die Anwälte würdigten sie kaum eines Blickes, als sie eintraten, außer um Sandras Kleidung zu inspizieren.

»Sie sehen gut aus«, erklärte Milton und begutachtete ihr marineblaues Kostüm. »Konservativ, nicht zu protzig.« Er winkte Sandras Eltern zu. »Der Richter soll schließlich nicht denken, sie hätte das zu Unrecht kassierte Geld auf den Kopf gehauen.« Er wandte sich ihnen prüfend zu. »Wollen Sie sich immer noch scheiden lassen? Sandra hat mir erzählt, Sie würden die Flinte ins Korn werfen.«

»Wir haben es uns anders überlegt«, erwiderte Lou.

»Na ja, in Ihrem Alter hält man sich wohl lieber an die vertrauten Übel.«

»Ja«, beantwortete Sandra die unausgesprochene Frage ihrer Eltern. »Er ist immer so direkt. Wir sehen uns gleich im Saal, ja?«

»Was wollen denn die vielen Reporter hier?«, fragte ihr Vater und betrachtete stirnrunzelnd den Menschenauflauf draußen auf dem Gang. »Das ist doch nur eine Anhörung. Sieht fast so aus, als hätte jemand mit sämtlichen Medien telefoniert.«

Courtney Procter?, überlegte Sandra. Nein, die hätte sicher lieber exklusive Bilder. Nach dem Gedränge im Foyer, aus dem langstielige Mikrofone aufragten, war Courtney wohl ausgestochen worden. Aber es war schon seltsam. Sandras Fall war Schnee von gestern, doch die Presse behandelte ihn wie eine Sensation.

»Sagen Sie kein Wort zu den Winslows, zur Presse oder irgendwelchen Zuschauern«, warnte Milton. »Ich kann Ihrer Tochter nur helfen, wenn ich die völlige Kontrolle über alles habe, was während dieser Anhörung geschieht.«

»Vertraut ihm«, sagte Sandra. »Er ist alles, was ich habe.«

»Und ich bin der Beste, den es gibt«, fügte er hinzu.

»Es wird alles gut gehen«, versprach ihre Mutter. Ihre Eltern umarmten Sandra und gingen zur Tür. Dieser Abschied hinterließ einen Hohlraum in ihr, der sich wund und empfindlich anfühlte.

Sie betete, dass Milton wirklich gut genug sein würde. Sie kehrte zu ihm zurück und musste wie so oft an Mike denken. Sie bemühte sich, sich selbst als Teil einer liebevollen Beziehung mit ihm zu sehen, anstatt sich für den Rest ihres Lebens mit dieser Einsamkeit abzufinden.

Obwohl sie ihn erst kurze Zeit kannte, war sie durch ihn bereits eine andere geworden. Sie würde das Leben nie wieder in demselben Licht sehen wie vorher. Woher hätte sie auch wissen sollen, dass sie so erfüllt und voller Freude leben konnte? Davor war sie nur halb lebendig gewesen, dem Leben ahnungslos ausgeliefert, und hatte keine Ahnung gehabt, wer sie bei einem Mann, der sie liebte, noch alles sein konnte.

Doch mit seiner irrsinnigen Idee, Victor lebe noch, und seiner Besessenheit, ihn suchen zu wollen, errichtete er eine Barriere zwischen ihnen. Sie sagte sich, dass Mike ihr im Grunde einen Gefallen tat, wenn er sich von ihr fernhielt. Mit der Zeit konnte sie vielleicht diesen gefühlstauben Zustand wieder erreichen, in dem sie so lange gelebt hatte – sicher vor Liebe, sicher vor Verletzungen.

Victor hatte ihr Leben verändert. Doch Mike hatte viel tiefere Spuren in ihr hinterlassen. Er hatte die Landschaft ihres Herzens neu gestaltet.

Aber diese empfindliche neue Gestalt hatte keine Chance bekommen, keine Zeit, erprobt und bestärkt zu werden, und Sandra fürchtete, sie könnte ihr wieder entgleiten.

Ein Teil von ihr wollte, dass er zu ihr zurückgekrochen kam, einen schrecklichen Fehler eingestand und sie um Verzeihung bat.

Doch ein anderer Teil wusste ganz genau, dass er zuallererst ein alleinstehender Vater war, der um seinen Platz im

Leben seiner Kinder kämpfte. Ihm blieb gar nichts anderes übrig, und sie wollte seine Beziehung zu seinen Kindern nicht gefährden.

Er war aus ihrem Leben verschwunden. Kevin und Mary Margaret waren verschwunden. Dafür hatte Angela gesorgt. Bald würde Sandra selbst aus Paradise verschwunden sein.

»Sind Sie soweit?«, fragte Milton und nahm seine Unterlagen vom Tisch.

Sie ging zur Tür. »Ich kann es kaum erwarten.«

Er blieb stehen und grinste sie an.

»Was?«, fragte sie.

»Sie sind irgendwie verändert.«

»Ach ja? Ich habe mir die Haare stufig schneiden lassen –«

»Nein, nicht so, ich meine richtig verändert.« Er trat zurück und kniff die Augen zusammen. »Früher hatten Sie Angst vor Ihrem eigenen Schatten. Jetzt sind Sie mutiger. Bereit, es denen so richtig zu zeigen.«

»Das nehme ich als Kompliment.«

»Das ist auch eines, da können Sie Ihren Hintern drauf verwetten.«

Zu beiden Seiten des Flurs reihten sich Reporter und Fotografen auf. Sandra und die Anwälte mussten bis zum Gerichtssaal einen Spießrutenlauf im Blitzlichtgewitter hinter sich bringen; Fragen prasselten auf sie nieder. Sie erinnerte sich an etwas, das Mike sie beinahe hatte vergessen lassen: Sie war das Mädchen auf dem Riesenrad. Nichts konnte sie berühren. Nichts konnte sie aufhalten.

Aus den Augenwinkeln entdeckte sie einen bekannten blonden Schopf, leuchtend rote Lippen, ein Mikrofonkabel am Ausschnitt eines Armani-Blazers. Courtney Procter. Sie schob ihr ein Handmikro mit dem Schriftzug »WRIQ« unter die Nase.

»Mrs Winslow, wie stellen Sie sich zu dem Vorwurf, Sie hätten diese ganze Sache inszeniert, um an sein Geld zu kommen?«

»Wissen Sie, Ms Procter, ich habe auch eine Frage an Sie. Werden Sie je darüber hinwegkommen, dass er nicht Sie, sondern mich geheiratet hat?«, sagte Sandra im Vorbeigehen. »Versuchen Sie doch, diesmal wahrheitsgemäß zu berichten.«

Milton pfiff durch die Zähne.

»Ich kann nicht glauben, dass ich das eben gesagt habe.« Im Saal war es sehr still, bis auf das quietschende alte Parkett. Milton ermahnte sie, weder nach links noch nach rechts zu schauen. Doch sie konnte die vielen Gesichter nicht ignorieren. Ronalds Schäflein drängten sich auf den Bänken und starrten sie hasserfüllt an. Da saß Gloria Carmichael, der das Restaurant gehörte, in einem Sweatshirt mit dem Aufdruck: »99 Prozent aller Anwälte ruinieren den Ruf ihrer ehrlichen Kollegen«. Sandras Eltern und Joyce saßen auf der Bank direkt hinter dem Tisch der Beklagten. Sie war erstaunt, auch Malloys Leute zu sehen, die sie ohne die verkleckerten Overalls kaum erkannt hätte. Sie hatten sich ordentlich frisiert und ballten die rauen Fäuste nervös im Schoß. Seltsamerweise saß Phil Downing bei den Carmichaels hinter dem Tisch der Kläger. Sie fragte sich, ob die Zuschauer beim Hereinkommen eingewiesen wurden – Freunde des Bräutigams bitte hier herüber, Feinde der Braut bitte dort. Bei ihrer Hochzeit mit Victor waren die Helfer angewiesen worden, die Leute gleichmäßig auf beide Seiten des Mittelgangs zu verteilen – niemand hatte ihr einen Grund genannt, doch sie hatte eigentlich gewusst, warum: Es sollte nicht auffallen, dass man ihre Angehörigen und Freunde an einer Hand abzählen konnte.

Es überraschte sie sogar noch mehr, Sparky Witkowski in einem kobaltblauen Hosenanzug zu sehen, wie immer das Handy am Ohr. Sparky fing ihren Blick auf, zeigte mit einem gefährlich langen Fingernagel auf sie und formte mit den Lippen die Worte *Wir müssen reden.*

Kein guter Tag, um über Immobilien zu diskutieren, dachte

Sandra, ging durch die niedrige Schwingtür und setzte sich an den langen, furnierten Tisch. Sie sah die Winslows nicht an, doch sie konnte ihre Anwesenheit spüren, eine Phantomkälte, als habe jemand ein unsichtbares Fenster offen gelassen.

Sie wappnete sich mit einem Gefühlspanzer, als Richter Santucci eintrat und alle aufstanden. Er sah aus wie ein Tony-Bennett-Klon; er nahm an seinem Tisch Platz und wies die Anwesenden an, sich zu setzen. Sorgfältig setzte er sich eine Lesebrille auf, um dann mit strengem Blick über den oberen Rand hinweg die Anwälte zu ermahnen, dass sie immer noch den Anordnungen zu folgen hätten, die er in den Vorgesprächen festgelegt hatte.

Sie musste ihre Hände beschäftigen. Sie nahm einen Stift und einen Notizblock und schrieb: *Zehn Dinge, die niemand über mich weiß...*

Jeder Punkt auf dieser Liste erinnerte sie an Malloy. Sie liebte nicht nur ihn, sondern alles, wofür er stand – die kleinen, alltäglichen Wunder, die das Leben lebenswert machen. Sie liebte seine Kinder, mochte sogar seinen Hund. Es gefiel ihr, dass Mike ganz normal war, nicht berühmt. Geschickt mit den Händen. Er war ruhig und stark und die Erfüllung eines Traums, der ihr nicht einmal bewusst gewesen war, bevor sie ihn gesehen hatte. Er war ein Versprechen, Geborgenheit, ein Rettungsfloß.

Doch sie hatte das Gefühl zu ertrinken, als sie nun in den Zeugenstand trat, die Hand hob und schwor, die Wahrheit zu sagen.

Wessen Wahrheit? Ihre? Oder Victors?

Milton hatte ihr eingeschärft, während der ganzen Befragung nur ihn anzusehen, selbst wenn der Anwalt der Winslows sie ansprach. Sie konzentrierte sich also auf Milton und forschte in seinem Gesicht nach Hinweisen. Er zog wieder einmal seine Eidechsen-Nummer durch und saß vollkommen still da.

Wie erwartet begann der Anwalt der Winslows mit freundlichen, höflichen Fragen – wo sie aufgewachsen und zur Schule gegangen sei. Die Absicht dahinter war, sie im Lauf der Befragung als verzweifelte Frau erscheinen zu lassen, die hinter dem Geld ihres Mannes her war.

»Mrs Winslow, wie würden Sie Ihre Ehe mit Victor Winslow beschreiben?«

»Wir waren glücklich.« Sie führte das nicht weiter aus. Milton hatte es ihr verboten. Und es war eigentlich nicht gelogen. Sie waren glücklich gewesen, obwohl Victor im Lauf der Jahre immer abwesender, aufbrausender und trauriger geworden war. Sie hatte sich Sorgen um ihn gemacht, doch damals hatte sie zu wenig über ihn gewusst – nur dass sie in manchen Augenblicken glaubte, einen Wildfremden vor sich zu haben.

»Soweit wir wissen, sind Sie von Beruf Schriftstellerin.«

Das war etwas Neues. Sie sah Milton an, der die Stirn runzelte und dann mit den Schultern zuckte.

»Das ist richtig.«

»Um genau zu sein, Sie haben fünf Romane unter einem falschen Namen veröffentlicht.«

»Unter meinem Mädchennamen«, korrigierte sie.

»Die meisten Leute glauben ja, Schriftsteller wären reich. Bitte sagen Sie doch dem Gericht, ob Ihre Bücher Sie reich gemacht haben.«

»Was verstehen Sie denn unter reich?«

»Können Sie von Ihrem Einkommen leben?«

»Einspruch.« Das Wort schnellte aus Miltons Mund hervor wie eine Schlangenzunge. »Diese Fragen sind doch irrelevant.«

»Euer Ehren, wir wollen darlegen, dass Mrs Winslow nicht in der Lage ist, ihren Lebensunterhalt durch ihre Arbeit zu bestreiten.«

»Herr Anwalt, bitte beschränken Sie Ihre Fragen auf Umstände, die mit dem Unfall zu tun haben.«

»Wir wollen ein Motiv nachweisen, Euer Ehren. Abgesehen von Ihren geringfügigen Einkünften durch Ihre schlecht verkauften Bücher, Mrs Winslow, wovon haben Sie während Ihrer Ehe gelebt?«

»Vom Gehalt meines Mannes. Die Höhe seines Einkommens als Senator ist – war – öffentlich bekannt.«

»Warum sollte er eine so hohe Lebensversicherung abschließen?«

»Er war jung und gesund. Die Beiträge waren niedrig.«

»Wie praktisch für Sie.«

»Einspruch«, fuhr Milton dazwischen.

»Stattgegeben. Unterlassen Sie solche Kommentare, Herr Anwalt.«

Der Anwalt presste die Fingerspitzen zusammen und senkte den Kopf wie ein frommer Mann, der sich für eine Begegnung mit dem Teufel wappnete. »Mrs Winslow, kehren wir zum neunten Februar zurück. Bitte erzählen Sie uns in Ihren eigenen Worten, was damals passiert ist.«

Damit hatte Milton gerechnet, und sie hatte ihre Antwort tagelang geübt. Dennoch war sie nicht auf die eiskalte Panik vorbereitet, die sie erfasste, als sie sich zum Mikrofon vorbeugte. Und sie hatte nicht mit dem beinahe überwältigenden Drang gerechnet, mit der Wahrheit herauszuplatzen, die Malloy ihr abgerungen hatte.

»Wir – Victor und ich – waren an diesem Abend bei einer Gala im Yachtclub von Newport. Wir haben Spenden für seinen...« Sie zählte die Fakten auf, wie damals vor Malloy, als der ihre Version der Ereignisse hatte hören wollen. Sie beschrieb Victors kurze Rede. Sie räumte ein, dass er getrunken hatte, und schilderte ihre Demütigung, als er sie auf der Tanzfläche stehen ließ. Damals hatte sie seine Wut nicht verstanden, doch jetzt kannte sie den Grund dafür. Irgendetwas war an jenem Abend in ihm durchgebrochen. Victor hatte sich wie ein Gefangener seines eigenen Lebens gefühlt, und sie war eine der Gefängnismauern. Doch sie war nicht der Auslöser seiner Flucht.

Sie beschrieb, wie sie rasch den Ball verließ und nach Hause fahren wollte. Doch den Mann, der sie angesprochen hatte, als sie schon im Auto saß, den erwähnte sie nicht. Sie hatte noch nie jemandem von ihm erzählt. Nicht einmal Mike.

Richten Sie Ihrem Mann aus, dass er unsere Verabredung heute Abend wohl vergessen hat. Grüßen Sie ihn von Max.

Der Fremde namens Max war in der Dunkelheit verschwunden und hatte sie verblüfft und beunruhigt zurückgelassen. Victor kam gleich darauf zur Tür heraus, und Max fing ihn ab. Obwohl er und Max einander gegenüberstanden wie Gegner in einem Duell, hatte sie eine seltsame, stumme Anziehung zwischen ihnen gespürt. Sie konnte nicht hören, was sie sagten, doch sie sah Max vortreten und Victor am Arm packen. Victor riss sich los und eilte zum Auto; seine schlanke Gestalt hatte eine goldene Aura von den Natriumdampflampen auf dem Parkplatz.

Reporter und Fotografen, die Kameras im Anschlag, kamen aus dem Gebäude gerannt, und Victor sprang ins Auto. Ohne zu überlegen, gab Sandra Gas, sodass der Cadillac hinten ausbrach, als sie in die Winternacht hinausraste. Sie fuhr zu schnell, auf der Flucht vor der Presse, während sich Victor neben ihr in einen vollkommen Fremden verwandelte.

Auch in diesem Moment begriff sie es noch nicht ganz. Das kam erst in den folgenden Minuten, als sie feststellten, dass Max sie verfolgte. Da brach Victor zusammen und füllte das dunkle Auto mit Enthüllungen über sein geheimes Leben, seinen ständigen Kampf. Der unerträgliche Druck explodierte schließlich, entzündet von seinem Begehren für Max, das außer Kontrolle geraten war.

Während sie die offizielle, nun schon vertraute Geschichte des Unfalls erzählte, sah sie noch immer die schreckliche Nacht vor sich, den heulenden Wind, die regennasse, rutschige Straße. Sie beschrieb den Aufprall, den explodierenden Airbag und den entsetzlichen Nachhall in ihren Ohren. Trotz allem, was sie nun wusste, weinte sie, während sie erzählte, musste innehalten und einen Schluck Wasser trinken, um die Fassung wiederzugewinnen.

Sie hatte nie erfahren, was in jener Nacht aus Max geworden war. Er war vermutlich derjenige, der anonym Hilfe gerufen hatte, doch sie wollte nicht, dass er ausfindig gemacht wurde und die Wahrheit über Victor enthüllte. Vielleicht würde sogar er ihr vorwerfen, sie habe deshalb den Unfall gebaut.

Der Anwalt der Winslows fragte nicht, weshalb sie auf der Brücke die Kontrolle über den Wagen verloren hatte. Niemand hatte sie je danach gefragt.

»Mrs Winslow«, fragte er stattdessen, als sie fertig war, »waren Sie stolz auf die Arbeit, die Ihr Mann im Senat leistete?«

»Selbstverständlich.«

»Was ist mit der Vorlage HR sieben-zwei-acht? Bitte erklären Sie uns, was es damit auf sich hat.«

Ihr Blut gefror. »Das ist ein Gesetz, das den Waffenbesitz einschränkt.«

»Und Sie haben es unterstützt?«

»Ja, allerdings.«

Sie versuchte, sich nur auf Milton zu konzentrieren, doch eine plötzliche Bewegung ganz hinten im Saal lenkte sie ab. Ein Gerichtsdiener sprach mit jemandem an der Tür. Sie sah gefaltete Zettel, die Milton und dem zweiten Winslowschen Anwalt über die langen Tische zugeschoben wurden.

»Wenn das so ist, Mrs Winslow, wie erklären Sie dann, dass Sie am fünften Januar letzten Jahres über das Internet eine Handfeuerwaffe gekauft haben? Genauer gesagt« – er blickte auf seine Notizen – »eine halbautomatische neun Millimeter Cobray Luger mit Fünf-Zoll-Lauf und Zehn-Schuss-Magazin. Das Modell mit dem Gewindelauf, das letzte vor dem Verbot.«

Der gesamte Gerichtssaal stand unter Schock, Sandra eingeschlossen. Dann redeten alle auf einmal, die Zuschauer diskutierten diese Enthüllung, Reporter und Zeichner beeilten sich, diesen Augenblick festzuhalten. Santuccis Hammer erhob sich über dem Lärm, bis wieder schweres, geladenes Schweigen herrschte. Milton blieb regungslos, doch sie sah den Alarm in seinen Augen funkeln. Das hatte er nicht erwartet.

Der Schock versperrte ihr selbst jede Reaktion, und sie sagte nichts.

»Mrs Winslow, soll ich die Frage wiederholen?«

Sie schüttelte den Kopf, ihre Lippen formten ein Wort, doch kein Laut kam aus ihrer Kehle.

»Bitte beantworten Sie die Frage«, wies der Richter sie an.

Ihre Zunge war gelähmt. Ihre Kehle verkrampfte sich. Mit leisem Zischen stieß sie wortlose Luft aus, mehr nicht. Sie spürte ihre Augen hervortreten, als ersticke sie.

»Das ist doch eine ganz einfache Frage«, sagte der Anwalt. »Haben Sie nun eine Waffe von *Gunexchange.com* gekauft oder nicht?«

Sie versuchte ja zu sprechen, zu protestieren, sich zu erklären. Es kam nichts. Sie war Sandy Bab-bab-babblecock. Sie konnte kein Wort herausbringen, obwohl ihr Leben davon abhing.

Wieder gab es einen kleinen Aufruhr hinten im Saal, der sie noch mehr verwirrte.

Ihre Eltern beugten sich vor und sprachen mit Miltons Kollegen.

Milton sprang auf. »Euer Ehren, darf ich –«

»Bitte geben Sie mir jetzt eine Antwort, Mrs Winslow«, wies der Richter sie an.

Was konnte sie schon sagen? Ihr panischer Blick fiel auf Phil Downing. Sie hatte ihm ihren alten Laptop geschenkt, in gute Hände zu verschenken ...

»Ein einfaches Ja oder Nein. Wir haben sämtliche Daten des Kaufs vorliegen. Die Nummer einer Kreditkarte, die auf

Ihren Mädchennamen läuft. Den Nachweis der Lieferung an ein Postfach, das unter Ihrem falschen Namen registriert ist, Sandy Babcock. Sagen Sie uns, warum Sie die Waffe gekauft haben.«

»Sie hat die Waffe nicht gekauft«, sagte eine Stimme ganz hinten aus dem Saal.

Santuccis Hammer sauste nieder. »Ruhe!«

»Ich habe die Waffe gekauft.«

Ein Mann im dunklen Anzug trat durch die Tür und blieb neben einem uniformierten Polizisten stehen.

Sandra erstarrte. Das Blut wich aus ihrem Gesicht.

Sein Haar war jetzt blond und kurz geschnitten. Anscheinend hatte er sich geprügelt – sein Kiefer war blau und geschwollen, und er hatte eine gesprungene Lippe, dunkel mit Blut verkrustet. Doch sein gebräuntes Gesicht war glatt, er sah besser aus als je zuvor, und seine fesselnden Augen blickten ruhig und ernst. Er hatte immer noch Charisma. Er hatte immer noch die Gabe, einen ganzen Saal mit seiner einmaligen, unvergesslichen Energie zu erfüllen. Wie der Wind, der durch ein Kornfeld strich, lief Geflüster durch die Menge, das immer lauter wurde. Die Leute drehten sich auf den Bänken um und starrten ihn an.

Winifred Winslow stöhnte und hielt sich an ihrem Mann fest.

Endlich gab Sandras Kehle ihre Stimme frei. Das eine Wort, das sie ins Mikrofon sprach, ließ einen Tumult losbrechen.

»Victor.«

36

Victor Winslow tat das, was er am besten konnte – er gab eine Pressekonferenz. Er bereitete sich auf die einstürmenden Fragen vor und spürte einen überraschenden – aber nicht zu leugnenden – Adrenalinstoß. Das hier hatte ihm gefehlt.

Es war seine Idee gewesen, die Medien zu der Anhörung zu locken, obwohl er wusste, dass er darunter leiden würde. Seit er Paradise verlassen hatte, hatte Victor viel über Leid gelernt, und er hatte gelernt, dass es schlimmere Dinge gab, als zu leiden.

Jemand anderem wehzutun, zum Beispiel. Jemandem Leid zuzufügen, der nichts falsch gemacht hatte, außer ihn zu lieben.

Sandras Leid war öffentlich bekannt geworden. Deshalb hatte er die Absicht, alles auch so öffentlich wie möglich aufzuklären. Seine Rückkehr musste ebenso dramatisch sein wie sein Verschwinden damals.

Ihm blieb nur ein Moment, um seine Eltern am Klägertisch auszumachen, doch dieser Moment reichte aus, um den Schock zu sehen, der sich auf ihren Gesichtern abzeichnete. Ihre fassungslosen Mienen voll atemloser Freude und Erleichterung erinnerten ihn daran, warum er sich so lange so sehr bemüht hatte, sie zu schützen.

Warum konntet ihr die Sache nicht auf sich beruhen lassen? Ironischerweise hatten sie es ihm unmöglich gemacht, diese Scharade aufrechtzuerhalten. Hätten sie Sandra in Frieden gelassen, dann hätte er niemals zurückkehren müssen. In wenigen Augenblicken würde neues Leid über seine Eltern kommen, noch verschärft durch Täuschung und Ekel. Doch zumindest würden die Lügen und das Versteckspielen ein Ende haben.

Beim Verlassen des Gerichtssaals wurden er und Sandra mit der Menge hinausgespült wie Blätter in einem rauschenden Bach. Während die Presse im Foyer des Gerichts um die besten Plätze rangelte, stieg er auf die Stufen, die ihm als provisorisches Podium dienen würden, und griff nach Sandras Hand. Eiskalt.

»Fass mich ja nicht an«, flüsterte sie und wich zurück. Sie sah sich panisch um, doch begierige Zuschauer versperrten sämtliche Fluchtwege, also blieb ihr nichts anderes übrig, als an seiner Seite stehen zu bleiben. Genau wie früher.

Wie hätte er denn ahnen sollen, dass sie so sehr leiden würde? Als er und Max in jener Nacht davongefahren waren, hatte alles so einfach ausgesehen. *Ach, Sandra. Alles ist völlig schiefgelaufen.*

Unter den heißen, blendenden Scheinwerfern ragten Mikrofone wie Speere über einem Bataillon von Kameras und Reportern auf. Er hoffte, sie würden sich nicht allzu sehr um die Verletzungen kümmern, die er bei der Prügelei gestern davongetragen hatte – das war eine andere Geschichte. Geschickt nahm er dieses Ereignis in die Hand. Er griff in die Tasche und zog eine vorbereitete Erklärung heraus. Er hatte während des ganzen Fluges nach Providence daran gearbeitet. Sie war geprägt von seiner typischen Aufrichtigkeit und Redegewandtheit, doch keine noch so geschickte Formulierung würde etwas an ihrem wesentlichen Inhalt ändern.

»Meine Damen und Herren, in dieser Geschichte geht es um wahren Mut – allerdings nicht um meinen. Mein Mangel an Mut wird gleich mehr als deutlich werden. Ich hätte nie gedacht, dass ich noch einmal hierher zurückkehren, noch einmal neben Sandra stehen würde, doch ich bin zurückgekehrt, um meine Fehler einzugestehen. Ich kann nicht zulassen, dass andere die Konsequenzen tragen müssen.«

Zwischenrufe und Blitzlichtgewitter brachen aus. Sandra zuckte zusammen. Victor hob die Hand und blickte in das verschwommene Meer von Gesichtern vor ihnen, bis die vielen Frager verstummten. »Meine Frau hat nichts Unrechtes getan«, erklärte er dann. »Ihr einziger Fehler war ihre Verschwiegenheit.«

»Wollen Sie damit sagen, dass Mrs Winslow Ihnen geholfen hat, Ihren eigenen Tod vorzutäuschen?«, fragte eine Frau in der Menge.

Courtney Procter. Die würde er sich noch vornehmen, aber das musste noch warten. »Geschah das in der Absicht, die Lebensversicherung zu betrügen?«, beharrte Procter, bevor er ihre erste Frage beantworten konnte.

»Wollen Sie hier die Fakten erfahren oder Gerüchte in Umlauf bringen?«, herrschte Victor sie an. Er empfand ein perverses Vergnügen dabei, die aggressive Journalistin erröten und stottern zu sehen. Früher hätte er es sich nicht erlauben können, Reporter zu verärgern; jetzt musste er sich nicht mehr höflich geben. »Bis vor wenigen Augenblicken hielt meine Frau mich für tot. Ich hatte nicht geplant, in der Nacht des neunten Februar zu verschwinden. Aber unter den damaligen Umständen blieb mir keine andere Wahl, oder zumindest dachte ich das damals.

In Wahrheit ereignete sich diese Tragödie aufgrund von Umständen, die lange zurückreichen. Im Grunde fing alles an, bevor ich Sandra überhaupt kennenlernte. Ich habe die Waffe gekauft, um mich gegen jemanden aus meiner Vergangenheit zu schützen – vor meinem ehemaligen Liebhaber, einem Mann namens Max Henshaw.«

Er machte eine Pause, damit die Zuhörer diese Enthüllung aufnehmen konnten, und wartete dann ab, während die unausweichlichen Fragen niederprasselten. »Sie hatten einen Liebhaber?« »Sind Sie homosexuell?« »Wer ist Max Henshaw?«

Er spürte, wie Sandra sich an seiner Seite wand vor Scham, doch er sah sie nicht an. Er wollte, dass die Aufmerksamkeit sich allein auf ihn richtete. »Mr Henshaw und ich hatten 1992 eine kurze Affäre. Ich dachte, das gehöre für immer der

Vergangenheit an, doch die Tatsache, dass ich heute hier vor Ihnen stehe, beweist nur, dass man die Vergangenheit niemals ganz begraben kann. Jahre, nachdem wir uns getrennt hatten, wollte er mich wiedersehen, obwohl ich deutlich gemacht hatte, dass ich meiner Frau treu bleiben wollte. Seine Forderungen wurden... aggressiv. Ich habe versucht, allein damit fertig zu werden, aber schließlich geriet die Situation außer Kontrolle. Ich habe die Kreditkarte unter dem Mädchennamen meiner Frau beantragt. Ich habe die Waffe über einen Internet-Versand gekauft, wo keine Fragen gestellt wurden. Ich konnte mir zwar nicht vorstellen, je von dieser Waffe Gebrauch zu machen, aber ich wollte ihm Angst machen, damit er aufgibt. In der Nacht des Unfalls versuchte Mr Henshaw mich zur Rede zu stellen, und das war der Grund für meinen überstürzten Aufbruch vom Ball im Yachtclub.«

Er gestattete sich einen flüchtigen Blick auf Sandra. Sie stand da wie erstarrt und konnte nicht entrinnen. »Der Unfall hat sich genauso ereignet, wie meine Frau ihn geschildert hat – wir haben uns gestritten, und sie hat die Kontrolle über den Wagen verloren. Doch eine Tatsache hat sie nie erwähnt – wir wurden in jener Nacht verfolgt, von Mr Henshaw in einem Mietwagen. Er war es, der von der Brücke aus den Unfall gemeldet hat. Unser Wagen stürzte ins Wasser, und die elektrischen Fensterheber funktionierten nicht mehr. Meine Frau war ohnmächtig, und ich habe die Windschutzscheibe zerschossen, um uns zu befreien. Mr Henshaw hat uns ans Ufer geholfen. Was ich dann tat, hatte ich nicht geplant, das war ein spontaner Einfall. Vielleicht konnte ich nicht mehr klar denken, wegen des Schocks und der Unterkühlung, ich weiß es nicht. Das ist auch nicht wichtig – ich bin hier, um die volle Verantwortung dafür zu übernehmen. Ich bin mit Max Henshaw weggefahren.« Er hielt inne und beobachtete, wie diese Worte ankamen. Er hatte die Meute in der Hand – er faszinierte sie mehr denn je. Seine Mutter schlug die Hände vors Gesicht, während sein Vater noch immer reglos dasaß wie ein Kriegsdenkmal aus Granit.

»Ich wurde in dem Glauben erzogen, dass Homosexualität moralisch verwerflich ist. Ich habe jeden Tag meines Lebens um Kraft gebetet zu widerstehen, und meinen Kampf vor meinen Eltern, meinen Freunden, meiner Frau und meinem Gott geheim gehalten. Ich habe ganz allein damit gerungen. Mir selbst treu zu sein, hätte bedeutet, die Liebe und Achtung meiner Familie zu verlieren, meine Stellung in der Gesellschaft, meine politische Laufbahn. Ich dachte, ich wäre bereit, um dieser Dinge willen meine wahre Natur zu opfern. Und lange Zeit ist mir das auch gelungen. Doch schließlich wurde der Preis zu hoch. Manche Dinge sind stärker als der menschliche Wille. Ich schäme mich nicht mehr dafür, dass ich bin, wer ich bin, nur dafür, dass ich den falschen Ausweg gewählt habe. Ich werde selbstverständlich die volle Verantwortung für mein gesetzwidriges Verhalten übernehmen.«

Er machte eine kurze Pause und fügte dann hinzu: »Ich werde heute Nachmittag Ihre Fragen beantworten. Sie verstehen sicher, dass ich im Moment Wichtigeres zu tun habe.«

Wachleute des Gerichts geleiteten ihn, Sandra und seine Eltern durch das Gedränge der Reporter und Fotografen zu einem ruhigen Konferenzraum. Sandra wurde hinter ihm hergeschoben, und er fragte sich, ob das bei ihnen immer so gewesen war – er voran und sie hinterdrein, sodass sie stets die Wogen abbekam, die er in seinem Kielwasser hinterließ.

Als sich die Tür des Konferenzraums schloss, trat seine Mutter auf ihn zu und zögerte dann. Sehnsucht und Schock spiegelten sich in ihren Augen. Sein Vater zögerte keine Sekunde; mit einem leisen Surren glitt der elektrische Rollstuhl zum anderen Ende des Konferenztisches und drehte sich herum.

Victor schnürte es die Kehle zusammen, doch sein Entschluss stand fest. Wenn er in dieser schlimmen Zeit etwas gelernt hatte, dann, dass seine Eltern sich irrten, wenn sie Menschen wie ihn verachteten. Niemals wieder würde er versuchen, sein wahres Ich zu verleugnen, nur um ihnen Kummer zu ersparen und ihren guten Namen zu schützen.

Sandra rutschte auf die Tischkante nahe der Tür, als wolle sie jeden Moment fliehen. »I-ich nehme an, du möchtest mir einiges erklären«, sagte sie.

Er sah die Sehnen an ihrem Hals hervorstehen, und eine Woge von Zärtlichkeit überkam ihn. Sie kämpfte noch immer gegen das Stottern. Die Tapferkeit, mit der sie ihrer Behinderung begegnete, war einer der Gründe gewesen, weshalb er sie lieb gewonnen hatte. Sie verfluchte inzwischen vielleicht den Tag, an dem sie ihn kennengelernt hatte, doch er wusste, dass er das nie bereuen würde. »Hab noch ein bisschen Geduld mit mir«, sagte er, obwohl er wusste, wie ironisch das in ihren Ohren klingen musste. Sie hatte schon viel zu lange auf ihn gewartet.

Er setzte sich ihr gegenüber und begann zu erzählen. Er kehrte zurück zu den Ereignissen, die zu dem Unfall geführt hatten, und zeigte Sandra und seinen Eltern etwas von der Welt, die er vor ihnen verborgen hatte. Er erinnerte sich an den ersten Anruf bei ihm zu Hause. Nach all diesen Jahren versuchte Max, wieder Kontakt zu ihm aufzunehmen, und im tiefsten Herzen wusste Victor, warum.

Die erotische Wildheit, die ihn damals zu Max hingezogen hatte, war dunkel geworden, unberechenbar und bezwingender denn je. Er wusste, dass er und Max einander zerstören würden. Und das hatten sie auch beinahe getan.

Er hatte Briefe bekommen, mit der Post, übers Internet, an sein Büro, die ihn in eine Ecke drängten, aus der es kein Entkommen gab. Die kalte Panik vor einer möglichen Enthüllung und ihre unvergessene Leidenschaft wurden zu purer Verzweiflung. Aus schierer Angst hatte er sich eine Waffe besorgt. Er konnte sich nicht vorstellen, sie tatsächlich abzufeuern, aber er konnte doch das Leben, das er sich aufgebaut hatte – sein Amt, seinen guten Ruf – nicht einfach aufgeben.

Vor allem wollte er sich nicht vorstellen müssen, wie schockiert und angewidert sein Vater ihn ansehen würde, sollte diese Sache jemals ans Licht kommen. In dem Moment, als Max ihn auf dem Parkplatz abfing, war Victors Leben ebenso unaufhaltbar außer Kontrolle geraten wie später das Auto auf der Brücke.

Er erinnerte sich an den heftigen Stoß, als der Wagen gegen das Brückengeländer krachte und durchbrach. Seine Zähne schlugen aufeinander, als das Auto hart auf die Wasseroberfläche prallte. Er erinnerte sich an das Blut, das ihm übers Kinn lief, während er reglos und seltsam unbeteiligt dasaß und der Wagen langsam im Wasser versank, mit dem Kofferraum voran, sodass die gespenstischen Strahlen der Scheinwerfer in den Himmel zeigten. Er drehte sich mühsam um und sah die versunkenen Rücklichter wie leuchtende Blutflecken unter der Oberfläche schimmern.

Er hatte keine Angst vor dem Tod. Nach dem Leben, zu dem er sich selbst gezwungen hatte, wäre es beinahe eine Erleichterung zu sterben. Seine Eltern und seine Anhänger würden um ihn trauern, doch sein Tod wäre ein weniger harter Schlag für sie, als irgendwann erfahren zu müssen, wie ihr Sohn wirklich war. Widernatürlich und abscheulich, den Lehren seines Vaters zufolge. Victor hatte das selbst auch geglaubt.

Eine tranceartige Ruhe erfüllte ihn. Die Waffe in seiner Hand fühlte sich kalt und schwer an. Max' Geheimnisse würden nun keine Macht mehr über ihn haben. Es war vollkommen... beinahe.

Doch irgendetwas drang mahnend durch seine verwirrte Ruhe. Irgendein Impuls ließ ihn die Hand ausstrecken und die kleine Innenleuchte anschalten. Sandra. Sie lag halb unter dem Airbag begraben, und das eindringende Wasser bedeckte sie schon fast völlig. Er berührte ihr Gesicht und war gerührt über die Wärme ihrer Wange. Sandra. Sie hatte nichts Falsches getan, außer sich ihn so zu wünschen, wie er nicht sein konnte. Sie wollte ihn als ihren Ehemann, ihren Liebhaber, den Vater ihrer Kinder sehen. Sie hatte nichts getan, außer ihn mit einer Treue und Hingabe zu lieben, die er nicht verdient hatte.

Er musste sie hier rausholen. Mit der Kraft eines berauschenden Adrenalinstoßes befreite er sie von dem Gurt. Sie fiel ihm wie eine Puppe in die Arme, und er wusste nicht, ob sie überhaupt noch lebte.

Die elektrisch gesteuerten Fenster ließen sich nicht öffnen. Er stemmte sich mit aller Kraft gegen die Tür, doch er bekam sie nicht auf. Zum ersten Mal überfiel ihn Panik. Er griff nach der Waffe, spürte ihr solides, tödliches Gewicht und betätigte den Abzug.

Der ohrenbetäubende Schuss ging daneben. Zitternd versuchte er es noch einmal. Die Windschutzscheibe implodierte unter dem Wasserdruck. Scherben schnitten in sein Gesicht, seine Hände. Ein Schwall eisigen Meerwassers drückte ihn mit unglaublicher Kraft in den Sitz zurück. Der Airbag hatte Auftrieb und war noch mehr im Weg. Seine Brust gierte nach Luft und begann zu verkrampfen, und er konnte Sandra nur noch mit Mühe festhalten. Doch Victor war am Meer aufgewachsen, und er war immer ein sehr guter Schwimmer gewesen. Er schaffte es, sie festzuhalten und durch die kaputte Windschutzscheibe nach draußen zu entkommen wie durch einen Geburtskanal.

Er kämpfte sich gegen die starke Strömung ans Ufer. Max war schon ins Wasser gewatet, um ihm zu Hilfe zu kommen.

Die Scheinwerfer des Autos leuchteten immer noch gespenstisch aus der Tiefe. Keiner von beiden sagte ein Wort, während sie Sandra ans felsige Ufer schleppten. Weißer Schaum drang ihr aus Mund und Nase. Sie würgte und rang keuchend nach Luft.

Er stand zitternd vor ihr, und die Steine unter ihm bebten in der Brandung. Die Auswirkungen der starken Unterkühlung gaben ihm ein eigenartiges Gefühl von Freiheit und innerem Abstand. Er hatte den Tod besiegt. Er hatte Sandra das Leben gerettet.

Sandra, die nun endlich die Wahrheit kannte.

»Ich habe einen Krankenwagen gerufen.« Max packte Victors Arm. »Bist du verletzt?«

»Nein.«

Ein fernes Heulen drang durch die kalte, feuchte Luft. Eine Sirene.

Max rührte sich nicht, sein Griff fühlte sich heiß und stark an. »Komm mit mir mit.«

»Was? Das ist doch verrückt, das ist –«

»Verstehst du denn nicht, Victor? Dein Leben hier ist vorbei. Nach heute Nacht wird es nie wieder so sein wie vorher – du wirst zurücktreten müssen, deine Frau wird sich von dir scheiden lassen. Weiß der Teufel, was erst deine Eltern anstellen werden. Willst du das denn?«

»Nein, aber –«

»Wir gehen zu mir nach Hause, nach Florida. Jetzt, noch heute Nacht. Bevor jemand kommt. Sie werden die Frau hier schon finden – aber dich nicht.«

Ihm drehte sich der Kopf. Er zitterte, ihm war schwindlig. »Herrgott, Max.«

»Dieser Augenblick ist ein Geschenk, eine einmalige Chance.«

Victor erschauerte vor Kälte und Aufregung. Die gnadenlose See hatte ihn getauft, und er war ihr als neuer Mensch entstiegen. Er wusste sehr wohl, was er aufgab. Er würde nie zurückkehren, nie wieder mit den Menschen sprechen können, die er liebte, oder seine trauernde Familie trösten.

Wie seltsam, dass es hier enden würde, wo er früher kunstvolle Verstecke im dichten, matschigen Sumpfland angelegt oder sich ein Fischerboot ausgeliehen hatte, um damit einen abenteuerlichen Nachmittag auf dem Meer zu verbringen. Wenige kannten die Geheimnisse dieses Fleckchens besser als

Victor. Kleine Jungen konnten hier verschwinden und tagelang nicht gefunden werden.

In der bitterkalten Nacht rief er Sandra beim Namen, doch sie hörte ihn nicht. »Ich liebe dich«, sagte er, und seine Stimme ging beinahe im Wind und dem Heulen des herbeirasenden Rettungswagens unter. »Aber ich kann das nicht mehr.« Er küsste sie auf die Stirn. Es war zu dunkel, als dass er hätte sehen können, wie sein Blut ihren Mantel befleckte. Und dann traf er seine unfassliche und unverzeihliche Wahl – er stieg in Max' Wagen, sie fuhren davon und überließen es den Sanitätern, die bewusstlose Sandra am Strand zu finden.

Nach einer Woche erreichten sie Miami und machten sich dann auf zum Ende der Welt – nach Key West. Victor wohnte bei Max in seinem Bungalow in der Sugarhouse Row, und er erfand sich völlig neu. Es war lächerlich einfach, sich per Internet eine neue Identität zuzulegen. Er wählte den Namen Robert Chance – so gut wie niemand würde verstehen, was dahintersteckte. In Max' beliebter Galerie in einem historischen Eishaus an der Promenade verkaufte er seine wie Juwelen leuchtenden Fensterbilder an die Touristen.

Das war das Leben, von dem er immer geträumt hatte. Er wurde ein so völlig anderer Mensch, dass er sein früheres Leben manchmal vergaß.

Aber nicht ganz. Im Internet erfuhr er von der schlimmen Wendung, die die Ermittlungen genommen hatten. Oft war er versucht gewesen, einzugreifen, doch Max hatte ihn immer wieder überredet, noch abzuwarten, wie die Dinge sich entwickelten. Als die Ermittlungen beendet und das Ganze als Unfall abgelegt wurde, hielt er das für eine Bestätigung dafür, dass er bisher richtig gehandelt hatte. Doch die neueste Entwicklung – die Zivilklage seiner Eltern – hatte ihn völlig überrascht.

Er würde gern sagen können, er wäre irgendwann doch aus eigenem Antrieb gekommen, doch konnte er das wirklich?

Im Nachhall seiner Geschichte herrschte gähnendes Schweigen. Er holte tief und zittrig Luft, presste die schwitzenden Handflächen auf den Tisch und sah Sandra an. Er wollte sie tröstend berühren, doch er wagte es nicht. Sie kam ihm so anders vor. Sie war schön; schön wie immer, mit dem dunklen Haar, den nachdenklichen Augen und ihrer einmaligen Mischung aus Zerbrechlichkeit und Stärke. Doch er erkannte auch subtile Veränderungen in ihrer Haltung, ihrer ganzen Art. Es war ihm neu, dass sie so nahe bei seinen Eltern sitzen konnte, ohne den Kopf ein wenig einzuziehen. Doch ihre starke Haltung kostete sie viel Kraft; ihre Hände lagen in ihrem Schoß, und er sah, wie weiß die Fingerknöchel waren.

»Ich konnte doch nicht ahnen, dass es so kommen würde«, sagte er zu ihr. »Ich dachte, indem ich verschwinde, gebe ich auch dir die Chance, die du verdienst. Versicherungsbetrug erschien mir noch als die geringste meiner Sünden, weil ich selbst geglaubt habe, dass *diese* Person tot ist, und ich dachte, dann wärst du frei, um dir ein eigenes Leben aufzubauen –«

»Erwarte ja nicht, dass ich das schlucke«, erwiderte sie in einem Tonfall, den er noch nie von ihr gehört hatte. »Du kannst nicht einfach verschwinden und es dann noch so hinstellen, als hättest du das für mich getan. Kannst du dir nicht vorstellen, wie es war, dich zu verlieren, um dich zu trauern, all die Vorwürfe und den Hass ertragen zu müssen, während du mit deinem Freund nach Key West abgehauen bist?«

»Ich konnte doch nicht ahnen, dass alle dich dafür verantwortlich machen würden.«

»Sandra, es tut uns so leid«, sagte seine Mutter. »Wenn wir nur gewusst hätten –«

»Ihr wolltet es doch gar nicht wissen«, unterbrach Sandra sie ruhig. Zum ersten Mal, seit sie diesen Raum betreten hatten, wandte sie sich direkt an sie. Sein Vater blickte kurz zu Sandra auf und senkte dann mit schuldbewusster Miene den Kopf.

Ronald Winslow blickte nicht im Gebet zu Boden. Victor

wusste genau, wie Beten aussah. Er hatte stundenlang auf Knien zu Gott gebetet, er möge ihn normal machen.

Als sein Vater endlich zu ihm aufblickte, sah er Pein – aber keine Vergebung – in seinen Augen. »Warum bist du zurückgekommen?«, fragte er. Er ignorierte seine Frau, die schockiert nach Luft schnappte, und fügte hinzu: »Warum hast du dir die Mühe gemacht?«

Victor sprang auf. »Ihr habt mich dazu gezwungen, mit eurer idiotischen Klage. Ich bin verschwunden, weil ich nicht der sein konnte, den ihr zum Sohn haben wolltet. Du würdest mich ja lieber tot sehen, als einen schwulen Sohn zu akzeptieren. Also habe ich euch den Gefallen getan. Ich bin gestorben. Ihr hättet es dabei belassen sollen.«

Wortlos ging Sandra zur Tür, doch er hielt sie auf. »Warte.«

»Lass mich gehen«, sagte sie.

»Das werde ich. Ich weiß, dass ich keine andere Wahl habe.« Stimmen drangen von draußen herein. »Für dich ist das eine völlig andere Welt da draußen«, sagte er.

»Ja.«

Er beobachtete sie und erkannte, dass sie keine Angst hatte – diese Frau, die sich vor Angst gewunden hatte, wenn sie der Presse gegenübertreten musste. Sie war nicht mehr das passive Anhängsel, das er geheiratet hatte; sie war stark, selbstsicher. Sie konnte ihn und seine Eltern einfach verlassen, weil sie Teil eines alten Lebens waren, alter Sorgen, die sie nicht mehr betrafen.

»Bitte, glaub mir, dass ich dir nie Leid zufügen wollte«, sagte er. »Ich dachte ehrlich, so sei es am besten, bis Mike –«

»Mike?« Sie war sichtlich schockiert und wurde blass.

»Malloy.«

Allmähliches Begreifen stand ihr ins Gesicht geschrieben, als sie die frische blaue Schwellung auf seinem Kiefer betrachtete. Seine aufgeplatzte Lippe brannte, als er sich um ein Grinsen bemühte. »Er hat mich zurückgebracht, Sandra. Ich werde dafür mit Sicherheit vor Gericht gestellt. Ich bin gekommen, um alles in Ordnung zu bringen, dir deine Anwaltskosten zu ersetzen, mich um die Lebensversicherung zu kümmern und die Schweinerei aufzuräumen, die ich hinterlassen habe.«

»Auch mein Leben?«

»Egal, was ich dafür tun muss. Ich werde alles tun, das schwöre ich dir.«

»Ich will nur eines von dir, Victor.«

»Und was ist das?«

»Die Scheidung.«

37

Mike nahm die Tüte mit gefrorenen Erbsen von seinem Auge und beugte sich zum Spiegel vor. Die Schwellung war ein wenig zurückgegangen, doch nun wurde der Bluterguss dunkel. Er hätte sich gern eingeredet, dass Victor mit diesem Schlag nur Glück gehabt hatte, aber leider stimmte das nicht. Mike war aus der Übung. Es war zu lange her, seit er jemanden verprügelt hatte.

Er sah auf seine mit Farbe bekleckste Armbanduhr, die jetzt sicher kaputt war, denn die Zeiger bewegten sich nicht mehr. Kurz überlegte er, ob er die Lokalnachrichten einschalten sollte, ließ es aber lieber bleiben. Das würde ihn nur noch nervöser machen. Rastlos ging er von Bord der *Fat Chance* und lief auf dem Parkplatz vor dem Hafen auf und ab, weil er sich nicht entscheiden konnte, ob er nun zum Gericht fahren sollte oder nicht.

Victor hatte ihn vor einem wahren Medienzirkus dort gewarnt, und Mike wusste, dass seine Anwesenheit die Verwirrung nur vergrößern und möglicherweise noch mehr Fragen aufwerfen würde. Seine Anwältin würde einen Tobsuchtsanfall kriegen. Das Letzte, was er jetzt brauchen konnte, war, dass seine Kinder ihn mit diesem blauen Auge in den Abendnachrichten sahen, in einem Bericht über einen flüchtigen Schwulen. Also hatte Vic vermutlich recht mit seinem Rat, sich möglichst bedeckt zu halten, doch das machte das Warten nicht eben leichter.

Er hakte die Daumen in die hinteren Hosentaschen und starrte auf das Wasser hinaus, das unter der Nachmittagssonne scharf glitzerte. Das Wiedersehen mit Victor war ziemlich surreal gewesen. Als Mike es endlich nach Key West geschafft hatte, war er hundemüde, entnervt und am Ende seiner Geduld angelangt. Er fand Henshaws Haus, aber es war niemand da. Ein Nachbar erklärte ihm den Weg zu einer Galerie am Strand. In der drückenden Hitze trat er in eine Welt der Touristen und Strandpenner, der schwulen Pärchen und Hochzeitsreisenden, der hungernden Straßenkünstler und ernsthaften Studenten – ein wanderndes, entspanntes Völkchen, das sich in einem Meer der Anonymität treiben ließ.

Von einem Café in Hustensaft-Rosa aus beobachtete er die vorbeiziehenden Fremden, die manchmal vor ihm unter den großen Campari-Sonnenschirmen einen kühlen Drink genossen. In den Kunstgewerbe-Galerien gegenüber blinkte die tropische Sonne auf Dutzenden handgefertigter Fensterbilder, die im Schaufenster hingen. Passanten schlenderten hinein und wieder heraus, und zum Ladenschluss hatte ein großer Mann die Galerie mit einem elektronischen Sicherheitsschloss abgesperrt.

Mike hatte Victor erst gar nicht erkannt – blondes Haar, kurze Hose, Sandalen und ein Muskel-Shirt, das glänzende, gebräunte Schultern zeigte. Doch dieser langbeinige, lockere Gang und die selbstsichere Haltung waren ihm sofort bekannt vorgekommen.

Mike fühlte nur eines – Wut. Er stapfte über die Straße und schubste den Mann gegen die Strandmauer, löchrig und verwittert von unzähligen Jahren gnadenloser Stürme. »Hallo, Victor. Lange nicht gesehen.«

Das gebräunte Gesicht wurde bleich. »*Mike?* Mike, Himmel, bist du das? Was willst du von mir?«

»Ich glaube, das weißt du ganz genau, Vic.«

Victors Faust schoss vor und erwischte Mike am linken Auge. Er sah Sternchen, packte Victor, drehte ihn halb herum und rammte die Faust in das Gesicht seines besten Freundes. Der Schlag ließ seine Knöchel knacken und verriss Victors Kopf zur Seite. Der taumelte rückwärts gegen die Mauer und sank langsam daran entlang zu Boden. Dann stemmte er sich hoch und wollte fliehen.

Bei Mikes zweitem Schlag floss Blut, und sie wurden zum Spektakel. Neugierige sammelten sich zu einer flüsternden Menge. Mike war alles egal. »Gib auf, Victor. Oder soll ich dich an den Eiern zum Flughafen schleifen?«

Victor stieß mit dem Knie zu und zwang Mike, seitlich auszuweichen. »Ich gehe nirgendwohin –«

»Falsch. Du wirst mit mir nach Hause fliegen und deine Frau aus ihren Schwierigkeiten retten.«

»Sie braucht mich nicht, Mike. Es kommt alles in Ordnung, du wirst schon sehen.«

Mike packte sein blutbeflecktes Muskel-Shirt. »Ich werde vergessen, dass du das gesagt hast. Du hast sie geheiratet, obwohl du wusstest, dass du sie niemals glücklich machen kannst, und dann bist du einfach verschwunden, du elender Feigling.«

»Ich habe es für Sandra getan«, protestierte Victor und wich Mikes nächstem Faustschlag aus. »Sie wollte –«

Mike schleuderte ihn zu Boden und hörte, wie ihm die Luft aus der Lunge gepresst wurde. »Sie wollte einen verdammten Ehemann. Sie wollte Kinder, du Drecksack.«

Victor kroch rückwärts über den Gehsteig. »Ich wollte ihr doch nicht wehtun. Ich dachte, sie sei ... perfekt für mich.«

»Sie würde dir nie Scherereien machen. Du hast sie nur benutzt.« Aus einer Art vagem Ehrgefühl heraus ließ Mike ihn wieder auf die Füße kommen. Die gaffenden Touristen wichen zurück. »Warst du denn perfekt für sie?«, fragte er. »Hast du dir überhaupt die Mühe gemacht, mal daran zu denken?«

»Ich habe ehrlich geglaubt, ich sei gut für sie. Sie war so unschuldig, so einsam. Sie ... hat mich gerührt.«

Mikes nächster, wütender Schlag ging daneben. »Sie könnte einen Stein zu Tränen rühren«, schrie er. »Sie könnte einen Toten bewegen. Hast du denn nicht gemerkt, was du ihr angetan hast? Sie dachte die ganze Zeit, *sie* sei das Problem!«

»Deswegen war Verschwinden die einzige Antwort.«

»Schon mal was von Scheidung gehört, Vic? Praktische Erfindung, und in diesem Land immer noch vollkommen legal.« Mike stieß ihn wieder gegen die Mauer und drückte ihm dann einen Unterarm an die Kehle. Beide stanken nach Schweiß und Wut, und das scharlachrote, blutige Rinnsal an Victors Lippe glitzerte grotesk in der hellen Sonne.

»Kein Winslow hat sich je scheiden lassen. Aber viele von uns sind jung gestorben.« Er schluckte schwer unter Mikes würgendem Arm. Sein Gesicht wurde dunkelrot; er keuchte pfeifend nach Luft und gab allmählich auf.

Als Mike den Druck auf seine Kehle lockerte, legte sich der Adrenalinrausch ein wenig. Er bemerkte die Menge der Schaulustigen und spürte die heiße Sonne Floridas auf seinen Rücken brennen. »Wir müssen uns unterhalten«, sagte er.

Victor wich vor ihm zurück. »Die Show ist vorbei, Leute«, rief er. Die Touristen gingen auseinander, schlenderten weiter und warfen noch ein paar misstrauische Blicke über die Schultern zurück. Victor betrachtete die blutigen Schrammen an seinen Handflächen. »Ich hatte doch keine Ahnung, dass ihr das alles so um die Ohren fliegen würde«, gestand er. »Ich habe einfach nicht nachgedacht – und als ich dann wieder klar denken konnte, wollte ich dieses neue Leben unbedingt haben und wusste nicht, wie ich es je wieder aufgeben könnte.«

Das konnte Mike gut verstehen. Es fiel ihm auch sehr schwer, Dinge aufzugeben.

Victor stand lange still da und betrachtete das Sonnenlicht, das auf dem Wasser glitzerte, ohne das trocknende Blut an seinem Kinn zu beachten. »Na schön«, sagte er dann. »Gehen wir.«

Während des Fluges nach Hause erzählte Victor Mike alles – seine heimliche Affäre, sein Schwur, »normal« zu leben, um seine Familie nicht zu beschämen, und sich stattdessen ganz auf seine politischen Ziele zu konzentrieren, wie Max plötzlich wieder aufgetaucht war, die ständige Angst vor der Enthüllung, und dann die einmalige Chance, die sich Victor in der Nacht des Unfalls geboten hatte. »Ich dachte, auch sie hätte eine zweite Chance verdient«, schloss er.

»Sandy braucht keine zweite Chance«, erwiderte Mike. »Sie braucht dich.« Mies, was Mike über seinen besten Freund zu wissen glaubte, war auf den Kopf gestellt worden. Und doch konnte er Victor endlich zum ersten Mal richtig verstehen. Mike konnte nicht anders, er musste die Frage loswerden, die ihm keine Ruhe ließ, seit er es herausgefunden hatte. »Seit wann weißt du es?«

Ein wenig von Victors altem Schalk blitzte in seinen Augen auf. »Du meinst, ob du mich angeturnt hast, wenn wir zusammen beim Campen waren oder du bei uns übernachtet hast? Zum Teufel, Mike, da gab es keinen großartigen Moment der Erleuchtung. Ich schätze, irgendwie habe ich es schon immer gewusst, aber ich habe mir antrainiert, es zu ignorieren – sogar nach Brice Hall. Ich habe dir nie erzählt, was da passiert ist, oder?«

»Ich dachte, du wolltest einfach nicht darüber reden. Ich war als Teenager ein ziemlicher Hohlkopf, Vic, aber sogar ich hatte von den merkwürdigen Sachen gehört, die in Jungen-Internaten so vorkommen. Aber ich dachte, so was gibt es nur in englischen Romanen.«

»Ich habe es als jugendliche Neugier am Herumprobieren beiseitegeschoben. Verdrängung ist eine Winslowsche Kardinaltugend, weißt du? Ich dachte wirklich, ich könnte leben wie ein normaler Hetero. Und ich habe es weiß Gott versucht. Aber wenn man sich in meiner Familie zwischen Pflichten und Wünschen entscheiden muss, wählt man jedes Mal die Pflichten, keine Frage. Mir war nicht einmal bewusst, dass ich eine andere Wahl gehabt hätte.«

»Du hast ziemlich oft eine Wahl getroffen«, fuhr Mike auf. »Sandy, zum Beispiel, war allein deine Wahl. Herrgott noch mal, du hättest sie beinahe völlig zerstört.«

Victor verfiel in nachdenkliches Schweigen. Dann sagte er: »Du liebst sie – deswegen das ganze Theater, oder?«

»Du hast mir jegliche Chance, die ich vielleicht bei ihr gehabt hätte, gründlich versaut.«

»O nein, Mikey.« Victors alte Gewandtheit trat wieder zu Tage. »Ich mag an sehr vielem schuld sein, aber nicht daran. Ich werde die Verantwortung für meine kaputten Beziehungen auf mich nehmen, aber nicht für deine.«

Diese Worte klangen Mike jetzt noch in den Ohren, während die Sonne sank und die Luft abendlich kühl wurde. Mike stellte den Kragen seiner Jacke hoch. Inzwischen musste Victor seinen Auftritt und seine öffentliche Erklärung hinter sich gebracht haben. Hatte Mike das Richtige getan, indem er diese Konfrontation erzwungen hatte, oder hatte er es endgültig vermasselt?

Er konnte nichts anderes tun, als zu warten und zu hoffen. Er dachte an das Haus, an die gemeinsame Vergangenheit, die sie nicht hatten erleben dürfen, an die Träume, die keine Chance gehabt hatten, sich zu verwirklichen. Er war in diese Beziehung mit Sandra einfach reingelaufen wie ein Wanderer in einen Urwald – er wusste nicht recht, was er dort suchte, ob er überhaupt etwas finden würde, und er riskierte es, sich hoffnungslos zu verirren. Doch er ging trotzdem weiter.

Ganz still und vielleicht ohne jede Absicht zeigte Sandra ihm den Weg zurück zur Liebe. Sich in sie zu verlieben war die machtvollste Erfahrung, die Mike je erlebt hatte, und doch war sie sehr zerbrechlich. Mike wusste, dass er seine Liebe zu Sandra schützen musste, wie er es bei seiner Frau nie hatte tun wollen. Er hatte immer geglaubt, indem er hart arbeitete und sich etwas aufbaute, würde er Angela seine Liebe beweisen. Bei Sandra wurde ihm klar, dass wirkliche Bindung bedeutete, sein ganzes Herz aufs Spiel zu setzen – und zum Teufel mit den Konsequenzen.

Er legte die Finger an die Lippen und pfiff nach Zeke. Der Hund, der für Mikes Geschmack immer noch zu gut frisiert wirkte, kam über den Parkplatz gesaust und sprang in den Wagen.

38

Tagebucheintrag – Dienstag, 9. April

Zehn Methoden, den Rest meines Leben zu beginnen:
1. *Mir zehn Folterqualen für Victor Winslow einfallen lassen.*
2. *Eine Karriere als große Rednerin aufbauen.*
3. *Meine Memoiren als Enthüllungsgeschichte schreiben und damit durch die Talkshows tingeln.*
4. *Bei der Apotheke vorbeifahren und einen Schwangerschaftstest kaufen.*

Sandra brauchte lange, um sich von dem Chaos im Gericht zu erholen. Trotz allem, was geschehen war, veränderten sich manche Dinge nie. In Victors Gegenwart fühlte sie sich wie ein Groupie neben seinem Rockstar. Jeder, der neben ihm stand, wurde unsichtbar, sobald seine machtvolle, beinahe besessene Energie erstrahlte. Sogar wenn er der Presse die Geheimnisse seiner Seele enthüllte, gelang es ihm, sämtliche Aufmerksamkeit positiv auf sich zu lenken.

Aber heute hatte sich die Aufmerksamkeit auf sie verlagert. Alle wollten mit ihr sprechen – Victor, seine Eltern, ihr Anwalt, Sparky, die Presse. Sie ging beinahe unter in dieser übermäßigen Beachtung und den vielen Fragen. Sie schaffte es, ihren Eltern einen verzweifelten Blick zuzuwerfen. Joyce schob sie in die Damentoilette und blockierte die Tür. Sie und Sandra tauschten die Hüte und Mäntel, setzten ihre Sonnenbrillen auf und verließen das Haus mit gesenkten Köpfen durch den Hinterausgang.

Ihre Eltern überließen ihr ihren Wagen und fuhren mit Joyce im Schlepptau davon. Die Presse hängte sich dran, während Sandra im Auto ihrer Eltern heimlich, still und leise nach Blue Moon Beach zurückfuhr.

Sie weinte auf dem Heimweg; die Tränen flossen weder vor Traurigkeit noch vor Freude, sondern aus unendlicher Erleichterung. Sie fühlte sich herrlich leer, wie rein gewaschen.

Es war schon später Nachmittag, als sie ihr jetzt wunderschönes Haus betrat. So isoliert und einsam erinnerte es sie an eine perfekte Muschelschale, die an einem menschenleeren Strand angespült wurde.

Das Telefon klingelte unaufhörlich; sie ging nicht dran, sondern zog sämtliche Stecker heraus. In der knarrenden Stille des alten Hauses konnte sie den Rhythmus ihres eigenen Herzschlags hören. Sie legte den geborgten Mantel und den Hut auf die breite Fensterbank und blickte aus dem Panoramafenster; sie wusste nicht recht, was sie nun mit sich anfangen sollte.

Ihr Leben hatte einmal mehr eine radikale Wendung genommen. Sie war nicht länger die mörderische Witwe, sondern das Opfer eines Mannes, der von Geheimnissen gequält wurde und dessen einziges Verbrechen es war, zu leidenschaftlich zu lieben und sich vor seinem wahren Wesen zu fürchten. Vermutlich würde sie ihm eines Tages verzeihen... aber nicht heute. Heute musste sie sich erst einmal daran gewöhnen, dass der Albtraum des vergangenen Jahres endlich vorüber war.

Aber sie war immer noch Sandy Babcock, die kontrovers diskutierte Bücher schrieb und manchmal stotterte.

Ihr Blick fiel auf das Faxgerät. Das Ding hatte eine lange, ununterbrochene Schlange Faxpapier ausgespuckt, die sich vom Schreibtisch bis auf den Boden schlängelte. Geistesabwesend griff sie nach der ersten Seite.

Ihr Buch hatte den Addie Award gewonnen. Obgleich das der absolute Gipfel ihrer Karriere war, das Beste, was man überhaupt erreichen konnte, verhallte diese Neuigkeit als hohles Echo in ihr. Genau das war sie – hohl, und nichts in ihr wusste, wie sie für solche Segnungen dankbar sein könnte. Sie nahm sich ein paar M&Ms aus der Schüssel auf dem Tisch. Vielleicht sollte sie ihre Familie anrufen und die gute Nachricht verkünden, aber ... neben Victors dramatischer Auferstehung nahm sich alles andere unbedeutend aus. Und die Tatsache, dass es Mike gewesen war, der ihn dazu gebracht hatte, vor die Öffentlichkeit zu treten – mit Blutergüssen und Verletzungen, die auf einen Kampf hinwiesen –, stach selbst das noch aus.

Die anderen Seiten aus dem Fax hatten nichts mit dem Preis zu tun. Als Erstes kam eine gekritzelte Botschaft unter Sparkys Briefkopf: »Ich konnte Sie heute nicht erreichen. Besorgen Sie sich einen Anrufbeantworter, Herrgott. Tolle Neuigkeiten! Ich habe einen Käufer gefunden. Kommen um sechs Uhr vorbei. Wird Ihnen gefallen. Angebot folgt. Kann nur raten: Annehmen, mitsamt der Bedingung!«

Sandra sah auf die Uhr. Schon fast sechs. Verdammt. Sie wollte jetzt niemanden sehen. Sie schlüpfte in ihre Jacke und eilte hinaus durch den Garten und floh in die Dünen. Sand rieselte in ihre guten Schuhe, doch das war ihr egal. Es war ihr auch egal, dass sie wieder einmal davonlief, ihren Problemen auswich, anstatt sich ihnen zu stellen.

Sie blieb am Rande der Dünung stehen, spürte die Brise um sich streichen und lauschte dem Säuseln der Wellen. Wolken in den Farben des Sonnenuntergangs krönten den Horizont. Die Ereignisse hatten sich überschlagen, doch der gemächliche Rhythmus der ewigen See beruhigte sie mit seinem unentwegten Herzschlag.

Das Haus zu verkaufen und fortzuziehen, das hatte sie angestrebt, doch nun war der Sieg bittersüß. Was jetzt?, fragte sie sich. Manhattan? Mendocino? Athen, Hongkong, Kopenhagen?

Sie fragte sich, wer hier leben würde, wenn sie fort war. Ein glückliches junges Ehepaar, das eine Familie gründen wollte, oder eine Familie, die wollte, dass ihre Kinder in einer so märchenhaften Umgebung aufwuchsen. Ein fröhliches Rentnerpaar vielleicht, das morgens zusammen auf der Veranda sitzen und den Sonnenaufgang bewundern würde. Nun, da sie tatsächlich ein Angebot hatte, wurde sie von Traurigkeit überwältigt. Es würde ihr sehr schwerfallen, das hier aufzugeben, nach all der Zeit, die sie hier verbracht hatte, all der Energie, die sie in die Restaurierung des verfallenden alten Hauses gesteckt hatte, nach all den Streitereien mit Mike um Lichtschalter und Türangeln, all den Stunden, die sie in dem hohen Schlafzimmer mit Blick auf den endlosen Ozean mit ihm verbracht hatte. Ohne es zu wollen, hatte sie dieses Haus mit Erinnerungen angefüllt, und nun wollte sie es nicht mehr hergeben.

Ihre Brust schmerzte von der Anstrengung, ihre Gefühle zu beherrschen. Das war der Plan, sagte sie sich.

Doch sie wusste, was daran falsch war. Sie hatte einen Punkt in ihrem Leben erreicht, da sie überall hingehen konnte – doch der einzige Ort, an dem sie sein wollte, war genau hier in Paradise.

Die sanfte Abendbrise trug eine leise Andeutung von Sommer heran und fegte die oberste Schicht Sandkörner über den Strand.

Rastlose Erinnerungen regten sich in Sandra. Sie dachte an Mary Margaret und Kevin, wie gern die beiden selbst im Winter hier gewesen waren, spielten und kreischend vor den Wellen zurücksprangen, Stöckchen für den Hund warfen. Sie erinnerte sich an ihre Gefühle beim ersten Mal, als Mike sie in die Arme genommen hatte, wenn auch nur zu einer Tanzstunde, und sie dachte an jenen Tag, als er für sie am Strand Feuer gemacht und ihre Hände in seinen gewärmt hatte. Vielleicht war es das, dachte sie. Vielleicht war das der Tag, an dem sie begonnen hatte, ihn zu lieben.

Er hatte ihr leeres Wrack von einem Haus zu einem Zuhause gemacht. Blue Moon Beach war ein Teil von ihr, vielleicht der beste Teil, doch es gehörte nicht zu ihrem Plan, dass sie dieses Haus lieben gelernt hatte.

Sich in Mike zu verlieben, hatte auch nicht dazugehört. Sie hatte ihn in ihr Haus eingelassen, in ihr Leben, und er hatte sogar den Weg zu ihrem Herzen gefunden.

Sie hörte fernes Motorengeräusch und zog den Kopf ein – hoffentlich würden Sparky und ihr Käufer sie hier draußen nicht finden. Vielleicht fuhren sie dann einfach wieder weg. Im Moment wollte sie nur, dass die ganze Welt sie in Ruhe ließ.

Ein scharfes Bellen schallte über die Dünen, und sie fuhr herum. Gleich darauf kam Zeke den leichten Abhang heruntergesaust, ein weißer Fleck mit heraushängender Zunge. Ihr Herz tat einen Sprung.

Doch alles in ihr erstarrte in dem Moment, als sie Mike sah. Mit der Abendsonne im Rücken schien er aus einer rotgoldenen Sphäre zu treten, und sie kniff die Augen zusammen und schirmte sie mit der Hand ab.

Heiße Tränen brannten in ihrer Kehle. Sie hatte ihn vermisst, alles an ihm – sie vermisste es, aufzublicken und zu bemerken, dass er sie mit lächelnden Augen beobachtete, sie vermisste die Art, wie er bei der Arbeit leise vor sich hinpfiff, vermisste den Duft in seinem Kissen, wenn er morgens das Bett verlassen hatte, und die Augenblicke so tiefer, reiner Vertrautheit, dass sie dabei einen neuen Menschen in sich entdeckt hatte. Er hatte ihren Eiswall durchbrochen, und sie würde nie wieder dieselbe sein.

Doch nach allem, was geschehen war, wusste sie nicht, was sie zu ihm sagen sollte. Sie wusste nicht, wie sie von vorn anfangen sollte.

»Hallo, Malloy.« Erstaunlich. Sie hatte eines ihrer schwersten Wörter – *hallo* – ohne jedes Zögern ausgesprochen. »Oder sollte ich sagen, Detective Malloy?«

»Gar keine schlechte Arbeit für einen einfachen Handwerker.«

Eine leichte Bräune – aus Florida – ließ ihn noch markanter aussehen, ein wenig exotisch. Sie bemerkte, dass er ein blaues Auge hatte, links, geschwollen und mit einem dunklen Bluterguss. »Du warst ja schwer zugange.«

»Ich musste mich doch irgendwie beschäftigen, nachdem du mich gefeuert hast.« Er trat von einem Fuß auf den anderen und hakte einen Daumen in den Bund seiner Jeans. Zum ersten Mal erlebte sie ihn nervös. »Und, ist alles gut gegangen?«, fragte er. »Ich meine, im Gericht.«

»Für Victor geht doch immer alles gut aus, selbst ein solches öffentliches Bekenntnis. Er hat die Reporter zu Tränen gerührt und alles Mögliche versprochen – er wird der Scheidung sofort zustimmen, unsere chaotischen Finanzen in Ordnung bringen, sich der Sache mit dem Versicherungsbetrug stellen, meine Anwaltskosten ersetzen. Alles in allem ist er immer noch Victor, immer noch sehr gut darin, die Dinge in die Hand zu nehmen.«

»Überrascht mich nicht.«

»Also... was machst du hier?«, zwang sie sich zu fragen.

»Ich habe hier etwas zurückgelassen.«

»Was?«, fragte sie und überlegte. Vielleicht hatte er ein Werkzeug vergessen, ein Kabel nicht richtig angeschlossen, seine Zahnbürste in ihrem Badezimmer, irgendeinen kleinen Teil von sich, den er brauchte, um weiterzumachen.

Er zögerte und holte tief Luft. »Mein Herz.«

Sie schob die Hände in die Taschen und trat zurück. »Herrgott, Malloy. Das machst du ständig.«

»Was denn?«

»Du sorgst dafür, dass ich...« *Dass ich dich mehr will und brauche als den nächsten Atemzug.* Sie blinzelte hektisch und merkte, dass sie sich gleich in Tränen auflösen würde. »Wir haben viel zu bereden, aber das ist kein guter Zeitpunkt. Es kommt gleich jemand.«

»Ich weiß.« Er kam einen Schritt auf sie zu. Der Wind spielte mit seinem dunklen Haar, und sein Lächeln spiegelte das Sonnenlicht. Sie musste immer wieder sein blaues Auge anstarren; es erfüllte sie mit zittrigem Staunen. Noch nie hatte sich jemand ihretwegen geprügelt.

»Sparky kommt gleich mit jemandem, der das Haus kaufen will.« Nun entwischte ihr eine Träne, und sie wischte sie hastig mit dem Handrücken fort, doch es folgte sofort die nächste.

»Das weiß ich auch.« Unendlich vorsichtig strich er mit dem Daumen über ihre Wange und fing die Träne auf.

Seine Berührung ließ sie beinahe endgültig zusammenbrechen. »Woher?«

»Sandy.« Er nahm sie bei den Schultern und hielt sie aufrecht.

Sie wollte sich an ihn lehnen, in seiner Umarmung verschwinden, doch ihre Furcht hielt sie davon ab. »Was?«

»Das Angebot kommt von mir.«

»*Was?*«

»Ich habe ein Angebot für das Haus gemacht.«

»Malloy... *Mike.*«

»Ich weiß, du hattest vor, Paradise zu verlassen, aber jetzt ist alles anders. Die Leute hier werden Victor verzeihen oder auch nicht, das bleibt ihnen überlassen. Aber dich hat er von jedem Verdacht rein gewaschen, es gibt überhaupt keinen Grund mehr, warum du wegziehen solltest.«

Sie hörte die Wellen an den Strand rollen und den klagenden Schrei eines Brachvogels hoch über ihr. Dann holte sie tief Luft und fragte: »Gibt es denn einen Grund, hierzubleiben?«

Er nahm ihre Hand und hielt sie mit kalten Fingern fest. Als er sie anlächelte, hielt sie den Atem an. »Hat Sparky dir das Angebot erklärt? Es gibt da eine Bedingung.«

»Nämlich?«

»Na ja, ich hab das nicht wirklich in den Vertrag reinschreiben lassen. Es geht um einen Heiratsantrag.«

Ein plötzliches Dröhnen in ihren Ohren übertönte das Brausen der Wellen, den Wind, einfach alles. Sie hörte keinen Ton mehr, nur seine Worte, die sie mit staunender Freude erfüllten. Nach einer Weile fand sie die Sprache wieder. »Mike. Oh Gott.«

»Ich liebe dich, Sandy. Die Kinder und ich – wir alle lieben dich. Bleib hier und heirate mich. Heirate uns. Wir machen das Haus zusammen fertig. Wir streiten uns um Farben und Putz und Einbauschränke... ich habe doch diesen Ausdruck in deinem Gesicht gesehen, wenn du mit mir durchs Haus gegangen bist. Das ist es, was du dir wünschst, Sandy.«

»Das kann doch nicht gut gehen. Nicht, wenn Angela –«

»Mach dir ihretwegen keine Gedanken.« Er sprach brüsk und mit einer Entschlossenheit, die sie erstaunte.

»Sie ist die Mutter deiner Kinder. Sie wird immer ein Teil deines Lebens bleiben, Malloy. Ein mächtiger Einfluss. Und sie will mich nicht mal in der Nähe ihrer Kinder haben.«

»Was sie will, ist nicht so wichtig. Sie wird sich schon daran gewöhnen – ich lasse ihr einfach keine andere Wahl. Sie hat nur nicht erwartet, dass ich eine andere Frau finde.« Der Wind blies ihr eine Strähne ins Gesicht, und er strich sie sanft zurück. »Sie wusste gar nicht, dass... dass ich jemanden so sehr lieben kann, und ich glaube, das hat ihr Angst gemacht.«

Seine Worte trafen Sandra wie samtweiche Schläge. »Ich habe Angst«, entschlüpfte ihr die Wahrheit. »Was ich für dich empfinde, ist... gewaltig, so unkontrollierbar. Ich würde jedes Risiko eingehen, Mike, jedes Verbrechen für dich begehen. Das kann doch nicht gesund sein. So intensiv zu lieben, ist zerstörerisch. Es ist düster und beängstigend. Sieh nur, was eine solche Liebe Victor angetan hat.«

»Dass er sich selbst belogen hat, hat Vic das angetan. Du brauchst doch keine so verrückten Sachen anzustellen. Es gibt nämlich durchaus legale Wege, mit der wahren Liebe umzugehen.«

Seine Hände strichen ihre Arme hinab, und er verschränkte die Finger mit ihren. »Für ihn standest du nie an erster Stelle, aber bei mir schon. Du warst für ihn nützlich und bequem. Das wird bei mir nicht so sein. Ich liebe dich, und um ehrlich zu sein« – er grinste – »machst du mir das nicht immer nützlich und bequem. Aber deswegen liebe ich dich nur noch mehr. Mit jedem Tag.«

Sie erinnerte sich an das Riesenrad und daran, wie viel Angst sie davor gehabt hatte – aber sie hatte es dennoch getan. Sie dachte an ihre Eltern und erkannte, dass die Liebe nie vollkommen angenehm war. »Ich habe trotzdem Angst«, sagte sie.

»Ich weiß. Ach, Schatz, ich weiß. Die haben wir alle. Es passiert tatsächlich, dass Menschen ihre große Liebe einfach gehen lassen, weil sie zu viel Angst davor haben zu zeigen, wie sehr sie den anderen wollen und brauchen. Aber so ein Mensch bist du nicht mehr.«

Wieder einmal war sie sprachlos über seine schlichte Weisheit. Sie hätte von einem Mann wie ihm keine so tiefen Einsichten in Menschenherzen erwartet, in *ihr* Herz, doch er sah viel. Noch vor ein paar Augenblicken war es ihr unmöglich erschienen, mit ihm zusammen zu sein, doch nun sah es so einfach aus.

Er fasste ihr Zögern als Zweifel auf und zog sie näher zu sich heran. »Du kannst dich nicht vom Leben abwenden, und ich kann dich nicht vor allem Bösen beschützen.« Er hob den Kopf und lächelte sie an. »Aber das ist gar nicht nötig, und du willst das auch nicht.«

Er hatte ja so recht. Das Leben, wie es sich ihr Tag für Tag mehr enthüllte, war zu reich dafür. Sie wollte es, alles – die Freude und den Schmerz, das Lachen und die Tränen. Und sie wollte es mit ihm teilen.

»Wir machen zusammen das Haus fertig«, sagte er. »Dann machen wir vielleicht ein oder zwei Babys –« Er trocknete ihre Tränen mit einem Halstuch aus seiner Hosentasche, und dann küsste er sie auf Stirn, Wangen, Lippen und flüsterte dabei: »Bitte. Ich liebe dich. Bitte.«

Das war es also. Der entscheidende Moment. Das furchterregendste, aufregendste Karussell von allen.

»Sag ja«, flüsterte er ihr ins Ohr. »Was immer du willst. Ich gebe dir, was immer du willst.«

Sie stellte fest, dass Glück wehtun konnte – sie empfand eine durchdringende Freude, das süßeste Gefühl, das sie je gespürt hatte, und es schob sich durch ihren ganzen Körper, schob sich ihm entgegen. »Das hast du schon.«

Er schlang die Arme um sie, drückte sie fest an sich und schützte sie vor dem eisigen Wind.

Danksagung

Wie immer danke ich den echten Freundinnen Barb und Joyce; Alicia, die immer so gute Ideen hat; und der Port-Orchard-Bande: Anjali, Kate, Janine, Lois, Rose Marie und PJ. Meine Agentin Meg Ruley und ihre Kollegin Annelise Robey haben viel gelesen und klug und taktvoll kommentiert. Maggie Crawford war von Anfang an dabei, und das fantastische Geschick meiner Lektorin Beth de Guzman hat den letzten Feinschliff gelenkt. Besonderer Dank gebührt Harry Helm, der einen frühen Entwurf gelesen und mir wirklich weitergeholfen hat.

Mein Dank gilt außerdem Lisa Baumgartner für ihre Hilfe beim Lokalkolorit, der Redwood Library in Newport, der *Stuttering Foundation of America,* die Verständnis geweckt und viel Wissen vermittelt hat, Officer Joseph Cabaza, der geduldig endlose Fragen über die traurigen Ermittlungen in solchen Todesfällen beantwortet hat, und der unglaublich coolen Anwältin Sandra McDowd, die fiktiven Figuren juristische Beratung zuteilwerden ließ.

Das Werk einschließlich aller seiner Teile ist urheberrechtlich geschützt.
Jede Verwendung außerhalb des Urhebergesetzes ist ohne Zustimmung
des Verlages unzulässig und strafbar. Dies gilt insbesondere für
Vervielfältigungen, Übersetzungen, Mikroverfilmungen und die
Einspeicherung und Verarbeitung in elektronischen Systemen.

Weltbild Buchverlag
–Originalausgaben–
Genehmigte Lizenzausgabe 2008 für
Verlagsgruppe Weltbild GmbH
Steinerne Furt, 86167 Augsburg
Copyright © 2002 by Susan Wiggs
Copyright © 2003 der deutschsprachigen Ausgabe Knaur Taschenbuch.
Ein Unternehmen der Droemerschen Verlagsanstalt Th. Knaur
Nachf. GmbH & Co KG, München
3. Auflage 2008
Alle Rechte vorbehalten

Projektleitung: Gerald Fiebig
Übersetzung: Katharina Volk
Umschlag: Hauptmann & Kompanie Werbeagentur GmbH,
München–Zürich
Umschlagabbildung: Shaun Egan/Getty Images
Satz: Uhl + Massopust, Aalen
Gesetzt aus der Sabon 10,5/12,5 Punkt
Druck und Bindung: CPI Moravia Books s.r.o., Pohorelice

Gedruckt auf chlorfrei gebleichtem Papier

Printed in the EU

ISBN 978-3-89897-844-6